Paul Werner

YILAN
ODER DIE ERSCHOSSENE MADONNA

Abenteuer-Roman

Bibliografische Informationen der Deutschen Nationalbibliothek:
Die Deutsche Nationalbibliothek verzeichnet diese Publikation
in der Deutschen Nationalbibliografie, detaillierte bibliografische
Daten sind im Internet über dnb.dnb.de abrufbar.

TWENTYSIX – Der Self-Publishing-Verlag
Eine Kooperation zwischen der Verlagsgruppe Random House
und BoD – Books on Demand

Herstellung und Verlag:
BoD – Books on Demand, Norderstedt
Umschlaggestaltung und Satz:
uc graphic, Heidelberg
Illustration: Evelyn Mantei

ISBN: 978-3-7407-4515-8

ERSTES KAPITEL

1. Der Professor.

Die verstohlenen Blicke, die der bärtige, hagere, hoch aufgeschossene Calogero im Kafeneion zu den Drei Brüdern auf sich zieht, sind nicht allein seiner asketischen Gestalt und seinem ungewöhnlichen Aufzug geschuldet. Außerhalb der Grenzen des Athos fällt ein Mann wie er in weißer Tunika mit breitem schwarzem Stoffgürtel, einer schwarzen Capa und den nur von einigen ausgefransten Bastbändseln zusammengehaltenen Sandalen unweigerlich auf, gar keine Frage. Doch schließlich müssen selbstentsagungsvoll lebende Einsiedler dann und wann die Heilige Schrift und die neunschwänzige Katze der Selbstgeißelung beiseitelegen und die vertraute Umgebung ihrer wie ein Seeschwalbennest in schwindelnder Höhe an die senkrecht ins Meer abfallende Felswand gehefteten Zelle verlassen. Sei es, um einen Arzt aufzusuchen, bei einer Behördengang vorbeizuschauen oder den zur Neige gehenden Lebensmittelvorrat zu ergänzen.

Ein Calogero jedoch, der den mühevollen Abstieg ins Dorf allem Anschein nach auf sich nimmt, nur, um nicht auf seinen morgendlichen Espresso verzichten zu müssen, den sie hier sketo, also Kaffee „ohne alles" nennen, muss wissen, dass sein Auftritt bei den für jedwede Abwechslung dankbaren Dorfbewohnern unweigerlich zum Tagesgespräch wird. Ob die tuschelnden und grinsenden Dörfler mit der Kleiderordnung der Einsiedlermönche soweit vertraut sind zu erkennen, dass es sich bei diesem Calogero um einen Professor, sprich einen Vertreter seiner Zunft auf dem Sprung zum sogenannten Vollkommenen handelt, darf bezweifelt werden.

Bei genauerer Betrachtung reduziert sich seine Gegenwart ohnehin auf die bloße Physis. Den Kopf fast gänzlich in der Kapuze seiner Capa vergraben, scheint sich der Professor in das Schneckenhaus tiefenentspannter Meditation zurückgezogen zu haben, so dass die seichte Aufgeregtheit der Welt an ihm abprallt. Weder die aufdringlich plärrende Theodorakis-Musik vom roten „Bluhu-hut", das den Lippen der Geliebten beim Kuss ihren bitteren Geschmack verleiht, noch das Gemurmel, Geklapper oder die gelegentlichen halblauten Lachsalven seiner Tischnachbarn stören ihn augenscheinlich. Nicht einmal das Geschrei und Gejohle der gegenüber auf dem Hof der verlassenen Schule bolzenden Kinder scheinen an sein Ohr zu dringen. Er hat seinen unbequemen hölzernen Stuhl leicht nach hinten gegen die weiß getünchte Wand gekippt, so dass sein rechter Fuß vorübergehend die Funktion eines der beiden vorderen Stuhlbeine übernimmt, während sein linker in der Luft baumelt. Vor einer Stunde etwa hat der jüngste Spross des letzten überlebenden der Drei Brüder unter dem Gelächter der Gäste einen Glasperlen-Rosenkranz oder Komvoloi über den hochragenden großen Zeh des Professors drapiert, aber selbst dieser alberne, an Blasphemie grenzende Streich hat den Mann nicht aus der unermesslichen Tiefe seiner Gedanken – oderreißen können.

So sitzt der Mann weiterhin am äußersten linken Rand der Terrasse regungslos auf der Kippe. Würde sich sein schwarzer Wollgürtel über dem diskreten Anflug von Bauch nicht regelmäßig heben und senken, könnte man annehmen, der Professor, der vermutlich seit langem allem Weltlichen den Rücken gekehrt hat, sei an diesem Morgen hierhergekommen, um nicht auch in Einsamkeit zu sterben.

Die Natur selbst verzweifelt vermutlich am schier unerschöpflichen stoischen Potenzial dieses Mannes. Falls ihm die flimmernde Mittagshitze unter seiner schwarzen Kapuze zusetzt, wovon eigentlich auszugehen sein dürfte, lässt sich der seltsame Calogero auch derlei natürliche Unbill nicht anmerken. In dem Maße, da die Sonne zügig dem örtlichen Meridian zustrebt, verkürzt sich der Schattenwurf der Platane, der dem Professor bis vor kurzem noch angenehme Kühle spendete. Hätte er seinen rechten, bis zu den Fingerspitzen von der Capa verhüllten Unterarm nicht auf den wackligen kleinen runden Tisch gestützt, würde der Professor vermutlich nach und nach wie der Schattenstrich einer Sonnenuhr an der weißen Wand entlang allmählich von der Zwölf auf die Zwei gleiten.

Immer wieder lassen sich laut summende, metallisch mattblaue Schmeißfliegen und die eine oder andere auf Krawall gebürstete Wespe auf seinen lieblos gestutzten, ungepflegten und da und dort eingerissenen Fingernägeln nieder, ohne auch nur ein leises Zucken zu provozieren. Die Spitzen seiner Mittel- und Zeigefinger ruhen auf einer zerknüllten Papierserviette, die der Wirt ihm zu seinem sketo dagelassen hat. Wie jeder Kaffee wird auch dieser ungefragt von einem Glas inzwischen stark getrübten lauwarmen Wassers begleitet, an dessen Oberfläche sich eine dünne Schicht feinen Platanen-Haarstaubs gebildet hat, der sich wie Asbestfasern tief in Bronchien und Lungen einnisten und dafür empfänglichen Menschen äußerst hartnäckigen Husten verursachen kann.

Ein sanfter Windhauch, kaum stärker als der Luftwirbel eines schlagenden Schmetterlingsflügels, streicht plötzlich wie ein behutsames Zupfen an einer Saite der Äolsharfe durch das großblättrige Laub der Platane und lässt die Papierserviette erzittern. Sogleich kommt Bewegung in den Mann. Mit einem Ruck hebt sich sein Kopf in der Kapuze und lässt sein bislang auf die Brust gesenktes bärtiges Kinn erscheinen. Sein Rücken löst sich von der Fassade, an die er eben noch angeleimt schien. Mit entschlossenem Stampfen übernehmen die vorderen Stuhlbeine wieder ihre Funktion. Als der Professor auf diese Weise nach vorn katapultiert wird, rutscht die Kapuze ein wenig weiter nach hinten und gewährt einen kurzen Blick auf die Gesichtszüge des mit einer Tonsur versehenen Calogero. Das wachsbleiche Antlitz war offenbar schon lange nicht mehr der Sonne ausgesetzt und gliche einer von Meisterhand aus parischem Marmor gehauenen Totenmaske, wären da nicht die lebhaften, wachsam die Kundschaft auf der Terrasse taxierenden Augen. Die dichten, buschigen Brauen waren wohl ursprünglich zusammengewachsen, werden aber nun von einer vertikalen Narbe getrennt, die sich von der Nasenwurzel bis zu jenem Punkt auf dem Schädel zieht, an dem sich bei Männern mit voller Haarpracht üblicherweise der Scheitelansatz befindet.

Rasch sind Schädel und Gesicht auch schon wieder in der Kapuze versunken. Die beiden Fingerspitzen des Mannes geben die Papierserviette achtlos frei, die sogleich von einer zweiten, schon merklich heftigeren Brise vom Tisch geweht wird. Der Professor erhebt sich von seinem hölzernen Stuhl, der sich, vom Gewicht des Mannes befreit, ächzend und knackend in seine vorherige Form zurückbiegt. Auch der Calogero reckt und streckt sich, als müsse er den Knochen seiner imposanten Anatomie ihren angestammten Platz zuweisen, die zusammengeschnurrten Bänder dehnen und die steifen Gelenke ölen. Mit seiner Linken zieht er einen schlabbrigen Geldschein aus einer der zahlreichen Innentaschen, mit denen seine Tunika ausgestattet sein dürfte und schiebt ihn unter das überschwappende Wasserglas. Erst jetzt bemerkt er den Komvoloi um seinen Zeh, schüttelt missbilligend den Kopf, hebt ihn auf und steckt ihn zerstreut ein. Dann schreitet er gemessenen, aber dank seiner schieren Beinlänge raumgreifenden Schrittes auf leise schmatzenden, Oblaten-dünnen Sohlen über die glänzenden, glatten Marmorplatten, mit denen das abschüssige Gässchen gepflastert ist, von dannen. Während der feine Platanenstaub wie nuklearer Fall-out auf seine Kapuze und Schultern rieselt, steuert er die tiefer gelegene Ortsmitte und den Hafen an.

Kaum ist er um die erste Ecke gebogen, die ihn abrupt den Blicken der im Kafeneion verbliebenen Landsleute entzieht, erheben sich wie auf Kommando zwei Männer, die bis jetzt auf der anderen Seite der Terrasse gesessen haben. In ihren abgewetzten Jeans und karierten kurzärmeligen Hemden geben sie den textilen Gegenentwurf zum Calogero ab und entlarven sich zugleich als Touristen. Angesichts ihres auffälligen Verhaltens könnte ein unvoreingenommener Beobachter durchaus den Eindruck gewinnen, sie folgten dem Professor auf dem Fuße.

Als das kahlköpfige und graubärtige letzte Exemplar der Drei Brüder seines Amtes waltet und den Tisch des Calogero abräumt, bückt er sich auch nach der Serviette, hebt sie auf und entfaltet sie wie einen an ihn adressierten, aber dem schlampigen Postboten aus der Tragetasche geglittenen Brief. Seine Neugier hat Methode.

Die Funktion des Zuträgers und informellen Mitarbeiters der Obrigkeit gehört in den Städten traditionell zum Leistungsumfang der lokalen Kioskbesitzer, die genau darauf achten, welcher Stammkunde welche Zeitung zu lesen pflegt. Der Umstand, dass sich das gemeine Volk seit Jahren sowieso kaum Zeitungen leisten kann, erleichtert den Überblick.

Auf den Inseln und Dörfern des Festlands fällt diese Aufgabe je nach augenblicklicher Konjunktur und politischer Couleur den Popen oder den Tavernen-Besitzern zu. Diesmal freilich scheint sein Befund dem Wirt Probleme zu bereiten. Die Notiz, die der Calogero auf der Papierserviette hinterlassen hat, ist ausgesprochen kryptischer Natur: Yıan steht da nur. Ein einziges Wort, nicht einmal korrekt geschrieben. Dem Wirt ist die lateinische Schrift nicht so geläufig wie sein eigenes griechisches Alphabet, aber dass ein „fränkisches" i normalerweise einen Punkt trägt, weiß er schon. Und er ist sicher, dass der gelehrte Calogero es weiß. Also warum setzt er ihn nicht?

Vor wenigen Wochen erst hat der Wirt einem Gast gelauscht, der von geheimen Botschaften und ganzen Mikrofilmen fabulierte, die man mit Hilfe modernster Methoden angeblich auf einen simplen i-Punkt komprimieren könne. Gut und schön. Aber was bedeutet es, wenn der i-Punkt fehlt? Eine Warnung? Eine Chiffre? Der Wirt wischt sich mit dem Küchentuch über die Stirn, schüttelt dann das Tuch aus und hält die Serviette näher an seine vom grauen Star gezeichneten Augen, für die er, unterstützt vom ambulanten Augenarzt, einem entfernten Verwandten, staatliche Blindenhilfe in dreistelliger Höhe bezieht. An der kryptischen Natur der Notiz ändert das nichts. Quasi zur Beweissicherung asserviert er die Serviette, nimmt Tasse, Glas und Geldschein an sich, fegt mit dem losen Ende des Tuchs den Staub vom Tisch und verschwindet wieder im Innern des Kafeneions.

Der Professor ist inzwischen ins Labyrinth der schattigen Gässchen eingetaucht, durch die nun ein böiger Wind streicht. Der launische Meltemi, der in Minuten von null auf hundert beschleunigt und genauso schnell wieder zur lähmenden Flaute verkommt, scheint jedes Jahr früher einzusetzen. Mit wehender Capa und geblähter Kapuze gleicht der Mann einem gespenstischen Piraten, der den kleinen verschlafenen Inselhafen heimsucht und tyrannisiert, weil er einst von dessen Bewohnern verraten und ausgeliefert wurde.

Die zwei- bis dreistöckigen Häuschen links und rechts sind nicht nach Zykladenart weiß getüncht, wie die Taverne oben auf dem Hügel, sondern aus solidem Stein gebaut und mit roten Dachziegeln versehen, was auf ansehnlichen Reichtum schließen lässt. Ihre Fassaden stehen einander so dicht gegenüber, dass sich die bei offenem Küchenfenster kochenden Frauen fehlende Zutaten jederzeit über die Gasse hinweg anreichen können en, ohne sich gefährlich weit aus dem Fenster lehnen zu müssen. Da und dort sorgen brückenförmige Torbögen für verbesserte Statik und bieten nebenbei kraft ihrer inzwischen allerdings prekär gewordenen Begehbarkeit einen Zuwachs an Wehrhaftigkeit. Von hier oben pflegte man nämlich bis in die jüngste Vergangenheit im Gewirr der Sträßchen umherirrende feindliche Eindringlinge, die mit Rüstung, Schild und Schwert oder kurzer Stoßlanze in der Regel bestenfalls paarweise vorankamen, mit Steinen, Pfeilen oder siedend heißem Öl zu traktieren.

Gerade ist der Professor in den schmalen Schatten eines solchen Torbogens getreten, als er innehält, wie wenn er etwas Wichtiges vergessen oder übersehen hätte. Eine Weile steht er regungslos da und betrachtet, scheinbar in Gedanken versunken, die Auslage im vergitterten Schaufenster eines auf sakrale Kunst und gottesdienstliche Utensilien spezialisierten Lädchens. Die Tür des Geschäfts, das laut Aushang landesüblich spät zu öffnen und früh zu schließen pflegt, wenn es nicht, wie an manchen Tagen, morgens gar nicht öffnet und nachmittags trotzdem früh schließt oder bisweilen auch nur vormittags öffnet und am frühen Nachmittag schließt, tut sich wie von Geisterhand auf. Das helle Klingeln eines kleinen Glockenspiels verbreitet so kurz vor Ostern eine gleichsam jenseitige Atmosphäre. Der Calogero nickt dem von außen unsichtbar bleibenden Besitzer kurz zu und tritt scheinbar wortlos durch die von innen aufgehaltene Tür.

Noch hat sich die Tür nicht mit neuerlichem Geklingel geschlossen, da tauchen wie aus dem Nichts die beiden Männer mit den kurzärmligen karierten Hemden auf. Nun, da die Quecksilbersäule allmählich die kritische Marke überschreitet, jenseits derer auf dem Planeten Griechenland regelmäßig alles Leben erlischt, wird die aufgeheizte Unterstadt sogar von den sonst all-gegenwärtigen Rudeln streunender Hunde gemieden. Die meisten Läden haben stählerne Gitter vor ihre Türen montiert oder eiserne Vorhänge herabgelassen, als erwarteten ihre Besitzer den Durchzug einer Horde plündernder und brandschatzender Vandalen. Wer sich jetzt der Hitze aussetzt, anstatt sich daheim oder im Hotelzimmer vor einen jeden Augenblick abhebenden Ventilator zu hocken, den Kopf in den Kühlschrank zu stecken, in einem heftig chlorierten Pool zu treiben oder im seichten Meerwasser zu planschen, muss verrückt sein - oder einen sehr triftigen Grund für sein exzentrisches Verhalten haben.

Die beiden Männer dürften den Professor beim Betreten des Ladens beobachtet oder zumindest noch das verräterische Türglöckchen gehört haben. Sie beziehen zu beiden Seiten des Schaufensters so Stellung, dass sie von innen nicht gesehen werden können. Dann greifen sie unter ihren Hemden in ihre Jeansgürtel und ziehen kurzläufige Revolver hervor, die sie offenbar so griffbereit mit sich führen, wie unsereiner sein Smartphone. Der Umstand, dass sie die Waffen nicht über dem Bauch, sondern über dem Gesäß tragen, lässt die Annahme zu, dass es sich um europäische und nicht um amerikanische Killer handelt.

Allem Anschein nach spekulieren die beiden darauf, dass der Professor den Laden auf die gleiche Weise verlassen wird, wie er ihn betreten hat. Als Ortsfremden ist ihnen nicht bewusst, welche Tücken die hiesige Architektur aufzuweisen hat. Erst als der eine der beiden, der die Sonne im Rücken hat und nicht, wie sein Kollege, von ihrem grellen Licht geblendet wird, den schnell wachsenden Schatten bemerkt, der sich auf den hellen Marmorplatten des Pflasters abzeichnet und gleichsam nach ihm greift, erkennt er die Gefahr. Er wirbelt um die eigene Achse und feuert zwei, drei ungezielte Schüsse Richtung Sonne. Der Schatten gehört niemand Anderem als dem plötzlich auf dem Torbogen erschienenen Calogero. Der böige Wind pfeift durch die Gasse, wirbelt Staub, Blätter und Papierschnipsel zu einer Wolke auf, die alle Konturen verwischt und den Männern unten am Laden in die Augen beißt. Dem Professor greift er so heftig unter die

Soutane, dass der Diener des Herrn für einen Augenblick einem riesigen schwarzen Raubvogel gleicht, der seine unfassbar langen Schwingen ausbreitet, um sich vom Torbogen auf seine kurzzeitig verwirrte Beute zu stürzen. Sein schütterer Haarkranz und der wehende Bart sind dem unerbittlichen Zerren des Windes ausgesetzt, der die Kapuze längst nach hinten geweht hat. Während er vor den Kugeln abtaucht, die der Mann von unten auf ihn feuert, greift er mit der Rechten in den Ärmel der Soutane und zieht seinerseits eine kleine halbautomatische Pistole. Bevor er sie jedoch in Anschlag bringen kann, hat die „Beute" ihre Verwirrung überwunden und stürzt, unablässig um sich feuernd, im wilden Zick-Zack in Deckung.

Die diesjährige Schonzeit für Mönche scheint definitiv abgelaufen. Der wehrhafte Calogero entscheidet sich für den strategischen Rückzug, militärischen Laien auch als Flucht geläufig. Er hetzt, hüpft, hastet und hechtet von Flachdach zu Flachdach, um seinen Verfolgern, die ihm auf der Straße nachjagen, kein leichtes Ziel zu bieten. Die Akrobatik des Professors ist umso bewundernswerter, als er einen viereckigen, etwa aktenordner-großen Gegenstand unter seinen linken Arm geklemmt hält, der seine Bewegungsfreiheit enge Grenzen zieht.

Jedes Mal, wenn die beiden den taumelnden Calogeroins Visier genommen haben, feuern sie, was die Trommeln hergeben, so dass sie fast so häufig mit Nachladen wie mit Schießen beschäftigt sind. Vermutlich haben sie nicht mit einer solch wilden Hatz gerechnet, sonst wären sie sich wohl automatische Waffen besorgt. Das Heulen und Pfeifen des sich nach und nach zum Sturm aufschwingenden Windes verweht das Echo ihrer Schüsse und das unheimliche Singen der Projektile größeren Kalibers. Kugeln klatschen mit sattem Schmatzen in die Fassaden, sprengen Stücke grauen Mörtels und roten Ziegels ab, bringen Dachpfannen und irdene Blumentöpfe zum Zerplatzen, zerlegen dunkelblau bemalte hölzerne Fensterläden und zersplittern Glasscheiben oder prallen als tückische Querschläger mit metallischem Klang von gusseisernen Balkongeländern ab. Nichts ist vor den Revolvern der Männer sicher, nicht einmal die auf einer langen Leine zum Trocknen aufgehängten Kalmare: erst von Dreizack-Spießen durchbohrt und dann stundenlang auf Steinen weichgeklopft, werden sie nun obendrein von verirrten Projektilen regelrecht zerfetzt.

Der Professor seinerseits hat keine Gelegenheit, auch nur einen einzigen Schuss abzugeben. Er scheint vielmehr allein darauf bedacht zu sein, den Gegenstand, den er unter der Capa in der Linken trägt, mit seinem eigenen Körper vor den Kugeln zu schützen. Die scharfen viereckigen Umrisse des Objekts zeichnen sich dann und wann deutlich unter der Soutane ab. Was immer es ist - ein Bild, ein Tablett, eine Akte - er muss es in dem Laden abgeholt haben, vor dem ihm die Killer auflauerten Womöglich haben die beiden es weniger auf den Mann selbst, als vielmehr auf diesen ominösen Gegenstand abgesehen, denn sie verfehlen offenbar lieber den Professor, als dass sie den Gegenstand treffen. Was ihr bislang bemerkenswert schwaches Schießergebnis erklären würde.

Mit einer Geschicklichkeit, die man seinem ungelenk wirkenden Körper nicht zugetraut hätte, läuft der Professor weiter, springt und klettert auf die auf halber Höhe liegende Dorfkirche zu, die zum anstehenden Osterfest wie alljährlich von orthodoxen Gläubigen und Pilgern der Nachbarinseln überquellen wird, jetzt aber noch zwischen den mäßig besuchten Gottesdiensten gähnend leer dasteht. Als der Mönch hinter dem von der Kirche getrennten Glockenspiel Deckung sucht, spielen die abprallenden und in alle Richtungen schwirrenden Querschläger seiner Verfolger auf den Glocken und Glöckchen unterschiedlicher Größe eine vielstimmige Melodie vom Tod.

Endlich scheint er es wider alles Erwarten doch noch unversehrt in die Kirche geschafft zu haben. Der schwarze Calogero verschwindet im Inneren des glücklicherweise unverschlossenen Gotteshauses. Damit hat er sich wenigstens vorübergehend eine kleine Atempause verschafft. Seine Jäger müssen sich nun vorsehen, um nicht unversehens selbst zu Gejagten zu werden. Unter anderen Umständen könnten sie sich in aller Seelenruhe eine Zigarette nach der anderen anzünden und geduldig warten, bis der

Calogero die Kirche wieder verlässt, denn für immer drin bleiben kann er ja nicht. Doch die wilde Schießerei hat inzwischen mehr und mehr aufgebrachte Dorfbewohner mobilisiert. Überall öffnen sich zum Teil zerschossene Fenster, treten wütende Männer schimpfend und zeternd ins Freie. Einige von ihnen sind sogar mit Jagdflinten und uralten Karabinern bewaffnet, als gelte es, eine drohende Invasion des Erzfeindes abzuwehren. Die beiden Killer müssen sich also beeilen, wenn sie ihren Auftrag noch heute erledigen und trotz allem dem geballten Volkszorn entgehen wollen. Sie sprechen sich kurz ab und nähern sich zügig der schweren hölzernen Pforte, die nur angelehnt ist und mit rostigem Knarren nachgibt. Kein weiterer Laut dringt nach außen. Sie treten schnell ein und versperren die Pforte sofort hinter sich mit einem schweren Riegel, so dass die zeternden Einheimischen erst einmal draußen bleiben.

In der Kapelle empfängt sie der penetrante Geruch von Weihrauch, heißem Wachs, ranzigem Öl, Holzpolitur und Bohnerwachs, mit einem ordentlichen Schuss abgestandenem Schweiß und süßlichem Eau de Cologne. Reich verzierte, verschiedenfarbige Öllämpchen und versilberte Weihrauchfässchen hängen wie rundliche Vogelkäfige an ellenlangen Ketten von der Decke. In einem mit Sand gefüllten Kupferbecken stecken drei dünne, wie eben erst aufgestellte und entzündete Kerzen. Keine Menschenseele ist zu sehen oder zu hören. Am Boden hat der eine der beiden Killer Blutstropfen entdeckt, deren Spur sich vom Eingang mitten durch das Kirchenschiff bis zur Ikonenwand zieht. Die Männer nicken einander grimmig zu: nicht alle Kugeln haben ihr Ziel verfehlt, wie es scheint. Behutsam, ihre Revolver weiterhin schussbereit, folgen die Männer mit leise über den Bodenmarmor schlurfenden Sohlen der Spur, die vor dem mittleren Durchgang der Ikonostase abrupt endet.

Die beiden mögen brutal und gnadenlos in der Ausübung ihres Gewerbes sein. Ihren Glauben oder Aberglauben haben sie deshalb noch lange nicht ad acta gelegt. Vielmehr gleichen sie sizilianischen Mafiosi, die nur Stunden, nachdem sie die ganze Familie eines Rivalen ausgelöscht haben, in die Kirche gehen,

um für die Gesundheit ihrer an Gicht und Osteoporose leidenden Mütter zu beten. Ihr anerzogener Respekt vor den Ritualen
der Gläubigkeit die beiden orthodoxen Killer vor ein Dilemma.
Möglicherweise nur wenige Meter von ihrem Opfer entfernt,
dürfen sie das Adyton oder Allerheiligste nicht durch die mittlere Tür der Ikonenwand betreten, denn diese ist ausschließlich
Popen und anderen ausgewiesenen kirchlichen Würdenträgern
vorbehalten.

Erneut beraten sich die beiden, diesmal nur durch Zeichenspra-
che, verharren einen Augenblick lauschend und trennen sich dann,
um, jeder auf seiner Seite, den auch Laien zugänglichen seitlichen
Durchgang zu benutzen. Sie finden das Allerheiligste zwar nicht
leer, aber doch ohne den Professor vor. Der Mann scheint sich mit
göttlicher Hilfe in Luft aufgelöst zu haben oder vor der Zeit als
verdienter Knecht Gottes in den Himmel aufgenommen worden
zu sein. Die beiden Männer blicken einander an und zucken ratlos mit den Schultern. Höhere Gewalt, Vorsehung oder göttlicher
Wille ist nicht ihr Ding und auch nicht im Kleingedruckten ihres
Vertrags berücksichtigt. Sie sichern ihre Waffen, stecken sie wieder
unter die Gürtel und steuern einen Nebenausgang an. Nicht,weil
sie glauben, der Professor könnte ihnen durch ihn entwischt sein,
denn dann fände sich hier eine Blutspur wie die zur Ikonostase
führende . Nein, aber der Seitenausgang erspart ihnen voraussichtlich die Konfrontation mit den Dorfbewohnern und dem inzwischen auch eingetroffenen Arm des Gesetzes.

Während der eine der beiden die Kirche verlässt, wendet sich
der andere an der Tür noch einmal um und geht auf die Ikonostase zu. Aufmerksam studiert er die Bilderwand, als argwöhne
er allen Ernstes, dass sich der Calogero kraft irgendeiner Zau-
berformel geschrumpft hätte und ähnlich dem gesuchten Joker
in einem Wimmelbild mit dem Hintergrund einer der Ikonen
verschmolzen sei. Als sich auch dieser letzte Versuch, den wun-
dersamen Calogero auszuheben, als untauglich erweist, folgt der
Killer seinem Komplizen ins Freie, wo die beiden sich mit un-
schuldiger Miene als unbeteiligte Touristen ausgeben, die lediglich die Kirche besichtigt haben.

Im Hafenbereich, wo von mittäglicher Ruhe ohnehin keine Rede sein kann, mischen sie sich mühelos unter die Leute und nehmen schließlich an einem freien Tisch der belebtesten Hafentaverne Platz. Wären Sie nicht ganz und gar damit beschäftigt, von hier das Menschengewühl vor sich nach dem angeschossenen Calogero abzusuchen, würden sie jetzt Zeugen eines seltsamen Zwischenfalls werden können, der sich in geringer Entfernung hinter ihnen abspielt.

Etwas landeinwärts versetzt und mehr oder minder in die erste, wassernahe Häuserreihe eingebettet, steht ein kioskartiger kleiner runder Turm mit blauer Kuppel und winzigen vergitterten Fensterchen. Der Bau, etwas kürzer, aber kaum dicker als eine doppelte Litfaßsäule, hatte ursprünglich die Aufgabe, eine Quelle abzuschirmen, deren Wasser Heilkraft zugesprochen wurde und insofern der ganze Stolz des Orts war. Wer hieraus schöpfen wollte, musste einen Obolus entrichten, dessen Höhe sich nach dem Gutdünken des jeweiligen Bürgermeisters richtete. Durch das allmähliche Austrocknen der Quelle ihrer eigentlichen Mission beraubt, wurde diese architektonische Kuriosität über die Jahrzehnte zunehmend zur inoffiziellen Werbefläche und Hundetoilette. Besondere Popularität erfreut sie sich seit jüngstem bei Scotty, einem militanten Boxerrüden, der seit seiner Sterilisierung eher nachtragend-heimtückisch als gelassener geworden war. Er terrorisiert die Nachbarschaft und betrachtet das Hundepissoir als seine private Fazilität. Gebühren für die Benutzung durch andere Hunde oder menschliche Wildpinkler kann er zwar nicht erheben, aber eifersüchtig die Säule bewachen schon. So manche ambulante Promenadenmischung könnte als Beweis für diesen Tatbestand schlecht verheilte Bisswunden vorweisen.

Auch an diesem Mittag hebt Scotty gerade grazil und mit irgendwie provozierender Eleganz das rechte Hinterbein an „seinem" Pissoir, als ein von außen kaum als solches zu erkennendes Türchen des Gebäudes auffliegt und den in diesem Moment ob seiner vorübergehenden Dreibeinigkeit destabilisierten Rüden mit Schwung auf die Straße befördert. Der Hund, nur kurz über diese unerwartete Wendung der Dinge verblüfft, setzt sogleich zu einer wütenden Attacke an. Aber angesichts des Mannes in Schwarz, der da tief gebückt aus der Säule tritt, um sich sogleich zu seiner wahren Körpergröße aufzurichten, besinnt er sich eines Besseren und läuft stattdessen zähnefletschend einer Katze nach, die das Schauspiel mit einem für Scottys Geschmack eine Spur zu ironisch geratenen „Miau" zu kommentieren gewagt hat.

Im Hin und Her des geschäftigen Hafenbetriebs mit seinen brechend vollen Tavernen und Cafés, dem Geklimper und Geklapper des Geschirrs, dem Gehupe der Autos und Knattern der Mopeds scheint niemand von dem mit einer blutenden Schusswunde der Unterwelt entstiegenen Professor Notiz zu nehmen. Warum auch? Geistliche, selbst solche mit ungewöhnlicher Tracht, gehören schließlich ebenso ins alltägliche Straßenbild griechischer Städte wie etwa die lauthals unverständliches Zeugs krähenden Losverkäufer. Der einzige, der die tröpfelnde Blutspur bemerkt haben wird, die der Geistliche bei jedem seiner Schritte hinterlässt, ist der ob seiner respektlosen Behandlung immer noch beleidigt knurrende Scotty, dem die impertinente Katze natürlich entwischt ist.

Als der Professor mit seinem Bild unter dem Arm an der letzten Taverne am entfernten Ende der Hafenmeile vorübergegangen ist und auf die Reihe der mit dem Heck zum Kai vertäuten Yachten zuhält, passiert er zwangsläufig die hafenseitige Einmündung einer sehr schmalen Verbindungsgasse, die kluge Stadtplaner hier zwischen den dicht stehenden Häusern gelassen haben, damit zumindest schlanke Fußgänger von der Uferpromenade schnell zur parallel verlaufenden Hauptgeschäftsstraße des Orts gelangen können.

Genau auf Höhe dieser Gasse wird der Calogero plötzlich von drei, vier Händen an der Capa gepackt und in die kaum mannsbreite Lücke gezerrt, bevor er auch nur Zeit hat, seine Waffe zu ziehen oder laut um Hilfe zu rufen. Vergeblich versucht er, sich der brutalen Angreifer zu erwehren, die möglicherweise mit den Killern von soeben gemeinsame Sache machen und sich hier für den Fall auf die Lauer gelegt haben, dass die Hatz weiter oben erfolglos enden sollte. Einer der Räuber schlägt den Professor nach kurzem Gezerre schließlich mit dem Griff seines Revolvers bewusstlos.

Während der Calogero zur Erde sinkt, entreißen ihm die Angreifer das dünne Päckchen, das er so lange gegen seine Jäger verteidigt hat. Dann lassen sie ihn mit seinen beiden blutenden Wunden an Kopf und Schulter auf der steinigen Erde liegen und machen sich aus dem Staub.

2. Im Taborlicht.

„Christos voskrjes! Christus ist auferstanden!" Mit dem wenn auch etwas verfrühten traditionellen russischen Ostergruß auf den Lippen betritt der untersetzte, drahtige Pilger in beiger Cargo-Hose, vom salzigen Schweiß gekennzeichnetem T-Shirt, Sonnenhut und festen Bergstiefeln die winzige Kapelle zum Licht des Erlösers. So schmucklos das Sandsteinkirchlein wirkt, so unvergleichlich ist seine Lage auf dem Gipfel des Bergs Athos, der dem nördlichsten der drei Finger der Chalkidiki-Halbinsel seinen wohlklingenden Namen leiht. Der Ausblick auf diesen nördlichen Teil der Ägäis zählt ohne Zweifel zu den erhabensten, die Vorstellungskraft jedes Erstbesteigers übertreffenden Erlebnissen, die der Wanderer auf den Spuren des Allmächtigen irgendwo in diesem Garten Eden namens Griechenland erhoffen darf und für das er vermutlich jederzeit gern wieder hierher zurückkommt, auch wenn der Aufstieg schweißtreibend ist.

Der fröhliche Pilger ist nicht zum ersten Mal hier oben. Er wusste mithin vorher, auf welche Strapazen er sich bei dieser Bergwanderung einlassen würde. Als er sehr früh am Morgen aufgestanden ist und noch vor Sonnenaufgang mit leichtem Gepäck den ersten Kilometer gewundener Wege und Pfade beherzt in Angriff genommen hat, tat er dies auch im Hinblick auf die klassische Wallfahrt nach Zagorsk, für die es aller Voraussicht nach in diesem Jahr zeitlich nicht reichen würde.

Bis zum Erreichen der Baumgrenze war der Aufstieg ein durchaus erfrischendes Vergnügen, so dass der Pilger sich wiederholt dabei ertappte, wie er spontan die ersten Takte eines gregorianischen Chorals anstimmte und, gleichsam vor Schreck über den schrägen Klang seiner eigenen Stimme, sogleich wieder verstummte.

„Wenn der liebe Gott gewollt hätte, dass du zu den Don Kosaken stößt, Michajl," so sein Musiklehrer in der Peterhofer Schule schon vor vielen, vielen Jahren recht sarkastisch, „dann hätte er es sicher nicht verabsäumt, dir eine Stimme zu geben, die dafür hinreichend tauglich ist, glaubst du nicht auch? Nicht jeder Gesang, der angeblich schneller zum Himmel steigt, als jedes Gebet, ist dort uneingeschränkt willkommen, argwöhne ich jedenfalls. Bei manchen Tönen, die da ungebeten zu Ihm dringen, hält sich der Allmächtige vermutlich beide Ohren zu."

Die Tonfestigkeit Gottes war eine Sache für musikalische Theologen oder vielleicht eher für kanonische Musiker. Jetzt und hier jedoch, außer Hörweite seiner Mitmenschen, allein mit sich, dem lieben Gott und Mutter Natur besaß Michajl gerade genug Kühnheit, seine Stimme wenigstens für Augenblicke zum Ruhme des Allmächtigen zu erheben.

Mit dünner werdender, immer weniger Schatten spendender Vegetation und zunehmender Tageshitze konnte von Vergnügen und Frische bald keine Rede mehr sein. Michajls Beine wurden bleischwer, Schweiß floss ihm in Strömen von der hohen Stirn über Hals, Bauch und Rücken hinab bis in die Socken. Etwa alle halbe Stunde musste er kurz anhalten und einen Schluck aus seiner am Rucksack baumelnden Wasserflasche nehmen, einem zerbeulten Relikt aus dem Zweiten Weltkrieg, das er vor Jahrzehnten auf einem Moskauer Trödelmarkt erstanden hatte und seitdem in Ehren hielt. Fast eine geschlagene Stunde pausierte er schließlich, wenn auch mit einem Hauch schlechten Gewissens auf einem Felsvorsprung, auf dem er zunächst in stiller Andacht verharrte. Da man vom Ausblick allein nicht satt wird, schob er dann etwas Brot, ein fettiges Ende russischen Kolbaso und ein paar Scheiben Hartkäse nach und lauschte dazu der Musik von Enigma auf den Kopfhörern seines MP3-Players. Dergestalt revitalisiert, hat er schließlich den Gipfel des Athos erstürmt.

Bevor sich seine ungeschützten Augen nun an das schummrige Licht im Innern der groben, unverputzten und nur mit zwei lächerlich kleinen Fensterchen versehenen Kapelle gewöhnt haben, schallt ihm aus dem Halbdunkel die klassische österlich-russische Replik entgegen, die man mit „… er ist in Wahrheit auferstanden!" zu übersetzen pflegt.

Der Mann, der Michajl in der Kapelle erwartet hat, ist nur unwesentlich größer als der Pilger. Seine leicht gebeugte Statur lässt jedoch ahnen, dass ihn mehr als nur ein paar verträumte Jährchen vom Alter des Pilgers trennen. Als er Michajl ein, zwei Schritte entgegenkommt, so dass der Lichtschein des Fensters auf sein Gesicht fällt, ist der Pilger über die Ähnlichkeit des Mannes mit Vladimir Iljitsch Lenin nachgerade fassungslos: die gleiche hohe Stirn, die durchdringenden, feurigen Augen, Schnurrbart und Kinnbärtchen sind wie von der Todesmaske des einbalsamierten Führers der Bolschewiki abgekupfert.

Die beiden Russen umarmen und küssen einander stumm und innig auf die Wangen wie zwei frühchristliche Verschwörer, die sich an diesem leicht überschaubaren und für Römer wie Juden gleichermaßen schwer erreichbaren Ort zu einem konspirativen Treffen im Zeichen des Menschenfischers verabredet haben.

„Ich freue mich, dich gesund und wohlbehalten zu sehen, Bruder Arkadij," sagt Michajl, nimmt den Strohhut ab, wischt sich über die Stirn und legt seinen Rucksack auf den Boden.

„Aber warum sich ausgerechnet hier oben verabreden, Bruder, wo wir uns doch viel einfacher unten in der Bibliothek des Rossikons hätten sprechen können?"

Arkadij lächelt, was seiner Ähnlichkeit mit dem meist von fanatischem Ernst erfüllten Lenin vorübergehend zerstört.

„Die bequemen Lösungen sind nicht immer die besten, Bruder. Diskretion ist ein hohes Gut, auch in unseren Kreisen. Besonders in unseren Kreisen, Bruder Michajl, Mischa. Ich muss dir nicht sagen, wie unendlich neugierig und redselig die Menschen im Allgemeinen und Mönche im Besonderen sein können - russische zumal, und nicht nur, wenn sie getrunken haben, Bože moj. Nicht umsonst habe ich wieder und wieder die Einführung des Schweigegelübdes für die Bewohner des Rossikons gefordert, aber unser Bruder Patriarch, Gott halte weiterhin seine schützende Hand über ihn, ist mir bis heute, wie du weißt, nicht auf diesen Weg gefolgt. Wie man munkelt, ist er selbst einem Schwätzchen unter Brüdern nie abgeneigt. Aber das hast du nicht von mir, hörst du!"

Er seufzt und hebt die Arme in gespielter Verzweiflung.

„Außerdem bildete ich mir ein, etwas Bewegung und frische Luft würden dir nach den Monaten deiner freiwilligen Einsamkeit und selbstgewählten Kasteiung in der Lawra von Sergiljew Posad nur guttun. Hat sie dir etwas gebracht? Die Einsamkeit, meine ich? Hast du in Augenblicken asketischer Verzückung das Antlitz Gottes erblickt? Oder hast du nur, Gott sei's geklagt …", er rückte etwas näher an Michajl heran und senkte seine Stimme zu einem heiseren Flüstern, „… hast du nur die erotischen Wonnen genossen, die dem Vernehmen nach mit manchen Geißelungspraktiken Hand in Hand gehen?"

Michajl schüttelt sein Haupt.

„Weder noch, Bruder, weder noch. Wenn ich ehrlich sein soll, sah ich in meinen Halluzinationen meist nur die lila Kuh."

„Die was?"

„Die lila Kuh von dieser deutschen Schokoladen-Reklame. Ich musste dauernd an Schokolade denken, Milchschokolade vor allem. Was, Bruder Arkadij, wenn die lila Kuh im Zentrum des Universums stünde, das sich seinerseits nicht als mehr als ein kosmisches Überraschungsei entpuppt?"

„Keine Blasphemie, ich muss doch sehr bitten, Michajl. Die Lawra scheint dir den Verstand geraubt zu haben. Hast du sie mit?"

„Die Kuh?"

„Die Ikone, Michajl, die Ikone. Du erinnerst dich vage an den Anlass unseres heutigen Treffens?"

Michajl nickt und deutet auf seinen Rucksack.

„Natürlich, Bruder, sie ist da drin."

„Kann ich sie einmal sehen, bevor sich die Dunkelheit herabsenkt?"

Michajl macht sich am Rucksack zu schaffen.

„Selbstverständlich, Bruder Arkadij. Im Laufe meines langen und beschwerlichen Aufstiegs war mir bisweilen, als werde die Madonna ungeduldig, als wolle sie schon aus eigener Kraft gen Himmel fahren, was sie mir als umso leichtere Last erscheinen ließ."

Endlich hat er die zahlreichen Schnallen und Riemen gelöst, mit denen sein Rucksack verschlossen war und zieht ein schmales Päckchen heraus, das mit demjenigen des unglücklichen Professors identisch scheint.

„Man hat es dir sicher schon zugetragen: sie den Griechen aus den frevelhaften Händen zu winden, gestaltete sich letzten Endes weit schwieriger als ursprünglich gedacht. So diffizil, dass ich, nun ja, zeitweise fast schon selbst nicht mehr an den Erfolg der Operation geglaubt habe. Es gab Augenblicke, ja, es gab derer, in denen mich mein an sich unerschütterliches Gottvertrauen im Stich zu lassen drohte."

„Lass' mich raten: bis dich die lila Kuh mit dem Milchschokolade spendenden Euter wieder auf den rechten Weg zurückführte?"

Michajl verzichtet darauf, den Sarkasmus Arkadijs seinerseits mit Ironie zu parieren und händigt seinem Vorgesetzten stattdessen das Päckchen aus. Der entfernt sogleich fahrig das schützende Ölpapier, mit dem das Bildnis umwickelt ist. Dann kehrt er der offenstehenden Tür den Rücken und hält die zum Vorschein gekommene Ikone mit beiden Händen in die Höhe, so dass ihre schützende silberne Riza das einströmende letzte rötliche Sonnenlicht des Tages spiegelt.

„Wundervoll! Einzigartig! Diese göttliche Reinheit der Linien, die Tiefe der Farben, die raffinierte Schlichtheit des Gewandes, die Erhabenheit ihres Antlitzes. Ein Meisterwerk, Bruder, ein einmaliges Meisterwerk. Und keine Spur mehr von den beiden Schusslöchern. Wer hat eigentlich diese ausgezeichnete Restaurierung vorgenommen?"

Er verstummt, erliegt der geradezu hypnotischen Anziehungskraft des Bildnisses.

„Keine Ahnung", erwidert Michajl.

„Aber darin bestand ja wohl auch der Zweck der Übung, die Schusslöcher verschwinden zu lassen, sonst hätten wir sie ja auch gar nicht unserem Ritus gemäß neu weihen können."

„In der Tat, Bruder, so ist es. Und wo lag nun das besondere Beschaffungsproblem, Bruder?", fragt Arkadij und folgt der Ikone mit den Augen, bis sie wieder im Rucksack Michajls verschwunden ist.

„Nun, du weißt ja, Bruder, die Griechen und ihre Geschenke, so eine Sache. Sie hatten einen ihrer besten Männer auf die Ikone angesetzt, einen gewissen … Atha …"

„Athanassios meinst du? Den Professor? Im Ernst? Bist du sicher?" unterbricht ihn Arkadij und pfeift leise durch die Zähne.

„Das ist sein Name, von einer Professur weiß ich nichts."

„Er ist ein griechischer Calogero im Range eines Professors. Das hat nichts mit dem akademischen Titel zu tun. Er hat es bis zum persönlichen Adjutanten des Ökumenischen Patriarchen in Konstantinopel gebracht. Nicht schlecht für einen frommen Höhlenbewohner, oder? Spezialist für unorthodoxe Missionen, Black Ops in Sandalen, wie der Genosse Kowalski das unlängst nannte."

„Hat einen schrulligen Humor, der Genosse Kowalski, findest du nicht? Erinnert mich an den Genossen Stalin. Der erzählte offenbar gern solche Brüller, während vom Hof und aus den Kellern der Lubjanka die Schreie der Gefolterten und die Salven der Erschießungskommandos drangen. Sonniges Georgien, aber lassen wir das."

Michajls unerwartete Erwähnung des prominenten russischen Massenmörders lässt die Männer einen Augenblick verstummen. Die Sonne ist untergegangen und die erlahmende Seebrise trägt gerade genug feuchte Kälte nach oben, um die beiden frösteln zu lassen. Michajl zuckt mit den Schultern, als wolle er die von ihm selbst geweckten Geister der Vergangenheit möglichst rasch wieder abschütteln.

„Listig wie Odysseus, stark wie Herakles, skrupellos wie Achill dieser Athanassios. Zwei von uns angeheuerte Bulgaren haben ihn drüben auf der Insel im Kugelhagel einmal quer durch den Ort gejagt, bis zur Kirche. Dort sei er urplötzlich wie vom Boden verschluckt gewesen. Kein schlechtes Bild, wie sich später herausstellte. Er war nämlich in einen geheimen Gang abgetaucht, der bis zur ausgetrockneten Quelle am Hafen führt. Stammt wohl noch aus der Zeit der osmanischen Besatzung, als unsere griechischen Brüder im Glauben viel Fantasie und Schweiß darauf verwenden mussten, ihre Aktivitäten unter die Erde zu verlegen. Daraus resultiert ein vielfach verzweigtes Netz unterirdischer Räume und Passagen auf dem Festland wie auf den Inseln, manche noch begehbar, andere verschüttet. Man muss schon genau wissen, was wohin führt, wie immer im Leben."

„Nichts im Vergleich zu dem unterirdischen System des Kremls, meines Erachtens. Nicht, wenn man bedenkt, dass Iwan der Schreckliche eine ganze Bibliothek da untergebracht hat, die ja, wie du weißt, bis heute nicht gefunden wurde. Nein, als Maulwürfe können uns die Griechen nicht das Wasser reichen. Aber ich schweife ab. Was geschah dann?"

„Nun, Bruder, wie du schon sagst, völlig verblödet sind wir ja schließlich auch nicht. Ich hatte bereits so eine Ahnung, dass Athanassios die beiden auf ihn angesetzten bulgarischen Tollpatsche düpieren könnte und lag mit einem Bruder meines Vertrauens am Hafen auf der Lauer, für alle Fälle. Die Insel besitzt ja keinen Flugplatz. Wenn der Professor sie mit der Ikone verlassen wollte, musste er irgendwann am Hafen auftauchen. Genau so kam es. Wir konnten ihn überwältigen und ihm die Ikone entreißen. Doch das hätte nur wenig gebracht. Athanassios hatte nämlich noch weitere Asse im Ärmel. Glücklicherweise nahm ich mir die Zeit, das Päckchen zu öffnen und genauer nachzusehen, bevor wir an Bord der Liwadija gingen. Und was soll ich dir sagen, Bruder, dieser gerissene Sohn einer räudigen Hün… Verzeihung, dieser Athanassios also hatte es tatsächlich fertiggebracht, die Madonna gegen ein Bildnis des heiligen Johannes des Täufers auszuwechseln. Nicht schlecht, eh? Hat was, finde ich. Tausche eine Madonna gegen Johannes."

Arkadij schnalzt bewundernd mit der Zunge.

„Das brachte mich kurz ins Grübeln. Wenn er nicht selbst betrogen worden war, wofür bei seiner Schläue eigentlich wenig spricht, und er also die Madonna tatsächlich im Laden ausgehändigt bekommen hatte, war der einzige Ort, an dem er den Austausch hatte vornehmen können, die Kirche. Also bin ich noch mal nach oben gestiefelt, habe mich durch die Menge der aufgebrachten Dörfler gedrängt und, was soll ich dir sagen, Bruder, da hing sie, die Madonna, zweite Reihe von oben, dritte von links, dort, wo eigentlich der heilige Johannes seinen Platz hat."

„Unglaublich! Das grenzt an Blasphemie. Und der Professor?"

„War angeschossen und trug bei dem Gerangel mit uns im Hafen eine Kopfverletzung davon. Aber er wird's überleben, denke ich. Die Schmach, uns nicht übers Ohr gehauen zu haben, wird ihn länger quälen als die erlittenen Verletzungen."

„Der Ökumenische Patriarch wird die Sache nicht so leicht auf sich beruhen lassen wollen, fürchte ich."

„Werden sehen. Mit Gottes Hilfe … Wie geht's jetzt weiter?"

„Genau nach Plan, hoffe ich. Von hier gelangt die Madonna per Hubschrauber und Schiff auf die Krim und von dort per Flugzeug weiter nach St. Petersburg, in die Kathedrale Peter und Paul. Wenn alles glattgeht."

„Woran du nicht so recht zu glauben scheinst, Bruder?"

Arkadij zuckte mit den Schultern.

„Sagen wir, ich bin mit zunehmendem Alter noch etwas misstrauischer geworden, als ich es ohnehin war. Davon abgesehen, hast du dich um Kirche und Land verdient gemacht. Ich kann mir nicht vorstellen, dass das höheren Orts unbemerkt bleibt. Ein Platz im Beirat der Kathedrale wird demnächst aller Voraussicht nach vakant, aus, sagen wir, biologischen Gründen. Als Direktor des Beirats kann ich natürlich nichts versprechen, versteht sich, demokratische Wahl und so weiter, aber mir ist, als hörte ich deinen Namen bereits Erwähnung finden. Wir alle sind dir zu großem Dank verpflichtet."

Michajl wehrt bescheiden ab. „Man tut mit Gottes Hilfe, was man kann. In die Lawra möchte ich allerdings in der Tat nur sehr ungern zurück. Einsiedlertum macht schwermütig und Selbstgeißelung ist auch nicht mehr, was sie anscheinend mal war, wenn man den Altvorderen glauben darf."

Die Nacht hat die Gelegenheit genutzt und ist unbeachtet über Land und Meer hereingebrochen. Die beiden Männer treten aus der Kapelle ins Freie, wo der Himmel Myriaden von Lichtpunkten flackern lässt.

„Apropos, wie kommst du eigentlich wieder hinunter ins Tal, Bruder Arkadij?"

„Soll das heißen, du traust mir den Weg nicht mehr zu, Bruder Michajl? Glaub' mir, ich stehe sicherer auf den Beinen, als es offenbar den Anschein hat."

„Natürlich, davon bin ich überzeugt. Ich meine nur, in der Dunkelheit kann man leicht vom Pfad der Tugend abkommen und in ungeahnte Abgründe des Verderbens fallen."

Arkadij ist sich plötzlich nicht sicher, ob die Doppelbödigkeit der Worte Michajls dreiste Hinterfotzigkeit oder im Gegenteil das Produkt seiner Naivität ist. Spinnt er insgeheim vielleicht schon Intrigen gegen ihn? Will er seinen jüngsten spektakulären Erfolg bei der Mission Madonna zu seinen Gunsten ausschlachten, um sich beim Genossen Kowalski einzuschmeicheln und ihm, Arkadij, seinen Direktorenposten streitig zu machen? Hat Arkadij eine Schlange an seinem Busen genährt? Vorsicht, Bruder, einen Arkadij reinzulegen haben schon ganz andere versucht und wurden letzten Endes für ihr Bemühen doch nur mit einem schlichten Holzkreuz auf dem einen oder anderen provinziellen Gottesacker belohnt.

„Amen, Bruder, und genau dessen eingedenk habe ich, mit Verlaub, meine private Himmelfahrt organisiert. In meiner Position genießt man gewisse Privilegien, die zwar nicht an jene der Kurienkardinäle des Vatikans heranreichen, Gott behüte uns vor solch maßloser Hybris. Aber immerhin, auch als Orthodoxe müssen wir unser Licht nicht unter den Scheffel stellen. Und was sind Privilegien, wenn man sich nicht ab und zu ihrer bedient? Ungedeckte Wechsel, wertlose Glasmurmeln."

Er kramt eine Taschenlampe hervor, knipst sie an und sieht auf seine Armbanduhr.

„Es müsste jeden Moment soweit sein, Bruder. Ich wünsche dir deshalb jetzt bereits sicheren Abstieg und alles Gute für das weitere Fortkommen im Namen des Herrn …"

Wie aufs Stichwort fällt plötzlich ein unerträglich grelles Lichtbündel von schräg oben auf die beiden Russen. Michajl weicht instinktiv zwei Schritt zurück. Für ein paar verstörende Sekunden glaubt er wirklich, Zeuge der angekündigten und durch das Licht der Erleuchtung eingeleiteten Himmelfahrt Arkadijs zu werden. Erst als er das Brummen des Motors, überlagert vom hellen Singen der Rotorblätter eines offenbar schallgedämpft fliegenden Stealth-Hubschraubers registriert, der sich allem Anschein nach gegen die Windrichtung der Kapelle nahezu geräuschlos genähert hat, begreift er, was vor sich geht.

Oder vielleicht doch nicht? In der Dunkelheit kann der Hubschrauber im zwar überschaubaren, aber sehr unebenen Gelände nicht gefahrlos aufsetzen. Da hier oben andererseits auch kein Baum wächst, muss der Pilot keine Rücksicht auf die spärliche Vegetation nehmen und kann seine Maschine bis auf etwa Mannshöhe zu Boden drücken und in dieser niedrigen Höhe schweben lassen. Die beiden Russen halten sich die Hände vor die Augen, um nicht vom Scheinwerfer oder vom aufgewirbelten Staub geblendet zu werden. Arkadij hat sich seinen Rucksack übergestreift und schickt sich gerade an, mit Michajls Hilfe an Bord des Hubschraubers zu steigen, als zwei schwarz vermummte und offenbar bis an die Zähne bewaffnete Gestalten mit Sturmhauben aus der Maschine springen und die Läufe ihrer Maschinenpistolen auf die völlig fassungslosen Russen richten.

„Wo ist sie?", ruft eine der Gestalten auf Englisch.

Allmählich dämmert es Arkadij und Michajl, dass sie es nicht mit dem bestellten fliegenden Taxi, sondern mit einem anderen, feindlichen Helikopter zu tun haben. Setzen die beiden angesichts dieser überraschenden Wendung auf ein neuerliches Manöver des Professors, werden sie enttäuscht, denn die Stimme, die sie gerade hören, ist zwar recht tief angesiedelt, dennoch unzweifelhaft die einer Frau.

„Wo ist sie", wiederholt die Amazone. „Proschu njemedljenno otvetit', brat'ja," wiederholt die Frau auf Russisch.

„Ichch frage nicht noch einmal."

Das Russische verleiht ihrer Stimme eine unüberhörbare Schärfe und suggeriert den beiden Männern, die ihre Hände über den Kopf gehoben haben, dass dies keine leere Drohung sein könnte. Arkadij weist zur Kapelle, wo Michajls Rucksack mit der Ikone liegt. Um diese und nur um diese geht es den Räubern anscheinend.

„Davajt'je, poschli, towarischtschi! Geh' und hol sie", befiehlt ihm die Frauenstimme.

„Otschen' ostoroženko, keine Tricks, bitte, sonst nehmen wir euch mit und werfen euch aus dem Hubschrauber, ponjali drug druga, nije li tak?"

An einer solch privilegierten Stätte nahe dem Himmelszelt erschossen zu werden, wäre jetzt auch nicht unbedingt das Schlimmste, denkt Michajl. Wenn schon tot, dann wenigstens an einem Ort wie diesem, niedergestreckt in Ausübung seiner Pflichten, noch dazu im Streit mit einem offensichtlich gefallenen Engel. Aber lebendig in tausend Meter Höhe oder mehr aus einem Hubschrauber geworfen zu werden, ist nicht annähernd so verlockend. Er geht langsam rückwärts, bis er die Tür erreicht. Dann dreht er sich um und holt seinen Rucksack. Er setzt ihn demonstrativ vor den vermummten Gestalten auf die Erde, öffnet ihn und entnimmt ihm die eingewickelte Ikone.

Die Frau senkt den Lauf ihrer Waffe und nimmt das Bildnis entgegen. Während ihr Begleiter - Größe und Statur verraten den Mann - eine Stablampe auf das Päckchen richtet, wickelt die Frau die Ikone aus, betrachtet sie kurz und packt sie wieder ein.

„Bitte vorsichtig damit...", ruft Michajl in schlechtem Englisch, das die Vermummten möglicherweise sowieso nicht hören können und macht reflexhaft einen Schritt nach vorn, der leicht sein letzter hätte sein können, wenn die Dame mit der Maschinenpistole einen etwas nervöseren Zeigefinger hätte.

Der gefallene Engel behält jedoch die Übersicht und feuert lediglich eine Salve zur Warnung in die Luft. Dann zieht sich die Frau zum immer noch in niedriger Höhe schwebenden Hubschrauber zurück. Sie wirft die Ikone zum Entsetzen der Russen wie ein UPS-Päckchen auf einen der Sitze und klettert an Bord, während ihr Komplize die Russen in Schach hält. Schließlich wechseln sie die Rollen: Während er zur anderen Seite des Hubschraubers läuft und einsteigt, richtet sie ihre Waffe auf die Russen. Eigentlich eine unnötige Vorsichtsmaßnahme, denn weder Arkadij noch Michajl haben es für erforderlich gehalten, Waffen auf den Athos zu bringen, was man ihnen andererseits auch nicht unbedingt ansieht.

Kurz bevor der Pilot den Hubschrauber jäh hochzieht, ruft der Engel den Russen noch etwas zu, das nur beim näher an der Maschine stehenden Michajl ankommt. Zudem hält Arkadij sich seine Ohren zu, um den schmerzenden Lärm wenigstens etwas zu dämpfen. Dann dreht der Hubschrauber nach Süden ab, ohne die beiden schnell zu Punkten schrumpfenden Gestalten am Boden voreilig aus dem Lichtkegel des Scheinwerfers zu entlassen.

Als der Hubschrauber vom Boden aus nur noch ein irrlichterndes Glühwürmchen am funkelnden Sternenhimmel ist, kommen die beiden allmählich wieder zu Sinnen.

„Der Herr hat es gegeben, der Herr hat es genommen", sagt Michajl.

„Amen", nickt Arkadij.

„Der Patriarch?", fragt Michajl leise.

Arkadij schüttelt energisch den Kopf.

„Glaube ich nicht. Der hätte den Professor geschickt. Eine Frau? Wer beauftragt eine Frau mit so etwas?"

„Jemand, der sichergehen will, dass die Sache auch wirklich klappt?"

Entweder entgeht Arkadij die feine Ironie Michajls oder er stellt sich mit der wachsenden Neigung des Alters zu selektiver Wahrnehmung taub. Dann entnimmt er seinem Rucksack ein Satellitentelefon und wählt eine sehr lange Nummer. Es dauert eine Weile, bis im nächtlichen Moskau jemand abhebt.

„Hallo? Genosse Kowalski? Genosse … Ja, hier Arkadij Wassiljewitsch … Genau der, von der Operation … Nein, leider nicht, Genosse Kowalski, es ist uns gerade etwas dazwischengekommen. Was soll ich sagen, man hat uns beraubt. Ja. Nein, wissen wir leider nicht. Zwei Personen … eine davon eine Frau."

Lenin zuckt und hält das Telefon ein wenig weiter von seinem Ohr weg.

„Kein Grund zur Blasphemie, Genosse Kowalski. Allem Anschein nach ist der Kreis der … Interessenten größer, als wir ahnen konnten. Das kompliziert die Sache natürlich. Ich muss um Back-up nachsuchen, um …" Erneut hält Arkadij das Telefon auf Abstand.

„Wladimir Wladimirowitsch? A čёrt voz'mi. Speznas? Im Ernst jetzt? Ich verstehe. Wie?"

Er bedeckt kurz das Mikrofon mit der Hand und wendet sich Michajl zu, der Anstalten macht, auch etwas beizusteuern.

„Genosse Kowalski, ich höre gerade, die Frau hat uns ihren Namen zugerufen. Warum, weiß der Kuckuck. Vielleicht, um ihre Visitenkarte zu hinterlassen, so eine Art Gaunerehre womöglich. Wer kennt sich schon in diesem Milieu aus. Oder mit Frauen. Wie? Ja, sicher, Genosse, ganz Ihrer Meinung. Klang jedenfalls wie …, eh, klang wie bitte?"

Er lehnt sich zu Michajl, der ihm ins andere Ohr spricht. „Voltaire? Volière oder Molière. Wie, Genosse? Solitaire? Ach, Sie kennen sie?"

Es folgt eine weitere kurze Tirade, die Arkadij an sich abperlen lässt, indem er das Telefon nervös vorüberhuschenden Fledermäusen hinhält.

„Verstanden, Genosse Kowalski. Sicher, wir bleiben am Ball, machen Sie sich keine Sorgen. Versteht sich, ausführlicher Bericht mit Kopien an FSB, GRU, FPS, RWE, Pardon, SWR, Abteilung subversives was? … Wie bitte? Ach ja, verstanden. Sicher, sobald wir mehr über die Zusammenhänge wissen. Over, znatschit, out."

Er hängt auf und legt das Telefon zurück in seine Tasche.

„So, wie es aussieht, Mischa, und ich gebe dir das unter dem Siegel strenger Verschwiegenheit weiter, so wie es aussieht, hat inzwischen sogar der Genosse Präsident Blut geleckt, ich meine, bildlich, du verstehst, was ich meine. Hat die Angelegenheit zur Chefsache erklärt. Du kennst ja seine merkwürdige Leidenschaft fürs Detail. KGB'ler der alten Schule eben. Ich muss dir nicht ausbuchstabieren, was uns blüht, wenn diese Operation in die Hose geht. Dann wirst du dir noch wünschen, deine Lawra nie verlassen zu haben und dich nach den Abenden mit Selbstgeißelung sehnen, das garantiere ich dir. Wir müssen diese Frau auftreiben, diese Voltaire, Molière …"

„Solitaire", korrigiert ihn Michajl.

„Was auch immer", knurrt Arkadij.

Seltsamer Name. Heißt so nicht ein Spiel?"

Michajl nickt.

„Ja, ein Kartenspiel. Als Hauptpreis winkt ein unbefristeter Urlaub im Gulag unserer Wahl."

3. Der dritte Passagier.

Wie zu Beginn eines jeden Wochentags herrscht auch heute Morgen heilloses Gedränge auf der Landungsbrücke des Fähranlegers Kabataş der Istanbuler Şehir Hatları oder Stadtlinien, deren Schiffe so gut wie alle Stadtteile am Goldenen Horn, Bosporus und Marmarameer miteinander verbinden. Die für europäische Verhältnisse spottbilligen Fähren dienen den weniger begüterten einheimischen Pendlern als erschwingliches und, bei normalen Witterungsverhältnissen, äußerst zuverlässiges Transportmittel. Touristen und kurz entschlossenen „Aussteigern" bieten sie die Möglichkeit, dem ganz gewöhnlichen Irrsinn des wuseligen Tollhauses Istanbul ein Stündchen oder zwei zu entrinnen, ihre Lungen mit Seeluft zu füllen, zu sich zu kommen und, an guten Tagen, sogar ein wenig Sonnenschein zu tanken oder einem Schwarm Tümmlern beim Buckeln zuzusehen.

Ganz allein mit sich und seinen Gedanken ist der Tourist zwar auch da draußen nie - wie sollte er, in diesem Ballungsgebiet mit seiner Bevölkerung, deren genauen Umfang zwar niemand so genau zu kennen scheint, aber jeder bedenkenlos auf etwa fünfzehn Millionen zu beziffern bereit ist. Dazu gesellt sich der Umstand, dass mindestens die Hälfte dieser Leute Tag und Nacht in Bewegung scheint, was die Gesamtmenge gefühlt verdoppelt. Doch wenn man die Augen schließt, sich den Wind um die Ohren wehen lässt und bei einem Glas heißen Tees und einem Simit oder Sesamkringel dem Kreischen der gierigen Möwen lauscht, kann man sich kurzzeitig auf einer Kreuzfahrt durch die Kleine Antillen wähnen.

Wer viel Zeit hat oder sie sich einfach nimmt, kann eines der beiden hauptsächlichen maritimen Istanbuler Ausflugsziele ins Auge fassen - den Bosporus bis zu seiner Mündung ins Schwarze Meer oder das Archipel der – im Westen – so genannten Prinzeninseln, die bei den prosaischeren Türken einfach nur die Inseln heißen. Solch lapidarer und bei oberflächlicher Betrachtung leicht herablassend wirkender Umgang mit Toponymen hat in diesem Teil der Levante System und bildet eine Tradition, der Istanbul selbst seinen Namen verdankt.

Fragte man bis in die Neuzeit einen Reisenden der Gegend, wohin er denn fahre, reite oder wandere, so pflegte der in aller Regel auf Griechisch zu antworten: eis tin poli, also „in die Stadt". Dabei konnte er es im Bewusstsein belassen, dass der neugierige Fragesteller schon wusste, was gemeint war: nicht etwa Athen, Alexandria oder Korinth, sondern Konstantinopel, das damals ähnlich zum Inbegriff der Stadt schlechthin geworden war, wie in späteren Epochen Rom oder heutzutage New York. Eis tin poli verschliff sich im Laufe der Zeit zu Is-tan-bul, das von den meisten Griechen, wahrscheinlich in Verkennung seines griechischen Ursprungs, auch heute noch zugunsten des älteren Konstantinopel gemieden wird, obwohl dieser Name ja eigentlich eher nach Rom zurückverweist - nur ein Beispiel von vielen für die Begriffsverwirrungen, denen man in diesem Schmelztiegel der Religionen, Sprachen und Kulturen erliegen kann.

Bei der Taufe von Schiffen, nicht zuletzt von liebgewonnenen Fähren, werden auch die Türken oft wesentlich expliziter. Das Angebot ist im Prinzip unerschöpflich, reicht theoretisch von M/S Aliye bis zur M/S Zarife und weit darüber hinaus. Das jedoch wäre banal und gleichsam herzlos gegenüber einem Transportmittel, auf dem man Tag für Tag Stunden verbringt und das daher mit den Jahren gewissermaßen zur Familie gehört. Nur so ist wohl zu verstehen, dass die gerade anlegende Fähre nicht nur promoviert wurde, sondern noch höhere akademische Weihen erlangt hat. An Bord der Professor Dr. Ömer Karamanoğlou zu gehen, heißt, stolz Schulter an Schulter mit der intellektuellen Elite des Landes zu stehen. Und Stolz darf getrost als eine der wesentlichsten türkischen Sekundärtugenden betrachtet werden.

Ganz so, als biete sich mit dem Eintreffen dieser Fähre der Mühseligen und Beladenen hier und jetzt gegen die Zahlung des Charonspfennigs die allerletzte Gelegenheit, dem Verhängnis durch die Überfahrt von der europäischen zur asiatischen Seite zu entgehen, stürzen bei Kabataş Männlein und Weiblein, Kind und Kegel mit und Sack und Pack, Gedränge und Geschiebe geradezu panikartig auf das Schiff. Schließlich gilt es, die Lieblingsplätze in der Einheits-Holzklasse des wie ein Eisenbahnwaggon möblierten Salons an Oberdeck zu ergattern. Unternehmungslustige Passagiere meist jüngeren Alters ziehen, zumal im Sommer, die Sitzbänke im Freien entlang der Reling an Backbord und Steuerbord vor. Hier kann man nicht nur die Seele, sondern auch die nackten Füße baumeln und von einer der ab und zu hochschwappenden Wellen benetzen lassen.

Zwei Männer in dem Alter, das man gern das „gesetzte" nennt, sind eben erst hastig einem gelben Taxi entstiegen und schaffen es unter dem anspornenden Gejohle der anderen Passagiere gerade noch über die primitive eiserne Stelling an Bord. Dann wird diese über den Zement schrabbernd und knirschend eingezogen. Die Professor Dr. Ömer Karamanoğlou legt dreimal diskret tutend ab und nimmt so rasch und beinahe geräuschlos Fahrt auf, dass man meinen könnte, sie sei nicht mit einem konventionellen

Dieselmotor, sondern mit einem aus dem Stand eindrucksvoll beschleunigenden Elektroantrieb ausgestattet.

Die beiden Männer sind lässig, aber so ausgesucht unauffällig gekleidet, dass sie schon wieder Verdacht erregen. Für Berufspendler eine Spur zu alt, für Touristen eine Spur zu bodenständig, für Rentner eine Spur zu elegant, für Inselbewohner eine Spur zu urban, stellen sie den Beobachter vor die Frage, was sie wohl auf dem Dampfer zu suchen haben. Sie steigen auf dem großzügig breit gehaltenen Niedergang an Oberdeck, durchqueren den Salon, der eine leicht hinkend, der andere eher leichtfüßig tänzelnd, und klemmen sich wie zwei Bierzeltgäste draußen auf dem zugigen Vordeck des Schiffs, das Seeleute die Back nennen, zwischen eine der heute Morgen praktisch verwaisten, am Boden festgeschraubten grobschlächtigen Holzbänke und den ebenfalls fest verschraubten langen, ungedeckten Tisch . Unterhielten sie sich nicht leise auf Türkisch, würde man sie vielleicht für griechische Gläubige halten, die kurz vor dem orthodoxen Osterfest zum Kirchlein des Heiligen Georg auf der Insel Büyük Ada pilgern.

Der simple Name dieses größten Eilands des Archipels liefert einen neuerlichen Beweis für die nüchterne Sachlichkeit der als levantinisch-überbordend verschrienen Türken. Mit etwas weniger Wohlwollen könnte man es freilich auch als Fantasielosigkeit brandmarken, zumal ihre ehemaligen Besitzer die Insel als Prinkipo kennen. Das ist zwar auch nicht wirklich griechischen, sondern „fränkischen" Ursprungs, hat aber etwas mehr Stil und Eleganz als das einfältig anmutende Echo des kindlichen türkischen „Sieh mal, Abi, große Insel, maşallah!"

Das hiesige religiöse Brauchtum will es, dass die christlich-orthodoxen Pilger den langen und sehr steilen, ja, fast vertikalen Weg zur Kapelle des Heiligen Georg im Schweiße ihres Angesichts erklimmen. Das Kirchlein liegt auf dem Gipfel des höheren der beiden Höcker, die der Insel von Ferne das Aussehen eines Kamels verleihen, das den Schuss zur Teilung der Fluten überhört hat und nun für immer bis Unterkante Oberlippe im Wasser feststeckt.

Der beschwerliche Aufstieg der Pilger ist in etwa vergleichbar mit dem allerdings auf allen Vieren zu absolvierenden Bußgang zur Panagia Evangelistria oder Marienkirche der Zykladeninsel Tinos. Während man sich dort mit Wonne aufs Pflaster wirft und kriechend an den Rand des physischen Zusammenbruchs bringt, belässt man es hier beim aufrechten Gang und begnügt sich damit, bunte Schleifchen und Stoffbänder an die Büsche und Bäumchen links und rechts des kopfsteingepflasterten Wegs zu binden. Das hat etwas dezidiert Folkloristisches und zieht deshalb auch Angehörige anderer Glaubensrichtungen an, so dass die christliche „hadsch" zu einer Art ökumenischen Volksfestes wird.

Sobald die Professor Dr. Ömer Karamanoğlou die Häfen von Kadikoy und Bostanci hinter sich gelassen hat, ist sie nur mehr zur Hälfte ihres beachtlichen Fassungsvermögens von mehreren hundert Passagieren gefüllt und das von Vokalharmonien dominierte , sich gern auf dem nichtssagenden „şey" oder Dingsbums ausruhende, wie kollernde Glasmurmeln klingende Türkisch erhält plötzlich ernsthafte Konkurrenz in Form von herablassend geknödelten griechischen Sibilanten, für deren halbwegs kprrekte Aussprache ein passgenaues Gebiss unerlässliche Voraussetzung ist. Da Zahnersatz aber von den notorisch klammen Krankenkassen selten erstattet werden, steht es mit der Artikulation dieser altehrwürdigen Sprache heutzutage milde gesagt nicht zum Besten.

„Verdammtes Griechenvolk", murrt der tänzelnde der beiden Spätankömmlinge mit leicht tuntigem Tonfall und wirft sich schleunigst in seinen über den Arm gefalteten dunkelblauen Trenchcoat, mit dessen Hilfe er dem Fahrtwind zu trotzen gedenkt.

„Werden Jahr für Jahr mehr, genau wie diese syrischen Flüchtlinge, efendim. Wahrscheinlich rechnen sie damit, dass wir es nicht merken, bis sie eines Tages die Inseln kampflos zurückerobert haben."

Um seinen Hals schmiegt sich der Kragen seines schwarzen Rollis wie der oberste Teil eines auf Abstand kratzig wirkenden Büßerhemds. Seine modische Sonnenbrille mit dem Top-Gun-Spiegeleffekt ist wohl eine Art Vorschuss auf die bald einsetzende Sommerfrische.

Sein Gegenüber trägt eine schwarze Lederjacke, schwarze Cordhose und ein den Hinterkopf freilassender Basecap der New York Yankees.

„Sollen sie", entgegnet der Yankee gelassen.

„Ich bin nicht scharf drauf. Von mir aus können sie sie jederzeit wiederhaben. Verschwinden doch sowieso beim nächsten Erdbeben alle spurlos im Meer, aus dem sie gekommen sind. Inşallah, Gottes Wille geschehe."

Die Stimme des Yankees ist seltsam schwach, kompensiert die fehlende Durchschlagskraft aber durch eine schrille Höhe am Rande weibischen Keifens.

„Efendim, Ihre Seelenruhe möchte ich haben", lacht der tuntige Trenchcoat mit dem Büßerhemd.

Der Yankee zuckt mit den Schultern.

„War nicht immer so. Das Ergebnis von viel Meditation und Selbstfindung."

„Ja, kann ich mir vorstellen. Was soll man im Knast auch sonst groß machen. Aber um auf unser Geschäft, unser siftah, zurückzukommen, Abi. Ich spiele auch hier wieder nur den ehrlichen Makler, wie Sie wissen. Der Auftraggeber selbst ist mir nicht einmal persönlich bekannt. Alles, was ich weiß - es soll sich um eine zahlungskräftige Person handeln, bona fide, und zwar so was von."

Der Yankees setzt sein Basecap ab und streicht sich über den Schädel. Seine Kopfhaut ist weder ganz kahl, noch im landläufigen Sinne behaart, gleicht eher einem stacheligen Kaktus. Sein linkes Ohr ist nur noch zur Hälfte vorhanden, so als hätte ein Raubtier ihm den unteren Teil abgebissen. Die deutlich sichtbare Narbe, die mit der entstellenden Verwundung einhergeht, ist zu frisch, als dass es sich um eine Kriegsverletzung handeln könnte – eher um die Hinterlassenschaft irgendeines Schusswechsels zwischen verfeindeten Istanbuler Banden.

Ein durch die Gänge zwischen den Tischen und Bänken wieselnder çaici nähert sich mit seinem runden metallenen Tablett voller tulpenförmiger Gläser und aufeinandergestapelter Sesamkringel dem Tisch der beiden. Die Männer nehmen je eines der Gläser mit dampfend heißem „Hasenblut", wie die Türken ihren

Tee wegen seiner rötlichen Farbe nennen. Dann bitten sie um ein paar simit, die sie der Einfachheit halber zweiteilen. Der nervös wirkende Trenchcoat zündet sich obendrein noch eine Zigarette an. Angesichts seines Erregungszustandes ist zu befürchten, dass er jeden Augenblick in die Zigarette beißen und den Kringel anzünden wird.

„Der Auftraggeber kennt meine Preisvorstellung?", fragt der Yankee nippt an seinem Tee, wobei er ein Stück Würfelzucker zwischen die Zähne klemmt.

„Affirmativ", entgegnet der Trenchcoat, dessen Sprachgebrauch den ehemaligen Militär verrät oder simuliert.

„Sagen wir, er weiß, dass Sie sich Ihre Dienste fürstlich entlohnen lassen."

Der Trenchcoat senkt seine Stimme und lehnt sich zum Basecap über den Tisch, so dass dem fast die Zigarettenasche in den Tee fällt.

„Geht mich ja absolut nichts an, aber warum jemand bereit ist, so viel Asche für eine dämliche Ikone rüberzuschieben, ist mir ein Rätsel."

„Die Faszination, die für Leute wie mich von Ikonen ausgeht, einem Moslem wie Ihnen näherzubringen, hieße, einem von Geburt an Blinden Farben zu beschreiben."

Diese halbblaut eingeflochtene Bemerkung kommt nicht vom Yankee, sondern von einer dritten Person, die sich unbemerkt bis auf Hörweite an die beiden Gesprächspartner herangepirscht hat. Der Trenchcoat und sein Gegenüber zucken zusammen und versenken ihre jeweilige Rechte ins Innere von Mantel und Jacke.

„Kein Grund zur Hektik, arkadaşlar" beruhigt sie der leicht aufdringlich wirkende dritte Passagier und breitet selbst seinen linken Arm weit aus, um die friedliche Natur seiner Einmischung zu demonstrieren. In der Rechten trägt er einen weißen, schwanzwedelnden Pudel, dem die beiden am Tisch so wenig über den Weg zu trauen scheinen, wie seinem Herrchen. Der Hundefreund ist in eine blaue Windjacke und Jeans gekleidet, wohl in der heimlichen Hoffnung, dass die zeitlose Hose ihn jünger erscheinen lassen möge, als er wirklich ist.

Tatsächlich dürfte er die Leiter nämlich bereits an die Sechzig gelehnt haben. Das alles beherrschende Merkmal seiner Physiognomie ist sein buschiger, etwas wild sprießender Schnurrbart, der ihn wie einen Enkel Friedrich Nietzsches aussehen ließe, wären da nicht die schmalen Reptilienpupillen, die ihn dann doch vom Philosophen des Übermenschen ebenso unterscheiden, wie die fehlenden Ohrläppchen. Ein Gendefekt möglicherweise, der aber sein Gehör in keiner Weise zu beeinträchtigen scheint. Was die Frage aufwirft, ob der Allmächtige den Menschen in weiser Voraussicht nur deshalb mit Ohrläppchen versehen hat, damit er allerlei schmückendes Gehänge daran befestigen möge. Was den Herrgott unter den Generalverdacht einer gewissen Verspieltheit stellen würde.

„Sie müssen uns beide, Meffi und mich, für unser vorwitziges Verhalten entschuldigen, aber ich glaube verstanden zu haben, dass Sie gerade von mir sprechen. Dürfen wir uns einen Augenblick zu Ihnen setzen?"

Die beiden legen ihre Hände wieder auf den Tisch, mustern den Neuankömmling und seinen Pudel jedoch weiterhin misstrauisch.

„Was Sie da gerade abziehen, ist eigentlich meine Nummer", sagt der Yankee mit der Fistelstimme und dem Kaktuskopf, lädt Nietzsche aber zugleich mit einer lässigen Handbewegung ein, sich neben den Trenchcoat zu setzen.

„Man nennt mich in der Istanbuler Unterwelt nicht ohne Grund Hakan den Leisen. So, wie es aussieht, könnte ich von Ihnen aber noch lernen. Darf ich nach Ihrem Namen fragen?"

Nietzsche lächelt nachsichtig, setzt den Pudel auf der Bank ab und öffnet den Reißverschluss seiner blauen Paul & Shark-Windjacke ein wenig am Hals, so dass eine hässliche Narbe sichtbar wird, die sich vom rechten fehlenden Ohrläppchen fast bis zum Kehlkopf zieht. Jemand muss irgendwann versucht haben, Nietzsche für immer zum Schweigen zu bringen, indem er ihm die Kehle durchschnitt, aber dafür entweder ein zu stumpfes Messer benutzte oder sich nicht hinreichend in der Anatomie des menschlichen Halses auskannte. Falls der Mann nur halb so frauenfeindlich ist, wie sein von Syphilis geplagtes Ebenbild, dürfte der Kreis der in Frage kommenden so unüberschaubar sein, dass sich die üblichen Verdächtigen entspannt zurücklehnen können.

„Was sind schon Namen in unseren Kreisen anderes als Schall und Rauch, eh, Meffi?"

Er bückt sich nach seinem Pudel und streichelt ihn an der Brust.

„Nehmen Sie Meffi hier. Sein voller Name ist Mephistopheles, aber niemand nimmt sich die Zeit, ihn auch so zu nennen. Alle sagen nur Meffi. Vielleicht aus dem uralten Aberglauben heraus, dass die bloße Anrufung des Teufels bei einem seiner Namen Unglück bringt, das seine Verharmlosung hingegen abzuwenden geeignet ist"

Der schuldbewusste Blick des Hundes lässt vermuten, dass er schon daran gewöhnt ist, im Zweifel als Sündenbock für alles und nichts herzuhalten.

„Schall und Rauch, Asche und Staub. Ich habe von Ihnen gehört, Hakan Efendim, und wollte mir gern selbst ein Bild von der lebenden Legende machen. Außerdem ziehe ich es vor, meine Geschäftspartner persönlich kennenzulernen. Falls Sie eine Geschäftsbeziehung der etwas anderen Art wie diese überhaupt ernsthaft in Erwägung ziehen, heißt das."

„Sie sprechen unsere Sprache erstaunlich fließend", räumt Hakan leicht beleidigt ein, „aber nicht gut genug, um als geborener Türke durchzugehen. Nicht mein Problem. Aber warum wenden Sie sich an mich, anstatt selbst Hand anzulegen, zumal Sie Land und Leute doch bestens zu kennen scheinen?"

Nietzsche wehrt ab und krault Meffi unter dem Kinn.

„Sie haben recht. Meine Vita und, nun ja, ein gewisses Talent vielleicht, gestatten es mir, den Türken in der Türkei zu geben, Grieche in Griechenland zu sein, zum Russen in Russland zu werden, den Franzosen in Frankreich zu spielen und so weiter. Meine enzyklopädische Belesenheit und, sagen wir, Flexibilität in Glaubensdingen sind dabei natürlich von Vorteil. Ich bin in den Suren des Korans so bewandert wie in den Büchern des Alten und des Neuen Testaments. Ich diskutiere, wenn es denn sein muss, mit verstörend engstirnigen Kabbalisten über den Zohra und mit ewig besorgt blickenden Rabbinern über den Midrasch. Alles hoffnungslos überschätzte Produkte der menschlichen Sehnsucht nach einer ordnenden Hand im lebensfeindlichen Ambiente des Universums, wenn Sie mich fragen. Der Umstand, dass unserer Existenz keine inhärente Logik eignet, macht viele von uns krank. Wieso eigentlich? Logik ist auch nur die überschätzte Macht des scheinbar Systemischen. Wenn ich will, kann ich jederzeit die langatmige Schöpfungsgeschichte als zwangsläufige Abfolge logischer Syllogismen darstellen. Was aber beweist das? Nichts, denn schon morgen präsentiere ich sie Ihnen als Serie lupenreiner Zufälle. Aber ich will Sie nicht mit meinen blasphemischen Exkursen langweilen."

„Das tun Sie nicht. Ihre Sicht der Dinge interessiert mich. Allerdings klingen Sie für mich nicht wie ein überzeugter Parteigänger des Judentums. Als was würden Sie sich bezeichnen – als Jehovas Hofnarr, als Nihilist?", fragt Hakan.

„Nein, aber ich weiß Ihren Ansatz zu schätzen. Sehen Sie, ein Nihilist verneint die universale Gültigkeit von Werten. Ich verneine schon deren Existenz. Werte setzen ein Koordinatensystem voraus, das es in Wahrheit nicht gibt. Im Chaos aber erwächst der Zufall zum alleinigen Ordnungsprinzip. Nur der Tod setzt dem ein zwangsläufiges Ende. Er öffnet die Schleuse des Vergessens, damit das Chaos des Lebens vom Ozean des Nichts, der kosmischen Leere, hinweggeschwemmt werde."

„Und selbst wenn. Gehen Sie mal ein paar Schritte zurück und betrachten Sie uns mit den Augen eines Schöpfers des Universums mit vielleicht Hunderten, Tausenden von irgendwie bewohnten Planeten wie dem unsrigen, alles mehr oder weniger geglückte Experimente. Zu glauben, dass ein solch höheres Wesen sich ausgerechnet unser annehme, scheint mir der Gipfel der Hybris. Was tragen wir mit unserer Borniertheit und blindem Gewinnstreben insgesamt zum Gelingen des Experiments bei? Wenig, fürchte ich. Dieser Planet wäre ohne uns unvergleichlich besser dran. Um keinen von uns ist es je schade. Asche und Staub, Asche und Staub."

„Und welche anderen Konsequenzen als baldigen Selbstmord ziehen Sie daraus?"

„Suizid ist immer eine Möglichkeit, eine, die sich mir zudem in der Tat immer wieder mal aufdrängt. Aber das kann warten. Vorher gilt es, die Erde von einigen anderen, noch viel schädlicheren Individuen zu befreien."

Hakan lehnt sich zurück, um seinen Worten eine Emphase zu verleihen, die seine Stimme allein nicht hergibt.

„Da nach Ihrer Überzeugung keine ordnende Hand existiert, übernehmen Sie diese Aufgabe quasi kommissarisch, indem Sie entscheiden, wer lebt und wer stirbt, vor der Zeit und wo nötig gewaltsam, richtig?"

„Ich bin beeindruckt. Und fühle mich zugleich in der Wahl meines hiesigen Geschäftspartners bestätigt. Sie haben recht. Für den, der keine Werte kennt, gibt es auch keine Notwendigkeit der Rücksichtnahme. Insofern ist meine Wandelbarkeit zugleich Ursache und Konsequenz eines universalen Machtanspruchs."

„Mehr nicht?"

„Mehr nicht. Der Rest ist wohl meinen Ursprüngen, meiner DNA geschuldet. Als gebürtiger Jude musste ich mich früh für die Laufbahn eines Zelig entscheiden. Sie kennen die Figur des Zelig aus dem gleichnamigen Woody-Allen-Film? Alle haben herzlich darüber gelacht. Uns Juden ist das Lachen im Halse steckengeblieben. Wir sind alle irgendwo Zeligs. Wie anders hätten wir die Jahrhunderte gnadenloser Verfolgung durch so gut wie alle und jeden überstehen können? Die Kunst der Wandelbarkeit eines Chamäleons und die schier grenzenlose Anpassungsfähigkeit eines Kraken sicherten unser Überleben."

„Bei mindestens sechs Millionen von Ihnen hat das Rezept aber versagt, wie es scheint."

„Auf diesen Einwand habe ich natürlich gewartet. Sie haben recht, aber ich plädiere auf mildernde Umstände."

„Die wären …?"

„Niemand konnte ahnen, dass ausgerechnet diese kultivierten, zivilisierten Deutschen sich von einem einzigen verkrachten Irren ohne nennenswerte Bildung und bar jeden Formats zu solch apokalyptischen Gräueltaten würden aufwiegeln lassen. Das war beispiellos und insofern Neuland. Aber wir haben daraus gelernt: Principiis obsta, wehre den Anfängen, auch dann, wenn sie zunächst scheinbar verwirrt daherkommen. In der Politik hat auch Wahnsinn leider Methode. Sei's drum, niemand wird sich je wieder ungestraft am Volk des Herrn vergreifen, dafür ist gesorgt."

„Sie verlangen nach Ihrem Pfund Fleisch, geht's darum?"

Nietzsche lacht.

„Ein Pfund Fleisch als Preis für sechs Millionen? Wir sind wahrscheinlich nicht alle so geschäftstüchtig, wie man uns nachsagt, können aber gut genug rechnen, um das nicht für einen fairen Handel zu halten. Nein, ich bin kein Shylock, keine armselige Krämerseele, wiewohl ich ein schwarzes Hauptbuch führe. Die Außenstände, die ich eintreibe, sind substantieller, glauben Sie mir. Was die Ikone betrifft, so habe ich sehr private, sentimentale Gründe, nach ihr zu greifen. Gründe, über die ich niemandem Rechenschaft schuldig zu sein glaube."

Hakan nickt.

„Gut und schön, Ihre Sache. Aber was macht Sie so sicher, dass ich, ein Istanbuler Türke, Ihnen da weiterhelfen kann? Ich weiß nicht einmal, wo sich die Ikone zurzeit befindet. Und übrigens, sind bildliche Darstellungen nicht auch im Judentum haram?"

Nietzsche lächelt.

„Treife. Wir nennen das Verbotene treife. Und nein, nicht unbedingt. Absolut untersagt ist nur jedes Bildnis Gottes, versteht sich. Alles andere ist eine Frage der Auslegung, richtig, Meffi?"

Seine beiden Gesprächspartner blicken unwillkürlich auf den Pudel, als erwarteten sie von ihm zumindest ein bekräftigendes Bellen.

„Sie kennen doch die Routine bei Anschlägen auf wichtige Persönlichkeiten. Man platziert mehrere Schützen entlang häufig wechselnder Routen in der Hoffnung, dass wenigstens einer von ihnen zur richtigen Zeit am richtigen Ort lauert. Natürlich habe ich auch in Athen und Moskau meine Verbindungsleute, um flexibel reagieren zu können."

Hakan schüttelt den Kopf. „Welcher Aufwand für ein objektiv nicht einmal besonders wertvolles Bild, wie es scheint."

„Womit wir wieder zum Anfang unseres Gesprächs zurückkehren wie kompasslose Wanderer in der Wüste. Darf ich davon ausgehen, dass Sie den Auftrag annehmen oder vertue ich mit Ihnen nur meine Zeit?"

Die Professor Dr. Ömer Karamanoğlu hat Kurs auf Kınalı Ada genommen, die von den diesmal ihrerseits etwas einfallslosen Griechen Proti, die Erste, genannt wird, weil Reisende aus Richtung Istanbul sie als erste des Archipels anlaufen. Hakan nickt.

„Tamam, kardeşim. Solange Sie bereit sind, meinen Preis zu zahlen, den Ihnen mein Freund Cem hier genannt hat, beschaffe ich Ihnen, was immer Sie wollen, einschließlich der Ikone."

Die Fähre rumpelt gegen den Anleger. Cem lehnt sich nach links über die Reling, um einen Blick auf die Landungsbrücke zu werfen. Niemand steigt aus, wie es scheint, und nur eine Handvoll unverdächtiger Einheimischer steigt zu. Und schon legt die Fähre wieder ab.

„Es würde mir freilich helfen, wenn Sie mir irgendeinen Anhaltspunkt geben könnten. Etwas, bei dem ich ansetzen kann, die Koordinaten eines Orts, an dem ich den ersten Spatenstich machen kann."

„Ich verstehe", entgegnet Nietzsche.

„Sie suchen nach dem Hebel des Archimedes. Viel Konkretes kann ich Ihnen aber leider nicht anbieten. Nach meinem augenblicklichen Kenntnisstand hatten zuletzt die Russen das Bild. Dann gab es einen Überfall", er lacht laut auf, als hätte er einen guten Witz gehört.

„Das Bildnis wurde den Russen offenbar von einer bislang nicht identifizierten Partei entrissen. Die Griechen waren es offenbar nicht, jedenfalls nicht die des Patriarchats. Das macht die ganze Angelegenheit noch undurchsichtiger: viele Parteien und Interessenten, die zum Teil auch noch mit blutigen Amateuren arbeiten. Wer soll sich da noch auskennen? Auch deshalb überlasse ich die Sache lieber Agenten wie Ihnen und halte mich da raus."

„Sicher. Falls es schiefgeht, machen Sie sich einen schlanken Fuß. Haben Sie irgendwelche Namen?"

„Einen einzigen: Solitaire. Ja, So-li-taire. Sagt mir persönlich gar nichts. Soll sich um eine Frau handeln, was weiß ich, nie gehört. Die Quelle ist auch nicht ganz koscher oder helal, um in Ihrer Begrifflichkeit zu bleiben. Scheint aber recht effizient, die Dame."

Hakan ist mit einem Male ganz Ohr.

„Solitaire? Sind Sie sicher?"

„Nein, nicht wirklich. Sie kennen eine Solitaire?"

Hakan lehnt sich nach hinten und streicht sich über das Stoppelfeld seines Schädels.

„Efendim, nur so viel: Sollte sich dieser Verdacht als begründet erweisen, erledige ich den Job für Sie sogar gratis, unentgeltlich, für lau. Es wäre mir sozusagen ein diebisches Vergnügen."

Nietzsche stutzt einen Moment. Seine Reptilienaugen verengen sich zu zwei schmalen Schlitzen.

„Sie haben mit ihr noch ein Hühnchen zu rupfen, wie es scheint. Rupfen Sie später, in ihrer Freizeit. Persönliche Animositäten sind Gift fürs Geschäft, das sollten Sie wissen."

„Machen Sie sich darüber keine Sorgen. Meine flüchtige Bekanntschaft mit Madame Solitaire wird die Qualität meiner Arbeit nicht beeinträchtigen."

„Gut, dann sind wir uns einig?"

„Tamam, das sind wir!"

Sie schütteln sich die Hände. Nietzsche greift nach seinem Pudel und steht auf.

„Meffi ist mein Zeuge. Ich muss Sie auf der nächsten Insel leider verlassen, wünsche Ihnen jedoch gutes Gelingen, mazel tov. Und denken Sie bitte immer daran: Was auch passiert, der Ikone darf nichts zustoßen, behandeln Sie sie wie ein rohes Fabergé-Ei."

Die Fähre ist bereits wieder gegen einen Anleger gestoßen, diesmal gegen den von Burgazada. Cem und Hakan blicken dem mysteriösen Passagier über die Reling nach, bis der mit dem angeleinten Meffi in den Gassen des winzigen Orts verschwunden ist.

„Merkwürdige Leute, diese Zeugen Jehovas", murmelt Cem.

„Juden. Man nennt sie Juden. Sie sich selbst übrigens auch. Die mögen Sie also auch nicht? Ihnen kann's wohl so schnell niemand recht machen. Wie auch immer, er wurde mir von Ihnen vermittelt, wenn Sie sich erinnern wollen."

„Ich wusste nicht, dass er Jude ist. Kennen Sie ihn etwa?"

„Bin gar nicht sicher, ob er wirklich Jude ist, Sie haben ihn ja gehört. Berichtet hat man mir von ihm, aber es ist das erste Mal, dass ich ihm Auge in Auge gegenübersaß. Er ist kein unbeschriebenes Blatt, alles andere als das. Er mag sich einen Zelig nennen. Die meisten kennen ihn unter einem anderen Namen, einem, mit dem in der Levante ungehorsamen Kindern für den Fall gedroht wird, dass sie ihren Maisbrei nicht essen wollen. Wenn mich nicht alles täuscht, hatten wir gerade die Ehre mit niemand Geringerem als mit Yılan, der Schlange."

Der Trenchcoat ist dabei, sich eine neue Zigarette anzuzünden, hält aber erschrocken inne.

„Die Schlange? Sie wollen sagen, wir haben hier mit der Schlange zusammengesessen und geplaudert?"

Hakan nickt.

„So ist es, Abi. Er mag ein Meister der Verwandlung sein, aber auch die hat ihre Grenzen. Haben Sie seine Ohren beachtet? Ihm fehlen die Ohrläppchen, kurios, oder? Von wegen ein Pfund Fleisch! Man sagt, er hinterlasse gern ganze Leichenberge: Männer, Frauen, Kinder, ohne Unterschied. Wer immer sich ihm in den Weg stellt oder auch nur das Pech hat, zum falschen Zeitpunkt am falschen Ort zu sein, wird an seinen dämlichen Pudel verfüttert. Vielen Dank, Cem, charmante Kundschaft, die Sie mir da vermittelt haben."

Cem hebt entschuldigend die Arme, aber Hakan lässt ihn nicht zu Wort kommen.

„Sollte die Suche nach dem heiligen Gral schiefgehen, wird sein Name vermutlich nicht einmal erwähnt werden."

„Es sei denn, wir sorgen dafür."

„Und was träumst du nachts, Crétin? Die Schlange ist nicht dafür bekannt, Zeugen, die ihr gefährlich werden könnten, lange genug am Leben zu lassen, um gegen ihn aussagen zu können."

ZWEITES KAPITEL

1. Ein unerwarteter Anruf.

„… Houston an Laura, Sind Sie noch im geostationären Orbit oder schon auf dem Weg zum Mars?"

Laura Förster schob mit der Rechten ihre Brille bis zur Nasenwurzel hoch und rieb sich die Augen mit Daumen und Zeigefinger der Linken. Dann fixierte sie den Fragesteller mit kühl distanziertem, wenn auch nicht direkt unfreundlichem Blick.

„Doch, Houston, ich bin noch in Erdnähe. Peter hat gerade seine Vorstellungen zur revolutionären Bewältigung der letzten Meile vorgetragen. Nicht schlecht, ich komme darauf zurück. Geben Sie mir bitte einen Augenblick. Take five, people."

Laura lehnte sich zurück, setzte ihre Lesebrille ab, an die sie sich immer noch nicht so ganz gewöhnt hatte und betrachtete das „dreckige Dutzend" um den Konferenztisch versammelter junger Kolleginnen und Kollegen mit dem Ausdruck selbstzufriedenen Wohlgefallens. Hatte sie doch schließlich dieses Team kurz nach ihrer Rückkehr aus der Karibik selbst um sich geschart. Handverlesene Frauen und Männer aus aller Herren Länder - BWLer, Juristen, Informatiker, Banker, Logistiker – Spezialisten, die neben ihren Fachkenntnissen vor allem eines auszeichnete: die Fähigkeit, über die Grenzen ihrer jeweiligen Disziplin hinausdenken zu können. Die Facetten moderner Logistik waren so vielgestaltig, dass kein Mensch sie allein überblicken, geschweige denn beherrschen konnte. Ständige, auch organisatorische Innovation lautete das Geheimnis des Überlebens und die war nur im Teamwork zu erreichen.

Wohlmeinende Patriarchen mit Gründerstolz, unternehmerischem Sendungsbewusstsein und sozialem Gewissen wie Lauras Vater Robert hatten definitiv ausgedient. Heutzutage bedurfte es sorgsam austarierter Gruppen kompetenter, dynamischer, origineller und effizienter Ideenlieferanten, intellektueller Leistungsträger, die mit ihren ständigen Optimierungsvorschlägen schon reichlich nervten, aber auch dafür sorgten, dass der Geschäftsführung nicht irgendwann die Füße einschliefen. Ob Unternehmensstrategie, Diversifizierung, E-Commerce, Verbundzustellung oder technische Umorientierung im Sinne der Digitalisierung und Automatisierung bis hin zur Robotik, Controlling, Beschäftigungsaspekte wie Mindestlohn und dessen Umgehung, befristete Verträge und Entsenderichtlinie der EU, Fragen der Nachhaltigkeit und Energiebilanz, CO_2-Problematik eingeschlossen - das Dreckige Dutzend mit dem Amerikaner Peter Wendlinger als Quarterback, den Laura vom Abenteuerspielplatz Silicon Valley weggelockt hatte, erwiesen sich tagtäglich so gut wie jeder Herausforderung gewachsen, das hatten sie im Laufe des heute wie jeden Mittwoch tagenden Think Tanks wieder einmal eindrucksvoll unter Beweis gestellt.

Mit der Rekrutierung des Dreckigen Dutzends war die Umstellung auf ROLA 4.0 natürlich noch keineswegs abgeschlossen. Im Laufe von nur zwei Jahren musste der gesamte Betrieb von analog auf digital umgestellt werden. Das kostete nicht zuletzt auch zahlreiche Menschenopfer in der Belegschaft. Über Nacht redundant gewordene Arbeitsplätze mussten gnadenlos weichen, altgediente Mitarbeiterinnen und Mitarbeiter in die Arbeitslosigkeit und häufig in Hartz 4.0 entlassen werden. Auch in dieser Hinsicht wurde das von der übrigen Belegschaft gefürchtete und verhasste Dreckige Dutzend seiner nicht sehr schmeichelhaften Bezeichnung gerecht. Sozialpläne in Absprache mit den im Betrieb vertretenen Gewerkschaften gut und schön, aber wer gehen musste, erfuhr dies sehr bald und meist von Laura persönlich. Auch wenn sie sich bemühte, Einzelschicksalen möglichst gerecht zu werden, hatte sie den verbleibenden Beschäftigten doch immer wieder zu verstehen gegeben, dass ein überfülltes Boot nur zu retten ist, wenn einige sich opfern oder geopfert werden, damit nicht alle absaufen.

Der Umbruch hatte Laura ungeheuer viel Kraft und Energie gekostet und sie bisweilen an den Rand des Burn-out gebracht. Dafür war die ROLA bis auf weiteres windschlüpfrig, wetterfest und wettbewerbsfähig bis unter die Augenbrauen. Robert wäre stolz auf seinen Laden - und würde seiner Tochter, mit der er sich oft über anstehende Umstrukturierungsmaßnahmen gestritten hatte, Abbitte leisten müssen.

„Gut, ich denke, wir können wieder. François, Sie scheinen Einwände gegen Peters Vorstellungen zu haben? Jedenfalls entnahm ich das Ihrem wiederholten leisen Aufstöhnen, das natürlich auch erotischen Nachwehen geschuldet sein kann."

Unter dem Gelächter der Gruppe ergriff der junge Franzose das Wort, dessen rasch wechselnde Frauenbekanntschaften schon oft Zielscheibe von Lauras Spott gewesen waren.

Laura hörte ihm zu, war aber nicht wirklich bei der Sache. Ihr Blick war wieder einmal wie zufällig auf die große dunkle Vase mit dem Strauß Helikonien der Spezies Yellow Dancer gefallen. Ihre gelbroten krebsscherenförmigen Blüten öffneten sich nur scheu dem fahlen Hamburger Sonnenlicht. Marion, Lauras zuverlässige Sekretärin, hatte es sich zur Aufgabe gemacht, den Strauß jede Woche zu erneuern.

Da waren sie plötzlich wieder, jene wie in einem schnell drehenden Kaleidoskop aufflackernden bunten Bilder kobaltblauer See, von sturmgepeitschten grauen Klippen entlang einer tückischen karibischen Inselküste mit grünblauen und weißen Brechern, die tosend auf den feinen Sandstrand donnerten und mit ihren dunklen Zungen die Wurzeln der ersten Palmenreihe beleckten. Bilder von dampfenden Regenwäldern und von Kariben bei der Bananenernte, deren Gesichter von der Abendsonne gerötet waren. Ja, da war es wieder, dieses ebenso unerfindliche wie undefinierbare Verlangen nach dem Licht, den Geräuschen und Gerüchen der Antillen oder richtiger nach dem, was die Antillen für sie bedeuteten.

„Wenn du einem Verstorbenen nahe sein willst", hatte die Schwarze Königin auf Dominica ihr beim letzten Besuch gesagt, „dann solltest du nicht dorthin gehen, wo man seine modernden Knochen verscharrt hat, sondern dahin, wo er sich eins mit der Welt fühlte, wo seine Seele zur Ruhe kam."

Roberts Seele, davon war Laura überzeugt, war der Karibik verhaftet. Die Antillen bildeten zuletzt einen Teil seiner DNA, wie sie irgendwann einen Teil der ihrigen werden mochten. Die verrückte, abenteuerliche Welt hinter dem Spiegel ließ sie einfach nicht los, holte sie immer wieder ein und stand ihr plötzlich wie ein Springteufel vor Augen – meist in unpassenden Momenten wie diesem.

Ihr Handy klingelte. François unterbrach seine Ausführungen wie vom Blitz getroffen. Die schlagartig eintretende Stille im Raum hatte etwas Unheimliches. Alle blickten verdutzt und verstört auf Laura, die von Beginn an in der Führungsetage hatte verbreiten lassen, dass sie sich Störungen welcher Art auch immer der Konferenzen des Dreckigen Dutzends auf das Schärfste verbat.

„Brand, Erdbeben, Ausbruch von Ebola oder Beginn des Dritten Weltkriegs, mir egal. Keine Anrufe, kein Klopfen an der Tür, kein Husten oder lautes Atmen auf dem Flur. Ich hoffe, wir haben uns verstanden."

Diejenigen Beschäftigten, die Laura etwas näherstanden, wussten allerdings, dass es auch von dieser strengen Regel Ausnahmen gab beziehungsweise geben würde - solche die sich mit dem Namen Ignace verbanden. Käme der Junge zum Beispiel in den Konferenzraum gestürzt, um eine Aufstockung seines Taschengelds zu erwirken, seine Ziehmutter ließe es ihm durchgehen, davon waren alle überzeugt. Es wurde kolportiert, dass Laura ihrem Ignace rein gar nichts abschlagen könne. Noch war der Junge vielleicht zu naiv oder zu stolz, um aus diesem Umstand Profit zu schlagen, aber das konnte sich schnell ändern.

Als Lauras Handy klingelte, wusste oder ahnte das Dreckige Dutzend, dass der Anrufer entweder suizidgefährdet oder der Überbringer einer wichtigen, vorzugsweise Ignace betreffenden Nachricht war.

„Entschuldigung, ich muss darauf reagieren, allein schon, um zu erfahren, wen ich morgen feuern werde."

Sie nahm den Anruf mit halb ärgerlicher, halb sorgenvoller Miene an: Heinz Marquardt, ihr inzwischen zum persönlichen Assistenten und Mädchen für so gut wie alles avancierter Vertrauter aus den Tagen eines Dr. Schmidt-Öhlenschlägers, der, was man so hörte, seine ansehnliche Rente auf den Britischen Jungferninseln verlebte. Das vermaledeite Knöchelknacken Marquardts hatte eine enervierte Laura ihrem Assistenten an dem Tag abgewöhnt, als sie drohte, ihm die Finger im Schlaf mit einem Zigarrenschneider abzutrennen, wenn sie dieses unangenehme Geräusch noch ein einziges Mal mit anhören müsse.

„Ich hoffe, du hast einen triftigen Grund für diesen Anruf, sonst muss ich den Pitbull des Hausmeisters auf dich hetzen."

„Tut mir leid, Laura, aber etwas stimmt nicht mit Ignace. Er stand nicht wie vereinbart am Eingang der Schule, als der Fahrer eintraf. Da der Mann neu im Job ist, verlor er eine geschlagene halbe Stunde mit tatenlosem Warten, in der Annahme, der Junge sei wohl aufgehalten worden. Als er dann endlich nachfragte, wusste niemand, wo Ignace ist. Ich hielt es für angebracht, dich sofort zu benachrichtigen. Was soll ich tun?"

„Ihn finden, was sonst. Sekunde mal eben."

Sie legte das Handy vor sich auf den Tisch.

„Tut mir leid, Leute. Es gibt ein Problem. Wir machen Schluss für heute. Wer seinen Beitrag zum Thema noch nicht geleistet hat, kann ihn mir zumailen. Wir sehen uns nächste Woche, es sei denn...."

„Können wir etwas tun?" fragte Peter, der Amerikaner.

„Im Augenblick nicht, danke. Ich muss mir erst selbst ein Bild machen, dann komme ich vielleicht auf das Angebot zurück."

Während das Dreckige Dutzend den Raum verließ, nahm Laura das Handy wieder auf.

„Weißt du was, wir treffen uns in meinem Büro, gib mir fünf Minuten."

Im Aufzug hantierte sie nervös mit ihrem Kugelschreiber. Wahrscheinlich würde sich alles umgehend aufklären. Ignace war elf, ein unruhiger, eigenwilliger Geist kurz vor den ersten Beben der Pubertät. Manche ihrer amerikanischen Freunde nannten ihn wohl heimlich einen Punk, aber das wurde ihm nicht gerecht. Seine DNA war die eines Kriegers, der in der Lage sein musste, schon bald in den Regenwäldern der Tropen mit Drogendealern und anderem Abschaum um sein Leben zu kämpfen. Für die heuchlerischen Umgangsformen der westlichen Tradition war er nicht programmiert, sondern musste mühsam angepasst und umgepolt werden. Was das im Einzelnen an Mühen mit sich bringen würde, davon hatte Laura eine nur sehr verschwommene Ahnung gehabt, als sie sich damals entschlossen hatte, den Jungen zu adoptieren und nach Hamburg mitzunehmen.

Der Prozess der Adoption hatte sich viel länger hingezogen, als sie geargwöhnt hatte. Das lag an der deutschen Vorliebe für Formalitäten, die mit der karibischen Abneigung gegen eben jene schmerzhaft kollidierte. Nicht einmal Ignace' genaues Alter war mit der wünschenswerten Präzision zu bestimmen. Laura hatte ihn für sechs gehalten, war aber von ihrem Hausarzt, der ihn damals als etwa zwei bis drei Jahre älter einschätzte, eines Besseren belehrt worden. Glücklicherweise hatte Heinz Marquardt sich der meisten juristischen Schritte angenommen und Laura auch zum Beispiel das Internat an der Elbe etwas südlich von Hamburg empfohlen, das er selbst einst als Knabe besucht hatte.

Lagen die Adoption und das „Umtopfen" wirklich im wohlverstandenen Interesse des Jungen? Wer wollte das jetzt schon beurteilen. Außerdem war Laura ja nicht ganz frei in ihrer Entscheidung gewesen. Ignace war der Sohn des Mannes, der ihr damals in der Karibik zweimal das Leben gerettet hatte – sowohl beim Überfall der Piraten auf die Yellow Dancer, als auch im Feuergefecht mit Hakan und seinen Leuten auf Terre-de-Bas. Seine rauschgiftsüchtige Mutter war kurz nach seiner Geburt gestorben, so dass Ignace beim Tod seines Vaters, mit dem man bei dessen risikoreichen Lebenswandel jeden Tag rechnen musste, als Waise dastehen und vermutlich von Heim zu Heim herumgeschubst würde.

Immer wenn sie darüber nachdachte, erinnerte sich Laura an den seltsamen Blick seines Vaters, als der ihr in der Blauen Lagune um ein Haar die Kehle durchtrennt hätte.

Damals hatte sie den Blick nicht deuten können. Heute sah sie ihn als die den Mann plötzlich überkommende Ahnung, dass die Frau, die er gerade unter dem Messer hatte, eine geeignete Ziehmutter für seinen vielleicht bald elternlosen Sohn abgeben könnte.

Weit hergeholt im Sinne einer retrospektiven Rationalisierung, würde der Doc sagen. Und möglicherweise recht damit haben.

Blieb noch das Aussehen des Jungen, schon in der Karibik außerhalb jeder Norm, hier aber vollends exotisch und stigmatisierend. Wie mussten die Eltern aussehen, die ein Kind mit blond gelockten Haaren und blauen Augen, aber mit negroiden Lippen und ebensolcher Nase gezeugt hatten? Natürlich gab das Anlass zu vielerlei Hänseleien, gerade auch weil Ignace gegenüber seinen Mitschülerinnen und Mitschülern nie von Vater und Mutter sprach. Dass er nicht etwa das Ergebnis eines karibischen „Fehltritts" Lauras war, dürfte allen klargeworden sein, die die beiden einmal Seite an Seite gesehen und vergeblich nach Übereinstimmungen gesucht hatten. Umso mysteriöser die Zusammenhänge in einem Umfeld, das von Chabins noch nie gehört hatte und von Laura auch nicht aufgeklärt wurde. Irgendwann, davon ging sie aus, würde der Junge das Personen seines Vertrauens schon selbst erklären. Ihm dabei vorzugreifen, hielt sie für unangebracht.

Stellte Laura sich schonungslos der Frage, ob ihre Motive allesamt einer kritischen Prüfung standhielten, dann lagen die Dinge allerdings bei Weitem nicht so klar und eindeutig. Zwischenlösungen wären durchaus denkbar gewesen. Sie hätte den Jungen nicht unbedingt nach Hamburg holen müssen. Schon gar nicht, wenn sie sich die Arbeit vor Augen hielt, die ROLA 4.0 ihr abverlangen würde. Schließlich gab es zum Beispiel in den Vereinigten Staaten geeignete Internate, in denen ein halbwegs intelligenter Junge wie Ignace aufblühen konnte. Europa lag auf der anderen Seite eines Atlantiks, der nicht nur räumlichen Abstand schuf, sondern auch eine ansehnliche kulturelle Kluft darstellte.

Nein, wenn sie ehrlich war, hatte sie sich in einer kritischen Altersphase kurz vor dem weiblichen biologischen Meltdown in der Rolle der Ersatzmutter gefallen. Das Verhalten ihrer eigenen Ziehmutter Frederike hatte sie vermutlich darin bestärkt, diesen Weg zu beschreiten. Ein Stück egoistischen Altruismus, dessen Preis Ignace hoffentlich nicht eines Tages bezahlen musste.

Andererseits hatte sie von Robert gelernt, nicht zu streng mit sich selbst zu sein, sondern „konsequent mit zweierlei Maß zu messen", wie er es ausgedrückt hatte. Schließlich hatte der Junge es, obwohl Einzelkind, in ihrer Villa in Blankenese ähnlich gut angetroffen wie Laura während ihrer eigenen Kindheit. Die Woche über wohnte und lernte er in einem vorzüglichen, wenn auch sündhaft teuren Internat. Freitags nachmittags wurde er regelmäßig vom Firmenwagen abgeholt und nach Hamburg kutschiert, wo er die Wochenenden mit Laura oder bei Freunden verbrachte. Seine schulischen Leistungen hatten anfangs stark unter seinem sprachlichen Handicap gelitten. Da er nicht nur so gut wie kein Deutsch verstand, sondern sowohl sein Englisch als auch sein Französisch alles andere als jugendfrei waren und seinen Lehrern die Haare zu Berge stehen ließen, hatte er zunächst ein ganzes Jahr lang intensiven Einzelunterricht erhalten. Das war ihm besser bekommen, als Laura befürchtet hatte. Der Junge war „schwierig", lautete das übereinstimmende Urteil des für Ignace zuständigen Mentors, mit dem Laura sich häufig auch zu ungewöhnlichen Zeiten kurzschloss.

„Ignace hat in der Tat ein leicht aufbrausendes Temperament, das er zügeln lernen muss, wenn er nicht irgendwann dessen Opfer werden will," hatte der Pädagoge gewarnt.

„In Krisensituationen neigt er noch zu oft zu gewalttätiger statt verbaler Auseinandersetzung."

Das kam Laura bekannt vor. Wenn ihr als junges Mädchen die Argumente auszugehen drohten, half sie dem Überzeugungsprozess auch schon mal mit lockerer Hand auf die Sprünge. Worauf es entscheidend ankam, war die feste Überzeugung, im Recht zu sein.

„Aber er zeigt sich lernfähig, ist sportlich den meisten seiner Mitschüler um Längen voraus und hat eine vielversprechende künstlerische Ader. Er zeichnet erstaunlich gut und lebt am Klavier regelrecht auf."

Unter dem Strich hätten auch bei nüchterner Betrachtung alle Beteiligten einen schlechteren Deal erwischen können.

„Hallo Laura, tut mir leid wegen des Think Tanks, aber ..."

Heinz Marquardt wartete bereits in ihrem Büro, zu dem er jederzeit Zutritt hatte. Die Routine von Ignace' Pendelverkehr zwischen Internat und Zuhause war gut eingespielt und lief normalerweise reibungslos. Da der Donnerstag ein Feiertag war und an Freitagen im Internat sowieso mit gebremstem Schaum gearbeitet wurde, hatte Laura, ähnlich wie viele andere Eltern beschlossen, Ignace bereits am heutigen Mittwoch nach Hamburg holen zu lassen, damit sie das lange Wochenende gemeinsam genießen konnten.

„Kein Problem. Ist er inzwischen aufgetaucht?"

„Nein, leider nicht. Ist mir ein Rätsel. Da a kein Schüler das Internatsgelände während der Unterrichtsstunden außer der Reihe verlassen darf, ohne sich abzumelden, war anzunehmen, dass Ignace sich noch im Gebäude oder in der Turnhalle befand. Das Sekretariat hatte sofort eine Suchaktion gestartet, die ergebnislos geblieben war. Schließlich hatte jemand die brillante Idee, den Wachdienst zu konsultieren. Der hat da eine provisorische kleine Zentrale mit Bildschirmen, auf denen die Aufnahmen der fünf oder sechs Außenkameras landen. Die Zentrale ist im Prinzip rund um die Uhr von mindestens einer Person besetzt, aber wenn der zufällig allein Diensthabende mal eben austreten muss... Als man die Filme zurückspulte, sah man Ignace in Begleitung einer Frau und eines Mannes hinausgehen, vermutlich zu einem in der Nähe stehenden Wagen, denn das Pärchen war offenbar nicht für einen Spaziergang im norddeutschen Märzwetter gekleidet. Ich habe den Direktor gebeten, uns die entsprechende Sequenz zu überspielen – müsste eigentlich bereits bei Dir angekommen sein."

Laura schaltete ihren Desktop ein und checkte ihre wie immer randvolle Mailbox. Es dauerte eine Weile, bis sie die richtige Message gefunden hatte. Dann drehte sie das Gerät ein wenig zur Seite, damit Marquardt mitgucken konnte. Die kurze Filmsequenz, die offenbar von der Kamera über dem Eingang aufgenommen worden war, zeigte in der Tat ein jüngeres Pärchen von hinten, das Ignace in die Mitte genommen hatte und Hand in Hand mit ihm das Schulgebäude verließ. Die Gesichter der beiden Erwachsenen waren so natürlich nicht zu sehen, aber ihr Gang und die weit geschnittenen Sakkos von Anzug beziehungsweise Hosenanzug sowie die ganze kaltblütige Vorgehensweise des Pärchens legten nahe, dass es sich um Leute handelte, die so etwas nicht zum ersten Mal machten. Die mitlaufende Zeitnahme wies sechzehn Uhr fünfzehn aus, also nur wenige Minuten vor der Ankunft des Firmenwagens.

„Eltern, die du kennst?"

Laura schüttelte den Kopf.

„Nein. Viel zu jung dafür. Sieht man an der Art, wie sie sich bewegen. Das Internat ist ja kein Kindergarten."

„Entführung?"

„Mit Sicherheit. Gutes Timing, Profiarbeit. Etwas früher und es wäre vermutlich jemandem aufgefallen. Etwas später und der Chauffeur wäre vor Ort gewesen. Irgendwas?", fragte Laura.

Heinz Marquardt schüttelte den Kopf.

„Nein. Dreh bitte noch mal zurück. Danke. So, wie es aussieht, haben sie Ignace jedenfalls nicht Gewalt angetan, sondern wahrscheinlich mit einer List getäuscht, sich vielleicht für Mitarbeiter seiner Mutter ausgegeben. Ich bin sicher, die wissen von der Kamera."

„Sie müssen aber doch relativ kurz vorher reingekommen sein."

„Sicher. Aber nicht unbedingt durch den Haupteingang. Der Mann vom Wachdienst hat das überprüft, aber nichts dergleichen gefunden."

„Haben sich vielleicht als Lieferanten ausgegeben. Gibt's eine Kamera an der Mensa?"

„Ja, aber die macht nur Innenaufnahmen, falls plötzlich eine Schlägerei ausbricht oder Ähnliches."

„Geschickt gemacht. Vor allem das mit der Frau. Wirkt unverfänglich, harmlos."

Laura sah auf ihre Uhr.

„Wenn es denn eine Entführung ist, und alles spricht ja dafür, müssten sich die Kidnapper doch allmählich melden, um ihre Lösegeldforderung zu stellen."

Laura überlegte. Die Gefahr eines Kidnappings war bei einem Internat wie diesem mit Töchtern und Söhnen gut betuchter Eltern allgegenwärtig. Aber man konnte nicht gut den ganzen Komplex in einen Hochsicherheitstrakt mit bewaffneten, unregelmäßig in kurzen Abständen patrouillierenden Wächtern verwandeln. Andererseits, wieso gerade Ignace? Sicher, Laura war ohne Frage reich, egal, welche Maßstäbe man anlegte. Aber es gab noch wesentlich vermögendere Eltern oder sonstige nahe Verwandte des einen oder anderen Mitschülers. Außerdem hatte Ignace ein viel zu auffälliges Äußeres.

„Wenn du eine Entführung planen würdest …"

„Würde ich mir nicht gerade Ignace aussuchen", pflichtete Marquardt ihr bei.

„Nicht bei seinem Aussehen und nicht bei seiner Tante."

„Von der sie aber vermutlich nichts wissen."

„Vielleicht geht es ihnen gar nicht um Geld?"

„Sondern?"

„Keine Ahnung, wir müssen es abwarten. Polizei?"

Laura dachte nach. Normalerweise ließ die Polizei in solchen Fällen einige Zeit in der Hoffnung verstreichen, dass sich die Sache alsbald von selbst erledigen würde. In diesem Fall sprachen die Aufnahmen allerdings eine eindeutige Sprache. Trotzdem, sie zog es vor, abzuwarten. Wenn sie erst einmal die Polizei einschaltete, war der Zug abgefahren, hatte sie selbst kaum noch Kontrolle über den weiteren Ablauf.

„Nein, lass. Sollen sie sich in Sicherheit wähnen, das ist besser für Ignace. Sie scheinen angewiesen, ihn gut zu behandeln. Und er ist kein nervender Schreihals wie das Baby Lindberg."

Marquardt nickte. Auch er erinnerte sich offensichtlich an das Lindberg-Baby, das kurz nach seiner Entführung wohl auch deshalb getötet worden war, weil es mit seinem Geschrei die Kidnapper nervös gemacht hatte. Ignace würde vermutlich erst aufbegehren, wenn seine Entführer ihn irgendwo für sie sicher untergebracht hatten. Gut organisiert, wie sie erschienen, würden sie entsprechende Vorkehrungen getroffen haben und den Jungen nicht einfach in eine Kiste stecken, wie Richard Oetker oder den kleinen Jakob von Metzler.

Laura trommelte mit den Fingern auf den blank polierten, peinlich genau aufgeräumten Schreibtisch. Die Sache gefiel ihr nicht. Zu viele Unbekannte in der Gleichung.

Das altertümliche Festnetztelefon, das eigentlich nurmehr zur Dekoration herumstand, klingelte durchdringend. Laura zuckte zusammen, blickte auf Marquardt, stellte auf Lautsprecher und hob ab.

Marion war dran.

„Anruf von außerhalb, Frau Förster. Ich habe alles versucht, den Mann abzuwimmeln, aber er besteht darauf, mit Ihnen persönlich zu sprechen. Nehmen Sie an?"

„Das geht in Ordnung, danke, Marion, stellen Sie durch."

Es knackte in der Leitung. Laura meldete sich mit ihrem Namen. Einen Augenblick lang geschah gar nichts. Ein Rauschen wie von einem fernen karibischen Meeresstrand schwoll an und ebbte wieder ab. Dann erklang endlich eine hohe Fistelstimme. Wenn die Person, der die Stimme gehörte, auf diesem Planeten und nicht etwa auf dem Mars beheimatet war, glaubte Laura zu wissen, wer am anderen Ende der Leitung war.

„Guten Tag, Laura, merhaba. Wie geht es Ihnen? Iyiniz mi? Nein, sagen Sie nichts, was Sie später bereuen könnten. Ich nehme an, Sie wissen, weshalb ich anrufe?"

Lauras Herz krampfte sich zusammen. Es war von Beginn an ziemlich offenkundig gewesen, dass die Karten nicht zu ihrem Vorteil gezinkt waren. Dass sie aber ein solch mieses Blatt erwischt hatte, war ein heftiger Schlag ins Kontor. Ignace in der Hand des Intimfeindes des Förster-Clans, das hatte eine ganz andere Qualität.

„Hakan? Was wollen Sie? Wo ist Ignace?"

Laura war außer sich. Die Fistelstimme lachte und hustete zugleich. Vielleicht hatte der Türke Lungenkrebs, aber würde man darauf wetten können?

„Viele Fragen auf einmal, Laura. Sie wissen, wen ich in meiner Gewalt habe. Was ich will, ist leicht erklärt."

„Hören Sie zu, Hakan." Laura riss sich zusammen. Dieses unselige Phantom der Vergangenheit hatte sie kurz aus der Fassung gebracht. Jetzt war sie wieder zurück auf der Strecke. Sie wusste, sie musste sich dem Türken wenigstens verbal ebenbürtig erweisen, bluffen, wenn notwendig, sonst hatte sie schon verloren.

„Was immer Sie da abziehen: Falls Ignace etwas zustößt, setze ich mein gesamtes privates Vermögen als Kopfgeld aus, so wahr ich Laura Förster heiße. Sie werden keine ruhige Minute mehr haben", sagte sie mit gefasster Stimme.

„Ich selbst habe Sie ja bereits einmal nur knapp verfehlt. Ein zweites Mal entkommen Sie mir nicht. Ich frage Sie noch einmal, wo ist Ignace und was zum Teufel wollen Sie von mir?"

Hakan lachte erneut.

„Gut gebrüllt, Efendim. Wenn ich morgens in den Spiegel blicke, habe ich nicht den Eindruck, dass Sie mich auf den Saintes mit Ihrer Taurus verfehlt hätten. Ich vermisse bis heute ein Stück meines Ohrs. Glücklicherweise habe ich noch eins in Reserve, maşallah. Aber der Genuss klassischer Musik in Stereo zum Beispiel ist schwer beeinträchtigt, leider. Und ein einzelner Ohrring sieht auch merkwürdig aus. Um auf Ihre Fragen zurückzukommen. Ignace befindet sich auf dem Weg hierher, in die Türkei. Es war nicht ganz einfach, ihn von den zahlreichen Vorzügen meiner Heimat zu überzeugen, wie Sie sich unschwer vorstellen können. Ein aufgewecktes, misstrauisches Bürschchen, wie mir berichtet wird. Erst, als meine Mitarbeiter ihm erzählten, dass sie im Auftrag eines Freundes seines Vaters handeln, ließ er sich breitschlagen. Und das war ja nicht einmal gelogen. Technisch gesehen hat sein Vater, Ignace der Ältere, sich zwischen Sie und meine Kugel geworfen, sonst würde er vermutlich noch leben. Im Gegensatz zu Ihnen. Macht mich das zu seinem Mörder? Wohl kaum, Euer Ehren."

Er hustete erneut und trank offenbar einen Schluck Wasser oder Raki.

„Nun, sagen wir, bei dem zweifelhaften Umgang, den er pflegte, musste er tagtäglich mit einer solchen Eventualität rechnen. Falls er uns jetzt aus der Hölle zusieht, wird es ihm ein Trost sein zu wissen, dass es seinem Söhnchen jedenfalls gutgeht. Es wird ihm kein Härchen gekrümmt werden, dafür stehe ich gerade. Irgendwie gehört der Junge dank Ihrer Fürsorglichkeit ja seit Neuestem zur erweiterten Familie Förster, was mich zu einer Art Onkel macht, seinem Abi, wie wir sagen. Sie wissen vielleicht, dass die devşirme, die osmanische Knabenlese, eine ähnlich lange Tradition hat wie die griechische Knabenliebe der Antike, aber das steht auf einem anderen Blatt. Meine Vorfahren haben mit Hilfe dieses Auswahlverfahrens nicht nur ihre Janitscharentruppen, sondern auch ihre hohen Beamten bis hin zum Wesir und sogar den einen oder anderen Sultan rekrutiert. Eine Weile jedenfalls, bevor das schnell wuchernde Krebsgeschwür des Nepotismus und die Gottesgeißel Korruption solche fast schon demokratisch zu nennenden zarten Triebe abfaulen ließen."

„Sie könnten jederzeit zum levantinischen Märchenerzähler umsatteln und auf den Bazaren auftreten, Hakan. Jetzt und hier sollten Sie Ihre offensichtlich angegriffene Lunge schonen und zur Sache kommen. Ihr Husten klingt gar nicht gut und ich möchte nicht, dass Sie den Löffel abgeben, bevor ich weiß, was Sie von Ignace und mir wollen."

Wieder lachte Hakan hustend.

„Schade, dass Sie so ungeduldig sind, denn es ist immer ein Vergnügen, mit ihnen zu plaudern. Aber gut, kommen wir zu dem, was ich will. Nicht die Welt, glauben Sie mir. Nur ein Bild, eine lächerliche Ikone, über deren Verbleib nach meiner Einschätzung sowohl Ihre Schwester als auch Ihre Mutter bestens informiert sein dürften."

Laura war einen Augenblick lang perplex. Was hatte der Türke mit einer Ikone zu schaffen? Gewiss, es gab sehr wertvolle Stücke darunter, aber kaum wertvoll genug, um einen Hakan zu interessieren. Und was hatte Solitaire damit zu tun, die Laura auf der anderen Seite des Atlantiks wähnte.

„Läge es dann nicht näher, die beiden genannten Personen einfach danach zu befragen, anstatt meinen Sohn und mich damit zu belästigen? Ich jedenfalls habe keine Ahnung, wovon sie sprechen, kaufe Ihnen aber gern jede Ikone, die Sie haben möchten, im Austausch gegen meinen Jungen."

Hakan schnalzte mit der Zunge.

„Wenn's denn so einfach wäre, Laura, wenn's denn so einfach wäre. Es handelt sich, wie Sie sich denken können, um keine ganz alltägliche Ikone, sondern eine, hinter der gerade die geballte

Orthodoxie zweier Staaten her ist. Zuletzt wurde sie offenbar in Händen einer gewissen Solitaire gesehen, die, wie ich sie kenne, zu Heiligenbildnissen eine ähnlich gebrochene Beziehung haben dürfte wie ich selbst und insofern wohl auf fremde Rechnung handelt, was meinen Sie?"

Laura war verwirrt. Je länger sie dem Türken zuhörte, desto weniger verstand sie.

„Weshalb um alles in der Welt sollte Solitaire ihre karibische Komfortzone verlassen, um sich in Europa, wo sie jederzeit verhaftet zu werden droht, wegen einer Ikone in Gefahr bringen?"

„Sehen Sie, diese Frage habe ich mir in ganz ähnlicher Form auch gestellt und nicht eindeutig beantworten können. Geld jedenfalls dürfte keine Rolle dabei spielen. Ihre Schwester sollte zu viel auf der Kante haben, als dass sie sich mit solchen Kleinigkeiten befassen müsste. Ein Liebesdienst, aus Loyalität, das klingt schon eher wahrscheinlich. Sie machen sich keine Vorstellung, was manche Kreise nicht alles unternehmen würden, um die Erschossene Madonna in ihren Besitz zu bringen."

„Die Erschossene …"

„… Madonna. Genau. Ich habe Ihnen ein Foto aufs Handy geschickt. Hier nun ist der Deal: Sie verschaffen mir das Bild, ich gebe Ihnen Ignace zurück. Ganz einfach, tit for tat, wie der Engländer sagt. Sie haben eine Woche. Ich melde mich für die Übergabemodalitäten, sobald ich die Ikone in Ihrem Besitz weiß. Schaffen Sie es nicht, sehen Sie Ignace nie wieder. Und – muss ich das wirklich erwähnen – keine Polizei, auch in Solitaires Interesse. Versuchen Sie nicht, mit mir Kontakt aufzunehmen, um Aufschub zu erwirken oder irgendwelche faulen Ausreden anzubieten. Ich rufe Sie an."

Hakan beendete das Gespräch ohne weiteren Austausch von Höflichkeiten. Laura hatte gehofft, mit Ignace sprechen zu können und ließ enttäuscht den Hörer in die Gabel fallen. Dann blickte sie auf Marquardt.

„Ich versteh's nicht. Was zum Teufel kann an einer Ikone dran sein, das diesen ganzen Aufwand rechtfertigt? Und was hat Solitaire dazu bewogen, ihren verbeulten Hintern nach Europa zu

bewegen und unter die Kunstsammler zu gehen? Bin ich begriffs-
stutzig oder spielt die Welt verrückt? Hast du mal ein Prepaid?"
Marquardt nickte und reichte ihr ein „sauberes" Handy. Dann
erhob er sich aus dem Sessel und verließ das Büro. Die seltenen Kontaktaufnahmen der Försters hatten stets konspirativen
Charakter, schließlich gab es kaum einen Staat in Europa und in
Übersee, in dem der rote Interpol-Haftbefehl für die Ergreifung
und Auslieferung von Lisa Ortéi, wie Solitaire sich seit kurzem
nannte, nicht an der Pinnwand irgendeines Polizeireviers prangte. Vor allem französische Zielfahnder kannten vermutlich mehr
pikante Details aus der Vita ihrer Schwester, als die sich selbst je
freiwillig in Erinnerung rufen würde.

2. Der Riese.

„Mrs. Förster, ich möchte Sie bitten, sich wieder anzuschnallen, den Tisch hochzuklappen und die Sonnenblende hochzu-
schieben, da wir uns bereits im Anflug auf den Makedonia Airport befinden."

Laura nickte und tat, wie ihr geheißen. Einerseits war sie zwar
noch hungrig, andererseits aber machte sie schon der Gedanke ans Essen krank. Die Flugbegleiterin, die sich zu ihr herab-
gebeugt hatte, richtete sich wieder auf und verschwand in der
Bordanrichte hinter dem Vorhang zur Rechten der Cockpittür.

Laura streckte die Beine aus und gähnte herzhaft. Der Flug
mit dem Geschäftsjet vom Typ Embaer Phenom 300, den Heinz
Marquardt auf ihr Geheiß für zehn Tage zu ihrer alleinigen Verfügung gechartert hatte, war ohne Zwischenfälle verlaufen. Normalerweise mied Laura Kleinflugzeuge, zu denen nach ihrem
Verständnis alles unterhalb von Boeing 737 oder Airbus 320 gehörte. Sie fühlte sich in kleineren Formaten schlicht nicht sicher.
Vermutlich zu Unrecht, große Jets stürzen ja schließlich auch ab,
gelegentlich jedenfalls. Aber Laura erinnerte sich an den einen

oder anderen spektakulären Landeanflug an Bord von Fokker-, De Havilland- oder Bombardier-Maschinen, deren Kapriolen bei stürmischem Wetter selbst eine Atheistin wie sie kurz zum Beten gebracht hatten. Die Windempfindlichkeit von solch ausgesprochenen Winzfliegern war ihr einfach zu erschreckend, als dass sie sich über und unter den Wolken wohlgefühlt hätte. Eine kräftige seitliche Bö beim Aufsetzen genügte und die Maschine stand plötzlich fast quer zur Landebahn und musste in extremis durchstarten. Aber die Phenom 300 vermittelte den Eindruck einer mittelgroßen Boeing. Zwei, drei kürzere Turbulenzen über den immer wieder beeindruckenden Alpen, das war's auch schon. Großzügiges Platzangebot für sieben Personen, ausreichende Reisegeschwindigkeit und eine Reichweite, die der Entfernung Hamburg – Istanbul entsprach, das passte. Marquardt hatte die richtige Wahl getroffen und natürlich Glück gehabt, dass die Maschine quasi abflugbereit in Fuhlsbüttel herumgestanden hatte, weil ein anderer Geschäftsmann seine Reise im letzten Augenblick hatte absagen müssen.

Laura setzte ihre Sonnenbrille auf. Noch waren sie über den Wolken und die südliche Nachmittagssonne knallte ungefiltert in den Flieger. Sie hatte sich schon oft gefragt, warum die Crews bei Start und Landung darauf bestehen, dass die Passagiere ihre Sonnenblenden hochschoben, so als bräuchte die Crew jederzeit freie Rundumsicht. Tatsächlich, das hatte ihr eine Stewardess auf ihre Frage im Flüsterton anvertraut, verhielt es sich insofern genau andersherum, als die nach einem eventuellen Unfall eintreffenden Rettungskräfte sich durch einen Blick ins Innere der Maschine vergewissern können mussten, ob noch ohnmächtige, eingeklemmte oder wegen ihrer Verletzungen oder Behinderungen bewegungsunfähige Passagiere an Bord waren, deren Bergung dann natürlich Vorrang hatte. Kein angenehmer Gedanke, aber eine durchaus nachvollziehbare Maßnahme.

Lauras Ohren schmerzten wie immer bei Landungen. Als Kind war sie wiederholt von Mittelohrentzündungen heimgesucht worden, so dass es ihr als Erwachsene nicht möglich war, auf Tauchermanier durch Schlucken oder Pressen von Luft in die

Stirnhöhlen bei zugehaltener Nase für Druckausgleich zu sorgen. Je nachdem, wie gut oder schlecht die Druckfestigkeit des Passagiertrakts der Maschine war und wie steil oder flach deren Sinkflug verlief, drohten ihr jedes Mal regelrecht die Trommelfelle zu platzen.

Dies war erst der zweite Besuch, den Laura ihrer Mutter in deren neuem Domizil Thessaloniki abstattete. Zu mehr hatte es wegen Lauras beruflicher und privater Inanspruchnahme einfach nicht gereicht. Dafür war ihre Einstandsvisite mit dem kleinen Ignace im Schlepptau damals, vor vierzehn Monaten, umso herzlicher ausgefallen. Der Junge verstand sich bestens mit Penelope und war sofort Feuer und Flamme für das unablässige Gewusel und Gejapse der Welpen aus dem jüngsten Wurf Ophelias gewesen. Die Kangal-Hündin bildete zusammen mit dem Rüden Attila sozusagen das Startkapital des Hundezucht-Projekts, das Penelope und der Doc hier gemeinsam in Angriff genommen hatten.

Das ungleiche Paar hatte sich, sei es kraft Lauras beharrlicher Überzeugungsarbeit, sei es aus einer Mischung aus Heimweh und Lust an der Veränderung, also tatsächlich zusammengefunden und war ein halbes Jahr nach den Ereignissen von Terre-de-Bas nach Thessaloniki gezogen. Dort hatten sie im Vorort Panorama oben auf der Höhe am nördlichen Stadtrand ein verwahrlostes kleines Gehöft mit einem zweistöckigen, schon etwas baufälligen Haus und ausgedehnter „Pampa", wie Penelope es nannte, günstig erstanden. Sowohl beim Erwerb dieses Gehöfts, als auch beim Knüpfen des erforderlichen sozialen Netzes vor Ort hatte sich Penelopes Herkunft als förderlich erwiesen. Panorama war nämlich im Laufe der Jahrzehnte als erste Anlaufstelle und bevorzugte Sammelstätte zugewanderter sogenannter Pontioi bekannt. Das waren ethnische Griechen, deren Vorfahren sich irgendwann an der türkischen Schwarzmeerküste, aber auch im Kaukasus und sogar auf russischem Gebiet niedergelassen hatten. Manche waren auch als Kinder während des griechischen Bürgerkriegs der 1940er Jahre von den griechischen Kommunisten aus dem Schoß ihrer Familien gerissen und zum Zwecke der Umerziehung zum Neuen Menschen in die junge Sowjetunion verbracht worden. Solche zum Teil im Zuge des Bevölkerungs-tauschs der 1920er Jahre oder später heimgekehrte Mitglieder griechischer Gemeinden der Diaspora wurden auch vom Mutterland nicht immer und überall mit offenen Armen aufgenommen. An den Gedanken, vom klassischen Auswanderungsland schlechthin zum Einwandererland mutiert zu sein, hat sich Hellas ja bis heute nicht gewöhnen können. Kein Wunder also, dass Sprache, Sitten und Gebräuche der „Pontioi", vor allem aber ihr in der zur Heimat gewordenen Fremde erworbenes Gefühl der Zusammengehörigkeit und Solidarität sie auch in der zur Fremde gewordenen Heimat einte.

Penelope besaß zwar keinerlei Geburtsurkunde oder andere Dokumente, die sie als Angehörige dieser ziemlich hermetischen Gemeinschaft ausgewiesen hätten, aber die brauchte sie auch nicht. Es genügte, dass sie den Mund aufmachte und das pontische Shibboleth hersagte. Ihr von slawischer und türkischer Lexik und grammatikalischer Exzentrik gekennzeichneter, absolut unnachahmlicher Dialekt war den Pontiern von Panorama Ausweis genug. Da der während ihres Aufenthalts in der Karibik wie in einer Zeitkapsel brachgelegen hatte, klang Penelope nun wie die Eltern oder Großeltern selbst älterer Pontier und war insofern Musik in deren Ohren.

Dass der Vorort seinen vielversprechenden Namen zu recht trug, teilte sich jedem Besucher der Gegend sofort mit, hat man doch von hier aus einen wunderbaren Ausblick über die Stadt und den Thermaischen Golf. Außerdem musste man sich keinen Kopf über die hiesige Luftverschmutzung machen, die dem sogenannten nefos, der alltäglichen gelb-schwarzen Abgaswolke über Athen und Piräus in nichts nachstand, jedoch in der Regel mit der Stadt unterhalb Panoramas auf Tuchfühlung blieb.

Penelope war in diesem zugleich provinziellen und kosmopolitischen Ambiente Salonikis, das sie bereits als junge Frau kurz genossen hatte, bevor sie von Hakan entführt und nach Anatolien verfrachtet worden war, regelrecht aufgeblüht, obwohl der Doc und sie anfangs alle Hände voll zu tun gehabt hatten, das Haus zu renovieren und nach ihren nicht immer kongruenten

Vorstellungen einzurichten. Dazu kam die Hundezucht, die aus dem Boden gestampft, bekannt gemacht und irgendwie rentabel gestaltet werden musste. Kangals sind keine Stadthunde und die urbanen Griechen keine Schafhirten. Allmählich jedoch hatten sich die Wachhund-Qualitäten dieser Rasse herumgesprochen, so dass diese ewig hungrigen Tiere alsbald die unfassbaren Mengen Fleisch und Trockenfutter, die sie Tag für Tag ungerührt verdrückten, durch ihren steigenden Verkaufspreis sozusagen selbst finanzierten. Bei den Fütterungen, die Laura miterlebt hatte, war sie sich wie im Raubtierkäfig eines Zoos vorgekommen. Aber der zum Veterinär mutierte Doc erwies sich allem einschließlich Penelopes Launen gewachsen, so dass sie hoffnungsfroh in die Zukunft blicken konnten.

Privat kamen die beiden, die unterschiedlicher eigentlich nicht sein konnten, bestens miteinander aus, gingen oft ihrer eigenen Wege und ließen einander so den Freiraum, den Menschen ihres Alters und ihrer persönlichen Vita gut zu Gesichte steht. Penelope bewohnte den ersten Stock ihres Häuschens, im Parterre konnte der Doc nach Gutdünken schalten und walten. Das hatte den Vorteil, dass gelegentliche Hausbesuche jüngerer Griechen nicht erst an einer neugierigen „Concièrge" vorbeigeschleust werden mussten. Wo Penelope ihren reduzierten, aber noch keineswegs erloschenen Bedarf an Sex zu decken pflegte, war ihr Geheimnis und durfte es laut Doc auch gerne bleiben. Das unerlässliche Netz sozialer Kontakte erwies sich als tragfähig und zugleich flexibel genug, auch den Doc mit seinen auf altgriechische, oft künstlich gebildete und insofern nur bedingt hilfreiche medizinische Fachtermini rekurrierenden Sprachkenntnissen aufzufangen. Penelopes Küche favorisierte Teigwaren aller Art, die den Doc ein wenig hatten „anschwellen" lassen. Laura fand, etwas mehr Leibesfülle stand ihm gut, ließ ihn gemütlicher, gewissermaßen knuddeliger aussehen.

Laura seufzte und betrachtete zum wiederholten Mal ein Foto, das Hakan ihr gemailt hatte. Es zeigte den kleinen Ignace, in den Polstern eines für ihn viel zu großen Sessels der Art versinkend, wie Laura sie in den Geschäftsräumen türkischer Teppichhändler gesehen hatte, bei denen man im Lauf eines jeden Ausflugs unweigerlich zu landen pflegte. Der Junge blickte ein wenig desorientiert und traurig, aber nicht unbedingt stark verängstigt aus der Wäsche. Vor seine Brust hielt er das Titelblatt der Cumhuriet-Ausgabe vom selben Tag. Offensichtlich sollte die als Beweis dafür dienen, dass Ignace lebte und es ihm, wie Hakan versichert hatte, den Umständen entsprechend gut ging. Da die Zeitung auch in deutschen Großstädten mit ansehnlichem türkischstämmigen Bevölkerungsanteil erhältlich war, konnte das Bild noch in Deutschland, sogar in Hamburg, aufgenommen worden sein, zumal Hakan sich Zeit lassen konnte. Sein größtes Problem war, Ignace ohne Pass außer Landes zu bringen, aber so, wie er seinen Coup geplant hatte, würde er diesem Aspekt sicherlich Rechnung getragen haben.

Laura hatte Penelope angerufen, ihr die Sachlage geschildert und sich von ihrer Mutter über die Ereignisse im Zusammenhang mit der mysteriösen Ikone ins Bild setzen lassen. Dann hatte sie nach Solitaire gefragt.

„Ich weiß, dass sie irgendwo bei euch abhängt und Hakan weiß es ebenfalls. Mithin ist sie da nicht mehr sicher, verstehst du. Und ich brauche die Ikone, umgehend. Du kennst ja Hakan, der scherzt nicht mit so etwas. Falls Du sie noch hast, gib sie mir. Falls nicht, sag mir, wo ich sie loseisen kann."

Penelope war entgegen ihrer sonstigen Gewohnheit ausgesprochen einsilbig geblieben, wollte vermutlich am Telefon nicht in die Einzelheiten gehen, man wusste ja heutzutage nie, wer gerade mithörte. So hatte Laura schnell die Geduld verloren.

„Gut, ich verstehe. Spätestens morgen Abend tauche ich bei dir auf, stell dich darauf ein."

Endlich durchstieß die Phenom 300 die relativ niedrige Wolkendecke über dem Thermaischen Golf und fuhr mit einem laut vernehmlichen Knacken und einer deutlich spürbaren Erschütterung des Rumpfes ihr Fahrwerk aus. Unter sich sah Laura die Silhouette der hufeisenförmig um das halbrunde Ende des sackähnlichen Golfs geschmiegten zweitgrößten Stadt Griechenlands. Thessaloniki, am Drehkreuz uralter Handelswege gelegen, war nicht nur die „Bezwingerin Thessaliens", sondern beanspruchte zugleich den Status des politischen, wirtschaftlichen und kulturellen Zentrums Mazedoniens und litt auch sonst nicht an Minderwertigkeitskomplexen. Ähnlich wie andere, unter einer traditionellen Bezeichnung bekannte und historisch gewachsene Gebiete und Landschaften auf dem Balkan war das diffuse Mazedonien von mehr oder minder willkürlicher Grenzziehung zerschnitten. Die Folge waren nicht enden wollende Streitigkeiten in diesem Fall etwa zwischen Griechen, Slawen und einigen weiteren Volksgruppen, die sich allesamt als „Mazedonier" verstanden.

Vor dem Hintergrund der ruhmreichen, mit Alexander dem Großen verbundenen Historie hielten die Griechen ihre Ansprüche, wenn schon nicht auf das gesamte Gebiet, dann doch wenigstens auf dessen Namen für zweifelsfrei gerechtfertigt. Wobei sie geflissentlich übersahen, dass die Beziehungen zwischen Athen und dem militärisch von Tag zu Tag mehr erstarkenden Mazedonien der Antike so miserabel waren, dass der Rhetor und Politiker Demosthenes in seinen zahlreichen Reden ähnlich beharrlich auf der Zerschlagung Mazedoniens bestand, wie etwa Cato der Ältere ein Jahrhundert später auf derjenigen Karthagos. So weit zu den angeblich gesicherten historischen Wahrheiten, die bei genauerer Betrachtung oft wie Kartenhäuser in sich zusammenbrachen, dachte Laura. Darüber hätte sie während ihrer eigenen Schulzeit gerne einmal mit ihrer Geschichtslehrerin diskutiert, anstatt nur stupide Jahreszahlen auswendig zu lernen.

Die Menschen hier im multiethnischen, multikulturellen Norden des Landes, das war Laura bei ihrem ersten Besuch aufgefallen, sprachen deutlich langsamer als ihre Landsleute in Athen oder auf der Peloponnes und rollten, anders als diese, häufig ihr „r". Athener im Allgemeinen und die Fans von Vereinen wie AEK, Panathinaikos oder Olympiakos Piräus im Besonderen bezeichneten die Thessalier gerne als „Bulgaren", womit sie historisch betrachtet insofern gar nicht mal weit daneben lagen, als die Stadt am Ende des zweiten Balkankrieges von den kapitulierenden Osmanen um ein Haar nicht den Griechen, sondern den Bulgaren übergeben worden war.

Laura steckte die Fotos zurück und ließ das Schloss ihrer Tasche laut vernehmlich einschnappen. Sie sah leicht angewidert auf sich herab. Ihre Hose musste unbedingt mal wieder in die Reinigung. Hätte sie mehr Zeit zum Packen gehabt ... Egal, das war ohne Belang. Das Einzige, was zählte, war die tickende Uhr in ihrem Hinterkopf und Ignaces trauriger Hundeblick auf dem Foto.

Hakans Schachzug machte aus seiner Sicht Sinn, das musste sie einräumen. Der skrupellosen Solitaire alternativ mit einer Entführung Penelopes zu drohen, wäre riskanter und wenig erfolgversprechend gewesen. Die lakonische Antwort Solitaires hätte durchaus lauten können: „Behalt die Alte".

Nicht, dass Laura schlecht von ihrer Schwester gedacht hätte, aber wer wie sie keinerlei Rücksichtnahme für sich einforderte, war im Zweifelsfalle wohl auch nicht ohne Weiteres bereit, anderen solche angedeihen zu lassen. Dafür war ihre „Jeder für sich und Gott für uns alle"-Mentalität viel zu tief verwurzelt. So konnte sich, je nach Umständen, auch die eigene Mutter auf den Status eines ausgesprochen bedauerlichen, aber leider unvermeidlichen Kollateralschadens reduziert sehen. Zumal Solitaire aus Gründen, die sie nicht zu vertreten hatte, keine natürlich gewachsene innige Beziehung zu Penelope hatte entwickeln können.

Nein, Hakan hatte genau die Achillesferse des Familienclans getroffen und schickte sich obendrein an, zwei Fliegen mit einer Klappe zu schlagen. Die Gelegenheit, alte Rechnungen mit den Försters zu begleichen, würde er sich kaum entgehen lassen. Andererseits weiß jeder halbwegs erfolgreiche Kaufmann, dass es zu nichts führt, nüchterne geschäftliche Transaktionen mit persönlichen Befindlichkeiten zu kontaminieren. Dafür gab Roberts bewegte Vergangenheit genügend überzeugende Beispiele her. Solche Gemengelagen gerieten schnell außer Kontrolle. Umso wichtiger, die Operation möglichst umgehend abzuwickeln, bevor sich die Gemüter unnötig aufschaukelten.

Das Flugzeug setzte mit hartem Ruck auf, bremste scharf ab und dröhnte zugleich im Umkehrschub auf. Dann rollte es, vom quittengelben Follow-Me geleitet, zügig aus.

Laura glaubte zu wissen, dass Allerweltslandungen wie diese heutzutage regelmäßig mit Hilfe von ALS, Bordcomputer und Autopilot quasi ohne menschliches Zutun durchgeführt werden. Trotzdem oder vielleicht gerade deswegen atmete sie immer erleichtert auf, wenn der Flieger wie jetzt schließlich sicher eingeparkt stand. Die griechische Erde auf Papst-Art küssen würde sie allerdings nicht.

Heinz Marquardt hatte ursprünglich darauf bestanden, Laura nach Griechenland zu begleiten und darauf verwiesen, dass er eine Einzelkämpfer-Ausbildung bei den Fallschirmjägern der Bundeswehr genossen habe. Als Reservist nahm er mit einer gewissen Regelmäßigkeit an Übungen teil, die den Absprung hinter feindlichen Linien und das darauffolgende Sich-Durchschlagen unter haarsträubenden Bedingungen simulierten. Laura hatte sein Angebot aber dankend abgelehnt.

„Du wirst demnächst sicher noch in Afghanistan oder Syrien gebraucht. Außerdem, wer sonst soll während meiner hoffentlich kurzen Abwesenheit hier bitte den Laden am Laufen halten? Ich denke, ich werde vor Ort ausreichend Feuerschutz organisieren können. Was ich dagegen dringend brauche, ist ein kompetenter logistischer Ankermann in der Hamburger Ops-Zentrale."

Eigentlich, dachte Laura, eigentlich hatte sie gar keine Zeit, sich selbst auf die Suche nach einer, mit Verlaub, dämlichen Ikone zu machen. Ausgerechnet jetzt, da sie mitten in den Verhandlungen um die Übernahme einer kleinen regionalen Fluglinie standen, die von Genua aus operierte und, erst einmal in ein lupenreines Frachtunternehmen verwandelt, bei der Eroberung des südeuropäischen Markts für die ROLA eine Schlüsselposition einnehmen würde. Die nächste unangemeldete Steuerprüfung konnte ebenfalls jeden Moment über die ROLA hereinbrechen. Kurz, wenn es irgendetwas gab, was so gar nicht in den Kram passte, dann diese verrückte Schnitzeljagd entlang der Küsten der Ägäis.

Ein Mann wie Marquardt konnte den Geschäftsgang des Unternehmens wenigstens eine kurze Zeit lang kontrollieren und gleichzeitig Laura aus der Ferne operative Schützenhilfe leisten, ohne die erforderliche Diskretion hintanzustellen. Für den unwahrscheinlichen Fall, dass er einmal nicht mehr weiterwusste, konnte er überdies jederzeit auf die Schwarmintelligenz des Dreckigen Dutzends zurückgreifen.

„Du bist unser A und O, unser M und Q und wirst hier in Hamburg auf Standby schalten. Wir bleiben in ständigem Kontakt und wann immer ich etwas brauche, lasse ich es dich wissen. Und halte uns um Gottes Willen die Polizei vom Leib. Wenn alles FUBAR zu gehen droht, hast du meine Erlaubnis, die Jugend zusammenzutrommeln, auf dass sie uns Optionen unterbreitet und Auswege eröffnet. Kann ja sein, alles verläuft reibungslos. Angesichts der heiklen Natur der Angelegenheit und der Reizbarkeit einiger der Beteiligten würde mich das allerdings wundern."

Die unter GIs beliebte Abkürzung FUBAR hatte Laura an der Uni in Florida gelernt. Ins Deutsche übersetzt, bedeutete es etwa „Absolut unwiederbringlich verkackt" und erinnerte an die MASH-Serie der 1970er oder an Robin Williams' urkomische Kürzel-Parodie in Guten Morgen, Vietnam.

„M" schien schließlich überzeugt, hatte aber vorsichtshalber seinen wasserdichten, wetterfesten und stoßsicheren Black Ops Bag fix und fertig gepackt, um jederzeit „da unten" selbst eingreifen zu können.

Die Maschine hatte angedockt, das Lichtsignal mit diskretem „Pling" die Sitz- und Gurtpflicht aufgelöst. Nach wenigen Augenblicken öffnete sich die Schwenktür und Laura stolperte die mobile Treppe hinunter auf den Asphalt, wo ihr ein baumlanges Ein-Mann-Begrüßungskomitee eine Hand entgegenstreckte, in der Tellerminen vom Typus 43 locker verschwunden wären. Laura war froh, ihre eigene Hand nach der schmerzhaften Kontaktaufnahme unversehrt wiederzusehen.

„Mrs. Forsteri?", fragte der Hüne mit Stentorstimme. Schon diese beiden ersten Wörter verrieten ihn als Griechen. Laura nickte und sah sich nach ihrem Gepäck um, das gerade ausgeladen wurde. Tatzen wie diese waren gemacht, um mit Bären zu ringen oder Wölfe rudelweise zu erdrosseln, dachte sie, aber nicht, zierliche Damen am Flugplatz zu begrüßen. Außerdem hatte sie Griechen durchweg kleinwüchsig und mollig in Erinnerung. Ein Exemplar mit Spielwiese auf dem Hinterkopf und hässlicher Narbe auf der Stirn, vermutlich die Hinterlassenschaft einer Wirtshausschlägerei, hätte sie eher unter den transsilvanischen Gefährten Vlad des Pfählers vermutet.

Jetzt, da sie direkt vor ihm stand und zu ihm aufblickte wie eine schüchterne Erstklässlerin zum strengen Pedell, war Laura so sehr von der Narbe fasziniert, dass sie zunächst nicht verstand, was er sagte, obwohl sein Englisch ganz passabel klang. Das Problem war die bellende Stimme, zu der man offenbar ein bis zwei Gebirgszüge Abstand halten musste, um in den vollen Genuss ihres scheppernden Timbres zu gelangen. Irgendetwas stimmte nicht mit seiner Kleidung, dachte Laura. Baumwollhemd und Flanellhose passten farblich und stofflich wie Faust aufs Auge. So zog sich nur jemand an, der allein mit seinem resignierten Schäferhund lebte und noch dazu an einer Grün-Rot-Schwäche litt oder sich alternativ einen Dreck darum scherte, wie er bei seinen Mitmenschen und insbesondere deren weiblichem Teil ankam. Vielleicht trug er berufsbedingt normalerweise Uniformen und fühlte sich in Zivil gleichsam nackt. Wie ein Militär sah der Mann trotz seiner beeindruckenden Statur aber auch nicht gerade aus, wirkte eher wie Steinbecks sanftmütiger Lennie, der aus reiner Ungeschicklichkeit ab und zu Mäuse zerquetschte oder seiner Geliebten das Genick brach.

„Mein Name ist Athanassios, Mrs. Forster", stellte sich der Hüne auf Englisch vor.

„Verfügen Sie über mich."

Vor wenigen Jahren noch wäre Laura versucht gewesen, das großzügige Angebot vielleicht allzu wörtlich zu nehmen. Inzwischen hatte sie sich jedoch so an die Rolle der gereiften Frau gewöhnt, in die sie alle zu drängen schienen, dass der Gedanke, mit diesem Ungetüm das Bett zu teilen, nur ganz blitzartig durchs ermüdete Hirn schoss.

„Gern", entgegnete sie unverbindlich, um ungewollt doppeldeutig nachzufragen, was er denn Gutes für sie tun könne.

Die feine Klinge der Ironie war dem Mannsbild anscheinend fremd. Kein Wunder, trug er doch vermutlich Hinkelsteine aufs Schlachtfeld.

„Ich bin angewiesen, Sie abzuholen und zu Ihrer Mutter zu fahren. Wenn Sie schon einmal im Wagen Platz nehmen wollen, verstaue ich ihr Gepäck."

Er wies mit der Rechten auf den bereitstehenden geschlossenen Jeep, dessen Fahrertür offenstand. Warum so viel Umstand, dachte Laura, wo es ein Meldekrad mit Seitenwagen doch auch getan hätte. Erst als sie näher an das schmucklose Gefährt herantrat, das wohl von General Pattons Stab versehentlich hier zurückgelassen worden war, erkannte sie zu ihrer Erleichterung, dass der Jeep Rechtssteuerung hatte und die einladend offene Tür mithin die des Beifahrers war.

„Halten Sie bitte Ihren Pass bereit, den werden Sie an der Ausfahrt brauchen."

Wenn wir denn so weit kommen, dachte Laura. Sie wusste nicht recht, was sie von der Sache halten sollte. Diesen, bis auf den alten, engen Jeep geradezu VIP-gerechten Empfang hatte ihr niemand avisiert. Marquardts Werk? Wohl kaum. Der hätte das sicher beiläufig erwähnt und ihr die wichtigsten technischen Daten des musealen Jeeps unter die Nase gerieben. Eine Falle? Doch von wessen Seite und wozu? Ihr einziger großer Widersacher zu diesem Zeitpunkt war Hakan. Wusste er, ahnte er, dass sie zwecks Recherche und möglicher Akquisition nach Thessaloniki fliegen würde? Selbst wenn, musste auch ihm daran gelegen sein, dass alles möglichst schnell über die Bühne ging. Warum sollte er den Lauf der Dinge mit irgendwelchen Spielchen verzögern? Es sei denn, das eigentliche Ziel der Operation war nicht die Ikone, sondern sie, Laura.

Sie nickte, bewegte sich zum Wagen und zwängte sich auf den quietschenden Beifahrersitz, dessen Sprungfedern sich durch das abgenutzte Polster schmerzhaft in ihr Hinterteil bohrten. Als sie die Tür zuschlug, fiel der Rückspiegel ab. Laura sah sich um. Der Hüne trug ihren Rollkoffer gleich einem Barbie-Accessoire mit zwei Fingern seiner Rechten zum Wagen und wuchtete ihn auf den Rücksitz. Das Fehlen des Rückspiegels schien er noch nicht bemerkt zu haben. Aus eigener Erfahrung wusste Laura, dass Autofahrer sich des auf der jeweils anderen Seite angebrachten Spiegels sowieso eher selten bedienten. Was soll's. Die Dinge ließen sich flott an. Wenn es so weiterging, würde sie den kleinen Ignace spätestens morgen in ihre Arme schließen können ...

3. Die Festung.

Laura blickte auf das Leuchtzifferblatt ihrer Uhr. Nach ihrer Berechnung waren sie jetzt bereits eine Dreiviertelstunde unterwegs. Sie hatten nicht nur das Stadtzentrum mit seinem chaotischen Feierabendverkehr, sondern auch die etwas ruhigeren Außenbezirke hinter sich gelassen. Die Fahrt ging offensichtlich nicht nach Panorama, das sie sonst längst hätten erreichen müssen. Der klapprige Jeep war nicht bar jeden Charmes, auch wenn Laura sich nur schwer an die umgekehrte Sitzordnung des Fahrzeugs gewöhnen konnte. Die entgegenkommenden Autos schossen ungewohnt dicht an ihr vorbei. Außerdem roch der Jeep nach nassem Hundefell und versetzte Laura bei jedem der zahlreichen Schlaglöcher einen satten Tritt in den Hintern.

„Schlägt aus wie ein Maultier, eh?", lachte Athanassios, der ebenso gut auf dem Rücksitz hätte Platz nehmen können, ohne außer Reichweite von Lenkrad und Pedalen zu geraten. Seine Schädeldecke beulte das zähe Gewebe des Verdecks nach oben. Wäre es nicht schon dunkel, hätten sie in der Stadt vermutlich Aufsehen erregt, wären möglicherweise von einer Polizeistreife auf die Verkehrssicherheit dieses seltsamen Arrangements überprüft worden. Der viel gerühmte Charme eines streng müffelnden Oldtimers verfliegt schnell, wenn man ihm die Funktionen zumutet, für die er einst geschaffen wurde. Solange sie sich auf der Schnellstraße fortbewegten, konnte man über den Mangel an Beinfreiheit und allgemeinen Sitzkomfort hinwegsehen. Jetzt, da Polyphem auf dem Weg zu seiner Höhle auf die Landstraße und allerlei holprige Nebenwege gewechselt war, brachte die burschikose Federung des Jeeps Lauras Hinterteil, Wirbelsäule und Nieren allmählich an ihre Grenzen.

„Wie weit ist es noch? Und, ohne neugierig erscheinen zu wollen, wohin fahren wir eigentlich?", fragte Laura wie ein ungeduldiges Kind, auf der Urlaubsfahrt nach Italien eben erst am Brenner angekommen.

„Zu einem sicheren Ort, an dem Ihre Mutter Sie erwartet. Noch etwa achtzig Kilometer", antwortete Athanassios ungerührt. So, wie er im Fahrzeug nach allen Seiten verkeilt war, musste er sich mit dem Jeep fühlen wie Robocop in einem mobilen Exoskelett.

„Bei dem Straßenzustand etwa anderthalb Stunden."

„Sicher wovor?"

„In Panorama warten bestimmt schon die Russen, das konnten wir nicht riskieren."

„Die Russen? Welche Russen? Sind wir im Krieg? Und wer ist wir?"

„Die Russen, die ich meine, sind unsere Konkurrenten auf der Jagd nach der Ikone, Brüder im Glauben zwar, weiß Gott, aber mit uns quasi durch Erbstreitigkeiten über Kreuz. Wir, das ist die einzig wahre orthodoxe Kirche, die in dieser Angelegenheit zu vertreten ich die Ehre habe. Wir betrachten es als unsere vornehmliche Pflicht und Schuldigkeit, die Sicherheit Ihrer Mutter, die uns sehr geholfen hat, wie natürlich auch die Ihrige bis auf Weiteres zu gewährleisten. Keine Sorge, es ist alles bestens organisiert. Wir sind über Ihr persönliches Dilemma informiert und werden Ihnen mit Rat und Tat zur Seite stehen. Das gebietet schon unsere Christenpflicht, auch gegenüber Angehörigen anderer Religionen."

„Da brauchen Sie bei mir keine Sorge zu haben, ich bin überzeugte Atheistin", entgegnete Laura.

„Auch nur eine Religion," lachte Athanassios.

Ob sie ihm glaubte oder nicht, jetzt und hier hatte Laura ohnehin keine andere Option, als Athanassios zu vertrauen. Dessen Wirkungssphäre beschränkte sich offensichtlich nicht auf die Funktion eines Chauffeurs. Für einen bloßen Handlanger bediente er sich einer viel zu gepflegten, wenn auch alles andere als akzentfreien Sprache. Ihn im Dunkeln zwischen Irgendwo und Nirgendwo aufzufordern, anzuhalten und aufs Geratewohl auszusteigen, hätte wenig Sinn gehabt. Also fügte Laura sich in ihr Schicksal, lehnte sich vorsichtig zurück, um nicht auch noch etwaige Sprungfedern im abgewetzten Rückenpolster auf dumme Gedanken zu bringen und schloss bei jeder Unebenheit des Geländes schmerzerfüllt ihre Augen.

Die ganze Aufregung des gestrigen Tags und der heutige Flug forderten ihren Tribut und nagten an ihrer Widerstandskraft. Das links und rechts vorübergleitende Buschwerk, die gelegentlich aufblitzenden Lichter und das schmale, unebene Band der von den Scheinwerfern erleuchteten Straße - alles floss ineinander wie die Szenerie eines Films, in dem sie nur als Komparsin mitwirkte und der Regisseur es nicht für erforderlich gehalten hatte, ihr den weiteren Ablauf des Dramas zu erläutern. Außerdem war ihr so was von schlecht. Ein verzagt dreinblickendes Käse-Schinken-Sandwich, das sie zwischen Tür und Angel auf dem Hamburger Flughafen verschlungen hatte, wusste sich ihrer Verdauung erstaunlich lange zu widersetzen, hatte schließlich aber doch aufgegeben und war inzwischen nur noch eine lästige Flatulenz, die sie im Jeep unterdrücken musste. Als hätte er ihre Gedanken jedenfalls teilweise gelesen, räusperte sich Athanassios, griff nach hinten auf den freien Teil der Rückbank und reichte Laura eine Flasche Wasser und eine Art Thunfisch-Wrap, die Laura beide dankend entgegennahm.

Viel war von der nächtlichen Landschaft nicht zu erkennen. Kaum, dass sie einmal die eine oder andere verschlafene Ortschaft kreuzten. Das Verkehrsaufkommen dünnte zu dieser Stunde zusehends aus. Der Zustand der Straße war für griechische Verhältnisse vermutlich noch Gold, wenngleich sich da in jüngeren Jahren vor allem durch Zuschüsse der EU für allerlei seltsame Straßenbauprojekte einiges geändert hatte. Dass einige solcher Neubauten nach Kilometern an irgendeiner Taverne am Strand endeten, gehörte zu den landestypischen Besonderheiten.

Irgendwann tauchte weit voraus ein Zipfel des glitzernden Meeres wie ein Vertrauter aus alten Tagen, der ihr bis hierher gefolgt war, im gleichförmigen Dunkel auf, spiegelte kurz das ruhige Licht des zunehmenden Mondes, um bald darauf wieder

zu verschwinden, als hätte es ein mit seiner Komposition un-
zufriedener Künstler in einem Anflug von Verzweiflung auf der
Leinwand übermalt. Schließlich bog Athanassios nach rechts
ab und stoppte den Jeep nach kurzer Fahrt durch die Pampa in
Ufernähe, etwas abseits von einem niedrigen hölzernen Schuppen. Athanassios stieg aus, hielt Laura die Tür auf und griff sich
ihr Gepäck. Dann winkte er Laura, ihm zu folgen.

Mit Pumps an den Füßen war ihr das kaum möglich. Auf ihren, für dieses Gelände viel zu hohen Absätzen wankte Laura
wie eine Alkoholikerin auf nächtlicher Beschaffungstour durch
das lange Riedgras, das sie an die Schneide der Everglades erinnerte. Glücklicherweise war die hiesige Spezies wesentlich
geschmeidiger, weicher. Bald erkannte sie, dass es sich bei dem
Schuppen um ein geräumiges Bootshaus handelte, in den man
von See aus direkt einfahren konnte. Athanassios schloss auf und
ließ Laura eintreten. Es roch nach Benzin, feuchtem Holz, Hanf
und Teer. Im Zwielicht der einzigen Lampe sah Laura neben allerlei herumliegendem Krimskrams einen galgenartigen Kran,
von dessen Arm ein zur Hälfte mit einer Persenning verdecktes
Boot baumelte. Seine Konturen ließen ahnen, dass es sich um ein
offenes Motorboot mit Außenborder handeln musste.

Athanassios drehte an der schlecht geölten Windenkurbel des
„Galgens", bis der Rumpf des Boots zu etwa einem Drittel ins
Wasser eingetaucht war und die rasselnde Kette schlaff durch-
hing. Dann zog er das Boot heran, löste es von der Kette und
entfernte die Persenning. Es war in der Tat, wie Laura vermutet hatte. Ein offenes Boot mit einer stockfleckigen Sprayhood
und Außenborder offensichtlich älteren Typs. Athanassios half
Laura beim Einsteigen. Sie hatte sich ihrer Schuhe entledigt und
kletterte in dem Bewusstsein an Bord, dass sie nach ihren karibischen Abenteuern wahrscheinlich bessere Seebeine hatte als ihr
Begleiter, der eher den Eindruck einer Landratte vermittelte und
dessen hoher Körperschwerpunkt es ihm schon bei leichtem Seegang erschweren würde, sein Gleichgewicht zu wahren.

Kaum hatte Laura sich so schwungvoll auf die harte Bank
geworfen, dass sie fast völlig unter die Sprayhood rutschte, als

ihr Kapitän des Tages auch schon einhändig den brummenden und Kühlwasser in dünnem Strahl ausspuckenden Außenborder kaltgestartet und abgelegt hatte.

Das Boot glitt aus dem Hangar wie ein falsch platziertes Zäpfchen. Der Geruch von Tang und Salz, der Laura im Fahrtwind entgegenschlug, war ihr ein Willkommensgruß der See und versetzte sie augenblicklich zurück zu dem Tag, an dem sie mit dem Doc, Solitaire und Ignace dem Älteren in der Einbaum-artigen Saintoise des Pfarrers von Bourg durch die aufgewühlte Reede nach Terre-de-Bas gerollt und gestampft waren. Damals wie heute ahnte sie nicht, was sie erwartete. Ein besonders gutes Gefühl hatte sie zwar auch jetzt nicht, wenngleich das Boot und die Fahrt übers Meer so etwas wie kreatives Lampenfieber weckten: Wie alle Bühnendarsteller fürchtete sie zwar, im übertragenen Sinne ihren Text zu vergessen, zugleich jedoch schenkte ihr der bis in ihre Garderobe dringende Bühnengeruch ein Gefühl inniger Vertrautheit, ja, einer gewissen Unbesiegbarkeit.

Die langen, sanften Wellen wogten im Takt mit Lauras Herzschlag auf und nieder. Der spitze Bug des Boots durchschnitt die samtene Oberfläche wie die scharfe Klinge des Moors von Venedig das seidene Nachtgewand der Desdemona. Eigentlich hatte Laura mit der Überfahrt zu irgendeiner kleineren Insel gerechnet. Doch ihr Steuermann folgte vorläufig den Konturen der dunklen Steiluferlinie in so geringem Abstand, dass die Lichter weiter oben nur mehr zu ahnen waren und einsetzende Böen über sie hinwegstrichen und das Wasser erst ein ganzes Stück weiter seewärts schwärzten. Es dauerte eine Weile, bis Athanassios bemerkte, dass Laura, die von der Szenerie so eingenommen war, dass sie die Kälte der Nacht anscheinend nicht als störend empfand, blaue Lippen bekam und am ganzen Körper zitterte. Er bückte sich und zerrte eine nicht ganz trockene, nach Benzin riechende Wolldecke aus einem kleinen Schapp am Bug und reichte sie ihr. Laura dankte ihm und wickelte sich in die Decke ein. So würde sie zwar den Rest der Nacht wie ein wandelnder Vergaser riechen, aber wenigstens nicht mehr frieren.

Der Doc hatte ihr damals das Nullsummenspiel wechselnder auflandiger Tages- und ablandiger Nachtbrise erläutert.

„Alles eine Frage der Thermik. Tagsüber erwärmt sich das Land schneller als die See, die Warmluft steigt nach oben. Da die Natur kein Vakuum duldet, müssen solche Luftmassen von See aus ersetzt werden. Nachts kehrt sich der Prozess um. Die See kühlt schneller ab als das Land, das nun für Kompensation sorgt. Da die Temperaturen im Mittelmeerraum nachts allerdings selten so stark abfallen, pflegt die Nachtbrise schwächer zu sein und nicht über das unmittelbare Küstengewässer hinaus zu reichen."

Die Kenntnis solcher Zusammenhänge konnte, so der Doc, längere „Wind-Regatten" zumal in strömungsarmen, weil tidenlosen Gewässern wie denen des Mittelmeers entscheiden.

„Wer den Mut hat, in tiefschwarzer Nacht mit einem von scharfzackigen Riffen gesäumten Küstenstrich Tuchfühlung aufzunehmen, profitiert von dem so gewonnenen Schub, zumal dann, wenn viel weiter draußen auf See die Nachtflaute herrscht. Je nach Länge der Küste vielleicht nur ein kleiner Vorteil, aber Offshore-Regatten sind keine Hasenrennen, sondern eher Igel-Marathons, bei denen ein Teilnehmer dem anderen alle paar hundert Meter einen oder zwei Schritte abnimmt. Rechne das hoch auf 42 Kilometer…"

Als sie eine kleine, aber unerwartet hohe Landzunge umrundeten, eröffnete sich Laura mit einem Schlag eine märchenhaftsurreale Szenerie. Direkt vor ihr, kaum hundert Meter vom Ufer entfernt, erhob sich eine fast senkrecht aufragende Felswand, die, weit zerklüfteter als die noch viel höheren Erosionskegel von Meteora, diesen an atemberaubender Steilheit nicht viel nachstand. Oben auf dem Gipfel wuchs ein Gebäude gleich einer uneinnehmbaren Trutzburg regelrecht aus dem Fels. Ihre untere Hälfte schien, soweit Laura das im Mondlicht erkennen konnte, aus einem monolithischen Steinblock mit winzigen Fensterchen wie Schießscharten zu bestehen, in dessen Innerem sich möglicherweise Kellereien und Vorratsräume, vielleicht aber auch uralte, vom Blut gefolterter Insassen schwarz gefärbte und jetzt nur mehr von Ratten und Fledermäusen bewohnte Kerkerzellen verbergen mochten.

Der auf diesen Block gepfropfte eigentliche Wohnteil, der vier auskragende, den Monolithen zum Meer hin überkragende Stockwerke aufzuweisen schien, war offenbar entweder ganz aus Holz gebaut oder vielleicht auch nur mit einer hölzernen Fassade verkleidet. Da und dort unterstrichen Zinnen-artige Durchbrüche den trotzig-wehrhaften Charakter des Gebäudes, in dem nur vereinzelt mattes Licht aus den von unten kaum briefmarkengroß wirkenden Fensterchen fiel.

Der jähe Ruck und das hässliche Knirschen des Bootsrumpfes im Kies und Sand der kleinen, nach drei Seiten geschützten Bucht, in die Athanassios eingebogen war, riss Laura aus ihren Gedanken. Ihr Begleiter hatte den Bug der Einfachheit halber so ähnlich „geparkt", wie es die Griechen der Antike mit ihren, dafür aber auch mit einem speziellen „Wegwerf-Schutzkiel" ausgerüsteten Trieren machten: mit Karacho auf den Strand. Den noch laufenden Außenborder hatte er zuvor mit einer raschen Bewegung hochgeklappt, damit die Schraube keinen Schaden nahm. Das wirkte durchaus kompetent, beschied Laura mit fachmännischem Blick.

Nach dem Ersterben des Außenborders trat eine überirdische Stille ein, die Laura wie eine sanfte Daunendecke umfing. Einen Moment lang war allein das leise Klatschen der Kräuselwellen auf den Uferkieseln zu vernehmen. Der nachtfeuchte Duft tauschwerer Blüten beruhigte Lauras angespannte Nerven wie ein Aufguss aus Kamille. So hätte sie noch stundenlang im Dunkeln ausharren können, hier, am Fuße der Festung, losgelöst von Zeit und Raum. Doch sie fröstelte und wickelte sich wieder in die Wolldecke, deren Benzingeruch sich inzwischen weitgehend verflüchtigt hatte.

„Wo sind wir?", fragte sie Athanassios, der schon ausgestiegen war und das Boot mit einer Hand wie ein Spielzeug weiter landeinwärts gezogen hatte, auf dass es sich auch bei steigendem Wasserpegel nicht selbstständig machen würde.

Laura wusste, dass die Ägäis bis auf eine seltsame Anomalie im Norden Euböas keine herkömmlichen Tiden kennt, mehrtägiger Wind aus ein und demselben Quadranten aber durchaus für einen tidenähnlichen Anstieg des Wasserstands sorgen konnte. Das waren Verhältnisse, die sich mit dem schwankenden Pegelstand der inneren Ostsee vergleichen ließen. Ihrem Begleiter war dies offensichtlich ebenfalls bewusst.

„Wir sind auf dem Athos, dem nördlichen der drei Finger der Chalkidiki-Halbinsel und das da oben ist mein Kloster", antwortete Athanassios kurz angebunden, wenn auch mit einem unüberhörbaren Unterton mühsam unterdrückten Stolzes, etwa so, als hätte Robert de Niro einem Fan in gespielter Beiläufigkeit seine 20-Zimmer-Hazienda in Beverly Hills vorgestellt.

„Ihr Kloster? Sind Sie etwa Abt oder vielleicht Immobilienmakler?", fragte Laura überrascht.

„Ich muss Sie warnen, ich bin nicht auf der Suche nach einem Konvent. Habe schon zwei davon und, glauben Sie mir, allein die Wartungskosten bringen mich um."

Athanassios lachte so schallend, dass sein Echo wie der Fels des Sisyphos die Hänge des Steilufers hinaufrollte und scheppernd wieder zu Tal purzelte.

„Weder noch. Wir sollten jetzt übrigens losgehen, man erwartet uns bereits und früher wird es auch nicht mehr."

Laura legte die Decke wieder ab und blickte ratlos um sich.

„Gehen? Wohin? Ich habe leider meine Sneakers mit den Saugnäpfen vergessen."

„Die werden Sie nicht brauchen. Folgen Sie mir bitte."

Er knipste eine Taschenlampe an und führte Laura etwas links von der Felswand an eine in den Stein gehauene Treppe. Laura trat heran und versuchte, den Stufen mit dem Blick nach oben zu folgen, was so gut wie unmöglich war, weil anscheinend alles von Gras und allerlei Unkraut überwuchert wurde.

„Das ist keine Schlamperei, sondern Absicht. So getarnt ist die Treppe auch bei Tage kaum sichtbar und unerwünschte Gäste werden ferngehalten. Es sind nur etwas mehr als hundert Stufen. Ich kann Sie tragen, wenn Sie möchten."

Laura schüttelte den Kopf. Gar so behindert fühlte sie sich dann doch nicht. Athanassios reichte ihr eine zweite Lampe, die sie sofort anknipste. Der Lichtstrahl war nicht sehr stark und würde gerade so ausreichen, die nächsten paar Stufen auszuleuchten, ohne selbst weithin sichtbar zu sein.

„Um Gottes Willen, Sie haben schon an meinem Koffer genug zu schleppen. Aber es muss doch eine andere Möglichkeit geben, dort hineinzukommen." Sie wies auf das Kloster.

„Natürlich, die gibt es. Der Haupteingang blickt auf den Berghang, von dem das Kloster durch eine tiefe Schlucht getrennt ist. Ideal für Verteidigungszwecke, weniger praktisch heutzutage. Die schmale Brücke über die Schlucht ist auch für Autos befahrbar, allerdings jedes Mal nur in einer Richtung. Da der Athos nicht nur griechische Klöster beherbergt, sondern auch zum Beispiel bulgarische und russische und zwischen allen Klöstern, unabhängig von der Nationalität, sowieso ein Geist des Wettbewerbs und, nun ja, eine gewisse Dosis Missgunst herrscht, beäugt jeder gewissermaßen jeden. Deshalb hielt es der Bruder Abt für besser, dass wir uns von See aus annähern, damit Ihre Anwesenheit möglichst lange verborgen bleibt."

Laura fand diesen Grad der Geheimhaltung zwar etwas übertrieben, sah aber nicht, dass sie eine Wahl gehabt hätte.

„Um auf Ihre Frage zurückzukommen", rief Athanassios, während er im ruhigen, aber raumgreifenden Rhythmus eines Bergbewohners Stufe um Stufe nahm.

„Ich bin Mönch, Calogero, genauer gesagt, und da wir in der Orthodoxie keine spezifischen Orden kennen wie zum Beispiel Ihre Franziskaner, Jesuiten oder Benediktiner, ist das einzelne Kloster keine bloße Filiale, sondern genießt weitgehende Autonomie. Natürlich verabschiedet es nicht seine eigenen Gesetze, hat aber einen großen Freiraum bei der Gestaltung seiner ureigenen Hausordnung im weitesten Sinne und wird von der Schar der dort groß gewordenen Mönche lebenslang als ihr Heim, ihre Alma Mater betrachtet. In diesem Sinne hat jeder von uns sein Kloster."

Laura war so verwundert und beeindruckt, dass sie für einen Augenblick die Anstrengung des Aufstiegs vergaß.

„Für einen Mönch tragen Sie ein ziemlich cooles Habit. Ist das die Standard-Freizeittracht Ihres Ordens, pardon, Ihres Klosters?"

Wieder lachte Athanassios und drehte sich beim Gehen mit dem Oberkörper halb zu Laura um, damit sie ihn besser verstehen konnte.

„Nein, nein. Normalerweise trage ich die Kluft der Calogeri."

„Was ist das? Lassen Sie mich raten. Ein Stamm von Riesen, die in den griechischen Bergen leben wie Yetis im Himalaya?"

„Fast. Calogeri sind asketisch lebende Einsiedlermönche, die ihre Zellen in den Bergen selten verlassen. Vor Jahren hat es dem Allmächtigen und seinem Stellvertreter, dem Patriarchen, gefallen, mir gewisse, eher säkulare Aufgaben zuzuteilen, säkular und oft genug auch gefährlich." Er wies auf seine Stirnnarbe.

„Bei der Durchführung solcher Missionen wäre mein Mönchshabit hinderlich. Wäre ich zum Beispiel in der Capa des Professors auf dem Flugplatz von Thessaloniki aufgetaucht, hätte es vermutlich einen Auflauf gegeben und ich hätte mich vor Leuten, die vor dem Abflug meinen Segen erbeten hätten, nicht retten können."

„Nun ja, das kann ich nicht beurteilen. Professor sind Sie auch? Für was, Exorzismus?", stöhnte Laura und rang nach Luft. Ihre Füße waren eiskalt und die Beine begannen zu schmerzen.

„Nein, bei uns Calogeri ist das kein akademischer Titel, sondern ein traditioneller Rang im eigentlichen Wortsinne: Professor als der Bekenner. So nennt man die Angehörigen der mittleren Kaste. In militärischen Sprachgebrauch übersetzt, wäre ich eine Art Oberst auf dem Weg zum General, grob gesagt."

Der Mann schien die Kondition eines Spitzensportlers zu haben.

„Das müssen Sie mir alles später einmal genauer auseinanderlegen," keuchte Laura und hielt kurz an, um wieder zu Atem zu kommen.

„Jetzt und hier möchte ich eigentlich nur wissen ..., was ich hier soll. Als Frau in einem ... orthodoxen Kloster! Gibt es bei Ihnen noch ... Inquisition und Hexen... verbrennung?"

Der Professor lachte erneut schallend. Erstaunlich, dass seine Luft dazu noch reichte.

„Keine Sorge, die hat es bei uns sowieso nie gegeben. Seit den Zeiten des Schismas, der Trennung der Ost- von der Westkirche, ist viel Wasser unter der Brücke hindurchgeflossen. Frauen werden inzwischen geduldet, wenn auch nur unter Vorbehalten, für kurze Zeit und auch nicht in allen Klöstern. Wie gesagt, wir sind in der Ausgestaltung unserer Klosterordnung ziemlich frei. Einige wenige meiner Glaubensbrüder halten solches Entgegenkommen gegenüber dem Geschlecht, das man aus unerfindlichen Gründen das schwache nennt, für ein Zeichen der Degeneration jener, die man als die Herren der Schöpfung zu titulieren pflegte. Der Anfang vom Ende, wenn Sie so wollen. Alte Gewohnheiten sterben langsam ..."

„Ja, ich weiß. Manche langsamer als andere. Auch bei uns ... gibt es Diener des Herrn, die den ... Hexenverbrennungen heimlich nachtrauern. Man kann sie verstehen: das gemeinsame Aufschichten der Scheiterhaufen schweißt zusammen, das Entzünden des Feuers ist ein Faszinosum, die lodernden Flammen fast ein Orgasmus, das Schreien der Frauen, das Johlen der Menge, das alles hat schon was. Da wusste man seinen ... Sonntagnachmittag noch nutzbringend auszufüllen."

Athanassios ließ Lauras Sarkasmus unerwidert.

„Wie darf ich Sie dann nennen? Professor? Athanassios?"

„Für beides ist das Leben hienieden zu kurz. Warum nennen Sie mich nicht einfach Thanos, wie alle meine Brüder und Freunde."

„Okay, Thanos. Mit Brüdern meinen Sie ...", Laura wies auf das Kloster.

„Ja. Ich bin vermutlich Einzelkind, ungewollt noch dazu, habe jedenfalls nie das Vergnügen gehabt, meine Eltern kennenzulernen, von etwaigen Geschwistern ganz zu schweigen. Im Alter von sechs fiel ich nach einigen abenteuerlichen Zwischenstationen bereits hart am Rande moderner Sklaverei und sexuellen Missbrauchs der Kirche sozusagen in den Schoß. So hat man es mir später geschildert."

„Vom Regen in die Traufe?"

Allmählich bekam Laura ein Gefühl für die Höhe und Breite der Stufen, ohne dauernd mit der Lampe nach unten leuchten zu müssen.

„Blicken Sie nicht nach unten, wenn Sie stehenbleiben, sonst wird Ihnen noch schwindelig und Sie stürzen womöglich ab. Eigentlich sollte ich zur Sicherheit hinter Ihnen gehen …"

„Das könnte Ihnen so passen. Eine Seilschaft wie bei Bergsteigern wäre angemessen. Dann könnte ich Sie mit in den Tod ziehen."

Athanassios lachte. Seine Warnung, deren Laura schon wegen ihrer ausgeprägten Höhenangst nicht unbedingt bedurft hätte, erinnerte sie an den Sturz vom Niedergang der Yellow Dancer, damals, bei ihrer ersten verhängnisvollen Begegnung mit der Yacht in der Blauen Lagune von Pointe-à-Pitre. Sollte etwas Ähnliches hier passieren, würde sie wohl nicht lediglich mit einem tagelang schmerzenden Hinterteil davonkommen.

Der Blick hinauf zum Sternenhimmel verursachte ihr ebenfalls Unwohlsein, weil sie das Gefühl hatte, hintenüber zu fallen. So konzentrierte sie sich darauf, das scharfe Tempo des Mönchs zu halten, der in einem früheren Leben Gämse gewesen sein musste. Ab und zu konnte sie sich jedoch einen Blick auf die sich unendlich langsam nähernde Klosterfassade nicht verkneifen, die mit jedem gewonnenen Höhenmeter neue Details offenbarte: Verzierungen, Passagen, Lücken im Holzverbund, die vermuten ließen, dass sich schon eine ganze Reihe der Verschalungen gelöst hatten und wohl ins Meer geplumpst waren.

Die Luft hier oben war anregend wie Champagner. Während das Meer ihnen seinen Geruch von Salz und Tang nachschickte, empfing das Land sie mit dem Duft von Pinien, Harz, frisch geschnittenem Gras und feuchten Klumpen unlängst aufgeworfener Erde. Der Körpergeruch des vor ihr marschierenden Mannes war nicht gerade betörend, aber auch nicht so unangenehm, dass Laura größeren Abstand hätte halten müssen.

Als sie nach einer gefühlten Ewigkeit am Monolithen angekommen waren, setzte Laura sich zum ersten Male nach gefühlt mehreren Stunden des Anstiegs völlig außer Puste auf eine der wenigen verbliebenen Stufen und atmete stoßweise mit der fliegenden Frequenz einer Apnoë-Taucherin, die gerade aus hundert Meter Tiefe aufgetaucht ist. Athanassios wartete geduldig, bis Laura so weit war. Sie stand auf, zögerte einen Moment und schlug sich dann mit der flachen Hand gegen die Stirn.

„Verflixt und zugenäht, ich glaube, ich habe meine Zigaretten im Boot liegen lassen. Sie wären wohl nicht so nett, sie mir ..."

Athanassios setzte den Koffer ab und machte tatsächlich Anstalten, die gefühlt tausend Stufen wieder hinabzusteigen. Laura bremste ihn.

„Ein Scherz, Thanos, nur ein Scherz. Ich rauche nicht. Meine Kurzatmigkeit hat andere Gründe."

Ein paar Meter weiter oben blieb Athanassios stehen und richtete den Strahl seiner Lampe auf eine unscheinbare, in derselben Farbe wie der Fels gehaltene Holztür, die offenbar seitlichen Zugang zum Monolithen mit seinen Weinfässern oder Kerkern gewährte. Ob absichtlich oder zufällig, versteckte sich die niedrige Tür noch dazu hinter einem uralten verkrüppelten Ölbaum, so dass Laura wahrscheinlich auch am helllichten Tag achtlos daran vorbeigelaufen wäre.

Athanassios klopfte so heftig an die Tür, dass Laura schon fürchtete, die morsch aussehenden Bohlen würden bersten oder die Tür aus den Angeln fallen. Kein sich rastlos auf seiner kratzenden, nach Tang und Mönchsurin riechenden Seegrasmatratze wälzender Bruder, der in diesem Augenblick wohl nicht dachte, der Allmächtige selbst komme zu einem seiner unangemeldeten Kontrollbesuche. Derart gebieterisch klopfte nur der Herr des Lichts oder der Finsternis. Mit beiden war dem Vernehmen nach nicht gut Kirschen essen.

So war es mehr als verständlich, dass es eine ganze Weile dauerte, bis jemand den Mut fand, mit einer Laterne in der Hand in den Keller zu schlurfen und die Tür eine Spaltbreit zu öffnen.

„Die Treppe wird nur noch selten benutzt", sagte Athanassios entschuldigend.

„Man fragt sich, warum", entgegnete Laura und löschte ihre Taschenlampe.

Schummriges Kerzenlicht fiel durch den schmalen Türspalt auf den Bauch des Calogero, dessen oberes Drittel über den Rahmen hinausragte. Laura rechnete halb damit, dass der mutige Geist, der zu ihrer Begrüßung gekommen war, die Laterne fallenlassen und gleich wieder schreiend nach oben laufen würde: „Weib! Ein Weib! Alles auf Gefechtsstation!"

Schließlich wurde die Tür zögerlich ganz aufgetan und ein ziemlich korpulenter Bruder erschien im Rahmen. Er hob die Laterne so hoch er konnte, um das Gesicht des sich zu ihm herabbeugenden Athanassios erkennen zu können. Dann leuchtete er Laura von oben bis unten ab, als sei die Laterne ein mobiler Metalldetektor. Die Soutane des kleinen, wohlbeleibten Mönchs füllte den niedrigen, schmalen Rahmen fast zur Gänze aus. Der Mann trug das typische krempenlose Kamilavkion mit einer Art integriertem Schleier, der über beide Schultern fiel. Sein Stern in der Mitte, direkt über der Nase, erinnerte Laura an die Brille einer zornig fauchenden Kobra. Der Mönch war mit dem Ergebnis seiner eingehenden Inspektion anscheinend zufrieden und begrüßte Athanassios mit einer Mischung aus überschwänglicher Wiedersehensfreude und vielleicht nur geheuchelter Ehrfurcht. Athanassios umarmte den gestirnten Bruder kurz und fragte ihn etwas auf Griechisch.

Der Türöffner wies mit dem Daumen nach innen, winkte sie beide herein und schloss die Tür hinter ihnen, nicht ohne noch einen misstrauischen Blick nach draußen geworfen zu haben, als argwöhne er, jemand könne den beiden Gästen unbemerkt auf der Treppe gefolgt sein. Irgendetwas in den Zügen des Mannes, die sie bei diesem Licht nicht eingehend hatte studieren können, irritierte Laura, aber sie konnte nicht konkretisieren, was genau nicht zu stimmen schien. Lauras ausgestreckte Hand übersah er wie die Stummelklaue einer an feuchter Lepra Erkrankten, der man am besten nicht einmal in die Augen sah. Vielleicht fürchtete er, beim Anblick von Lauras pockennarbigem Antlitz zum Salzfässchen zu erstarren. So viel Wasser wie Athanassios zu glauben schien, war dann, jedenfalls in puncto Frauen, offenbar doch noch nicht unter der Brücke hindurchgeflossen.

Der Mönch führte Laura und Athanassios erneut mehrere Treppen nach oben, bis sie endlich auch den Monolithen überwunden hatten. So sehr Laura beim Passieren des Weinkellers auch ihre Ohren spitzte und wie eine Fledermaus auf etwaige Schreie gefolterter Frauen lauschte, vernahm sie nichts dergleichen. Es roch stickig, nach Weinfässern, Kerzenwachs, Essig, feuchtem bis modrigem Holz, allerlei Gewürzen, toter Ratte und säuerlichem Käse. Weihrauch lag auch hier über allem. Noch zwei oder drei Treppen, hölzernen diesmal, dann hatten sie offenbar das Parterre des eigentlichen klösterlichen Aufbaus erreicht. Hier ging es durch eine Galerie, einen Kreuzgang, der rund um einen mit Blumenbeeten verschönten Innenhof führte. Laura atmete die frische, nach Blüten duftende Luft begierig ein. Schlanke Säulen setzten sich wie Palmblätter über die Wände nach oben fort, um sich an der Decke zu vermählen. Laura hatte ihre Pumps wieder über ihre wunden und eiskalten Füße gestreift, so dass ihre Schritte auf dem Marmorboden widerhallten, während ihre beiden Sandalen tragenden Begleiter wie durch Matsch watende Enten klangen. Bald bogen sie um eine Ecke, stiegen eine breite, grünlich gemaserte marmorne Treppe empor und standen schließlich vor einer großen, reich mit Schnitzereien verzierten doppelflügeligen Tür, hinter der man einen geräumigen Saal vermuten durfte. Laura vernahm bereits deutlich Penelopes halblaute Stimme.

Ihr Begleiter klopfte kurz und eher der Form halber und ließ Athanassios und Laura den Vortritt. Bei dem Saal handelte es sich offensichtlich um das Refektorium. Es war von ähnlich großzügiger Architektur geprägt wie die Galerie. Das hölzerne Mobiliar hingegen wirkte so spartanisch, wie es den täglichen, eher frugalen Mahlzeiten vermutlich geziemte. An der gegenüberliegenden Seite standen unter je einem steinernen Baldachin zwei Kachelöfen, die daran erinnerten, dass die Winter auf dem Athos recht frisch geraten konnten. Am Anfang einer langen Holzbank zur Linken der grobschlächtigen Tafel saß ein weiterer Mönch, dessen weißes Kamilavkion mit Schleier schon von weitem signalisierte, dass sein Träger auf der klösterlichen Karriereleiter ziemlich weit oben angesiedelt sein musste. Er befand sich augenscheinlich in einem intensiven Gespräch mit zwei anderen Personen, die er in dieser Perspektive unfreiwillig für Laura verdeckte.

Dann sprang Penelope plötzlich wie elektrisiert auf, eilte ihrer Tochter entgegen und umarmte sie ähnlich innig, wie damals bei ihrer ersten Begegnung nach dreißig Jahren in ihrem Haus auf Terre-de-Bas. Als Laura sie auf die Wangen küsste, schmeckte sie das Salz ihrer Freudentränen.

„Irini! Lass dich ansehen! I panaghia, Du siehst todmüde aus, pedin mou. Bekommst du bei den Deutschen nichts Vernünftiges zu essen? Sieh dir das an, Toubib, nichts als Haut und Knochen. Warum kommst du nicht zu uns nach Saloniki, damit ich dich wieder aufpäppeln kann? Frag den Toubib, der hat in den zwei Jahren fünf Kilo zugelegt. Ist das nicht schrecklich, dhe mou les! Dieser vermaledeite Hakan. Sika, na sou po. Was denkt der sich? Wie geht es dir, mein Kind? Du siehst völlig fertig aus, setz dich erst mal. Hier, trink einen Schluck, pedin mou."

Penelopes Gefühlsausbruch beim Anblick einer ihrer Töchter war erfahrungsgemäß kaum zu bremsen, so dass Laura es gar nicht erst versuchte. Dass „Irini" nicht gerade in Gefahr schwebte, anorektischen Anwandlungen zu erliegen, konnte eigentlich jeder sehen. Die Arbeit in der ROLA war nun einmal stark sedentär geprägt. Tage und Nächte, Wochen und Monate im Büro auf ihrem Hinterteil zu sitzen, hatte ihren BMI binnen kurzem ruiniert. Nur durch eine äußerst strikte Diät war sie von ihrem Übergewicht wieder heruntergekommen . Alles, was sie jetzt nicht brauchte, war, von ihrer in allem maßlosen Mutter zwangsernährt zu werden.

Immer wieder drückte Penelope sie an sich, küsste sie auf Wangen und Stirn, weinte und lachte zugleich wie eine von allen guten Geistern verlassene und von barmherzigen Mönchen am Wegesrand liegend aufgegriffene Alte. Laura war zu müde, um sich aus ihrer Umklammerung zu befreien. Mit ihrem griechischen Namen angerufen zu werden, den Penelope ihr gegeben hatte, als sie auf die Welt gekommen war, hatte eine fast bewusstseinsspaltende Wirkung auf Laura. Sie fühlte, wie sie gleichsam aus ihrer Haut sprang und sich in die Karibik zurückversetzte, wo sie auf der Suche nach den Hinterlassenschaften ihres Vaters auf ihre leibliche Mutter und auf ihre eigene Schwester gestoßen war. Das Mobiliar des Refektoriums verschwamm vor ihren überreizten Augen mit dem des Karbets von Crayfish River. Die Schwarze Königin begann, mit dem weißen Abt um die Kachelöfen zu tanzen, während der Doc und Ti Martin sich Maiskolben kauend französische Witze erzählten. Laura musste sich zusammenreißen, wieder ihre angestammte Haut überstreifen, um nicht den Verstand zu verlieren.

Sika war eines der ersten griechischen Wörter, die Laura gelernt hatte, dicht gefolgt von malakas. Beide gehörten dem in südlichen Ländern traditionell besonders reichhaltigen Sexualthesaurus an. Sika, streng genommen eine Frucht, die Feige, war irgendwann vermutlich aus Gründen anatomischer Analogie zur griechischen Entsprechung des verächtlichen amerikanischen Pussy verkommen und diente der verbalen Brandmarkung und Verhöhnung vor allem von Schwulen, Feiglingen, Schwächlingen. Malakas war die Entsprechung des irgendwie schon freundschaftlichen deutschen Wichsers. Allein mit Hilfe dieser beiden Begriffe, so Lauras sich früh verfestigender Eindruck, ließ sich eine griechische Konversation, wenn schon nicht adäquat bestreiten, so doch ganz leidlich verfolgen. In Penelopes Welt jedenfalls wimmelte es anscheinend nur so von Pussys und Wichsern.

„Bei allem Verständnis für ihre Wiedersehensfreude: Wenn ich darum bitten dürfte, in diesen Mauern nicht fluchen oder unflätige Schimpfwörter gebrauchen zu wollen."

Penelope blickte schuldbewusst auf den Würdenträger mit der weißen Kopfbedeckung und zuckte mit den Schultern. Sie hat sich kaum verändert, dachte Laura. Das eine oder andere Fältchen war hinzugekommen, die eine oder andere graue Strähne hatte sich zu den anderen gesellt, das war's dann aber auch. Laura hoffte, sich selbst auch so gut halten zu können, dass sie in Penelopes Alter noch derart in Schuss sein würde. Immer vorausgesetzt, sie käme überhaupt in die Nähe dieses Alters. Endlich ließ Penelope ein wenig von ihr ab und gab ihr Gelegenheit, auch den Doc zu begrüßen, der sich bescheiden und diskret wie immer im Hintergrund gehalten und nervös an seiner Augenklappe herumgenestelt hatte. Er schien dank der kulinarischen Betreuung durch Penelope in der Tat ein leichtes Embonpoint entwickelt zu haben, das ihm aber durchaus gut zu Gesicht stand. Auch er umarmte Laura herzlich und gab ihr die drei obligatorischen französischen Begrüßungsküsse auf die Wangen.

„Attila war leider unabkömmlich, lässt dich jedoch auf das herzlichste grüßen. Er fragt dauernd nach dem kleinen Ignace, mit dem er ja bei eurem ersten Besuch wie entfesselt durch die Botanik getollt ist. Im Augenblick hat er zu sehr mit der Kangal-Damenwelt zu tun, der lüsterne Strolch. Schade, dass Solitaire fehlt, sonst wäre die alte Hole-in-the-Wall-Gang ja wieder beisammen. Bis auf Ignace, Gott hab ihn selig. Wiewohl man sich fragen muss, ob sich der Allmächtige auch für diesen armen Sünder zuständig fühlt", fügte er mit einem Seitenblick auf den Würdenträger hinzu.

„Du musst dir unbedingt das Kloster ansehen, famose Baracke.Eigentlich eine Festung, nicht wahr, Monseigneur?"

Die Anrede galt dem Würdenträger in Weiß, der bei diesem ausgesprochen „fränkischen" Titel sichtlich zusammenzuckte, sich aber sogleich wieder fing.

„Igoumene. Man sagt bei uns Igoumenos und benutzt in der Anrede den Vokativ. Das entspricht Ihrem Abt. Gestatten Sie, dass ich mich vorstelle", strahlte er Laura mit seinen wässrigen blauen Paul-Newman-Augen an, als habe er seit jenem folgenreichen Zwischenfall im Garten Eden keine Frau mehr gesehen, jedenfalls keine von Lauras Format und Penelopes Leidenschaft.

„Mein Name ist Demetrios. Der Zweite, genauer gesagt, aber wer zählt schon. Ich heiße Sie im Namen meiner Brüder herzlich bei uns willkommen und freue mich, dass Sie den Aufstieg zum Kloster so gut überstanden haben."

Laura schüttelte seine Hand, konnte sich aber nicht dazu bringen, sie zu küssen und wusste auch nicht, ob das überhaupt protokollarisch in Ordnung gewesen wäre.

„Vielen Dank, ich weiß das sehr zu schätzen, auch wenn ich noch nicht so recht verstehe, was ich hier zu suchen habe."

Demetrios II. lächelte.

„Dazu kommen wir noch. Aber morgen, nicht heute. Es gibt eine Zeit zu sprechen und eine Zeit zu ruhen. Dies", er blickte auf seine Uhr, „ist die Zeit zu schlafen. Sie sind hier so sicher, wie in Panteleimons Schoß. Ihr einäugiger Leibarzt hat recht, wenn er von einer Festung spricht. Dieses Gebäude musste in doppelter Funktion so manchen Angriff von Piraten und Osmanen über sich ergehen lassen. Schwer zu sagen, wer schlimmer war. Das Kloster hat sich dabei stets sehr ehrenvoll aus der Affäre gezogen."

„Gut und schön", entgegnete Laura. „Aber ich komme, wie Sie wissen werden, nicht zwecks architektonischer oder historischer Studien nach Griechenland. Ich bitte um Vergebung für meine wenig christliche Ungeduld, aber es geht um meinen Sohn. Wenn ich nicht in wenigen Tagen liefere, verschwindet Hakan mit Ignace nach Anatolien oder Gott weiß wohin."

„Ich würde es zu schätzen wissen, wenn Sie den Allmächtigen aus außen vorließen. Es würde mich wundern, wenn Er seine Hände im Spiel hätte. Davon abgesehen, sind wir uns der Problematik bewusst und werden alles in unseren Kräften Stehende tun, Ihnen zu helfen. Der Rest liegt dann nicht mehr in unserer Hand. Jetzt, so kurz vor der Geisterstunde, sollte man nichts mehr in Angriff nehmen, was irgendwelche ernste Konsequenzen zu zeitigen geeignet ist. Sie wissen nicht, in welches Wespennest Sie da stechen. Nur mal angenommen, wir hätten die Ikone und würden sie Ihnen mir nichts, dir nichts aushändigen. Wie weit, glauben Sie, würden Sie damit kommen? Es liegt in Ihrem Interesse und vor allem in dem Ihres Ziehsohns, dass Sie sich erst einmal kühlen Kopfes mit der komplexen Lage der Dinge vertraut machen, glauben Sie mir."

Er fasste Laura am Arm und blickte ihr in die Augen.

„Sie alle wirken todmüde, wenn mich ihr Anblick nicht täuscht. Deshalb mein Vorschlag: Gehen Sie zu Bett und morgen früh beraten wir uns ausgeruht. Bruder Athanassios und Bruder Petros werden Sie zu Ihren Zellen geleiten. Die Räumlichkeiten unseres Klosters sind nicht auf die Ansprüche komfortgewohnter Städter eingerichtet, schon gar nicht auf diejenigen weiblicher Gäste. Aber hier sind Sie in Sicherheit und ich hoffe, wir können Ihren Bedürfnissen soweit nachkommen. Meine Damen, mein Herr, liebe Brüder, wir treffen uns nach der Matinale und den frühen Exerzitien hier um sieben wieder, wenn der Allmächtige es uns gestattet. Tha ta poume avrio!"

Möglicherweise hatten sie recht. Möglicherweise war sie zu ungeduldig, dachte Laura, als sie sich wenig später auf ihre Strohmatratze warf und an die vom Mondlicht erhellte Decke starrte. In einem Flecken abgeplatzten Putzes meinte sie, die Konturen des Gesichts von Ignace zu erkennen: das gelockte Haar, die Stirn, die Nase, die Ohren ... Die Ohren! Genau, das war's. Der Hausmeister-Mönch hatte keine Ohrläppchen. Das war Laura sofort aufgefallen, ohne sich dessen wirklich bewusst zu sein. Eine seltsame genetisch bedingte Anomalie vielleicht. Dass sie ihm jemand beim leidenschaftlichen Liebesakt abgebissen haben könnte, bezweifelte sie - nicht, wenn man sich den Rest des Mannes vor Augen hielt.

DRITTES KAPITEL

1. Die Erschossene Madonna.

Vom Wecker ihres Handys um Punkt sechs Uhr dreißig hochgescheucht, sah Laura sich schlaftrunken um. Ihre Zelle, so hatte Athanassios sie noch am Abend zuvor wissen lassen, gehörte zu den geräumigsten, über die das Kloster verfügte. Laura fragte sich, warum man kein Geschäftsmodell daraus machte und die Räumlichkeiten gelegentlich zum Beispiel gestressten Managern oder vom Burnout bedrohten Erziehern zur Verfügung stellte, die mal alles hinter sich lassen und in Stille und Abgeschiedenheit leben wollten. Wer immer seine Gedanken ordnen, sein Leben wieder auf Vordermann bringen oder einfach nur testen wollte, wie minimalistisch man wenigstens eine Zeitlang leben kann, würde dies hier gegen ein gar nicht mal so hohes Entgelt tun dürfen – vorausgesetzt, er störte den Ablauf der Mönchsroutine nicht über Gebühr. Sie würde Athanassios ein Memo zumailen, damit er den Abt mit konkreten Zahlen überzeugen konnte.

Die Abmessungen der Zellen waren allerdings ein Problem nicht nur für Menschen, die an Klaustrophobie litten. Gut, dass Laura nicht mitten in der Nacht schlafgewandelt oder auf der Suche nach einer Toilette wie ein Hausgeist mit Blasenschwäche durch das Gemäuer geschlichen war. Nicht auszudenken, wenn sie dabei auf einen Mönch im Schlafrock gestoßen wäre, der von der vorübergehenden Anwesenheit zweier Frauen vielleicht noch gar nicht erfahren hatte und möglicherweise spärlich bekleidet einem Herzinfarkt erlegen wäre.

Notdürftig zurechtgemacht und nur mit Hilfe ihres kleinen Handspiegels geschminkt, sah sie vermutlich selbst für mönchische Standards ziemlich kaputt und rund zehn Jahre älter aus. Das musste ihr ausnahmsweise egal sein und die Mönche waren vermutlich sowieso nicht allzu wählerisch. Die Uhr tickte gnadenlos, etwas musste geschehen, um Ignace zu befreien, und zwar sehr bald.

Im Refektorium warteten die anderen bereits mit dem Frühstück auf sie. Penelope und der Doc sowie der Abt und ein weiterer Diener des Herrn in seltsamem Habit waren jeweils in ihre Gespräche vertieft. Erst als der Mann im schwarzen Cape mit großer Kapuze den Kopf hob und sein Gesicht Laura zuwandte, erkannte diese, dass es sich um Athanassios handelte, der offenbar sein Professorenhabit angelegt hatte, in dem er noch ein Stück riesiger wirkte.

„Guten Morgen, Frau Förster", rief der Abt und wies ihr einen Platz am Tisch zu.

„Nennen Sie mich einfach Laura oder von mir aus Irini. Ich bin keine Freundin von Formalitäten."

„Ich hoffe, Sie, du, hast gut geschlafen?", fragte der Abt und sah auf die Uhr.

„Ausgezeichnet", log Laura, während sie sich von ihrer Mutter herzen und abküssen ließ. Penelope trug das züchtige Schwarz, das griechischen Frauen ab einem bestimmten Alter quasi zur zweiten Haut wurde. Hier im Kloster hatte sie das Kleid zusätzlich über eine schwarze Hose gestreift, um sich der misogynen Hausordnung anzupassen.

Der Doc kaute auf einem Stück Brot herum, das von einem Croissant egal welcher Provenienz ziemlich weit entfernt war.

„Ältere Menschen", dozierte er, „brauchen weniger Schlaf, weil sie am Tag in der Regel nicht mehr so aktiv sind. Vermutlich aber auch im sicheren Wissen, dass sie sehr bald mehr davon haben werden, als den meisten von ihnen lieb sein kann", mutmaßte er und schob Laura die Teekanne, den Brotkorb und die Schälchen mit Oliven, Tomaten, Feta und Honig zu.

„Mediterranes Frühstück, sehr gesund, sage ich dir als dein einäugiger Leibarzt. In Saloniki habe ich mich daran gewöhnt, morgens eine Portion Bougatza zu genießen", fügte der Doc hinzu. „Cremegefüllter Blätterteig mit Puderzucker und Zimt, délicieux und sehr geeignet als Einstiegsdroge in die griechische Küche."

„Deshalb also der kleine Bauchansatz", scherzte Laura. „Vielleicht sollte Penny dich demnächst auf Nüsse und Mohrrüben setzen. Ich denke, du solltest dir den Professor zum Vorbild nehmen. Ich sehe, Sie tragen den schwarzen Gürtel", sagte sie, zu Athanassios gewandt, „in was?"

„Frau Förster, Laura, liebt es zu scherzen", erklärte der Professor dem Abt entschuldigend.

„Auf dem Weg hierher hat sie mich mehrfach zum Lachen gebracht, was nicht vielen geglückt ist."

„Woraufhin er drauf und dran war, mir einen Antrag zu machen."

Der Abt lächelte.

„Das wäre ein schmerzhafter Verlust für uns gewesen. Wenn du angenommen hättest, meine ich."

Laura war hungrig und durstig und griff entsprechend beherzt zu. Plötzlich fiel ihr siedend heiß ein, wo sie sich befand und dass sie sich wohl zumindest symbolisch hätte bekreuzigen müssen, wenn sie schon großzügig auf das Essensgebet verzichtete. Aus den Augenwinkeln nach rechts und links schielend, sah sie sich jedoch keinen vorwurfsvollen Blicken der Mönche ausgesetzt.

„Ich bin Ihnen, wie schon gesagt, sehr dankbar für Ihre Gastfreundschaft", wandte sie sich kauend an den Abt, „aber vielleicht können wir allmählich zur Sache kommen. An einem Ort wie diesem scheint die Zeit still zu stehen. Aber glauben Sie mir, das ist eine gefährliche Illusion. Da draußen dreht sich die Erde weiter, jede Minute, jede Sekunde ein kleines Stückchen weiter im kosmischen Perpetuum mobile der Schöpfung."

Der Abt nickte.

„Ja, du hast recht, mein Kind. Hier drinnen mag man sich vorgaukeln, die Uhr anhalten und jedweder ungewollten Veränderung Einhalt gebieten zu können und dadurch irgendwie unsterblich zu werden. Aber macht euch keine Sorgen, auch wir lauschen dann und wann nervös dem Geräusch des unerbittlich dahinrollenden Streitwagens der Zeit. Wie dem auch sei, ich möchte Sie alle dennoch um ein klein wenig Geduld bitten. Athanassios wird es sich zu seinem Vergnügen machen, Sie kurz in die Vita der so heiß umworbenen Marienikone einzuweihen, damit Sie wenigstens verstehen, weshalb uns so sehr an ihr gelegen ist.

Er ist ein packender Erzähler und wird Sie davon überzeugen, dass er seinen Titel gleichwohl zu Recht trägt. Ich selbst muss mich an dieser Stelle leider vorerst von Ihnen verabschieden, um einigen meiner weniger spektakulären klösterlichen Pflichten nachzukommen. Wenn Sie möchten, sehen wir uns später zum Brainstorming bei einem kleinen Imbiss. Na pate sto kalo."

Der Abt erhob sich, segnete die am Tisch Zurückbleibenden und verließ das Refektorium gleichsam auf Zehenspitzen, als fürchte er, die Geister all jener zu wecken, die hier im Lauf der Jahrhunderte ihre Mahlzeiten eingenommen hatten.

Athanassios, der sich beim Abgang des Abts erhoben hatte, setzte sich wieder und schob seinen Teller beiseite. Dann blickte er aufmerksam in die Runde.

„Vielleicht beginne ich damit, mich Ihnen erst einmal vorzustellen. Laura kennt mich ja bereits. Meinen Namen haben Sie vom Bruder Abt gehört. Ich bin Mönch, genauer gesagt, Calogero, habe in diesem Kloster meine Lehrjahre abgeleistet und bin dann als Einsiedler in eine Felsenklause von der Größe eines Falkennests gezogen. Auf verschlungenen Pfaden gelangte ich in die Dienste des Ökumenischen Patriarchen von Konstantinopel, der bei einem Besuch des Klosters auf mich seltsamen Vogel aufmerksam geworden war und meinen Werdegang wohlwollend von Ferne begleitet hatte, ohne dass ich davon wusste."

Kunststück, dachte Laura, bei seiner Körpergröße war er vermutlich schwer zu übersehen gewesen. Sie war andererseits sicher, dass Athanassios über Eigenschaften und Gaben jenseits von Bibel und Katechismus verfügte, die ihn für allerlei eher ungewöhnliche Aufgaben prädestinierten. Jemand wie er würde ihrem Dreckigen Dutzend in Hamburg gut zu Gesichte stehen. Als moralische Instanz und Spezialist für Fragen unternehmerischer Ethik und sakraler Logistik - Disziplinen, die bislang in der ROLA deutlich zu kurz gekommen waren.

„Es würde zu weit führen, Ihnen die Struktur unserer Kirche im Allgemeinen und die Zuständigkeiten des Patriarchats im Besonderen zu erläutern", fuhr Athanassios fort, um es dann doch prompt in Angriff zu nehmen.

„Um die Mitte des 19. Jahrhunderts trennten sich die Wege des Patriarchen, der damals jedenfalls formal für alle Orthodoxen gleich welcher Nationalität zuständig war, ähnlich wie der Papst für die Katholiken, wenn auch mit bedeutend weniger Pomp und schamloser Selbstgefälligkeit. Mit der Trennung zog sich die autokephale griechische Orthodoxie gleichsam auf ihren nationalen Zusammenhang zurück, während sich der Patriarch den da und dort ausfransenden Rändern widmete. Wenn Sie dann noch die relative Autonomie gewisser Einrichtungen wie zum Beispiel die der Klöster vom Athos oder Meteora berücksichtigen, beginnen Sie trotzdem erst, die Komplexität unserer historisch gewachsenen Strukturen zu verstehen."

Der Professor goss sich ein Glas Wasser ein.

„Um auf meine Wenigkeit zurückzukommen. Ich werde ab und zu mit Sonderaufgaben betraut, die, wie soll ich sagen, nicht immer ganz glimpflich ablaufen."

Er lächelte und wies auf die Narbe mitten auf seiner Stirn.

„Der 007 des Patriarchats", rief Laura aus.

Athanassios wehrte lachend ab.

„Mit der Lizenz zu vergeben. Nein, gewiss nicht. In gut unterrichteten, wenn auch nicht unbedingt orthodoxen Kreisen kennt man mich in Anlehnung an meinen Rang als Professor. Ich halte das zwar für ein wenig anmaßend, aber wenn man einen Ruf wie diesen erst einmal weg hat … Und manchmal hilft er einem ja auch weiter."

Er trank einen Schluck Tee und rückte sein Kruzifix auf der Brust zurecht. Eine reflexhafte Geste, die irgendwo im Niemandsland zwischen Glauben und Aberglauben angesiedelt sein mochte, dachte Laura.

„Wie dem auch sei. Im vorliegenden Fall war es meine Aufgabe dafür zu sorgen, dass die Marienikone wieder in den Besitz des Patriarchats gelangt. Was uns zu einer solchen Repatriierung berechtigt? Damit sind wir beim Thema, der ganz und gar erstaunlichen Geschichte der Ikone."

Er trank den Rest seines Tees aus und lehnte dankend ab, als Laura Anstalten machte, ihm nachzuschenken.

„Wann und wo genau die Ikone der Fürbitterin entstand, wessen Werkstatt sie entstammt, wurde uns bedauerlicherweise nicht überliefert. Die künstlerisch eindrucksvolle Gestaltung und gewisse Details sprechen nach Ansicht der meisten Experten für Kreta am Ende des sechzehnten oder zu Beginn des siebzehnten Jahrhunderts."

„Ich bitte um Verzeihung", unterbrach der Doc, „aber ich brauche dringend mein Morgenpfeifchen, eins meiner zahlreichen Laster . Glauben Sie, es wäre möglich, unsere Geschichtsstunde draußen im Klostergarten fortzusetzen? So als intellektuellen Verdauungsspaziergang ..."

Athanassios nickte.

„Natürlich, wie Sie möchten. Dann muss ich die beiden Damen allerdings bitten, ihr Haar mit einem Kopftuch zu verhüllen. Lange Hosen, die ich übrigens persönlich viel verführerischer finde als Röcke oder Kleider, tragen Sie ja bereits. Falls Sie kein eigenes Kopftuch haben, liegen am Eingang immer welche für gelegentliche Besucherinnen bereit."

Die Tischrunde brach auf und traf Minuten später wieder im großen Innenhof zusammen, dessen Blumenbeete nun, am Tag, noch stärker dufteten als am Abend zuvor. Penelope hakte sich bei Laura ein und widmete ihr deutlich mehr Aufmerksamkeit als der Geschichte des Professors, dessen Bericht sie in groben Zügen wahrscheinlich sowieso bereits kannte.

„Nach der Eroberung Konstantinopels durch die Osmanen", nahm Athanassios Anlauf, während der Doc zufrieden sein Pfeifchen anzündete, „verlagerte sich das Kunsthandwerk, das für die Erhaltung unserer kulturellen Identität unverzichtbar war, hauptsächlich auf die Insel Kreta. Dafür gab es vielfältige Gründe. Angesichts der bekannten Feindseligkeit, mit der Moslems bildlichen Darstellungen sakraler Natur gegenüberstehen, hatte vor allem die Ikonenmalerei natürlich in Konstantinopel keine Zukunft mehr. Warum Kreta? Nun, ein urbaner Mensch, der an das Großstadtleben gewöhnt ist, geht ungern aufs Land oder gar auf eine Insel, die jede Kommunikation mit dem Festland jedenfalls damals noch erheblich erschwerte. Wenn ihm aber keine andere Wahl bleibt, sucht er sich zumindest eine große Insel aus, die ihm seine räumliche Einschränkung nicht schon jeden Morgen beim Aufstehen vor Augen führt."

„Außerdem - welche Alternativen gab es schon? Die Inseln des Dodekanes wie Rhodos, Samos oder Chios liegen unangenehm nah an der türkischen Küste. Auf Kykladen wie Naxos, Syros oder Tinos gab es noch erhebliche katholische Kontingente . Eine Hinterlassenschaft der Venezianer und Genuesen. Die Koexistenz gestaltete sich bis dahin zwar durchweg friedlich, aber ein plötzlicher orthodoxer Schub von beträchtlichem Umfang wie Jahrhunderte später auf Syros hätte das labile Gleichgewicht nachhaltig gestört."

„Schließlich, und ganz sicher nicht an letzter Stelle, gab es spezifische Gründe wie das besondere Licht und die farbenprächtige Natur Kretas, Eigenschaften, die Jahrtausende zuvor bereits die so genannten Minoer für sich entdeckt hatten, wie ihre Wandmalereien in Knossos eindrucksvoll beweisen." Athanassios reckte sich, dass seine Gelenke knackten. Wie er mit seiner Körpergröße überhaupt in eine Mönchszelle wie diejenige Lauras passte, die ja offenbar noch zu den geräumigeren gehörte, war vorerst sein Geheimnis. Während sie so an den Blumenbeeten entlangschlenderten, war Laura, als hörte sie das Bellen eines Hundes aus dem Gebäudeteil hinter ihnen.

„Hast du das auch gehört", fragte sie den Doc.

„Das Gebell? Natürlich. Spitz, Pudel vielleicht."

„Haltet ihr Hunde im Kloster?", fragte sie den Professor.

„Eigentlich nicht", entgegnete er.

„Wir sind zwar nicht so hundefeindlich wie die Moslems, aber gerne sehen wir sie hier auch nicht. Kläffen viel und ihre Exkremente, na ja, Sie verstehen. Bruder Pavlos, der neue Hausmeister, du hast ihn ja gestern getroffen, hatte einen Pudel sozusagen im Handgepäck, als er hier auftauchte. Der Abt hat ihm vorläufig die Erlaubnis erteilt, soweit ich weiß. Nun, besonders die letzteren Umstände waren vermutlich dafür verantwortlich, dass die kretischen Ikonenmaler einen eigenen Stil, eine eigene Schule entwickelten, aus der neben vielen anderen immerhin ein Theotokopoulos hervorging."

„Theo… koto… poulos?", fragte der Doc nach und stieß eine Rauchwolke aus.

„Besser als El Greco bekannt", warf Laura erläuternd ein.

Athanassios blieb vor einem blühenden Origanostrauch stehen, zupfte an einem Strunk und roch daran. Dann knickte er ihn ab und reichte ihn Laura.

„Origano - heißt so viel wie der Schmuck der Berge. König der Küche wäre vielleicht treffender. Ohne Origano sind griechische Speisen nicht zu genießen."

„Mit aber auch nur eingeschränkt", unkte der Doc und fing sich dafür eine scherzhafte Ohrfeige Penelopes.

Laura zähmte mühsam ihre Ungeduld. Wann kam dieser Riese im Zwergenkittel endlich auf den Kern?

„Die schier unersättliche Nachfrage nach Ikonen erklärt sich nur zum Teil aus ihrer Funktion als Brennpunkt unseres religiösen und politischen Selbstbehauptungswillens in fünf Jahrhunderten muslimischer Unterdrückung. Wir waren ja auch im weitestmöglichen Sinne des Worts kein Staat, sind es vielleicht nie gewesen. Was uns einte, waren die Sprache und unsere Religion. Die Sprache wurde durch den Primat des osmanischen Arabisch auf den Status eines regionalen Dialekts herabgewürdigt. Blieb allein die Religion. Und deren Sinnbild waren die Ikonen, die wir als Monstranzen hochhielten."

Lauras Gedanken schweiften ab zu Ignace. Gerade passierte die Gruppe zwei Gärtner, die damit beschäftigt schienen, eines der Beete umzugraben. Das alte Beet war bereits zur Hälfte verschwunden, das neue noch längst nicht aufgeschüttet, so dass man glauben konnte, zwei Totengräber seien am Werk.

„Wie steht es eigentlich mit den ästhetischen Aspekten der Ikonen?", fragte der Doc.

„Das ist umstritten. Ikonen sind zwar sicher nicht gemacht, den Gläubigen durch gefällige Darstellungen Zerstreuung zu bieten, eher im Gegenteil. Aber wer will es uns Menschen verdenken, wenn wir uns am Schönen in all seinen Formen ergötzen?"

Er blickte vielsagend auf Laura, die so tat, als habe sie das nicht bemerkt.

„Nun, wo immer unsere Ikone entstanden sein mag, muss sie irgendwie und irgendwann den Weg nach Konstantinopel gefunden haben. Vielleicht als Beutestück. Die Janitscharen bezogen oft keinen Sold, sondern genossen das Privileg des ersten Zugriffs. Auf alles. Sobald eine Stadt erobert war, durften sie sich einen ganzen Tag lang an allem gütlich tun, was für sie von Wert war – ob Mensch oder materielles Hab und Gut der Besiegten: vae victis. Vielleicht steckte sie aber auch im Gepäck eines europäischen Diplomaten oder schwerreichen Händlers, der, von Kreta kommend, bei der Hohen Pforte vorstellig wurde, wer weiß das. In Konstantinopel verschwand die Madonna erstmals für längere Zeit und endete vermutlich in einer der prall gefüllten Schatzkammern des Topkapi-Palasts. Was insofern das geringere Übel darstellte, als sie auf diese Weise sowohl der mutwilligen Zerstörung als auch dem Verramschen auf dem Basar entrann."

Athanassios reckte sich erneut und streckte seine Arme zu beachtlicher Spannweite aus, als wolle er die ganze Welt umarmen.

„Wie wäre es, wenn ich Sie ein wenig durch unser Kloster führe, während ich erzähle. Auf diese Weise könnten wir zwei Fliegen mit einer Klappe schlagen."

Seine Zuhörerschaft willigte ein. Sie machten kehrt und steuerten den Kreuzgang an.

„Die Geschichte der Madonna ist von vielen Widersprüchen begleitet", fuhr Athanassios fort.

„Wie Religion im Allgemeinen", murmelte der Doc halblaut und duckte sich sogleich, um sich nicht noch eine zweite Ohrfeige Penelopes einzufangen.

„Die größte, gewissermaßen unfassbare Ironie jedoch liegt darin, dass sie rund zweihundert Jahre später ausgerechnet einer wohlhabenden Griechin in die Hände fiel, die zu einer Schlüsselfigur für unseren Befreiungskampf gegen die Osmanen werden sollte, für das also, was wir gern die Revolution nennen. Der griechische Staat, so hat es einmal einer unserer Schriftsteller ausgedrückt, ist wie das außereheliche Kind einer Frau mit lockerer Moral: viele potentielle Väter, aber nur eine Mutter. Und die hieß Bouboulina."

„Von Spetses", ergänzte Laura.

„Richtig. Sie haben von ihr gehört?"

Laura nickte als einzige.

„Die Umstände ihrer Geburt waren ziemlich grauenhaft, zeichneten aber ihren weiteren Lebensweg vor. Ihr Vater war in einem Kerker Konstantinopels praktisch lebendig begraben. Ihre Mutter, bereits hochschwanger, kam ausgerechnet bei einem Besuch im Gefängnis mit einer Tochter nieder, die sie Laskarina, die Zärtliche, nannte. Man kann es den Osmanen wohl nicht vorwerfen, damals nicht vorhergesehen zu haben, dass dieses winzige nackte und äußerst verletzliche Wesen sie dereinst mit unversöhnlichem Hass verfolgen und Schockwellen der Gewalt durch das ohnehin abbruchreife Imperium senden würde. Hätten sie es geahnt, Laskarina hätte den Kerker sicher nicht lebend verlassen."

Dem Professor war die Verehrung dieser Frau deutlich anzumerken, dachte Laura, die inzwischen den Hund erneut mehrfach bellen gehört hatte.

„Als wir Laskarina wieder treffen, hat sie den Namen ihres zweiten, bereits unter der Erde liegenden Gatten angenommen. Von dem dicklichen kleinen Püppchen, an das „Bouboulina" den einen oder anderen erinnern mag, ist diese zähe Kämpferin ein ganzes Stück entfernt. Selbst erst Mitte dreißig, hat sie zwei Ehegatten überlebt und auf der Kapitänsinsel Spetses ein halbes Dutzend Kinder großgezogen, die meisten davon ihre eigenen. Manche ihrer Zeitgenossinnen hätte eines morgens in den Spiegel geblickt und sich gesagt, „Okay, das war's, legt mich irgendwo nahe dem Ofen ab und seht gelegentlich nach mir." Nicht so die unermüdliche Laskarina. Ihre beiden Ehemänner waren als Schmuggler und Blockadebrecher selbst von konkurrierenden Piraten, die in der Ägäis bis weit ins neunzehnte Jahrhundert hinein ihr Unwesen trieben, umgebracht worden - nicht, ohne vorher ansehnliche Vermögen angehäuft zu haben, die nun ihrer Witwe wie reife Früchte in den Schoß fielen."

„Laskarina investierte das Geld vornehmlich in Schiffe und baute sich allmählich eine kleine Privatflotte auf. Dabei trieb die mit allen Wassern gewaschene Frau ein doppeltes Spiel mit den Osmanen, indem sie sich ihnen gegenüber als ehrliche Maklerin präsentierte, während sie gleichzeitig mit dem Patriarchen in Konstantinopel und den Vertretern der westeuropäischen Philhellenen die Sache der Revolution vorantrieb. Die Philhellenen waren sehr oft naive westeuropäische Schwärmer, deren Griechenland-Bild von der Antike geprägt war. Umso größer ihre Enttäuschung und Verwunderung darüber, dass sie bei ihrem ersten direkten Kontakt mit dem Land feststellen mussten, dass diese zum Teil mit Turban und Fustanella umherlaufenden Griechen nicht nur keine Ähnlichkeit mehr mit Platon, Sokrates oder Aristoteles hatten, wie man sie von damals schon idealisierenden Statuen kannte, sondern sich nach fünf Jahrhunderten der Besatzung von ihren Todfeinden, den Osmanen, weder in Aussehen noch in Kleidung oder Habitus wesentlich unterschieden. Das ließ die Begeisterung und Opferbereitschaft so manches Philhellenen doch rasch welken.“

Inzwischen waren sie zwei Stockwerke emporgestiegen und schlurften einen längeren Korridor mit Mönchszellenflucht entlang. Irgendwann blieb der Professor stehen und öffnete ein Fenster. Er ließ seine Zuhörer näher herantreten und präsentierte ihnen einen einzigartigen Blick auf die kobaltblaue See und die vom Morgendunst halb verschluckte Kassandra-Halbinsel.

„Laskarina wusste immer, wann sie welche Register zu ziehen hatte, um die jeweils richtige Melodie zu produzieren“, fuhr der Professor fort und schloss das Fenster wieder.

„Doch lange konnte das nicht mehr gutgehen. Die Nervosität der Osmanen stieg in dem Maße, da ihre griechischen Untertanen von wachsender Unruhe erfasst wurden. Der Knackpunkt kam, als Bouboulina sich eine mit achtzehn Kanonen bestückte Korvette bauen ließ, die sie Agamemnon taufte und zum Flaggschiff ihrer Privatflotte erklärte. Lange, zu lange, hatten die Osmanen Bouboulina gewähren lassen. Eine noch dazu sehr attraktive Frau, die Schiffe bauen ließ und einen solch putzigen Namen trug - einfach herzallerliebst. Aber sowohl der programmatische Name des Schiffs als auch seine unübersehbare Größe und die angeblich allein zur Piratenabwehr dienenden Kanonen weckten dann doch Aufsehen. Laskarina wurde zur Hohen Pforte zitiert. Erstand sie vielleicht die Ikone bei dieser Gelegenheit? Oder wurde sie ihr möglicherweise sogar als Zeichen der Freundschaft zum Geschenk gemacht? Falls ja, wäre das eine Fehleinschätzung von Format gewesen."

Wieder war der Professor stehengeblieben.

„Apropos Fehler. Treten Sie bitte alle ein paar Schritte zurück."

Er selbst bückte sich, hob einen kurzen Holzkeil aus den Dielen und betätigte eine Art Hebel. Dann setzte er das Stück Holz wieder ein.

Schließlich trat er vorsichtig einen Schritt heran und stampfte kurz mit der Hacke seines linken Fußes auf. Es ertönte ein knirschendes Geräusch. Eine Falltür von etwa einem Quadratmeter Fläche öffnete sich mit lautem Anschlag. Ganz behutsam traten die anderen an das Loch. Laura wurde flau im Magen, als sie sah, dass die bedauernswerte Person, die die Falltür ausgelöst hätte, die mehreren hundert Meter, die der Professor und sie gestern hochgestiegen waren, senkrecht herabgefallen und auf den Felsen unten zerschmettert worden wäre.

„Wir haben eine ganze Reihe davon über beide Außenseiten des Gebäudes verteilt", erläuterte der Professor.

„Nur für den Fall ... Dümmliches Wortspiel, aber Sie wissen, was ich meine."

Er bückte sich erneut und zog die Klappe der Falltür an einer Kette nach oben, wo sie hörbar einrastete.

„Die unverhoffte Wiedererlangung der Ikone könnte fast gar nicht anders als im Sinne göttlicher Intervention verstanden werden, verbunden mit einer Beinahe-Kapitulation des erklärten Feindes. Eine wirksamere Entscheidungshilfe konnte Bouboulina sich nicht wünschen. Dennoch ist es bezeichnend für diese Frau, dass sie die Flagge ihres Schiffs zum Zeichen der Eröffnung der Feindseligkeiten im Jahr 1821 eine ganze Stunde vor dem vereinbarten Zeitpunkt hisste und so das Pulverfass zum Explodieren brachte. Vermutlich hatte sie den Männern ihrer Umgebung im Allgemeinen und dem Patriarchen im Besonderen nicht über den Weg getraut. Hatte gefürchtet, dass vor allem Letzterer eingedenk der exponierten Lage seiner Herde, wie auch nicht zuletzt seiner selbst im letzten Augenblick noch einen Rückzieher machen könnte. Dann war es besser, sofort Fakten zu schaffen. Die Botschaft Laskarinas an ihre Landsleute: Was auch immer kommen mag, ein Zurück wird es nur über meine Leiche geben."

Laura erinnerte die furchtlose Griechin an Solitude, jene rebellische Schwarze auf Guadeloupe, die ihren Kampf gegen die Sklaverei am Tag ihrer Niederkunft mit dem Gang aufs Schafott bezahlt hatte. Wer war eigentlich für dieses Gerede von den Frauen als dem schwachen Geschlecht verantwortlich t? Ein Mann natürlich. Man hätte ihn bei lebendigem Leib häuten sollen, um ihn vom Gegenteil zu überzeugen.

„Wie so viele Helden, deren zu Lebzeiten erbrachte Taten uns noch heute beeindrucken, erlitt Bouboulina einen sehr unrühmlichen Tod. Sie wurde bei einem banalen Nachbarschaftsstreit von einer anderen Frau erstochen. Die Ikone war auf ihrer Agamemnon verblieben. Das war gut und schlecht zugleich. Gut, weil die Madonna so vorläufig in griechischem Besitz blieb. Schlecht, weil die Agamemnon sechs Jahre nach dem Tod Bouboulinas versenkt wurde. Nicht von den lange zäh kämpfenden Osmanen. Auch nicht von den wachsam die Entwicklung der Dinge beobachtenden Großmächten, denen es weniger um den Sieg der Griechen als um die Niederlage der Osmanen zu tun war: die Feinde meines Feindes ... Nein, das inzwischen Hellas heißende ehemalige Flaggschiff der Bouboulina wurde von einem ihrer eigenen Landsleute in die Luft gejagt - ein weiterer Beweis dafür, dass an dem seemännischen Aberglauben, das Umtaufen von Schiffen bringe Unglück, etwas dran sein muss. Der in Rede stehende Landsmann glich Laskarina in so vieler Hinsicht, dass man ihn getrost als ihr männliches Pendant bezeichnen darf, wenn auch etwas grobmaschiger gestrickt. Seine Herkunft, sein Mut, seine Verschlagenheit, seine Popularität und seine allzeitige Verbundenheit mit dem Meer, in so gut wie jeder Hinsicht glich er Bouboulina aufs Haar."

„Andreas Miaoulis", rief der Doc, der von seinem verstorbenen Schachpartner in der Karibik wohl so manche Episode griechischer Geschichte über sich hatte ergehen lassen müssen.

„Sie sprechen von Andreas Miaoulis, richtig?"

„Von keinem Geringeren. Als gebürtiger Albaner hatte auch er offenbar eine Schwäche für seltsame Namen. Diesen hier hatte er keiner Katze, sondern angeblich seinem ersten gekaperten Schiff entlehnt. Vielleicht litt er ja auch an Lese- und Schreibschwäche. Sonst hätte jemand ihn darauf aufmerksam machen sollen, dass sich im Prinzip zwar alle Eigennamen auf Schiffe übertragen lassen, dies aber nicht im selben Maße auch umgekehrt gilt. Aber lassen wir das."

Von einer der unteren Etagen ließ plötzlich die volle Dröhnung eines gregorianischen Chorals das Gebäude erzittern. Laura liebte den A-cappella-Gesang der Orthodoxen, die auf jedes Instrument verzichteten und dennoch auf Anhieb den gewünschten Ton zu trafen wissen.

„Admiral Miaoulis war der größte Seeheld, den das moderne Griechenland hervorgebracht hat. Als auf eigene Rechnung operierender Blockadebrecher war er einst von den wachsamen Briten aufgebracht und angeblich sogar Nelson vorgeführt worden, hatte sich aber durch seine Standfestigkeit Nelsons Bewunderung oder Nachsicht verdient und seinen Kopf noch einmal aus der Schlinge gezogen. Vielleicht hatte der gewitzte Nelson ja auch geahnt, dass die Osmanen mit einem Kapitän dieses Schlages demnächst alle Hände voll zu tun haben würden. In Zusammenarbeit mit Bouboulina zerrieb er tatsächlich große Teile der osmanischen Flotte und als füllte ihn diese Aufgabe noch nicht ganz aus, befreite er schließlich die Ägäis auch noch vom Piratentum. Wie konnte ein so verdienter See- und Volksheld sich zu einer so ungeheuerlichen Tat hinreißen lassen, Bouboulinas Schiff zu versenken?"

Der Professor musste immer lauter werden, um den Chor unter ihnen zu übertönen.

„Der griechische Staat existierte zwar auf dem Papier, der Krieg gegen die Osmanen war aber längst noch nicht ausgestanden und die Souveränität durch die ständige Einmischung der Großmächte eingeschränkt. So erhielt das Land auch seinen ersten Präsidenten hauptsächlich von Russlands Gnaden. Der quasi mit dem Fallschirm abgeworfene Mann hieß Capo d'Istrias und hatte die Revolution bislang vor allem als Diplomat in den Diensten des Zaren von Weitem beobachtet. Sein Griechisch klang gekünstelt, sprach das Volk nicht an und ließ ihn als das erscheinen, was er war - ein Fremdkörper, eine russische Marionette. Den fehlenden Stallgeruch konnte er natürlich nicht durch die bloß formale Gräzisierung seines Namens in Kapodistrias wettmachen. Eigene vermeidbare Fehler gesellten sich hinzu. So ließ er sich bei einer Reihe von wichtigen Personal- und Sachentscheidungen von Nepotismus leiten und stieß damit wiederholt Griechen vor den Kopf, die im Kampf gegen die Osmanen nicht selten ihr gesamtes Vermögen eingesetzt und ihr Leben in die Waagschale geworfen hatten. Sie waren dadurch vielfach zu Volkshelden geworden. Darunter die berühmt-berüchtigten Kleftes oder Banditen der Mani, einer wilden Gegend der Peloponnes - und eben besagter Miaoulis, dem Kapodistrias seinen eigenen, in Fragen der Seekriegsstrategie völlig unbeleckten Sohn als Oberbefehlshaber der griechischen Flotte vor die Nase setzte. Er mochte dafür objektiv nachvollziehbare Gründe gehabt haben, aber die interessierten niemanden. Miaoulis nahm ihm den Affront übel, versammelte eine kleine Streitkraft um sich, mit der er Kapodistrias vermutlich binnen kurzem außer Landes gejagt hätte, wären da nicht vor allem die Russen gewesen, die das zu verhindern wussten. In aussichtsloser Lage im Flottenstützpunt von Poros eingeschlossen, jagte Miaoulis die Hellas in die Luft und steckte ein anderes Schiff in Brand. Die Botschaft war erneut deutlich: Für diesen Russenknecht haben wir die Revolution nicht gemacht."

„Und die Ikone?", fragte Laura.

„Überlebte die Explosion wie durch ein Wunder und wurde von Unbekannten aus dem Wasser gefischt. Angeblich trieb sie auf einem Stück Kabinentür, auf der noch die Buchstaben Bou… zu lesen waren. Das ist natürlich Legende. Tatsache ist jedoch, dass die Madonna ohne eine solche Schwimmhilfe nun im tiefen Schlamm der seichten Bucht von Poros stecken würde, aus dem nichts je wieder auftaucht. So jedoch gelangte sie wieder in die Hände der Kirche."

Der Professor sah belustigt zu, wie seine Zuhörerschaft behutsam am Rand der Korridore entlang schlich.

„Sie brauchen keine Angst zu haben, durch eine Falltür zu rauschen. Die Vorrichtungen müssen erst scharfgemacht werden, bevor sie funktionieren."

„Ist schon mal jemand aus Versehen …?", fragte Laura.

„Nicht, dass ich wüsste. Die Annalen enthalten keine derartigen Hinweise. Noch ein paar Minuten Geduld, dann sind Sie erlöst. Wenige Monate nach dem missglückten Putsch des Admirals, im Herbst 1831 , war Athen noch von osmanischen Truppen besetzt, die mangels Munition unter anderem das Blei aus den Säulenfugen der Akropolis kratzten, um daraus Kugeln zu gießen. Deshalb residierte Kapodistrias fürs erste in Nafplion, der Hafenstadt am Ende des Argolischen Golfs, nicht weit von Hydra und Spetses entfernt. Als er sich am Morgen des neunten Oktober auf den Weg zur Kirche des Heiligen Spyridon machte", er bekreuzigte sich dreimal in rascher Folge, „trug einer unserer Brüder, Gott habe ihn selig", er bekreuzigte sich erneut, „ein Mönch namens Gregorios, „die Ikone hinter Kapodistrias her, um ihr in der Kirche eine angemessene neue Heimat zu geben."

Athanassios zuckte mit den Schultern.

„Die weiteren Ereignisse sind Ihnen vermutlich bekannt. Zwei griechische Mitglieder des Clans der Mavromichailis aus der Mani, einer Region im tiefen Süden der Peloponnes, in die selbst der Leibhaftige seinen Huf nur setzte, wenn es gar nicht anders ging, lauerten Kapodistrias auf. Sich die dortigen Banditen und Halsabscheider, die während der Revolution über die osmanischen Truppen gekommen waren wie ein Rudel Wölfe über die Schafherde, zu Feinden gemacht zu haben, war ein weiterer dummer und, in diesem Fall, tödlicher Fehler gewesen. Während der eine Attentäter auf Kapodistrias einstach, schoss der andere auf ihn, um ganz sicher zu gehen. Es gelang dem einarmigen Leibwächter Kapodistrias' einen der Meuchelmörder zu töten, der andere fand in der französischen Botschaft Unterschlupf, die ihn interessanterweise erst auslieferte, als eine gefährlich große, grummelnde Menschenmenge drohte, jeden Augenblick das Botschaftsgebäude zu stürmen. Im Lauf des kurzen, heftigen Schusswechsels hatte eine verirrte Kugel die Ikone durchschlagen und sich ins Herz unseres Bruders Gregorios gebohrt. Immerhin hatte das Projektil die Gottesmutter selbst verfehlt. Dennoch trägt die Ikone seit jenem Tage im Volksmund den, nun ja, Spitznamen, die Erschossene Madonna."

Er bekreuzigte sich erneut.

„Über ihren weiteren Verbleib wird Ihnen zuverlässig wohl nur ein Moskauer oder Petersburger Archivar Aufschluss geben können. Bislang ging man davon aus, dass ein Russe die Ikone an sich genommen und außer Landes geschafft hatte. Jemand, der beim Attentat als Augenzeuge zugegen gewesen war. Vielleicht verstehen Sie nun, welch immense symbolische Bedeutung das Bildnis für unsere Kirche und Nation hat, deren Schicksale sehr viel enger miteinander verknüpft sind, als das in Ihren Ländern der Fall ist. Und weshalb wir unter gar keinen Umständen zulassen können, zulassen werden", fügte er mit einem Seitenblick auf Laura hinzu, „dass sie erneut in unbefugte Hände fällt."

2. Neues vom Meister.

„Das heißt, die Ikone befindet sich hier im Kloster?"
Zurück im Refektorium nahm Laura das Gespräch nach einigen Minuten respektvollen Schweigens wieder auf.
Der Professor hob seine von der Narbe getrennten Brauen.

„Nun ja, wir zogen es vor, sie an einem sicheren Ort zwischenzulagern. Bis Konstantinopel ist es zwar nicht sehr weit, aber wenn man berücksichtigt, was der Madonna schon alles widerfahren ist …"

„Dann sagen Sie mir nur noch eins: Was haben wir, was hat die Försterfamilie mit alledem zu schaffen?" Der Professor wies auf Penelope.

„Im Grunde rein gar nichts. Einer jener Zufälle, die die Geschichte der Ikone bestimmen. Deine Mutter dürfte zur Klärung dieses Sachverhalts beitragen können."

Penelope seufzte und griff nach Lauras Hand, die sie zärtlich streichelte.

„Wie der Professor schon sagt, reiner Zufall, pedin mou, nichts als Zufälle. Oder doch ein Stück Vorsehung? Ich weiß es nicht. Während meiner Zeit in Konstantinopel lebte ich bei einer griechisch-jüdischen Familie im Fener-Viertel des Stadtteils Fatih, also dort, wo das Herz des alten Byzanz schlug und wo heute das Gebäude des Patriarchats liegt. Die Familie, die mich aufnahm, unterhielt gute Beziehungen zum damaligen Patriarchen. Dazu gehört bei uns insofern nicht viel, als unsere Oberhäupter nicht so entrückt und volksfern sind wie der Papst, sondern, je nach Persönlichkeit, ein praktisch offenes Haus führen und für jedermann zugänglich sind, selbst heute, im Zeitalter des Terrorismus aller gegen alle.

Als ich nun aus der Karibik nach Thessaloniki kam, nahm ich auch wieder Kontakt mit meiner damaligen Gastfamilie auf, mit denen, die noch übrig sind. Auf diese Weise erfuhr ich irgendwann auch von dem Trubel um die Ikone und der Trauer des Patriarchen, der sie für immer verloren glaubte."

Penelope hob die Arme und schüttelte den Kopf, wohl, um die damalige Gemütslage des Patriarchen dramatisch zu illustrieren . Laura musste trotz allem lächeln. Die Geste hatte etwas archaisch Bühnenreifes, erinnerte an das klassische Lamento vom Schicksal oder wem auch immer schwer geprüfter Menschen, die in Zorn und Verzweiflung die Götter anrufen.

„Was soll ich sagen? Natürlich appellierte das an meinen patriotischen Stolz. Ikonen hatten mir auf den Saintes Kraft und Zuversicht gegeben. Oft genug hatte ich Zwiesprache mit der Gottesmutter gehalten und gebetet, dass ich meine Töchter noch einmal wiedersehen würde, bevor ich die Augen für immer schließe. Und sie hat mich erhört."

Sie drückte Laura erneut fest an sich und wischte mit der Hand ein paar Tränen von den Wangen.

„Da konnte ich doch nicht zulassen, dass die Madonna im Kellergewölbe oder im Safe irgendeines steinreichen Kunstsammlers ihr Dasein fristet oder wie das Bernsteinzimmer auf ewig verschollen bleibt. Nicht, solange ich Töchter habe, die auf das Vollbringen des Unmöglichen geradezu spezialisiert sind. Also bat ich den Doc, Eleni noch einmal zu mobilisieren. Wie König Menelaos, der immer dann, wenn es hart auf hart ging, den Achill herbeizitierte. Eleni sollte ihren Hintern, pardon, sollte sich hierher bewegen und uns die Ikone wiederbeschaffen, koste es, was es wolle."

Laura musste unwillkürlich lächeln, als sie Penelope ihre Tochter Solitaire bei deren griechischem Taufnamen nennen hörte.

„Und der weibliche Achill konnte der Herausforderung natürlich nicht widerstehen." Laura schüttelte den Kopf.

„Komm' du mir bloß …"

„Ja", beantwortete diesmal Athanassios Lauras rhetorische Frage.

„Es gelang ihr, den Russen, die mich drüben auf der Insel verfolgt und mir die Ikone mit brutaler Gewalt entrissen hatten, die Madonna in einer Nacht- und Nebel-Aktion wieder abzujagen und sie hierher zu bringen."

„Was für eine Insel?"

„Skiathos. Wir hatten erfahren, dass ein dortiger Ladenbesitzer die Madonna von einem Russen oder jedenfalls Slawen angeboten bekommen hatte, der offensichtlich keine Ahnung hatte, welchen Schatz er da in Händen hielt. Glücklicherweise erkannte der Händler, um was es sich handelte und benachrichtigte das Patriarchat. Da mein Dienstherr – wie sich zeigen sollte, zu Recht – Ungemach befürchtete, schickte er mich als Patroklos ins Feld, um im Bild zu bleiben. Ich tat, was ich konnte, wurde aber letztlich überwältigt und beraubt. Solitaire hat mich dann gewissermaßen gerächt. Das ist der Stand der Dinge."

„Und wo ist sie jetzt?"

„Wer? Die Madonna?"

„Solitaire."

„Wer weiß? Du kennst deine Schwester besser als ich. Mir scheint, sie lebt nach dem Motto, sucht nicht nach mir, ich finde euch, wenn und wann ich will", entgegnete Athanassios.

„Ein sehr geheimnisvolles Wesen. Taucht aus dem Nichts auf und verschwindet wie ein Windhauch." Er blies Luft über seine nach oben geöffneten Handflächen.

„Eher wie eine üble Knoblauchblähung, wenn Sie mich fragen", widersprach Laura.

„Eigentlich stand alles zum Besten, bis durch Ihr Erscheinen die Karten wieder neu gemischt wurden."

„Oh, da bin ich aber so was von untröstlich, euch allen solche Unannehmlichkeiten bereitet zu haben. Man sagte mir schon als Kind nach, stets zur Unzeit aufzutauchen. Mir scheint allerdings, ihr überseht da eine Kleinigkeit. Nicht ich hatte die Idee, mich in diesen verrückten Krieg der Ikonen einzumischen. Mir geht es nicht um irgendein Bildnis. Das Leben meines Sohnes, Ziehsohnes, steht hier auf dem Spiel! Mir geht eure Ikone, angeschossen oder nicht, mit Verlaub, am Allerwertesten vorbei. Ich glaube nicht an religiösen Hokuspokus gleich welcher Couleur. Wenn Religion Opium fürs Volk ist, wie Lenin sagte, sind Leute wie du", sie wies auf den Professor, „nicht viel besser als verabscheuungswürdige Dealer. Ich glaube einzig und allein an die Kraft der Vernunft, den kühlen Verstand. Da die meisten Menschen bedauerlicherweise davon nicht genug abbekommen haben und auf das Wenige, das sie besitzen, zu selten zurückgreifen, verlegen sie sich gern auf haarsträubende Hypothesen, die vor allem eine Funktion haben - ihnen die Verantwortung für ihre Misere, genannt Leben, abzunehmen. So, wie ich es sehe, kommen wir als Laune der Natur aus einem Ozean des Nichts, irren siebzig, achtzig Jahre auf diesem Planeten herum und verschwinden wieder im Nichts."

„Marx, Karl Marx, der mit dem Opium," korrigierte sie der Doc.

„Wie? Mir doch egal, auch nur als Rationalität getarnte Religion. Dieselbe Treuepflicht, der gleiche Fanatismus. Konfessionell gebundene Träumer mit eigenartigen Vorstellungen vom Paradies auf Erden, bleib mir bloß weg damit! Alles, was ich will, ist, Ignace zurückhaben. Bouboulina, Miaoulis, Kapodistrias, was kümmert mich dieses Geschwätz. Ich warne Sie: Wenn ich, um zu Ignace zu gelangen, durch das Blut der in diesem Gemäuer versammelten Mönche waten müsste, ich würde es tun, glauben Sie mir. Religiöser Fanatismus und dumpfer Nationalismus haben Hand in Hand schon zu viel Unheil angerichtet, als dass ich darauf Rücksicht nehmen müsste."

„So kenne und liebe ich sie, meine sanfte Irini", rief Penelope und umfasste Laura wie ein Boxtrainer, der seinen über das Fehlurteil des Kampfgerichts außer sich geratenen Schützling davon abhalten muss, Amok zu laufen.

„Ich verstehe dich, Laura, auch wenn ich deine Ansichten natürlich nicht teilen kann. Aber, wie du selbst sagst, gilt es in Situationen wie deiner, kühlen Kopf zu bewahren. Ich schlage vor, wir begeben uns ins Büro des Bruders Abt und halten unser Brainstorming. Wer weiß, vielleicht hat er eine Lösung anzubieten."

Laura wand sich aus der Umklammerung Penelopes. Die Angst um Ignace hatte sie übermannt und sie versuchte, sich zu beruhigen. Der Professor hatte Recht. Einen kühlen Kopf zu bewahren, war nun das oberste Gebot. Laura folgte den anderen auf den Korridor. Während sie über mehrere enge, gewundene Treppen in eines der oberen Stockwerke kletterten, erklang im Hintergrund die vielstimmige, mehr dahingemurmelte als laut vorgetragene Rezitation eines gemeinsamen Gebets wie der laufende Kommentar, mit dem der Chor der klassischen Tragödie die Verstrickung der Charaktere zu begleiten oder vorherzusagen pflegte.

Pünktlichkeit gehörte zu den Sekundärtugenden, die ihr Robert immer und immer wieder regelrecht eingebläut hatte. Das monomanische Insistieren ihres Vaters war vermutlich ursächlich dafür, dass Laura in späteren Jahren häufig von einem Alptraum heimgesucht wurde, in dem sie zu einem unverrückbar festgelegten Zeitpunkt an einem bestimmten Ort zu erscheinen hatte. Sei es wegen einer Prüfung, sei es zu einem Rendezvous, einem Vortrag, einer geschäftlichen Besprechung. Oft blieb die genaue Art des Treffens sogar völlig im Vagen. Um Leben und Tod jedenfalls ging es nie dabei. Das Alptraumhafte besaß zwei Gesichter. Zum einen schaffte sie es nie sehr weit, sondern blieb stets sehr bald irgendwo, irgendwie stecken. Fast noch schlimmer aber war, dass sie nicht durch irgendwelche Krisen oder

Zwischenfälle vom Ziel abgehalten wurde. Vielmehr behinderten sie jedes Mal aufs Neue Zufälle schlichtester Natur: in den Sträßchen einer Altstadt falsch abgebogen, Straßennamen verwechselt, die falsche Tür geöffnet, in einen Menschenauflauf geraten und so weiter. Sie verstand es als Sinnbild für den Sieg des Banalen über das Erhabene, wie immer das auch aussehen mochte. Was sie nicht verstand - warum solche Träume wie etwa auch ihre „Nahtod-Erfahrung" in solcher Häufigkeit auftraten, als müsse sie immer mal wieder mit der Nase darauf gestoßen werden.

Beim Gang durch dieses unüberschaubare Klostergemäuer schien ihr Alptraum auf dramatische Weise an Realität und Unmittelbarkeit zu gewinnen. Ignace wartete ungeduldig darauf, von seiner Mutter aus den Fängen Hakans befreit zu werden. Das war ihr diesmal ausnahmsweise klar umrissenes Ziel. Aber statt ihrem Ziehsöhnchen zu Hilfe zu eilen, kraxelte sie irgendwelche knarrenden Treppenstufen empor, durchlief kafkaeske Korridore und drohte, von dieser düster dräuenden Festung auf Nimmerwiedersehen verschlungen zu werden.

Endlich hatten sie das Büro erreicht. Athanassios klopfte an eine Tür, lauschte und trat dann ein, die anderen hinter sich herwinkend. Zwei fast quadratische Fensterchen warfen nur spärliches Licht ins Innere des Raums. Er wurde von einem riesigen alten Schreibtisch beherrscht, der in der Mitte des Zimmers thronte. Die dicht mit staubigen Folianten gefüllten Regale ließen den Raum zudem auf etwa die Hälfte seiner theoretischen Nutzfläche schrumpfen. Der Abt erhob sich und wies seinen Besuchern, die er offensichtlich bereits erwartet hatte, die freien Stühle vor seinem Schreibtisch an. Sie gehörten wohl eher nicht zum festen Mobiliar seines Büros.

„Ich nehme an, Bruder Athanassios hat wieder einmal etwas weit ausgeholt?", lächelte der Abt, sah auf seine Uhr und drückte auf einen Knopf an der rechten Seite des Schreibtischs, als wolle er sich durch Teleportation dieses Gesprächs entziehen, das unangenehm zu werden drohte: Scotty, Sie können mich jetzt zurückbeamen ...

„Eine der wenigen Schwächen des Professors. Vermutlich ist er auch deshalb nicht kleinzukriegen, weil man es da oben nicht allzu eilig hat, ihn heimzuholen und sich tagein, tagaus, seinen langatmigen Ausführungen auszusetzen. Da lässt man ihn lieber noch eine Weile unter uns Sterblichen wandeln, quasi als dauerhafte Prüfung für beide Seiten. Nichts für ungut, Bruder."

Laura erschrak. Wie ein durchsichtiges Hologramm stand mit einem Male ein mittelgroßer, leicht gebeugt schlurfender Mann in abgewetzter blaugrauer Soutane hinter dem Abt. Seine schütteren Härchen hatte er am Hinterkopf verknotet, als wisse er der Phantomfülle seiner längst auf der Strecke gebliebenen Haarpracht auf andere Weise nicht mehr Herr zu werden.

Der Abt lachte, als er Lauras erstauntes Gesicht sah.

„Verzeihen Sie die kleine Inszenierung. Magie, eine meiner leider allzu zahlreichen Schwächen. Bruder Iannis' Wirkungsstätte liegt hier gleich nebenan und wir sind durch die geräuschlos öffnende und schließende Tapetentür miteinander verbunden. Bisweilen erschreckt der Bruder auch mich fast zu Tode, wenn er sich wie eine Katze anpirscht und urplötzlich als Gespenst neben mir steht. Dafür halte ich mich dann gelegentlich an der entsprechenden Reaktion meiner darauf nicht vorbereiteten Gäste gütlich. Ich gehe davon aus, wir hätten gerne vier Tässchen Tee, wenn's dir nichts ausmacht, Bruder, na pas me to theo."

Ein kräftiger Espresso wäre Laura nach all dem harntreibenden Tee lieber gewesen. Gesunde Ernährung in allen Ehren, aber sie sah nicht ein, warum sie sich durch den ganzen Kräutergarten des Klosters trinken musste. Andererseits wollte sie die Gastgeber auch nicht in Verlegenheit bringen. Wer wusste, wann die das letzte Mal den Duft gerösteten Kaffees in der Nase gehabt hatten.

Bruder Iannis nickte stumm und verschwand so geisterhaft unkörperlich, wie er gekommen war. Die Klosterszenerie nahm immer skurrilere Züge an, fand Laura. Was für ein Weltbild besaß jemand, der sein halbes Leben hier verbrachte?

„Nun, fassen wir einmal zusammen, was wir wissen", fuhr der Abt fort und klappte das Buch zusammen, in dem er vermutlich bis zum Eintreffen seiner Gäste gelesen hatte. Der Lichtstrahl eines der beiden Fensterchen erleuchtete den Spiralnebel des explosionsartig vom Buch hochwirbelnden Feinstaubs und trennte gleichsam die hellen, wiewohl altersbefleckten Hände vom dunkleren Rest des Abts.

„Die Ikone der Erschossenen Madonna ist, wie Sie von Bruder Athanassios erfahren haben werden, tatsächlich hier im Kloster deponiert und soll demnächst ins Patriarchat nach Konstantinopel überstellt werden, wo sie nach unserer Überzeugung hingehört. Ein Stachel mitten im Fleisch der Ungläubigen, wenn Sie verstehen, was ich meine."

Ich geb' dir gleich einen Stachel ins Fleisch, von dem du dich nicht mehr erholst, wenn du nicht umgehend auf den Punkt kommst, dachte Laura.

Bevor sie jedoch Zeit hatte, dergleichen in passende Worte zu kleiden, erschien Iannis schon wieder auf Katzenpfoten, diesmal mit einem Tablett, auf dem vier Gläser dampfenden grünlichen Tees mit einer Schale aromatischer , in Staubzucker gewälzter Lukumia standen, die Iannis vorsichtig auf dem vorderen, freien Teil des Schreibtischs absetzte. Der Abt dankte ihm und wartete, bis Iannis seinen irgendwie osmotischen Abgang vollzogen hatte.

„So kurz der Weg, so riskant der Transport", fuhr er fort. „Potenzielle Wegelagerer umgeben uns zuhauf, wie wir wissen. Da sind zum Beispiel unsere russischen Brüder im Glauben. Weder der russische Patriarch, noch, so unglaublich es klingen mag, der Kreml haben bislang zum Teil fragwürdige Mittel gescheut, die Ikone in ihren Besitz zu bringen. In Russland steht das Madonnenbildnis nämlich ebenfalls für eine markante Episode des eigenen Revolutions- und Gründungsmythos, genauer gesagt die Ermordung der Zarenfamilie 1918, wie es scheint. Auf welche Weise dies miteinander zusammenhängt, entzieht sich meiner Kenntnis. Und ehrlich gesagt, bin ich nicht einmal so erpicht darauf, dies alles zu erfahren. Jedenfalls ist das Interesse der Russen an unserer Madonna hinreichend entwickelt, um sie, mit Verlaub, über Leichen gehen zu lassen."

Er machte eine kleine Pause und nippte an seinem Tee. Doch bevor Laura oder der Doc die Fragen loswerden konnten, die ihnen auf der Zunge lagen, hatte der Abt den Faden schon erneut aufgenommen.

„Dann ist da noch dieser undurchsichtige Hakan, dessen Geschäft Laura unfreiwillig besorgt. Mir ist schleierhaft, in wessen Auftrag er handelt. Dass er als Türke auf eigene Rechnung agiert, kann ich mir nicht vorstellen. Man munkelt und raunt etwas von einer Schlange als Auftraggeber. Das besagte Reptil fällt zwar eigentlich durchaus in unser biblisches Repertoire, aber Genaueres haben wir bisher trotzdem nicht in Erfahrung bringen können. Natürlich ist die Ikone auch ein wertvolles Handelsobjekt, für wen auch immer. Manche bezeichnen ja inzwischen die Kunst, die Malerei, als die heimliche Währung unserer Zeit. Aber genauso gut könnten dieser Hakan oder seine Schlange versuchen, das Original der amerikanischen Verfassung von 1787 auf dem Großen Bazar von Beyazıt an den Mann zu bringen."

„Vielleicht kann ich da ausnahmsweise weiterhelfen", unterbrach ihn Laura.

„Wessen Interessen er in Sachen Ikone verfolgt, weiß ich zwar auch nicht. Im Zweifelsfall nur seine eigenen. Der Mann gehört zu den ganz Großen der türkischen Unterwelt. So einer hat keine Auftraggeber, höchstens Partner. Er hat in seinem Leben schon mit so gut wie allem gehandelt, was irgendwie begebbar ist, Hauptsache illegal: Rauschgift, Waffen, Gold, Diamanten, Menschen, kurz, mit allem, was eine hohe Wertschöpfung und schnellen Profit verspricht. Aber Ikonen? Nie im Leben. Das wäre wie ein Tiger, der Eichhörnchen nachsetzt. Wenn ein Mann wie er diese Sache übernommen hat, sehe ich nur zwei mögliche Gründe dafür. Entweder er steckt in irgendeinem Doppelspiel, vielleicht mit dem Ziel, der Schlange den Kopf zu zertreten. Oder er will über die Ikone an uns dranbleiben. Mit uns allen dreien hat er nämlich noch ein Hühnchen zu rupfen. Penelope hat seinem amourösen Werben stets widerstanden und ist aus seinem anatolischen Serail geflohen – ein schlimmer Gesichtsverlust. Solitude hat seine Privatarmee wiederholt in akute Personalnot gebracht und ich … nun ja, ich habe ihm ein Ohr weggeschossen."

„Er hat also Gründe." Laura nickte.

„Ja, das muss man in aller Fairness zugeben, die hat er."

Der Abt dachte nach.

„Was diesen Türken für uns besonders gefährlich macht, ist der missliche Umstand, dass die Unterwelt von Konstantinopel sein ureigenes Biotop darstellt. Wenn er es für erforderlich hält, kann er vermutlich jederzeit binnen weniger Stunden eine ganze Armee von Handlangern und Killern aus dem Boden stampfen. Vermutlich hat er Spione und Zuträger allerorten. Er sitzt wie die Spinne im Netz und lauert geduldig auf das finale Zappeln seiner Beute."

„Nicht so geduldig, wie Sie glauben, Igoumene", erwiderte Laura.

„Er hat mir ganze acht Tage Zeit gegeben. Zwei, nein, drei davon sind bereits um. Die Uhr tickt und ich bin noch keinen Schritt weiter."

„Nun, Laura, das trifft meines Erachtens nicht zu ", schaltete sich der Doc ein.

„Du bist dicht an der Ikone, auch wenn sie im Augenblick unerreichbar scheint. Und du hast mich, uns. Du glaubst doch nicht im Ernst, dass Penelope und ich dich und Ignace diesem grauen Wolf überlassen?"

Laura blickte in die Runde. In jeder anderen Krisenlage hätte die Anwesenheit des Doc ihr vermutlich ausreichend Vertrauen eingeflößt, aber das hier war für ihren mathematisch geschulten Geschmack eine Gleichung mit mindestens einer Unbekannten zu viel.

„Ja sicher, und ich bin euch dankbar für eure Unterstützung. Doch sehe ich unmittelbar keinen Ausweg aus dem Dilemma. Wohin sich der Hase auch wendet, der Igel ist schon da."

„Es sei denn …", murmelte Athanassios versonnen und blickte auf den Doc. Der schien im Blick des Mönchs zu lesen, kratzte sich am Kopf und warf die Stirn in Falten.

„Denken Sie dasselbe wie ich?", fragte er schließlich.

„Ich glaube schon."

„Aber wie?"

Laura wurde zornig. „Entschuldigt, wenn ich eure interessante telepathische Session störe, aber vielleicht könntet ihr uns an euren Gedanken teilhaben lassen?"

Der Doc blickte und kramte in seinen Taschen.

„Tut mir leid, Laura, eine alte Gewohnheit. Mir scheint, was wir brauchen, ist … eine Kopie der Ikone. Ein Imitat, das geeignet ist, Hakan bei einer Austauschaktion zu täuschen."

Der Abt lehnte sich in seinem Holzstuhl zurück und wischte sich mit der Hand über die Stirn.

„Dieser Vorschlag, den ich natürlich nie gehört habe, mag für Sie verlockend klingen, ist aber, mit Verlaub, unrealistisch. Gewiss, Gemälde aller Art sind über die Jahrhunderte immer wieder von talentierten Fälschern nachempfunden und als Originale verkauft worden. Angeblich sind die Museen der Welt ebenso wie viele private Safes ja randvoll davon. Das Motiv der Fälscher ist für gewöhnlich Geldgier in Tateinheit mit einer gewissen Hybris, die Welt der Sammler zum Narren gehalten zu haben. Und natürlich werden auch Ikonen gefälscht, mit Hilfe schier unglaublicher Methoden auf alt getrimmt und an Ignoranten verkauft. Aber es gibt Umstände, die dafür sorgen, dass sich die Ikonenfälschung in überschaubaren Grenzen hält."

Der Abt trank einen weiteren Schluck Tee und überließ es so zunächst seinen Zuhörern, diese Umstände zu erraten.

„Da ist zum einen, betriebswirtschaftlich gesprochen, die Ertragserwartung. Mit der Ikone eines unbekannten Meisters lässt sich bei weitem nicht so viel verdienen, wie, sagen wir, mit einem gefälschten Monet, das liegt auf der Hand. Dieser von vornherein gedämpften Erwartungshaltung steht ein nicht zu unterschätzender zeitlicher und finanzieller Aufwand gegenüber. Denken Sie allein an die Besorgung aller notwendigen Materialien. Das fängt bereits bei der Wahl des geeigneten Holzes an und setzt sich fort mit den zum Teil aus Halbedelsteinen wie Lapis zu fertigenden Farben, dem Blattgold für den Hintergrund in der richtigen Karat-Zahl von dreiundzwanzig drei Viertel, plus gegebenenfalls der Legierung der Riza, den Polierachat und so weiter und so fort."

Bruder Iannis brachte eine Schale mit Kourabiedes-Gebäck, die er diskret auf dem Schreibtisch abstellte. Der Doc lehnte sich weit vor, um die Schale zu erreichen, die ihm der Abt schließlich anreichte, ohne seinen Redefluss zu unterbrechen.

„Dann die eigentliche Herstellung. Um ihre angestrebte Wirkung auf Gläubige und, soweit möglich, auch Ungläubige erzielen zu können, bedarf eine Ikone einer gewissen Tiefe, in etwa vergleichbar mit derjenigen einer guten Predigt. Um diese Tiefe zu erlangen, muss Farbschicht auf Farbschicht aufgetragen werden - bis zu fünfzig, sechzig Mal. Jede Schicht muss natürlich erst einmal trocknen, bevor sie die nächste auftragen können. Das alles dauert Wochen und Monate, ohne Garantie für das letztliche Gelingen. Da sich kaum ein Künstler einer solchen Fron unterziehen wird, nur, um etwas Geld zu machen, werden Sie keine ernst zu nehmenden Fälscher finden. Und echte Ikonenmaler werden sich für ein solches Unterfangen nicht hergeben. Deshalb sage ich, Ihr ist Plan unrealistisch."

„Aber Sie sagten doch gerade selbst, dass Ikonen gefälscht werden", protestierte Laura.

„Gewiss. Aber Laura wird uns betriebswirtschaftliche Laien sicher sagen können, was sie tun würde, um bei geringer Preisflexibilität der Nachfrage wenigstens halbwegs auf ihre Kosten zu kommen."

„Den Ausstoß erhöhen oder die Produktionskosten senken, am besten beides."

„Genau. Mit einem erhöhten Ausstoß würden sie aber letztlich den eigenen Markt zerschlagen. Bleiben also nur die Kosten. Deren Senkung wiederum geht zwangsläufig zu Lasten der Qualität. Bei gefälschten Ikonen sprechen wir mithin in der Regel von billigem Ramsch, der keinen auch nur halbwegs bewanderten Liebhaber dieser Kunst zu täuschen vermag. Von Fachleuten ganz zu schweigen. Nein, zumal in der Kürze der Ihnen zur Verfügung stehenden Zeit werden Sie keine auch nur halbwegs zufriedenstellende Kopie der Erschossenen Madonna herstellen lassen können, auch wenn Sie Unsummen dafür ausloben würden."

Er warf beide Arme in die Luft. „Selbst wenn Sie einen Meister der damaligen Zeit, also des sechzehnten, siebzehnten Jahrhunderts, wiederzubeleben in der Lage wären, Gott steh uns bei, würde dieser Ihnen so schnell vermutlich auch nicht helfen können. Vergessen Sie nicht, dass Ikonen bei der damaligen großen Nachfrage in Werkstätten arbeitsteilig gefertigt wurden. Einer war für die Grundierung zuständig, ein anderer für den Hintergrund, ein Dritter für die Szenerie, soweit vorhanden, und so weiter. Der Meister selbst legte, wenn überhaupt, erst Hand an, wenn es um die Hauptfigur ging, wie Sie das von den Dürers, Rembrandts und anderen in etwa ja auch kennen. Im späteren Verlauf ihrer Karriere gaben solche Meister zwecks Preissteigerung nur noch ihren Namen für die Malereien ihrer Adlaten. Und dabei haben wir noch nicht einmal über die Riza gesprochen." „Wieso, was ist mit der?", unterbrach ihn Laura.

„Normalerweise verwendet man für eine solche Riza oder den Oklad, wie die Russen das nennen, geringer wertige Metalle und Legierungen wie Kupfer, Zinn, Messing oder Bronze, die hauchdünn versilbert werden. Im Fall der Fürbitterin jedoch handelt es sich um fast lupenreines Silber aus russischer Produktion, wie die Angabe von 94 zolotniki auf der Punze beweist. Das ist ein Feingehalt von über neunzig Prozent, also kein Pappenstiel. Sei's drum. Ich will Sie nicht weiter desillusionieren, aber mein Eindruck ist, Sie unterschätzen die unheimliche Komplexität der Aufgabe bei weitem."

Er trank seinen Tee aus und setzte wieder an, bevor Laura zu Wort kommen konnte.

„Um dem Ganzen die Krone aufzusetzen, müssen Sie in diesem besonderen Fall sogar die Kaliber der Einschusslöcher berücksichtigen."

„Die Ikone hat mehrere Löcher?", fragte Laura erstaunt.

„Ja, wir wissen von einem zweiten, haben aber keine Vorstellung davon, wie es – offenbar in Russland – dazu kommen konnte. Jedenfalls wurden weder das eine noch das andere mit einer Tokarew oder einem Browning erzielt. Man hat sie zwar sorgsam gestopft und die Stellen penibel restauriert, wovon ich mich unlängst überzeugen konnte. Völlig unsichtbar sind sie jedoch nicht. Nicht für einen mit Lampe und Lupe bewaffneten Experten, der weiß, wo er was zu suchen hat. Die benutzten Waffen sind heute wahrscheinlich nur noch bei Militaria-Sammlern oder in Museen zu finden: Steinschlosspistole und Mauser, würde ich mal tippen. Wollen Sie die damaligen Kugeln durch die Projektile einer modernen Smith & Wesson Kaliber .38 ersetzen?"

Laura blickte fragend auf den Doc. Der hatte seine Pfeife hervorgekramt und suckelte sie kalt wie einen Schnuller.

„Hm. Das ist alles sehr eindrucksvoll, Hochwürden, aber ich fürchte, eine Kopie ist dessen ungeachtet unsere einzige Chance. Hakan ist vermutlich kein Fachmann, aber auch kein Tor. Er wird zweifellos mit jemandem auftauchen, der sich in der Ikonenmalerei auskennt. Schließlich will er seinem Auftraggeber nicht irgendwelchen Schund anschleppen. Andererseits könnte eine wenn auch primitive Kopie, geschickt eingesetzt, den Türken soweit ablenken, dass er ein paar entscheidende Sekunden lang nicht aufpasst und …"

„Keine Chance", unterbrach ihn der Abt.

„Selbst Ihnen würde vermutlich ein Blick genügen, die Kopie zu erkennen. Das liegt in der Natur der Sache. Vergessen Sie nicht, dass eine Ikone die Aufgabe hat, Sie unmittelbar in ihren Bann zu ziehen. Coleridge schildert das in völlig anderem Zusammenhang sehr anschaulich: Drei verspätete Hochzeitsgäste eilen an einem alten Seemann vorüber, der einen der drei allein durch seinen Blick, aus dem Horror, Verzweiflung, Trauer und vieles andere mehr sprechen, dazu bringt, anzuhalten und der Erzählung des Alten vom getöteten Albatros zu lauschen. Da ein Bildnis keine Stimme hat, muss die Ikonenmalerei noch überzeugender, noch faszinierender wirken. Das stumme Zwiegespräch, zu dem das Bildnis Sie einlädt, um nicht zu sagen zwingt, wird mit einer Kopie nie zustande kommen. Das wäre so, als wollten Sie den alten Seebären durch seinen betrunkenen Kumpel ersetzen, dem er die Geschichte der Umrundung Südamerikas auch mal erzählt hat und der sie nun aus zweiter Hand wiedergibt."

„Was Sie jedoch bei allem Respekt nicht zu verstehen scheinen oder nachvollziehen wollen, ist Lauras prekäre Situation. Wir müssen einen Ausweg finden und ich glaube, ich weiß auch schon, an wen ich mich wenden sollte. Es gab da einen Briten, Frazer oder so ähnlich, nennt sich nur der Meister. Hat öfters für deinen Vater gearbeitet, Laura. Wurde irgendwann geschnappt, saß viele Jahre in Frankreich ein, wie es so geht. Ein unübertrefflicher Spezialist für gefälschte Frachtbriefe."

„Oh wunderbar", rief Laura, „dann müssen wir nur noch darauf hoffen, dass Hakan oder sein Experte nicht zwischen einem Frachtbrief und einer Ikone unterscheiden können, wovon angesichts der verblüffenden Ähnlichkeit beider Artefakte wohl auszugehen sein wird."

„Gemach", beruhigte sie der Doc, „kein Grund zu Sarkasmus. Der Meister verdiente sich damals schon als Maler und geschickter Bildfälscher ein ansehnliches Zubrot, hat auch russische Ikonen nach Vorlage gefertigt, wenn ich mich recht erinnere. Die Materie ist ihm also nicht fremd, auch wenn er womöglich ein wenig eingerostet ist."

„Und wo finden wir diesen Meister? Immer angenommen, er lebt noch? Im Knast bei der Mal- und Bastelgruppe?"

„Ich mach' mich sofort auf die Suche. Wenn wir Glück haben, ist er sogar irgendwo im Mittelmeerraum gelandet, wollte nach dem Gefängnisaufenthalt nämlich nur noch an die Sonne, sagte er immer. Ich finde ihn, mach dir keine Sorgen."

Da war er wieder, der Spruch, den Laura hasste.

„Warum sollte ich mir Sorgen machen, läuft doch alles wie geschmiert. Was machst du überhaupt noch hier, wieso hängst du nicht schon längst am Telefon?"

„Was immer wir tun können …", bot sich der Abt an.

„Danke, von hier aus übernehmen wir", wehrte Laura ab.

„Nicht alles, was der Doc so in die Wege leitet, ist strafrechtlich unbedenklich, eher im Gegenteil. Wir sollten Sie da besser nicht mit hineinziehen. Außerdem leite ich ein kleines logistisches Imperium. Was wäre das wert, wenn es sich als unfähig erwiese, das Material, das uns dieser Meister Frazer hoffentlich bald näher benennen wird, von welchem Ort des Globus auch immer binnen weniger Stunden herbeizuschaffen?"

„Bei einer Sache müssen Sie uns doch helfen", widersprach ihr der Doc.

„Frazer wird auf jeden Fall eine möglichst präzise Vorlage brauchen. Bis jetzt gibt es aber so gut wie keine Abbildungen von der Ikone, lediglich Beschreibungen. Gestatten Sie uns, die Madonna von allen Seiten und Winkeln zu fotografieren, mit und ohne Riza? Sonst, fürchte ich, geht gar nichts."

Der Abt nickte.

„Solange Sie mir versprechen, die Fotos nicht zu veröffentlichen oder gewerblich zu verwerten ..."

„Warum sollten wir?", fragte Laura.

„Solange Hakan oder sein Experte keine Abbildungen gesehen haben, gibt uns das einen möglicherweise entscheidenden Vorsprung. Der Jeep, mit dem wir gekommen sind, steht ja wohl noch am Bootshaus. Können Sie uns anschließend trotzdem mit irgendwas nach Thessaloniki zurückbringen?", wandte sie sich an Athanassios. Der nickte.

„Mal sehen, was unser Wagenpark so hergibt."

„Du kannst meinen Geländewagen nehmen", schaltete sich der Abt ein.

„Ist zwar auch nicht gerade das neueste Modell, aber etwas bequemer als der Jeep allemal."

„Ich hatte gehofft, dass du das sagen würdest, Bruder, vielen Dank."

„Aber ist der nicht bekannt wie ein bunter Hund?", fragte Laura.

„Möglich. Aber da wir mit dem Boot gekommen sind, wird ein Spion, der uns womöglich beobachtet, vermutlich damit rechnen, dass wir auf demselben Weg wieder abziehen. Ich kümmere mich um den Wagen und erwarte euch in, sagen wir, dreißig Minuten am Ausgang?"

„Wir werden da sein, mit Gepäck und allem. Bis dahin haben wir sicher schon die ersten Fotos und der Doc wird hoffentlich den gegenwärtigen Aufenthalt Frazers eruieren können, damit wir sie ihm schicken. Sollte er tatsächlich wieder einsitzen, müssen wir seinen Ausbruch organisieren. Das dürfte noch das geringste Problem sein. Meine Maschine wartet auf dem Makedonia Airport, so dass wir von dort unverzüglich losfliegen können."

Es sei denn, dachte Laura, dieser Mr. Frazer hätte sich wider Erwarten entschlossen, seinen Ruhestand doch meditierend in den Regenwäldern Amazoniens oder bei den Riffkabylen r und Berberäffchen in Marokko zu verleben. Alles unterhalb dieser Schwelle schien machbar.

3. Die Achterbahn.

„Keine fünfundzwanzig, dreißig Telefonate und schon hatte ich ihn lokalisiert. Er sitzt in Chania, auf Kreta. Hat sich dort ein Atelier eingerichtet und macht nur noch legale Geschäfte, heißt es."

Der Doc saß auf dem Beifahrersitz des 2013er Škoda Yeti Allrad und drehte sich nach hinten zu Laura, die es sich mit Penelope auf der Rückbank des Wagens halbwegs bequem gemacht hatte. Um dem Professor genügend Beinfreiheit zu lassen, hatte Penelope ihre Füße hochgenommen und sich mit dem Torso auf Lauras Schoß gelegt. Der enge Körperkontakt tat Mutter und Tochter gut.

„Ihn selbst hatte ich noch nicht am Rohr. Ich versuche es weiter, irgendwann muss er ja abheben. Das wird schon, keine Sorge." Athanassios hatte sein Professorenhabit wieder gegen schlechtsitzende Zivilklamotten getauscht, bei deren Anblick Karl Lagerfeld seine kleinen schwarzen, die verräterischen Altersflecken verdeckenden Handschuhe über dem Kopf zusammengeschlagen und etwas von verlorener Lebenskontrolle gefaselt hätte. Der Mönch steuerte den Wagen routiniert so weich durch die Kurven, dass den Frauen im Fond trotz der gewundenen Route vorerst jedenfalls nicht schlecht wurde.

Eine eilig zusammengetrommelte kleine Gruppe künstlerisch interessierter Mönche hatte auf Geheiß des Abts eine auf die Madonna abgestimmte Materialliste zusammengestellt, die Laura sofort an Heinz Marquardt gemailt hatte. Was Frazer darüber hinaus noch brauchen würde, musste dann eben noch zusätzlich beschafft werden. Aber mit dem, was die Brüder notiert und Athanassios übersetzt hatte, würde der Meister zumindest schon mal loslegen können, sobald man ihn erreicht hatte. Marquardt in Hamburg, da war sie sicher, würde keine Minute ungenutzt verstreichen lassen, sondern alles Nötige unverzüglich in die Wege leiten. Fehlte nur noch die genaue Adresse des Empfängers, die letzte Meile. Immerhin, Chania auf Kreta war nicht aus der Welt und leistete sich sogar einen eigenen Flughafen, der während der Operation Merkur des Zweiten Weltkriegs äußerst hart umkämpft gewesen war.

Laura und Penelope betrachteten die Fotos der Ikone, die die Mönche gemacht hatten, auf Lauras Tablet. Soweit Laura das beurteilen konnte, waren sie sehr recht gut gelungen. So ziemlich jede Falte des Gewandes der Madonna mit und ohne Riza schien gestochen scharf wiedergegeben. Wie schwierig es sein würde, selbst dieses relativ großflächige und insofern einfachere Bildnis auf der Grundlage der Fotos täuschend ähnlich zu kopieren, konnte man auch als Laie ahnen. Laura hoffte, der Meister verstand sein Geschäft und war sowohl sorgfältig als auch schnell genug.

„Hallo, wir bekommen anscheinend ungeladene Gesellschaft", rief Athanassios und drehte seinen Rückspiegel leicht nach rechts.

„Oder gehören die zu euch?"

Laura sah sich um. Ein schwarzer Fünftürer, den Laura als Audi einstufte, fuhr in gebührendem Abstand hinter ihnen und hielt offenbar ziemlich genau dieselbe Geschwindigkeit. Das allein war natürlich noch kein Indiz dafür, dass sie verfolgt wurden. Vielleicht befand der Audi-Fahrer die Landstraße für zu schmal und zu gewunden, um sich auf das Risiko eines Überholmanövers einzulassen.

„Mal sehen, wie er drauf ist", brummte Athanassios. „Bitte anschnallen."

„Was meinst du?"

Anstelle einer Antwort gab der Professor unmittelbar hinter der nächsten nicht einsehbaren Kurve Vollgas und riss das Steuer ohne weitere Vorwarnung nach links, so dass der Škoda mit qualmenden Reifen quietschen quer zur Fahrtrichtung und mit bedenklicher Schlagseite schlidderte und mit nahezu unverminderter Geschwindigkeit in einen etwas dichter bewachsenen Pinienhain einbog. Nach etwa fünfzig Metern rumpelnd extrem holpriger Piste trat der Professor so hart auf die Bremse, dass der Doc ohne Sicherheitsgurt wohl durch die Frontscheibe geflogen wäre. Dann warteten sie.

„Wo zum Teufel hast du Fahren gelernt, in der Wüste Gobi?", rief Laura, der das Frühstück wieder hochgekommen war.

Der Hintermann ließ sich nichts anmerken, sondern fuhr immer noch im selben Tempo am Waldstück vorüber. Durch das Gebüsch, hinter dem der Yeti zum Stehen gekommen war, erkannte Laura, die wie Penelope vom abrupten Manöver des Professors ein leichtes Schütteltrauma davongetragen hatte, dass vier Männer in dem Wagen saßen - zwei in Jagdwesten und die beiden anderen in paramilitärischen Overalls. Was die Vermutung zuließ, dass sie auch Schusswaffen mit sich führten.

„Ist Jagdsaison?", fragte sie Athanassios.

„Kommt drauf an, was du jagen willst", entgegnete der Professor.

„Sagen wir, altkluge Mönche?"

Der Professor lachte.

„Mönche über dreißig dürfen ganzjährig geschossen werden. Aber Jäger sind normalerweise mit Jeeps oder anderen geländegängigen Fahrzeugen unterwegs und nicht mit Audis. Das sieht mir mehr nach einem Kommando aus, das man möglicherweise auf uns angesetzt hat."

„Aber sie sind vorbeigefahren, obwohl ihnen aufgefallen sein müsste, dass wir uns plötzlich in Luft aufgelöst haben.

Vielleicht sind sie hinter jemand anderem her."

„Das ist Standard. Man fährt vorüber, stoppt irgendwo und wartet. Wenn sich ein, zwei Minuten nichts tut, dreht man um und nimmt wieder Kontakt auf."

Athanassios startete den Wagen und fuhr rückwärts auf die Straße zurück.

„Falls sie es auf uns abgesehen haben, werden wir sie bald wiedersehen."

Der Doc nickte grimmig und Athanassios setzte die Fahrt in der Richtung fort, aus der sie gerade gekommen waren.

„Wir sind denen wahrscheinlich egal. Wenn, dann sind sie hinter dem Bild her."

„Aber wir haben es ja gar nicht", protestierte Penelope.

„Nein, aber diese Männer oder ihr Auftraggeber wissen vermutlich, dass sich die Ikone im Kloster befindet, dort jedoch nicht bleiben soll. Jetzt kommen wir geradewegs von dort, unter anderen mit Laura an Bord. Was würdet ihr tun? Doch wohl zumindest mal checken, ob sich das Bild im Wagen befindet. Und sei es um den Preis eines zu verschmerzenden Kollateralschadens - uns."

„Und jetzt? Zurück zum Kloster?"

Athanassios schüttelte den Kopf.

„Nein, das würde uns nicht weiterbringen und wäre für die Brüder zu gefährlich. Für uns auch, davon abgesehen. Ich schlage vor, wir nutzen den Vorteil meiner Ortskenntnis und unseres robusten Wagens. Off-road werden sie uns nicht lange folgen können, ohne sich einen Feder- oder Achsbruch einzuhandeln. Aber das wird ein wilder Ritt, seid gewarnt. Da sind unsere Freunde übrigens wieder. Schnallt euch bitte so fest an, wie es eben geht. Denkt an eine Achterbahn."

Kaum hatte er das gesagt, steuerte Athanassios nach rechts in die nichtsahnende Landschaft, erst auf einen schmalen staubigen Wirtschaftsweg, den normalerweise wohl nur Traktoren und Mähdrescher befuhren. Dann rauschte er mitten durch ein Feld noch unreifer Maisstauden. Der unvermittelte Eintritt des Millennium Falcon in den Kuipergürtel konnte nicht viel spektakulärer sein. Die noch grünen, von Blättern wie Zigarren umhüllten Maiskolben klatschten unaufhörlich hart gegen die Karosserie, während Steine und Erdklumpen wie explodierende Minen von unten gegen das Chassis knallten. Laura und Penelope hatten instinktiv die empfohlene „Brace-for-Impact"-Notlandeposition eingenommen, den Oberkörper tief nach unten gebückt und den Kopf mit beiden Händen umklammert. Penelope heulte auf und begann laut zu beten. Selbst schuld, dachte Laura. Warum musste sie auch immer ihren Kopf durchsetzen. Wenn sich diese Frau etwas vorgenommen hatte, war sie um nichts in der Welt mehr davon abzubringen. Ein Charakterzug, der Laura irgendwie bekannt vorkam.

Sie versuchte, trotz des wilden Rodeo-Ritts durch das wogende Maisfeld einen Blick nach hinten zu werfen. Doch außer platt gewalzten Stauden in einer riesigen Staubwolke war nichts zu sehen.

„Haben wir sie abgehängt?"

Athanassios lachte.

„Glaube ich kaum, so schnell geben die nicht auf. Aber wie gefällt euch diese Nummer hier, Gentlemen?", rief er den unsichtbaren Verfolgern zu und beschleunigte noch einmal. Die Reihen der Maisstauden lichteten sich, das Klatschen, Trommeln und Kratzen nahm ab. Einige Augenblicke später riss die Bepflanzung ganz ab und Laura sah eine niedrige Mauer regelrecht auf sich zufliegen. Dann krachte der Yeti wie ein Panzerwagen durch die Mauer und hing mit einem Male wie von der Schwerkraft befreit zwischen Himmel und Erde, bis er mit der Schnauze voran ins kobaltblaue Meer flog. So sah es jedenfalls aus, bis die Schwerkraft wieder übernahm und den Wagen auf die Erde zurückholte. Mit markerschütterndem Krachen landete der Yeti schräg auf einer Art bewachsener Terrasse, die seinen Aufprall marginal milderte. Dann hob er nach wenigen Metern wieder ab, hing in der Luft und schlug eine Stufe tiefer erneut auf. So ging das noch zwei, drei Mal, dann nahm der Wagen seinen finalen Schwung und grub sich mit allen vier Rädern regelrecht bis zur Nabe in den Sand und Kies des Strands.

Während einzelne Teile wie Spiegel, Kotflügel und Stoßstange weiter abfielen, herrschte im Innern des Wagens einen Augenblick lang Totenstille.

„Was zum Teufel war das denn?", fragte der Doc und drückte sein Taschentuch gegen eine blutende Schnittwunde an seiner Stirn.

„Geschüttelt, aber nicht gerührt", ächzte der Professor, der während dieser unverhofften Flugstunde im untauglichen Objekt mehrmals mit dem Kopf gegen die Seitenscheibe geprallt war und an der linken Schläfe blutete.

Laura und Penelope hatten sich ineinander verkrallt und so eine Art menschliches Wollknäuel gebildet, das durch den hinteren Wagenteil flog, hüpfte und prellte, ohne wirklich zu Schaden zu kommen.

„Du kannst mich loslassen und das Beten einstellen", rief Laura.

„Wir sind gelandet. Danke für diesen interessanten Stunt, Evil Knievel. Wenn die Absicht darin bestand, den Wagen des Abts zu schrotten, könntest du vorbehaltlich einer genaueren Prüfung erfolgreich gewesen sein."

Der Professor warf beide Arme in die Luft, als hätte er gerade den Grand Prix von Monte Carlo gewonnen.

„Tut mir leid, aber ihr müsst zugeben, das war ein starker Auftritt. Mit einem Fahrzeug wie diesem die Terrassen runter zu heizen, ist ein alter Traum von mir. Das lässt jede Achterbahn verblassen. Als junge Burschen sind wir des Öfteren mit unseren Bikes die Stufen heruntergesprungen. Es war eine Mutprobe, bei der Mensch und Material regelmäßig zu Bruch gingen. Ich wollte die Nummer mal mit einem Auto wiederholen, das einem solchen Stresstest gewachsen ist."

Laura und Penelope trennten sich wieder voneinander.

„Das Vergnügen hast du dir ja jetzt endlich gegönnt. Alles, was wir jetzt brauchen, ist ein geschickter Mechaniker."

In der Tat waren bei jedem Aufprall die meisten Teile der Karosserie nacheinander auf der Strecke geblieben. Was noch vorhanden war, wies tiefe Kratzspuren und Beulen auf. In diesem Zustand hatte das Auto etwas dezidiert Minimalistisches, fand Laura.

„Einen Satanic Mechanic? Wer stellt so was wie dieses Auto eigentlich her?", lachte der Professor.

„Osteuropäische Pussys, wer sonst", antwortete Laura.

„Autobau ist jedenfalls nicht mehr, was er mal war. Immerhin, wenigstens die Abgasnormen dürften wir respektiert haben."

„Das Radio geht noch", rief der Doc und schaltete zum Beweis auf einen Sender, der fetzige Bouzouki-Musik ausstrahlte.

„Na also. Ein wenig Lack hier, Ausbeulen da und das Ding ist meines Erachtens noch mal für hunderttausend Kilometer gut. Nur der Bruder Abt wird deprimiert sein, fürchte ich."

„Denke ich auch", pflichtete Laura bei.

„Mit drei Vater Unser und zehn Ave-Marias wird es diesmal nicht getan sein. Wenn ich in meine Kristallkugel blicke, sehe ich eine einsame Felsenklause hinter den sieben Bergen!"

Im selben Augenblick schlug ein Projektil in die Tür auf der dem Lande zugekehrten Fahrerseite ein und bohrte sich in das Sitzpolster. Während Laura und der Doc schleunigst aus dem Fahrzeug sprangen, was dadurch erheblich erleichtert wurde, dass die Türen fehlten, mussten sich der Professor und Penelope mit Hilfe der beiden Männer etwas mühsamer befreien, da ihre Türen nicht nur erhalten geblieben waren, sondern sich auch hoffnungslos verkeilt hatten. Schließlich lagen alle vier am Fuß der untersten Terrasse flach auf dem Boden, so dicht wie möglich an das Mäuerchen gedrängt, das ihnen als einziges Deckung bot.

Die Projektile pfiffen ihnen nur so um die Ohren. Wie es schien, hatten sie ihre Verfolger zwar distanziert, aber noch nicht endgültig entmutigt. Hier unten saßen sie wie auf dem Präsentierteller für deren Jagd- und Präzisionsgewehre.

„Seid ihr bewaffnet?", fragte der Professor und kramte selbst eine Pistole aus den Tiefen seiner Hosentasche.

Der Doc nickte und präsentierte eine Smith & Wesson Kaliber .44, die auf kurze Entfernung einen anrennenden Büffel gestoppt hätte, aber angesichts ihrer kurzen Reichweite in der augenblicklichen Situation wenig ausrichten konnte. Der Professor schüttelte den Kopf. Er hob den Arm und feuerte zweimal nach oben, ohne auf irgendwen oder irgendetwas gezielt zu haben.

„So wissen die wenigstens, dass wir auch bewaffnet sind und werden es sich zweimal überlegen, ob sie wirklich nach unten klettern sollen. Das wäre unser Ende."

Plötzlich wurde offenbar mitten in einer Nachladephase das Einzelfeuer der Präzisionsgewehre ihrer Verfolger am Rande des

Maisfelds von kurzen Feuerstößen mehrerer automatischer Waffen abgelöst. Dann war alles schlagartig still. Vorsichtig hob Laura den Kopf und lugte den Hang hinauf. Die Jagd war offenbar auch ohne Halali beendet. Wie es schien, waren ihre Jäger geflohen oder erschossen worden.

Schließlich erschien die Silhouette eines Mannes, der die Gewehre der Jäger, deren Läufe noch auf die Mauer gestützt lagen, eines nach dem anderen einsammelte. Die gedrungene Gestalt dort oben setzte einen Fuß auf die Mauer, warf seine Maschinenpistole über die Schulter und machte den vieren unten am Strand ein Zeichen, sie sollten sich nach links bewegen. Was Laura und die anderen prompt taten.

Von oben war zu hören, wie jemand ein Auto startete. Es folgte eine Art Aufprall und sofort danach kam der Audi der Jäger die Terrassen herunter gepurzelt, überschlug sich mehrmals und verlor dabei so gut wie alle Karosserieteile. Schließlich blieb er nur etwa zehn Meter weiter rechts vom Wrack des Škoda auf dem Dach liegen, schaukelte kurz mit noch laufenden Rädern um die Querachse und flog dann mit einer gewaltigen Stichflamme in die Luft.

Die Schockwelle riss Penelope und den Doc, die sich gerade erhoben hatten, von den Füßen. Laura und der Professor, die noch am Boden hockten, hielten sich zum Schutz vor der plötzlichen Hitzestrahlung die Hände vors Gesicht.

„Waren die vier … da …?", fragte Laura, als sie sich von dem Schreck erholt hatte.

„Ich glaube nicht." Der Doc rappelte sich wieder auf und half auch Penelope auf die Beine.

„Man würde es sonst vermutlich riechen. Ich kann aber gerne nachsehen, wenn es dich so brennend interessiert."

Laura schüttelte angewidert den Kopf. Das Vorgehen des Mannes dort oben war äußerst brutal. Andererseits hatte er ihnen durch sein Eingreifen das Leben gerettet.

Alle vier setzten sie sich in den schmalen Schatten des steinernen Mäuerchens, das der untersten Terrasse Halt gab. Hier hatten sie weiterhin ausreichend Deckung, falls der Beschuss von oben erneut einsetzen sollte, wonach es nicht aussah.

„Status?", fragte Athanassios. Laura, die nur kleinere Schürf-
und Schnittwunden vor allem durch herumfliegendes Glas erlitten hatte, nahm sich der Wehwehchen ihrer Mutter an, die
wie apathisch wirkte. Sie war von Splittern am linken Ohr getroffen worden. Der Doc, der sich bereits das Halstuch Penelopes umgebunden hatte, blutete stark, würde aber überleben.
Ein Projektil hatte seinen Nacken gestreift. Zwei Millimeter
weiter nach links, und er wäre jetzt tot oder gelähmt. Athanassios' rechte Hand war von einer Kugel durchbohrt worden. Er
hatte sich nichts anmerken lassen und die Wunde bereits selbst
provisorisch verbunden.

„Ihre Leute?", fragte der Professor Laura und bot ihr eine Flasche Wasser an, die er aus dem Wagen gefischt hatte. Laura trank
dankbar ein paar Züge und reichte die Flasche an Penelope weiter.

„Meine Leute? Wer? Der Typ da oben? Keine Ahnung, wer uns
verfolgt und wer uns herausgehauen hat. Ich werde das Gefühl
nicht los, mich wider Willen an einem Spiel beteiligen zu müssen,
dessen Regeln alle anderen kennen - nur ich nicht. Es würde helfen zu wissen, wer auf welcher Seite steht. Doc?"

Der Doc hing bereits wieder an seinem Handy und schüttelte
den Kopf.

„Sehen Sie, er weiß es auch nicht. Wie geht's jetzt weiter, Professor? Um den Wagen wieder zum Laufen zu kriegen, bräuchten wir die Hilfe des Allmächtigen. Doch da unser himmlisches
Sichtkonto schon auf der Dispo-Felge läuft ..." Athanassios
winkte ab.

„Der Škoda ist hin, da sind wir uns wohl einig. Irgendwann
demnächst wird die Polizei anrücken und zwei Autowracks
vorfinden - das eine verbrannt, das andere aus dem Fuhrpark
des Klosters.. Die Geschichte, die sie sich darauf zusammenrei-
men werden, möchte ich gerne mal hören. Egal. Wir jedenfalls
sollten schleunigst das Weite suchen. Nehmt alles raus, was von
Wert ist oder euch identifizieren könnte. Etwa zwei bis drei Kilometer von hier haust ein Fischer, der uns gegen ein beschei-
denes Entgelt zur Halbinsel Kassandra übersetzen könnte. Von
dort kann uns ein Freund mit dem Wagen abholen. Mein Handy

ist kaputt, aber ich kenne die Nummer auswendig. Die Reise nach Kreta wird dann vermutlich ein Nachtflug. ."

Laura tat es den anderen nach und holte ihre Sachen aus dem Wagen. Athanassios nahm Lauras Koffer und Penelopes Tasche, die zwei Einschusslöcher aufwies. Zu Fuß stapften sie durch den lockeren Sand und Kies nach Süden davon, der Sonne entgegen.

VIERTES KAPITEL

1. Teufels Beitrag.

Als Laura am nächsten Morgen im Hotel von Chania erwachte, fühlte sie sich von ihrem ereignisreichen Ausflug auf den Athos und von dem, was darauffolgte, ähnlich zerschlagen wie der bedauernswerte Yeti. Der Professor hatte mit seiner allerdings auch nicht schwer zu erstellenden Prognose Recht behalten, es wurde in der Tat ein Nachtflug von Thessaloniki nach Kreta. Das hatte zumindest schon mal den Vorteil einer problemlosen Erlangung der Starterlaubnis für die Phenom 300. Angesichts des regen Verkehrsaufkommens durch Linien-, Billig- und Charterfliegern wäre das bei einem nachmittäglichen Start wohl schwieriger geworden.

Viel hatte die übermüdete Laura von der Route nicht mitbekommen. Auf dem Bildschirm über ihr war zu verfolgen gewesen, wie die Maschine den Athener Luftraum umflogen und in elegantem Bogen das Cabo d'Oro, die von der Seefahrt gefürchtete Meerenge zwischen Euböa und Andros angesteuert hatte. Dort war sie nach Süden abgedreht und hatte sich rund 650 Kilometer an der Perlenkette der westlichen Zykladen Kea, Kithnos, Sifnos, Serifos und Milos bis Chania entlanggehangelt.

Heinz Marquardt hatte die Hotel-Reservierungen für Laura und den Doc von Hamburg aus getätigt. Noch auf dem Flugplatz von Thessaloniki hatte sich Laura in einer herzzerreißenden Abschiedsszene von Penelope getrennt, die der Doc letzten Endes doch dazu hatte überreden können, in Thessaloniki bei ihrer Quasi-Verwandtschaft zu bleiben und sich der Hunde anzunehmen. Zu guter Letzt hatte der Doc auch eine telefonische Verbindung mit dem Meister herstellen können. Der Maler hatte sich lange geziert und wortreich auf die technischen und künstlerischen Probleme verwiesen, die das Unternehmen mit sich brachte. Insofern hatte er lediglich die diesbezüglichen Warnungen des Abts auf dem Athos bestätigt und indirekt seine Kenntnis der Materie nachgewiesen. Wenn er das Anfertigen einer Kopie allgemein für äußerst problematisch und innerhalb des vorgegebenen Zeitrahmens für absolut undurchführbar erklärte, wusste er zumindest, von was er redete. Erst als Laura sich einschaltete, indem sie sich für Solitaire ausgab und andeutete, dass der Meister sich mit seinem arg großspurigen Namen übernommen haben könnte, vermutlich sowieso nicht der richtige Mann für eine solch anspruchsvolle Aufgabe sein dürfte, hatte dieser sich offenbar an seiner Berufsehre gepackt gefühlt. Außerdem war ihm Solitaire natürlich ein Begriff. Er wusste, dass es wenig angezeigt war, einer Frau wie ihr einen Herzenswunsch abzuschlagen.

Der Rollenwechsel war Laura erstaunlich leichtgefallen. Trotz nun schon wieder mehrjähriger Trennung von ihrer Schwester hatte sie sowohl die Stimme Solitaires als auch ihre ehedem grobschlächtige, sich oft hart am Rande des Vulgären bewegende Diktion und den drohenden Unterton so lebendig im Ohr, als hätte sie gestern noch mit ihr gesprochen. Es genügte, die Stimme eine halbe Oktave zu senken und ein paar Anleihen beim wüsten karibischen Kreol zu machen, dem ihre Schwester dank Lauras Einfluss eigentlich bereits entwachsen war. Aber das wusste der Meister ja nicht.

„Lass gut sein, Herr der Graffiti, wir sind nicht nachtragend, ehrlich jetzt. Werden schon jemand anderen finden, der dazu fähig ist, mach Kopf wieder zu."

In dem Stil hatte sie den Meister schließlich weichgekocht. Ihm blieb nur ein halbherziges Rückzugsgefecht zur Gesichtswahrung.

„Aber ohne irgendeine Garantie! Normalerweise kriege ich in zwei Tagen selbst nüchtern nicht mal den jungen Dali auf die Reihe."

„Wer hat etwas von zwei Tagen gesagt, Dilettant", hatte der Doc nachgelegt.

„Du hast ganze 24 Stunden, hörst du. Mais quelle espèce de crétin, ma fois. Ab sofort noch dreiundzwanzig Stunden, neunundfünfzig Minuten und dreißig Sekunden, tu piges?"

„Ihr seid verrückt!", hatte der Meister resümiert und damit so falsch wohl nicht gelegen. Laura hatte den Doc fragend angesehen.

Der jedoch hatte den Kopf geschüttelt und die Hand über das Handy gehalten.

„Du gehst zu weit. Das schafft er doch nie!", flüsterte Laura.

„Natürlich nicht. Aber so packt er es vielleicht wenigstens in achtundvierzig. Räumst du ihm von vornherein zwei Tage ein, nimmt er sich drei oder vier. Glaub mir, ich kenne ihn. Der arbeitet sonst wie ein Klempner."

Der Doc hatte das Gespräch beendet. Frazer würde eine Liste der wenigen noch fehlenden Materialien erstellen: Dinge, die unter anderem erforderlich waren, um Mutter Natur etwas unter die Arme zu greifen und die Ikone schneller altern zu lassen, als das auf natürliche Weise geschah. Die Liste würde er dem Doc auf sein Handy schicken, dann sollte allmählich alles beisammen sein.

Marquardt war seiner Dispatcher-Rolle gerecht geworden, hatte das Dreckige Dutzend einberufen und Himmel und Erde in Bewegung gesetzt, um die ursprüngliche Einkaufsliste des Abts abzuarbeiten. Die einzelnen Posten kamen aus einem halben Dutzend Ländern und wurden auf das sehnsüchtig erwartete Stichwort Kreta Richtung Chania geflogen. Mit dem griechischen Zoll unterhielt die ROLA seit langem sozusagen privilegierte, für beide Seiten vorteilhafte Beziehungen. Bauchige Briefumschläge wechselten diskret ihre Besitzer. Schließlich handelte es sich nicht um Drogen oder Waffen, sondern um Künstlerbedarf. Außerdem diente alles fraglos einem guten Zweck. .

Laura sah auf ihre Uhr. Um zehn waren der Doc und sie beim Meister angemeldet. Der Mann hasste es zwar, wenn man ihm über die Schulter blickte, was Laura durchaus nachvollziehen konnte. Ihrer Ziehmutter Frederike war es beim Zeichnen ähnlich ergangen. Aber Laura wollte sich vergewissern, dass er alles hatte, was er brauchte und vor allem, dass ihm die Arbeit zügig von der Hand ging. Wenn der Meister wirklich so saumselig sein konnte, wie der Doc angedeutet hatte, war Kontrolle durchaus angebracht.

Das Hotel lag genau zwischen Hafen und Altstadt. Zudem hatte es eine glücklicherweise gut funktionierende Klimaanlage. Hier, im äußersten Süden des Landes, nur einen Steinwurf von der nordafrikanischen Küste entfernt, war es schon ein paar Grad wärmer, als in Thessalien.

Laura duschte und ließ sich das Frühstück aufs Zimmer bringen. Mit dieser ersten Mahlzeit des Tages hatte sie in südeuropäischen Ländern schon seltsame Erfahrungen gemacht . Je näher man dem Äquator kam, desto bizarrer wurde das Frühstück, fand sie. Die Franzosen hängten ihre labbrigen Croissants bis zur Selbstauflösung in faden Milchkaffee und tunkten sie dann noch in Konfitüre, wohl nur um sicher zu gehen, dass sie sich nicht mehr rührten. Die Italiener begnügten sich häufig mit einer Zigarette und einem Espresso. Wer's schon morgens richtig krachen lassen wollte, nahm dazu noch ein Mini-Croissant, dessen Spitzen nicht in die Espressotasse passten. Die nachtschwärmerischen Spanier waren in den Morgenstunden noch mit der Verdauung des opulenten Abendessens beschäftigt, das sie erst kurz zuvor zu sich genommen hatten und wussten infolge dessen mehrheitlich gar nicht, wie ein Frühstück aussah. Bei den Griechen hatte man die Wahl zwischen etwas Käsigem, Salzigem und Öligem, mit Tee und Zwieback oder etwas pappig Süßem, Klebrigem mit Tee und Zwieback. Insider wankten deshalb am Morgen zum nächsten Bäcker und bestellten eine Bougatza mit Pulverkaffee, wie der Doc sich das offenbar angewöhnt hatte.

Diesmal aber war Laura mit dem Glück im Bunde. Das ansprechend servierte Frühstück bestand unter anderem aus sahnigem Joghurt aus Ziegenmilch, der sich griechisch gebärdete, obwohl er eigentlich aus der Türkei kam. Nicht zu verachten auch der leicht nach Jasmin duftende Blütenhonig, frisch gelesene Nüsse und Früchte. Kaum hatte sie jedoch die ersten Happen gelöffelt, klingelte ihr Handy. Mit fahrigen Händen fuhr sie durch ihre wie immer neben dem Bett abgestellte Handtasche, warf dabei das Joghurtglas zu Boden und verbrühte sich am Tee: guten Morgen, liebe Sonne. Endlich hatte sie den glitschigen Hering von Smartphone zu fassen bekommen.

„Hallo Laura", erklang Hakans Fistelstimme aus dem Off.

„Wie man mir berichtete, gerieten Sie gestern beim Athos in eine Schießerei. Ich wollte mich deshalb nur davon überzeugen, dass es Ihnen gut geht und unser beider Projekt noch atmet. Wo sind Sie eigentlich zurzeit und wo ist, na, Sie wissen schon?"

Laura dachte fieberhaft nach. Dann waren es vielleicht Hakans Mitarbeiter gewesen, die ihnen gestern aus der Bredouille geholfen hatten. Die Brutalität ihres Vorgehens schien dafür zu sprechen. Das würde bedeuten, dass er über jeden ihrer Schritte informiert war.

Vermutlich hatte Hakan von seinen Zuträgern in Thessaloniki so auch längst erfahren, dass Laura nicht in Panorama aufgetaucht und ihr Flugzeug nicht mehr auf dem Makedonia Airport geparkt war. Die Flugroute der Phenom 300 herauszufinden, war kein Kunststück. Unterhielt Hakan Kontakte zum Meister? Eher nicht, wenn es zutraf, dass dieser in jüngerer Zeit die Finger von zwielichtigen Geschäften gelassen hatte. Laura bedauerte es in diesem Augenblick, seinen Anruf nicht vorhergesehen und sich für alle Fälle eine wasserdichte Story ausgedacht zu haben. Jetzt musste sie improvisieren und das war vor allem dann riskant, wenn man über den genauen Kenntnisstand seines jeweiligen Gegenübers nicht informiert und zudem eine schlechte Lügnerin war.

„Auf Kreta. Die Griechen haben die Ikone zum Zweck einer Teilrestaurierung in ein hiesiges Atelier gegeben. Wie es scheint, haben die Schusslöcher trotz Abdichtung mit den Jahren Feuchtigkeit gesogen, die das Holz angreift - Schimmel und Co. Da musste wohl was geschehen, Ihr Auftraggeber will doch auch kein schadhaftes Produkt?"

Wenn du schon lügst, verwickele deinen Gesprächspartner schnellstens in technische Details, auf dass er gar nicht dazu kommt, das große Ganze in Frage zu stellen, hatte Robert ihr beigebracht.

„Ein uralter Trick, funktioniert immer, glaub mir. Die meisten SciFi- und Fantasy-Romane seit H.G. Wells bedienen sich dieses Musters. Das eigentlich Merkwürdige daran: Gerade Techniker, die es ja eigentlich besser wissen müssten, gehen den Autoren am bereitwilligsten auf den Leim."

Einen kurzen Moment herrschte Funkstille. Vielleicht hatte Hakan auch schon von dem Trick gehört und schöpfte sogleich Verdacht. Ein rascher Themenwechsel würde guttun.

„Kann ich mit Ignace sprechen?", flehte sie regelrecht durchs Telefon.

„Sicher, warum nicht. Abi, burraya gel! Annesin senle konuşmak istiyor …!"

Laura war verblüfft. Hatte Ignace schon so viel Türkisch gelernt, dass er Hakan verstand oder hatte der halb demente Türke einfach nur vergessen, dass er es mit einem nicht-türkischen Jungen zu tun hatte? Nach kurzer Pause hörte sie, wie der Junge, den Hakan ans Telefon gerufen hatte, sich verlegen räusperte. Offenbar wusste er nicht recht, was er sagen sollte und wollte sich vor Hakan und weiteren möglicherweise noch anwesenden Zuhörern nicht blamieren, indem er wie ein verängstigtes Muttersöhnchen klang.

„Hallo, hier Dark Star Control mit einer Nachricht für Luke Skywalker. Seine Mutter möchte ihn dringend sprechen. Wir haben gehört, er befinde sich in der Hand von Darth Vader. Bitte bestätigen. Over."

Ignace lachte. Seine Leidenschaft für alles, was mit Star Wars zu tun hatte, war bereits kurz nach seiner Ankunft in Hamburg entbrannt.

„Hallo Control, hier Luke. Alles cool im Pool. Wann kommst du mich abholen, Mom? Das Essen hier ist gut, aber der Lärm, das Hundegebell …"

Er beendete den Satz nicht. Für dieses kleine Wörtchen Mom hätte Laura die ganze Firma verkauft. Die Stimme des Jungen klang ein wenig zittrig, aber nicht direkt ängstlich. Er schien also nicht unter besonderem Stress zu stehen, wurde offenbar leidlich gut behandelt.

„Sobald ich kann, Ignace, sobald ich kann. Chewbacca und ich haben noch eine Kleinigkeit zu erledigen, aber der Millennium Falcon ist schon aufgetankt. Hast du alles, was …"

„Ich denke, das genügt", unterbrach Hakan, der Lauras Absicht, Ignace irgendeinen Anhaltspunkt über seinen Aufenthaltsort zu entlocken, sogleich durchschaute.

„Der kleine Jedi hat jetzt Übungen mit dem Laserschwert auf dem Stundenplan. Und nicht vergessen, Laura, ein Ohr haben

Sie mir zwar fast abgeschossen, doch mir bleibt noch ein zweites. Und Augen, vor allem Augen, überall."

Dann legte er auf. Laura seufzte. Das war knapp. Noch einmal durfte der Türke sie nicht auf dem falschen Fuß erwischen, sonst konnte der Millennium Falcon auch schnell mal abschmieren.

Eine Stunde später traf sie sich mit dem Doc in der Lobby. Sie erkundigten sich an der Rezeption nach der Straße, in der sich das Atelier des Meisters befinden sollte, und machten sich auf den Weg. Laura berichtete dem Doc von Hakans Anruf.

„Wenn es seine Leute waren, alle Achtung, dann führt er uns an der kurzen Leine", bestätigte der Doc und zog Laura nach der nächsten Ecke in einen kleinen Buchladen.

„Nur um zu sehen, ob uns jemand am Hintern klebt."

Doch es geschah nichts Auffälliges. Sie verließen den Laden wieder und versuchten, die Angaben des Rezeptionisten mit dem Gewirr der verwinkelten Altstadtgässchen Chanias in Einklang zu bringen. Viele Häuser wirkten verlassen und im Zustand fortgeschrittenen Verfalls, andere schienen noch bewohnbar, waren aber zumindest vorübergehend verwaist. Insgesamt machte die Altstadt den Eindruck, als seien die osmanischen Besatzer eben erst abgezogen und hätten keine Zeit mehr gehabt, ihre Siebensachen zu packen und mitzunehmen. Viele Holzhäuser mit türkischen Erkern waren im Innern sicher noch nach osmanischer Manier mit Teppichen ausgelegt und von kalligraphischen Schriftzeichen geziert, die man nach Art eines Palindroms vorwärts wie rückwärts mit derselben Bedeutung lesen konnte, soweit man mit der osmanischen Spielart des Arabischen hinreichend vertraut war. Was fehlte, war der überfallartige Singsang der Muezzine.

Das Atelier lag unweit des Marktplatzes, wo bereits um diese Zeit reges Treiben herrschte. Es dauerte eine ganze Weile, bis eine ältere Griechin ganz in Schwarz – vermutlich die Haushälterin des Meisters – endlich eine kleine Klappe öffnete und argwöhnisch durch das Gitterlugte. Man merkte ihr an, dass sie Order hatte, unangemeldete Gäste schleunigst abzuwimmeln. Anstatt lange mit ihr zu diskutieren, schob der Doc einen Hunderteuroschein durch das Gitter und wartete. Der Tarif schien zu stimmen. Die Frau öffnete die Tür und winkte die Gäste herein. Dann nahm sie den grauen Mops mit weißer Schwanzspitze, der ihr um die Füße wieselte, auf den Arm und führte Laura und den Doc in den ersten Stock. Der schien aus einem fensterlosen Wohnraum mit integrierter großer, lichtüberfluteter Empore zu bestehen. Das sehr geräumige Zimmer war mit allerlei gehörnten Teufelsfiguren vollgestopft und von satanischen Symbolen übersät: angefangen beim umgekehrten Pentagramm an der gegenüberliegenden Wand bis hin zu dem umgekehrten Kreuz an der Decke und den Armen des künstlerisch gestalteten Kronleuchters, die bei näherer Betrachtung eine nach Korkenzieherart gewundene 666 bildeten. Fehlten nur noch die Dreizehn als Glücksbringer und die Achtzehn als politisches Bekenntnis.

Auf die Empore gelangten sie über eine hölzerne Treppe, deren Stufen kaum abgenutzt wirkten, so als ob den Bewohnern des Hauses irdische Schwere fremd war. Ringsum hatte man die Empore mit einem hölzernen Geländer gesichert, dessen gedrechselte Stützen von grotesken Schnitzereien verziert wurden, die auf einen pornographischen Satanskult verwiesen.

„Heimelig hier", murmelte Laura dem leicht desorientierten Doc zu. Allein diese letztere innenarchitektonische Laune musste ein kleines Vermögen wert sein. Die vermutlich vom jetzigen Besitzer veranlasste Umgestaltung des Hausinneren, ohne die eine Empore wie diese nicht hätte eingezogen werden können, war sicher auch nicht zum Nulltarif zu haben gewesen. Um die Finanz- und Vermögenslage des Meisters musste man sich also allem Anschein nach keine Sorgen machen.

Dieser Teil des Daches bestand aus einer Glaskuppel, die das üppige Sonnenlicht Kretas wie ein Prisma bündelte und auf die genau unter der Kuppel liegende Arbeitsfläche des Meisters projizierte, die von einer großen Staffelei und einem leeren Stuhl beherrscht wurde. In einem Halbkreis um dieses künstlerische Stillleben herum hing eine Reihe von stark vergrößerten Fotos der Erschossenen Madonna an einer Art Wäscheleine. Es musste sich um die Fotos handeln, die im Kloster gemacht worden waren. Die

Ikone oder das, was einmal die Ikonenkopie werden sollte, stand winzig und unscheinbar auf der Staffelei, an eine noch jungfräuliche Leinwand gelehnt, die der Meister vermutlich gerade in Angriff nehmen wollte, als ihn der Anruf des Doc erreicht hatte. Die Arbeit an der Ikone war bereits sichtlich begonnen worden, steckte aber offenkundig noch in der Anfangsphase.

Laura rümpfte die Nase. Es roch nach Terpentin, Öl, Holz, Firnis und Schweiß mit einer soliden Dosis Alkohol und vergorenem Obst. Fehlte nur der Meister selbst. Den fanden Laura und der Doc schließlich, indem sie dem regelmäßigen Schnarchen folgten, das aus einer unübersichtlichen Ecke drang. Frazer lag inmitten seiner Farbtöpfe, Tuben, Pinsel, Spachteln, Rahmen, bemalten wie noch leeren Leinwänden und Leisten aller Längen und Stärken. Offensichtlich war der Meister mitten in der Arbeit vom Teufel in Versuchung geführt worden, dem Geruch nach mit Hilfe hochprozentigen Rums, den der Leibhaftige, wie man weiß, als Medizin gegen alles und jedes immer mit sich führt. Laura erinnerte der Geruch an Joe Grady und seine Werft in Jolly Harbour, Antigua, die allerdings meist besser belüftet war.

Die Auftragsarbeit Lauras hatte Frazer also immerhin bereits in Angriff genommen. Sein blaues Baumwollhemd und die Jeans waren über und über mit Farbflecken bedeckt, als hätte der Meister die Angewohnheit, seine Pinsel nach Gebrauch in Terpentin zu tauchen und zwecks Zeitgewinn an seiner Kleidung abzustreifen, was bei den Vertretern seines Fachs so ungewöhnlich vielleicht nicht war. Das durchdringende Geruchsgemisch verschlug Laura den Atem und ließ sie taumeln wie nach einem ordentlichen Zug am morgendlichen Tütchen ihrer Jugendjahre. Den Geruch frischer Farbe hatte sie noch nie leiden können. Er verursachte ihr Übelkeit und Schwindelgefühle. Außerdem lag er irgendwie tagelang bleiern auf der Zunge. Als Maler oder Anstreicher hätte sie ihren Lebensunterhalt jedenfalls nicht verdienen können, vom mangelnden Talent einmal ganz abgesehen.

Als der Meister auf das zunächst höfliche, dann immer bestimmtere Räuspern des Doc nicht reagierte, nahm der Franzose der verdutzten Haushälterin den nach Luft ringenden und sich unablässig mit der kleinen Zunge über die aufgespritzten Lefzen wischenden Mops mit dem weißen Schwanzstumpf aus den Armen und warf ihn wie einen Basketball in hohem Bogen dem auf dem Rücken schlafenden Meister in den Schoß. Nicht unbedingt das vom Hundeflüsterer gutgeheißene Hausmittel der Wahl, aber wirksam.

Wie von einer Schlange gebissen schossen des Meisters Kopf und Torso in die Höhe, während der hechelnde Flugmops vor Empörung prustend und furzend zwischen den klappernd umstürzenden und umeinander rollenden Farbdosen verschwand. Es folgte eine längere, von gotteslästerlichen Flüchen unterbrochene Hustenphase, in deren Verlauf sich Lauras Zweifel an der Eignung des Meistes verstärkten. Dann hatte der Mann endlich ausgehustet und sein Repertoire an Flüchen anscheinend vorerst ausgeschöpft. Mit zusammengekniffenen Augen blickte er verloren in die Runde. Er trug sein schütteres grauweißes Haar nach vorn in die Stirn gekämmt, um seine beginnende Glatze zu kaschieren. Sein vom Alkohol aufgedunsenes und von vielen mehr oder weniger unfreiwilligen Sonnenbädern gerötetes Gesicht wurde etwa zur Hälfte vorteilhaft von einem wenn auch ungepflegten Stoppelbart verdeckt.

„Wer sind Sie? Was wollen Sie hier?", rief er schließlich mit belegter Stimme und einem vorwurfsvollen Seitenblick auf die Haushälterin, die gerade den japsenden Mops einfing. Offenbar war der Meister nicht in einer Verfassung, in der er seine vermutlich inzwischen verblichene Mutter erkannt hätte, geschweige denn den Doc, den er vielleicht auch nur wenige Male zu Gesicht bekommen hatte. Laura kannte er sowieso noch nicht.

Der Doc half ihm schleunigst auf die Beine, stellte ihm Laura vor und erkundigte sich nach den Arbeitsfortschritten am Werkstück. Der Meister schüttelte sich wie ein Hund nach dem Bad. In der Linken trug er immer noch die leere Flasche des Teufelsgetränks.

„Ihr seht ja selbst, wie die Luft hier brennt", seufzte er, leckte sich die trockenen Lippen und versuchte, der Flasche die letzten Tröpfchen zu entlocken, bevor diese verdunsten konnten.

Noch brannte sie nicht, die Luft, dachte Laura, aber angesichts des gesättigten Gemischs von Terpentin- und Alkoholdämpfen würde ein entzündetes Streichholz des Docs vermutlich genügen, die Empore mit Meister, Mops und Malereien in die Luft zu jagen.

„Margarita!"

Lauras ungestellte Frage, ob er nach dem Hund rief oder nach der Haushälterin verlangte, beantwortete sich insofern rasch selbst, als die Griechin in Schwarz die Treppe wieder hinauf hastete, die sie eben erst mit dem Mops hinabgestiegen war.

„Bring uns Kaffee, eine Kanne, schwarz! Aber nicht die griechische Bodensatz-Plörre, richtigen Mokka, ich muss wieder auf die Beine kommen."

Lauras verächtlicher Blick traf den Doc wie ein Dolch.

„Das will nichts heißen", murmelte der entschuldigend, „er nimmt sich seine Auszeiten, gewiss, aber wenn er erst mal warmläuft, gibt's kein Halten …"

„Ich habe keine Zeit für Schwätzchen, wenn ich bis morgen Abend fertig sein soll", beschwerte sich der Meister und wies auf die Staffelei, die Laura sofort ein weiteres Mal in Augenschein nahm. So schlecht sah es gar nicht aus. Die Rohform schien über Jahrhunderte gealtert. Der goldene Hintergrund war bereits da und von einer ersten, fast noch durchsichtigen blauen Farbschicht bedeckt. Das war noch nicht die Welt, aber der Anfang war gemacht.

„Eins kann ich euch aber jetzt schon sagen: Das hier wird euch eine Stange Geld kosten, weiß der Teufel. So habe ich noch nie unter Druck gestanden. Unverschämtheit, so mit einem Künstler umzugehen! Wer sind Sie eigentlich?"

Er zeigte mit der Flasche, von der er sich einfach nicht trennen konnte, auf Laura, die ihm der Doc gerade vorgestellt hatte. Vielleicht litt er ja an Alzheimer, dachte Laura. Umso wichtiger, dass er sich beeilte.

„Ich bin Laura Förster. Meine Schwester Solitaire hat mich geschickt."

Der Meister schüttelte den Kopf und kniff die Augenlider noch etwas dichter zusammen. Laura gab ihm etwa sechzig, fünfundsechzig Jahre, dieselbe Generation wie der Doc und Hakan. Apropos.

„Kennen Sie einen gewissen Hakan? Hakan den Leisen, wie er sich auch nennt?", fragte sie den Meister unvermittelt.

„Wen? Hakan den Weisen?"

„Den Leisen, Hakan den Leisen. Ein Istanbuler Türke."

Der Meister schüttelte erneut den Kopf.

„Nein, noch nie gehört. Wer ist das?"

„Unwichtig", winkte Laura ab.

„Laura Förster, die Tochter von Robert?" Sein Erinnerungsvermögen schien sich allmählich vom Rumrausch zu erholen.

„Wusste gar nicht, dass Robert … Hol mich der Teufel, nichts für ungut. Keine Sorge, das wird schon."

„Haben Sie wenigstens alles, was Sie brauchen?"

Der Meister schwankte wie ein Blatt im Wind. Der tiefe Ausschnitt seines schmuddeligen T-Shirts gab den Blick auf eine Tätowierung frei, die wohl eine Hand mit aus Daumen und kleinem Finger geformten Hörnern darstellen sollte.

„Ja, bis auf genügend Zeit. Wenn ich fertig bin, lasse ich es den Doc wissen und sobald ich die Farbe Ihres Geldes sehe, gehört das Bild Ihnen. Vaia con Dios!"

Laura nickte.

„Die Zeit drängt ein wenig, das wissen Sie. Aber noch wichtiger ist die Authentizität. Das Leben meines Jungen wird davon abhängen, wie schnell man einen Qualitätsunterschied zum Original erkennt."

Der Meister nahm den Stiel eines Pinsels zwischen die Zähne und wies mit der Rechten auf die Staffelei.

„Sagen wir so", fuhr er fort, nachdem er den Pinsel wieder in die Hand genommen hatte.

„Auf den ersten Blick sicher nicht, das kann ich garantieren. Aber man darf sich keine Illusionen machen: Wenn der Betrachter die Kopie mit einer Lupe Pinselstrich für Pinselstrich abfährt, fliegen Sie auf, ganz sicher sogar. Und jetzt muss ich wieder an die Arbeit. Margi, geleite unsere Gäste bitte nach draußen!"

Die Audienz war offensichtlich beendet. Der Doc und Laura verzichteten auf den Kaffee, den die Haushälterin in diesem Augenblick nach oben trug und stiegen die Treppe hinab, wo sie der hechelnde Mops in Empfang nahm. Oben auf der Empore erklangen unterdessen die ersten Takte von Michael Jacksons Thriller.

„Er braucht das zur Inspiration", merkte Margarita entschuldigend an, als sie die Gäste zur Haustür geleitete.

„Bleibt uns nur abzuwarten", fasste der Doc das Ergebnis des Besuchs beim Meister angemessen zusammen.

„So ist es. Ich mache noch eine kleine Runde über den Markt. Was ist mit dir?"

Der Doc zuckte mit den Schultern.

„Ich suche mir eine schattige Taverne, rauche mein Pfeifchen und trinke einen Schluck hiesigen Wein, um den Geschmack des Terpentins von Zunge und Gaumen zu spülen. Irgendwie kann ich den Meister verstehen. Im Hotel um zwei?"

Laura war einverstanden.

„Okay, aber halt die Augen offen, ich fühle die ominöse Macht des Bösen. Hakan darf auf keinen Fall vom Meister erfahren, sonst sind wir erledigt."

Während der Doc im Altstadtgewimmel verschwand, schlenderte Laura auf den Markt, obwohl sie im Grunde keinerlei Kauflust verspürte. Aber das rege Treiben, das laute Feilschen, das ganze Menschengewusel halfen ihr paradoxerweise, sich zu konzentrieren. Ihre Gedanken waren bei dem Telefonat mit Hakan vom Morgen. Ignace hatte etwas Merkwürdiges gesagt. Über den Lärm hatte er sich beklagt, und dann vom Hundegebell gesprochen. Das machte keinen Sinn. Er war verrückt nach Hunden. Wieso sollte ihn dann ihr Gebell stören? Oder war das ein versteckter Hinweis? Zuzutrauen wäre es ihm. Er war nicht dumm und hatte sich das vielleicht in stundenlanger Einsamkeit ausgedacht. Aber was bedeutete es? Hielten sie ihn in der Nähe eines Zwingers gefangen? Dann hätte sie wahrscheinlich das Gebell auch am Telefon vernommen. Sie beschloss, es vorläufig im Hinterkopf zu behalten.

Mit einer Plastiktüte voller Erdbeeren machte sie sich etwa eine halbe Stunde später auf den Rückweg zum Hotel. Der Doc hatte den kleinen Stadtplan, den sie an der Rezeption erhalten hatten, an sich genommen. Aber das sollte kein Problem sein. Laura war ziemlich sicher, den Weg auch so zu finden.

Dumm nur, dass Straßen oder Gassen, von einer Seite aus gesehen, oft ganz anders wirken, sobald sich die Perspektive ins Gegenteil verkehrte. So dauerte es nicht lange, bis Laura sich allem Anschein nach verlaufen hatte. Sie sah auf ihre Uhr. Klar, um diese Zeit hätte sie längst wieder beim Hotel sein müssen, wenn sie dem Hinweg in umgekehrter Richtung getreulich gefolgt wäre.

Stattdessen war sie in ein Viertel geraten, das menschenleerer und noch wesentlich heruntergekommener schien, als das, was ihr bisher in Chania untergekommen war. Zudem hatte sie, ähnlich wie der Doc, nicht zum ersten Mal das ungute Gefühl, beobachtet zu werden. Als sie sich an einer Ecke verstohlen umsah, fand sie ihren Verdacht bestätigt. Zwei gedrungene Gestalten mit ziemlich finsteren Mienen hatten sich offenbar an ihre Fersen geheftet. Dieser Hakan war aber auch von einer unerträglichen Penetranz! Am besten, sie klärte das gleich hier und jetzt.

Die beiden Männer blickten erstaunt, als sie Laura plötzlich kehrtmachen und direkt auf sich zukommen sahen. Sie blieben stehen und taten so, als suchten sie nach einer Hausnummer.

„Geben Sie sich keine Mühe", rief Laura, als sie nahe genug an die beiden herangekommen war.

„Ich weiß Hakans Fürsorge zu schätzen, aber er nimmt mir die Luft zum Atmen. Teilen Sie ihm bitte mit, er soll gefälligst …"

Laura beendete den Satz nicht. Ihr war es mit einem Mal wie Schuppen von den Augen gefallen, dass sie einen dummen Fehler begangen hatte. So wie die beiden sie anblickten, hatten sie von einem Hakan noch nie gehört. Womöglich verstanden sie Laura nicht einmal. Aber für Flucht war es bereits zu spät. Während der eine sie packte und ihr die Arme auf den Rücken drehte, hielt der andere ihr den Mund zu und setzte ihr eine Spritze in den Arm. Sekunden später verlor Laura das Bewusstsein.

2. Der Inquisitor.

Wie von Sinnen rannte Laura auf blutig nackten Füßen durch das Labyrinth langer dunkler, holzgetäfelter und mit knarrenden, sich da und dort bereits vom Boden lösenden Dielen bedeckter Korridore. Auf welche Weise sie in dieses offenbar weit verzweigte Gebäude geraten war, wusste sie nicht mehr. Klar war nur, dass sie absolut nicht hierhergehörte, sondern mit dem sinnlosen Gerenne kostbare Zeit verlor. Anstatt zu ihrem Ziehsohn zu eilen, der irgendwo ganz in der Nähe gefangen gehalten wurde, lief sie wie von Furien gehetzt durch helle marmorne Kreuzgänge und diese endlosen, links und rechts von Mönchszellen gesäumten Flure, treppauf, treppab, von Stockwerk zu Stockwerk auf der Suche nach einer Tür, die sie ins Freie führen würde. Was sie da draußen erwartete, wusste sie freilich auch nicht. Nur hier raus, weg von diesem penetranten Weihrauchgeruch und an die frische Luft.

Das menschenleere Gebäude war nicht nur riesig und völlig unüberschaubar, sondern besaß anscheinend auch noch ein Eigenleben, das es unablässig seine Gestalt verändern ließ. Ecken, an denen Laura meinte, schon mehrmals vorübergelaufen zu sein, verschwanden mit einem Male. Treppen, die sie eben noch emporgehastet war, wurden plötzlich zu Fluren und umgekehrt. Vielleicht hatte man es absichtlich so angelegt, dass unerwünschte Eindringlinge ohne die Hilfe eines Insiders nicht mehr aus dem Labyrinth herausfinden und irgendwann erschöpft und am Boden zerstört zugrunde gehen würden. Skelette oder halb verweste, übelriechende Leichen waren ihr allerdings bislang noch nicht begegnet. Doch wozu das alles? Wer hauste hier? Wer konnte Interesse daran haben, sich auf diese Weise von der Außenwelt abzuschotten?

Fast war sie am Ende ihrer Kräfte. Doch jedes Mal, wenn sie kurz anhielt, sich auf ein Sims stützte oder an einem Geländer festhielt, um wieder zu Atem zu kommen, hörte sie ein unheimliches Rauschen und Trappeln, als sei ihr eine unsichtbare Horde von atemlosen Gespenstern auf den Fersen. Mal klang das Getrappel dunkel und grollend wie ein aufziehendes Gewitter, mal hell und klatschend wie eine applaudierende Menge. Wieso war eine Schar Untoter hinter ihr her? Was wollten die von ihr? Gegen welchen Kodex, welche Hausordnung hatte sie verstoßen? Anfangs hatte sie noch gehofft, dass der Geistertrupp jemand anderen verfolgte , doch bald hatte sie sich eingestehen müssen, dass sie es war, der die Horde nachsetzte.

Dann auch wieder nicht, denn eigentlich hätten sie sie gut und gerne einholen müssen. Doch sobald sie schwer atmend anhielt, schienen die Geister ebenfalls zu stoppen. Lief sie wieder los, setzte auch das Trappeln sofort wieder ein. Nur einmal waren sie ihr wie aus Versehen bereits so nahegekommen, dass sie drauf und dran gewesen war, aufzugeben und sich den Gespenstern zu stellen, komme, was da wolle. Ein zweites Mal hatte sie geglaubt, eingeholt worden zu sein, dann aber erleichtert festgestellt, dass die Verfolger sich in Wahrheit im Stockwerk über ihr befanden und es nur so klang, als seien sie dicht bei ihr. Das konnte noch Stunden so gehen, bis sie wirklich aufgab oder zusammenbrach.

Von irgendwoher schlug ein Glöckchen elf, zwölf, dreizehn. Als hätte er nur auf dieses Signal gewartet, stimmte ein unsichtbarer Chor gregorianische Gesänge an. Die tiefen, vollen Bässe ließen die Dielen unter Lauras Füßen wie bei einem leichten Beben erzittern. Die sinnlose Hektik ihrer Flucht hinderte sie nicht daran, dem Chor zu lauschen, ja, sich vom Rhythmus des Gesangs antreiben zu lassen und neuen Mut zu schöpfen. In der Hölle wurde dem Vernehmen nach nicht gesungen, nur gestöhnt, gejammert und geschrien.

Doch sofort setzte wieder Ernüchterung ein. Mehrfach war sie in den letzten Minuten gestolpert und der Länge nach hingefallen, hatte sich Knie, Ellbogen und den Kopf angeschlagen – alles deutliche Anzeichen körperlicher Ermattung. Sie musste sich in irgendein Versteck flüchten, irgendeinen Ort finden, wo sie sich verbergen und ein Weilchen ausruhen konnte.

Sie begann damit, langsamer zu laufen, um dann und wann die rechts und links an ihr vorüberrauschenden Türklinken zu drücken, in der Hoffnung, die eine oder andere möge nachgeben und ihr Einlass gewähren. Doch alle Türen schienen fest verschlossen. Die unsichtbaren keuchenden, hechelnden Verfolger kamen durch ihr häufiges Abbremsen derweil so nah, dass sie meinte, ihren fauligen, ekelerregenden Atem im Nacken zu spüren.

Plötzlich gab die Klinke einer Tür, an der sie fast schon vorüber war, so völlig unerwartet nach, dass Laura hart stoppen und auf den Fersen kehrtmachen musste, um in den dahinterliegenden Raum zu schlüpfen. Sogleich drückte sie die Tür leise hinter sich zu.

Das Zimmer war dunkel und schmucklos, bar jeden Mobiliars. Auf der gegenüberliegenden Seite befand sich eine weitere Tür. Laura lief auf sie zu und drückte die Klinke zaghaft nach unten. Zu groß war ihre Angst, die zweite Tür könnte abgeschlossen sein, so dass sie in der Falle säße. Denn wieder zurück auf den Korridor konnte sie auch nicht. Dort würde sie den Verfolgern direkt in die Arme laufen. Doch die Klinke gab nach. Gott sei Dank, auch diese Tür ließ sich öffnen. Genau wie die nächste. Und die folgende.

Die Zimmer, die sie durchlief, ohne ihnen große Aufmerksamkeit zu schenken, sahen alle ziemlich gleich aus. Eine ganze Weile lang drückte sie Klinke auf Klinke. Hätte man sie angehalten und gefragt, Laura hätte nicht sagen können, wie viele Türen sie inzwischen geöffnet und wieder geschlossen hatte. Vermutlich durchquerte sie das Gebäude auf diese Weise der Länge nach, denn sonst hätte sie bereits an der Innenseite einer Außenwand ankommen müssen. Kaum hatte sie den Gedanken zu Ende gebracht, als sie, vom eigenen Schwung getragen, zur Abwechslung in eine Art Saal mehr fiel als eintrat. Sie rappelte sich auf und sah sich um. Auf den ersten Blick wirkte die Räumlichkeit erneut weitgehend leer. Doch bei näherem Hinsehen stellte sie fest, dass sie sich in einer kleinen, auf das absolut Notwendige reduzierten Kapelle befand, die so durchdringend nach Weihrauch roch, dass man glauben konnte, der letzte Gottesdienst des Tages sei gerade beendet worden. Vielleicht hatte der Chor von soeben, hier gesungen. Das würde passen, denn der letzte Choral war noch nicht so lange verstummt. Die zitternden Flämmchen der spärlichen, halb abgebrannten Kerzen tauchten die dunkle, fast mit der Wand verschmelzende Ikonostase in ein fahles, unstetes Licht, das jeden Moment zu erlöschen drohte.

Langsam nahm Laura, von der Tür ganz links zur Mitte gehend, die mehrstöckige Parade der nachsichtig dreinblickenden Heiligen und bierernst wirkenden Propheten ab. Die betenden, mahnenden und frohlockenden Gestalten schienen ihr mit den Augen zu folgen, als misstrauten sie den wahren Absichten dieser seltsam späten Besucherin.

Zwei-, dreimal hielt Laura inne, blickte auf den Boden und dann wieder blitzschnell nach oben. Offenbar nicht schnell genug: die Heiligen, die sie gerade gemustert hatten, blickten schon wieder unschuldig geradeaus.

Unter einem Bildnis der Irene, die, soweit Laura bekannt, nur in der Ostkirche als Heilige verehrt wurde, hielt Laura erneut inne. Ihre Aufmerksamkeit galt nicht so sehr der durchaus konventionellen Darstellung der Heiligen Irene selbst als vielmehr einem Detail des Bildhintergrunds. Vermutlich handelte es sich um eine Schlüsselszene in der Vita Irenes. Auf den ersten Blick glich die bewusst jeder Perspektive und damit naivem Naturalismus Hohn sprechende Darstellung einem Bestattung. Vier gramgebeugte Gestalten umstanden ein allem Anschein nach frisches Grab, um von dem oder der Verstorbenen Abschied zu nehmen. Laura rückte näher heran, weil sie der winzige Name auf dem schlichten kleinen Holzkreuz interessierte. Er lautete Ignace.

Erschrocken wich Laura zurück, den Blick weiterhin starr auf die Heilige gerichtet.

„Wer bist du?", fragte sie, mehr ins Blaue denn an Irene gerichtet.

„Ich bin, der du willst, dass ich sei", antwortete eine Stimme aus Richtung der Ikonostase.

Laura erstarrte. Nicht unbedingt wegen des Inhalts der Antwort, obwohl die rätselhaft genug schien. Eher wegen des Klangs der Stimme, die deutlich diejenige eines Mannes war. Sollte Irene in Wirklichkeit …? Unsinn, verwarf sie sofort den Gedanken. Aber wer zum Kuckuck …?

„Tritt durch die Wand," fuhr die Stimme fort. Mit „Wand" konnte nur die Ikonostase gemeint sein. Also ging Laura die wenigen Schritte zurück und trat durch das mittlere Türchen. Sie war sich durchaus bewusst, dass sie damit einen Fauxpas im Wortsinne beging, aber es war ihr egal, sie hatte genug von diesem Spiel. Neuerliches Getrappel hinter ihr, zwei oder drei Zimmer entfernt, machte ihr zusätzlich Beine.

Direkt hinter der Ikonenwand befand sich ein schwerer blutroter Vorhang, den sie beiseite riss. Soweit sie das im schummrigen Licht erkennen konnte, lag vor ihr ein Raum fast so groß wie das Kapellenschiff. Der Geruch von Weihrauch wurde überlagert von etwas, das in Laura Erinnerungen wachrief, die sie nicht sofort visualisieren konnte. Ziemlich genau in der Mitte des Raums saß eine gekrümmte Gestalt in einem fremdartigen Habit auf einem Stuhl und malte mit einem sehr langstieligen Pinsel große Figuren auf eine dazu passende Leinwand, die in Fluchtlinie mit Lauras Blickrichtung stand, so dass sie nicht sehen konnte, was darauf abgebildet war.

Laura wunderte sich über das schummrige Licht. Wie konnte der Mann in diesem Halbdunkel überhaupt sehen, was er auf die Leinwand pinselte?

Im selben Augenblick, da Laura durch die Lücke im Vorhang getreten war, hatte die Meute offenbar die Ikonostase erreicht.

Laura traute sich nicht, sich umzusehen, sondern stierte wie gebannt auf den Maler, der, ohne sich zur Seite zu wenden, nur leicht den Pinsel hob und kurz gleichsam missbilligend schüttelte. Sofort entfernte sich das Getrappel wieder.

Laura war beeindruckt. Ein Maler, der selbst noch den Gespenstern Einhalt gebot, musste eine große Nummer sein, egal in welchem Zusammenhang.

Vielleicht hätte Laura besser daran getan, ebenfalls das Weite zu suchen, denn dass dieser rätselhafte Mann auf Störungen seiner meditativen Beschäftigung ungehalten zu reagieren pflegte, war ihm irgendwie anzusehen. Störungen noch dazu durch eine Frau, um das Maß an Unannehmlichkeiten voll zu machen.

Seine augenscheinliche Machtposition, die sie soeben noch geschützt hatte, konnte sich im nächsten Augenblick gegen sie wenden. Statt sie gegen die Verfolger zu verteidigen, konnte er sie ihnen jederzeit zum Fraß vorwerfen.

Andererseits, was hatte sie schon zu verlieren: Vielleicht konnte der Mann ihr Aufklärung darüber verschaffen, wo sie war und vor allem, wie sie hier wieder herausfand. Und zum anderen fühlte sie sich geradezu unwiderstehlich zu diesem geheimnisvollen Menschen in seiner seltsamen Tracht hingezogen. Schließlich hatte er sie angeredet und nicht umgekehrt. Also setzte sie mutig einen blutenden Fuß vor den anderen und näherte sich der Insel schwachen Lichtscheins um den Mann und seine Leinwand. Auch jetzt, da er das Herannahen Lauras spüren musste, wandte er sich zunächst nicht ihr zu, sondern setzte seine Arbeit so konzentriert fort, als entscheide deren Fertigstellung über jemandes Leben und Tod.

Als Laura nahe genug herangepirscht war, um erkennen zu können, wen oder was der Mann abbildete, stellte sie überrascht fest, dass er gar nicht malte, sondern schrieb. Mit kalligraphischer Eleganz und erstaunlich sicherer Hand zauberte er vielmehr Buchstaben oder Piktogramme einer unbekannten Schrift auf die Leinwand. Dann erinnerte sie sich vage daran, solch unleserliche Typen, wie er sie formte, schon einmal irgendwo gesehen zu haben.

„Linear A", hörte sie sich murmeln und erschrak vor dem heiseren Klang ihrer eigenen Stimme, das Ergebnis einer ausgetrockneten Kehle und einer belegten Zunge. Jetzt kam es ihr wieder in den Sinn. Es roch und schmeckte nach einem Gemisch von Ethanol, Formaldehyd und Glycerin, wie sie es aus der Gerichtsmedizin von New Orleans kannte. Die nach einem Hurrikan eingesammelten „floaters", sprich Wasserleichen, wurden, unter anderem von freiwilligen Studenten, zu denen damals auch Laura gehört hatte, aufgefischt, eingesammelt und dem gerichtsmedizinischen Institut übergeben. Den Geruch würde sie wohl ihr Leben lang nicht vergessen.

War der Mann ein mumifizierter Untoter? Wenn ja, dann einer, der Shit rauchte, da war Laura sicher. Das dünne Wölkchen

Cannabis zu erschnüffeln, das hier in der Luft hing, bedurfte es keines Drogenhunds. Als hätte er Lauras Gedanken erraten, hielt er mitten in der Bewegung inne, senkte seinen Pinsel und drehte sich endlich Laura zu. Sie erschrak. Der Maler trug einen grauen Umhang mit je einem großen aufgenähten Kreuz auf Schultern und der Brust. Die Größe und Weite des Umhangs verlieh der sitzenden Gestalt eine gewisse Unförmigkeit, die es Laura verwehrte, mit Sicherheit zu sagen, ob der Alte dick oder dünn, kräftig oder eher schwächlich war.

Das genaue Alter des Kalligraphen einzuschätzen, war Laura unter diesen Umständen auch nicht möglich. Seine stark zerfurchte Stirn, die eingefallenen Wangen und die nach innen gekehrten Lippen legten nahe, dass sie es mit einem etwa Neunzig- bis Hundertjährigen zu tun hatte, der im Wartezimmer des Todes saß. Die Pupillen seiner Augen waren von einem milchigen Schleier bedeckt. Der Mann war nicht nur steinalt, er war auch blind oder zumindest sehr stark sehbehindert.

„Sie sind mit Linear A vertraut?", fragte der Kalligraph auf Englisch mit ruhiger, wenn auch etwas brüchiger Stimme. Die Frage klang eher wie eine Feststellung und verriet keinerlei besondere Überraschung.

„Ja, das heißt, ich kenne sie als alte minoische Schrift, deren Entzifferung trotz moderner Computer-Dechiffrierung bis heute nicht gelungen ist."

Der Mann verzog seinen zahnlosen Mund zu etwas, das man mit viel gutem Willen als Lächeln bezeichnen konnte.

„Sie sollten nicht alles glauben, was man erzählt. Das Geheimnis von Linear A wurde von meinem Vorgänger im Amt bereits gegen Ende des letzten Jahrhunderts gelüftet. Die Schrift wurde unter Zuhilfenahme einer retrograden kabbalistischen Sequenz entzaubert, wenn Ihnen das etwas sagt."

Nein, tat es absolut nicht, dachte Laura.

„Und wieso hat die Welt noch nie davon gehört?", stocherte sie weiter im Heuhaufen.

Der Mann richtete sich auf, als wolle er seinen Worten mehr Würde verleihen.

„In Ihrer Welt, wollen Sie sagen. Nun, es gehört zum Selbstverständnis der Perfekten, jedem Anflug weltlicher Eitelkeit und Ruhmsucht die Stirn zu bieten."

Welche Eigenschaften und besonderen Gaben der Mann sonst besitzen mochte, Bescheidenheit gehörte offensichtlich nicht dazu.

„Und doch halten Sie sich für nicht weniger als perfekt. Mit Verlaub, es gibt Menschen, die das für maßlose Selbstüberschätzung halten würden."

Der Mann verzog erneut seinen Mund zu einem nicht eben knitterfreien Lächeln.

„Verzeihen Sie, ich bin ein schlechter Gastgeber. Etwas aus der Übung gekommen. Darf ich Ihnen etwas anbieten? Einen Brennessel-Aufguss, ein paar Zauberpilze oder ein Tütchen aus nachhaltigem Anbau? Nein? Na gut. Wenn Sie einmal solange gelebt haben wie ich, werden Sie hundertfach an sich selbst und anderen erfahren haben, dass es für menschliche Dummheit und Selbstüberschätzung absolut keine Grenzen gibt. Davon abgesehen, der Perfekte ist ein Titel unseres Standes. Der Professor hätte Ihnen das längst vermitteln sollen."

„Sie kennen den Professor?"

„Athanassios? Natürlich, wer kennt den nicht. Er ist ein Calogero wie ich. In etwa zehn, fünfzehn Jahren wird er ebenfalls in den Rang eines Perfekten erhoben werden. Sofern er dann noch lebt. Er liebt das Risiko für meinen Geschmack etwas zu selbstlos."

Oder falls er nicht doch noch den Versuchungen des Fleisches erliegt, dachte Laura. Ein gewisser Anfang war ja bereits gemacht. Der weitere Verlauf der Fieberkurve hing von ein paar unwesentlichen Äußerlichkeiten ab.

„Was mich ehrlich gesagt erstaunt, ist, dass Sie ihn kennenlernen durften."

„Nun ja, so erstaunlich ist das auch wieder nicht. Schließlich bin ich ein Wilder Feger vom Orden der Bösen Bitches, mittlerer Grad, visiere aber bereits meine nächste Beförderung an."

„Zu was?"

„Superquälgeist mit schwarzem Tanga und drei Sternen, fragen Sie mich nicht, wo."

Der Greis schien Gefallen an ihr zu finden. Kein Wunder – wer konnte sagen, wann zuletzt eine glockenhelle Frauenstimme in diesem Gemäuer erklungen war. Ob er wusste, was ein Tanga ist?

„Was machen Sie hier?"

„Ich suche meinen Sohn. Ein Vögelchen hat mir geflüstert, dass er sich hier irgendwo befindet."

„Da muss sich das Vögelchen geirrt haben. Vielleicht eine Spottdrossel? Wie dem auch sei, ich bin kein Kidnapper."

„Von einer Entführung habe ich auch gar nichts gesagt. Da scheinen Sie doch mehr zu wissen, als Sie vorgeben."

Der Alte war sichtlich irritiert über seinen eigenen Fauxpas. Laura war aber nicht daran interessiert, sich mit ihm anzulegen.

„Um auf Linear A zurückzukommen. Sie könnten der Menschheit mit der Entschlüsselung doch einen großen Dienst erweisen?"

„Woher wollen Sie das wissen? Vielleicht sind die wenigen in dieser Schrift vorliegenden Zeugnisse absolut nichtssagend? Alter schützt nicht nur nicht vor Torheit, sondern auch nicht vor Geschwätzigkeit. Stellen Sie sich vor, eine minoische Königin von Knossos beklagt sich seitenlang bei ihrer Schwester über ihre Hühneraugen. Ja, kein Witz, Hühneraugen. Wer will das wissen? Da haben Sie Jahre Ihres Lebens geopfert, um Linear A lesen zu können und dann das. Außerdem besteht unsere Aufgabe weniger in der Preisgabe von Mysterien, als in der Mystifizierung des Banalen, wenn Sie mir noch folgen."

„Ich bin mir, ehrlich gesagt, nicht sicher. Die Mystifizierung von was?

„Wenn ich Ihnen das sagen würde ..."

„... wäre es kein Mysterium mehr – gut, das sehe ich ein."

„So ist es. Churchill hatte schon recht, als er sagte, dass manche Dinge eben Rätsel seien, versteckt in einem Geheimnis, das von einem Mysterium umhüllt wird."

Wie konnte der Mann so alt werden, nur um einen solchen Schmarren daherzureden, fragte sich Laura. Wer hatte das autorisiert?

„Welches Amt haben Sie hier eigentlich inne?", fragte sie und versuchte, ihrer Stimme keinen allzu misstrauischen Klang zu verleihen .

„Das ist außenstehenden Agnostikern, Atheisten und generell Gottlosen wie Ihnen in etwa so schwer näherzubringen, wie ..."

„... einem Blinden die Farbpalette?", ergänzte Laura und biss sich gleich darauf beim Gedanken an die Blindheit des Perfekten fast die eigene Zunge ab. Doch den schien das nicht zu berühren.

„Wie einem Blinden Farbe, ganz richtig."

„Versuchen Sie es mit mir. Die meisten Männer haben am Ende festgestellt, dass sie wider alles Erwarten bei mir auf ihre Kosten kamen."

„Wie Sie wünschen. Ich bin eine Art christlicher Lordsiegelbewahrer. Manche bevorzugen den Begriff Inquisitor, schon wegen der lakonischen Prägnanz. Ich selbst höre es nicht so gern, schließlich ist der traditionsreiche Titel in jüngerer Zeit ja gehörig in Misskredit geraten. Völlig zu Unrecht übrigens, wie ich betonen möchte. Aber Titel sind wie Namen letztlich Schall und Rauch. Der Ihre ist Forster, wenn ich recht informiert bin? Engländerin?"

„Förster. Deutsche."

Das Gesicht des Inquisitors hellte sich auf.

„Deutsche! Eine Landsmännin Heinrich Schliemanns und Albert Schweizers – des Narren mit seiner Relativitätstheorie."

„Das war Albert Einstein, glaube ich. Und der war Schweizer", korrigierte ihn Laura.

„Unerheblich. Pure Ketzerei. Man stelle sich vor, die Existenz des Allmächtigen sei relativierbar! Da sind sich die Gläubigen aller Religionen einig: Gott ist absolut oder gar nicht. Schliemann hingegen, ein interessanter Mann, habe mich oft mit ihm über Troja und die naive empirische Methode der Archäologie gestritten. Für einen Nicht-Griechen erstaunlich kultiviert und einfühlsam. Nur seine ewig schwarzen Fingernägel störten mich schon arg, wissen Sie."

Laura erschrak. Wenn der Inquisitor Schliemann tatsächlich noch persönlich gekannt hatte, lag sie mit ihrer Schätzung seines

Alters dramatisch daneben. Allem Anschein nach saß sie einem veritablen Methusalem gegenüber.

„Muss ich mich vor Ihnen fürchten?"

Der Alte schüttelte sich vor Lachen, ohne allerdings einen Laut von sich zu geben.

„Nur, wenn Sie eine Hexe sind."

Er machte eine kleine Pause, wohl, um Laura Gelegenheit zu geben, in sich hineinzuhorchen.

„Nun, sind Sie eine?"

„Nun, sagen wir so: Es gab Männer, die ihre indiskrete Frage ohne mit der Wimper zu zucken mit ja beantworten und damit ein betrübliches Licht auf die männliche Intelligenz werfen würden. Ich selbst halte mich für eine intelligente und couragierte Frau, die weiß, was sie will."

Der Inquisitor nickte traurig.

„Ja, ich kenne den Typus. Die endeten immer als erste auf dem Scheiterhaufen. Apropos Scheiterhaufen. Sie machen sich keinen Begriff von den Ungelegenheiten."

„Für die betroffenen Frauen? Doch, kann ich mir in etwa vorstellen."

„Aber nein, ich spreche von Männern wie mir. Scheite aufhäufen, das ist ja noch Volksfest pur. Kinder trugen mit Begeisterung trockene Äste zusammen und schichteten sie aufeinander. Dazu gab es Bier und Würste für die Erwachsenen. Erste grölende Betrunkene mussten alsbald des Platzes verwiesen werden. Ich meine, ein Minimum an Dekorum sollte schon gewahrt bleiben. Dann musste es schnell gehen, denn die Scheiterhaufen fielen häufig vor der Zeit wieder zusammen. Vor allem, wenn die betreffende Hexe etwas korpulenter war als der Durchschnitt. Bei einer der letzten Gelegenheiten, die ich noch selbst miterleben durfte, hatte der betrunkene Scharfrichter sogar die Fackel vergessen. Ich meine, was machen Sie in einem solchen Fall? In die Menge rufen: Hat mal jemand ein Zündholz? Einfach nur peinlich, so etwas. Wenn der Scheiterhaufen dann brannte, steckten die Zuschauer unten Spieße mit Würsten oder rohen Fleischbrocken zum Garen hinein, während oben die Hexe in Flammen aufging. Der Geruch verbrannten Fleisches hängt Ihnen noch tagelang in der Kleidung, egal, wie oft Sie sie auch waschen. Vergessen Sie's. Genug, um vom Glauben abzufallen. Wann haben Sie den Ihren verloren?"

Laura dachte einen Augenblick nach.

„Eigentlich gar nicht. Ich habe ihn nie an mich herangelassen. Schon bei der ersten Begegnung mit der Heiligen Schrift habe ich den Gedanken verworfen, sie zur Richtschnur meines Handelns zu machen. Gut, ich weiß, die Bibel ist nicht als literarisches Werk der erzählenden Prosa konzipiert. Aber wenn Sie erst mal zur Feder greifen, sollten Sie nicht bar jeder handwerklichen Kunstfertigkeit sein, egal, was Sie verfassen. Shakespeare hat mal treffend gesagt, das Leben sei eine Geschichte, die von einem Idioten geschrieben werde. Ich frage mich, ob er mal die Bibel aufgeschlagen hat. Ohne den Herren Markus, Matthäus, Lukas und Johannes zu nahe treten zu wollen, aber das Leben Jesu hätte vielleicht auch etwas versiertere Ghostwriter verdient gehabt. Und da spreche ich nicht mal vom Alten Testament mit seinen elend langatmigen Aufzählungen und absurden Episoden. Immerhin war Jesus klug genug, keine Autobiographie zu verfassen. Die Ich-Form fand ich immer schon irgendwie albern. Siehe Hitlers Mein Krampf. Der Wunder wirkende Messias erzielt größere Wirkung, wenn er sich von seinen Adepten porträtieren lässt: als der Mysteriöse, aus dem Nichts Kommende, über den Dingen Stehende. Wie man es auch dreht und wendet, das Werk strotzt dennoch vor Wiederholungen, Inkonsequenzen, Paradoxa und Widersprüchlichkeiten jeder Art. Heutzutage verfasst, hätte es nie das Lektorat eines seriösen Verlags passiert."

„Zum Beispiel?"

„Zum Beispiel die Vertreibung aus dem Paradies. Gott schafft den Menschen nach seinem Ebenbild, heißt es. Dann hätte er ihm keinen freien Willen mitgeben dürfen. Wenn aber doch, hätte er akzeptieren müssen, dass sein Geschöpf sich unter Umständen gegen ihn entscheidet. Nehmen wir an, Sie bauen einen Wagen mit viel zu schwachem Motor und wundern sich dann, dass das Auto keinen Berg hochkommt. Was für einen Sinn macht das denn?"

„Zynismus bringt Sie aber auch nicht weiter."

„Dinge beim Namen zu nennen, ist kein Zynismus."

„Gewisse Ungereimtheiten muss der Christ eben durch seinen Glauben überbrücken."

„Wenn Christentum nicht mehr ist, als die Apologie des Paradoxons, komme ich gut ohne aus. Ebenso kann ich einer Fata Morgana hinterherlaufen und lauthals darüber lamentieren, dass ich sie nie erreiche. Nein, die Bibel ist ein einziger literarischer Sündenfall."

Der Inquisitor schüttelte missbilligend sein Haupt.

„Vielleicht sollte man Sie doch verbrennen, nur so, um auf der sicheren Seite zu sein. Ihr ketzerisches Gedankengut schreit gen Himmel."

„Ich will Sie auch nicht länger damit belästigen. Zeigen Sie mir den Weg nach draußen und ich verschwinde."

„Das geht leider nicht."

„Wieso nicht? Wollen Sie mich hier ewig gefangen halten?"

„Gott behüte! Sie würden mir wahrscheinlich den letzten Nerv rauben. Ewig ist außerdem ein großes Wort. Aber vorerst müssen Sie leider …"

In ihrer Wut über den anmaßenden Alten hatte Laura seinen weiten, wallenden Ärmel gepackt und begonnen, seinen linken Arm zu schütteln. Der Alte riss sich los und versetzte Laura eine Ohrfeige. Laura zog erneut und handelte sich eine weitere Ohrfeige ein. So ging das noch einige Male, bis Laura schließlich verwirrt die Augen aufschlug – und in das Gesicht Wladimir Iljitsch Lenins blickte.

3. Das Wappen.

Einen schrecklichen Augenblick lang fürchtete Laura, in der Hölle gelandet zu sein. Doch wieso hatte man sie dann der russisch-bolschewistischen Sektion zugeteilt? Da musste eine schreckliche Verwechslung vorliegen.

„Wer ist hier der Verantwortliche?", fragte sie benommen.

„Ich bin unschuldig. Mein Name ist Laura Förster, Sie haben die Falsche."

„Wir wissen, wer Sie sind. Und unschuldig sind wir sowieso alle."

Schlaftrunken versuchte Laura, sich aufzurichten. Lenin hatte sich offenbar über sie gebeugt und sie durch wiederholtes Anstoßen aus dem Schlummer gerissen. Nun betrachtete er sie mit einem dünnen Lächeln.

„Tut mir leid, dass ich Sie so unsanft wecken musste, aber Sie hatten begonnen, im Traum zu sprechen, da hielt ich es für angebracht ..." Laura war immer noch verwirrt.

„Mein Name ist übrigens Arkadij. Man verwechselt mich bisweilen mit dem Genossen Vladimir Iljitsch, aber ich darf Ihnen versichern, dass die Ähnlichkeit nicht genetisch bedingt ist, sondern eine bloße Laune der Natur darstellt. Wie es scheint, haben wir ja alle unsere Doppelgänger irgendwo auf dem Globus."

Laura stützte sich auf ihre Ellbogen. Sie war durstig, fröstelte, obwohl schweißnass, und hatte keine blasse Ahnung, wie lange sie bewusstlos gewesen war. Ihr Rücken schmerzte bei jeder Bewegung. Der Boden schien zu schwanken. Erst hielt sie das für eine Folge ihres Schwindelgefühls, bis sie allmählich erkannte, dass sie sich auf einem Boot befand. Mit ihren Lebensgeistern meldete sich auch ihr Verstand zurück. Läge das Boot an einem Ponton oder Kai, würde es weniger umhertanzen. In Fahrt war es aber sicher auch nicht, sonst würde es krängen und stampfen. Es musste folglich vor Anker liegen.

Sie blickte an Lenin vorbei in die Runde, während Möwengeschrei und das Klatschen und Plätschern von kleineren Wellen gegen eine Bordwand an ihr Ohr drang. Das Boot schwojte offensichtlich um seinen Anker und hatte gerade Wind und Wellen von Steuerbordseite. Ihr Rundblick bestätigte den ersten Eindruck. Eine Yacht, ziemlich geräumig, von edlem Finish. Es roch nicht nach Plaste und Elaste wie auf einer billigen Serienyacht, sondern nach Leder und Tropenhölzern.

Laura saß auf der Backbord-Liege eines großzügig dimensionierten Salons, dessen vorderer Teil von einem Mastfuß durchschnitten wurde. Eine Segelyacht also, vermutlich eine Sloop mit einem im Kielschwein verankerten Mast. Solide und zugleich komfortabel konzipiert, gediegenes Mobiliar, ein klassischer Einzelbau, um die fünfzig Fuß. Da konnte man zunächst jedenfalls nicht meckern. Die Frage, die sich ihr allerdings nicht zum ersten Mal in diesen bewegten Tagen stellte ...

„Wo bin ich und was zum Teufel mache ich hier?"

Arkadij, der für einen Russen erstaunlich akzentfrei Englisch sprach, war ihren Blicken gefolgt.

„Willkommen auf der S/S Liwadija. Ich wünschte, wir wären einander unter angenehmeren, unbeschwerten Umständen begegnet, zum Beispiel bei einem Frühstück mit Champagner, Hummer und Kaviar, wie es zu diesem Prachtstück" – er wies in die Runde – „gut zu Gesicht stehen würde. Leider müssen wir es nehmen, wie es kommt, nicht wahr. Der Mensch denkt ... Kennen Sie die Geschichte des Hauses Romanow?"

Er wies mit dem Daumen in Richtung eines Wappens, das etwa in Kopfhöhe neben dem silbern glänzenden Chronometer am Schott gegenüber dem Niedergang angebracht war.

„Nein, was hat die damit zu tun?"

Das war eine Untertreibung. Die Prinzessin Alexandra von Hessen-Darmstadt und ihre Kinder hatten Laura durchaus schon früh zu interessieren begonnen. Ihr Schicksal hatte sie so sehr bewegt und berührt, dass sie sogar einmal zu einem kurzen Besuch auf Schloss Heiligenberg bei Darmstadt gepilgert war, in dem die letzte russische Zarenfamilie so manchen Sommer verbracht hatte. Zurzeit war Laura jedoch weiß Gott nicht nach einem Gespräch über Europas eng verbandelte Königs-, Kaiser- und Zarenhäuser zumute.

„Was wird das hier? Was wollen Sie von mir? Wie lange liege ich hier schon?"

Arkadij rang sich erneut ein dünnes Lächeln ab.

„Viele Fragen auf einmal, Mrs. Förster. Dabei bin ich es eigentlich, der Auskunft von Ihnen zu erhalten wünscht. Vielleicht spielen wir es heute einmal so: Zuerst beantworte ich Ihre Fragen und dann Sie die meinigen, deal?"

Laura nickte, was hätte sie sonst tun können.

„Sie befinden sich auf der russischen Segelyacht Liwadija, nach internationalem Recht quasi auf russischem Boden. Die Yacht wurde benannt nach ..."

„Jalta, ich weiß, das Schloss Alexanders II. in italienischem Stil. Ich habe Fotos davon gesehen. Baden-Baden am Meer."

„In der Tat. Sie wissen offensichtlich mehr, als Sie einzuräumen bereit sind. Das könnte sich noch als problematisch erweisen. Für uns wie für Sie, meine Liebe."

„Die Konferenz von Jalta, Schulbuchwissen, keine große Sache", wehrte Laura ab.

„Wie auch immer. Liwadija ist kein zufällig gewählter Name für die Yacht. Sie gehört einer von der russisch-orthodoxen Kirche unterhaltenen Stiftung, in deren Vorstand ich geschäftsführendes Mitglied bin. Insofern könnte man uns als Kollegen bezeichnen, wenngleich Sie natürlich privatwirtschaftlich tätig sind, während ich an der Spitze einer öffentlich-rechtlichen Institution stehe. Viele strukturell und operativ bedingte Vorgänge sind, da werden Sie mir recht geben, trotzdem durchaus vergleichbar. Sei's drum. Darf ich Ihnen ein Glas russischen Tee anbieten?"

Er bewegte sich in Richtung auf die angeschlossene Kombüse, wo ein Samowar wie ein frühes Dampfmaschinenmodell vor sich hin bullerte.

„Danke, und wenn Sie dazu eine Kopfschmerztablette hätten."

Während Arkadij sich am Samowar zu schaffen machte, studierte Laura geistesabwesend und weiterhin leicht schwindlig das graphisch unfassbar überladene Zarenwappen mit Doppeladler, Krone, blauem Andreasband und den Erzengeln Michael und Gabriel. Sie malte sich aus, wie man einem Kind durch kleine erfundene Geschichten diese geballte Ladung Symbolik würde näherbringen können. Ignace! Wieviel Uhr war es? Wieviel Zeit hatte sie hier verloren? Der Chronometer über dem Schott zur Vorderkabine zeigte halb sechs an! Sie musste hier weg, und zwar schleunigst.

„Sie haben ziemlich lange geschlafen", sagte Arkadij beinahe vorwurfsvoll und reichte Laura den Tee.

„Gennadij", er zeigte mit dem Daumen vage nach oben, an Deck, von wo Laura schon mehrere Male ziemlich schwere Schritte vernommen hatte. Wenn sie danach ging, musste Gennadij ein ziemlich vierschrötiges Exemplar sein. Aber sie wusste auch, dass man sich da sehr täuschen konnte. Manche, eher leicht gebaute Menschen hatten erstaunlich schwere Tritte. Umgekehrt war allerdings sehr selten.

„Gennadij ist neu im Geschäft, wurde uns als Praktikant vom FSB ausgeliehen, um im Einsatz erste Erfahrungen zu sammeln. Er kennt sich deshalb mit den Genossen Kezamin und Midazolam noch nicht so gut aus und hat Ihnen in Chania versehentlich eine Dosis verpasst, die einen ausgewachsenen sibirischen Tiger von den Pfoten holen würde."

„Ja, anscheinend gut eingeschenkt. Aber was soll das alles?"

„Der Auslandsdienst hat Sie als Schlüsselfigur in einer undurchsichtigen Sache identifiziert, die für uns von nationaler Bedeutung ist."

„Sagen Sie jetzt bitte nicht, Sie meinen die Ikone der Madonna."

Arkadij nickte.

„Doch, doch, eben die. Ich sehe, Sie sind im Bilde. Wo wir noch im Dunkeln tappen, worauf wir uns absolut keinen Reim machen können: Was zum Teufel, mit Verlaub, haben Sie, eine deutsche Geschäftsfrau, noch dazu Atheistin, wie es scheint, mit dieser Angelegenheit eigentlich zu schaffen? Kaum tauchen Sie auf, verlieren vier unserer Männer ihr Leben in einer Schießerei mit Ihren Leuten. Sie sind offenbar hinter der Ikone her, wie der Teufel hinter der armen Seele, so viel steht fest. Was bedeutet sie Ihnen? Ich dachte erst, Sie seien vielleicht eine fanatische Sammlerin, die über Leichen geht, um das einzige, der Kollektion noch zur Vollständigkeit fehlende Stück in Ihren Besitz zu bringen. Wenn ich Sie jetzt so vor mir sehe, kann ich mir das eigentlich nicht mehr vorstellen. Weshalb dann?"

Vorsichtig, um sich nicht die Lippen zu verbrennen, trank Laura einen Schluck Tee, mehr, um etwas Zeit zum Nachdenken zu gewinnen. Wo sollte sie anfangen und wie weit sollte sie gehen?

„Zuallererst einmal: Mit den Männern, die Ihre Leute erschossen haben, habe ich nicht das Geringste zu tun. Ich kenne sie nicht. Das ist für Sie vermutlich schwer nachzuvollziehen, aber ich bin in dieser Partie weniger Protagonistin als Mittel zum Zweck. Es ging den Killern mit anderen Worten nicht um mich, meine Person, sondern um meine Funktion. Ich bin sozusagen die Elfenbeinkugel in der Roulette-Trommel: rot oder schwarz, gerade oder ungerade."

„Und der Preis ist die Ikone?"

„Die Ikone für den glücklichen Gewinner, für mich mein entführter Sohn. Ich soll einem mir selbst nicht bekannten Dritten die Ikone verschaffen. Gelänge mir das nicht, ginge die Sache irgendwie schief, verlöre ich meinen Sohn. Das Strafecht kennt dafür den Begriff der Nötigung. Folgendermaßen …"

So kurz und eindringlich, wie sie nur konnte, schilderte Laura die ganze Geschichte um Hakan, Ignace und das Kidnapping.

Arkadij hörte zu, ohne sie zu unterbrechen. Als sie geendet hatte, dachte auch er einen Augenblick nach.

„Gut, soweit kann ich Ihnen folgen. Diesen Türken Hakan, von dem Sie sprechen, hatten wir nicht auf dem Radar. Nicht als Spieler am Ikonen-Tisch, heißt das. Ich vermute, der SFB weiß mehr über ihn, als der Türke über sich selbst. Aber was mich natürlich mehr interessiert, ist die Identität seines Auftraggebers. Denn, wie Sie selbst sagen, Hagar …"

„Hakan."

„… Hakan wird die Ikone nicht für sich selbst haben wollen. Wer, glauben Sie, hat ihn beauftragt?"

„Keine Ahnung und ehrlich gesagt, ist mir das auch völlig gleichgültig. Alles, was mich antreibt, ist …"

„… Ihr Sohn, sicher, das habe ich schon verstanden. Ihre Anwesenheit auf Kreta ließ für uns nur den Schluss zu, dass die Ikone

Ihnen dort übergeben wurde und der von Ihnen beschriebene Austausch hier irgendwo stattfinden sollte."

„Wie um alles in der Welt haben Sie es auf der Liwadija dann so schnell hierhergeschafft?"

„Gar nicht. Die Yacht ist komfortabel und seetüchtig, aber nicht sehr schnell. Nein, sie sollte zur Generalüberholung in eine hiesige Werft, die für Mittelmeerverhältnisse sehr preiswert arbeitet. Wir sind eingeflogen, genau wie Sie, wenn auch in der Touristenklasse, und dann in Chania an Bord gegangen."

Laura wusste sich nicht anders zu helfen, als Arkadij dieselbe Geschichte um die angebliche Restaurierung der Ikone aufzutischen, die sie schon Hakan angedreht hatte. So war die Gefahr, sich zu verplappern, noch am geringsten.

„Das heißt, Sie wissen noch gar nicht, wo der Austausch über die Bühne gehen soll? Nun, so gern ich Ihnen helfen würde, meine Hände sind gebunden. Meine Interessenslage kollidiert unglücklicherweise mit der Ihrigen und da ich im Fall eines Scheiterns noch weit gravierendere Konsequenzen zu gewärtigen habe als Sie ..."

„Geschenkt, aber was haben Sie davon, wenn Sie mich hier festhalten?"

„Sie sind unser Pfand. Um Sie freizubekommen, wird der Doc oder wer auch immer uns die Ikone bringen müssen, gratis und franko."

„Sie haben mit dem Doc gesprochen?"

„Klar, wie anders sollten wir ..."

Laura schüttelte heftig den Kopf.

„Das war aus meiner Sicht ein schwerer Fehler. Wer sich mit dem Doc verabredet, riskiert, sich den Teufel ins Haus zu holen."

„Jetzt übertreiben Sie ein wenig, scheint mir."

„Durchaus nicht. Der Teufel ist in Wahrheit eine Frau, die kein Prada trägt und sich vom Doc als ihrem Impresario vertreten lässt." Arkadij lächelte nachsichtig.

„Das Risiko, auf Ihre Schwester zu treffen, müssen wir auf uns nehmen. Das klingt fast wie früher auf dem Schulhof: Wenn du mir mein Pausenbrot nicht zurückgibst, sag' ich es meiner großen Schwester. Kommen Sie!"

„Sie ist nicht größer als ich, nur rücksichtsloser. Wir sind Zwillinge, aber was soll's. Sagen Sie später nur nicht, ich hätte Sie nicht gewarnt."

„Übrigens, wir liegen hier auf Reede, das heißt …"

„Ich weiß, bin selbst Seglerin."

„Umso besser. Dann sind Sie sich wohl auch darüber im Klaren, dass es Ihnen nichts nützen würde, zu schreien oder über Bord zu springen. Wir haben hier zwar keine Haie wie in der Karibik, aber die Küste ist eine gute Seemeile entfernt, das würden Sie bei den hiesigen Strömungen nicht schaffen, fürchte ich. Hören wird Sie hier außer den Delfinen auch niemand."

Laura musste unwillkürlich an die Piraten-Episode auf der Yellow Dancer vor der Küste Antiguas denken. Sie konnte nur hoffen, dass Solitaire, wenn sie denn überhaupt in der Nähe war, diesmal umsichtiger vorgehen würde. Noch einmal würde Laura ein solches Feuerwerk möglicherweise nicht überleben. Dass der Doc Solitaire zu mobilisieren versuchen würde, stand für sie fest. Aber würde die Zeit reichen? Und was, wenn Hakan ausgerechnet jetzt anrief, da dieser Arkadij ihr Handy konfisziert hatte? Fragen über Fragen und die Kopfschmerzen wollten nicht weichen.

„Oh, ich vergaß die Tablette. Ich sehe mal in der Bordapotheke nach."

Er stand auf und ging wieder zur Kombüse, die, wie auf vielen Yachten, bequemlichkeitshalber auch als Apotheke fungierte.

„Als Mann der Kirche bin ich im Grunde meines Herzens Pazifist. Das heißt, von mir hätten Sie wenig zu befürchten. Das Problem ist, gewisse staatliche Stellen in der Heimat sind auf die Ikone und ihre Geschichte aufmerksam geworden und reagieren wie ein Notar, der aufgrund seiner halbamtlichen Funktion nichts unter den Teppich fegen darf, was ihm erst einmal unvorsichtigerweise zu Gehör gebracht wird. Mit anderen Worten, die Ikonensaga ist zu einer Affäre von nationalem Prestige geworden und da kennt der Kreml keinen Spaß, wie Sie sich vorstellen können."

„Und?"

„Nun, sagen wir so: Wenn Sie oder der Doc nicht liefern, wird man mir ohne Zweifel nahelegen, andere Saiten aufzuziehen.

Zumal nach der Schießerei beim Athos. Dann werde ich Sie nicht mehr vor Leuten wie Gennadij schützen können, was ich sehr bedauern würde. Ihre Schwester in allen Ehren, aber ... Nun, so weit ist es ja noch nicht."

„Woher nehmen Sie eigentlich die Gewissheit, dass Sie ältere Rechte an der Ikone haben als die Griechen?"

„Ich sehe, Sie sind ein wenig voreingenommen. Verständlich, bei Ihrer familiären Vorgeschichte. Ältere Rechte vielleicht nicht, aber vorrangige schon. Erlauben Sie mir, Ihnen in aller Kürze darzulegen, was die Ikone der Erschossenen Madonna, wie die Griechen sie nennen, für uns Russisch-Orthodoxe repräsentiert. Dann können Sie sich selbst ein Urteil bilden und entscheiden, ob Sie uns helfen wollen oder nicht."

FÜNFTES KAPITEL

1. Noch in selbiger Nacht...

„Sie werden sich vielleicht fragen, warum Menschen bereit sind, für eine Ikone, ein Bildnis, zu morden?", fragte Lenin mit dem ihm eigenen Pathos.

Laura schüttelte den Kopf.

„Nicht wirklich. Nach meiner Erfahrung gibt es so gut wie keinen Anlass, keine noch so nichtige Bagatelle, um derentwillen Menschen nicht zu Mördern werden. Das gilt erst recht, wenn religiöse Überzeugungen ins Spiel kommen, dann tendiert die Hemmschwelle sofort gegen Null. Alles, um zu beweisen, dass mein Gott größer, wahrer und mächtiger ist als deiner. Der unauffindbare Heilige Gral, ein angebliches Grabtuch, irgendeine bizarre Reliquie oder eine Ikone – alles beansprucht eine rational nicht nachvollziehbare Symbolkraft, die geeignet ist, labile, leicht erregbare bis hochgradig gestörte und meist dissoziale Individuen zu fanatisieren. Und die Masse ist sowieso ein Brummkreisel, der beim leichtesten Anstoß außer Kontrolle gerät. Daher: Nein, wundert mich nicht im Geringsten."

Laura blickte suchend um sich.

„Die weitaus dringendere Frage, die ich mir hingegen seit einigen Minuten stelle, iste, wie ich etwas zu essen bekommen kann. Die Narkose hat mich anscheinend völlig ausgehungert. Tut mir leid, Ihren erzählerischen Schwung mit einer so prosaischen Bitte auszubremsen, aber sollte ich nicht wenigstens Anspruch auf eine Art Henkersmahlzeit haben? Ich kenne meine Rechte."

Arkadij lächelte.

„Selbstverständlich. Bitte um Vergebung. Gennadij!"

Über ihrem Kopf polterten Schuhe übers Deck, dann steckte Gennadij, der ungeschickte Anästhesist seinen Kopf durch das Luk am Niedergang. Arkadij sagte etwas auf Russisch und wies auf die Kombüse. Wortlos kletterte der Handlanger in den Salon, legte seine Maschinenpistole auf die Sitzbank neben Arkadij und begann, sich in der Kombüse an den Vorräten zu schaffen zu machen. Laura versuchte indessen kühl, ihre Optionen durchzuspielen. Sich in einem Moment vielleicht nachlassender Aufmerksamkeit wie diesem der Waffe zu bemächtigen versuchen, war eine davon. Selbst wenn es ihr gelänge, blitzschnell zuzugreifen - würde sie damit umgehen, sie entsichern könne? Was, wenn sie gesichert war? Und selbst, wenn nicht: wie viele Helfershelfer befanden sich neben Gennadij eventuell noch an Deck? Zu viele Unsicherheitsfaktoren. Sie verwarf die Option sogleich wieder.

„Was wissen Sie bislang über die Geschichte der Ikone?"

Laura gab in dürren Worten die Quintessenz dessen wieder, was sie von Athanassios erfahren hatte. Während sie erzählte, kam Gennadij mit einem Tablett voller Blinis und einer geöffneten Dose schwarzen Kaviars aus der Kombüse. Laura lebte auf. Da gab es dem Vernehmen nach dürftigere Henkersmahlzeiten. Dann brachte er noch ein zweites Tablett und stellte es auf dem Tisch ab.

„Brot, Krakowskaja, Razbojnik, Adigejski-Käse, der reinste Russian Deli, greifen Sie zu", forderte Arkadij sie auf.

„So weit, so gut", bilanzierte der Russe den griechischen Teil der Ikonenlegende, als Laura abgeschlossen hatte.

„Ich fahre fort, wo Sie aufhörten, an jenem verhängnisvollen Sonntagmorgen von Nafplion, in dessen Verlauf der unglücklich agierende Andreas Kapodistrias ermordet wurde. Aber Sie müssen den Käse probieren, Mrs. Förster, unbedingt! Die russische Käseproduktion ist natürlich nicht mit der holländischen oder gar der französischen zu vergleichen, dafür gebricht es uns an den erforderlichen Rohstoffen. Vielleicht auch an der kulinarischen Dekadenz. Zu viele meiner Landsleute haben genug damit zu tun, jeden Tag satt zu werden, da bleibt für den Gaumenkitzel wenig Zeit und Masse. Aber ich will nicht unken. Der kulinarische Gulag sind wir deshalb noch lange nicht. Gestatten Sie?"

Er nahm Lauras Messer und schnitt sich eine dünne Scheibe Käse ab.

„Hm. Schon etwas zu trocken, dann schmeckt er leicht säuerlich. Aber zurück zu Kapodistrias. Wer die Geistesgegenwart besaß, im allgemeinen Tumult kurz nach dem Attentat die Ikone der

Fürbitterin an sich zu nehmen, wissen wir nicht. Aber wir gehen davon aus, dass es sich wohl um einen meiner Landsleute gehandelt haben muss, die sich damals zahlreich im Umfeld Kapodistrias aufhielten – Berater, würde man heute wahrscheinlich sagen.

Fakt ist, dass das Bildnis eines Tages in St. Petersburg auftauchte und am Hof Nikolaus II. landete, wo es alsbald zur Lieblingsikone des Zarewitschs Alexej avancierte. Vermutlich bestärkt durch den manipulativen Einfluss des so urgewaltigen wie ungewaschenen Mönchs Rasputin, begann der Zarewitsch, einziger Sohn Nikolaus' und Alexandra Fjodorownas, sich emotional so eng an die Ikone zu binden, dass die beiden unzertrennlich wurden. Man ließ sowohl ihn als auch Rasputin gewähren. Sie wissen, was der Name Rasputin bedeutet? Grob übersetzt, der Scheideweg. Ein treffender Name, finden Sie nicht? Wie auch immer - eine starke Fürbitterin konnte dem an Hämophilie leidenden, ständig unter dem Damoklesschwert lebensbedrohlicher, weil quasi unstillbarer innerer oder äußerer Blutungen lebenden Zarewitsch nach Einschätzung des Hofs zumindest nicht schaden. Wobei man vom inzwischen recht fragwürdigen Leumund der Ikone entweder nichts wusste oder ihn schlicht verdrängte."

Laura trank den Rest Wasser aus der Flasche. Der salzige Kaviar und die fette Wurst zeitigten ebenso Wirkung wie der staubtrockene Käse. Laura spürte, dass sich ein Rudel sibirischer Zobel in ihrem Magen zu tummeln begann.

„Das ist alles?", fragte sie enttäuscht.

„Beileibe nicht, etwas mehr Geduld, Mrs. Förster. Sie sind vermutlich mit den Ereignissen vertraut, die zur so genannten Oktoberrevolution, der Abdankung des Zaren, dem Ausbruch des Bürgerkriegs Rot gegen Weiß und schließlich der Machtergreifung durch die Bolschewiki führten. Tiefgreifende Umwälzungen solch universellen Ausmaßes, noch dazu begleitet und überlagert von den apokalyptischen Szenarien eines verheerenden Weltkriegs, sind nur begrenzt steuerbar. Angesichts von Intrigen, Verrat, Mord und Totschlag, die bei der Geburt neuer Staats- und Gesellschaftsformen Pate zu stehen pflegen, läuft schnell mal etwas völlig aus dem Ruder, verselbstständigt sich."

„Was die Geschichte der russischen Revolution bis heute vor allem anderen schwer belastet, ist der Schandfleck des Massakers an der letzten Zarenfamilie. Auch die französischen Revolutionäre brachten ihre Royals um. Aber verglichen mit dem tölpelhaften Gemetzel von Jekaterinburg war die Enthauptung auf der Guillotine eine chirurgisch saubere Operation."

Laura, die sich satt gegessen hatte, schob Lenin den runden gelblichen Käse zu.

„Vor der Rehabilitation der Romanows durch Boris Jelzin und ihrer feierlichen Beisetzung in der Peter & Pauls-Kathedrale 1998 nannte man es eine wenn auch besonders stümperhafte Liquidation, ein Euphemismus aus dem Lexikon des Unmenschen, das eigentlich Verflüssigung bedeutet. Insofern wieder passend, versuchte man doch unter anderem, die Leichen in Säure aufzulösen. Aber selbst dabei stellte man sich zu ungeschickt an. Später ging man ganz allmählich zur westlichen Lesart über und begann, von Ermordung zu sprechen. Vielleicht enden wir nach weiteren fünfzig Jahren ja bei dem, was es wirklich war, ein blindwütiges Massaker."

Er winkte erneut Gennadij, der seine Waffe an sich genommen und sich auf den Niedergang gesetzt hatte, und bat ihn, die Reste der „Henkersmahlzeit" zu entsorgen.

„Haben Sie schon einmal bemerkt, dass wir Russen eine schwer erklärliche Eisenbahn-Obsession unser Eigen nennen? Angefangen bei Anna Karenina über Lenins Rückkehr aus dem Exil in einem deutschen Zug bis hin zur letzten Fahrt der Romanows. Vielleicht liegt es an der damit assoziierten Pünktlichkeit, Hätte es keinen technischen Defekt gegeben, wäre der Zug mit die uns Russen so offensichtlich abgeht wie...sagen wir, den Griechen die Mäßigung. Man bewundert gern, was man selbst nicht hat. Nun ja. Der Rest sind Zufälle. Wäre der Zug mit der Zarenfamilie nach Moskau gelangt, wie es dem Plan entsprach, statt in Jekaterinburg gestoppt zu werden, we weiß.... Für die herannahenden Truppen der Weißen wäre die Befreiung der Romnows aus den Fängen der Roten ein Triumph gewesen, der den Ausgang des Bürgerkriegs zuungunsten der Bolschewiken hätte entscheiden können. Das musste aus deren Sicht natürlich unter allen Umständen verhindert werden. Deshalb Lenins Mordbefehl, dessen einfache Botschaft ans Volk lautete: Was immer geschieht, eine Rückkehr zum alten Regime wird es nicht geben."

„Und die Ikone? Was hat die Ikone mit alldem zu tun?"

„Geduld, ich komme dazu. Das Idealbild der Revolution, jeder Revolution, ist der Neue Mensch. Seine Attribute sind abhängig von der jeweiligen Epoche und Konjunktur. Allen Neuen Menschen gemeinsam jedoch sind die archetypischen Umstände ihrer Geburt und das bedauerliche Schicksal derer, die dem Phantombild, das man vom Neuen Menschen zeichnet, nicht entsprechen. Für die ist plötzlich kein Platz mehr hienieden. Insofern eignet der Zwangsodyssee der Romanows, die nach dem Rücktritt des Zaren eine Weile scheinbar sinnlos von einem Ort zum anderen geschoben wurden, durchaus etwas Symbolhaftes."

„Der Zar selbst rechnete offenbar damit, dass man ihm und den Seinen ein Exil auf der Krim oder schlimmstenfalls in Skandinavien gönnen würde. Das zeigt den Umfang seiner politischen Naivität oder Entrücktheit. Spätestens, als man die Familie in der Nacht vom 16. auf den 17. Juli unter einem bizarren Vorwand in den Keller des Privathauses beorderte, in dem sie seit einigen Tagen wohnten, weil ihr Weitertransport nach Moskau blockiert war, muss zumindest den Erwachsenen ein Licht aufgegangen sein. Für diese Annahme spricht das wohl von Ihrer Landsmännin Alexandra Fjodorowna auf Deutsch an die Kellerwand gekritzelte Heine-Zitat: Noch in selbiger Nacht ward Belsazar / von seinen eigenen Mannen umgebracht."

Er legte eine Pause ein. Wahrscheinlich ging ihm dieser Teil der Geschichte besonders nahe.

„Abschaum jedweder Art hat das Recht auf eine halbwegs würdige Exekution. Das Massaker an den Romanows wird allenfalls auf dem Hintergrund eines seit vier Jahren wütenden und alle Beteiligten nachhaltig verrohenden Grabenkriegs verständlich, in dessen Verlauf auch noch der letzte Funken Mitgefühl und Menschlichkeit verlorengegangen war."

Er blickte auf Laura, doch die enthielt sich auch aus Pietätsgründen jeden Kommentars.

„Die vier Kammerzofen, die man den zu diesem Zeitpunkt längst völlig mittellosen Romanows großzügig gelassen hatte, nahmen neben allerlei Spielzeug auch die Lieblingsikone des Zarewitschs in Kissen gewickelt mit in den Keller – sei es, weil sie selbst an die Mär von der bevorstehenden Weiterreise glaubten, sei es, weil sie diese den Kindern in bester Absicht vorgaukeln wollten. Eine der Kugeln der Mörder traf die bereits in Nafplion angeschossene Ikone durch das Kissen hindurch und fügte der Zofe eine tödliche Verletzung zu. Damit erhielt die Ikone ihr zweites Schussloch, etwas rechts oberhalb des Kopfes der Madonna, vom Betrachter aus gesehen."

Er beugte sich zu Laura hinüber und wies mit dem Zeigefinger der Rechten auf die entsprechende Stelle über ihrem linken Ohr.

„Nach dem Massaker muss einer der Soldaten die Ikone gefunden und als morbides Souvenir an sich genommen haben. Was er damit gemacht hat, ob er sie behielt oder veräußerte, entzieht sich unserer Kenntnis. Vermutlich wird er sich alsbald gewünscht haben, er hätte sie liegengelassen."

Laura fröstelte. Es wurde Abend. Vielleicht rief der Meister gerade den Doc an, um ihm mitzuteilen, dass die Kopie fertig war.

„Die Brutalität der Bolschewiki beschränkte sich nicht auf die Familienmitglieder im Keller von Jekaterinburg. Auch andere Romanows, derer man habhaft werden konnte, wurden auf unnötig qualvolle Weise ermordet. Alexandras Schwester Elisabeth zum Beispiel, die schon zu Lebzeiten an der Seite eines Vertreters der schwulen Seitenlinie der Romanow-Sippe wahrscheinlich durch die eheliche Hölle gegangen und schließlich Nonne geworden war, wurde trotz ihrer Verdienste als aufopferungsbereite Krankenschwester in einen Schacht gestoßen, in dem sie nach Tagen des Martyriums zusammen mit anderen Opfern elendig verreckte. Auch das irgendwie typisch für die Ratlosigkeit und, ja, Naivität des Neuen Menschen im Umgang mit dem Alten: Hauptsache, erst mal aus den Augen."

Arkadij trank einen Schluck aus der Wodkaflasche, die Gennadij auf den Tisch gestellt hatte und bot sie Laura an, die aber dankend ablehnte.

„Über die fast schon verzweifelt anmutenden Bemühungen der Roten, die sterblichen Hüllen der Romanows, die ja selbst als Leichen noch eine wertvolle Kriegsbeute der Weißen abgegeben hätten, möglichst spurlos verschwinden zu lassen, werden verschiedene Versionen kolportiert. Man scheint sie auf Karren geladen, in aufgelassene Fördergruben geworfen, mit Säure und Benzin übergossen und angezündet zu haben und, als sich nichts davon als hinreichend wirksam erwies, wieder hochgeholt und anderswo abgeladen zu haben. Manche wurden hier verscharrt, andere dort verbuddelt, manche sogar mit, sagte ich es nicht, Eisenbahnschienen beschwert, ausgerechnet, als fürchte der Neue Mensch die Wiederauferstehung des Alten. Kein Wunder also, dass alle möglichen Leute in späteren Jahrzehnten mit oder ohne Erlaubnis nach den Gebeinen gesucht haben wie nach einem verschollenen Schatz."

Gennadij war wieder an Deck gestiefelt. Laura meinte, die Stimmen und Schritte zweier Männer dort oben zu hören. Gut, dass sie die Sache mit der Maschinenpistole nicht versucht hatte.

„Anlässlich einer in den siebziger Jahren vorgenommenen inoffiziellen Teil-Exhumierung war man, wie erst Jahrzehnte später bekannt wurde, auf drei menschliche Schädel und eine Ikone gestoßen. Erst mit der Entwicklung des DNA-Tests konnte sehr viel später sichergestellt werden, dass es sich in der Tat um Romanow-Schädel handelte. Die Ikone aber war jüngeren Datums und zeigte auch nicht die Fürbitterin, sondern den Apostel Paulus. Waren die Ikonen zwischen dem Zeitpunkt des Fundes und dem seines Bekanntwerdens vertauscht worden? Wenn ja, von wem und warum?"

Laura überlegte.

„Vielleicht, weil die Fürbitterin nach allem, was Sie gesagt haben, auch vom Volk längst mit dem Zarewitsch und damit den Romanows allgemein identifiziert wurde. Damit barg sie für die kommunistischen Machthaber ein gewisses emotionales Gefahrenpotenzial. Wann tauchte sie wieder auf?"

„Erst vor kurzem. Das heißt, es hatte sich bereits in den 1930er Jahren das Gerücht verbreitet, dass sie sich im Privatbesitz von Emigranten befinden könnte. Entsprechende Nachforschungen waren jedoch im Sande verlaufen. Da klafft also eine Lücke in der Vita der Ikone, die wir noch nicht zu schließen imstande sind. Aber vielleicht verstehen Sie nun, dass die Ikone der Erschossenen Madonna nicht nur für die russisch-orthodoxe Kirche, deren Patriarchen ich vertrete, sondern auch für die nicht zu unterschätzende Masse gläubiger Russen als spiritueller Gegenentwurf zum quasi positivistischen, mühsam vor der völligen Verwesung bewahrten Wladimir Iljitsch absolut unersetzlich ist. Noch dazu in einer Zeit, da der bizarre Kult um den blutrünstigen Massenmörder Stalin, den selbst die eigenen Genossen für den Leibhaftigen hielten, in unserem Lande wieder aufzublühen scheint."

Gerade setzte Laura zu einer Entgegnung an, als über ihr an Deck etwas zu Boden polterte. Dann gab es ein zweites Geräusch wie das Umfallen Sacks Mehl oder Reis. Etwas Schweres, eine Waffe vielleicht, klatschte ins Wasser. Dann war es eine Weile still. Arkadij griff unter sein Sakko. Laura legte ihre rechte Hand auf seinen linken Arm und presste ihn auf den Tisch.

„Das würde ich mir an Ihrer Stelle nochmal überlegen", sagte sie so eindringlich sie konnte.

„Sie wollten meine Schwester treffen? Ich glaube, sie kommt gerade auf den Schulhof."

2. Die Dominikaner.

„Besser, Sie geben mir Ihre Waffe, wenn Sie die nächsten Minuten überleben wollen."

Arkadij rang einen Moment mit sich, legte dann jedoch seine Makarow PMM auf den Tisch. Laura nahm sie an sich und stand auf.

„Gehen Sie am besten in die Achterkabine und verhalten sich ruhig. Ich schließe ab, dann sieht es aus, als hätte ich Sie überwältigt und gefangengenommen. So kommen wir hoffentlich alle glimpflich aus der Sache heraus."

Arkadij zögerte erneut, sich auf dieses für ihn wenig schmeichelhafte Spielchen einzulassen, sah aber wohl ein, dass dies auch für ihn, der er sich plötzlich allein einer unbekannten Anzahl von Bewaffneten gegenübersah, wahrscheinlich die beste Lösung war, und verschwand in der Achterkabine. Laura schloss ihn ein und kletterte auf allen Vieren den Niedergang empor an Deck.

Die geballte Ladung Seeluft, die sie oben empfing, stimmte sie regelrecht euphorisch. Die Dunkelheit senkte rasch hernieder, so dass es ihr zunächst nicht leichtfiel, sich zu orientieren. Bei Nacht, das wusste sie, unterliegt man gern der optischen Täuschung, Entfernungen über See zu unterschätzen. Dessen eingedenk, lagen sie wohl eine halbe bis Dreiviertelmeile vor der Küste, ein wenig östlich von der Stadt. Die Yacht, in der Tat eine Sloop mit altmodischem Rigg und Mast mit doppelter Saling lag halbwegs verborgen hinter einer Huk. Hier hätte sie mit Sicherheit niemand rufen gehört. Abendlicher Schwell schaukelte die Yacht sanft wie ein Baby in der Wiege. Teakdeck, hölzernes kleines Steuerrad, halbfeste Sprayhood und eine sehr aufgeräumt wirkende Segelgarderobe machten insgesamt einen gepflegten Eindruck. Bei günstigen Windverhältnissen würde die alte Dame unter Vollzeug nach Lauras Einschätzung locker um die acht Knoten laufen, die Decksplanken zum Knarren und die russische Flagge am Heck zu heftigem Flattern bringen.

Was nicht ganz in das Bild passte, waren die beiden Leichen. Gennadij und sein Begleiter lagen zwar auf den ersten Blick wie friedlich schlafend an Backbordseite auf dem Rücken. Aber ihre seltsam verdrehten Gliedmaßen und die langen, in Herzgegend aus ihrer Brust ragenden Pfeilschafte widersprachen diesem ersten Eindruck und ließen den Schluss zu, dass die beiden aus diesem Schlaf nicht mehr erwachen würden.

Das hatte sich sehr auch schon bei den immer wachsamen Möwen herumgesprochen, von denen einige noch zögerten, während andere sich wie Schmeißfliegen bereits auf den Leichen niedergelassen und sich nach alter Gewohnheit als erstes den Augen gewidmet hatten. Angesichts dieser Szene verstand Laura den Hass, den viele Seeleute dieser Vogelspezies entgegenbringen. Sie entsicherte Arkadijs Makarow und gab zwei Schüsse in die Luft ab. Die Möwen ließen widerwillig von ihrer Beute ab und erhoben sich träge in die Luft. Sobald Laura sich abgewandt hatte, würden sie die Mahlzeit in Ruhe fortsetzen.

So nachhaltig ihre Erlebnisse im Hurricane-geschüttelten Louisiana und kürzlich in der Karibik sie auch abgehärtet haben mochten - an den Anblick von Leichen gewöhnte sie sich nur schwer. Die Bekanntschaft mit Gennadij war nur von kurzer Dauer gewesen. Er musste wissen, worauf er sich einließ, als er sich in die Fänge des Geheimdienstes begab. Wer vom Schwerte lebt ...

„Hallo Schneewittchen. Ich fürchte, du hast nichts getroffen. Kein Wunder, wer so erbärmlich schlecht schießt wie du ... Wir wollen dir nicht zur Last fallen, aber wie wär's, wenn du uns die Leiter runterschickst, damit wir an Deck kommen können."

Laura steckte die Makarow in ihren Gürtel, trat an die Reling und lachte.

„Kein Bedarf. Wir kaufen heute nichts, sorry. Warum kommen Sie nicht morgen früh wieder und versuchen Ihr Glück."

Laura erkannte im Dämmerlicht zwei dunkle Gestalten in feucht schimmernden Neoprenanzügen und mit auf die Stirn hochgeschobenen Taucherbrillen im Wasser paddeln. Die eine war selbst unter diesen schummrigen Sichtverhältnissen leicht als Solitaire zu identifizieren. Bei der anderen schien es sich um einen Mann zu handeln. Vor vier Jahren hätte Laura auf Ignace den Älteren getippt, aber der hatte ja das Zeitliche gesegnet. Solitaire musste sich einen neuen Schutzengel angelacht haben, was bei ihren hohen Ansprüchen an das andere Geschlecht zumindest schon mal recht bemerkenswert erschien. So leicht vertraute eine Solitaire Leib und Leben keinem Partner an.

Die beiden waren offenbar von Gennadij und dessen Kumpan unbemerkt bis an die Liwadija herangeschwommen und hatten die Wächter mit ihren Harpunenpfeilen ausgeschaltet. Das relativ hohe Freibord der Yacht im Verein mit ihrem glatten Spiegelheck hinderten die beiden daran, aus eigener Kraft an Bord zu steigen. So leicht sich der menschliche Körper im Wasser treibend anfühlt, so unfassbar bleischwer wird er, sobald man sich an einer Bordwand weit genug hochzuziehen versucht, um selbstständig an Bord zu gelangen.

Laura ging ans Heck, löste die hochgeklappte Badeleiter aus ihrer Verankerung und ließ deren untere Hälfte ins Wasser plumpsen. Dann half sie Solitaire und ihrem Begleiter an Bord.

„Willkommen auf der Liwadija. Was hat euch so lange aufgehalten?", fragte sie und umarmte ihre Schwester, die sich im klatschnassen, glitschigen Neopren wie ein großer Blauflossenthunfisch anfühlte, ohne allerdings auch so wie der zu riechen.

„Besorgungen, was denkst du denn. Dann der Verkehr auf diesem nicht enden wollenden Eiland. Bist du sicher, dass Kreta eine Insel ist? Hat sie in jüngster Zeit mal jemand vermessen?"

Laura lachte. Seefahrer und Archäologen identifizierten gern das, was sie antrafen mit dem, was sie suchten. Die Realität war oft eine ganz andere. Die Phönizier zum Beispiel hatten „Candia", wie Kreta lange hieß, wegen der irreführenden Länge ihrer Küsten ursprünglich tatsächlich für ein Stück Festland gehalten. Ein ähnlicher Irrtum wie der jener Spanier, für die umgekehrt Florida eine Insel zu sein schien - was es ja fast auch ist. Genau wusste sie es nicht, aber grob geschätzt musste sich Kreta wohl in den Dimensionen Kubas bewegen, dessen von Lagunen wimmelnde Nordküste, einst Hochburg der Piraten, auch kein Ende nimmt.

Solitaire legte ihre Harpune aufs Deck und umfasste Laura an der Hüfte. Lange lagen sich die Schwestern in den Armen. Seit den Tagen der „Schlacht der Saintes" hatten sie sich nicht mehr gesehen und nur selten miteinander telefoniert, um neugierigen Justizbehörden nicht ungewollt die Arbeit zu erleichtern. Beiden war klar, dass, wer auch immer im Namen des Gesetzes hinter der international steckbrieflich gesuchten Solitaire her sein mochte oder sich das ansehnliche Kopfgeld verdienen wollte, auf solche Kommunikationen zwischen den Schwestern und ihrer Mutter lauern würde.

„Hätten die deutschen U-Boot-Kapitäne im Zweiten Weltkrieg weniger gefunkt, wären viele von ihnen vermutlich am Leben geblieben", hatte Robert oft angemerkt, wenn es in Diskussionen mit Bekannten um das für die deutsche U-Boot-Flotte ominöse 1943er Jahr ging.

„Unter Deck schwimmt alles im Dreck?", fragte Solitaire und setzte Laura auf der Cockpitbank ab wie ein Kind, das von seiner Mutter morgens in der Kita abgeliefert wird. Ihren Sinn für alberne Reime hatte sie sich offenkundig bewahrt. Dann trat sie einen Schritt zurück und musterte ihre Schwester mit kritischem Blick.

„Kann es sein, dass wir um die Hüfte leicht zugelegt haben, Mrs. Förster? Zu viel Hüfte bringt Frauen in die Grüfte. Das Haar können wir so leider auch nicht lassen, da ist dringend Abhilfe gefragt."

Laura erinnerte sich an den improvisierten, wild auf den Wellen tanzenden „Friseursalon" der Pas de Deux, in dem Solitaire ihr im Lauf mehrerer Stunden die Haare zu Corn Rows geformt hatte, während draußen ein Hurrikan-Ausläufer die Yacht an ihrer Ankerkette zerren ließ wie ein tollwütiger Hund an seiner verhassten Leine.

Solitaires Begleiter stand immer noch tropfend in Badeshorts an Deck. Niemand hatte bislang daran gedacht, die Laternen der Yacht anzuknipsen. Obgleich sie die Züge des Mannes deshalb nicht gut erkennen konnte, war sie jedenfalls von seinem athletischen Körperbau und seiner kerzengraden Haltung beeindruckt. Er wirkte wie ein zweiter Adonis, der, gleichsam meerschaumgeboren, hier Station machte, nachdem er von der libyschen Küste in gleichmäßigen Zügen herübergeschwommen war.

Irgendwie kam er ihr sogar bekannt vor. Die meisten zivilisationsgeschädigten Männer gehen leicht nach vorn gebeugt, so als erdrücke sie die Last des täglichen Überlebenskampfes. Ein anatomisch-motorischer Atavismus vielleicht, bei Frauen jedenfalls bis zur Menopause seltener zu beobachten, wie bei Eingeborenen und jenen Menschen, die man den Naturvölkern zurechnet, als seien die anderen alle der Retorte entsprungen.

„Du erinnerst dich an Jerry?", fragte Solitaire, die die Blicke ihrer Schwester halb amüsiert verfolgt hatte, wie beiläufig. Erinnerte Leto sich des Zeus, der sie geschwängert hatte? Flüchtig, dachte Laura und bejahte. Natürlich! Jeremy, der Sohn des Chiefs der Karibengemeinde von Crayfish River, den Laura schon damals, bei der Feier mit der Schwarzen Königin im Verdacht gehabt hatte, beide Augen auf Solitaire geworfen zu haben. Wozu für jeden Mann eine gehörige Portion Mut gehörte. Ihre Schwester winkte ihn zu sich heran, legte ihren rechten Arm um seine Schultern und küsste ihn auf die Wange. Die Geste erschloss sich Laura instinktiv. Zur Hälfte Ausdruck der Zärtlichkeit, hatte sie auch etwas unterschwellig Besitzergreifendes. Der hier gehört mir, also denk nicht mal dran …

Die bloße Vorstellung, dass Amors Pfeile sich selbst zu diesem Herz der Finsternis vorgearbeitet hatten, nötigte Laura Respekt ab. Sie bemühte sich um einen lockeren Plauderton.

„Natürlich erinnere ich mich an Jeremy", entgegnete sie und schüttelte seine Hand.

„Du bist mir wie immer zuvorgekommen, Schwesterherz. Aber er sei dir gegönnt, ihr beiden gebt ein prächtiges Team ab, davon bin ich überzeugt. Wie geht es der Schwarzen Königin?"

Solitaire schüttelte den Kopf.

„Vor drei Monaten in die ewigen Jagdgründe entschwunden. So ist das mit wirklich alten Menschen. Man hat das Gefühl, sie leben ewig und wenn sie dann doch irgendwann sterben, mag man es lange Zeit nicht glauben, begegnet ihnen an allen Ecken und Enden und hält weiterhin Zwiesprache. Die Leere, die sie hinterlassen, füllst du in deinem restlichen Leben nicht mehr."

Sie begann, sich aus ihrem eigenen Neoprenanzug zu schälen.

„Was ist das eigentlich für ein dekadenter Kahn", fragte Solitaire, während sie Ärmel und Beine des Anzugs beim Aussteigen auf links drehte. Laura erklärte ihr kurz den Zusammenhang und wies dann auf die beiden toten Russen, denen Solitaire noch keinen Blick geschenkt hatte.

„Was machen wir mit denen?"

„Jerry, wirf sie bitte über Bord. Oder besser nicht. Sonst treiben sie an den Strand und erschrecken die Kleinen beim Sandburgenbau. Lass sie erst mal liegen, sie laufen uns ja nicht weg."

„Aber deck sie bitte mit einer Persenning zu, die Möwen …"

Sie gingen nach unten in den Salon, wo es Laura nach einigem Herumsuchen gelang, die Lichtschalter zu finden. Jeremy und Solitaire hatten wasserdichte Rucksäcke mit trockener Kleidung geschultert, die sie nun anzogen. Bei Lichte betrachtet, war Jeremys muskulöse Erscheinung noch eine Spur eindrucksvoller. Damals auf Dominica hatte er noch etwas machohaft präpotent gewirkt. Davon war er wohl auch durch seine Bekanntschaft mit Solitaire geheilt worden. Inzwischen hatte er sich zu einem gestandenen Mann gemausert – athletisch wie ein guter Turner, ohne das gorillaartige Gehabe eines eisenfressenden, mit Anabolika vollgestopften Bodybuilders mit von Testosteronschüben vernebeltem Gehirn. Die wachen, funkelnden Augen lugten aufmerksam durch die herabhängende Matte seiner dichten schwarzen Dreadlocks. Schade, dass Solitaire ihn früher entdeckt hatte als sie. Andererseits passte er auch besser zum karibischen Habitat. Mit Anzug im Büro oder mit Tuxedo im Vestibül der Elbphilharmonie oder beim Neujahrsempfang des Ersten Bürgermeisters würde er vermutlich so verloren wirken wie Heinz Marquardt mit Bermudas in Crayfish River. Nein, jedem sein Biotop, das war von der Natur schon ganz sinnvoll eingerichtet.

Solitaire und Jeremy zeigten sich von der Inneneinrichtung der Yacht beeindruckt. Kein Wunder, denn verglichen mit dem stets irgendwie siffig wirkenden Salon der Pas de Deux war das hier ein schwimmendes Boudoir. Das Zarenwappen kam Solitaire bekannt vor, was angesichts ihrer „russischen" Herkunft nicht sonderlich verwunderte.

„Ja, etwas nobler als die Yellow Dancer ist sie schon ausgestattet, die Liwadija. Der Name verpflichtet natürlich. Nein, da würde ich jetzt nicht reingehen."

Solitaire war aus reiner Neugier in Richtung Achterkabine aufgebrochen und hatte ihre Hand schon auf deren Messing-Türklinke gelegt. Laura erklärte, dass sie dort ihren Gefangenen untergebracht hatte. Solitaire grinste, als durchschaue sie Lauras Finte.

„Ach ja? Dann hätten wir uns ja gar nicht so beeilen müssen, du scheinst hier ja alles im Griff gehabt zu haben."

Laura lachte.

„Fast. Ich mache euch erst mal einen Tee. Russischer Tee aus dem Samowar. Etwas Kaviar müsste auch noch da sein. Wo wart ihr eigentlich die ganze Zeit und wie habt ihr mich hier gefunden?"

Solitaire setzte sich neben Jeremy und himmelte ihn hemmungslos an. So jedenfalls erschien es Laura, die ihre unterschwellige Eifersucht nur schwer ablegen konnte. Sie warf den Samowar an, wie sie es eben noch Arkadij abgeschaut hatte und tat, als habe sie im Rücken keine Augen.

„Na ja, ganz leicht war's tatsächlich nicht. Penelope hat dir vielleicht von unserer Intervention auf dem Athos berichtet? Die beiden Russen waren ganz schön perplex, als wir da mit dem Chopper aufkreuzten und ihnen die Ikone quasi aus den Händen rissen: Mo-lod-tsy! Eigentlich war unser Job damit erledigt und wir hätten wieder zurück in die Karibik gekonnt, bevor uns der Boden in Europa zu heiß wurde. Wir hatten auch schon die Tickets von Thessaloniki nach Paris, um von dort nach Guadeloupe weiterzufliegen."

Sie kaute den Kaviar, den Jeremy ihr mit dem kleinen Löffel in den Mund geschoben hatte.

Was soll ich dir sagen: In Saloniki erwartet uns eine Abordnung griechischer Spezialkräfte, alarmiert, wie sich später herausstellte, von einem französischen Zielfahnder der Sûreté Nationale. Hatte offenbar seit Jahren auf der Ile de Cité in Paris nichts anderes zu tun, als seine Hämorrhoiden zu pflegen und sich auf mein Foto an der Pinnwand einen runterzuholen. Ein gewisser Noël … irgendwas. Wenn ich das schon höre, Noël! Wie kann man seinen Sohn Weihnachten nennen, einfach nur endkrass."

„Er weiß nicht, was ihm durch die Lappen geht", meldete sich erstmals Jeremy und handelte sich prompt einen zwar freundschaftlichen, aber nichtsdestoweniger schmerzhaften Klaps auf die Stirn ein.

„Der Typ geht also Tag für Tag in seinen Tunnel und sucht nach mir, ausschließlich nach mir, hat man Töne. Keine Ahnung, wer ihm gesteckt hatte, dass ich mal wieder in Griechenland sein könnte, um alte Freundschaften aufleben zu lassen und meine Mutter zu besuchen. Jedenfalls hat er sich mit der Polizei in Thessaloniki kurzgeschlossen und ist selbst eingeflogen, um mich zu fangen und im Triumphzug auf dem offenen Karren durch Paris zum Schafott zu führen, nehme ich an. Ein echter Karrieresprung für unseren kleinen Weihnachtsmann."

„Noël, echt jetzt?"

Laura hatte es geschafft, dem Samowar frischen Tee zu entlocken und tischte ihn mit allem auf, was sie außer dem Kaviar noch im Kühlschrank fand.

„Wenn ich dir's doch sage. Commissaire Noël ... Deschamps oder Descamps, glaube ich. Sieht ein wenig aus wie Jean Reno als Léon der Tatortreiniger, ziemlich vierschrötig. Wahrscheinlich im Grunde ein ganz netter Bursche, wer weiß, als Bulle leider in der falschen Fraktion. Niemand ist vollkommen ..."

„Nein, aber einige halten sich dafür", sinnierte Laura leise.

„Niemand außer dir natürlich, dem Minotaurus von Dominica. Du darfst alles werden, nur kein Bulle, versprich mir das!"

Die Gefahr schätzte Laura als eher gering ein. Soweit sie das beurteilen konnte, genossen Polizisten auf Dominica kein größeres Prestige als irgendwo sonst auf der Welt.

Solitaire tätschelte Jeremys Wange und kostete von dem Kaviar, den er ihr auf einem Mini-Blini mundgerecht servierte.

„Nicht schlecht, die Stör-Eier. Wo war ich? Ach so, beim Weihnachtsmann. Es kam zu einem kurzen Feuergefecht, wie du dir vorstellen kannst. Viel Lärm um nichts, letzten Endes. Jerry und ich, wir schlugen uns zum Flughafen durch und kaperten eine Piper PA-44 Seminole, die schon zum Start auf den Runway rollte. Ach so, habe ich noch gar nicht erwähnt. Jerry hat den Pilotenschein. Theo auf Dominica hat ihn angelernt und sich von ihm ein paar Mal nach Jamaika fliegen lassen, zu seiner Brigitte.

Heiße Squaw, wenn man Jerry glauben darf. Frontscheinwerfer wie … Dings … Jane Mansfield, aber Hüften wie ein Sumo. Egal, Liebe kennt keine Diebe … Müsste etwa im selben Alter wie Ignace sein, also mein Ignace, nicht deiner. Wie geht's übrigens dem Jungen bei alledem? Hast du ihn sprechen können?"

„Nur ganz kurz, aber er schien okay."

„Gut. Lange wird's ja nicht mehr dauern, bis du ihn zurückbekommst. Seltsam, dass Hakan noch nicht wieder angerufen hat. Der Doc auch nicht? Na, wie auch immer. Wir setzen uns mit dem Wagen vor die Piper, werfen die drei Typen raus und starten durch. Der Doc hat uns wissen lassen, dass ihr auf Kreta beim Meister eine Kopie machen lassen wollt. Also steuern wir Chania an. Für Russen hatten die Jungs", sie wies mit dem Daumen an Deck, „erstaunlich viele Spuren im Schnee hinterlassen, fühlten sich wohl zu sicher."

„Du kennst den Meister?"

„Nicht persönlich. Aber ich habe vom Doc viel von ihm gehört. Wenn jemand es schafft, in der Zeit eine halbwegs glaubhafte Kopie anzufertigen, dann er."

Wie auf Bestellung klingelte ein Handy. Laura blickte auf Solitaire, die wiederum auf Jeremy und der zurück auf Laura. Der fiel plötzlich ein, dass Arkadij ihr Handy an sich genommen hatte. Sie lief zur Achterkabine und schloss auf. Der Russe stand schon am Schott und reichte Laura ihr Handy, als sei er ihre rechte Hand.

„Für Sie, wie es scheint."

Laura hob ab. Die Fistelstimme am anderen Ende klang unaufgeregt, aber bestimmt.

„Laura? Ich bin's. Wir machen es übermorgen Abend, auf Zypern, im türkischen Teil. Genauere Angaben folgen morgen Vormittag. Ich denke, Sie müssten das locker schaffen. Bis morgen dann, in der Türkischen Republik Zypern!"

Noch hatte sich Laura von dieser akustischen Überrumpelung nicht erholt, da hatte er schon wieder aufgelegt. Solitaire war unterdessen aufgestanden und hatte sich mit der Waffe in der Hand drohend der Achterkabine genähert.

„Sie schon wieder? Bog s nami, stalken Sie mich oder was?"

Laura stand noch unter dem Eindruck des Telefongesprächs und verstand zuerst nicht, wen Solitaire meinte. Dann erinnerte sie sich des Coups vom Athos, bei dem Arkadij ja schon erste Bekanntschaft mit Solitaire geschlossen hatte, ohne sich dessen wirklich bewusst zu sein.

„Sie?", entgegnete Arkadij, dem offensichtlich auch nichts Besseres einfiel und wandte sich an Laura.

„Hätten Sie mir das gleich gesagt … Ich hätte nie geargwöhnt, dass Solitaire und Sie … Was für ein Zufall."

„Es gibt keine Zufälle", schoss es regelrecht aus Solitaires Mund.

„Jetzt, da Sie mein Gesicht gesehen haben, werde ich Sie leider umbringen müssen", sagte sie. Laura, die selten wusste, ob ihre Schwester scherzte oder es ernst meinte, fiel ihr sofort ins Wort.

„Keine Rede! Für heute reicht's. Arkadij ist ein Mann der Kirche und hat wahrscheinlich selbst zu viel Dreck am Stecken, als dass er sich an die Polizei wenden würde. Von ihm hast du nichts zu befürchten. Sehe ich das richtig, Arkadij?"

„Absolut, meine Lippen sind versiegelt."

Der Russe starrte weiter entgeistert auf Solitaire, wohl in der untrüglichen Vorahnung, dass er dieser Frau noch oft in seinen Alpträumen begegnen würde.

„Gut, dann mal husch husch, zurück ins Körbchen." Laura schubste Arkadij in die Kabine und schloss wieder ab.

„Wenn wir gegangen sind, bleiben Sie noch eine halbe Stunde in der Kabine, dann dürfen Sie sich mit Gewalt befreien. Treten Sie von mir aus die Tür ein oder manipulieren Sie das Schloss, mir egal. Oben an Deck liegen Ihre Kollegen, die müssen Sie selbst entsorgen. Ich nehme an, SWR oder SFB haben ihre Leute für so was. Bis zum nächsten Mal, danke für die Gastfreundschaft und vsjego choroschego, so sagt man doch wohl?"

Solitaire nickte. Es war ihr deutlich anzusehen, dass sie den Russen ungern am Leben ließ, aber das hier war Europa und nicht die Karibik. Nicht mal Haie gab's hier. Ein Kontinent für Pussys.

„Apropos. Wie kommen wir jetzt eigentlich an Land?", fragte Laura.

„Kein Problem. Wir haben ein Paar zusätzliche Schwimmflossen mitgebracht", antwortete Solitaire.

„Nein, Unsinn, der Doc soll uns in … genau fünf Minuten abholen. Wenn die Übergabe der Kopie gut verlaufen ist. Das war jedenfalls die Vereinbarung."

„Gut, dann packt euer Zeug zusammen. Zeit, die Liwadija zu verlassen."

Jeremy ging an Deck, wo er vermutlich die Waffen der beiden toten Russen ebenso einsammelte, wie die eigenen Harpunen und die Leichen bedeckte, während Solitaire die Neoprenanzüge in die Rucksäcke stopfte. Dann warf sie noch einen raschen Blick in alle Schapps und Schubladen, die aber anscheinend nichts enthielten, was mitzunehmen sich nach ihrer Einschätzung gelohnt hätte.

Es dauerte immerhin noch eine geschlagene Viertelstunde, bis ein brummender Außenborder die Ankunft des Doc im Dinghy ankündigte. Kaum hatte er mit Jeremys Hilfe längsseits an der Liwadija angedockt, sprudelte es förmlich aus ihm heraus.

„Der Meister … tot, ermordet, Margarita ebenso. Beide vor zwei Stunden mit durchschnittenen Kehlen aufgefunden."

Laura erschrak. Solitaire blieb fokussiert.

„Und der Mops, was ist mit dem?", fragte sie.

„Hat wahrscheinlich die Kopie gefressen und ist daran verendet. Zu viel Blei in den Farben."

„Hör auf mit deinem Blödsinn, das ist nicht zum Lachen."

Laura hatte ihre Geistesgegenwart wiedergefunden.

„Was ist mit der Kopie?"

„Weg. Verschwunden. Ich hab' bei der Polizei nachgefragt. Der oder die Killer haben sie wohl mitgehen lassen."

„Und der Mops?" Solitaire wollte nicht so schnell aufgeben.

„Keine Ahnung. Warum? Willst du ihn adoptieren?"

„Der Mops kriegt den Klops? Nein danke, ich teile deine Hundeleidenschaft nicht, das weißt du. Fahr uns erst mal an Land, damit wir uns neu sammeln und einen Plan B schmieden können."

3. Unternehmen Baklava.

„Und was nun?"

Laura, Solitaire und die beiden Männer saßen in Lauras Hotelsuite am Hafen von Chania. Der Doc bemühte sich um eine möglichst nüchterne Analyse, wenngleich es ihm offensichtlich nicht leichtfiel.

„Da wir von Hakan vermutlich keinen Aufschub erhoffen können, muss Laura trotz allem nach Zypern fliegen, mit oder ohne Kopie."

„Und was soll sie da vorzeigen – ihre Titten?" Solitaire schüttelte missbilligend den Kopf.

„Wenn's nicht anders geht. Wir brauchen einen Plan B, an den wir uns vor Ort sklavisch halten müssen, sonst geht alles FUBAR. Und natürlich angemessenes Backup. Ich nehme an, wir alle begleiten sie."

„Nein", widersprach Solitaire.

„Ich bin dafür, dass wir uns aufteilen."

„Wieso? Wir brauchen auf Zypern unsere geballte Feuerkraft. Warum sollten wir unsere Reihen freiwillig dezimieren?"

„Nicht dezimieren, arbeitsteilig einsetzen. Zypern wird ja wohl keine offene Feldschlacht werden, das schafft ihr beiden schon. Manchmal trifft ja selbst meine Schwester ein Scheunentor. Jerry und ich forschen inzwischen mit Hochdruck nach der Kopie. Wenn wir Glück haben, finden wir sie schnell genug. Wenn nicht, müsst ihr den Türken hinhalten, anders geht's nicht, ich wüsste nicht, wie. Dieb fängt Dieb. Wir wissen nicht, wer den Meister und seine Haushälterin auf dem Gewissen hat. Mein Einsatz ist auf dem Mops. Verschlagenes Viech. Rennt den ganzen Tag durch die Gegend und furzt die Bude rund. Wie kann man sich so was halten?"

„Hakan jedenfalls ist eher nicht dafür verantwortlich", ergänzte Laura.

„Entspricht nicht seiner Interessenslage, außerdem hätten wir sonst schon wieder von ihm gehört. Die Russen offensichtlich auch nicht, die waren selbst zu sehr mit Sterben beschäftigt."

„So ist es", übernahm Solitaire wieder.

„Ich vermute, es handelt sich um jemanden aus einer ganz anderen Schleife und die Ikonenkopie ist lediglich Kollateralschaden. Der Meister hatte seine Finger in mancherlei Geschäften und selbst wenn er in jüngeren Jahren trocken gewesen sein sollte, was ich persönlich übrigens sehr stark bezweifeln möchte, gibt es da vielleicht gewisse Altlasten, die ihn eingeholt haben könnten. Die Ikone als solche hat für Außenstehende keinen großen Wert, aber wer weiß. Die Hoffnung für uns: ein Bild wie dieses lässt sich überall verstecken, bis sich der Staub wieder gesetzt hat und es als vorgebliches Original in aller Ruhe außer Landes geschafft werden kann, wenn das die Zielsetzung ist. Wir setzen uns auf die Fährte und halten Kontakt mit euch. Sollten die Diebe tatsächlich noch hier auf der Insel sein, können wir sie vielleicht ausräuchern. Kreta ist nicht Russland. Der Doppelmord wird Staub aufgewirbelt und allerlei Gerüchte in Umlauf gebracht haben. Auf einer Insel spricht sich so was schnell rum."

Laura nickte.

„Gut, einverstanden. Dann sollten wir sofort alles in die Wege leiten."

Solitaire erhob sich aus dem Sessel und bedeutete Jeremy, ihr zu folgen.

„Habt ihr ausreichend Hardware", fragte Laura.

„Mach dir keine Sorgen, für den Dritten Weltkrieg reicht's nicht ganz, aber für alles Konventionelle …. Wie bleiben wir in Verbindung?"

„Sobald ihr mehr wisst oder, im Idealfall, die Kopie findet, gebt mir eine verschlüsselte Nachricht aufs Handy. Was weiß ich, der Mops geht heute hops oder irgendetwas dergleichen. Je sinnloser, desto besser. Wir sorgen dafür, dass in Heraklion ein Flieger für euch bereitsteht. Ich geb's weiter an Marquardt in Hamburg, der organisiert das."

„Wer ist das? Hält der dicht?"

Laura nickte.

„Mein engster Mitarbeiter und ja, der hält dicht."

„Schläfst du mit ihm?"

„Nein, tue ich nicht. Aber selbst wenn, was geht's dich an?"

„Ich achte eben auf alles, was meine Schwester betrifft, keine Sorge."

Solitaire grinste von Ohr zu Ohr. Offensichtlich glaubte sie Laura kein Wort. Die stand auf, umarmte beide und ermahnte sie, auf sich aufzupassen.

„Wer immer dahintersteckt, hat offensichtlich keine Skrupel."

„Das trifft sich gut, Schwesterherz, wir nämlich auch nicht. Der Mops geht heute hops, eh? Gefällt mir. Wir sehen uns in Larnaka oder Nikosia."

Als die beiden gegangen waren, ließ sich Laura schwer in ihren Sessel fallen.

„Mein Gott, was denn noch alles? Wieso geht nicht irgendwas einfach mal reibungslos vonstatten? Warst du schon mal auf Zypern?" fragte sie den Doc, der verneinte.

„Die ROLA hat Geschäftspartner in Nikosia. Eine geteilte Stadt auf einer geteilten Insel. Ein echtes Drehkreuz der Levante: Griechen, Russen, Araber, Türken, Juden. Während des Kalten Kriegs nannte jemand sie einen stationären Flugzeugträger. Heutzutage ist sie eine riesige Offshore-Bank. Die Regierung bessert ihren Haushalt mit dem Verkauf der zyprischen Staatsbürgerschaft auf, wie die Malteser. Auf diese Weise werden aus Russen und Arabern plötzlich EU-Europäer mit allen Rechten in puncto Freizügigkeit und Niederlassungsfreiheit."

Sie schüttelte angewidert den Kopf. Die Atmosphäre in Nikosia war ihr schon vor Jahren eher morgenländisch als griechisch erschienen. In jüngerer Zeit hatten sich dann die in Russisch gehaltenen Schilder und Plakate rapide vermehrt. Die winzige Altstadt von Nikosia, kaum größer als der Basar von Istanbul, ist immer gerammelt voll mit Menschen aus aller Herren Länder. Dann stehst du plötzlich vor der Mauer entlang der grünen UN-Linie und kannst von einem Podest aus einen Blick auf den türkischen Teil werfen, fast wie ehedem in Berlin."

„Warst du auch drüben?"

„Ja, kein Problem für Nicht-Griechen. Lohnt aber kaum. Ein wenig so, wie Süd- und Nordkorea. Viel verfallene Baumasse, da und dort Renovierungen im türkischen Stil. Auffällig viele junge

Männer, die beschäftigungslos auf der Straße und in den Shisha-Hütten herumlungern. Die meisten wohl Angehörige der türkischen Streitkräfte. Der ganze nördliche Teil der Insel ist kaum weniger waffenstarrend als Kim Jongs Reich."

„Ideales Terrain für Hakan, schwierig für uns", kommentierte der Doc die militärische Seite der Dinge.

„Wir brauchen dringend eine Karte und so viele zuverlässige Informationen über die Insel, wie wir kriegen können. Am besten von jetzigen oder ehemaligen griechischen Militärs, die auf Zypern Dienst getan haben. Wie kommen wir da ran?"

Der Doc blickte auf seine Uhr.

„Gib mir ein paar Stunden. Vielleicht kann ich da über einige französische Verbindungen weiterhelfen, alte Kombattanten und so .... Ich werde einige Anrufe tätigen und mit Leuten reden müssen, die zum Teil ganz schön ungehalten sein dürften, dass ich sie in ihrem Alter aus dem Schönheitsschlaf reiße. Morgen früh um sieben sehen wir uns beim Frühstück, dann weiß ich vielleicht schon mehr. Und vergiss nicht das Flugzeug für Sol und Jerry."

Er stand auf und setzte sein leeres Whiskyglas auf dem Tisch ab.

„Hast du von Jeremy gewusst?", fragte ihn Laura, bevor er ging.

„Ist der Papst katholisch? Gehört zu meinem Job, solche Dinge zu wissen. Zu deinem übrigens auch. Sol hat sich sehr bemüht, es, sorry für das alberne Wortspiel, unter der Decke zu halten. Aber ein alter Fuchs ..."

„... riecht nicht gut, ich weiß", beendete Laura seinen Satz.

„Versuch, ein wenig zu schlafen. Willst du eine Tablette?"

Laura verneinte dankend und begleitete den Doc zur Tür. Dann rief sie Marquardt in Hamburg an, der offenbar in irgendeiner Bar in St. Pauli gestrandet war und sich der Avancen einer Animierdame erwehrte. Die Kommunikation bei der lauten Musik im Hintergrund war mühsam, aber es gelang ihr schließlich, den Auftrag loszuwerden. Marquardt versprach, sich „umgehend" darum zu kümmern.

Die Nacht war kurz und Laura bedauerte es bald, das Angebot des Docs abgelehnt zu haben, denn bei allem, was ihr durch den Kopf ging, fand sie nur wenig Schlaf.

Der Doc seinerseits schien auch bis in die frühen Morgenstunden aktiv geblieben zu sein. Aber bei ihm hatte es sich offenbar gelohnt.

„Frag mich nicht, wie", berichtete er Laura Müsli kauend beim Frühstück, „aber ich habe die Adresse eines pensionierten griechischen Stabsunteroffiziers aufgetrieben, der bei Rethimnon, nicht weit von hier, ein Haus hat. Ein ehemaliger, wie heißt das, Stabsfeldwebel oder Spieß, sagt man wohl bei euch dazu, weshalb auch immer. War schon als junger Mann in den sechziger Jahren, also vor der Invasion der Türken, auf Zypern stationiert und dürfte sich auskennen. Ich schlage vor, wir mieten einen Wagen und statten ihm einen Besuch ab. Falls er zu Hause ist, ich checke das."

Sie hatten Glück: Er war anwesend und bereit, den Doc und Laura zu empfangen. Vermutlich hatte er am Telefon nicht genau verstanden, um was es eigentlich ging, aber sicher schmeichelte es ihm, als militärischer Zypern-Kenner konsultiert zu werden.

Während der Doc sich um einen Mietwagen kümmerte, rief Laura noch einmal in Hamburg an. Marquardt meldete sich mit den üblichen Anzeichen eines mittelschweren Katers, versicherte aber, bereits alles dafür in die Wege geleitet zu haben, dass Solitaire und Jeremy auf dem Kazantsakis-Flugplatz von Heraklion ein aufgetanktes und durchgechecktes Kleinflugzeug vorfinden würden. Blieb zu hoffen, dass dieser hartnäckige Noël alias Léon nicht zu früh Wind davon bekommen würde.

Gegen zehn waren Laura und der Doc unterwegs nach Rethimnon. Der Verkehr auf der Schnellstraße entlang der Küste nahm scheinbar minütlich zu. Reisebusse und LKW kursierten fast wie auf einer deutschen Autobahn, dachte Laura und genoss den Ausblick auf das Meer, den die leicht gewellte Strecke ihnen gewährte. Der Doc war kein Schumacher oder Vettel, aber für einen zweidimensional sehenden Einäugigen fuhr er sehr sicher und beherrscht, fand Laura.

Kurz vor Rethimnon bog der Doc auf einen staubigen Trampelpfad, der ins Nichts zu führen schien. Als sich bei Laura bereits ernste Zweifel an der Software des Navis einzustellen begannen, tauchte hinter einem schütter bewaldeten Hügel das Haus des

Stabsfeldwebels a.D. auf. Dass es sich um dessen Haus handeln musste, daran konnte es dank der beiden großen, schlanken rotbraun angemalten Granaten, die der Hausherr links und rechts vom Eingang in den Vorgarten einzementiert hatte, keinen Zweifel geben. Daran, ob die Granaten etwa noch scharf waren hingegen schon.

„Scheint eine ganz ordentliche Pension zu beziehen, unser Mann", merkte Laura beim Anblick des soliden Ziegelbaus an, der weniger im typischen Kykladenstil gehalten war, als vielmehr einer mallorquinischen Finca nachempfunden schien. Dem Hausherrn oder seinen Gärtnern war es gelungen, dem felsigen Boden dieser Gegend eine erstaunlich vielfältige Flora abzuringen. Exotische Pflanzen, die Laura nie hier anzutreffen geträumt hätte, verbanden sich auf das Vorteilhafteste mit robusten einheimischen Blumen, Kräutern und Gewächsen - Helikonien freilich waren nicht darunter.

Eine kleinwüchsige Haushälterin mit „Presskopf", wie die Türken Frauenhäupter mit den speziellen islamistischen Alien-Kopftüchern nennen, öffnete die Tür und ließ sie herein. Der Feldwebel a.D. selbst erwartete sie auf der Terrasse im ersten Stock. Zur Feier des Tages und wohl auch, um seine Rolle als gesuchter Militärberater zu unterstreichen, hatte der Mann seine zuletzt wohl bei der feierlichen Abschiedszeremonie getragene Gala-Uniform angelegt. Was ihm einige Mühe bereitet haben musste, denn das geruhsame Rentnerleben hatte ihm offensichtlich so gutgetan, dass der militärische Zwirn an einigen Stellen bedenklich kniff und die Knöpfe seines Uniformrocks einer harten Belastungsprobe ausgesetzt waren. Als Laura und der Doc die Terrasse betraten, erhob er sich von dem gedeckten runden Tisch, an dem er wegen seiner zu knapp gewordenen Hose im Stile eines Opernsängers gesessen hatte, der ob der Enge seines Kostüms um seine Zwerchfellatmung ebenso fürchten muss, wie um seine Kronjuwelen.

„Enchanté", fügte er charmant an, während er Lauras Hand drückte. Da er als Grieche das „ch" nicht sauber aussprechen konnte, klang es für Laura allerdings eher wie „en santé", bei bester Gesundheit, was sie für ein merkwürdiges autodiagnostisches Kommuniqué auf eine nicht einmal gestellte Frage hielt.

„Ich bin entzückt, den französischen Marineattaché auf Kreta einmal näher kennenzulernen", rief er. Mein Name ... Warum nennen Sie mich nicht einfach Kostas. Jeder hier tut das, also ... Ihre Gattin?"

Er wies fragend auf Laura.

„Nein, ich war nie verheiratet. Ein Umstand, dem ich vermutlich mein relativ langes Leben verdanke. Als Militär, na ja, wem sage ich das, mon général ... Madame Förster ist Deutsche, auf der Suche nach einem entfernten Vorfahren, der sich 1941 bei der Operation Merkur auszeichnen durfte und später unter ungeklärten Umständen auf Zypern verschwand. Daher unser reges Interesse ..."

„Ich verstehe", entgegnete der auf dem ganz kurzen Dienstwege beförderte Unteroffizier a.D. Laura kam sich vor wie eine aus Versehen zwischen Felix Krull und Baron von Münchhausen geratene Anne Boleyn.

„Wenn Sie nach ungeklärten Schicksalen suchen, dürften Sie auf Zypern auf Schritt und Tritt fündig werden,", fuhr der Grieche ungerührt auf Englisch fort.

„Zumal sich in den Jahren kurz vor und kurz nach der türkischen Invasion dort Dinge ereigneten, die bis heute nachwirken. Kein Zyperngrieche, der nicht irgendeine Rechnung mit den Türken offen hat – und umgekehrt. Wir Griechen waren auch noch nie Kinder von Traurigkeit, das will ich gar nicht verhehlen."

Kostas bat Laura und den Doc, Platz zu nehmen. Der Tisch war mit Tee, Loukoumi, Kourambiedes und anderem griechischem Gebäck gedeckt.

„Wenn ich Ihnen in irgendeiner Weise behilflich sein kann, verfügen Sie bitte über mich ... Eine Kriegsverletzung?" Er deutete auf die Augenklappe des Doc. Der bejahte zu Lauras Entsetzen.

„Algerien, OAS, pieds noirs, was soll ich Ihnen sagen. Alte Kamellen. Die Kugel eines Heckenschützen. Glücklicherweise kaum mehr als ein Streifschuss, aber das Auge war hin und meine militärische Karriere damit vorerst ebenso."

„St. Cyr, nehme ich an?"

„So ist es. Später persönliche Leibgarde des Präsidenten. Und wenn ich Präsident sage, meine ich nicht den jetzigen Hanswurst, der seine eigene Mutti geheiratet hat, sondern den General. Pardon, so despektierlich sollte ich nicht von meinem derzeitigen Dienstherrn sprechen, aber manchmal gehen die Gäule noch mit mir durch. Sie werden es mir nachsehen müssen, mon général."

Kostas lächelte selig. Er hatte zwar keinerlei belastbaren Anspruch auf diese Anrede, war aber offenbar entschlossen, sich solange wie irgend möglich in ihrer wohltuenden Wärme zu aalen.

Im Lauf der folgenden angeregten Unterhaltung ließ mon général Laura und den Doc wissen, dass er seit den 1960er Jahren erst als junger Rekrut, viel später dann als Ausbilder praktisch durchgehend auf Zypern stationiert gewesen war. Zwischenzeitlich habe er dort auch einem geheimen Kommando angehört, das sich anschickte, den damaligen türkischen Vizepräsidenten Rauf Denktaş zu entführen oder, sollte das misslingen, ihn ersatzweise zu liquidieren.

„Denktaş wurde von den Unsrigen bereits als der kommende Mann auf zyperntürkischer Seite gehandelt. Nun ja, wir entwarfen jede Menge Pläne, rekrutierten unzufriedene türkische Militärs als V-Leute, legten allerlei provisorische Operationszentralen im Norden an – kurz, taten alles, was notwendig und geeignet schien, das Unternehmen Baklava erfolgreich umzusetzen."

„Baklava, wie das Gebäck?" Laura musste unwillkürlich grinsen.

„Nun ja, wenn Sie mal Fotos von Denktaş gesehen haben, wissen Sie, warum … Der Mann war kein Freund monatelangen Fastens, so viel steht fest."

Der Feldwebel wartete, bis seine Haushälterin eine Kanne frischen Tee serviert hatte.

„Aber wie das Leben so spielt, die Politiker bekamen plötzlich kalte Füße und pfiffen uns im letzten Augenblick zurück. Allmählich welkte das Projekt dahin, auch, weil Denktaş von Ankara eine Weile aus dem Verkehr gezogen wurde. Schließlich verbrachten wir unsere Zeit nurmehr mit strategischen Glasperlenspielen. Die Verselbstständigung und Fossilisierung militärischer und ziviler Gremien, die von den Ereignissen überholt wurden, ist ein kurioses Phänomen, das Ihnen sicher hinreichend aus Ihren Ländern bekannt sein wird. Nehmen Sie den albernen britischen Privy Council, der längst keine konkrete Aufgabe mehr erfüllt - falls er das überhaupt je tat. Die Mühe, solchen Gremien die eiserne Lunge abzustellen, macht sich aber auch niemand. Auf diese Weise vegetieren die untoten Mitglieder dahin und treten in mehr oder minder regelmäßigen Abständen zusammen, ohne eigentlich zu wissen, warum."

Kostas hatte offenbar Betriebstemperatur erreicht und wäre vermutlich den ganzen Tag auf seinem Lieblingsthema herumgeritten, hätte Laura, der das Gespräch zunehmend wie reine Zeitverschwendung erschien, den Doc nicht nach zwei Stunden per Blickkontakt zum Aufbruch gedrängt.

„Wenn ich Sie richtig verstanden habe, sind Sie also mit der Topographie und den wichtigsten militärischen Einrichtungen des türkischen Nordens vertraut und bereit, Ihr Wissen mit uns zu teilen. Wären Sie auch in der Lage, den einen oder anderen Ihrer ehemaligen Kameraden für, sagen wir, eine Neuauflage des Unternehmens Baklava zu reaktivieren?"

Kostas blickte erstaunt und nickte eher fragend als zustimmend.

„Was heißt Neuauflage? Es ist damals ja nie dazu gekommen. Wen wollen Sie denn entführen?"

„Es geht bei diesem streng geheimen Kommandounternehmen nicht um eine Entführung, sondern ganz im Gegenteil um die Befreiung eines bereits entführten Jungen aus türkischer Hand, wenn ich so sagen darf. Eine riskante Sache, Black Ops, gewissermaßen. Ich darf auf Ihre Verschwiegenheit zählen? Die Einzelheiten würden wir dann erst im Flieger klären. Kein Misstrauen, aber man kann nicht vorsichtig genug sein. Sind Sie interessiert, mon général? Wenn ja, wie viele Männer glauben Sie, bis morgen hier oder auf Zypern zusammentrommeln zu können?"

Kostas lebte sichtlich auf. Die Worte des Doc waren Musik in seinen Ohren. Nicht genug damit, dass seine Nummer erstmals seit seiner Pensionierung wieder aufgerufen worden war, ging es gegen den Erzfeind im Osten. Das Ausschalten der Kanonen von Navarone war ein Dreck dagegen.

„Eine Handvoll geeigneter Männer müsste ich auf die Schnelle zusammenbringen können", entgegnete er auf die Frage des Doc.

Der nickte anerkennend.

„Das wäre ausgezeichnet. Ein halbes Dutzend, mehr brauchen wir nicht, wollen ja nicht den Nordteil einnehmen und türkenfrei machen. Wie steht es mit Waffen?"

Kostas winkte ab.

„Organisiert mein Verbindungsmann in Nikosia, gibt ja genug Material auf der Insel. Türkische Rekruten verkaufen im Grunde alles, was Euro oder Dollar verspricht, von der Armeepistole über den Raketenwerfer bis hin zum kompletten, einsatzfähigen Leopard-Panzer. Die meisten Soldaten stammen aus Anatolien, sympathisieren zum Teil mit den Kurden und haben mit Zypern so oder so nichts am Hut."

„Perfekt. Ich zähle auf Sie, mon général. Damit ist Baklava sozusagen im Ofen. Rassemblement in Chania morgen früh um acht, einverstanden?"

Sie verabschiedeten sich vom Stabsfeldwebel a.D. und fuhren zum Hotel zurück. Solitaire hatte sich noch nicht gemeldet.

„Was versprichst du dir eigentlich von Dad's Army?", fragte Laura unterwegs.

„Werden sehen. Auf Zypern können wir jede Hilfe brauchen, die wir kriegen können. Außerdem sind die Opas nicht viel älter als ich. Und du weißt ja, was man sagt."

„Nein, was sagt man?"

„Alte Männer sind gefährlich, denn sie haben nichts mehr zu verlieren."

SECHSTES KAPITEL

1. Der lauschende Kontrabass.

„Bitte schnallen Sie sich wieder an, wir sind bereits im Sink-flug auf Larnaka International."

Laura schlug die Augen auf und blickte aus der schmalen Schießscharte von Fenster der Phenom 300, die gerade zu einer weit gezogenen Warteschleife im Luftraum über dem südlichen Zypern ansetzte. Unten lag die Insel von der Form einer mit fünf Zipfeln verzierten Bassgeige. Die meisten Ansiedlungen von Stadtgröße lagen entlang der Küste, nur die Hauptstadt Nikosia hatte es vorgezogen, sich in der Mesanoria-Ebene zwischen zwei schützende Gebirgsmassive zu quetschen.

„Eine Bassgeige, die weniger spielt als lauscht", murmelte der Doc schlaftrunken, als Laura ihm ihren ersten Eindruck schilderte.

„Früher war es mal der westliche Horchposten nach Nahost, das gute alte Zypern. Heutzutage ist seine militärische Bedeu-tung verschwindend, obwohl die Briten mit Zähnen und Klau-en an ihren beiden Stützpunkten festhalten. Reine Prestigefrage. Wenn die britische Dogge sich erst einmal in etwas verbissen hat, lässt sie freiwillig nie wieder los."

Laura nickte und musterte die vierköpfige Gruppe von „Ver-zichtbaren", die Kostas in aller Eile auf die Beine gestellt hatte. Auch wenn der eine oder andere dank mediterraner Kost und viel jodhaltiger Seeluft auf den ersten Blick noch recht frisch wirkte, dürfte keiner von ihnen unter siebzig sein und nicht an irgendwelchen Zipperlein laborieren. Die eigenen Zähne grub auch schon lange keiner mehr in Moussaka und Pastizio, darauf hätte Laura jede Wette abgeschlossen. Den gepanzerten Rollator mit integriertem Raketenwerfer schob aber Gott sei Dank auch noch keiner. In Zivil sahen sie aus wie ein Häufchen Senioren auf Kreuzfahrt, die bei der Hafentour der zwar attraktiveren, aber leider falschen Führerin gefolgt sind, vom Rest der Truppe getrennt wurden und nun nicht wissen, wie sie wieder an Bord kommen sollen. Laura hatte Mühe, sie sich bewaffnet vorzustellen. Doch wenn jemand in den letzten Jahren gelernt hatte, den Stab nicht vorschnell über Menschen gleich welchen Alters zu brechen, dann die anstellige Mrs. Förster.

Für alteingesessene Kreter wie diese konnte es nicht schwer sein, sich mit dem Schicksal Zyperns zu identifizieren, hatten beide Inseln nicht nur die jeweils respektable Größe gemeinsam: die gefühlt „ewige" osmanische Besetzung und die Sehnsucht nach der Vereinigung mit dem Mutterland unter dem elektrisierenden Slogan der Enosis zum Beispiel.

Mitte der siebziger Jahre hatten die putschenden, siegestrunkenen Athener Obristen das sichere Gefühl, Zypern in einem Aufwasch heim ins Reich führen zu können. Zumal im Gefolge der Unruhen, die nach der Absetzung des Erzbischofs Makarios folgten, der in Personalunion auch weltlicher Statthalter der Insel war. Die Großmächte würden wieder einmal ein Auge zudrücken und eine Invasion durch die Türken auf diplomatischem Weg verhindern.

Briten, Amerikaner und Russen hielten in der Tat still, wiesen die Türken aber diesmal vergeblich in die Schraken.

Bülent Ecevit ließ seine Truppen am „Griffbrett" der Bassgeige landen und den nördlichen Teil der Insel bis vor die Tore Nikosias besetzen. Der von den Türken geltend gemachte Anlass für die Invasion war klassisch, deswegen aber noch nicht völlig aus der Luft gegriffen. Begünstigt durch die britische Taktik des „teile und herrsche", hatten verantwortungslose Politiker zwanzig Jahre lang eifrig Wind gesät und die beiden wichtigsten Bevölkerungsteile systematisch aufeinandergehetzt. Den Sturm zu ernten, überließen sie dann anderen.

Die dauerhafte Teilung der Insel in einen ehedem bettelarmen, waffenstarrenden Norden und einen vor allem finanzwirtschaftlich florierenden Süden wurde unvermeidlich. Zypern in diesem Zustand zu einem Mitglied der EU gemacht zu haben, war nach Ansicht vieler das Resultat eines durchsichtigen politischen Manövers. Ohne das Placet der „Schutzmacht" Griechenland hätten sich dank des Einstimmigkeitsgebotes nämlich sowohl die

Einführung des Euro, als auch die Osterweiterung erheblich verzögern können, was vor allem den stets auf neue Exportmärkte schielenden Deutschen ein Gräuel gewesen wäre. Zypern war die vergleichsweise kleine Kröte, die man glaubte, als Hors d'oeuvre schlucken zu können.

Die Maschine fuhr ihr Fahrwerk aus. Lauras Ohren schmerzten, aber es war gerade noch auszuhalten. Ein harter Aufprall auf der Piste, heulende Schubumkehr, Bremse und Ausrollen. Bingo. Manchmal hatte Laura das Gefühl, sie könnte selbst eine Maschine wie diese fliegen, falls Pilot und Co-Pilot mal wegen eines verdorbenen Fischgerichts ausfielen. Das Risiko war anscheinend gering. Irgendwann hatte sie gelesen, dass die Piloten einer Maschine niemals dasselbe Gericht vertilgen: Wählt der Kapitän Fisch, muss der Co mit Fleisch Vorlieb nehmen oder vegetarisch essen. Dass beide Gerichte verdorben waren, kam offenbar nicht vor.

Das war zurzeit sowieso ihr geringstes Problem. Die Hintergründe des Raubmords von Chania hatten dank Solitaires Zwischenbericht deutlichere Konturen gewonnen.

„So, wie es aussieht, hat der Meister früher regelmäßig Rohdiamanten entgegengenommen und unter anderem in Bildern, Ikonen und Skulpturen versteckt weiterbefördern lassen. Daran hing ein schwunghafter Handel, von dessen Ausbeute sich eine internationale Bande finanzierte. Dieses Netzwerk wurde zwar irgendwann nicht zuletzt dank der Kooperationsbereitschaft Frazers zerschlagen, aber die Gerüchte, er habe später fortgesetzt, wo die Bande damals aufgehört hatte, wollten wohl nie so ganz verstimmen. Als nun ein paar örtliche Ganoven möglicherweise sogar von der guten Margarita hörten, dass der Meister zurzeit an einer aufwändigen Ikone arbeitete, folgerten sie daraus, dass er dabei war, eine besonders wertvolle Sendung zusammenzustellen. Also überfielen sie die Werkstatt, raubten die Ikone und brachten Margarita als lästige Mitwisserin ebenfalls um. Das einzig Positive - der Mops ist raus aus der Sache."

Lauras Herz sank ihr in die Jeans. Um an die in Wahrheit nicht vorhandenen Diamanten zu kommen, mussten diese Burschen sie vermutlich aufschlitzen und damit für immer zerstören.

„Kann sein, wird wohl so sein", hatte Solitaire eingeräumt.

„Trotzdem, wir tun, was wir können. Angeblich handelt es sich um ein paar Ganoven aus der Sfakia, an der kretischen Südküste. Jerry und ich bleiben ihnen auf den Fersen. Vielleicht kann man die Kopie ja trotz allem noch mal wiederherstellen, wenn wir sie denn finden. Für eine vollständige Restaurierung bleibt natürlich keine Zeit. Wir halten euch auf dem Laufenden."

Das klang nicht gut. Die Sfakia war so ziemlich die finsterste Gegend Kretas, die ihren an ein Schlachthaus gemahnenden Namen nicht umsonst trug. Hier waren Mord und Totschlag, Blutschande und Blutrache seit Jahrhunderten gang und gäbe. Der englische Schriftsteller Ernle Bradford, als Marineoffizier des Zweiten Weltkriegs in der Ägäis unterwegs, beschreibt in seinem Führer durch die griechischen Archipele, den Laura einmal durchgeblättert hatte, eine Gruppe kretischer Widerstandskämpfer, die während der Operation Merkur Jagd auf versprengte und verwundete deutsche Fallschirmjäger machten, um ihnen den Rest zu geben. Eine wildere, blutrünstigere Truppe, so Bradford, dem man sicher keine übertriebene Deutschenaffinität vorwerfen kann, habe er weder zuvor, noch danach je gesehen. Eine ganze Reihe dieser Männer dürfte der Beschreibung nach aus der Sfakia gekommen sein. Kein Wunder, dass diese Art Burschen mit dem Meister und seiner Margarita kurzen Prozess gemacht hatten.

„Seht euch vor, die Sfakia ist die Bronx der Insel. Wenn unser Plan B morgen klappt, brauchen wir die Kopie ja gar nicht mehr."

Solitaire hatte nur grimmig gelacht.

„Klingt wie der passende Spielplatz für uns. Mal sehen, was die Jungs so draufhaben. Es geht mir nicht mehr nur um die Kopie. Der Meister gehörte zu unserem Team und wir werden nicht zulassen, dass diese Killer ungestraft davonkommen. Die werden uns kennenlernen. Und sieh dich selbst vor. Hakan ist jede noch so verabscheuungswürdige Gemeinheit zuzutrauen, das hast du ja erlebt. Ich möchte meine Schwester am liebsten in einem Stück wiedersehen."

In ihrer Verzweiflung war Laura drauf und dran gewesen, die ganze Sache schweren Herzens abzublasen und Hakan auf Knien um Aufschub zu bitten. Sie sah keine andere Möglichkeit mehr, Ignace frei zu bekommen. Dass Hakan für sie nicht erreichbar war, machte alles noch schwieriger. Und selbst wenn er ihr Aufschub gewähren sollte: wo hätten sie in der Eile Ersatz für den Meister finden und unter welchem Vorwand Hakan hinhalten sollen? Solitaire hatte Lauras Niedergeschlagenheit wohl durchs Telefon gespürt.

„Aufgeben und um Gnade winseln ist keine Option, nicht für eine Förster, hörst du? Die Genugtuung werden wir ihm nicht gönnen. Wenn du nichts zu tauschen hast, musst du den Jungen eben mit List und Tücke raushauen. Ja, ich weiß, wie du darüber denkst, Laura, aber einen Plan C gibt es nun mal nicht. Und vergiss nicht, Ignace ist der Sohn seines Vaters. Wenn er auch nur einige seiner Gene in sich trägt, ist er jeder Stresssituation gewachsen. Vielleicht, wer weiß, ist er Hakan ja auch längst entwischt und schlägt sich irgendwie durch. Du fliegst jedenfalls nach Zypern und triffst Hakan. Der Mann fühlt sich turmhoch überlegen, das ist deine Chance. Der Doc ist ja auch noch da. Und vielleicht taugt die Opa-Abteilung mit Kostas & Co. ja auch zu was. Den Doc kennt Hakan, oder besser, glaubt ihn zu kennen. Bei Jerrys Anblick würde er sofort Verdacht schöpfen.

„Was du vorschlägst", hatte Laura geantwortet, „läuft darauf hinaus, in einen eingleisigen Tunnel zu fahren, ohne zu wissen, ob es Gegenverkehr gibt. Als Geschäftsfrau sträubt sich alles in mir, solch unkalkulierbare Risiken einzugehen."

„Dann sei einfach Mutter, schließ die Augen und fahr in den Tunnel ein."

Die Ankunftshalle des Larnaka International glich denjenigen von Flughäfen überall auf der Welt. Bemerkenswert waren lediglich die vielen deplatziert wirkenden Hinweisschilder in kyrillischen Lettern, die Laura den Eindruck vermittelten, auf einem russischen Regionalflughafen gelandet zu sein. Der Doc unterhielt sich angeregt mit Kostas, der seinerseits unruhig in die Runde blickte, als sei er auf der Suche nach einem örtlichen Bekannten.

Endlich hatte er offenbar den Mann gefunden, den er suchte. Kostas stellte ihn nach herzlicher Umarmung und Küsschen auf die Wangen als Andreas Andreou vor und erklärte Laura und dem Doc, dass dies der „Waffenmeister" sei, der den kleinen Kommandotrupp komplettieren werde.

Während der quälend langen Fahrt im gemieteten Kleinbus von Larnaka nach Nikosia diskutierte Laura mit dem Doc über die Informationen, die ihr Solitaire über die Ereignisse in Chania mitgeteilt hatte. Dass es keine Hoffnung darauf gab, die Ikonenkopie noch rechtzeitig für die am selben Abend geplante Übergabe zu erhalten, schien ausgemacht.

„Dumm, aber abzusehen. Dann müssen wir eben unsere leichte Kavallerie in Stellung bringen."

So schwiegen sie eine Weile, jeder in seine eigenen Gedanken versunken.

„Andreas Andreou?", fragte Laura schließlich Kostas eher beiläufig.

„Klingt irgendwie fantasielos, dafür aber auch leicht zu merken."

„Solche Namenspärchen werden Sie häufig auf Zypern antreffen", erläuterte Kostas.

„Das hat hier Tradition. Ähnlich wie die Türken vor Mustafa Kemals drastischen Reformen, trugen die Zyperngriechen ursprünglich nur Vornamen. Als es da wie dort darum ging, sich westlichen Gepflogenheiten anzugleichen, sich zum Beispiel Nachnamen zuzulegen, mit denen Einwohnermeldeämter etwas anzufangen wussten, ließen die Türken ihrer Fantasie freien Lauf und ersannen zum Teil bizarre Namen, deren Verspieltheit dem Rest der Welt zum Glück für die Türken mangels Sprachkenntnissen allerdings meist verborgen bleiben. Die Zyperngriechen erwiesen sich in dieser Hinsicht als pragmatischer, beschränkten sich auf die bloße Doppelung des Vornamens, der dann, in der Form des possessiven Genitivs, der sonst Frauen vorbehalten bleibt, als Nachname dient: Andreas Andreou oder Andreas vom Clan der Andreasse."

Laura nickte. Gewiss, wenn man es so sah …

Das Cyprus Palace von Nikosia, in dem Laura und der Doc abstiegen, wirkte komfortabel und jedenfalls peinlich sauber. Die Rentnerband der „Entbehrlichen" verabschiedete sich fürs Erste. Es gab noch eine Menge zu tun. Den Schlachtplan würde man entwerfen, sobald Hakan sich gemeldet und den genauen Ort der Übergabe genannt hatte.

Dann blieb wieder einmal nur zermürbendes Warten. Laura machte sich gar nicht erst die Mühe, ihren Koffer auszupacken, sondern streckte sich auf dem Bett ihres Hotelzimmers aus, das Handy griffbereit auf dem Nachttisch. Aber jedes Mal, wenn sie die Augen schloss, blitzten Bilder der sich überstürzenden Ereignisse dieser bewegten Tage vor ihr auf, so dass sie die Augen schnell wieder öffnete – auch aus Angst, einzunicken und den alles entscheidenden Anruf Hakans zu überhören.

Als ihr Handy schließlich klingelte, war sie trotz allem zunächst verdattert. Mit fahrigen Fingern griff sie nach dem schlanken, glitschigen Gerät und hätte es in der Aufregung fast in die unergründlichen Tiefen ihrer weit geöffnet neben dem Bett stehenden Handtasche geworfen.

„Hallo Laura", erklang Hakans Stimme. Wenn er sich doch bloß mal eine etwas originellere Eröffnung ausdenken würde.

„Man berichtet mir, dass du auf unserer Insel angekommen bist. Ausgezeichnet, auf euch Deutsche ist eben Verlass. Meine Landsleute hingegen … aber das gehört nicht hierher. Ich schlage vor, wir treffen uns um zweiundzwanzig Uhr in der Nähe von Famagusta. Es gibt da die Ruine einer Kapelle aus griechischen Tagen. Ganz rot verputzt, weshalb sie bei den Hiesigen auch die rote Kapelle heißt. Ein kleiner historischer Scherz als Verbeugung vor unseren russischen Freunden vielleicht. Ich schicke dir die Koordinaten des Orts auf das Smartphone, dann kannst du sie in ein Navi eingeben und brauchst nicht in der Dunkelheit herumzutappen. Ach ja, und komm bitte allein, begleitet nur von der Madonna, sonst …"

„Ja, schon gut, ich habe verstanden", unterbrach ihn Laura. „Aber es gibt ein Problem, Hakan, die Ikone …"

„Nein, Laura", unterbrach sie Hakan gebieterisch und krächzte ungewöhnlich laut für jemanden, dessen Spitzname der Leise war, „es gibt kein Problem, hörst du? Keine Komplikationen, eine simple Übergabe, nicht mehr und nicht weniger. Der junge Ignace gegen die alte Ikone und basta. Keine Spielchen, keine dummen Tricks, sonst kannst du den Jungen abschreiben, so wahr ich Hakan heiße."

2. Die rote Kapelle.

Laura konnte sich kaum erinnern, wann sie zuletzt am Steuer eines Wagens gesessen hatte. Zu Hause in Hamburg griff sie regelmäßig auf ihren Chauffeur zurück und als Reisende nahm sie sich stets ein Taxi, schon, um sich im Wagen noch einmal kurz auf bevorstehende Geschäftsverhandlungen oder Konferenzen vorbereiten zu können, statt an unbekannten Orten unnötig Energie auf verwirrende Suchaktionen verwenden zu müssen. Umso überraschter war sie nun auf dem Weg in Richtung Küste, wie leicht es ihr fiel, sich auf den örtlichen Linksverkehr einzustellen. Leichter jedenfalls, als auf die türkischen Namen von Orten, die sie bislang, wenn überhaupt, nur nach ihren griechischen Bezeichnungen kannte. Nach Famagusta, das auf Türkisch Gazimağusa hieß, hätte sie auf den Hinweisschildern besonders lange suchen können. Sie musste lachen, als sie bei der Gelegenheit daran dachte, dass sie bei ihrem ersten Besuch im mehrsprachigen Belgien Mons und Bergen für zwei verschiedene Städte gehalten hatte.

Glücklicherweise galt der Linksverkehr auch auf der türkischen Seite Zyperns, denn sich nach dem Grenzübergang vorübergehend wieder auf Rechtsverkehr einstellen zu müssen, hätte ihre augenblickliche Konzentrationsfähigkeit dann doch vermutlich leicht überfordert.

Der Treffpunkt, eine verfallene orthodoxe Kapelle, lag etwas abseits der Schnellstraße, die Nikosia mit Famagusta verbindet. Die rote Farbe, die die Ruine einst aus unerfindlichen Gründen gekennzeichnet hatte, war nur noch an wenigen Stellen zu erahnen. Der Lageplan, den Kostas bei ihrer ersten und letzten Besprechung skizziert hatte, sah nicht sonderlich kompliziert aus: ebenes Gelände, spärlicher Bewuchs, selbst im Dunkeln von großer Übersichtlichkeit und vermutlich nicht zuletzt deshalb von Hakan ausgesucht.

„Keine schlechte strategische Wahl des Türken", befand auch Kostas anerkennend.

„Anschleichen fast unmöglich, unbeobachtet wegkommen allerdings auch. Keine Stellung ist uneinnehmbar. Auch Konstantinopel und Jerusalem sind letzten Endes gefallen. Alles eine Frage der sorgfältigen Planung. Und dabei vor allem des Timings, sehr wichtig! Alle Rädchen müssen ineinandergreifen."

Das war leicht gesagt. Laura wurde von Hakan allein erwartet und hatte außer ihrem guten Namen nichts anzubieten. Was immer der Doc, Kostas und seine Männer sich an Schlichen einfallen ließen, musste gleich zu Beginn Wirkung zeitigen, noch bevor Hakan erkannte, dass sein Gegenüber nicht in der Lage war, das Gewünschte zu liefern.

„Der General und ich", hatte Kostas vorgeschlagen und dabei auf den Doc und sich selbst gezeigt, „wir beide legen uns hinten in den Kofferraum. Wir lösen die Rückbank, so dass wir genügend Luft bekommen und etwas Bewegungsfreiheit haben. Panagiotis, Andreas, Evangelos und Leftheris schneiden Hakan den Fluchtweg ab."

Er hatte einen Augenblick nachgedacht und die Karte Nordzyperns überflogen.

„Der Mann überlässt nichts dem Zufall, wie es scheint. So nahe an Famagusta, dem einzigen brauchbaren Hafen im Norden, wird er vermutlich seinen Rückzug auf einem Schiff oder besser noch auf einer Yacht durchzuführen geplant haben. Ich sage das nicht gerne, aber es ist ja durchaus möglich, dass er dann Ignace immer noch in seiner Gewalt hat und nicht mit ihm auffallen will. Zur türkischen Küste, wo er mit einem Dinghy irgendwo ungesehen an Land steigen kann, ist es nur ein Katzensprung. Diesen Schachzug müssen wir ihm für den Fall verbauen, dass es ihm gelingen sollte, die rote Kapelle lebend zu verlassen. Was wir hoffentlich zu verhindern wissen."

Laura war von Kostas' systematischer Herangehensweise angetan. Der Stabsfeldwebel a.D. hatte offenbar mehr auf dem Kasten, als sie ihm anfangs zugetraut hatte. Wieso war er bei seinen strategischen Fähigkeiten nur Unteroffizier geblieben?

Die Antwort aus dem Kofferraum ließ einige Augenblicke auf sich warten.

„Zunächst einmal fehlten mir gewisse formale Voraussetzungen für eine Offizierslaufbahn, höherer Schulabschluss und so weiter.

Gut, das hätte ich an Abendschulen nachholen können, haben andere ja auch geschafft. Aber Sie wissen ja selbst, es gibt fähige Menschen, die leisten hervorragende Arbeit in subalternen Funktionen, versagen aber, sobald man sie befördert und ihnen größere Verantwortung und Entscheidungsbefugnis zumutet. Bei Soldaten ist das Phänomen besonders ausgeprägt, glaube ich. Die Logistik einer militärischen Operation zu sichern, ist eines. Hoffnungsvolle junge Männer sehenden Auges in den so gut wie sicheren Tod zu schicken, etwas Anderes."

Das konnte Laura nachvollziehen. Die Handvoll Freiwilliger, die sich zur Teilnahme an Operation Baklava bereit erklärt hatte, bestand aus Veteranen, die ihren aktiven Dienst längst hinter sich gelassen hatten und den Tod nicht fürchteten, sondern im Gegenteil lieber in Stiefeln als in Puschen starben. Als sie mit dem Doc die Männer am Abend außerhalb der Stadt, noch diesseits der Grenze, am festgelegten Treffpunkt aus ihrem Wagen steigen sah, hatte Laura sie zunächst gar nicht erkannt. Sie steckten allesamt in unförmigen, ausgebeulten Tarnuniformen, die sie, wie Kostas erläuterte, in einem Militaria-Shop in Nikosia nach dem Motto eine Größe passt allen billig erstanden hatten. Ihre Gesichter waren mit Schuhwichse geschwärzt, die automatischen Waffen schimmerten silbrig blau in ihren Händen: eine zu allem entschlossene Truppe, die jedes noch so streng bewachte Altenpflegeheim im Handstreich genommen hätte. Der Doc war wie immer die Extra-Meile gegangen und hatte sein noch vom Koreakrieg stammendes schwarzes Barrett aufgesetzt, das Penelope angeblich versehentlich einem Hauptwaschgang von sechzig Grad unterzogen hatte. Es war dabei in etwa auf Kippa-Größe geschrumpft, machte sich aber auf dem Schädel des Docsimmer noch vorteilhaft und stieß bei den griechischen Veteranen auf ein ähnlich positives Echo wie das grüne Barett der amerikanischen Marines, mit denen der eine oder andere von ihnen ehedem bei der Befreiung Kretas als Pimpf Seite an Seite gekämpft hatte.

„An der nächsten Abzweigung links abbiegen", erklang die samtene Frauenstimme wie das Schnurren eines Kätzchens aus dem Navigationsgerät. Laura trat so hart auf die Bremse, dass ein seit zwanzig Minuten hinter ihr her zuckelnder LKW mit dem vermutlich auf seine Playstation konzentrierten Fahrer beinahe auf sie aufgebrummt wäre. Der Trucker hupte ihr wütend nach, während sie in dem Gehölz links von der Schnellstraße verschwand. Ihren ersten Reflex, dem LKW-Fahrer zum Abschied mit dem Mittelfinger zu winken, unterdrückte sie. Wer wusste, ob der Mann nicht zur selben Riege nachtragender Brummis gehörte, die sie ab und zu als blutrünstige Plagegeister in Horrorfilmen gesehen hatte. Stattdessen blendete sie auf, um sich in der Pampa, in die sie dank der „Navitussi" geraten war, besser zurechtzufinden.

„Wir sind jetzt auf den Oregon Trail eingebogen", gab sie nach hinten durch, als hätten die beiden im Kofferraum herumwirbelnden Männer das nicht schon am eigenen malträtierten Körper gemerkt.

„Bitte die Sitzgurte anbehalten."

Hoffentlich begegnete ihr im Dunkeln keine Ziegen- oder Schafherde. Die Griechen hingen sehr an ihren Ziegen, obwohl sie mit ihrem unersättlichen Appetit auf so gut wie alles Grünzeug die ohnehin schon kargen Inseln und Landstriche erst recht in Steinwüsten verwandelten. Selbst Schafe lassen da und dort einen Grashalm stehen. Nicht so Ziegen: Gras, Blumen, Sträucher, Kakteen, einfach alles, was die Botanik zu bieten hat, wird abgepflückt und zerkaut. Das tut der Liebe der Griechen keinen Abbruch. Wer versehentlich einen Menschen überfährt, kommt vielleicht mit einem Bußgeld davon. Wer dagegen eine Ziege auf dem Gewissen hat, muss auf dem Lande Lynchjustiz fürchten.

Das Terrain wurde inzwischen rasch holpriger. Glücklicherweise hatte Laura auf den Mann an der Rezeption gehört, der ihr ein geländegängiges Fahrzeug ans Herz gelegt hatte. In einem normalen Wagen wäre sie jetzt wahrscheinlich schon mit Achsbruch irgendwo in der Einöde liegengeblieben.

Dann sah sie plötzlich eine Art Ruine im Lichtkegel aufragen, stoppte den Wagen etwa zwanzig Meter davor und gab die vereinbarten drei kurzen und zwei langen Lichtsignale. Dann löschte sie die Scheinwerfer ganz.

„Houston, ich verlasse jetzt die ISS", kündigte sie ihren beiden Helfern an, die im Kofferraum zu rumoren begannen und im Liegen ihre Waffen durchluden. Laura hoffte, die beiden würden sich nicht schon beim ungelenken Versuch, mit steifen Gliedern aus dem Wagen zu klettern, gegenseitig erschießen.

„Okay", flüsterte der Doc.

„Was siehst du?"

Laura gab eine Einweisung in die Szenerie, bei der sie sich naturgemäß kurzfassen konnte.

„Entfernung zur Ruine circa zwanzig Meter, ehemaliger Eingang direkt vor dem Wagen. Deckung links und rechts Fehlanzeige. Viel Glück beim Wiedereintritt!"

„Mazel tov", entgegnete der Doc.

„Vergiss bloß die Waffe nicht."

Gut, dass er daran erinnert, dachte Laura und öffnete das Handschuhfach. Sie nahm die Glock an sich, die der Doc ihr regelrecht aufgedrängt und die sie während der Fahrt hierher schon wieder vergessen hatte. Jetzt, in der dunklen Einöde, konfrontiert mit einer schwer einschätzbaren Gefahrenlage, war sie froh über ihre Entscheidung. Sie prüfte das Magazin, lud die Waffe durch, entsicherte sie und steckte sie in ihre Jeanstasche. So konnte sie sie im Ernstfall hoffentlich schnell genug ziehen und benutzen oder gleich durch die Hose schießen. Eins stand für sie fest: sollte Ignace bei der Transaktion auch nur leicht verletzt werden, würde sie Hakan jagen, solange noch ein Tropfen Blut in ihren Adern floss.

Langsam stieg sie aus dem Wagen, drückte die Tür sachte ins Schloss, als fürchtete sie, die Fledermäuse aufzuscheuchen, denen die Ruine zur Kinderkrippe gereichte. Gemessenen Schritts ging sie auf die teilweise überwachsenen Gebäudereste zu. Obwohl man die Nacht durchaus mild nennen konnte, lief es ihr kalt den Rücken herunter. Im Gehen lauschte sie in die Dunkelheit, hörte aber nur das leise Knirschen ihrer eigenen Schritte und, irgendwo in der Ferne, die brummenden Motoren eines Propellerflugzeugs. Vielleicht lag dieser gottverlassene Ort in der Einflugschneise von Ecran, dem weiter nordwestlich angesiedelten türkisch-zyprischen Flughafen.

„Das ist nah genug", hörte sie auf halbem Weg zwischen ihrem Wagen und der Ruine plötzlich die Fistelstimme Hakans hinter der Mauer direkt vor sich. Im selben Augenblick wurde sie von den Lichtkegeln zweier Scheinwerfer erfasst und geblendet.

„Ich sehe mit Verwunderung, dass Sie ohne Gepäck kommen."

Das Englisch des Türken klang so prätentiös wie eh und je. Zigmal hatte Laura sich seit ihrer Ankunft auf Zypern ausgemalt, wie sie Hakan mit leeren Händen gegenübertreten und was sie ihm sagen würde, um, wenn es dann so weit war, nicht improvisieren zu müssen.

„Sie glauben doch nicht im Ernst, ich würde mit der Ikone in der Hand hier aufkreuzen, bevor ich noch ein einziges Wort mit Ignace habe wechseln können?"

Der Türke räusperte sich. Ein Signal? Lauras Nerven waren zum Zerreißen gespannt. Jede unbedachte Bewegung konnte ihre letzte sein.

„Dann haben wir doch ein kleines Problem", rief der Türke.

„Nicht, wenn Sie mir Ignace zeigen und mich mit ihm reden lassen."

„Sind Sie bewaffnet?"

„Nur mit der scharfen Klinge meines Verstands", log sie.

Hakan lachte. Natürlich glaubte er ihr nicht. Das Geräusch kam diesmal von weiter links, so empfand es Laura. Der Mann wechselte nach jedem zweiten Satz seinen Standort, das verriet den Profi.

„Immerhin, Sie kommen allein. Das verdient, belohnt zu werden. Hier ist ihr Sohn."

Im Gegenlicht der Scheinwerfer war für Laura nicht viel mehr zu erkennen, als dass sich jemand an der Mauerlücke offenbar in Bewegung setzte. Als sie ihre Linke zu einem Mützenschirm formte, glaubte sie, Hakan hinter einer Mauerecke hervortreten zu sehen und dabei den Jungen vor sich herzuschieben. Ignace trug, soweit erkennbar, eine kurze Hose und ein Kapuzen-Sweatshirt, das sein Gesicht verbarg. Seine Hände waren offenbar auf dem Rücken zusammengebunden.

„Hallo Luke", rief Laura. Sie wusste, dass der offensichtlich verängstigte Ignace sich entspannen würde, wenn sie ihn mit seinem

Lieblings-Alias anredete. Ignace stöhnte nur. Vielleicht hatte der Türke ihn geknebelt, das war wegen der Kapuze nicht zu sehen.

„Ich möchte mit ihm sprechen, sonst geht hier gar nichts."

Der Türke schüttelte den Kopf.

„Wozu? Sie sehen doch, er lebt und erfreut sich bester Gesundheit. Zum Plaudern werden Sie beide nachher noch Zeit genug haben. Jetzt sind Sie an der Reihe. Wo ist die Ikone?"

Der Moment der Wahrheit, den sie natürlich hatte kommen sehen, war da. Trotzdem stand Laura irgendwie neben sich wie eine Schauspielerin, die nicht nur ihren Text vergessen hat, sondern auch ums Verrecken nicht mehr weiß, in welchem Stück sie gerade auftritt.

„Im Kofferraum", hörte sie sich zu ihrer eigenen Verblüffung noch sagen. Dann brachen alle Hunde der Hölle auf einmal los. Ratternde Salven krachten aus dem dunklen Gelände links und rechts von Laura, die sich instinktiv zu Boden warf und ihren Kopf zwischen beide Hände nahm. Leuchtspurgeschosse zerrissen zischend und pfeifend die Dunkelheit. Die Scheinwerfer zersplitterten und erloschen. Stattdessen wurden Raketen abgeschossen, deren weiße Lichter an kleinen Fallschirmen langsam auf die Erde schwebten. Vor, neben und hinter ihr wuchsen feuernde schwarze Gestalten mit Sturmhauben und Nachtsichtgeräten buchstäblich aus dem Boden. Eine gefühlte Ewigkeit lang wurden ihre Salven aus der Ruine erwidert. Projektile schlugen überall um Laura herum in den sandigen Boden ein oder strichen mit unheilvollem Singen über sie hinweg. Leere Patronenhülsen klingelten auf den Felsbrocken wieder wie das einem Bettler zugeworfene Kleingeld auf dem Pflaster.

Nach etwa einer Minute schien der Spuk vorüber. Das Schießen hatte ein Ende, flackerte dann aber noch einmal kurz auf, als auf der entgegengesetzten, für Laura nicht einsehbaren Seite der Ruine das Brummen eines Motors und das wilde Kreischen von durchdrehenden Reifen ertönte. Jemand, vermutlich Hakan, versuchte offenbar, dem Inferno schleunigst mit einem Fahrzeug zu entkommen. Das erwies sich als zwecklos. Von Kugeln durchsiebt blieb der Wagen mit noch laufendem Motor, dampfender Haube und im Dauerton hupend liegen.

Was zum Teufel war passiert? Laura löste die Hände von ihrem Kopf und hörte, wie sich ihr schwere Kampfstiefel näherten. Jemand packte sie am Arm und half ihr mit einem Ruck auf die Beine. Sie blickte durch die Augenschlitze einer Sturmhaube in die hellblauen Pupillen eines der unbekannten „Ninjas", die diese Schießerei eröffnet und Hakan und seine Männer vermutlich eliminiert hatten.

Ignace! Was war mit dem Jungen? Sie schrie seinen Namen, erhielt aber keine Antwort. Ihr Helfer rief etwas in einer Laura nicht verständlichen Sprache und zeigte auf die Ruine, die in diesem Augenblick durch die Scheinwerfer von Lauras Wagen beleuchtet wurde. Der Doc oder Kostas musste sie angeknipst haben.

Laura war verschreckt und verängstigt, wusste nicht, wie ihr geschah. Ihr ganzer Fokus richtete sich auf die Suche nach Ignace, der nirgends zu sehen war. Der „Ninja" ließ sie los und blickte zurück zum Wagen. Einer seiner Kollegen hatte offenbar inzwischen den Doc und Kostas in Schach gehalten und das Gefährt oberflächlich durchsucht. Er schüttelte den Kopf, was wohl heißen sollte, dass er keinerlei kompromittierendes Material wie zusätzliche Waffen oder eine Ikone gefunden hatte.

Ein weiterer Mann in Schwarz winkte Laura zur Ruine herüber. Mit weichen Knien wankte sie auf das Gemäuer zu wie eine Silikonpuppe, aus der die Luft entweicht.

Im ehemaligen Kapellenschiff, das jetzt nur noch von zerfallenen Mauerstücken umgeben war, musste Laura über vier Leichen hinwegsteigen. Drei größere waren offensichtlich die von Erwachsenen, eine kleinere die eines Kindes. Laura fühlte, wie ihr schlecht wurde und ihr die Beine versagten. Der „Ninja", der ihr hochgeholfen hatte, stützte sie geistesgegenwärtig. Dann führte er sie langsam zu der Kindesleiche, bei der es sich offenbar um einen Jungen handelte. Der zweite „Ninja" bückte sich, drehte den Jungen vorsichtig auf den Rücken und schlug dessen Kapuze zurück.

So niedergeschmettert und am Boden zerstört sich Laura auch fühlte, hätte sie den Mann in diesem Augenblick umarmen mögen. Der Junge am Boden war nicht tot, sondern schlug gerade seine Augen auf und blickte verwirrt um sich. Außerdem: wer immer er war – mit Ignace hatte er nicht die geringste Ähnlichkeit. Laura begriff. Während sie sich voll darauf konzentriert hatten, den Türken mit einer Kopie übers Ohr zu hauen, war ihnen der Gedanke, dass auch ihr gewieftes Gegenüber noch ein As im Ärmel haben könnte, gar nicht erst gekommen. Betrogene Betrüger!

Ein anderer „Ninja" wies auf das von Kugeln durchsiebte Fahrzeug, als dränge er Laura, es sich anzusehen. Laura tat ihm den Gefallen. Jemand hatte inzwischen Hupe und Motor abgestellt. Neben dem Wagen lag der Körper eines Mannes.

„Hallo … Laura", stöhnte der offenbar bei seinem Ausbruchsversuch tödlich getroffene Hakan. Laura beugte sich schreckensstarr zu ihm herab. Wenn der Junge nicht Ignace war und Hakan nun starb, würde sie, Ikone hin, Ikone her, womöglich nie erfahren, wo ihr Sohn versteckt gehalten wurde.

„Wo ist Ignace?", rief sie Hakan ins halbe, auf der einen Kopfseite verbliebene Ohr und legte ihr eigenes Ohr fast auf seine Lippen.

„Tut … mir … leid, Laura, … nicht meine … Schuld."

Seine Stimme versagte. Laura griff ihn an den Aufschlägen seines Sakkos und schüttelte den Türken wie einen Automaten, der seinen Dienst versagt und auch die eingeworfene Münze nicht mehr herausgeben will.

„Im Haus … er … ist … im … Orpheu…"

Ein letztes Seufzen und Hakans Gesicht drehte sich zur Seite. Laura wollte nicht aufgeben und schüttelte ihn weiter, doch es kam keine Reaktion mehr. Der „Ninja" fühlte Hakans Puls an der Halsschlagader und schüttelte den Kopf. Laura sank in sich zusammen. Hakan hatte ihrer Familie das Leben zur Hölle gemacht, gehörte aber doch irgendwie dazu. Mit seinem Tod versank auch ein Lebensabschnitt Lauras, den sie mit Jugend und Reifejahre überschrieben hätte. So, wie sich die Dinge jetzt darboten, hätte sie fast gewünscht, sie läge ebenfalls tot neben dem Türken. Wie würde sie nun Ignace je wiederfinden?

3. Das Dreckige Dutzend.

„Und Ignace?"

Solitaires Frage war an Laura gerichtet. Seit zwei Stunden diskutierte die Gruppe im Hotel: neben Laura der Doc, Kostas, Solitaire und Jeremy. Die beiden letzteren waren endlich aus Chania eingeflogen und ließen sich von den anderen die Lage erläutern.

„Das ist die Frage aller Fragen. Hakan starb praktisch in meinen Armen, war bereits zu schwach, um eine verständliche Antwort geben zu können. Ich fürchte, er hat da bei der roten Kapelle für etwas den Kopf hinhalten müssen, was er dieses eine Mal wirklich nicht verbockt hatte. Die russischen Speznas, die da urplötzlich aus dem Nichts auftauchten, nahmen wohl an, Hakan hätte ihre Kollegen vom SWR beim Athos und auf der Liwadija beseitigen lassen. Das glaube ich aber nicht."

„Vielleicht hatte das ja auch gar nichts mit der Ikone zu tun", meldete sich der Doc.

„Sondern?"

„Möglicherweise hatten ihn die Russen ganz einfach deshalb im Visier, weil sich seine Umtriebe zu oft auch gegen russische Interessen gerichtet hatten. Vielleicht hat er Lunte gerochen und deshalb den richtigen Ignace vorsichtshalber gar nicht erst mitgebracht."

„Was machen die Russen eigentlich auf Zypern? Man sollte meinen, es gibt hier Militär genug. Und wie hatten die Speznas von Ort und Zeitpunkt der Übergabe erfahren? Woher kamen die so urplötzlich?"

Der Doc setzte zu einer Antwort an, wurde aber von Kostas ausgebremst.

„Erlauben Sie, mon général."

Bei all ihrer Verwirrung und Bestürzung musste Laura doch über Solitaires verblüfftes Mienenspiel grinsen. Ihre Schwester war über die Beförderung des Franzosen augenscheinlich ähnlich verdutzt, wie Laura zwei Tage zuvor über die des Griechen gewesen war.

„Russisches Militär in der TRZ ist keine solche Seltenheit. Vor allem Angehörige der Speznas sind hier schon oft als Ausbilder und Berater tätig gewesen. Die Operation bei der roten Kapelle war für sie eine günstige Gelegenheit, Praxis in der Bekämpfung von Terroristen und Geiselbefreiung zu sammeln. So würden sie es jedenfalls vermutlich sehen. Mir persönlich waren sie in diesem Moment ehrlich gesagt sogar lieber als die Türken. Das hätte sonst zu argen Verwicklungen führen können."

Er zuckte mit den Schultern.

„Tut mir leid, Ihnen nicht wirklich genützt zu haben, aber die Speznas waren mindestens eine Kragenweite zu groß für uns, alles was recht ist. Wie sie von der Übergabe erfahren haben, das kann ich nicht beantworten. Von uns jedenfalls nicht. Woher sie so plötzlich auftauchten, glaube ich hingegen schon erläutern zu können. Sie hatten sich meines Erachtens im früheren Verlauf des Tages rings um die Kapelle eingebuddelt und getarnt. Dann haben sie in ihren Löchern stundenlang geduldig ausgeharrt und auf den Moment der Übergabe gewartet. So wussten sie genau, mit wie vielen Gegnern sie es zu tun haben würden, wie deren Bewaffnung aussah und wo sie sich überall postiert hatten. Wie gesagt, keine Chance für uns, da irgendwie einzugreifen. Wir können von Glück sagen, dass sie uns nicht mit Hakans Leuten verwechselt haben."

„Ohne Zweifel", übernahm der Doc wieder das Wort.

„Wir sind Ihnen und Ihren Freunden trotzdem zu großem Dank verpflichtet, mon général", wandte er sich an Kostas.

„Ihnen und Ihren Männern, wie gesagt. Ich bin froh, dass keiner von Ihnen ernsthaft zu Schaden gekommen ist. So, wie es aussieht, haben wir Hakan unterschätzt. Bei allem Hin und Her um die Ikone mangelte es uns an der Vorstellungskraft, dass auch er eine gehörige Überraschung für uns in petto haben könnte."

„Wie geht es denn dem Jungen? Wer ist er überhaupt?", fragte Laura.

„Wer er ist, weiß, wusste, allein Hakan. Der Kleine ist noch nicht vernehmungsfähig, aber es geht ihm schon wieder ganz gut. Er hat einen Streifschuss und einen ordentlichen Schock davongetragen. Ganz schön gerissen, Laura das Kuckucksei unterschieben zu wollen. Aber mit dem Eingreifen der Speznas hatte auch Hakan wohl nicht gerechnet."

„Wie auch immer ...", warf Solitaire ein, „... wenn wir Ignace finden wollen, dürfen wir keine Zeit mit Plaudereien verlieren, sondern müssen alles poolen, was wir über Hakan und seine Gepflogenheiten wissen. Sobald Hakans Leute von seinem Tod erfahren, werden sie sich vermutlich auf die eine oder andere Weise des Jungen zu entledigen trachten. Seit der roten Kapelle ist er von der Haben- auf die Sollseite gerutscht und zur lästigen Verbindlichkeit geworden."

Beim Stichwort „poolen" wachte Laura aus der Trance auf, in die sie kurzzeitig versunken schien.

„Ich beschäftige eine Gruppe von jungen Leuten, die sich auf diese Art der Entscheidungsfindung besser versteht, als wir alle zusammengenommen. Ich nenne sie das Dreckige Dutzend. Ich werde Marquardt in Hamburg anrufen und ihn bitten, sie zusammenzutrommeln."

„Wer sind die?", fragte Solitaire misstrauisch.

Laura erläuterte ihr in dürren Worten, um was es sich bei dem Dreckigen Dutzend handelte.

„Damit verdoppelst du den Kreis der Eingeweihten auf einen Schlag. Ist das klug?"

„Vielleicht nicht. Alles, was ich weiß, ist, dass wir mit unserer Weisheit am Ende scheinen und das Dutzend noch am ehesten mit einer schlüssigen Antwort auf die Kernfrage aufwarten, wo Ignace sich befinden könnte. Dazu benötigen sie als Input natürlich alle verfügbaren Informationen über die beiden Hauptpersonen. Alles, was es über Ignace zu sagen gibt, weiß ich als seine Ziehmutter vermutlich am besten. Was Hakan anbelangt, müssen wir Steinchen für Steinchen zusammensuchen und nicht zuletzt Penelope mit einbeziehen. Schließlich hat sie ja einige Zeit mit ihm gelebt, wenn auch wider Willen. Dabei muss sie einiges über ihn erfahren haben, das uns jetzt nützlich sein kann. Seine bevorzugten Transportwege, seine Verstecke, seine Marotten und so weiter."

Sie hatte ihr Telefon schon in der Hand.

„Die Türkei ist groß."

„Klar, er könnte überall sein. Meine Leute in Hamburg werden es hoffentlich einzugrenzen wissen. Die Entscheidung liegt in jedem Fall weiterhin bei uns."

„Und die Ikonenkopie, was ist damit?"

„An die habe ich auch gerade gedacht", sagte der Doc.

„Wenn der Türke für einen Auftraggeber gearbeitet hat, wie wir annehmen, wird der sich demnächst bei uns melden, falls ihm weiterhin an der Ikone gelegen ist. Sollte er kalte Füße bekommen oder einfach keine Ahnung haben, wo Ignace sich befindet, wird's richtig schwierig."

„Jedenfalls sollten wir die Kopie weiterhin bereithalten, für alle Fälle. Das Dreckige Dutzend wird natürlich einige Zeit für seine Recherchen benötigen. Am besten, ihr ruht euch alle aus, bis sich etwas Neues ergibt."

„Apropos Zeit", flocht der Doc mit einem Seitenblick auf Solitaire ein.

„Wo habt ihr beiden euch eigentlich so lange herumgetrieben?"

„Möchte sonst noch jemand Kaffee?", fragte Solitaire anstelle einer Antwort.

„Brunch wäre jetzt nicht schlecht."

Laura nickte, nahm den Hörer auf und bestellte fünf Portionen Brunch mit eimerweise Tee und Kaffee, so dass sich jeder nach Herzenslust bedienen konnte.

„Um auf deine leicht impertinente Frage zurückzukommen, Doc …", leitete Solitaire ihre Entgegnung ein,

„Ihr habt's nötig, euch über unsere Saumseligkeit zu mokieren. Wir waren in der Hölle der kretischen Sfakia und haben den Mördern des Meisters die Ikonenkopie aus den erstarrenden Händen winden müssen. Das war weiß Gott kein Spaziergang im Park. Gott sei Dank hatten die örtlichen Ganoven die Ikone leidlich fachmännisch aufgetrennt und nicht einfach brutal zerfleddert. Wahrscheinlich ein Rest von…, ja, Respekt, nehme ich an. Damit müsste eine Reparatur möglich sein, falls das beim augenblicklichen Sachstand noch für nötig gehalten werden sollte."

Sprach's und bediente sich beherzt als erste vom reichhaltigen Büffet, das gerade von dienstbaren Geistern auf mehreren Servierwagen in Lauras Suite gefahren wurde.

Laura hatte angestrengt nachgedacht.

„Ich schlage vor, wir verabschieden uns erst einmal von Kostas und seinen Mannen."

Sie wandte sich dem Griechen zu und versuchte, ihm einen gut dotierten Scheck für seine Dienste auszustellen, was Kostas empört ablehnte.

„Was denken Sie von uns, Mrs. Förster, wir sind keine schnöden Söldner. Wenn wir Ihnen unsere Hilfe angeboten haben, dann deshalb, weil wir Sie beide sympathisch finden und uns eine Gelegenheit, den Freunden im Osten eins auszuwischen, nur sehr ungern durch die Lappen gehen lassen. Bedauerlich, dass die Operation Baklava ein neuerlicher Flop war. Irgendwie klebt ihr das Pech am Stiefel."

„Wissen Sie was", schlug Laura vor, „ich schreibe den Scheck an einen Pensionsfonds der Streitkräfte aus oder an jede soziale oder karitative Einrichtung, die Sie mir zu nennen belieben. Vielleicht können wir uns darauf einigen?"

Kostas fand die Idee gut und nannte Laura eine Vereinigung Ehemaliger, die den Witwen in Ausübung ihres Dienstes ums Leben gekommener Angehöriger der Streitkräfte finanziell unter die Arme griff. Überdies buchte der Doc auf Lauras Geheiß noch vier Erste-Klasse Flugtickets nach Heraklion über Athen und versprach, Kostas sobald wie möglich auf Kreta zu besuchen, um mit ihm in militärischen Reminiszenzen zu schwelgen.

Kaum war der Kreter abgezogen, nahm Laura wieder das Telefon.

„Nein, bleibt bitte alle hier", rief sie, als Solitaire, der Doc und Jeremy ebenfalls Anstalten machten, ihre eigenen Zimmer aufzusuchen.

„Ich rufe Marquardt an und bitte euch, genau zuzuhören und euch zu konzentrieren. Sollte euch im Lauf unseres Gesprächs irgendetwas in den Sinn kommen, zögert nicht, es anzusprechen. Je mehr Informationen, desto besser - alte Geheimdienst-Doktrin, hat mir mal jemand gesagt. In unserer Situation kann jedes noch so banal scheinende Detail plötzlich Bedeutung gewinnen. Danach sollten der Doc und Sol mit Penny in Saloniki sprechen. Macht ihr klar, dass es eilt, und lasst euch nicht von ihr auf Nebengleise schieben. Man muss zwar Geduld mit ihr haben, aber jetzt auch etwas Druck machen. Vieles, was Hakan betrifft, hat sie im Lauf der Jahrzehnte verdrängt. Die Erinnerungen daran plötzlich wachrufen zu sollen, ist vermutlich ein schmerzlicher Prozess für sie. Aber wir haben keine andere Wahl. Sie ist und bleibt unsere Informationsquelle der Wahl für alles, was Hakan angeht. Los geht's."

Heinz Marquardt hob ab. Diesmal saß er in Lauras Büro und sichtete die Unterlagen für einige wichtige Geschäftsvorgänge. Laura ließ ihn kurz Bericht erstatten, um ihm gegebenenfalls die eine oder andere Weisung zu erteilen. Dann kam sie sehr schnell auf die jüngsten Ereignisse um die Ikone und Ignace zu sprechen und bat ihn, das Dreckige Dutzend einzuberufen.

„Sorg dafür, dass sie alles andere stehen und liegen lassen. Nur das hier zählt im Augenblick. Lass das Band mitlaufen, damit du nicht alles notieren musst. Das ist Aufgabe der Zwölf."

Dann schilderte sie so detailliert wie möglich den Hergang bei der roten Kapelle und, ausgehend hiervon, alles, was sie über Hakan wusste oder über ihn erfahren hatte. Anfangs hatte sie gefürchtet, es würde nicht viel zusammenkommen, wurde aber schnell eines Besseren belehrt. Am Ende war es, zusammen mit dem, was Solitaire und der Doc an Details beisteuern konnten, fast schon zu viel. Doch Marquardt beruhigte sie.

„Wunderbar, mach dir keine Sorgen, wir sortieren und kategorisieren das. Das Dreckige Dutzend ist schon so gut wie unterwegs. Ich werde Ihnen noch einmal unmissverständlich klarmachen, um was es bei dem Brainstorming geht und was du von ihnen erwartest. Ich melde mich, sobald ich den Eindruck habe, wir könnten fündig geworden sein."

Laura dankte ihm und legte auf.

„Vielleicht sollten wir doch die Polizei einschalten. Wer weiß, vielleicht trug Hakan etwas bei sich, was uns den entscheidenden Hinweis geben könnte." Der Vorschlag kam vom Doc.

Laura schüttelte den Kopf. „Glaube ich nicht dran. Erstens wäre es für uns nicht ganz leicht zu erklären, wieso wir erst jetzt auf die Cops zukommen. Zweitens wäre die Kooperationsbereitschaft der Türken wahrscheinlich überschaubar. Jetzt, da Hakan tot ist, hat sich die Sache für sie weitgehend erledigt, denke ich. Und drittens pflegt ein Gangster wie Hakan keine wichtigen Dokumente und Unterlagen mit sich zu führen. Schon gar nicht, wenn's heiß werden könnte. Nein, eine Zusammenarbeit mit der Polizei würde in diesem fortgeschrittenen Stadium nichts bringen und nur alles aufhalten. Ich tippe auf Istanbul. Das ist seine Stadt, sein Terrain. Da spuckte ihm zu Lebzeiten so leicht niemand in den Tee."

„Warum hat er uns dann nach Zypern zitiert?"

„Man scheißt nicht, wo man isst", warf Solitaire ein.

„Du vielleicht schon, so, wie es auf deinem Katamaran oft aussah. Ich nehme an, er wollte dieses crime crapuleux, wie die Franzosen sagen würden, von seinem Haus und Hof möglichst weit fernhalten. Vielleicht fürchtete er einen gewissen Grad an Rufschädigung, wenn bekannt würde, dass er jetzt auch Fliegen frisst. Kann ich irgendwie nachvollziehen."

„Was hat er nochmal gesagt, kurz bevor er starb?"

Laura wiederholte es zum dritten oder vierten Male.

„Er ist noch im Haus. Das war alles. Oder nein, er hat noch etwas geflüstert, was wie Orpheus klang. Möglicherweise etwas Türkisches, keine Ahnung. Ich hab's einfach nicht verstanden."

„Das hast du Marquardt aber vorenthalten", rief der Doc.

„Ja, stimmt, war mir wohl entfallen. Ich hol's sofort nach", sagte Laura und griff nach dem Handy.

„Was machen wir jetzt? Bleiben wir hier oder fliegen wir? Und falls ja, wohin?"

„Mein Bauchgefühl sagt immer noch Istanbul. Das ist das Zentrum von Hakans Spinnennetz. Selbst wenn wir Ignace dort nicht finden, stoßen wir da am ehesten auf Hinweise, ganz sicher."

„Wir brauchen die Kopie und für alle Fälle jemanden, der sich in der Stadt bestens auskennt."

„Was ist mit dem Professor", sagte der Doc.

„Guter Vorschlag", nickte Laura.

„Ich hatte eigentlich an einen örtlichen Türken gedacht, aber der Professor kennt sich bestens aus, spricht fließend Türkisch und kann uns vielleicht sogar die Hilfe des Patriarchats vermitteln. Wie sieht's mit der Ikone aus?"

Solitaire hatte den Mund voll und stieß Jeremy an. Der schüttelte seine Dreadlocks.

„Ja, wie Sol schon andeutete, ein Fachmann kann sie wahrscheinlich notdürftig reparieren. Außerdem können wir ja jetzt behaupten, sie sei bei dem Feuergefecht an der roten Kapelle beschädigt worden."

„Richtig, gute Idee. Ob's hilft, werden wir sehen."

„Gut, Schwesterherz, dann leiern wir die Sache mal an. Ich schlage vor, wir marschieren wieder getrennt und lassen uns gemeinsam schlagen. Laura und Doc, ihr nehmt die Phenom, Jerry und ich suchen uns eine kleine, schnelle Privatmaschine. Wir brauchen Reservierungen, Waffen, einen Ikonenspezialisten, der uns das Bild wieder zusammenflickt. Habe ich was vergessen?"

„Glaube nicht. Marquardt wird nach einer geeigneten Bleibe suchen. Kein Hotel diesmal, sondern ein Apartment oder ein ganzes Haus, das uns als Hauptquartier dienen kann. Istanbul ist kein verschlafenes Provinznest wie Nikosia, da müssen wir in dementsprechend größeren Kategorien denken. Was uns helfen kann: Die ROLA unterhält gute Geschäftsbeziehungen zu mehreren Istanbuler Unternehmen. Der Doc ruft Athanassios an. Jetzt schlage ich vor, wir ruhen uns alle etwas aus und fliegen morgen früh. Fragen?"

„Ausruhen? Kommt für uns nicht in Frage, eh, Jerry? Wir finden eine Maschine und drehen ein paar Runden. Sex über den Wolken, solltest du mal probieren, Schwesterherz. Wir sehen uns in Istanbul. Wenn Penelope das wüsste …"

„Du musst es ihr ja nicht unbedingt brühwarm erzählen, sonst kommt sie runter und mischt sich ein. Das können wir gar nicht gebrauchen. Die Situation ist schon verworren genug. Am besten wird sein, wir treffen uns übermorgen beim Patriarchat von Fener. Nicht alle Taxifahrer kennen das und nur wenige haben ein Navi, da müsst ihr vielleicht etwas rumsuchen. Einfach am

Sultan Ahmed-Ufer des Goldenen Horns entlang bis jenseits der neuen Brücke fahren und dann scharf nach links abbiegen. Nach rechts geht sowieso nicht, da ist nur das Wasser."

Alle erhoben sich und gingen auf ihre Zimmer.

Laura war vorerst zufrieden. Die Bühne war frei für den Schlussakt, die neuen Kulissen wurden bereits unüberhörbar hereingeschoben. Istanbul, wir kommen, dachte sie noch, bevor sie erschöpft einnickte.

SIEBTES KAPITEL

1. Der Leuchtturm.

Das von Marquardt angemietete Haus im Stadtteil Bebek, direkt am europäischen Ufer des Bosporus, war für Lauras Zwecke bestens geeignet. Das hatte sie bei der ersten Besichtigung sofort erkannt. Ein halbes Dutzend geräumiger Zimmer, alle mit eigenem Bad auf der einen Seite und Bosporus-Blick auf der anderen verbreiteten eine behagliche Wohnatmosphäre. Das Prunkstück des Hauses jedoch war der prächtige, mit üppig gepolsterten Diwanen und dicken, reich bestickten Sitzkissen ausgestattete Salon, der vielleicht einmal als Mini-Harem gedient hatte. Die ziemlich spärlich ausgerüstete Küche fiel dagegen etwas ab, würde aber im Laufe des kurzen Aufenthalts der Gruppe sowieso kaum gebraucht werden.

Am Tag nach ihrer Ankunft hatten Laura und der Doc natürlich die freie Wahl. Der Doc hatte es sich sogleich im oberen Stockwerk bequem gemacht, wo er vom Balkon aus Pfeife rauchend den regen Schiffsverkehr mit seinen zum Greifen nah vorüberziehenden Tankern, Container- und Kreuzfahrtschiffen beobachten konnte.

Laura, die das Untergeschoss bewohnte, hatte sich bereits mehrfach dabei ertappt, wie sie vor ihrem geistigen Auge einen heruntergekommen wirkenden Frachter namens Black Sea Rover gen Odessa dampfen sah, auf der Penelope damals mit den beiden Zwillingen Irini und Eleni einer völlig ungewissen Zukunft entgegengefahren war. Natürlich hatte sie selbst keinerlei Erinnerung an die schwimmende Rostlaube, als die Penelope das Schiff beschrieb, glaubte aber, die Rover jederzeit wiedererkennen zu können, sofern sie nicht schon längst auf dem Meeresboden lag. Hakan hatte den Kapitän Trigorin für alles, was er Penelope angetan hatte, kaltblütig hingerichtet. Es war eine seiner wenigen Taten, für die Laura ihn nicht unbedingt zur Rechenschaft gezogen sehen wollte. Hakan der Leise ... Der Tod eines jeden Menschen macht mich ärmer, weil ich ein Teil der Menschheit bin. Wer hatte das noch gesagt? So unglaublich es klang, aber selbst ein Hakan hinterließ eine Lücke in Lauras Leben. So empfand sie es jedenfalls. Einem dräuenden Schatten gleich hatte er die Geschicke der Familie von Ferne begleitet. Ein allem Anschein nach sehr einsamer Mann, der den Verlust der für ihn unerreichbaren Penelope nie wirklich verwunden haben dürfte. Vielleicht rührte ein Teil seiner notorischen Bosheit auch daher. Rahat içinde yatsın – ruhe in Frieden. Diesen Satz hatte er gesagt, als sie gemeinsam vor dem standen, was sie damals für das Grab Penelopes hielten. Warum er jetzt aus der Versenkung auftauchte, in der er jahrelang vergraben gewesen war, wusste wohl nur er selbst.

Die einzigartige Lage des Hauses mit unverbaubarem Blick auf den Bosporus hatte auch ihre Nachteile.

„Seien Sie vorsichtig, wenn Sie einen Frachter oder Tanker unter einer Ostblock-Flagge aus Richtung Schwarzes Meer kommen sehen", hatte der Immobilienmakler bei der Hausbesichtigung gewarnt.

„Trotz seiner Enge und seinen gefährlichen Strömungen bei zugleich extrem hohem Verkehrsaufkommen kennt der Bosporus absurderweise keine Lotsenpflicht. Wir haben deshalb schon so manche Havarie und Beinahe-Kollision vor allem russischer und ukrainischer Schiffe erlebt. Ein Frachter, der wegen eines technischen Defekts oder aufgrund menschlichen Versagens aus dem Ruder läuft, steht im Nu mit seinem Bug in Ihrem Salon. Daher, wie gesagt, sobald Sie eine entsprechende Flagge sehen, servieren Sie den Kaffee oder Tee lieber im Nebenzimmer."

Solitaire und Jeremy ließen erneut auf sich warten. Seit rund zwölf Stunden hatte Laura nun nichts von ihnen gehört, hielt sich aber an die vereinbarte Funkstille. Vielleicht hatte Noël, der Zielfahnder von der Sûreté, die Witterung der beiden wieder aufgenommen und diese neuerliche Verzögerung verursacht. Oder vielleicht erwies es sich doch nicht als ganz so einfach wie gedacht, die Ikone wieder in einen halbwegs repräsentablen Zustand zu versetzen.

Marquardt hatte sich auch noch nicht wieder gemeldet. Das musste kein schlechtes Zeichen sein. So, wie Laura das Dreckige Dutzend kannte, hielt es sich mit Festlegungen solange zurück, bis es sich seiner Schlussfolgerungen ziemlich sicher sein konnte. Und das war schließlich das Wichtigste.

Gegen Mittag machte sie sich mit dem Doc auf den Weg zum Patriarchat. Der Stadtteil Fatih, am Oberlauf des Flüsschens, das an seiner Mündung in den Bosporus weder golden wirkt, noch wirklich ein Horn bildet, entspricht dem ehemals von Mauern umschlossenen alten byzantinischen Stadtkern Konstantinopels. Dass ausgerechnet dieser Stadtteil seinen Namen von Fatih Sultan Mehmed dem Eroberer entlehnt, gehört zu den zahlreichen historischen Paradoxa dieses ständig wachsenden Leviathans, der im Laufe seines langen Lebens schier unersättlich Ethnien, Kulturen und Religionen verschlang und bisweilen nur halb verdaut wieder ausspie. Laura kannte keine aufregendere, anregendere Stadt als diese.

Fener, das alte Phanarion, inmitten der Altstadt Fatihs gelegen, beherbergt das Ökumenische Patriarchat. Sein Name leitet sich von einem Leuchtturm ab, der in grauer Vorzeit hier gestanden haben muss. Seit der Eroberung Konstantinopels durch die Osmanen hatte das Patriarchat quasi dessen Funktionen übernommen, indem es in einer Hochburg des Islam die Fackel der Christenheit hochhielt.

Der Professor hatte mit seiner Bestätigung, nicht viele Istanbuler Taxifahrer wüssten, wo genau sich das Patriarchat befindet, offensichtlich recht gehabt. Der Chauffeur, der Laura und den Doc kutschierte, hatte sich erst einmal übers Telefon bei seiner Zentrale erkundigen müssen.

„Viele der zumeist sehr jungen Fahrer stammen aus den Tiefen Anatoliens", hatte der Professor erläutert, „und verdanken ihren Job weniger ihrem Können als ihrer Familienzugehörigkeit und tribalen Vernetzung. Mit der komplizierten Topografie der Riesenstadt sind sie zunächst eine Weile ähnlich überfordert wie die Touristen, die sie herumkutschieren. Den Weg zum Patriarchat suchen im Übrigen ja auch deutlich weniger Touristen als, sagen wir, den zur Blauen Moschee oder zum Basar von Beyazit."

Der Professor hatte Laura und den Doc auf dem Korridor der zweiten Etage des verwinkelten Gebäudes empfangen. Der Korridor diente zugleich als Wartesaal für jene Besucher, die eine Audienz mit dem orthodoxen Würdenträger erwirkt hatten. Diesseits einer von vornherein ausgeschlossenen Herausgabe oder Ausleihe der Marienikone war das Patriarchat gemäß den glaubhaften Versicherungen des Professors zu jedweder gewünschten Hilfestellung bereit. Laura war mit dieser prinzipiellen Zusage fürs erste zufrieden. Sie würde den Professor benachrichtigen, sobald sie mehr wusste.

Wieder zurück im Zentrum, verabschiedete sich Laura vom Doc. Sie mussten diese Stagnation zwischen den Gezeiten irgendwie sinnvoll gestalten. Der Doc fuhr zur Villa Hakan, wie sie das Haus in Bebek inzwischen getauft hatten, um gegebenenfalls Solitaire und Jeremy zu empfangen und einzuweisen. Laura war zu nervös, um herumzusitzen und entschloss sich stattdessen, ein wenig über die Istiklal, die Straße der Unabhängigkeit zwischen Taksim-Platz und Pera-Turm zu schlendern. Diese, im Prinzip Fußgängern und der historischen Tram vorbehaltene Haupt-Einkaufsstraße war bei Lauras frühen Besuchen das pochende Herz Istanbuls gewesen, wirkte inzwischen aber reichlich usselig und eröffnete im selben raschen Rhythmus neue Baustellen, wie der Haut in den Wechseljahren Pickel entwachsen.

Dessen ungeachtet war das Fußgängeraufkommen hier weiterhin atemberaubend und nahm im Lauf des Tages stetig zu, bis man gegen Abend schließlich gut daran tat, immer mit dem Strom zu schwimmen und der Klaustrophobie geschuldete Panikattacken tunlichst etwa durch Selbsthypnose zu unterdrücken.

„Unabhängigkeit", murmelte Laura, während sie sich in den spiegelnden Schaufenstern kritisch musterte und entschied, sich dem Anlass entsprechend neu einzukleiden.

Unabhängigkeit von wem oder was eigentlich? Wenn es für weite Teile des Morgenlands wie auch des Balkans im Westen jahrhundertelang einen ebenso beharrlichen wie grausamen Unterdrücker gab, dann doch wohl den Sultan jener Osmanen, als deren legitime Rechtsnachfolger sich die Türken in die Brust warfen. Das uralte

Spiel, in dem der Täter heuchelnd das Opfer gibt, gehört dank des kurzen individuellen wie kollektiven Gedächtnisses leider immer noch zu den wirksamsten Instrumenten verlogener Staatspolitik.

Als sie gedankenverloren am Schaufenster eines leicht verstaubt wirkenden Antiquariats stehenblieb, das mit vielen augenscheinlich zu Ladenhütern und Remittenden degradierten Werken mit fleckigem Ledereinband bis zum Bersten gefüllt war, erklangen plötzlich von den Minaretten verschiedener Moscheen des Viertels die nachmittäglichen Rufe der Muezzine. Ihre kurze zeitliche Versetzung gemahnte Laura an den Kanon vom Meister Jakob, den sie in der Schule stets mit mehr Inbrunst als Talent mitgesungen hatte. Der kehlige Singsang der Muezzine besaß nicht allein Mahnfunktion, hatte Laura einmal gelesen. Die Gläubigen hätten einer solch relativ aufdringlichen Gedächtnisstütze vermutlich sowieso nicht bedurft, sondern wären von ihrer inneren Uhr oder vom Verhalten der anderen zum passenden Zeitpunkt „geweckt" worden.

Es ging bei diesem Ritual auch und vielleicht vor allem darum, Stadt und Land mit gewissermaßen sphärischem Wohlklang zu erfüllen, Allah zum Ruhme und der Welt ein Wohlgefallen. Man stelle sich vor, in einer Stadt wie Köln läuteten, Gott behüte, fünfmal am Tag alle Glocken gleichzeitig, wie das bei seltenen Anlässen ja tatsächlich der Fall ist - einmal, nicht fünfmal. Der Wirkung eines solchen Konzerts würden sich auch eingefleischte Atheisten vermutlich nur schwer entziehen können.

Bei der Betrachtung der Auslage fiel Lauras Blick auf ein wahrscheinlich seltenes, in schwarzes Leder gebundenes Exemplar Isaac Deutschers ultimativer Biographie Leo Trotzkis. Sie rief ihr ins Gedächtnis, was Arkadij über die Ermordung der Zarenfamilie und Trotzkis ideologischer Apologie derselben betraf. Ohne innere Überzeugung, aber irgendwie magisch vom voluminösen Schinken angezogen, trat Laura ein. Das Türglöckchen bimmelte diskret, als wolle es den verdienten Schlummer der größtenteils wohl aus dem vorigen Jahrhundert stammenden Folianten nicht stören. Es roch nach holzhaltigem Papier, feuchtem Leder und Druckerschwärze. Links und rechts von ihr türmten sich Bücherregale, deren Bretter sich unter dem Gewicht der offenbar nur vage nach Sach- oder Themengruppen geordneten Werke durchbogen wie die uralten Planken eines im überseeischen Weizen- und Teehandel groß gewordenen hölzernen Windjammers. In der Mitte stand ein mit Glasplatte abgedeckter Tisch, darauf Schuhkarton-Hälften mit vergilbten Postkarten, auf denen einige Briefbeschwerer in Gestalt alter gläserner Schütteldome mit weißen Winterszenen ruhten. Daneben und dazwischen lagen tausendmal gefaltete Landkarten, Rollen billiger Reproduktionen und allerlei aufeinander gestapelte und vielfach schon aus dem Leim gegangene Paperbacks und Comics. An der dem Eingang gegenüberliegenden Seite befand sich eine wacklig wirkende, schwarz lackierte gusseiserne Wendeltreppe von der Art, wie sie in manchen Leuchttürmen etwa der schwedischen Ostseeküste zu finden war, die offenbar nur von kleinwüchsigen Asiaten oder den sieben Zwergen bedient werden konnten. Diese Treppe führte nicht zu einer Fresnellinse oder einem im Takt aufblitzenden Spiegelrotor, sondern zum Mezzanin, auf dem der Besitzer des Ladens offenbar sein Büro eingerichtet hatte. Ein hölzernes Geländer an der Wand hinter der Wendeltreppe verriet den Abstieg zum Keller.

„Ich bin gleich bei Ihnen", erklang eine dunkle, sympathische Stimme auf Englisch von irgendwo da oben. Der Besitzer schien an internationale Kundschaft gewöhnt. Klar, dachte Laura, wie viele schlecht verdienende Türken haben unaufschiebbaren Bedarf an antiquarischen Büchern, überwiegend auch noch in Fremdsprachen verfasst?

„Lassen Sie sich Zeit", rief Laura nach oben und murmelte im Stile ihrer Schwester der Muezzin wohnt im Mezzanin. Dabei entnahm sie einem der Schuhkartons eine Handvoll ursprünglich wohl schwarz-weißer, irgendwann aber wie von Kinderhand nachkolorierter Ansichtskarten.

Als der Besitzer, den Windungen der ruckelnden Treppe folgend, herabgestiegen kam, stellte Laura zu ihrer Überraschung fest, dass ihm ein grauer Mops folgte, der mit Treppenstufen, vor denen so manch ungeübter kleiner Vierbeiner möglicherweise kapituliert hätte, bestens vertraut schien. Bei Lauras

Anblick wedelte er freudig mit dem Schwanz, an dessen Spitze ein weißer Fleck prangte.

„Der Mops ...", hub die erstaunte Laura an.

„Ja, was ist mit ihm?"

„Ach nichts, ich dachte nur ..."

Sicher, der Mops hatte eine verblüffende Ähnlichkeit mit dem des Meisters, aber wer weiß, wie viele Hunde mit dieser Markierung durch Istanbul und die Türkei streiften. Soweit für Laura ersichtlich, war der mit Hut, Schal und Mantel gekleidete Mann mittleren Alters von recht stämmiger Statur gerade auf dem Sprung auszugehen. Vielleicht hatte er ja noch einen Zweitjob wie viele andere Istanbuler, die von einer regulären Tätigkeit allein nicht leben konnten. Obwohl, wie ein Türke sah der Mann eigentlich nicht aus und arm schien er auch nicht gerade zu sein. Dagegen sprach schon seine ausgesuchte Markenkleidung, wie Laura mit kundigem Blick festgestellt hatte.

„Womit kann ich Ihnen dienen?"

Für jemanden, der allem Anschein nach keinerlei Gehilfen und nur wenig Publikumsverkehr hatte, besaß der Mann die erstaunlich feste, beinahe autoritäre Stimme einer Person, die gewohnt ist, Befehle nicht nur zu erteilen, sondern auch prompt ausgeführt zu sehen. Das mochte am täglichen Umgang mit seinem Hund liegen, dessen Rasse freilich auch nicht unbedingt wegen ihrer Renitenz bekannt ist. Vielleicht war er auch ein ehemaliger Militär wie Kostas, dachte Laura und musste beim Gedanken an Dad's Army auf Zypern mit den sackartigen Tarnanzügen und wie zu einer Halloween-Party geschwärzten Gesichtern unwillkürlich lächeln.

„Sie sind sichtlich gerade dabei, auszugehen", fügte Laura hinzu, irgendwie froh, auf diese Weise drohendem Kaufzwang entgangen zu sein. Zu Hause in Hamburg, dessen war sie sicher, würde die Trotzki-Biographie wie so viele andere, aus einer augenblicklichen Laune heraus gekaufte Bücher nur Staub sammeln oder erneut in einem Antiquariat wie diesem enden. Dann war es vielleicht besser, sie gleich hier zu lassen.

„Das macht nichts", sagte der Ladenbesitzer.

„Ich war gerade auf dem Weg zum Café meines Vertrauens. Um diese Zeit kommt selten Kundschaft, so dass ich gern mal für ein halbes Stündchen absperre und ein oder zwei Mokkas schlürfe. Für ältere Männer wie mich gehört dies unbedingt zu einem halbwegs gelungenen Tagesablauf, wissen Sie."

Laura lächelte.

„Ja, ich kenne das von meinem Vater. Wenn er nicht zu einem bestimmten Zeitpunkt seinen Kaffee erhielt, war er für den Rest des Tages kaum zu genießen. Nun, ich hatte ein halbes Auge auf die Trotzki-Biographie geworfen …."

Der Mann schob seinen Hut ein wenig in den Nacken, als wolle er entweder Laura näher betrachten oder ihr Gelegenheit geben, ihn näher unter die Lupe zu nehmen. Sein Mops hatte die Kundschaft in der Zwischenzeit eingehend beschnüffelt und als passabel abgehakt.

„Sie interessieren sich für Leo Trotzki?"

Laura bejahte halbherzig. Erstens war ihr Interesse an dem undurchsichtigen Bolschewiken so brennend auch wieder nicht und zweitens wollte sie die Istanbuler Boutiquen nicht mit mehreren Kilo Trotzki im Schlepp abklappern.

„Ja und nein, wissen Sie, der Mensch würde mich schon interessieren, denke ich, aber …"

„… für die Lektüre eines solchen Mammutwerks wie das Isaac Deutschers ist die uns so geizig bemessene Zeitspanne hienieden irgendwie zu wertvoll, richtig?"

Laura lächelte erleichtert und zugleich verlegen.

„In der Tat. Aber mit Aphorismen wie diesem werden Sie Ihren Wohlstand nicht entscheidend mehren können, fürchte ich."

Der Mann zuckte mit den Schultern.

„Machen Sie sich über meinen materiellen Wohlstand bitte keine Sorgen, dazu besteht kein Anlass. Aber, wie sagt Soros, Geld allein macht nicht glücklich. Der hat gut reden. Würde ich vielleicht auch sagen, wenn ich seine Milliarden besäße. Auch Melancholie muss man sich leisten können. Wissen Sie was, darf ich Sie auf einen Kaffee einladen, gleich schräg gegenüber, im Gülpinar? Das ist zurzeit mein Lieblingscafé. Ich bilde mir ein, Ihnen so gut wie jede Frage zur Person Leo Trotzkis beantworten zu können, ohne Deutscher oder Wikipedia konsultieren zu müssen."

Laura war angenehm berührt, fand es allerdings merkwürdig, dass der im Übrigen so höfliche Mann es offenbar nicht für nötig hielt, sich vorzustellen, wenn er sie schon zum Kaffee einlud. Das verriet eine schlechte Kinderstube, die sie nicht mit dem ansonsten sehr urbanen Auftreten des Mannes in Einklang zu bringen wusste. Oder er hatte etwas zu verbergen.

„Gern. Ich bin schon seit dem frühen Morgen auf den Beinen und kann eine kleine Dröhnung gut gebrauchen. Nach Ihnen."

Sie trat zur Seite und ließ dem Mann mit angeleintem Mops den Vortritt. Er schloss die Ladentür ab und führte sie quer über die Istiklal einige Schritte in Richtung Taksim.

Das Gülpinar war ein kleines Café mit reichlich Lokalkolorit, wie sie auf der Istiklal nur noch selten anzutreffen waren. Es hatte entschieden mehr Charme als das seltsam möblierte und trotz seiner jovialen Service-Gepflogenheiten irgendwie sterilen Starbucks, an dem sie auf dem Weg hierher vorübergekommen waren. Etwa zur Hälfte besetzt, war das Gülpinar allem Anschein nach von Einheimischen und Touristen gleichermaßen besucht. Laura bestellte einen schwarzen Kaffee und einen Salat mit Ziegenkäse, Oliven, viel Zwiebeln und reichlich Tomaten. Der Mops war hier offenbar bestens eingeführt und erhielt ungebeten eine Schüssel mit Trockenfutter, das er mit spitzen Lippen verkostete.

„Dann sind Sie vielleicht Historiker?", fragte sie kauend den Antiquar, der seinen Mokka sade, also schwarz und ohne Zucker trank.

„Nein, ganz und gar nicht. Meine bisherige Erfahrung ist die, dass der Mensch aus der Historie nicht lernt, sondern dazu verdammt ist, sie mit gewissen, der jeweiligen Zeit geschuldeten Variationen zu wiederholen. Eine spiralförmige Bewegung ähnlich einer defekten menschlichen Peristaltik. Nein, meine Beziehung zu Trotzki ist, wie soll ich sagen, eher privater Natur."

Er lächelte vielsagend, erhob sich, legte den Hut beiseite, wickelte den Schal vom Hals und zog den Mantel aus. Als Laura von ihrem Salat aufblickte, sah sie Kopf und Gesicht ihres Gegenübers zum ersten Mal in Gänze. Der Antiquar war weder besonders attraktiv noch hässlich, eher die Verkörperung des männlichen Mittelmaßes. Abgesehen von den merkwürdig reptilienhaft engen Pupillen, einer rötlichen Narbe am Hals und den fehlenden Ohrläppchen.

2. Der Neue Mensch, eine Rückrufaktion.

„Aber Sie sind doch …" stammelte Laura verwundert.

„Ich bin, wer immer Sie wollen, dass ich sein soll", lächelte der Antiquar.

„Meine weitreichende Anpassungsfähigkeit bewirkt, dass ich in vielerlei Gestalten auftreten kann und Leute mich schon einmal getroffen oder gesehen zu haben meinen, so, wie Sie offenbar gerade. Manchmal stimmt das sogar. In anderen Fällen mache ich mir einen Spaß daraus, die Betreffenden in diesem Irrglauben zu lassen. Solche Spielchen werde ich mir mit Ihnen natürlich nicht erlauben, Mrs Förter. Deshalb, ja, Sie haben mich in der Tat vermutlich im Kloster auf dem Athos gesehen?" Laura nickte.

„Es hieß, Sie seien der neue Hausmeister."

„So ist es. Oder besser, ich habe mich dafür ausgegeben. Seine Stelle war gerade vakant. Sonst hätte ich auch den Koch geben können. Mein Moussaka ist sublim. Aber Klöster sind nichts für mich, ich fühlte mich unterfordert, wissen Sie."

„Sie hatten doch einen weißen Pudel, scheint mir."

„Ja, hatte ich. Der arme Meffi kam bei einem tragischen Unfall im Kloster ums Leben. Ich hoffe, er tollt nun da oben auf den grünen Auen, die der Herr angeblich für die Seinen bereithält."

„Was ist ihm zugestoßen?"

„Jemand hat eine der dämlichen Falltüren des Klosters offenstehen lassen, versehentlich, hoffe ich. Meffi stürzte mehrere hundert Meter hinab und wurde auf der Uferböschung zerschmettert. Glücklicherweise ist er auf niemanden draufgefallen. Von einem herabfallenden Pudel erschlagen zu werden, muss zu den albernsten Todesursachen gehören, die man sich so vorstellen kann."

Laura dachte unwillkürlich an die rund dreihundert Menschen, die jahrein, jahraus auf tropischen und subtropischen Stränden durch herabfallende Kokosnüsse den Tod finden. Bei Pudeln gab es sicher eine erhebliche Dunkelziffer.

„Offensichtlich haben Sie ja gleichwertigen Ersatz gefunden."

„Sie meinen Bubi hier? Eigentlich heißt er Beelzebub, aber alle hier nennen ihn nur Bubi."

„Sie scheinen eine merkwürdige Schwäche für den Teufel zu haben."

„Nun, ich nehme an, es ist so eine Art Selbstschutz, nach dem Motto, je öfter man über den Tod spricht, desto länger hält man ihn sich vom Leib. Ob das immer klappt, ist eine andere Frage."

„Würde mich interessieren, was Sie im Kloster eigentlich wollten. Außer, ihren Hund spazieren führen. Und da Sie meinen Namen kennen, ist es vielleicht nicht zu viel verlangt, mir den Ihren zu sagen …?"

„Ich bin untröstlich. Ihren Namen habe ich mehrmals im Kloster nennen hören. Was den meinen betrifft, nennen Sie mich Zelig. In Wahrheit habe ich viele, ähnlich dem Teufel, das verbindet. Der in meinen Kreisen vielleicht am häufigsten genannte, wenn auch im direkten Gespräch mit mir eher gemieden, ist Yılan, das türkische Wort für Schlange. Was ich im Kloster wollte, ist schnell beantwortet - dasselbe wie Sie."

„Die Schlange? Wäre Chamäleon angesichts Ihrer reklamierten Anpassungsfähigkeit nicht angemessener?"

„Vielleicht, aber sagen Sie das bloß nicht weiter! Schlange ist schon kein ausgesprochenes Kompliment, aber ein Reptil mit langem Schwanz und klebriger Zunge … ich bitte Sie!"

„Ich nehme an, Sie sind im Kloster so wenig zum Zuge gekommen wie ich und folgen mir nun auf Schritt und Tritt."

„Tue ich das? Mir scheint, Sie traten aus freien Stücken in mein Antiquariat." Laura nickte.

„Sie haben mich mit Trotzki gelockt. Das Werk Deutschers in der Erstausgabe ist eine bibliographische Seltenheit und Sie wussten anscheinend, dass ich mich für so etwas interessiere. Mal beschatten Sie mich, mal locken Sie mich an, was soll das?"

Kaum hatte Laura die Frage gestellt, als es ihr wie Schuppen von den Augen fiel. Die Schlange war niemand anderer als Hakans Auftraggeber!

„Nun, ich denke, Sie haben meine geschäftlichen Beziehungen zu Hakan, Allah sei seiner Seele gnädig, inzwischen durchschaut. Und Sie haben recht, ich bin der Dritte Mann, die graue Eminenz, die letzte große Unbekannte in Ihrer Gleichung. Während ich Hakan gewähren ließ, habe ich mich selbst an Ihre Fersen geheftet. Wo Sie sind, kann die Ikone meines Herzens nicht weit sein, das habe ich schnell verstanden."

„Dann waren Sie es, der die vier Russen, die beim Athos hinter uns her waren, erschossen hat?"

„Bulgaren. Es waren Bulgaren, keine Russen. Und nein, jedenfalls nicht persönlich. Ich hasse Schusswaffen. Zwei meiner Leute haben das besorgt."

„Und die Speznas auf Zypern …"

„Hatten einen anonymen Tipp erhalten. Meine eigentliche Mission bestand in der Liquidierung Hakans. Er hat in letzter Zeit zu viele Fehler gemacht, Geld, das ihm nicht gehörte, unglücklich investiert und musste aus dem Verkehr gezogen werden. Traurig, ja, aber so geht es uns allen früher oder später. Unser Gewerbe kennt keine innerbetrieblichen Rentenansprüche, keine Sozialpläne. Die besondere Schwierigkeit mit Hakan war, ihn aus der Türkei zu locken, denn hier in Istanbul saß er ja wie eine Spinne im Netz. Sehr schwer, überhaupt an ihn ranzukommen. Ja, und dann hat er sich, wie Sie wissen, quasi selbst ausgeliefert. Hätte nie nach Zypern reisen dürfen, viel zu unsicher, selbst auf der türkischen Seite. Dachte wohl, er könne inzwischen auf Wasser gehen."

„Und um nicht selbst Blut an ihren Händen kleben zu haben, überließen Sie die Drecksarbeit den Russen?"

„Schuldig im Sinne der Anklage, Euer Ehren. Aber was das Blut anbetrifft, so habe ich damit im Allgemeinen kein Problem, wissen Sie. Nur ziehe ich persönlich die Klinge vor, wann immer das möglich ist. Das Messer passt besser zu meinem Image, da es wie ein Giftzahn zustößt und meist mit einem Stich tötet. Vorausgesetzt, man weiß damit umzugehen. Den Abzug einer Schusswaffe aus sicherer Entfernung betätigen kann jeder Feigling. Seinem Opfer in die entsetzten Augen zu sehen, während sich die Klinge in sein Herz bohrt, ist nichts für Weichlinge oder Pussys, wie Ihre Frau Mutter sagen würde. Im Grunde die Arbeit eines Chirurgen, nur sind die Schnitte in der Regel etwas tiefer. Weder beim Athos noch bei der roten Kapelle hätte freilich ein noch so geschickt eingesetztes Messer viel auszurichten vermocht, da werden Sie mir zustimmen."

„Ich gebe Ihnen gern in allem Recht, wenn Sie mir sagen, wo Ignace gefangen gehalten wird."

Die Schlange zuckte mit den Schultern.

„Womit wir beim Thema sind. Das werde ich liebend gern mitteilen, Mrs. Förster, sobald Sie mir die Ikone aushändigen. Im Übrigen scheinen Sie Ihrem Söhnchen ja bereits auf der Spur. Ihn irgendwo in Istanbul zu vermuten, lag nahe, mit Verlaub. Aber glauben Sie mir, die Stadt mitsamt Peripherie ist so riesig, dass Sie ein halbes Leben vergeblich nach jemandem fahnden können, ohne ihm oder ihr auch nur einen Schritt näherzukommen. Nun, wie dem auch sei, ich vergreife mich äußerst ungern an Kindern, wissen Sie. Obwohl ich andererseits nie so ganz die öffentliche Hysterie verstanden habe, die Kindsmorde auszulösen pflegen. Das Kind hatte sein ganzes Leben noch vor sich und so weiter. Richtig, aber wer weiß denn, was für ein Leben das gewesen wäre, aus welcher unerträglichen Abfolge von Leid und Mühsal es möglicherweise bestanden hätte? Lassen wir das. Die Entführung war allein Hakans Idee. Er sah darin wohl eine Gelegenheit, mit Ihnen abrechnen zu können. Ich habe ihm gleich gesagt, dass es zu nichts führt, Geschäftliches und Privates miteinander verbinden zu wollen. Kidnappings sind Verbrechen mit komplizierter und extrem anfälliger Logistik, wem sage ich das. Es sei denn, Sie bringen das Opfer unverzüglich um, aber dann handelt es sich nicht mehr um eine Entführung, sondern um einen Mord, bei dem Sie mit einiger Sicherheit viele Spuren hinterlassen, weil sie improvisieren und letzten Endes nichts gewinnen, weil Sie ja kein Tauschobjekt mehr anzubieten haben. Nur Schwachköpfe lassen sich auf so etwas ein. Oder vom Hass Verblendete wie Hakan."

Die Schlange schüttelte missbilligend den Kopf und hob die Hände wie schützend vor seine Brust.

„Ich hatte ihn wie gesagt gewarnt, aber er war in seinem Tunnel, hat nicht auf mich gehört. Nun denn, er hat den Preis gezahlt, Friede seiner Asche. Ich bin in Sachen Ikone quasi sein Rechtsnachfolger. Daher muss ich darauf bestehen: Sie verschaffen mir die Ikone, ich sage Ihnen, wo Sie Ihren Sohn finden, das ist immer noch der Deal."

„Was zum Teufel haben Sie denn eigentlich mit dieser Madonna zu schaffen? Sie wirken auf mich nicht wie ein gläubiger Mensch ..."

„Sagen wir so. An dem, woran ich glaube, hat weder die Madonna noch irgendeine Religionsgemeinschaft den geringsten Anteil. Hakans Exekution war mein Auftrag, die Ikone ist meine Leidenschaft."

„Dann vermischen Sie aber Privates und Geschäftliches genau wie Hakan."

Die Schlange lächelte versonnen.

„Jetzt, wo Sie's sagen .... Ihnen kann man nichts vormachen. Kein Wunder, dass Sie Junggesellin sind. Sie kann man nicht lange an der Nase herumführen, das spüren Männer und nehmen Abstand. Aber die Dinge lassen sich im Leben nicht immer so säuberlich voneinander trennen, wie uns zum Beispiel das Recht vorgaukelt. Mein Interesse an der Ikone ist höchstpersönlicher Natur."

Er seufzte und lehnte sich zurück.

„Was wollten Sie eigentlich über Trotzki wissen? Oder war Ihr Interesse letzten Endes nur geheuchelt?"

„Keineswegs. In meiner Jugend verkörperte Trotzki für viele Linke immer noch die Hoffnung darauf, dass der sozialistische Neue Mensch doch noch eines Tages aus der Taufe gehoben werden könnte. Aber was hat das mit der Ikone zu tun?"

Die Schlange setzte Lauras Pfefferstreuer nach links, ihren Salzstreuer nach rechts.

„Hier ist Trotzki, dort die Ikone. In der Mitte", er griff nach der Zuckerdose und setzte sie hart zwischen die beiden Streugläser, „in der Mitte stehe ich. Der Zusammenhang ist, zugegeben, nicht in ein, zwei Worten zu schildern. Hören Sie mir ein paar Minuten zu, wenn Sie es übers Herz bringen. Ich verspreche, Sie werden es nicht bereuen."

Laura zuckte mit den Schultern. Eigentlich hatte sie anderes zu tun, als in die Biographie Trotzkis einzudringen. Andererseits waren da möglicherweise weitere versteckte Hinweise zu finden, die auf der Suche nach Ignace weiterhelfen würden.

„Warum nicht. Es hat angefangen zu regnen und ich muss ohnehin auf einen Anruf warten. Legen Sie los!"

Die Schlange sammelte sich einen Augenblick.

„Lassen Sie mich mit der Person Trotzkis anfangen", sagte er schließlich fast mehr zu sich selbst, als an Laura gerichtet.

„Leo Dawidowitsch Bronstein, so sein bürgerlicher Name, hatte sich das Alias Trotzki zugelegt …"

„… um nicht schon von Weitem als Jude entlarvt zu werden?"

Die Schlange nickte.

„Das wohl auch. Antisemitismus ist keine deutsche Erfindung. Einer meiner russischen Professoren im Fach Volkswirtschaft pflegte seine Vorlesungsreihe mit folgender Fallhypothese einzuleiten: Nehmen wir beispielsweise mal drei hart arbeitende Russen, typische Vertreter der Klasse der Werktätigen, pflegte er zu sagen. Der Einfachheit halber nennen wir sie Pjotr, Iwan und Dawid. Das Gelächter der Studenten können Sie sich vorstellen. Ein hart arbeitender Jude! Und, was soll ich Ihnen sagen, es funktionierte jedes Mal. Antisemitismus wird, obwohl öffentlich geächtet, privat auch in Russland durchaus gepflegt."

Die Schlange hob den Arm und winkte die Kellnerin heran.

„Möchten Sie noch einen Kaffee oder Tee, Mrs. Förster? Nein? Gut, wo war ich stehengeblieben? Ach ja. Der Name Trotzki mag für einen Deutschen vertraut klingen, hat aber nichts mit dem deutschen Wort Trotz zu tun. Pseudonyme hatten damals Hochkonjunktur. Es gab ausgesprochen programmatische Kampfnamen wie Stalin, der Stählerne, oder Molotov, der mit dem

Hämmerchen. Andere wurden gelegentlich aus der Topographie abgeleitet, wie Lenin nach dem Fluss Lena, der durch seinen Geburtsort floss. Trotzkis Alias war ein ähnlich bizarrer Sonderfall wie der Mann selbst."

Die Schlange nippte an dem Wasser wie eine Grubenotter an einer Pfütze.

„Nach seiner Flucht aus sibirischer Verbannung legte Trotzki sich den Namen eines seiner Wächter im Gulag zu. Ganz schön dreist, oder? Das war in etwa so, als wäre ein Jude 1943 dem Vernichtungslager entronnenen und seitdem mit dem entwendeten Pass des Auschwitz-Kommandanten Karl Fritsch durch Deutschland unterwegs. Den Nerv müsste man auch erst mal haben."

Die Schlange schlürfte genüsslich ihren Kaffee.

„Der Aufstieg Trotzkis in der Revolutionsnomenklatura war umso bemerkenswerter, als er, immerhin Jude und Spross einer Familie von Großgrundbesitzern, mit einem doppelten Handicap belastet war. Angeblich waren seine Eltern bereits zum Christentum konvertiert, aber ein bisschen Zelig muss Trotzki schon in seiner DNA gehabt haben. Wie viele andere, ihn in ein ausgesprochen schlechtes Licht setzende Gegebenheiten er verschwiegen, verleugnet und verzerrt hat, um irgendwie in die Schablone des sozialistischen Neuen Menschen zu passen, lässt sich bei Isaac Deutscher nachlesen. Die üblichen Politiker-Narrative: angeblich niedere Herkunft, beinharte Kindheit und Jugend, Arbeit am Tag und Studium bei Nacht und so weiter, das ganze verlogene Programm."

Laura trank ebenfalls einen Schluck Wasser, der Schafskäse wollte offenbar schwimmen und die Geschichte der Schlange trocknete sie beim Hören offenbar mehr aus als ihn beim Erzählen.

„Nun, wie dem auch sei. Mit dem Tod Lenins begann der Stern Stalins alle anderen Himmelskörper einschließlich Trotzkis verblassen zu lassen. Diktatoren, denen es mit der Errichtung eines Terror-Regimes Ernst ist, tun gut daran, sich erst einmal aller unmittelbaren Konkurrenten zu entledigen und in einem zweiten Schritt alle paar Jahre ihre Personalspitze auszutauschen – einfach so, aus Prinzip. Intellektuelle waren dem ungebildeten und grobschlächtigen kaukasischen Kreidefresser Stalin so verdächtig wie dem Wachhund die Katzen der Nachbarschaft. Der von Trotzki propagierte Neue Mensch gar, der vorrangig Bildung und Kunst verpflichtet sein sollte, ging dem Diktator erst recht gegen den Strich. Trotzkis Tage waren von Stund' an gezählt und er wusste das, hatte ja schließlich genug ehemalige Wegbegleiter im Hof der Ljubjanka enden gesehen."

Laura fühlte, dass sie mehr und mehr in den Bann dieses seltsamen Schlangenmanns geriet, der wie eine harmlose Ringelnatter daherkam, bis er seine Maske fallen lassen und sich als tödliche Mamba zu erkennen geben würde. Seine sonore Erzählerstimme erinnerte an diejenige der Würgeschlange Kaa aus einer jüngeren Cartoon-Verfilmung von Kiplings Dschungelbuch und konnte wie diese noch den misstrauischsten seiner Feinde in falscher Sicherheit wiegen.

„Vermutlich war die Erinnerung an Trotzkis Verdienste im Volk noch zu frisch, als dass man ihn der üblichen Routine von Verhaftung, Folter, Schauprozess und Hinrichtung - falls gewünscht, alles an einem Tag - unterwerfen konnte oder wollte. Stattdessen begann für ihn ein quälend langer Leidensweg von Verbannung, Flucht und so unsinniger wie unerbittlicher Verfolgung durch Stalins Tschekisten. Man mag es als Ironie der Geschichte betrachten, wenn der Genosse Trotzki in der Folge erfahren musste, was es heißt, ein Ausgestoßener zu sein, für den kein Weg mehr zurückführt. Im kasachischen Almaty, wohin man ihn verfrachtet hatte, fühlte sich Trotzki, dem als urbaner Mensch wohl nicht der Sinn nach einer schlichten Mongolenjurte stand, ausgesprochen fehl am Platz. So schlug er sich nach Istanbul durch. Dort kam ihm der Umstand zugute, dass er sich zurzeit der Balkankriege, die den Untergang des Osmanischen Reichs unüberhörbar einläuteten, von Russland aus für die rebellierenden Jungtürken stark gemacht hatte. Dies zu einer Zeit, da deren weiteres Schicksal ähnlich in den Sternen stand, wie das der Bolschewiki ein paar Jahre später. Dieses bemerkenswerte Beispiel an internationaler Solidarität hatte Mustafa Kemal, ehemaliger Anführer der Jungtürken und inzwischen zum ersten türkischen

Präsidenten avanciert, 1930 noch nicht vergessen. Şerefe, ich trinke auf das Wohl des Vaters aller Türken."

Er hob seine Tasse und prostete Laura zu.

„Trotzki irgendwo in Istanbul selbst unterzubringen, wäre dennoch riskant und materiell wie personell aufwändig gewesen. Dem Russen saßen nämlich nicht nur die Tschekisten im Nacken. Seine dubiose Rolle sowohl bei der Ermordung der Zarenfamilie als auch bei der Niederschlagung des Matrosenaufstands von Kronstadt drei Jahre später hatte ihm auch die unversöhnliche Feindschaft der versprengten Weißen eingetragen, deren Schergen ihn ebenfalls nur zu gern umgebracht hätten. Sind Sie sicher, dass Sie keinen …"

Laura winkte ab.

„Folglich war es angeraten, Trotzki an einem etwas entlegenen, aber zugleich benachbarten und zudem relativ leicht zu sichernden Ort zu verstecken. Da traf es sich ausgezeichnet, dass die Sommerresidenz eines jüngst bei Mustafa Kemal in Ungnade gefallenen hohen türkischen Militärs auf der Insel Büyükk Ada eben erst von dessen Familie hatte geräumt werden müssen. Dieses eher nichtssagende Eiland gehört zum Archipel der Prinzeninseln und liegt in unmittelbarer Nähe der asiatischen Istanbuler Küste. Das Backsteinhaus am Ufer, von dem heute nur noch eine kümmerliche Ruine übrig ist, wurde dergestalt für die Dauer von etwas mehr als zwei Jahren zur neuen Heimstatt Trotzkis und seines Anhangs. Sein Sohn Lew, der ihn auf seinem Weg hierher begleitet hatte, reiste alsbald weiter nach Berlin, um dort das Ingenieurswesen zu studieren. Das lag im Trend der Zeit. Der Neue Mensch, so dachte man, werde auf dem Reißbrett entstehen. Man würde folglich Ingenieure brauchen, die die Bestie technischer Fortschritt zähmen und sich die Erde untertan machen würden."

Laura hätte gern die eine oder andere Frage gestellt, aber die Schlange ließ ihr keine Zeit.

„Auf Büyük Ada fand Trotzki die Muße, sich in seiner Autobiographie neu zu erfinden. Darin liegt ja gerade der Reiz, unter dem Titel Was bisher geschah sein eigenes Leben so darstellen zu können, als folge alles einem ausgeklügelten, dem Zufall keinen

Raum gebenden Plan, der zwangsläufig zum Status quo führt. Eine Illusion, wie wir wissen. Trotzki machte sich zum wahrscheinlich einzigen wirklich Neuen Menschen, der je vom Fließband der Revolution kam. Den westlichen Hype, der unter der Bezeichnung Trotzkismus politisch vermarktet wurde, habe ich stets für Augenwischerei gehalten. Trotzki mag ein paar Tropfen Blut weniger an seinen Händen kleben haben als Stalin, aber dazu gehört nun bei Gott auch nicht viel. Ein Verbrecher und Mörder war auch er. Die Verwirklichung jeder Utopie scheitert nicht an den Menschen, sondern an den Paradoxa ihrer eigenen, potenziell repressiven Gesetzmäßigkeiten, das musste ein Intellektueller wie Trotzki eigentlich wissen."

Die Schlange hielt inne.

„Sie sagen mir, wenn ich Sie ermüde. Diese alten Geschichten, nun ja, für mich sind sie ein rechtes Lebenselixier, Sie hingegen haben ganz andere Sorgen."

Laura wehrte ab.

„Sicher. Aber sei es auch nur, um für eine halbe Stunde von denen abgelenkt zu werden, das ist mir die Sache wert. Sie verstehen es, die Vergangenheit mit Leben zu erfüllen, das ist eine seltene Gabe und ich fühle mich privilegiert, davon ein wenig profitieren zu dürfen."

Die Schlange lächelte.

„Sie sind sehr freundlich, Mrs. Förster. Haben Sie je eine diplomatische Laufbahn erwogen? Vielleicht, wenn es mit dem Logistikunternehmen eines Tages den Bach runtergeht, was Gott verhüten möge?"

Laura lachte.

„Nein, nicht wirklich. Außerdem gibt es da jemanden, der mir ausdrücklich davon abgeraten hat, als schlechte Lügnerin, die ich bin, in die Politik zu gehen."

„Das war zumindest sehr ungalant. Wie heißt das unverschämte Subjekt?"

Die Schlange griff halb scherzhaft nach einem Kugelschreiber. Laura lachte erneut, war aber nicht sicher, ob der Mann es nicht doch ernst meinte.

„Kein Problem, ein alter Freund. Außerdem hat er Recht, fürchte ich."

„Wie dem auch sei", fuhr die Schlange fort, „Trotzki war nicht nur den Bolschewiken, sondern auch dem weiblichen Geschlecht schon immer von Herzen zugetan. Das ist noch der sympathischste Zug an ihm, finde ich. Insofern überrascht es eigentlich, dass er insgesamt nur vier Kinder mit zwei Frauen zeugte: zwei Töchter mit der einen und zwei jüngere Söhne mit der anderen. Wir sollten unser Augenmerk auf die ältere Tochter Zinaïda lenken, die 1931 die Erlaubnis zur Ausreise aus der Sowjetunion erhielt und sich zu ihrem Vater nach Büyük Ada begab."

Die Schlange kramte in ihren Jackentaschen, als suche sie nach etwas Bestimmtem.

„Ihre Ausreisegenehmigung hatte Zinaïda teuer genug bezahlt. Die sowjetische Staatsbürgerschaft wurde ihr aberkannt, ihr Ehemann und ihr gemeinsames, damals fünfjähriges Söhnchen Wsewolod, das sich später, in Mexiko, Esteban nennen sollte, mussten als Geiseln im Land bleiben. Sie kennen solche Praktiken ja sicher aus den Jahren ihrer unseligen DDR. „

„Hier allerdings beginnen sich gewisse Ungereimtheiten in die Annalen einzudringen wie Krankheitskeime in einen Organismus mit geschwächtem Immunsystem. Plötzlich ließ man nämlich Zinaïdas kleines Söhnchen wider Erwarten doch noch ausreisen. Vielleicht dachte man, der Ehemann als einziger Ernährer der Familie würde als Unterpfand genügen. Oder es handelte sich um eine Manifestation staatlicher Willkür, die ganz bewusst und weder für die direkt Betroffenen noch für Außenstehende nachvollziehbar mal so und mal so entscheidet. Ohne ein paar gelegentliche Tröpfchen Hoffnung trocknet selbst die Verzweiflung aus und das ist absolut unerwünscht. Ständige Unsicherheit entwurzelt und demoralisiert die Menschen, erstickt Widerstand im Keim und züchtet jene psychische Labilität, die Menschen umso leichter manipulierbar macht."

Laura blickte aus dem Fenster. Ein dünner Landregen hatte eingesetzt. Überall auf der belebten Straße klappten Spaziergänger ihre Schirme auf.

„Obwohl sie also mit ihrem Kind wieder vereint war, muss Zinaïda, der im Vorhinein bereits gravierende physische und psychische Probleme nachgesagt wurden, unter der stressigen Situation besonders gelitten haben. Bei alledem wird es aber auch immer mal wieder relativ unbeschwerte Tage bei den Trotzkis auf Büyük Ada gegeben haben. Vom Haus aus blickten sie auf das Meer. Das Ufer vor ihnen fällt steil ab, es gibt nur einen schmalen Streifen Kiesstrand. Und einen Bootsanleger. Hier …"

Vorsichtig zog er eine offensichtlich alte Fotografie von der Größe einer Postkarte aus der Tasche und reichte sie Laura. Das Foto zeigte ein Ruderboot, in dem ein Mann und eine Frau saßen. Eine dritte Person planschte im Wasser und hielt sich lachend am Dollbord fest.

„Trotzki und Zinaïda bei einem Bootsausflug", erläuterte die Schlange.

„Der Mann im Wasser ist einer von Trotzkis Leibwächtern, ein gewisser Ali. Viel steht über ihn nicht in den Akten. Der bloße Umstand, dass er offensichtlich das Vertrauen seines äußerst misstrauischen Herrn genoss, ist aber für sich genommen bereits bemerkenswert. Trotzki galt als geradezu krankhaft argwöhnisch. An dieser Paranoia dürfte sich im Laufe seiner Odyssee wenig geändert haben. Juden werden gewissermaßen mit solch überlebensnotwendigen Reflexen geboren und Trotzki hatte unzweifelhaft jeden Grund, niemandem über den Weg zu trauen. Ich bin in der glücklichen Lage, etwas mehr über diesen Ali zu wissen. Zum Beispiel, dass er in Wirklichkeit Alexej hieß und kein gebürtiger Türke, sondern ethnischer Russe war." Laura reichte das Foto wieder zurück.

„Alexej alias Ali muss damals Mitte dreißig gewesen sein, im besten Mannesalter also, könnte man sagen. In Rostow am Don geboren, hatte er sich früh den Bolschewiki angeschlossen und das Ende des Ersten Weltkriegs als blutjunger Rekrut an der Front erlebt. Was er dort gesehen hatte, prägte ihn zweifelsohne. Wenig später, noch in den Nachwehen des Kriegs und den Wirren des Bürgerkriegs, teilte man ihn einer Spezialabteilung zu, deren streng geheimer Auftrag allenfalls dem kommandierenden Oberleutnant bekannt gewesen sein dürfte. Vielleicht nicht einmal dem.

Erst als die dergestalt selektierten Soldaten in Jekaterinburg aus dem Zug stiegen und befehlsgemäß zum Haus des Genossen Ignatijew marschierten, in dem die Zarenfamilie untergebracht war, wird es dem einen oder anderen vielleicht gedämmert haben, was von ihm verlangt würde. Auge in Auge mit den Mitgliedern der Zarenfamilie, die man sich anhand der Fotos sicherlich als weltfremd, aber nicht unbedingt als arrogant und zutiefst unsympathisch vorstellen muss, wird ihnen bewusstgeworden sein, welches Schicksal die neuen Machthaber, zu denen damals auch noch Trotzki zählte, jenen zugedacht hatten, die nicht in die Matrix des Neuen Menschen passten."

Die Schlange schwieg erneut. Können Reptilien Trauer empfinden?

„Als das Massaker vorbei war, stieß Alexej wohl durch Zufall auf die Ikone der Fürbittenden Madonna, die dem Zarewitsch offenbar sehr am Herzen gelegen hatte. Das frühere Schussloch war damals natürlich längst repariert, die Ikone sorgsam restauriert und nach russisch-orthodoxem Ritus neu geweiht worden. Dafür wies sie nun ein zweites Schussloch auf, wie Sie wissen werden. Alexej nahm sie an sich und versteckte sie unter seinem Uniformrock. Ein Reflex, nicht mehr. Er war keineswegs besonders gläubig oder royalistisch eingestellt. Zudem war die Ermordung der Zarenfamilie kein Ruhmesblatt. Man hätte deshalb annehmen sollen, dass er Anlass genug hatte, seine Beteiligung an dem Massaker nach Möglichkeit zu vertuschen, anstatt sich mit einem solchen Beweisstück zu belasten. Ich nehme an, er hatte mehr oder weniger bewusst gerade so etwas wie den Untergang der Alten Ordnung miterlebt und hielt instinktiv an diesem einen Zipfel fest, wie um sich auch später vergewissern zu können, dass sie existiert hatte. Vergleichbar mit einem Passagier der Titanic, der kurz vor dem Versinken des Schiffs, sagen wir, einen silbernen Kerzenhalter aus der Wandtäfelung bricht, bevor er in das Rettungsboot steigt. Völlig irrational, aber zutiefst menschlich."

Laura nickte und fragte sich, was sie wohl im Fall des Untergangs der Yellow Dancer an der Küste von Antigua zu retten versucht hätte – außer ihrem eigenen Leben, versteht sich.

„Einem Regime, das die Erbarmungslosigkeit zum Programm erhob, wollte Alexej nicht länger dienen. Er wanderte in die Türkei aus, trat zum muslimischen Glauben über und ließ sich als Ali Görmüş einbürgern. Seinen Unterhalt bestritt er mit allerlei wenig appetitlichen und nicht immer ganz koscheren Geschäften – wie neunzig Prozent der hiesigen Bevölkerung."

„Und die Ikone?"

„Die Ikone hatte Ali bis hierher begleitet. Immer wenn er wieder mal klamm war, hatte er mit sich gerungen, sie zu veräußern. Aber der Ikonenmarkt in Istanbul ist klein und für eine noch dazu von Kugeln durchlöcherte Madonna interessierte sich kein Mensch. Also blieb sie ihm erhalten."

Der Nieselregen hatte offenbar aufgehört, die meisten Regenschirme draußen klappten wieder zu.

„Wie Alexej alias Ali es zum Leibwächter Trotzkis gebracht hat, bleibt für immer sein Geheimnis. Gut, er sprach fließend Russisch und Türkisch und verstand etwas von Waffen und dem Kampf Mann gegen Mann, hatte sich in der Istanbuler Unterwelt diesbezüglich weitergebildet. Insofern schien er nicht die schlechteste Wahl. Er war nicht verheiratet und hatte nach Aussage seiner wenigen Bekannten auch keine feste Freundin. Umso erstaunter war man im kleinen Kreis ihm nahestehender Personen, als er im Winter 1931/32 plötzlich mit einem kleinen Säugling im Arm erschien, den er Nikolaj nannte und einer griechischen Familie auf Büyük Ada sozusagen auf die Türschwelle legte. Hier auf den Inseln lebten damals noch sehr viele Griechen, wissen Sie. Das änderte sich erst in den turbulenten fünfziger Jahren ... aber Schwamm drüber. Alexej war wohl klar, dass die Familie den Kleinen nicht gut behalten konnte, hatte sie ja selbst kaum genug zu beißen für ihre eigenen fünf Kinder. Er rechnete vielmehr damit, dass sie den Jungen zum geeigneten Zeitpunkt im griechischen Waisenhaus der Insel abliefern würden, das Ali als türkischem Moslem und mutmaßlichem Vater verschlossen blieb."

Die Schlange legte eine kleine Pause ein, die Laura endlich nutzte.

„Dieser Alexej … Sie waren, Sie sind … mit ihm verwandt, nicht wahr?"

Die Schlange nickte.

„Was veranlasst Sie zu dieser Annahme?"

„Nennen Sie es weibliche Intuition. Die ganze Geschichte, irgendwie … Nur so macht es überhaupt Sinn, dass Sie sie mir erzählen."

„Stimmt. Ali alias Alexej war mein Großvater."

„Ja, dachte ich mir. Die Fünfundsechzigtausend-Dollar-Frage jedoch lautet: Wer war Ihre Großmutter? Und was geschah mit der Ikone?"

Die Schlange blickte Laura auf einmal sehr müde an.

„Meine Großmutter … An Spekulationen hat es nie gefehlt, wie Sie sich denken können. Meist sucht man ja nach dem Vater. Dass die Mutter unbekannt ist, kommt selten vor, da diese ja in der Regel die Frucht ihrer Sünde vor sich herträgt. Dass die Gerüchte mit der Zeit auch vor Zinaïda nicht haltmachen würden, dürfte verständlich sein. Sie ließ sich nur sehr selten im Ort blicken, hätte eine Schwangerschaft also ebenso leicht vor den Leuten der Insel verbergen können, wie die Niederkunft. Wenig später verschwand sie dann in Richtung Berlin, wo sie 1935 Selbstmord begangen haben soll. Alis Lippen blieben bei diesem Thema stets versiegelt. Er zog es offensichtlich vor, auch dieses Geheimnis mit ins Grab zu nehmen."

Er warf Bubi ein Stückchen Zucker in den aufgesperrten Rachen.

„Die Ikone steht auf einem anderen Blatt. Ali schenkte sie, in neuerlich restauriertem Zustand, Nikolaj zum achtzehnten Geburtstag. Der Junge, mein Vater, war im griechischen Waisenhaus groß geworden. Was mancherlei Nachteil mit sich brachte, denn die Verhältnisse dort waren äußerst ärmlich und wurden im Lauf der Jahre nicht besser. Die Griechen suchten nach und nach das Weite und die Türken hatten kein Interesse an überwiegend orthodoxen Waisen, also … Immerhin hat mein Vater die griechische Sprache erlernt und einen Teil der christlich-abendländischen Kultur aufgesogen und an mich weitergegeben."

„Wie die Ikone, nehme ich an …"

„Nein, da irren Sie. Die Ikone verschwand, als mein Vater, obwohl bestenfalls Halb-Grieche, im Rahmen der Istanbuler Pogrome die Stadt Hals über Kopf verlassen musste. Nach allem, was er mir sehr viel später berichtete, hat er die Ikone einem türkischen Fischer dafür in Zahlung gegeben, dass dieser ihn auf seinem Kahn bis zur Insel Limnos brachte, wo ich einen Teil meiner Kindheit verbrachte. Vielleicht verstehen Sie nun, dass ich die Ikone der Erschossenen Madonna als Familieneigentum reklamiere und sie unbedingt an mich bringen will."

Er seufzte, griff nach seinem Hut und erhob sich.

„Tut mir leid, dass ich Sie so lange mit meiner Trotzki-Saga aufgehalten habe. Mir lag daran, Ihnen die Motive meines Handelns darzulegen. Nun liegt der Ball bei Ihnen. Sie haben es in der Hand, alles für Sie und Ihren Sohn noch zum Besten zu wenden."

Er schüttelte Laura die Hand, schnipste mit den Fingern nach Bubi und strebte der Tür zu.

„Wie kann ich Sie erreichen?", rief Laura ihm hinterher.

„Blicken Sie ab und zu über ihre Schulter", rief er zurück und verschwand in der Menge auf der Istiklal Caddesi.

3. Orpheus' Kinder.

„Das Dreckige Dutzend hat eine Hitliste erstellt. Willst du sie hören?"

In Marquardts Stimme klang so etwas wie Stolz mit – für ihn, den weitgehend emotionslosen Buchhalter, eine seltene Ausnahme.

Laura sah auf ihre Uhr. Sechs. Draußen war es noch dunkel. Ein Frachter, der mit Scheinwerfern sein ganzes Deck und die Kräne anstrahlte, um für andere Fahrzeuge besser sichtbar zu sein, glitt geräuschlos-geisterhaft vorüber. Sechs Uhr in Istanbul bedeutete vier in Hamburg. Das Dreckige Dutzend hatte offensichtlich eine weiße Nacht hinter sich. Hoffentlich war etwas Brauchbares dabei herausgekommen. Es wurde allmählich Zeit.

Solitaire und Jeremy waren am Vorabend endlich auch todmüde angekommen. Die Schuld an der Verspätung trug, wie Laura geargwöhnt hatte, „Léon". Dem unerbittlichen französischen Pitbull war es tatsächlich gelungen, die Fährte der beiden aufzunehmen. Er ahnte wohl, dass sich seine Aussichten darauf, Sol und Jerry zu fassen, dramatisch verschlechtern würden, sobald es den beiden gelang, sich in die Türkei oder den Nahen Osten abzusetzen. Dort konnte er nicht mehr auf den kurzen Dienstweg setzen, sondern musste die umständlichen Formalien Interpols einhalten. Deswegen war es für ihn doppelt wichtig, die beiden noch in Griechenland abzufangen.

Solitaire hatte in bewegten Worten darüber berichtet, wie sie ein griechisches SEK unter Leitung des Franzosen an der Nase herumgeführt und an Bord ihrer Piper unter dem Radar der türkischen Flugaufsicht durchgeflogen waren.

„An einer Stelle, schon nahe der Küste, wären wir beinahe mit einem Fischerboot kollidiert, so niedrig ist der Rote Baron über die Ägäis geflogen. Jerry hat das Ding dann auf einer menschenleeren Nebenstraße gelandet. Erst als wir ausgestiegen sind, haben wir die Horde Flüchtlinge bemerkt, die sich in der Dunkelheit anschickten, auf ihrem Schlauchboot Gott weiß wohin zu fahren. Ich hoffe, sie sind lebend angekommen."

„Und wie seid ihr hierher …"

„Erinnere mich nicht dran. Ein Bauer auf dem Weg zum Markt in Istanbul hat uns mitgenommen. Ein größerer Pickup. Wir saßen zwischen Schafen und Schweinen. Der Taxifahrer hat die Nase gerümpft, als wir irgendwo in der Peripherie in seinen Wagen gestiegen sind. Und so trug es sich zu, dass die unbeugsame Lady Solitaire mit ihrem treuen Knappen Jeremy die Stadt der Städte erreichte, wo noch viele Abenteuer ihrer harren würden. Jetzt ist erst mal Duschen angesagt. Dann Schlafen."

Laura und der Doc gaben den beiden einen nicht ganz ernst gemeinten Applaus.

„Und wie geht's der Ikone?", hatte Laura besorgt gefragt.

„Verliert nie das Wesentliche aus den Augen, mein Schwesterherz, darauf ist stets Verlass. Aber alles gut. Der Restaurator, den wir ausfindig machen konnten, hat erstklassige Arbeit geleistet. Nun riecht die Madonna höchstens etwas streng, ungefähr so, wie unmittelbar nach der Niederkunft im Stall von Jerusalem."

„Bethlehem", korrigierte Laura.

„Von mir aus. Aber wie es aussieht, brauchen wir sie ja jetzt sowieso nicht mehr."

„Doch, tun wir. Ich bin gestern auf den Auftraggeber Hakans gestoßen. Nun ja, gestoßen ist zu viel gesagt. Nennt sich die Schlange und hat mich auch angelockt wie eine Todesotter ihre Beute. Gut, wenn ich nicht darauf reingefallen wäre, hätte er mich vermutlich wieder verfolgt. War schon ausgangsfertig, als ich den Laden betrat. Und glaub mir, er ist immer noch hinter der Ikone her wie der Teufel hinter der armen Seele. Das einzig Positive: Er scheint den Aufenthaltsort von Ignace zu kennen und ist bereit, ihn im Austausch gegen die Ikone preiszugeben."

Dann hatte sie einen kurzen Abriss von ihrer Begegnung mit der Schlange gegeben. Weder Solitaire noch der Doc hatten je von ihm gehört. In der Levante mochte er eine große Nummer sein, aber den Atlantik hatte sein Ruf noch nicht überquert, wie es schien.

„Die Schlange, eh? Wir werden ihr die Giftzähne ziehen, verlass dich drauf."

„Da sind auch noch die Russen, aber die wissen wahrscheinlich nichts über den Verbleib von Ignace. Schwer zu sagen, wie

gut oder schlecht die Schlange mit der hiesigen Unterwelt ver-
netzt ist, aber dass er letzten Endes für den Tod Hakans verantwortlich zeichnet, dürfte sich auf etwaige Beziehungen belastend
auswirken."

„Einer echten Schlange ist nirgends bange", hatte Solitaire
sinniert.

„Hat keine Ohrläppchen, die Schlange, sagst du? Gut zu wissen, falls man ihr irgendwo begegnen sollte. Ein Mackie Messer
ohne Ohrringe, auch nicht schlecht."

Der Doc hatte sich auf dem Schwarzmarkt umgetan und ein
kleines Arsenal zusammengestellt, das für die Zwecke der Befreiung von Ignace ausreichen sollte. Keine automatischen Waffen,
darauf hatte Laura bestanden. Sie wollte keine wüsten Schieße-
reien mehr wie die an der roten Kapelle. Dem Jungen, den Hakan als Ignace-Ersatz mitgebracht hatte, ging es dem Vernehmen
nach besser. Er hatte einen Lungensteckschuss erhalten, war aber
erfolgreich operiert worden. Da ihn auf Zypern niemand kannte,
hatte Laura die Kosten der Operation und den Krankenhausauf-
enthalt übernommen.

„Aber adoptieren wirst du ihn nicht", darauf hatte Solitaire
bestanden.

„Nein danke, einer genügt mir. Zweien gleichzeitig hinterher-
zujagen, dazu bräuchte ich Attilas Hilfe."

„Womit soll ich anfangen?", ließ sich Marquardt nach kleiner
Kunstpause vernehmen. Er klang auf einmal doch sehr müde
und erschöpft. Klar, die Affäre Ignace war ja nur eines von vielen
Problemen, mit denen er sich als Lauras Vertretung auseinander-
setzen musste. Das kostete Kraft.

„Nenn mir nur den heißesten Favoriten. Für lange Exkurse haben wir jetzt keine Zeit mehr."

„Also gut." Marquardt klang etwas enttäuscht.

„Gestützt auf die Informationen, die wir von dir und Solitaire
erhalten haben, sind wir zu einer Einschätzung gekommen, der
wir eine etwa fünfundsiebzigprozentige Wahrscheinlichkeit zu-
erkennen. Mehr war nicht drin."

„Und die wäre?"

„Hakans Tätigkeitsbereich erstreckte sich über die ganze Türkei, wie du weißt. Und wie groß die ist, merkt man erst, wenn man sich erst einmal ernsthaft mit ihrer Topographie auseinandersetzt."

„Was wir aber jetzt nicht tun wollen ..."

Laura wurde ungehalten, riss sich aber zusammen. Den kleinen Triumph musste sie Marquardt gönnen. Er hatte zu lange mit dem Dreckigen Dutzend daran gearbeitet, als dass er die Katze jetzt mir nichts, dir nichts aus dem Sack lassen würde, es sei denn, sie bestand drauf.

„Natürlich nicht. Den Jungen bis in die Tiefen Anatoliens zu schaffen, wie damals Penelope, dazu dürfte die Zeit nicht gereicht haben. Außerdem musste Ignace ständig in der Nähe bleiben, solange der Austausch noch nicht über die Bühne gegangen war. Also setzten wir ähnlich wie du von Anfang an auf Istanbul. Und selbst das war bei Lichte besehen keine wirklich signifikante Einschränkung. Nicht bei der Größe und Unübersichtlichkeit dieses Molochs."

Laura hörte Schluckgeräusche. Marquardt hatte sich offenbar einen starken Kaffee gebraut.

„Beim Versuch, das Feld weiter einzugrenzen, sind wir nach mehreren vergeblichen Anläufen auf eine Goldader in Form einer Insel gestoßen."

„Büyük Ada", rief Laura wie aus der Pistole geschossen.

Es trat eine kleine Pause ein. Marquardt hatte es wohl die Sprache verschlagen.

„Woher weißt du?" fragte er schließlich. Die Enttäuschung war ihm deutlich anzumerken.

„Nur so eine weibliche Eingebung."

„Ja. Büyük Ada, von den Griechen auch Prinkipo genannt. Das griechische Element auf der Insel war ..."

„... erheblich, weiß ich, weiter bitte."

„Hakans Yacht hatte dort ihren Heimathafen. Ich dachte immer, mit dem Begriff seien echte Häfen gemeint, aber wie es sich zeigt, kannst du deine Yacht auch mit dem Heimathafen Rheidt im Winkel registrieren, wenn dir danach ist. Egal, dabei handelt es sich natürlich nicht um das einzige Indiz, das auf die Insel deutet."

„Hakan hatte dort angeblich entfernte Verwandtschaft, die er damals besuchen wollte, als ihm Penelope zusammen mit euch durch die Lappen ging und ihr mit dem Boot auf dem Marmarameer verunglückt wart."

„Ich weiß, Heinz, ich war dabei."

„Dann die Kutschen …"

„Einspänner, Heinz, man nennt sie Phaëtons, das ist ein Unterschied."

„Gut. Da auf Büyük Ada, abgesehen von einigen kleinen Nutz- und Versorgungsfahrzeugen wie Krankenwagen, Feuerwehr, Polizei und Müllabfuhr nichts verkehren darf, was von Motoren angetrieben wird, und man mit Fahrrädern bei der hügeligen Topographie der Insel auf Dauer nicht weit kommt, vollzieht sich fast der gesamte Individualverkehr per Kutsche, Phaëton. Davon gibt's entsprechend viele, jedenfalls im Sommer. Die Kutscher kommen meist aus Anatolien, manche auch aus dem Ausland, wie Albanien. Hakan war für sie alle eine Art Pate. Er entschied, wer fahren durfte und wer nicht, wieviel Geld sie verdienten und welchen Anteil sie an Hakan und andere abführen mussten. Alles hatte über ihn zu laufen."

„Willst du mir mitteilen, dass Hakan Ignace einen Job als Kutscher verpasst hat?"

„Natürlich nicht. Penelope wusste, dass Hakan Vollwaise war. Also haben wir alle türkischen Waisenhäuser in und um Istanbul kontaktiert, ohne Treffer. Bis François auf das zurückkam, was Hakan dir zufolge noch auf Türkisch anzuvertrauen versuchte, bevor er starb."

„Ja, klang wie Orpheus oder so."

„Eben. Wir haben alle verfügbaren Wörterbücher und Thesauri gewälzt. Das war mit Sicherheit kein Türkisch, sondern Griechisch. Hat lange gedauert, bis bei uns der Groschen gefallen ist. Obwohl die Lösung dauernd direkt vor unseren Augen lag. Orpheus kommt aus dem griechischen Wort für beraubt. Das hätte uns sofort drauf bringen müssen."

„Versteh' ich nicht. Warum sollte ein in den letzten Atemzügen liegender Türke sich auf Griechisch verabschieden?"

„Genau! Das ist der springende Punkt: nur, wenn er damit einen letzten unmissverständlichen Hinweis geben wollte. Das Wort war allerdings etwas zu lang und kompliziert, als dass er es im Todeskampf hätte vollenden können: Orphanotrofeio."

In Marquardts Stimme schwang Triumph.

„Verstehst du? Orphanotrofeio ist das griechische Wort für Waisenhaus. Orpheus und die Waisen haben denselben Wortstamm, der beraubt bedeutet: der eine seiner Geliebten, die Waise ihrer Eltern. Waisenhaus hätte er dir natürlich auch auf Türkisch sagen können. Yetimhane, das türkische Wort, wäre kürzer und kein solcher Zungenbrecher gewesen. Dass er es nicht benutzte, kann nur einen Grund haben – er meinte nicht irgendein beliebiges türkisches, sondern ein ganz bestimmtes griechisches Waisenhaus, verstehst du? Er ist selbst in einem griechischen Waisenhaus groß geworden, hat das aber aus verständlichen Gründen nie an die große Glocke gehängt. Als Wechselbalg geboren und beim Erzfeind aufgewachsen, das braucht eine Legende der Istanbuler Unterwelt nicht in seinem CV. Penelope war eine der wenigen Menschen, die das wussten."

Laura schöpfte wieder Hoffnung. Hatte die Schlange nicht etwas von einem griechischen Waisenhaus erwähnt, das seinen Großvater, obwohl kein Grieche, aufgenommen hatte? Natürlich! Das war er, der kleine unscheinbare Hinweis, auf den Laura in der Erzählung der Schlange gelauert hatte.

„Und nun kommt's, schnall dich an: Es gibt auf Büyük Ada tatsächlich ein griechisches Waisenhaus, das ursprünglich vom Ökumenischen Patriarchat betrieben und in den 1960er Jahren von den Türken geschlossen wurde. Das Gebäude hat man enteignet und erst vor wenigen Jahren dem Patriarchat kraft eines Urteils des Europäischen Menschenrechtsgerichtshofs dem Patriarchat zurückgegeben. Es steht also seit mehr als einem halben Jahrhundert leer und dürfte, weil ganz aus Holz gebaut, ziemlich morsch und baufällig sein."

„Und wo genau liegt das?"

„Auf dem so genannten Christushügel, schon von weitem ins Auge stechend, egal, von welcher Seite man kommt. Mit seinen fünf oder sechs Stockwerken das größte Holzhaus der Welt, nicht zu übersehen."

Sein Ton wurde feierlich. Er kam zur Urteilsverkündung.

„Es entspricht der einstimmigen Auffassung aller Mitglieder des Dreckigen Dutzends, dass Ignace irgendwo im griechischen Waisenhaus von Büyük Ada festgehalten wird."

„Danke, Heinz. Hervorragende Arbeit. Wenn's stimmt, gebe ich der ganzen Bande eine Woche bezahlten Urlaub aus. Wir machen uns umgehend auf den Weg."

„Vielleicht solltet ihr vorher die Lage peilen. Hakan hatte viele Freunde auf der Insel. Wahrscheinlich war er damals in Wirklichkeit zu denen unterwegs und hat die angeblichen Verwandten nur vorgeschoben. Wenn du willst, machen wir einen Spezialisten für Insel und Waisenhaus ausfindig …"

„Danke, den habe ich bereits. Einen besseren gibt es zurzeit nicht auf dem Markt."

Sie wechselten noch ein paar Worte, laufende Geschäftsvorgänge betreffend, dann beendete Laura das Gespräch.

Jede Faser ihres Körpers drängte sie zu sofortigem Aufbruch. Wer wusste, ob der Junge überhaupt noch lebte und wenn ja, wie lange er noch aushalten würde. Andererseits konnte angesichts eines formidablen Gegners wie der Schlange Übereilung erheblichen Schaden anrichten. Besser, alles wie eine militärische Operation planen und nichts dem Zufall überlassen. Einer fehlte dazu noch im Team: Der Professor würde das mysteriöse Haus vermutlich bestens kennen, vielleicht im Patriarchat sogar Pläne davon beschaffen können. Er war die Schlüsselfigur. Blieb nur zu hoffen, dass er noch in der Nähe war und sich freimachen konnte.

ACHTES KAPITEL

1. Der Ferman.

„Ich verstehe, Sie hatten eine Mississippi Queen erwartet und sehen sich stattdessen mit der Titanic konfrontiert."

Laura, der Doc, Solitaire, Jeremy und der Professor saßen im Salon der gemieteten Villa in Bebek und starrten verwirrt auf einige vor ihnen auf dem Tisch ausgebreitete, stark vergilbte Pläne und Fotos. Die baulichen Unterlagen und Zeichnungen zu dem Gebäude hatten offenbar lange Zeit das Archiv des Patriarchats gehütet. Da sie währenddessen von niemandem entfaltet oder ausgerollt worden waren, hatten sie die lästige Angewohnheit entwickelt, wie schreckhafte Igel zusammen zu schnurren, sobald man auch nur eine Ecke des Papiers aus den Fingern gleiten ließ. Außerdem waren sie durchgehend arabisch beschriftet, so dass sich die Details allenfalls dem dieser Sprache mächtigen Athanassios erschlossen. Die Fotos halfen, waren aber allesamt von außen aufgenommen und gaben keinerlei Einblick ins Innere. Was die Pläne jedoch auch dem sprachunkundigen Laien sofort vermittelten, waren die außergewöhnlichen Dimensionen des Objekts, mit dem sie es zu tun bekommen würden.

Laura hatte den anderen umgehend von den Ermittlungsergebnissen des Dreckigen Dutzends berichtet. Das Team hatte sie stumm angehört und sich mit den Schlussfolgerungen einverstanden erklärt. Natürlich gab es auch andere Optionen, aber diese hier erschien allen in der Tat am vielversprechendsten. Dann hatte sie den Professor ins Bild gesetzt und ihn gebeten, so bald wie möglich nach Bebek zu kommen und sie in die Geheimnisse des Waisenhauses einzuweihen.

Der Professor hatte nach eigenem Bekunden seine ganze Überredungskunst einsetzen müssen, um die Bedenken des Archivars gegen eine und sei es auch nur kurzzeitige Ausleihe der Pläne zu zerstreuen. Das war umso schwieriger gewesen, als man, wie der Professor am Rande vermerkte, eben erst ins Kloster auf dem

Athos eingebrochen hatte. Natürlich hatte das eine unmittelbar nichts mit dem anderen zu tun, außer, dass die Angst des Archivars, unersetzliche Unterlagen wie diese einzubüßen, durch den Einbruch nicht gerade geringer geworden war.

„Obwohl nichts gestohlen wurde", hatte der Professor angemerkt, „die Täter haben abgesehen von einer zerbrochenen Fensterscheibe kaum Spuren hinterlassen und vor allem offenbar auch nichts von Wert mitgehen lassen."

„Kein Wunder", hatte Solitaire gelästert, „was gibt's im Kloster schon zu stehlen? Genauso könnte man einen Klingelbeutel rauben. Blutige Anfänger wahrscheinlich, oder ein dummer Jungenstreich."

Der Professor hatte sein Haupt geschüttelt.

„Durchaus nicht. In fast jedem der Klöster auf dem Athos lagern unersetzliche Wertgegenstände, geheime Schätze. Bisweilen sogar Gold und Edelsteine, in allerlei sakralen Prunkroben und Kleidungsstücken verarbeitet. Aber man muss natürlich wissen, wo sie zu finden sind. Die Weitläufigkeit solcher Gebäude…nun ja. Ein gewöhnlicher Einbrecher kann das nur mit Hilfe von Insidern in Erfahrung bringen. Nun, davon mal abgesehen. Hätten wir mehr Zeit, würde ich alles von einem computeraffinen Bruder im Patriarchat einscannen und ein dreidimensionales Modell herstellen lassen, in dem Sie virtuell herumspazieren könnten. Das könnte die Orientierung erheblich erleichtern, wenngleich Sie aufgrund des Verfalls des Gebäudes vor Ort ganz andere Verhältnisse als die virtuellen antreffen dürften. Etwa so, als wenn Sie sich im Wrack eines seit Jahrzehnten auf dem Meeresgrund liegenden Schiffes zurechtfinden müssten, das Sie vorher nur in Modellform studiert haben. Aber, wie gesagt, dafür reicht die Zeit nicht."

Laura pflichtete ihm bei.

„Klar, mit mehr Zeit könnte man ganz anders an die Dinge herangehen. Wichtig für uns ist, dass du das Waisenhaus in seiner jetzigen Verfassung aus eigener Anschauung kennst. Dein Wissen wird uns ganz wesentlich dabei helfen, einen Plan für die bevorstehende Übergabe zu schmieden, der hoffentlich besser klappen wird als der zyprische."

Eingedenk ihrer bisherigen Erfahrungen mit der Eloquenz des Professors hatte Laura von einer Trattoria des für seine ausgezeichneten Restaurants und belebten Bars berühmten Bebek ein üppiges Büffet anliefern und im Salon auf mehreren Anstelltischen anrichten lassen. So konnten sich alle stärken, während sie den Ausführungen des Professors folgten.

„Das Patriarchat ist zwar seit einigen Jahren wieder der verbriefte Eigentümer des Waisenhauses, wie Sie wissen, aber es war nie sein Bauherr, weshalb wir nur einige wenige Pläne besitzen. Das Gros der Pläne, Risse und Verwendungen, die für sich genommen schon eine wertvolle Antiquität darstellen, befindet sich in Frankreich oder Belgien, aber dazu kommen wir noch. In seiner außergewöhnlichen Originalität steht das Haus dem Flaggschiff der White Star Line kaum nach. Eher im Gegenteil, berücksichtigt man den Umstand, dass das Waisenhaus eine viel längere Geschichte hat und sich im Gegensatz, obgleich vom Einsturz bedroht, sozusagen immer noch über Wasser hält."

„Der Komplex als solcher wirkt auf mich, wenn ich die Zeichnungen richtig deute, eher wie ein ziemlich luxuriöses Hotel als eines jener in aller Regel ärmlichen, stets mangels Masse von der Schließung bedrohten Waisenhäuser", warf der Doc ein, der während seiner aktiven Zeit in Paris oft genug auch in sozialen Einrichtungen aller Art unterwegs gewesen war und somit wusste, wovon er sprach. Laura dachte im deutschen Kontext an die berühmten Franckeschen Stiftungen von Halle an der Saale, deren historisches Waisenhaus auch mehrere Stockwerke umfasste. Aber das war ein solider Steinbau, kein Holzhaus.

„Womit Sie den Nagel auf den Kopf getroffen haben, Doc. Hotelgäste zu beherbergen war in der Tat seine ursprüngliche Bestimmung. Ihr Architekt, ein Türke mit französischen Wurzeln, hatte in Paris studiert. Nach seiner Rückkehr in die Heimat baute er zunächst das Pera Palace als erstes osmanisches Hotel europäischen Zuschnitts. Um die Wende vom 19. zum 20. Jahrhundert war dann hier wieder Retro angesagt. Also errichtete er ein weiteres Hotel, diesmal im typisch osmanischen Stil mit den schon von Weitem auffallenden überkragenden Dächern, wie sie auch der neue Präsidentenpalast Erdoğans in Ankara besitzt. Allerdings mit einem sehr bezeichnenden Unterschied."

Der Professor nahm einen Schluck Wein. Männer brauchen immer eine Bühne, hatte Robert Laura einmal halb scherzhaft, halb entschuldigend anvertraut, als er in einem Restaurant wegen eines ihm persönlich zu stark durchgebratenen Rinderfilets den bedauernswerten Koch hatte antanzen lassen, was Laura unendlich peinlich gewesen war. Der Professor war keine ausgesprochene Rampensau, vielmehr hatten Jahre der selbst gewählten Einsiedelei wohl zu einer gewissen Sprachlosigkeit geführt, die er nun, wieder unter Menschen, durch ausgeprägte Redseligkeit kompensierte.

„Wenn Sie sich in Konstantinopel ein wenig umgesehen haben, wird Ihnen zweifellos die Vielzahl hier anzutreffender hölzerner Hausbauten aufgefallen sein. Holz, das in den Wäldern rings umher einst in ausreichendem Maß vorhanden war, zählte bis etwa 1914 zu den beliebtesten, weil billigen, leicht zu transportierenden und einfach zu verarbeitenden Baustoffen der Stadt."

Er wies mit der Hand auf die hölzernen Balken, Dielen und Verkleidungen des großen Salons, in dem sie sich befanden.

„Seit etwa Mitte des vorigen Jahrhunderts verfallen viele dieser prächtigen Häuser leider immer mehr, weil ihre Restauration gemäß geltender Rechtslage bis ins letzte Detail originalgetreu zu erfolgen hat. Das aber kann sich heutzutage kaum noch jemand leisten. Außerdem stirbt die letzte Generation jener ausgezeichneten Handwerker, die solche traditionellen Holzbauweisen noch beherrschen, allmählich aus. Sie kennen Vergleichbares möglicherweise aus Ihren Ländern und Städten mit denkmalgeschützten Bauten. Hier in Konstantinopel ist das Phänomen noch viel verbreiteter und auffälliger."

Laura nickte und dachte an einige Hamburger Viertel mit Häusern aus der Gründerzeit, die, wenn auch oft im Zuge schamloser Spekulation, vor sich hingammelten.

„Vallaury, so hieß der Architekt, trieb den Trend zu Holz und Retro insofern auf die Spitze, als er sich entschloss, dieses fünfstöckige Hotel mit rund 200 komfortablen Zimmern, Ball- und Konzertsaal, hier" – er zeigte mit einem Bleistift auf die genannten

Räumlichkeiten – „Casino, dort, Mini-Spital, dieser Teil, sowie, im Parterre, einer damals ultramodernen, dampfbetriebenen Küche, kurzum, die ganze Baracke, wie Solitaire sagen würde, aus Holz zu errichten. Das Ergebnis seiner ambitionierten Arbeit ist der bis auf den heutigen Tag gewaltigste Holzbau weltweit!"

Laura war beeindruckt, Solitaire anscheinend weniger.

„Und wer sollte bitte in diesem Schuppen wohnen? Weit weg von der Stadt, auf einer kleinen Insel ohne nennenswerten Strand oder sonstige Thrills?"

Athanassios lächelte.

„Ja, für heutige Verhältnisse sicher keine optimale Investition: Sauna, Wellness-Center, Shopping-Meile, Beauty Parlour – alles Fehlanzeige. Als renditefreudige Geldanlage sollte sich das Hotel übrigens damals schon nicht herausstellen. Zu einer anderen Zeit, unter einem anderen Stern, hätte das Kalkül der Internationalen Schlafwagengesellschaft als Bauherrin durchaus aufgehen können. Die Société Internationale des Wagons-Lits war auch keine ins Blaue wirtschaftende Träumerin, sondern als Betreiberin des berühmten Orient-Express mit den Gepflogenheiten der Levante ebenso vertraut wie mit den Vorlieben ihrer zumeist gut betuchten Klientel. Das Unternehmen arbeitete mit franko-belgischem Kapital und besaß Gesellschafter von Format, die nicht auf den Kopf gefallen waren."

„Die Türkei und der Nahe Osten bargen Möglichkeiten, die genutzt werden wollten. Zur selben Zeit, da das Hotel auf Büyük Ada entstand, waren deutsche Ingenieure dabei, die so genannte Bagdad-Bahn zu vollenden, die auf der asiatischen Seite des Bosporus startete und bis zur Hauptstadt des heutigen Irak führen sollte. Die beiden Kopfbahnhöfe der Stadt, Sirkeci als Endstation des Orient-Express und Haidarpaşa als Beginn der Bagdad-Bahn, waren bis vor wenigen Jahren noch durch eine primitive Eisenbahnfähre verbunden, die die Züge huckepack über das Goldene Horn und den Bosporus transportierte."

„Und?"

„Die SIWL hatte sich vorgestellt, dass es einen Teil ihrer Kundschaft zwischen den gleichermaßen anstrengenden Fahrten auf

Balkan- und Nahost-Routen abseits vom unruhigen Treiben Konstantinopels nach ein wenig Erholung und Zerstreuung verlangen würde. Solche Wünsche würde man in einem Casino-Hotel erfüllen, das nach mediterranen Hölzern roch und einen unvergesslichen Ausblick über das Meer und die Stadt bot: weit genug von der Stadt entfernt, um Diskretion zu gewährleisten, nahe genug, um nicht aus der Welt gefallen zu sein. Mit der Fähre konnte man jederzeit leicht und schnell nach Konstantinopel gelangen. Dieser räumliche Schwebezustand, die topographische Ambivalenz, wenn Sie so wollen, machen den eigentlichen Reiz nicht nur Büyük Adas, sondern der Prinzeninseln insgesamt aus und ist naturgemäß für einen Großteil ihrer Geschichte verantwortlich."

„Und woran scheiterte das Projekt? Ich meine, es ist doch offensichtlich gescheitert?"

Der Professor zuckte mit den Schultern.

„Wie bei einer klassischen Tragödie war die Saat des Scheiterns bereits zu Beginn angelegt. Die Begeisterung für Holzbauten, von der ich eben sprach, war der architektonische Reflex einer breiteren Retro-Bewegung. Der fortgeschrittene Verfall des Osmanischen Reichs war an der Wende vom neunzehnten zum zwanzigsten Jahrhundert mit Händen zu greifen. Sultan Abdül Hamit II. entschloss sich dennoch zu einer letzten Tour de Force, die ihre Kraft aus der Religion beziehen sollte. Alle islamisch geprägten Länder des Nahen Ostens sollten sich unter dem osmanischen Halbmond sammeln und sich um den Sultan scharen, der den religiösen Titel eines Kalifen für sich beanspruchte. Auf diesem spezifischen Hintergrund konnte er sich ein Monte Carlo am Bosporus mit Bächen von Alkohol und Scharen von Damen lockeren Lebenswandels schon ideologisch nicht leisten. Per Ferman untersagte er das Betreiben eines Spielcasinos und stellte damit dem Hotel natürlich das Todesurteil aus, indem er es seiner wichtigsten Attraktion beraubte.

Der Doc räusperte sich.

„Gut und schön, aber vom Spielcasino bis zum Waisenhaus ist es doch immer noch ein langer Weg ..." Offenbar faszinierte ihn die Geschichte vom Waisenhaus so sehr, dass er vergaß, seine Pfeife anzuzünden, die er minutenlang umständlich gestopft hatte.

„Ohne Zweifel. Welche Waisen? Woher kamen die? Nun, meine Landsleute beißen gern mal mehr ab, als sie kauen können, mit Verlaub."

„Kein Problem, wir sind ja keine Griechen", wehrte der Doc ab.

„In unserer Art und Weise, rational zu denken und gleich welche Probleme auf ihren Kern zu reduzieren, sind wir alle Griechen, hat mal jemand zu recht bemerkt", warf Laura ein.

Der Professor lächelte.

„Vielen Dank, im Namen meiner viel gescholtenen Landsleute. Nun, die griechischen Politiker und Militärs hatten gehofft, das nutzen zu können, was unsere Vorfahren den kairos nannten - jenen schicksalhaften Moment, in dem sich ein Fensterchen der Geschichte eine Spaltbreit öffnet. Dann gilt es, zuzuschlagen, denn schon im nächsten Augenblick schließt sich das Fenster wieder, in den meisten Fällen für immer und ewig. Die moderne Türkei hatte sich noch nicht wirklich aus der Asche des Osmanischen Reichs erhoben, ihre Streitkräfte waren erschöpft und unsortiert. Die Gelegenheit schien also günstig, ihnen die kleinasiatische Küste zu entreißen und Griechenland einzuverleiben. Zur Ehrenrettung meiner Landsleute muss man freilich darauf verweisen, dass es sich dabei nicht allein um einen untauglichen Versuch plumper Landgewinnung handelte, sondern um die Verwirklichung eines uralten griechischen Traums. „Ionische" Stadtstaaten wie Ephesos, Milet, Halikarnassos, Smyrna und viele andere erfüllten über Jahrhunderte die Funktion von Puffern und Bastionen an der Grenze zum Reich der persischen Medusa, die immer mal wieder mit gierig geröteten Augen nach Westen schielte. Nun stemmt man sich nicht gegen die Flut, ohne dabei nass zu werden. Quasi in Ausübung ihres Amts hatten sich diese Stadtstaaten mit so vielfältigen fremden asiatischen, arabischen und persischen kulturellen Einflüssen infiziert, dass sie letzten Endes zur Wiege unserer heutigen europäischen Zivilisationen wurden. Die Zeit war gekommen, sie vom wesensfremden osmanischen Halbmond zu befreien und heim zu führen. Was, wie wir wissen, jener Mustafa Kemal zu verhindern wusste, der den Griechen bewies, dass die Türkei alles andere als wehrlos war. Da das zurückschwingende Pendel nie in der Mitte stehenbleibt, warfen seine Truppen mit den versprengten feindlichen Streitkräften leider auch viele griechische Zivilisten ins Meer, die seit Jahrzehnten friedlich dort Seite an Seite mit anderen Ethnien gelebt und Handel, Handwerk und all das betrieben hatten, was Griechen halt so machen, wenn man sie sich selbst überlässt." Er hustete, weil ihm der Doc, der endlich sein Pfeifchen entzündet hatte, den blauen Rauch entgegenblies.

„Der Vertrag von Lausanne legalisierte dies in Gestalt des so genannten Bevölkerungsaustauschs. Von dieser absurden Maßnahme verschont blieben nur die in Konstantinopel und auf den wenigen türkischen Inseln lebenden ethnischen Griechen. Es gehört nicht viel Fantasie dazu, sich vorzustellen, dass die Wirren jener Zeit Massen griechischer Waisenkinder produzierten, die der Türkei zur Last fielen und irgendwo untergebracht werden wollten."

Solitaire gähnte und goss sich und Jeremy einen Raki XXL ein. Mochten die Griechen und Türken den Rest unter sich ausmachen. Die Kleinen Antillen hatten ihre eigenen Sorgen und bis in die Karibik würden es der Lärm und der Gestank Istanbuls sicher nicht schaffen.

„Auf dem Weg vom Atatürk-Flughafen müssen Sie linker Hand an der langgestreckten Fassade des griechischen Hospitals im Ortsteil Balıklı vorbeigekommen sein. Dort lag früher auch ein griechisches Waisenhaus so nah am Hospital, dass die Kinder ständig in Gefahr schwebten, sich bei ihren Nachbarn mit Tuberkulose und anderen Mangelkrankheiten und Seuchen der Zeit anzustecken."

Laura stibitzte Solitaires Glas und trank einen kleinen Schluck Raki, was ihre Schwester mit einem missbilligenden Seitenblick quittierte.

„Wenn man will, kann man es als göttliche Fügung betrachten, dass das Waisenhaus irgendwann von einem Erdbeben so stark in Mitleidenschaft gezogen wurde, dass es aus statischen

Gründen aufgegeben werden musste. Wohin mit den obdachlosen Waisenkindern?"

Der Professor lehnte sich zurück und streckte seine langen Arme aus, als erwarte er die Umarmung eines Riesen wie er selbst.

„Nun, die Griechen in und um Konstantinopel waren wie gesagt vom unseligen Bevölkerungsaustausch zwar ausgenommen. Viele von ihnen hatten die Schrift an der Wand jedoch erkannt und waren auf Nimmerwiedersehen in eine Heimat abgereist, in der sie als Flüchtlinge, oft genug mit mangelhaftem Griechisch ausgestattet, auch nicht sehr viel freundlicher willkommen geheißen wurden, als sie in Konstantinopel verabschiedet worden waren. Wer hier blieb, scharte sich in Fener um das Patriarchat oder hockte vorerst auf den Prinzeninseln, weit genug vom Schuss.

Als das Patriarchat jetzt nach dem Erdbeben eine neue Unterkunft für die Waisen suchte, wurde es von Mitgliedern der Gemeinde auf ein riesiges leerstehendes Gebäude von Prinkipo, wie wir Büyük Ada nennen, aufmerksam gemacht. Das schien bei oberflächlicher Betrachtung für solche Zwecke überdimensioniert, stand aber schon lange genug zum Verkauf, um für ein Linsengericht an den erstbesten Interessenten verscherbelt zu werden. Nun war selbst ein Linsengericht für die schwindsüchtige griechische Gemeinde immer noch unerschwinglich, aber an Solidarität hat es uns Griechen noch nie gefehlt. Darf ich auch mal kosten?" Der Professor wies auf die Raki-Flasche. Solitaire schenkte ihm zwei Fingerbreit ein, als fürchte sie, er könne sich vergiften und reichte ihm das Glas über den Tisch, so dass ein wenig Raki auf den Grundriss tröpfelte.

„Ist ja kein Tapetenlöser, hoffe ich. Stin yia mas!"

„Şerefe."

Alle erhoben ihre Gläser und prosteten einander zu, als hätten sie die Operation Ignace bereits erfolgreich abgewickelt.

„Und wenn du glaubst, es geht nicht mehr, kommt von irgendwo ein Lichtlein her, heißt es ja bei euch in Deutschland. In Griechenland hat das Lichtlein regelmäßig die Gestalt schwerreicher

Reeder oder im Ausland zu Wohlstand gekommener Kaufleute wie Georgios Averoff, der uns den berühmten Panzerkreuzer schenkte. Oder Evangelos Zappas, der die Olympien finanzierte oder, von mir aus, auch Andreas Syngros, der entscheidend mithalf, den siechenden Kanalbau von Korinth zu vollenden. Bisweilen sind es auch Frauen wie Bouboulina oder, in diesem Fall, Eleni Zarifi, eine reiche Bankierswitwe. Sie erstand das Gebäude im Namen des Ökumenischen Patriarchen zu einem Preis, der nur knapp über dem lag, was die ursprüngliche Bauherrin allein für die dampfbetriebene Küche hingelegt hatte. Der Deal war offenbar auch durch die geschickte Vermittlung eines albanischstämmigen Offiziers und Diplomaten zustande gekommen, der für seine Dienste vom Patriarchen mit einem Sommerhaus am Meer auf Prinkipo belohnt wurde ..."

„Doch nicht mit dem späteren Haus Trotzkis?", unterbrach ihn Laura überrascht.

„Doch, mit eben jenem Sommerhaus, in dem Leo Trotzki mit seinem Anhang von 1931 bis 1933 wohnte. Woher kennst du es?"

Laura zuckte mit den Schultern.

„Muss wohl irgendwo davon gelesen haben."

„Die Waisenknaben durften also wie Prinzen in ein luxuriöses Hotel umziehen, das zwar nie feierlich eröffnet worden war und aufgrund des Leerstands vermutlich schon den einen oder anderen Schaden erlitten hatte, aber dennoch einem jener Paläste nahegekommen sein musste, von denen die Jungs - es waren anfangs ausschließlich Knaben – bislang nur in Märchen gehört hatten. Manche Träume tun besser daran, solche zu bleiben. Die Realität erwies sich bald als ziemlich ernüchternd. Die Probleme begannen bereits mit den völlig unverhältnismäßigen Dimensionen. Die rund 150 Waisenkinder mit ihrer Handvoll griechischer und türkischer Lehrkräfte müssen sich vorgekommen sein wie die Familie Torrance im winterlich verlassenen Overlook-Hotel Stanley Kubricks. Wenn Sie aufgepasst haben, werden Sie mich von türkischen Lehrern und Lehrerinnen sprechen gehört haben. Die waren deshalb dabei, weil in allen ethnischen pädagogischen Einrichtungen des Landes Türkisch Pflichtfach war und ist, nach dem sicherlich löblichen Motto: Wenn du schon mal in unser Land gekommen bist, dann darfst du gern auch unsere Sprache lernen. Leider folgen ausgewanderte Türken selbst nicht immer dieser Maxime."

„Nichts unterstreicht die Absurdität der im Waisenhaus angetroffenen Dimensionen besser als der Umstand, dass Kinder, die ausbüxen wollten, das jederzeit tun konnten, ohne das Waisenhaus verlassen zu müssen. Gleich zu Beginn, beim Einzug, hatte man nämlich nach eingehender Besichtigung die obersten Stockwerke als praktisch unbewohnbar aufgegeben. Heizbar war das Gebäude in Gänze sowieso nie wirklich, selbst wenn man das Geld dazu hätte aufbringen können. Besonders die Zimmer auf der dem kältesten Wind ausgesetzten Nordseite waren im Herbst und Winter so eisig, dass deutsche Landser des Ersten Weltkriegs, die hier vorübergehend interniert waren, Teile der Täfelung von der Wand rissen und offene Feuerchen schürten, um nicht zu erfrieren: Hier hilft man sich selbst. Ein Wunder, dass dabei nicht das ganze Haus irgendwann in Flammen aufging. Diese aufgegebenen Teile boten natürlich den In-house-Ausreißern jede Menge Verstecke, in die ihnen außer vielleicht Ratten und Mäusen niemand folgte. So einen Racker bräuchten Sie jetzt als Experten. Die kannten das Gebäude mit seinen unzähligen Schlupfwinkeln mit Sicherheit besser als der Architekt. Bald machte man sich nicht einmal mehr die Mühe, nach der Rasselbande zu suchen. Vielmehr stellte man ihnen etwas Essen auf einen Treppenabsatz und sammelte die hastig bis aufs Emaille geleerten Töpfe und Pfannen wenig später wieder ein."

Ein durchdringend tutender Tanker, dessen Lichter ihn wie einen vorübertreibenden Weihnachtsbaum aussehen ließen, lenkte den Professor kurz ab.

„Das war beileibe nicht alles. Die ultramoderne große Küche, die einmal dazu bestimmt war, mehrgängige Prachtmenüs auf blitzblankes Goldrand-Porzellan zu zaubern, diente nun der Zubereitung von Wassersüppchen, Kartoffelmus, Reis und Mehlschwitzen. Dies in Mengen, die ein oder zwei primitive Petroleumbrenner wahrscheinlich auch bewältigt hätten. Das Wort

Fleisch konnten die meisten Waisenkinder nicht einmal buchstabieren. Etwas Gemüse lieferten immerhin die Beete des hauseigenen Gartens sowie ein Treibhaus."

Laura konnte nicht umhin, die vom Professor so eindringlich geschilderten Zustände mit denjenigen des Internats an der Elbe zu vergleichen, das Ignace besuchte. Die Schüler dort konnten sich derartig ärmliche Verhältnisse vermutlich nicht einmal vorstellen.

„Der wachsende Einfluss, man könnte auch sagen, die immer übergriffigeren Interventionen des türkischen Staats in die Verwaltung des Hauses führten zu wiederholten vorübergehenden Zwangseinquartierungen zum Beispiel von russischen Emigranten oder den erwähnten deutschen Landsern. Zeitweise mussten die Kinder türkischen Kadettenanstalten und sonstigen Militärschulen weichen. Es war ein ständiges Kommen und Gehen zu Lasten der Waisen."

Der Professor lehnte sich zurück und strich sich über die Stirn. Vielleicht setzte ihm der Alkohol zu.

„Das Pogrom der 50er und die Zypernkrise der 60er führten dazu, dass das ethnische Griechentum auch auf der Insel zusehends ausblutete und die Waisen sich ein weiteres Mal von Gott und der Welt im Stich gelassen fühlen mussten."

Einen Augenblick lang betrachtete der Professor wie gedankenverloren die Bemühungen des Doc, seine ausgerauchte Pfeife zu löschen.

„Offenes Feuer in einem Holzhaus muss doch wahnsinnig gefährlich gewesen sein." Laura konnte es nicht fassen.

„Das ist so, als würde sich der Doc zum Rauchen in ein Pulvermagazin zurückziehen", staunte auch Solitaire.

„Gewiss", lächelte der Professor.

„Andererseits, wenn Sie an die Öfen zum Abkochen von Walfischfett auf den hölzernen Walfängern denken ... Ein wenig russisches Roulette wurde also doch noch auf Prinkipo gespielt."

„Die türkische Regierung, der die Institution auf Büyük Ada ein ähnlicher Dorn im Auge war, wie das orthodoxe Priesterseminar auf der Nachbarinsel Chalki, nahm die Brandgefahr trotzdem wiederholt zum Anlass, immer strengere und umfangreichere Präventivmaßnahmen vorzuschreiben. Die schrumpfende griechische Gemeinde bemühte sich nach Kräften, solche Auflagen zu erfüllen, legte zum Beispiel spezielle Löschwassertanks an und baute einen Treppenturm aus Backstein, mit Marmorstufen. Der Anbau verschandelte natürlich den ästhetischen Gesamteindruck, bot aber im Brandfall eine schnellere Evakuierungsmöglichkeit. Der Turm gehört übrigens heute zu den einzig sicheren Ein- und Ausstiegspfaden des Gebäudes in seinem jetzigen baufälligen Zustand. Erstaunlicherweise hat das Waisenhaus nur einmal, in den achtziger Jahren, wirklich bedrohlich gebrannt. Damals war es längst geschlossen und enteignet, denn irgendwann hatten die Griechen mit den Forderungen und Auflagen finanziell einfach nicht mehr Schritt halten können. Sie resignierten und begriffen, dass, wenn schon nicht Konstantinopel, so jedenfalls Prinkipo endgültig verloren war und weder für sie, noch für die Waisen je ein Weg zurückführen würde."

„Aber Sie haben es doch inzwischen zurückbekommen?", fragte der Doc.

„Das stimmt, dank eines Urteils des Europäischen Gerichtshofs für Menschenrechte, den die Türkei inzwischen fast allein in Atem hält. Wäre ich von sarkastischem Gemüt, würde ich von einem türkischen Danaergeschenk sprechen. Eine Renovierung, wie sie vor Jahren mal kurz ins Auge gefasst worden war, würde Millionen verschlingen. Wer wollte die angesichts des labilen Zustands des türkischen Rechtsstaats aufbringen? Vermutlich müsste man sowieso alles abreißen und nach den alten Plänen von Grund auf neu hochziehen. Wo finden Sie solche Mengen geeigneter Hölzer, ganz zu schweigen von den Facharbeitern? Nein, noch maximal ein Jahrzehnt oder zwei und irgendein Beben, ein Sturm oder Feuerteufel wird dieses einzigartige Stück gemeinsamen griechisch-türkischen Kulturerbes vernichten."

Der Professor hob sein Glas, doch es war leer. Solitaire goss nach.

„Und mit ihm die Erinnerung an knapp sechstausend urkundlich erfasste Waisenkinder, die bis zur Schließung des Hauses ihre Kindheit und einen Teil ihrer frühen Jugend darin verbrachten. Kinder beiderlei Geschlechts, wohlgemerkt. Anfangs handelte es sich um eine reine Knabenanstalt. Die elternlosen, allein auf sich gestellten Mädchen waren ursprünglich auf dem Gelände des Priesterseminars Chalkis untergebracht, von dem ich eben sprach. Später verlegte man auch sie nach Prinkipo, weil das Priesterseminar, auf dem mein heutiger Dienstherr, der Patriarch, noch seine Ausbildung erhalten hat, anderen Zwecken zugeführt wurde. Wenn man den Mädchen die Schädel rasiert und ihnen die Anstaltskleidung verpasst hatte, waren sie auf den ersten Blick sowieso nicht mehr von den Jungs zu unterscheiden. Insofern hatte die Zusammenlegung ihre Logik."

Der Professor senkte seine Stimme.

„Worüber die Urkunden keine Auskunft geben, ist die Anzahl derer, die auf der sinkenden Titanic blieben."

„Was meinen Sie?" wunderte sich Laura.

Der Professor nickte und berührte kurz seine Lippen mit dem Zeigefinger.

„Ich erwähnte ja bereits die vom Gebäude geschluckten Ausreißer, deren weiteres Schicksal im Dunklen liegt. Mittellos, körperlich verwahrlost und in abgerissener Anstaltskleidung wird es nicht so leicht gewesen sein, von Prinkipo wegzukommen. So verwundert es nicht, dass sowohl Bewohner als auch Besucher der Insel bei einsamen Spaziergängen immer mal wieder Kinderstimmen aus dem unheimlichen verwaisten Bau vernommen haben wollen. Besonders oft verweisen sie dabei auf die schwachen Hilferufe eines Mädchens, das irgendwann unbemerkt in einen trockenen Brunnenschacht gefallen und darin umgekommen sein soll, weil niemand es hörte. Ich habe mehrere Jahre damit verbracht, immer mal wieder in den wenigen vorhandenen Unterlagen zu stöbern, habe aber keinerlei Hinweise auf ein solches Vorkommnis finden können."

„Was nicht sonderlich überrascht", ergänzte Laura.

„Sollte sich etwas Derartiges tatsächlich ereignet haben, wird man alles daransetzen, es zu vertuschen. Wäre ja wahrlich alles andere als ein Ruhmesblatt."

„Geisterstimmen hin oder her, wir werden uns etwas einfallen lassen müssen, Ignace gesund und munter da rauszuholen", sagte Solitaire und fuhr mit der Hand über die Skizzen.

„Wenn er sich denn dort befindet."

Laura dankte dem Professor für seine wertvolle Hilfe, lehnte sein Angebot, sie nach Büyük Ada zu begleiten, jedoch höflich ab.

„Nein, an dieser Stelle endet unsere Zusammenarbeit. Es ist nicht Ihr Krieg und die Sache droht, hässlich zu werden. Wer weiß, was uns dort erwartet und was die Schlange geplant hat, um sich in den Besitz der Ikone zu bringen. Das Patriarchat von Istanbul, pardon, Konstantinopel, befindet sich ohnehin in einer reichlich prekären Lage und sollte auf keinen Fall mit einer eventuellen Schießerei auf Büyük Ada in Verbindung gebracht werden können. Das wäre ein gefundenes Fressen für die gegenwärtige türkische Regierung und die ihr willfährigen Medien. Nein, Sie haben schon genug für uns getan und eine neuerliche Autofahrt wie die vom Athos würde ich kaum überleben, fürchte ich. Es reicht, wenn Sie uns die Unterlagen noch einen Tag oder zwei überlassen, damit wir sie eingehend studieren können, bis wir uns in dem Gebäude mit verbundenen Augen zurechtfinden."

„Das werden Sie wahrscheinlich müssen, denn es gibt ja kein elektrisches Licht."

„Nachtsichtgeräte haben wir", entgegnete Jeremy, der mit Solitaire, soweit erforderlich, den Feuerschutz übernehmen würde.

„Gut, ich lasse Ihnen die Unterlagen da. Unser Archivar wird mich dafür bei lebendigem Leibe häuten wollen, aber was soll's, der beruhigt sich schon wieder. Dann bleibt mir nur, Ihnen viel Glück zu wünschen. Wir sehen uns später."

„Inşallah", bestätigte Laura, „nach dem Krieg um elf, selber Ort, selbe Zeit."

2. Der Archipel des Vergessens.

„Ich bin zwar eine geborene Hanseatin, aber keine wirklich eingefleischte Hamburgerin. Die Stadt und ich hatten immer schon ein eher distanziertes Verhältnis. Eines aber kann man Hafenstädten nicht absprechen: egal, was einen an Alltagssorgen bedrückt und quält – sobald man an Bord einer Fähre, eines Boots oder von mir aus einer banalen Barkasse steigt, lässt man für gewöhnlich alles hinter sich, atmet die salzige Seeluft mit einer Prise Schweröl und reichlich Feinstaub tief in seine Lungen, schließt die Augen, lauscht dem Gekreisch der Möwen, lässt sich den Wind durch die Haare fahren und beschließt, der Schöpfung doch nochmal eine Bewährungschance zu geben. Ein Stündchen auf dem Wasser und du bist ein neuer Mensch. Nun ja, sagen wir, wie rundum erneuert."

Laura und der Doc standen Gepäck bei Fuß auf dem privaten hölzernen Anleger der Villa am Bosporus und warteten auf das bestellte Motorboot, das sie auf die Insel Büyük Ada übersetzen sollte. Es war ein freundlicher, fast windstiller Morgen, an dem die Sirene eines nach Norden fahrenden Tankers unter liberianischer Flagge mit den Gebetsrufen der Muezzine örtlicher Minarette zu wetteifern schien. Bei langsamer Fahrt voraus bahnte sich der Tanker seinen Weg durch eine Flottille winziger türkischer Fischerboote, die von seiner Bugwelle sanft nach rechts und links beiseite gedrückt wurden, um die Reihen in seinem Kielwasser bald darauf wieder zu schließen. Die halbjährlichen Wanderungen des Bonitos aus dem Marmara- ins Schwarze Meer und umgekehrt jeden Frühling und Herbst waren ein Gottesgeschenk, das sie nur zu gern annahmen und vorzugsweise an die Fischlokale von Balıklı weitergaben.

Was die Fischerboote an der Einfahrt in den Bosporus nicht erwischten, hing früher oder später am Haken der Angler auf der Galata-Brücke. Kein Wunder, dass auch die Istanbuler Märkte immer bestens mit fangfrischen Fischen versorgt waren, deren nach außen gekehrte Kiemen sich wie blutrote Blüten der See präsentierten.

„Da hast du zweifellos Recht", entgegnete der Doc, „selbst die schmutzige Seine hat mich so manches Mal mit der Drangsal versöhnt, die man in einer Großstadt von Zeit zu Zeit empfindet. Davon abgesehen, glaube ich, da kommt unser Mann."

Er zeigte auf ein halb offenes Motorboot, das, vermutlich vom Üsküdar-Ufer kommend, just in diesem Augenblick hinter dem Heck des Tankers hervorschoss und Kurs auf den Bebek-Anleger nahm. Dann verlangsamte es seine Fahrt und glitt, im Bogen vorsichtig gegen den Strom manövrierend, an den hölzernen Steg mit Laura und dem Doc, als misstraue der Skipper der Stabilität der betagten Konstruktion.

„Mrs. Forster?", rief der Mann im Boot auf Englisch. Laura nickte und winkte ihn heran.

„Günaydin, Efendim. Bismillah, geh'n wir's an."

Der Mann warf dem Doc eine Leine zu, die dieser mit einem blitzschnell geschürzten Palstek um einen der grünlich schimmernden, seepockenbewachsenen Pfähle warf, die über den Steg ein ganzes Stück nach oben hinausragten. Laura erinnerte der routinierte Bewegungsablauf des Doc an ein ähnliches Manöver, vor Jahren, am rostigen Steg von Montserrat. Merkwürdig, wie das Gehirn solche an sich nutzlosen Informationen und Bilder speichert, um uns von Zeit zu Zeit mit unterschwelligen Assoziationen zu verblüffen wie ein Hund, der plötzlich Kunststücke vorführt, die man ihm wochenlang scheinbar vergeblich vorgemacht hat, bis er sie ohne jede Aufforderung Monate später von sich aus präsentiert.

Dann stieg oder besser sprang Laura an Bord des etwa einen halben Meter unter dem Steg liegenden und im unruhigen Seegang des Bosporus gierenden Boots, das sich aufführte wie ein ungeduldiger, mit allen Vieren tänzelnder Labrador. Der Skipper, ein etwa fünfzigjähriger, schlank gebauter Mann mit grauen Locken, Brille und dem landestypischen Akzent, nahm die Taschen seiner Passagiere entgegen und verstaute sie in einem kleinen Verschlag im Bug. Der Doc löste die Leine, warf ihr Ende mit Schwung ins Boot und sprang ebenfalls an Bord. Der Skipper hatte den Motor nach Art eines wartenden Taxis laufen lassen, um der nach Süden setzenden Strömung mit der langsam im Vorwärtsgang drehenden Schraube entgegenzuwirken, und konnte daher sofort ablegen.

Die Aişe, so der Name des Bootes, den Laura am Bug gelesen hatte, nahm in zügiger Fahrt Kurs auf den Kiz Kulesi, den Mädchenturm, den Laura nur als Leanderturm kannte. Der türkische Skipper machte Laura und dem Doc Zeichen, näher an die fest montierte Sprayhood des Boots zu rücken, um besser vor überkommender Gischt geschützt zu sein. Die beiden kamen dem Hinweis gerne nach, denn auch ohne die erfrischende Dusche eines solchen Sprühregens war es recht kühl auf dem Wasser.

Der Mann verstand offenbar sein Geschäft, obwohl Laura auffiel, dass seine Kleidung nichts Seemännisches an sich hatte. Er wirkte eher wie ein Freizeit- oder Gelegenheitsskipper, der von seinem Taxi, mit dem er normalerweise die Straßen und Gassen Istanbuls auf der Suche nach Kundschaft abfuhr, vorübergehend aufs Boot gewechselt war. Trotzdem schlängelte er das Boot elegant zwischen den dicht an dicht ankernden Fischern vorbei und zog hinter einem Containerfrachter, dessen Rumpf sich von unten betrachtet wie eine stählerne Wand auftürmte, in einer scharfen Linkskurve auf Haidarpaşa zu.

„Sie kennen seine Geschichte?", fragte er und zeigte auf den Mädchenturm. Laura schüttelte den Kopf.

„Er soll der Legende zufolge für eine Prinzessin gebaut worden sein, heißt es. Ihr war prophezeit worden, dass sie in naher Zukunft an einer Vergiftung sterben werde. In einem Turm wie diesem, isoliert von der Außenwelt, dachte ihr Vater, könnte ihr nach menschlichem Ermessen nichts passieren. Als man ihr eines Tages den üblichen Korb mit frischen Früchten brachte, wurde sie von einer Schlange gebissen, die sich im Korb verborgen hatte. So bewahrheitete sich die Weissagung, maalesef."

Laura lächelte.

„Eva, die Schlange, der Apfel und der Tod, das Ganze auf die See verlegt. Die Geschichte erinnerte sie an eine eigene akademische Jugendsünde. Als Studentin hatte sie sich nämlich mit dem Gedanken getragen, eine Arbeit über das uralte dramatische Handlungsvehikel der scheinbaren Unausweichlichkeit des

Schicksals, avisiert durch Prophezeiungen zu verfassen. Für die Erlangung des Mastertitels oder als Dissertationsschrift: Zwischen Ödipus und Macbeth. Der klassische Held am Scheideweg, von Laura Förster M.A. Aber angesichts der ihr damals überwältigend erscheinenden Materialfülle hatte sie den Plan wieder verworfen. Reduzierte man diese Art der Prophezeiung auf ihr3 Quintessenz, präsentierten sie sich meist entweder als Dilemma, das aufzulösen es den Betroffenen schlicht an Fantasie gebrach. Oder, schon interessanter, als Paradoxon, dessen tragische Ironie darin bestand, dass es die Betroffenen zu einem Verhalten veranlasste, das dann erst zum Instrument ihres Verderbens wurde: wäre Ödipus geblieben, wo er war, wäre vermutlich Hätten die Protagonisten nicht agiert, hätte sich die Weissagung vermutlich nicht realisiert. Mit dem arabisch-islamischen Hu maktup, dem fatalistischen es steht geschrieben, hatte das nichts zu tun. Der klassische Konflikt der Tragödie entsteht nur dort, wo der Mensch in seinen Entscheidungen frei ist.

Inzwischen zog an Backbord die klassizistische Fassade des stillgelegten Bahnhofs von Haidarpaşa mit seinen verspielten Dachtürmchen vorüber, die vor Jahren bei einem Brand angekokelt worden waren. Das ganze Gebäude machte einen vernachlässigten, heruntergekommenen Eindruck und schien mit einiger Ungeduld seinem Abriss entgegenzufiebern.

„Dieses ganze Areal hier", rief der Skipper und beschrieb mit seiner freien Linken einen imaginären Halbkreis über die wenig ansehnliche Uferregion, „ist Spekulationsobjekt. Wenn Sie das nächste Mal in unsere Stadt kommen, stehen hier lauter russisch, arabisch oder chinesisch finanzierte Hotels und Shopping Malls mit russischen Hinweisen, wetten?"

„Sie sprechen sehr gut Englisch", rief Laura zurück, während das Boot am Bahnhofsanleger vorüberglitt.

„Wo haben Sie das gelernt?"

Der Mann nahm etwas Fahrt aus dem Boot, um nicht andauernd sowohl den Motor als auch die Möwen und den Fahrtwind sowie das rhythmische hohle Klatschen der Wellen dieses nie zur Ruhe kommenden Gewässers übertönen zu müssen.

„In England", entgegnete er. „Ich habe einige Jahre in Oxford Geschichte studiert, wissen Sie. Mein Name ist übrigens Mahmut."

Laura und der Doc schüttelten seine Hand.

„Und fahren jetzt Wassertaxi?", rief der Doc erstaunt.

Der Mann lächelte säuerlich.

„Ja, was soll ich machen. Ich war Dozent an der Bosporus-Universität, bis einige Kollegen mich als angeblichen Gülen-Anhänger verleumdeten. Damit war ich meinen Job los und werde zurzeit auch keinen mehr finden, der meiner Ausbildung entspricht. Nicht, solange Recep Tayyip das Sagen hat. Von irgendwas muss ich leben. Mein Bruder überlässt mir an Wochentagen die Aişe. An Wochenenden steuert er sie selbst und ich mache den Aushilfskellner, mal hier, mal da, wo gerade Not am Mann ist. Türken müssen sich zu helfen wissen."

Es folgten der Fenerbahçe Park sowie die Marina von Kadıköy. Dann löste sich das Boot von der Küste und steuerte auf die erste Insel zu.

„Sie dürfen gern langsam fahren, wir haben's nicht sonderlich eilig und Sie sparen vielleicht etwas Sprit. Außerdem, wer weiß, vielleicht kommen wir nie mehr hierher."

„Das wäre sehr schade, aber irgendwie passend zum vergessenen Archipel, inşallah."

Der Skipper nickte und nahm wieder Fahrt aus dem Boot, das sofort angenehm über die Wellen glitt, anstatt wie ein kaum eingerittener bockiger Bronco über sie hinweg zu galoppieren. Immer wenn Laura auf der Sitzbank nach links rutschte, spürte sie den Lauf der Taurus Kaliber .38 gegen ihren Oberschenkel reiben. Die Waffe war vom Doc besorgt, von Jeremy gewartet und von Solitaire gutgeheißen worden, mehr Sorgfalt ging nicht.

Der Doc hatte vorgeschlagen, dass sie alle vier einzeln nach Büyük Ada übersetzen sollten, um Hakans auf Rache sinnende Leute, falls sie dort auf Lauer lagen, in trügerische Sicherheit zu wiegen. Laura hatte das abgelehnt.

„Erstens sind diese Leute vermutlich nicht verblödet. Und zweitens hat die Schlange wahrscheinlich ebenfalls Späher postiert. Dass der Doc mich bis zur Insel begleiten würde, liegt auf der Hand. Alles andere ist nur geeignet, ihr Misstrauen zu verstärken. Solitaire und Jerry, das ist wieder eine andere Geschichte. Die Schlange kennt die beiden nicht persönlich. Dasselbe gilt aller Wahrscheinlichkeit nach für Hakans Leute. Das Feuergefecht damals auf den Antillen hat keiner außer Hakan überlebt. Den Namen Solitaire wird der eine oder andere möglicherweise schon mal gehört haben, aber das ist auch alles. Mit wenig Aufwand könnten die beiden als Touristen durchgehen und zum Beispiel mit der Schnellfähre von Kabataş ankommen. Vielleicht mit einem Sonnenhut auf Jerrys Dreadlocks und Solitaire als Dame mit Hündchen."

„Was für ein Hündchen? Vergiss es, Schwester Esther, ich mag die ewig vor sich hin furzenden Möpse nur gut durchgebraten und mit süßsaurer Soße. Und wo soll ich danach hin mit dem Tier? Aussetzen? Über Bord gehen lassen? Verlassene Hunde gibt's vermutlich schon genug auf den Inseln, bietet sich ja als Entsorgungsstation geradezu an."

Der Professor hatte sich eingeschaltet.

„In der Tat. Streunende Hunde wie in Athen werdet ihr hier in Konstantinopel kaum sehen. Man fängt sie regelmäßig ein. Früher hat man sie auf eine der kleineren, unbewohnten Prinzeninseln verfrachtet, wo sie ohne Futter und Wasser sich selbst überlassen blieben. So dauerte es natürlich nicht lange, bis sie übereinander herfielen und sich gegenseitig zerfleischten. Ihr Gebell, Geheul und Gewinsel soll vom Ostwind vor allem nachts bis an die Küste getragen worden sein."

Laura war bei dem bloßen Gedanken erschaudert. Dann fiel ihr plötzlich wieder das ein, was Ignace am Telefon über den Lärm der Hunde gesagt hatte.

„Sind solche Praktiken auf den Inseln auch heute noch üblich?"

„Nicht, dass ich wüsste. Nein, aber auf Büyük Ada gibt es einen riesigen Zwinger für herrenlose Istanbuler Hunde."

Lauras Herz krampfte sich zusammen. Das war's! Das musste es sein. Das Hundegebell dort war mit Sicherheit bis zum Waisenhaus zu hören. Sie hatte vergessen, Marquardt dieses Detail mitzuteilen, aber es war mehr als geeignet, die Schlussfolgerungen des Dreckigen Dutzend zu untermauern.

„Aber es gibt doch andererseits die Kangalzucht?"

„Kangals sind Nutztiere wie Schafe und Ziegen. Außerdem sind es oft Kurden, die sich mit Hundezucht abgeben. Türken im engeren Sinne haben ein eher zwiespältiges Verhältnis zu Hund, Katze und Co."

„Woher kommt eigentlich der Name Prinzeninseln? Und warum nennen sie es das vergessene Archipel?", fragte Laura den Skipper.

Der wies mit dem Daumen seiner Rechten vage nach achtern, in Richtung Stadt.

„Das geht auf die Griechen zurück. Ursprünglich waren mit den Prinzen wohl die männlichen Nachkommen am byzantinischen Hof gemeint. Ganz, ganz früher, wie meine Studenten zu sagen pflegten, wenn sie sich nicht auf ein Jahrhundert mehr oder weniger festlegen wollten, nannten die Griechen die Inseln Papadonisia, Popen-Inseln."

Er lachte und winkte abschätzig.

„Neun Inseln, vier größere, bewohnte und fünf zum Teil winzige, verödete. Aber keine war offenbar klein genug, dem heute manisch anmutenden Klosterbau zu entgehen. Das musste wohl einfach sein. Auf den vier größeren errichtete man gar bis zu einem halben Dutzend Klöster und Konvente."

„Und warum dieses Überangebot an Frömmigkeit?"

Wieder grinste er.

„Mit den Klöstern und Konventen verband sich nicht nur Frömmigkeit und weltabgewandte Besinnung. Sie hatten auch andere, weltlichere Funktionen. Wann immer ein byzantinischer Kaiser oder eine seiner Hofschranzen von den Launen seiner jeweiligen Gemahlinnen genug hatten, boten ihnen diese Einrichtungen eine erstklassige Gelegenheit, die Damen unblutig loszuwerden. Dasselbe galt für unliebsame Rivalen oder lästige, für eine Thronfolge nicht in Frage kommende Söhne, die über Nacht in Klöstern verschwanden, deren Inneres vielfach von Kerkern geziert war. Von dort, so viel war sicher, gab es kein Zurück. Die Inseln wurden zum Archipel des Vergessens."

„Scheidung auf byzantinisch", warf der Doc ein.

„Ja, könnte man so sagen. Für die betroffenen Frauen war es, wie gesagt, in der Regel eine Einbahnstraße. Aber nicht immer. Eine gewisse Irene zum Beispiel wurde im neunten Jahrhundert von ihrem Mann, Kaiser Konstantin, in den Konvent von Büyük Ada verbannt. Dort nervte sie selbst die langmütigen Schwestern jedoch so heftig, dass sie quasi als Rückwurf erneut vor Konstantins Türschwelle landete."

Er wandte sich dem Doc zu.

„Stellen Sie sich vor, nur mal angenommen, Ihre eigene Frau, zu Lebzeiten, mit Verlaub, eine richtige Xanthippe, stirbt endlich. Sie lassen es knallen und einen Monat später steht der Leibhaftige in Tränen aufgelöst vor Ihrer Tür und bittet Sie auf Knien, die endlos nervende Megäre zurückzunehmen."

„Scheußliche Vorstellung", pflichtete der Doc ihm bei.

„Deshalb war ich nie verheiratet."

„Kluger Schachzug. Nun, Konstantin erwies sich als zu weich, wenn Sie mich fragen. Nahm die Frau wieder auf. Ein Fehler, wie sich bald erwies. Die gar nicht so fromme Irene nutzte die Schwäche ihres Mannes aus, ließ ihn von ihren Getreuen blenden und seinerseits nach Büyük Ada verbringen, wo er bald darauf starb."

„Augen auf bei der Partnerwahl", lachte Laura.

„Sie sagten, man muss sich die Klöster und Konvente weitgehend als Gefängnisse vorstellen. Gibt es denn keine mehr, die noch heute, und sei es nur vorübergehend, zu benutzen wären?"

„Wieso? Wollen Sie Ihren Partner loswerden?" Er wies auf den Doc.

„Falls ja, muss ich Sie leider enttäuschen. Sehen Sie, im Gegensatz zur schwer befestigten Stadt, die 1453 dank ihrer Mauern von einer zahlenmäßig völlig unterlegenen Streitmacht noch sehr lange gegen die immer wieder anrennenden Osmanen verteidigt werden konnte, waren die Inseln jedweden Übergriffen ziemlich schutzlos ausgeliefert. So wurden die Klöster von blutrünstigen arabischen Piraten, desorientierten Kreuzrittern und meinen osmanischen Vorfahren im Lauf der Jahrhunderte eins nach dem anderen geschleift, ähnlich wie die englischen und irischen Klöster Britanniens von den Wikingern."

Allmählich ließen die Böen hier draußen nach. Anscheinend gelangten sie in den Windschatten der für ihre geringe Größe bemerkenswert hohen Inseln, die von Mahmut so geschickt angefahren wurden, dass sie sich bei dieser Windrichtung zu einem Schutzwall formierten.

„Möchten Sie etwas Tee?", fragte der Skipper und zog eine Thermosflasche aus einer Ablage unter dem Instrumentenpanel hervor. Laura nickte dankbar. Mit Jeans, ihrem leichten Pulli und einer dünnen Windjacke war sie wohl etwas zu optimistisch in See gestochen und fühlte sich allmählich durchgefroren. Heißes Hasenblut aus der Thermoskanne würde ihr guttun.

„Deshalb Inseln des Vergessens?", fragte der Doc, der offenbar ebenfalls fror und sich den Kragen seiner Jacke hochgeschlagen hatte. Kunststück, dachte Laura, er hatte in den letzten Tagen auch nicht viel mehr Schlaf bekommen als sie selbst und ging allmählich auf dem Zahnfleisch.

Mahmut nickte.

„Urteilen Sie selbst. Auf die byzantinischen Frauen und Jünglinge, die mehr oder minder elendig in der Monotonie des Klosterlebens dahinsiechten, folgten die osmanischen Prinzen, die in späteren Jahrhunderten hier grausam zu Tode gebracht wurden."

„Wie das?"

„Sobald die Erbfolge am Hof des jeweiligen Sultans zugunsten eines seiner Söhne als entschieden gelten durfte, waren weitere männliche Nachkommen überschüssig und hätten als Neider und Störenfriede eine ständige Gefahr für den Thronfolger und die Dynastie dargestellt. Deshalb entledigte man sich ihrer meist durch Mord, gelegentlich auch durch Verbannung – oder beides, erst Verbannung, dann Mord. Immerhin wurden sie in der Regel standesgemäß mit einer Seidenschnur erdrosselt. Schafften sie es auf die Inseln, wurden sie in der Regel brutal kastriert und in irgendwelche unterirdische Kerker geworfen, die kein Tageslicht sahen und in denen sie buchstäblich verrotteten."

„Des oubliettes", warf der Doc ein. Mahmut und Laura blickten ihn fragend an.

„So nennt man das bei uns: des oubliettes, Stätten des Vergessens. Heute natürlich nur noch im übertragenen Sinne. Ursprünglich aber waren das Verliese oder Kerker wie der, in dem der Graf von Monte Christo einsaß. Man sperrt jemanden in so ein Loch und wirft den Schlüssel weg. Wochen, Monate oder bestenfalls Jahre später erinnert sich niemand mehr an die Existenz des Kerkers, geschweige denn an seinen Insassen, deshalb oubliettes.

„Auch hier gibt es sicher noch das eine oder andere verfallene und vergessene Verlies. Außerdem hat man auf einigen der Inseln eine Zeitlang Kupfer und Eisenerz abgebaut, so dass hier und da vermutlich noch alte Schächte und Stollen existieren. Wer weiß, welche düsteren Geheimnisse die bewahren, welche Skelette dort ruhen."

„Besser, man erfährt es nicht", murmelte der Doc.

„Den Tieren ging es nicht viel besser", ergänzte Mahmut.

„Ja", unterbrach ihn Laura, die nicht noch einmal von den bedauernswerten Kreaturen hören wollte.

„Man hat uns von den Hunden erzählt."

„Auf Yassıada, dort drüben", er wies auf einen dunklen Punkt am Horizont zu seiner Rechten, „hat man 1961 Adnan Menderes abgeurteilt und hingerichtet, auf dem Hintergrund von Staatsverschuldung, Wirtschaftskrise und im Kielwasser des Militärputsches." Er zuckte mit den Schultern.

„Dazu gesellen sich Doppelmoral, Heuchelei und islamfeindliche Zügellosigkeit, die sich hier austollten. Es ist noch nicht so lange her, da lebten hier fast ausschließlich Griechen: Fischer, Kleinhandwerker, Seeleute, Popen, Mönche, Nonnen. Dazu kamen Angehörige anderer, kleinerer ethnischer Minderheiten wie Armenier und Juden, denen man auf dem Festland zum Teil nachstellte, während man sie auf den Inseln weitgehend gewähren ließ. Was hätten sie hier schon anstellen können?"

Wie zum Beweis zeigte er mit seiner Rechten auf Burgazada, die zweite Insel, die an Steuerbord vorüberglitt.

„Hier hatten sie alle Hände voll zu tun, irgendwie ihren bescheidenen Lebensunterhalt zu bestreiten. Die Osmanen und Türken begannen sich erst für die Inseln zu interessieren, als sie

nach und nach durch regelmäßige Fährdienste immer problem-
loser zu erreichen waren. Anfangs mit alten, labilen Ruderkäh-
nen, die mit Teppichen ausgeschlagen und mit Kissen gepolstert
wurden und ihre Passagiere bei ruhigem Wetter mit Baldachinen
gegen die Sonne schützten. Kam plötzlich Sturm auf, war die Not
allerdings groß. Später führte man dampfgetriebene Boote und
Schiffe ein, die auch Starkwind trotzen konnten."

Mahmut beugte sich zu Laura und dem Doc herab, als wolle er
ihnen ein streng gehütetes Geheimnis verraten.

„Heuchler gibt es unter uns Moslems nicht weniger als unter
euch Christen. Meine Landsleute gehören zu den schlimmsten,
glauben Sie mir. Hier auf den Inseln, fernab von Imamen und anderen Sittenwächtern konnte man die Sau rauslassen, sich betrinken,
sich bekiffen, nackt baden, die Weiber … pardon, Damen … na ja,
lassen wir das. Ich glaube, das Bild ist angekommen."

„Kein Wunder, dass dort, wo Platz war, bald Hotels wie Pilze aus
dem Boden schossen und der Preis für geeigneten Baugrund durch
die Decke schoss. Das ist alles Schnee von gestern. Istanbuler Tages-
gäste kommen in den Sommermonaten immer noch zu Tausenden
hierher, aber sie bleiben in der Regel nur einen Tag und bringen
außerdem ihre Picknickkörbe mit. Von denen können weder Hotels
noch Restaurants auf Dauer existieren. Die alte, angestammte Bevölkerung von Griechen, Armeniern und Juden ist verschwunden,
ausgelöscht. Aus den Inseln des Vergessens wurde der vergessene
Archipel. Was soll's. Eines schönen Tages wird ein Erdbeben mit
anschließendem Mega-Tsunami die ganze Herrlichkeit ausradie-
ren: Inseln, Stadt, Paläste, Moscheen, inşallah. Genau unter uns befindet sich nämlich eine seismische Bruchlinie, an der der Druck
der afrikanischen Platte gegen die eurasische steigt und steigt …"

„Welche der Inseln ist Büyük Ada?", fragte Laura.

„Die da vorn, direkt vor Ihrer Nase. Wo steigen Sie ab?"

Laura nannte ihm den Namen des Hotels, das Athanassios
ihnen empfohlen hatte.

„Gut, das passt. Dann setze ich Sie beim Fähranleger an Land.
Dort können Sie in einen der Phaëtons steigen, die für gewöhnlich
schon auf Kundschaft warten."

Er zeigte auf einen Punkt weiter links am Ufer, das jetzt minütlich schärfere Konturen gewann. Ab sofort, da war Laura sicher, würden aufmerksame Augen sie durch Ferngläser beobachten. Ob ihr gesprächiger Fährmann ebenfalls zu den Leuten Hakans oder der Schlange gehörte? Unmöglich war das nicht, obgleich der gute Mahmut vertrauenswürdig wirkte.

„Hast du das gehört", fragte sie den Doc. „Wir fahren mit der Kutsche, wie zwei Jungvermählte." Der Franzose lachte.

„Phaëton!"

„Richtig, ich vergaß."

„Das sind eigentlich keine Kutschen, sondern Einspänner. Für zwei richtige Kutschen, die einander unterwegs dauernd begegnen würden, wären die Sträßchen auf der Insel wohl zu schmal, könnte ich mir vorstellen. Das Wort Phaëton kennt man selbst bei uns in Frankreich kaum noch. Klingt Griechisch, wie fast alles hier."

„Und Sie sind weiterhin damit einverstanden, hier auf uns zu warten, egal, wie lange es dauert?", wandte sich Laura an Mahmut.

„Natürlich, Sie haben das ja mit meinem Bruder in Üsküdar geklärt. Unseren Preis kennen Sie. Ich warte auch noch länger, wenn Sie wollen."

Laura schüttelte den Kopf.

„Das wird hoffentlich nicht nötig sein. Aber bis morgen Abend sollten Sie sich schon zu unserer Verfügung halten. Am besten, Sie gehen in ein Hotel, auf unsere Rechnung. Aber wenn wir Sie anrufen, müssen Sie im Prinzip eine Minute später da sein, davon hängt für uns unter Umständen eine Menge ab."

Mahmut nickte und blickte nachdenklich auf Laura.

„Darf ich fragen, was Sie eigentlich hier vorhaben?"

Laura lächelte.

„Natürlich dürfen Sie. Aber besser, Sie haben uns nie gesehen."

Jetzt waren sie der Insel so nahe, dass man Details der Uferpromenade gut erkennen konnte. Mahmut steuerte seine Aişe sacht an den verwaisten Fähranleger und ließ seine Passagiere aussteigen. Dann reichte er ihnen das Gepäck und zeigte auf einen kleinen Steg weiter links.

„Ich werde das Boot dort drüben vertäuen, hier am Anleger kann ich nicht bleiben, dazu ist der tägliche Fährverkehr viel zu rege. Abholen kann ich Sie so gut wie überall am Ufer. Sobald Sie alles erledigt haben, rufen Sie mich einfach an und sagen mir, wo Sie sind. Ich komme dann vorbei. Andernfalls sehen wir uns eben hier wieder, wie Sie wollen, tamam mı? Kolay gelsin, maşallah."

Während Mahmut wieder ablegte und das Boot wendete, schritten Laura und der Doc über die lange Landungsbrücke zum aufwändig gekachelten köşk, einer Mischung aus Café, Kiosk, Abfahrts- und Ankunftshalle, wie sie viele Anlegestellen in der Region zieren. Der vor sich hindösende Angestellte der Stadtlinien am Ticketschalter ließ sie passieren, ohne Notiz von ihnen zu nehmen.

Auf der Straße angekommen, stiegen die beiden in den ersten der hintereinander aufgereihten und auf Kundschaft wartenden Phaëtons. Deren Pferde, die durchweg gepflegt waren und gut im Futter zu stehen schienen, hatten ihre Mäuler in den Haferbeuteln vergraben, die ihnen von den mit Scheuklappen versehenen Köpfen hingen. Ihre Schwänze waren zu Zöpfen geflochten und schlugen zwecks Fliegenabwehr regelmäßig gegen die sackartigen Kotfänger, ohne die das ganze Eiland wohl im Nu in Pferdemist versunken wäre.

Der Mann schlug kurz mit den Zügeln und schnalzte mit der Zunge. Das Pferd setzte sich etwas widerwillig in Bewegung. Die Reifen des kleinen Einspänners hatten einen Hartgummibelag, so dass sie praktisch geräuschlos über den Asphalt rollten. Eine angenehme Fortbewegungsweise, fand Laura, auch wenn sich der größte Teil der Insel den Duft von Pinien und Wildblumen mit dem säuerlichen Geruch des Pferdemists teilen musste. Immer noch besser, als Diesel-Feinstaub einatmen zu müssen.

Sie betrachtete die Villen, die links und rechts der Durchgangsstraße im schräg zur See hin abfallenden Gelände gebaut waren. Die meisten waren zwei- bis dreistöckige Holzhäuser, manche ziemlich verfallen, mit abgeblätterter Farbe und resigniert herabhängenden Fensterläden. Andere hatten vor nicht allzu langer Zeit sichtlich einen Facelift erhalten und erstrahlten in neuem

Glanz. Die Heizung und Wartung solcher Gebäude war sicher ein kostspieliges Vergnügen, zumal wenn man bedachte, dass sie ja nur wenige Wochen von ihren Besitzern genutzt wurden.

„Haben wir das Hotel nicht soeben passiert?", fragte der Doc. Laura, die auf der Seeseite saß, hatte diesen Vorteil genutzt und aus schnell wachsender Höhe aufs Meer hinausgeblickt. Sie wandte sich um und folgte dem ausgestreckten Arm des Doc, der nach hinten auf eine weiße Fassade mit zwei kleinen Zwiebeltürmchen wies.

„Bist du sicher?" Sie drehte sich wieder nach vorn und rief dem Fahrer auf Englisch zu, er solle anhalten.

„Hey, ich glaube, wir sind schon zu weit."

Der Kutscher machte jedoch keine Anstalten, sein Gefährt zu stoppen. Vielleicht hatte er sie nicht verstanden?

„Da könnten Sie recht haben", rief er schließlich auf Englisch zurück. Sein Akzent klang in Lauras Ohren eher Slawisch als Türkisch.

„Für meinen Geschmack schon viel zu weit", fügte der Kutscher hinzu und wandte sich langsam um, ohne die Zügel auch nur einen Augenblick zu lockern. Laura hob den Kopf und blickte zum zweiten Mal in diesen Tagen in das grimmig lächelnde Gesicht Wladimir Iljitsch Lenins.

3. Der Schacht.

„Sie schon wieder? Ich fass' es nicht! Geben Sie denn nie auf?"

Laura war perplex. Mit allem hatte sie gerechnet – mit Hakans Leuten, mit der Schlange, aber nicht damit, dass die Russen noch mal auftauchen würden. Der Doc, der mit dem Rücken zum Kutschbock saß, hatte seinerseits noch gar nicht begriffen, was vor sich ging. Erst als von links und rechts je ein mit Pistole bewaffneter Mann aufs Trittbrett des in voller Fahrt befindlichen Phaëtons aufsprang, dämmerte es ihm, dass sie drauf und dran waren, Opfer eines neuerlichen Kidnappings zu werden.

„Was soll der Unsinn?", rief Laura, während einer von Arkadijs Männern sie unsanft an den Rand des Gefährts drückte. In der Rippengegend spürte sie den Lauf seiner Waffe. Sie hoffte inständig, dass der Phaëton nicht in ein Schlagloch fallen und der Zeigefinger des Mannes sich nicht reflexartig krümmen würde. Der Handlanger hatte seine Schlägermütze tief ins Gesicht gezogen, so dass es für Laura verdeckt blieb.

„Sie glauben doch nicht im Ernst, dass Sie sich auf diese Weise doch noch der Ikone bemächtigen können? Denken Sie, ich trage Sie in der Tasche? Für so töricht sollten Sie mich wirklich nicht halten."

Lenin behielt die Straße im Auge, während er sich laut über die Schulter nach hinten rufend mit Laura unterhielt und gestikulierte, als erkläre er ihr einige der wenigen Sehenswürdigkeiten der Insel.

„Ich muss gestehen, für eine Weile hegte ich tatsächlich diese Illusion. Inzwischen gehe ich eher davon aus, dass Ihre Schwester sie an sich genommen hat. Leider wissen wir nicht, wo die Dame sich gerade aufhält. Da Sie aber hier sind, nehmen wir an, dass ihr Söhnchen Ignace irgendwo auf der Insel versteckt wird und Ihre Schwester sich beizeiten zu Ihnen gesellen wird, um dann gemeinsam mit Ihnen nach ihm zu suchen, richtig? Deshalb halten wir uns vorläufig an Sie, so leid es mir persönlich tut. Sie sind nun einmal der Schlüssel zu allem."

„Ich habe Ihnen schon auf der Liwadija gesagt, Sie wissen nicht, auf was Sie sich da einlassen und vor allem, mit wem Sie sich anlegen. Ich habe bislang noch jedes Mal recht behalten, wie Sie zugeben müssen. Wenn Sie so weitermachen, wird diese Insel womöglich unser aller Grab. Das Ihrige mit Sicherheit. Wohin bringen Sie uns?"

Arkadij ließ die Frage unbeantwortet und setzte die Fahrt zügig fort. Eine Weile ging es noch bergan, dann flachte sich die Straße ab und blieb auf derselben Höhe. Nach weiteren fünf Minuten gelangten sie zu einer Abzweigung, an der der Russe nach rechts, Richtung Steilufer, in eine schmale Gasse einbog. Arkadij zügelte das Pferd und folgte dem Gässchen. Kurz danach schwenkte der Phaëton nach links, dann wieder nach rechts, um schließlich auf einer von Unkraut und hohem Gras überwachsenen Zementplatte zum Stehen zu kommen, die wohl einst das Fundament einer Villa gebildet hatte, von der jetzt nichts mehr übriggeblieben war.

„Endstation, alles aussteigen. Ihre Waffen und ihr Gepäck lassen Sie bitte an der Garderobe zurück."

Arkadij drehte an der Kurbel der Handbremse und band die Zügel am Kutschbock fest. Dann sprang er zur Erde und legte einen Keil unter das hintere rechte Rad, während seine beiden Helfer die Gefangenen nach Waffen durchsuchten.

„Bitte, mir zu folgen."

Er schritt leicht humpelnd voran, einen kleinen Hügel hinab. Offensichtlich befanden sie sich an der äußersten Peripherie der Ortschaft, vermutlich nicht mehr allzu weit von der Abbruchkante des Steilufers entfernt. Hier und da ragten noch ein paar weitere Ruinen aus dem ehemals sicher begehrten, inzwischen aber offensichtlich aufgelassenen Gelände mit niedrigen Büschen und dem einen oder anderen Baum mit verkrüppeltem Stamm und vom Wind zerzauster und wie zum Gruß landeinwärts gebeugter Krone.

Laura fragte sich schon, ob Arkadij den Doc und sie als unfreiwillige Lemminge über die Uferkante ins kobaltblaue Meer schubsen würde, als plötzlich eine Art verrosteter Metallkäfig in ihr Blickfeld rückte. Sie erinnerte sich, während der Fahrt mit der Aişe von See aus ein turmartiges Metallgerüst bemerkt zu haben, sich ans Steilufer anlehnte und von mehreren Querstreben am Umfallen gehindert wurde. Vermutlich handelte es sich um das Gehäuse eines äußerst primitiven und luftigen Lastenaufzugs, der vom Strand zur oberen Uferkante führte.

In manchen Urlaubsparadiesen mit Steilufern wie auf der Kanareninsel La Gomera hatten die auf Hochplateaus gelegenen Hotels oder Bungalows derartige, zuweilen sogar in den massiven Fels gebohrte Aufzugschächte, die dafür sorgten, dass ihre Gäste die Badefreuden nicht mit längeren, schweißtreibenden Auf- und Abstiegen erkaufen oder jedes Mal ein Taxi in Anspruch nehmen mussten. Dieser hier wirkte allerdings viel zu primitiv und ungesichert, als dass man guten Gewissens Menschen damit hätte transportieren dürfen. Es musste sich vielmehr um einen Lastenaufzug handeln, mit Hilfe dessen ehedem abgebautes Erz nach unten und Vorräte sowie schwere Gerätschaften aller Art nach oben geschafft wurden. Möglicherweise fuhr ab und zu auch jemand mit, des Nervenkitzels wegen, denn das Fleckchen wenig einladenden Kiesstrands hätte selbst diesen mittelprächtigen technischen Aufwand kaum gerechtfertigt.

„Man kann nicht direkt behaupten, die Prinzeninseln seien reich an Bodenschätzen", erläuterte Arkadij, während sie durch das hohe Gras stolperten.

„Aber in Zeiten verstärkten Rohstoffbedarfs bei sich täglich verteuernden Importen fraß der Teufel Fliegen. Sagt man nicht so? Jede noch so kleine Eisenerz- oder Kupferader wurde genutzt, schließlich konnte man ja Glück haben und sogar auf Gold stoßen. Maden, so der Name dieses Teils der Insel, bedeutet meines Wissens Erz. Ich bin bei früheren Streifzügen entlang der türkischen Westküste häufiger über diesen Ortsnamen gestolpert. Nahe Marmaris wurde zum Beispiel eben nicht nur der Marmor gewonnen, der dem Ort seinen Namen gab, sondern auch Eisenerz abgebaut. Alles in bescheidenem Maßstab natürlich, sozusagen händisch. Eher schon mit der frühen Erdölförderung in engen tiefen Schächten vergleichbar, aus denen so mancher ölverschmierte Pechvogel nie mehr auftauchte."

Arkadij stolperte mehr durch die Gegend, als dass er zielbe-wusst voranschritt. Hatte er etwa die Orientierung verloren?

„Schon die Genueser sollen hier eifrig geschürft haben. Man beginnt meist überirdisch, geht irgendeiner kleinen Ader nach, falls nötig, bis runter auf Meeresniveau. Sobald die Ader er-schöpft ist, gräbt man in die Tiefe, wie an der Küste von Corn-wall, wo man lange Zeit die reichen Zinnvorkommen ausbeutete. Irgendwann müssen das in die Hohlräume steigende Grundwas-ser laufend abgepumpt und die Kumpel da unten mit Sauerstoff versorgt werden. Dazu brauchte man früher aufwändige, weil dampfbetriebene Pumpen, deren Schlote wie Denkmäler der frühindustriellen Zeit in die Luft ragten."

„Waren Sie in einem anderen Leben Bergbauingenieur?"

Arkadij lachte. „Nein, prosaischer. Ich wurde als rebellischer Halbwüchsiger dazu verurteilt, in einem Erzbergwerk im Ural zu schuften. Das ging bei uns schnell. Eine falsche Bemerkung am falschen Ort im Beisein der falschen Person und schon war man mit ein paar Jahren Zwangsarbeit dabei. Alles zum Aufbau des Sozialismus, versteht sich."

Er hielt an und kletterte den Abhang ein paar Meter nach un-ten. Dann winkte er die anderen hinter sich her. Laura fiel auf, dass ihre beiden Bewacher unsicher wirkten. Wo immer Arkadij sie aufgegabelt hatte, Profis waren sie mit Sicherheit nicht, son-dern irgendwelche Handlanger, die nicht recht wussten, was sie von der Sache halten sollten, Arkadij aber vorerst mit blindem Kadavergehorsam folgten.

„Was ist denn mit den Speznas?", fragte sie Arkadij.

Der winkte müde ab.

„Erinnern Sie mich nicht daran. Auf Zypern lassen die Tür-ken uns einen solchen Stunt durchgehen, zumal die Speznas dort offiziell als Ausbilder fungieren. Hier, vor den Toren Istanbuls, würde der Einsatz russischer Truppen unweigerlich zu diploma-tischen Verwicklungen führen, wie Moskau uns glaubhaft ver-sicherte. Das sei die Ikone dann doch nicht wert – nicht für den Staat, wohlgemerkt. Ich muss wohl nicht betonen, dass ich diese Ansicht nicht teile."

Er stand vor einem mit Brettern vernagelten, etwa mannshohen Loch in der Felswand, von dem aus ein so gut wie zugewachsener, rostiger, nur da und dort gerade noch matt im Sonnenlicht glänzender Schmalspur-Schienenstrang in Richtung Lastenaufzug führte, dessen Plattform sich wohl noch unten, auf dem Niveau der Meeresoberfläche befand. Von Hand hatte jemand Girmek kesinlikle yasaktır auf die Bretter gemalt, was vermutlich so etwas wie Zutritt streng verboten bedeutete. Dass die Warnfunktion der Aufschrift nicht recht fruchtete, konnte man daran erkennen, dass die Buchstaben zum Teil gegeneinander versetzt waren, sozusagen einen „Sprung" aufwiesen, weil die Bretter ab und an doch von Neugierigen heruntergerissen und nach erfolgter „Besichtigung" notdürftig wieder zusammengefügt worden waren.

Auch Arkadij ignorierte das Verbot und riss mir nichts, dir nichts die oberen morschen Bretter ab, während er auf die unteren eintrat, so dass bald ein schmaler Durchgang entstand.

„Die Minen wurden verschlossen, sagte ich. Nun ja, Sie sehen selbst, wie. Auf die Idee, sie zuzuschütten und damit ungefährlich zu machen, kam noch niemand. Es gibt also immer noch einige stillgelegte Stollen und gähnende Schächte, die von interessierten Kreisen bei Bedarf genutzt werden. Sie holen nichts mehr raus, sondern stecken allenfalls etwas rein – etwas oder jemand. Bitte nach Ihnen."

Er streckte einladend die Hand mit der Pistole zum Mineneingang aus.

„Das kann nicht Ihr Ernst sein", rief Laura.

„Was zum Teufel haben Sie mit uns vor? Das bringt Sie der Ikone keinen Schritt näher und ich muss …"

Einer der beiden Handlanger stieß Laura den Kolben seiner Waffe in den Rücken, so dass sie um ein Haar gestürzt wäre. Sie biss sich auf die Lippen. Vorläufig mussten sie sich dem Diktat des Russen beugen und darauf hoffen, dass Solitaire und Jeremy ihnen möglichst bald zu Hilfe kamen oder sie sich irgendwie aus eigener Kraft befreien konnten.

„Das lassen Sie ruhig meine Sorge sein. Es genügt, wenn Sie uns die Ikone übergeben oder uns wissen lassen, wo sie sich befindet. Mehr verlangen wir gar nicht."

Er hob den Lauf seiner Waffe und hielt dem Doc die Mündung an die Schläfe.

„Sie sind mein Unterpfand, Mrs. Förster. Der Doc hingegen ist für meine Zwecke ausgesprochen entbehrlich. Besser, Sie bringen mich nicht auf dumme Gedanken."

„Schon gut", beruhigte ihn Laura und zwängte sich durch die Bresche ins Innere des Stollens. Der Doc folgte ihr, dann Arkadij, der sich von seinen Begleitern eine Stablampe geben ließ, mit der er den Weg ausleuchtete. Laura folgte geduckt dem leicht gebogenen Schienenstrang, um nicht mit dem Kopf irgendwo anzustoßen. Es war feucht und warm im Stollen. Hier und da funkelten dünne Reste einer Erzader wie versteinerte Arterien im Licht der Stablampe an den Stollenwänden auf. Arkadijs Begleiter knipsten weitere Lampen an, so dass die Gruppe wie auf einer Scholle des Lichts im Meer der Dunkelheit trieb.

Bald kamen sie zu einer kleinen Lore, dem Grubenhunt, mit dem die geförderten erzhaltigen Gesteinsbrocken hinausgekarrt und über den Aufzug nach unten transportiert wurden, wo man das Erz in einen Prahm lud und ans Ufer brachte.

„Nach rechts", erklang die hohle Stimme Arkadijs wie aus einer Geisterbahnkulisse.

Der Stollen knickte ab und endete nach etwa fünfzig Metern an einer mehr oder weniger quadratischen Schachtöffnung, aus der es faulig roch. Arkadij wies mit der Lampe nach unten, wo das Licht in einer Tiefe von vielleicht fünfzehn, zwanzig Metern von einer ölig schimmernden Wasseroberfläche reflektiert wurde. Laura erfasste Panik. Im Stollen hatte sie ihre Klaustrophobie beherrschen können, doch am Grunde des zum Teil gefluteten Schachts fürchtete sie, im Nu durchzudrehen.

„Hören Sie, da unten werde ich mit Sicherheit verrückt. Außerdem hilft Ihnen das nicht weiter, glauben Sie mir. Und was, wenn Ihnen etwas passiert. Hier findet uns doch kein Mensch. Denken Sie an Elisabeth Romanow!"

Lenin zuckte mit den Schultern.

„Ihr Appell an mein Mitgefühl rührt mich. Doch, durchaus. Aber gerade das traurige Schicksal der Zarinnenschwester sollte

Ihnen als Warnung dienen und Ihnen bedeuten, dass wir Russen unsere Ziele mit letzter Konsequenz zu verfolgen pflegen. Wladimir, die Leiter bitte!"

Einer seiner Begleiter machte sich an der Lore zu schaffen und zog eine Art Strickleiter mit dünnen hölzernen Stufen hervor, die jeweils durch zwei Schlaufen mit den Tauen links und rechts verbunden waren. Er band das obere Ende der Leiter um einen Pfeiler und warf die Rolle mit dem freien Ende in den Schacht, wo man es kurz darauf unten ins Wasser platschen hörte.

„Die Sache ist die folgende", erläuterte Arkadij.

„Der Schacht wurde ursprünglich von einer Pumpe grundwasserfrei gehalten, wie gesagt, so dass Männer darin arbeiten beziehungsweise durch ihn in seitlich abzweigende Stollen gelangen konnten. Als man die Mine aufgab, ließ man die Pumpe hier zurück, stellte sie jedoch ab, so dass der Wasserpegel bis fast hier oben stieg, wo wir jetzt stehen. So jedenfalls fanden wir ihn bei unserem ersten Besuch vor. Meinem technisch begabten Mitarbeiter", er wies auf Wladimir, „gelang es, das Stromnetz der Mine zu reparieren, die alte Pumpe noch einmal anzuwerfen und den Schacht fast völlig zu leeren, bis das Gerät endgültig den Geist aufgab. Wir Russen gelten nicht ohne Grund als Meister der Improvisation. Das müssen wir auch sein, denn das Material, mit dem wir es schon diesseits des Urals manchmal zu tun haben, Bože moj ... Sie machen sich keinen Begriff. Aber irgendwann zuckte die Mutter aller Blitze durch den Stollen hinter uns und die Schau war vorüber. Strom und Wasser werden in diesem Leben keine Freunde mehr, fürchte ich. Und für Wunder sind andere zuständig, nicht wahr, Wladi?"

„Nun muss ich Sie leider bitten, hinunter zu steigen. Das Wasser wird Ihnen höchstens bis an die Knie reichen, denke ich. Vorläufig, heißt das, denn es wird langsam, aber unaufhörlich steigen, fürchte ich. Wir werden versuchen, Ihrer Schwester, so wir sie denn antreffen, diesen Sachverhalt möglichst anschaulich zu schildern, damit sie in voller Kenntnis der Lage selbst entscheiden kann, ob sie uns die Ikone aushändigt oder Sie lieber absaufen lässt. Wenn Ihnen in der Zwischenzeit daran gelegen ist, hier schnellstens wieder herauszukommen, gebe ich Ihnen eine Trillerpfeife. Sobald Sie diese betätigen, wird Wladimir Ihnen die Leiter herunterlassen und Sie können mit Ihrer Schwester per Telefon Kontakt aufnehmen. Doch denken Sie daran, Sie haben nicht ewig Zeit. Wladimir kann kaum Englisch, aber die Bedeutung des Signals hat er verinnerlicht. Er hält das Handy bereit. Mich müssen Sie jetzt entschuldigen. Ich muss mich um das wartende Pferd kümmern. Spokojnoj noči, lassen Sie sich da unten die Zeit nicht lang werden."

Laura nahm die Pfeife entgegen und steckte sie in ihre Hosentasche. Dann trat sie an den Schacht, drehte sich mit dem Gesicht zum Stollenausgang, stieß ihre Schuhe zur Seite und ließ sich vom Doc über den Rand der Grube helfen, bis sie festen Stand auf den Stufen fühlte und die groben Taue der Jakobsleiter umfassen konnte. Eine einfache Strickleiter hätte es nicht getan, aber da die schmalen Brettchen die Taue ein wenig von der schleimigen Schachtwand abspreizten, konnte Laura sie greifen, ohne sich durch ihr eigenes Gewicht die Hände einzuklemmen.

So kletterte sie Stufe um Stufe nach unten. Der Lichtstrahl der Lampe oben am Rand wurde mit jedem Meter, den sie auf diese Weise tiefer in den Schacht eindrang, etwas schwächer. Das Atmen fiel ihr immer schwerer, bis sie schließlich regelrecht keuchte, obwohl sie ja bergab ging. Der Sauerstoffgehalt hier unten nahm offenbar im selben Maße ab, wie der faulige, ölige Gestank zunahm. Dann tauchten ihre Füße in kaltes Grundwasser ein. Fast bis zu ihren Hüften stand das Wasser schon, als sie endlich festen Boden unter den Füßen verspürte und die glitschigen Taue der Leiter loslassen konnte.

Als der Doc sich durch Zuruf überzeugt hatte, dass Laura sicher unten angekommen war, stieg auch er hinab. Arkadij hatte ihm offenbar seine Lampe mitgegeben, so dass Laura und er dort unten wenigstens nicht völlig im Dunklen standen. Nicht, dass es viel zu sehen gegeben hätte, aber ganz ohne Licht, da war Laura sicher, hätte ihre Klaustrophobie sogleich die Oberhand gewonnen.

Kaum war der Doc unten, zog jemand die Jakobsleiter nach oben.

Dann verschwand das Licht von der Schachtöffnung. Die Russen waren offenbar gegangen. Wenn sie Wladimir tatsächlich zurückgelassen hatten, lauschte der wohl lieber draußen an der frischen Luft auf das Signal der Gefangenen, das nach Arkadijs Einschätzung nicht lange auf sich warten lassen würde. Während Laura drauf und dran war, sich aus Verzweiflung an den grünlich schimmernden Schachtwänden den Schädel einzurennen, leuchtete der Doc ziemlich gelassen in die Runde.

„Keine Chance", lautete sein Urteil.

„Wenn die Wände etwas dichter zusammenstünden, könnte man versuchen, irgendwie nach oben zu klettern, wie es die Bergsteiger machen, wenn sie Felsspalten überwinden müssen: mit dem Rücken an die eine Seite gepresst und dann mit den Füßen nach oben wandern. Ob wir beide die erforderliche Kraft und Geschicklichkeit dazu aufbringen würden, ist allerdings fraglich."

Laura musste erneut an die Prinzessin Elisabeth von Hessen-Darmstadt denken, die 1918 bei Alapajewsk vom bolschewistischen Mob in den Schacht einer stillgelegten Mine gestoßen worden und erst nach Tagen qualvoll ihren tödlichen Verletzungen und wohl auch dem Durst erlegen war. Gut, Verletzungen hatten der Doc und sie keine und obwohl sie sich in diesem Augenblick nicht vorstellen konnte, von der öligen Brühe zu trinken, die wie das Gift des Schierlingkrauts unaufhaltsam an ihren Körpern hochkriechen und sie nach und nach ersticken würde – verdursten konnten sie schon mal nicht.

Hilfe von außen war ihre einzige Hoffnung. Doch woher sollte die kommen? Solitaires und Jerrys Spürsinn in allen Ehren, aber erstens würden sie planmäßig erst später auf Büyük Ada eintreffen. Und zweitens verfügte sie über so gut wie keinerlei Ortskenntnis. Einmal auf der Insel angekommen, sollten sie zunächst Funkstille halten. Alles folgte einem minutiös ausgearbeiteten Plan, der durch die unsinnige Intervention der Russen hinfällig geworden war, ohne dass diese den Russen ihrerseits weiterhalf. Was, wenn Arkadij und seine Handlanger in einem allfälligen Feuergefecht mit der Polizei oder den Kutschenfahrern umkamen? Niemand würde ihre Rufe hören. Sie würden das Schicksal des kleinen Mädchens aus dem Waisenhaus teilen, das nicht einmal in den Annalen auftauchte.

„Wie spät?"

Der Doc leuchtete auf seine Uhr.

„Zwölf Uhr Mittag. Besser, wir löschen das Licht, solange wir es nicht brauchen, sonst geht uns zu schnell der Saft aus."

Laura nickte, obwohl sie sich vor der Dunkelheit fürchtete. Wenn erst einmal die Batterien leer waren ... Sie brachte den Gedanken nicht zu Ende.

„Der Russe hat mir noch etwas mitgegeben", sagte der Doc, griff in seine Jackentasche und förderte einen kleinen Trommelrevolver zutage.

„Zwei Patronen. So können wir uns die Zeit gegebenenfalls mit Russisch Roulette vertreiben."

NEUNTES KAPITEL

1. Die Ratte.

„Wie spät?" Der Doc schüttelte den Kopf.

„Du hast mich doch eben erst nach der Uhrzeit gefragt. Es geht auf zwei zu."

Er leuchtete zum wiederholten Mal rundum, links, rechts, auf und ab. Das Wasser stand beiden inzwischen bis zum Bauchnabel. Mehrmals hatte Laura bereits die Trillerpfeife in die Hand genommen und zum Pfiff angesetzt, war aber vom Doc gebremst worden.

„Tu's nicht, noch nicht! Es kann jederzeit Hilfe kommen, wir sollten versuchen, das hier noch eine Weile auszusitzen."

Aussitzen? Schön wär's, dachte Laura. Wenn sie sich wenigstens mal kurz niederhocken könnten. An hinlegen war ja sowieso nicht zu denken. Ihr wurde schlecht vor Müdigkeit und Frustration. Ihre Blase war prall gefüllt. Würde sie die faulige Luft mit der Zeit bewusstlos machen und umbringen wie jene Winzer, die früher noch oft beim Gang in den Weinkeller am freigesetzten Gärgas erstickten?

„Keine Sorge", hatte der Doc sie beruhigt.

„Das ist ja keine Jauchegrube, sonst wären wir schon lange tot."

Plötzlich vernahm Laura ein seltsames Geräusch wie das schnelle Paddeln kleiner Füßchen im Wasser. Der Doc hatte seine Lampe gelöscht und knipste sie auf Lauras Zuruf wieder an. Als er den Lichtstrahl auf die entfernte Seite des Schachts richtete, schrie Laura vor Entsetzen auf. Eine große fette Ratte schwamm wie ein kleiner hässlicher Vorstehhund im Ententeich direkt auf sie zu. Laura hielt schreckensstarr beide Hände nach vorn. Dann dröhnte ein Schuss wie Donnerhall durch den Schacht. Von einem abgeflachten Projektil Kaliber .38 getroffen, explodierte die Ratte förmlich wie ein praller Luftballon an der Zigarettenglut. Wo sie gerade noch geschwommen war, färbte sich die Wasseroberfläche rot. Hautfetzen und Innereien des Tieres waren an die

Wände gespritzt und glitten nun wie die Reste roter Nacktschnecken im grünlichen Schleim langsam nach unten.

Der Doc steckte seinen Revolver wieder ein. Jetzt hatten sie noch eine einzige Patrone. Und wo eine Ratte auftauchte, waren vermutlich noch weitere zu erwarten. Sagte man den Tieren nicht nach, dass sie noch im Todeskampf durch ihre Laute den anderen Gefahrenquellen mitzuteilen wussten? Diese Ratte hatte allerdings nicht einmal mehr Zeit gehabt zu piepsen, so dass ihre nichtsahnenden Freunde hier jeden Augenblick ebenfalls auftauchen konnten.

„Wo kam die her?", fragte der Doc.

Laura lief es noch immer kalt den Rücken herunter.

„Jedenfalls nicht von oben, sonst hätten wir sie ins Wasser platschen hören."

Der Doc gab Laura die Lampe und watete zur anderen Seite, wo er begann, die Wände mit beiden Händen abzutasten.

„Leuchte mal hierhin", rief er nach einer Weile.

„Ich fühle einen kleinen Spalt."

Laura trat hinter ihn, um ihm besser leuchten zu können.

„Hier, dicht über der Wasseroberfläche. Hast du ein Messer?"

Laura kramte fieberhaft in ihren Hosentaschen. Robert hatte ihr vor vielen Jahren ein multifunktionales Taschenmesser der Marke Huntsman Victorinox geschenkt, mit dessen Hilfe die Schweizer den Dritten Weltkrieg zu gewinnen hofften. Nicht genug damit, hatten Astronauten der NASA kleinere Reparaturen an der ISS mit dem eher an ein Spielzeug erinnernden Schweizer Werkzeug erfolgreich durchgeführt. Mehr aus Gewohnheit denn aus Überzeugung pflegte Laura das einsatzfreudige Teil bei ihren Reisen mitzuführen und war deshalb auch schon ein paar Mal bei der Personen- und Handgepäckkontrolle auf Flughäfen unangenehm aufgefallen. Gott sei Dank, sie hatte es auch diesmal eher unbewusst eingesteckt und die Russen waren so großzügig gewesen, es ihr zu lassen. Sie zog es aus den Tiefen ihrer Hosentasche und reichte es dem Doc.

Der klappte einige der Mini-Werkzeuge auf und betrachtete sie wie ein Zahnarzt seine Bohrköpfe. Dann entschied er sich schließlich fachmännisch für eine lächerlich kleine Klinge, die Laura normalerweise höchstens zum Öffnen eines Briefumschlags in Betracht gezogen hätte.

Erst ein wenig hektisch, dann aber zunehmend systematisch und wirkungsvoll, begann er, die Wand um das Rattenloch herum zu traktieren. Plötzlich fiel ein fahler Lichtstrahl von oben in den Schacht. Wladimir, der sich vermutlich irgendwo nahe dem Eingang zur Mine herumtrieb, hatte wohl den Schuss auf die Ratte gehört und kam nachsehen, ob jemand Selbstmord begangen hatte. Der Doc machte Laura ein Zeichen, die Lampe auszuknipsen. Als Wladimir sich über den Rand der Grube beugte, hätte ein besserer Schütze als Laura oder der Doc ihn womöglich von hier unten mit der einen verbliebenen Kugel erwischen können, dachte Laura. Aber selbst damit wäre vermutlich wenig gewonnen. Erstens war ja keineswegs sicher, dass der verendende Wladimir wie eine reife Birne in die Grube fallen würde. Falls aber doch, hätten sie den Rest ihrer Tage unter Umständen zusammen mit einer schnell verwesenden Leiche verbringen müssen. Und wer hätte dann gegebenenfalls Arkadij benachrichtigt?

Das Licht oben wurde wieder gelöscht. Wladimirs Lampe war zu schwach, um die Tiefe des Schachts auszuleuchten und da er nichts weiter hörte, über das er sich hätte Gedanken machen müssen, entschloss er sich zum Rückzug. Vielleicht war ihm die Sache selbst unheimlich geworden.

Der Doc machte sich sofort wieder an die Arbeit. Laura hielt die Lampe und sah ihm zu. Wie lange hatte der zauselige Alte mit der Schatzkarte noch mal gebraucht, um sich im Château d'If durch die meterdicken Kerkerwände zur Nachbarzelle durchzugraben, in der er dann zu seiner Enttäuschung nur auf den künftigen Grafen von Monte Christo traf? Zehn Jahre? Zwanzig?

„Es ist kein massiver Fels", rief der Doc, als hätte er Lauras Gedanken gehört.

„Hier muss jemand irgendwann einen Durchgang herausgesprengt haben, der dann aus irgendeinem Grund wieder zugemauert wurde. Wahrscheinlich, weil das Grundwasser sonst in die Nachbarstollen geflossen wäre. Die Ratte kann nur von dort gekommen sein. Wäre sie nicht gewesen, hätten wir das Mauerwerk unter der dicken Schicht Schleim vermutlich nie entdeckt. Wenn wir das Loch vergrößern, schaffen wir es vielleicht, hindurch zu kriechen. Auf jeden Fall aber können wir so verhindern, dass der Wasserspiegel weiter ansteigt. Wir ziehen einfach den Stöpsel aus der Wanne."

Damit hatte er recht, dachte Laura. Die Frage war jedoch, ob der Wasserpegel nicht doch schneller steigen würde, als der Doc und sie das Loch hinreichend vergrößern konnten. Jede Form von Arbeit unter Wasser, das hatte sie einmal am eigenen Leib erfahren, stellte Ungeübte insofern vor ein unlösbares Problem, als ein wesentlicher Teil der verfügbaren Kraft und Sauerstoff schon im Kampf gegen den natürlichen Auftrieb verpuffte. Ohne Bleigürtel am Ort des Geschehens eingetroffen, musste man praktisch auch schon wieder nach oben. Deshalb musste die Devise lauten: jetzt oder nie.

„Voilà, so weit, so gut."

Der Doc hatte es tatsächlich geschafft, mit seinem Kratzen am feuchten Mörtel den ersten Backstein zu lockern. Laura löste ihn ab und schabte und kratzte so heftig drauf los, dass ihr nach wenigen Minuten alle Fingernägel abgebrochen waren. Dann übernahm der Doc wieder und schaffte es letztlich, den Stein aus der Wand zu pulen. Sogleich ergoss sich das Wasser durch die entstandene Lücke. Sie hatten in der Tat den Stöpsel gezogen. Laura versuchte, durch das Loch zu leuchten, aber die wenigen Lichtstrahlen reichten nicht aus, um durch das ablaufende Wasser hindurch zu erkennen, was sich auf der anderen Seite befand. Schlimmer als auf ihrer Seite konnte es eigentlich nicht sein.

„Soll ich dich wieder ablösen?", bot sie dem Doc an, dessen Fingerspitzen bereits bluteten.

„Geht noch", murrte der Franzose und kratzte verbissen weiter. Bald konnte er einen Arm durch das Loch stecken. Mit jedem weiteren Stein, den sie arbeitsteilig herauslösten, wurde die Arbeit etwas leichter. Ein Stemmeisen hätte den Durchbruch innerhalb weniger Minuten gebracht. Die winzige Klinge war längst abgebrochen, ebenso der Korkenzieher und die Nagelfeile.

Zurzeit arbeiteten sie gerade mit der Nagelschere. Vielleicht doch keine so blöde Idee, mit einem solchen Mini-Werkzeugkasten in den Krieg zu ziehen.

„Mist!"

Jetzt war auch die Schere abgebrochen. Der Nächste, bitte. Aber der Doc bekam allmählich Krämpfe in beiden blutig gescheuerten Händen. Laura übernahm und versuchte es mit dem Flaschenöffner. Doch dann stieß sie plötzlich auf etwas Hartes, Unnachgiebiges.

Der Doc, der an der Wand gelehnt und sich eine Weile ausgeruht hatte, trat wieder heran und leuchtete die Ränder des Lochs aus. Kein Zweifel, sie waren auf Zement gestoßen, gegen den mit diesem Werkzeug kein Kraut gewachsen war. Sicher, Wasser setzte auch Zement zu, doch bis der so weit aufgeweicht war, dass man daran denken konnte, ihn auf diese Weise abzutragen, konnten Jahre vergehen.

„Wie ist das möglich?", rief Laura verzweifelt.

Der Doc zuckte mit den Schultern.

„Sie haben wohl begonnen, den Durchgang oder was auch immer das hier ist, mit Zement zu verschließen und, als er ihnen ausging, mit Backsteinen weitergemacht."

Er maß das Loch mit den Händen aus und leuchtete hindurch. Auf den ersten Blick sah es drüben wirklich nach einem Stollen aus.

„Ich passe da wohl leider nicht hindurch. Du vielleicht?"

Laura hatte sich diese Frage eben erst selbst gestellt und verneint. Da dieser enge Durchschlupf jedoch vermutlich alles war, was sie je mit ihrem verzweifelten Gekratze und Geschabe erreichen würden, war es wohl angebracht, das vielleicht etwas vorschnell gefällte Urteil auf seine Belastbarkeit zu prüfen. „Ich versuch's", sagte sie schließlich.

„Du hast ein paar Bougatzas zu viel auf den Rippen, das ist eindeutig. Ob ich es schaffe, werden wir sehen. Kopf oder Füße?"

„Füße", antwortete der Doc, „sonst geht's gar nicht, fürchte ich. Wenn ich von hier aus nachdrücke, kriegen wir die Zahnpasta noch am ehesten wieder zurück in die Tube."

Laura lehnte sich gegen den Doc, der sich seinerseits zur Wand drehte, so dass sie Rücken an Rücken standen. Laura hakte sich mit den Armen beim Doc ein und steckte die Füße durch das Loch. Bis zu den Oberschenkeln glitt sie hindurch, doch dann blieb sie mit den Jeans an den gezackten Rändern des Lochs hängen. Der Doc drückte vorsichtig nach, doch es ging nicht weiter.

„Tut mir leid, es hilft nichts, Du musst dich ausziehen", rief der Doc.

Laura hatte ihre Beine wieder befreit und ließ die Füße nach unten plumpsen.

„Das könnte dir so passen, Lustgreis."

Der Doc grinste.

„Mit der Kleidung am Körper wirst du immer wieder hängenbleiben und irgendwann nicht mehr vor oder zurück können. Wir wollen dich in den Bauch der Flasche pressen, nicht im Flaschenhals zum Korken machen, sonst ersaufen wir hier doch noch."

Laura überlegte einen Moment. Vermutlich hatte der Doc recht. Sie erinnerte sich dunkel an die sonderbare Geschichte eines Ostberliner Millionenraubs der frühen fünfziger Jahre. Die Panzerknacker hatten, aus dem Nachbarhaus kommend, ein Loch in die Decke eines Tresorraums gehämmert, in dem die Tageseinnahmen und Lohngelder der unter DDR-Verwaltung stehenden Reichsbahn lagerten. Das Loch in der Decke war am Ende der knappen Zeit, die ihnen zur Verfügung stand, immer noch so eng gewesen, dass nicht der eigentlich vorgesehene Komplize, sondern nur der hinreichend schlankere Boss persönlich hindurchpasste. Aber auch der eben nur splitterfasernackt und von oben bis unten mit Vaseline eingerieben wie ein Fleisch gewordenes Zäpfchen. Hatte so einen typischen Berliner Namen, das Zäpfchen. Pannewitz! Genau. So hätte auch der Hauptmann von Köpenick heißen können, Walter Pannewitz. Das passte insofern, als das ganze Unternehmen schon in der ewig langen Planungsphase von Pannen heimgesucht worden war und die Beute, das geraubte Monopolygeld namens Ostmark, ein finanztechnischer Witz war. Dennoch: volle Punktzahl für die aufopferungsvolle Beharrlichkeit der Durchführung.

„Gut, ich mach's", rief sie und fühlte, wie der gute Walter ihr aus dem Jenseits lobend auf die Schulter klopfte.

„Aber du drehst dich gefälligst wieder zu deiner Wand. Und wenn du das zu meinen Lebzeiten jemandem weitererzählst, bringe ich dich um."

Der Doc lachte.

„Deal, Mrs. Förster. Vergiss nicht, als Arzt mit einer Reihe von Abtreibungen auf dem Buckel ist mir die weibliche Anatomie nicht völlig fremd. Außerdem unterliege ich der ärztlichen Schweigepflicht, die auch deine Körpermaße sowie eventuelle Grübchen und Pickel umfasst. Und jetzt runter mit den Klamotten und rein ins Vergnügen."

Er drehte sich um, während Laura sich auszog und Jeans, Bluse, BH und Schlüpfer durch das Loch auf die andere Seite warf. Was sie sofort wieder bereute, denn falls sie es nicht schaffen sollte, so schoss es ihr kurz durch den Kopf, würde sie die restliche Zeit mit dem Doc nackt verbringen müssen. Das allein sollte ihr als ausreichender Motivationsschub dienen.

Erneut nahmen sie ihre Positionen ein. Wieder stemmte sie sich mit dem Rücken gegen den des Doc, bis sie das Loch mit den Füßen erreicht hatte und, vom Doc wieder sanft nach vorn gedrückt, zuerst ihre Beine bis zu den Knien und schließlich bis zu den Oberschenkeln hindurchschieben konnte. Der entscheidende Knackpunkt hieß Hüfte. Während der Doc sie weiter drückte, stemmte sie die Füße der abgeknickten Beine auf der anderen Seite gegen den Zement, um sich so nach vorn zu ziehen. Doch damit erreichte sie nur, dass die Oberschenkelmuskeln anschwollen und sie behinderten. Also entspannte sie sich wieder. Nach mehreren schmerzhaften Anläufen gelang es ihr, mit Hilfe einer leichten Drehung nach rechts ihre inzwischen blutig geschabte Hüfte durch die Öffnung zu pressen.

„Betrachten wir es als Steißgeburt", rief der Doc und schob den Rest ihres Körpers nach.

Sah man einmal davon ab, dass Lauras öliger, verdreckter, von Lehm verschmierter Körper über und über mit Schürfwunden übersät war, hatte es insgesamt schneller und besser geklappt als befürchtet. Das Adrenalin half ihr, die Schmerzen für den Augenblick weitgehend zu verdrängen. Auf der anderen Seite angekommen, zog sie sich, bei jeder Bewegung trotzdem laut aufstöhnend, wieder an. Der Doc reichte ihr die Lampe durch das Loch.

„Hast du die Pistole?"

Laura bejahte. Sie musste gar nicht nachsehen, der Lauf rieb gegen ihren rechten Oberschenkel und die Trommel beulte ihre Hosentasche aus.

„Gib mir die Trillerpfeife. Ich lasse dir, sagen wir, dreißig Minuten Zeit, einen Ausgang zu finden. Dann pfeife ich nach dem Russen und versuche, ihn irgendwie zu beschäftigen. Ein paar Wörter Russisch kann ich auch. Das sollte dir Gelegenheit geben, dich anzuschleichen und ihn außer Gefecht zu setzen. Du hast eine einzige Patrone, vergiss das nicht. Schieß nur, wenn du absolut sicher bist, dann aber ohne zu zögern. Und ziele auf die breiteste Stelle des Körpers, nicht auf den Kopf, den verfehlst du garantiert. Dann hol mich hier raus. Mazzel tov!"

Laura nickte. Glück würde sie brauchen. Sie leuchtete nach links, dann nach rechts. Soweit sie am Fließen des Wassers erkennen konnte, war der enge, niedrige Stollen, in dem sie stand, leicht nach links geneigt. Das Meer musste rechts irgendwo nicht weit von hier sein, also kroch sie tief gebeugt in diese Richtung. Mit etwas Glück befand sie sich nur geringfügig über dem Meeresspiegel und würde irgendwo an einer Stelle des Strands enden, von der aus sie nach oben klettern konnte. Wenn sie sich nicht im Labyrinth der Stollen verlor. Wo war Ariadne, wenn man sie brauchte?

Der Stollen schien ganz allmählich höher und breiter zu werden, das war vielversprechend. Auch die Luft schmeckte irgendwie frischer, salziger auf der Zunge. Dann ging ihre Lampe auf einmal aus. Laura fluchte, knipste sie an und aus, schüttelte und rüttelte sie, schlug sie sogar leicht gegen das Gestein zu ihrer Linken. Doch die Lampe reagierte nicht mehr. Typisch Russen, dachte Laura, nicht mal eine vernünftige Stablampe kriegten die hin.

Fluchen allein half nichts. Sie stolperte weiter und stützte sich mit beiden Händen gegen die Stollenwände. Plötzlich schien ihr, als erkenne sie einen einzigen dünnen Lichtstreif wie einen Haarriss im Gestein, etwa zehn Meter vor sich. Sie kroch darauf zu. Es war tatsächlich ein Streifen Tageslicht, das sprichwörtliche Licht am Ende des Tunnels. Wenige Sekunden später hockte sie vor einem Holzverschlag ähnlich dem, durch den Arkadij sie vor Stunden in die Mine geschleust hatte, nur noch viel enger und niedriger, eher wie eine große Katzenklappe. Laura hielt sich an den Wänden und stemmte den rechten Fuß gegen eines der Bretter, das sofort wie ein Stück uraltes Furnier in einer kleinen Staubwolke zerbrach. Schmerzhaft geblendet vom einströmenden Sonnenlicht schloss Laura ihre Augen und öffnete sie dann ganz vorsichtig wieder. Es dauerte eine Weile, bis sie ihre volle Sehkraft zurückerlangt hatte. Sie blickte auf die glitzernde See, die Nachbarinsel Chalki und einen Teil Istanbuls in der dunstigen Ferne. Wellen plätscherten an den Kies und von irgendwoher drang das Geräusch eines im Leerlauf drehenden Motors an ihr Ohr.

Als sie einen halben Schritt nach rechts taumelte, spürte sie, wie ihr Fuß gegen einen leicht klappernden Gegenstand trat. Sie blickte nach unten und wäre fast vor Schreck rückwärts lang hingeschlagen. Direkt neben ihrem rechten Fuß lag ein Skelett. Sie hatte sich derart auf den Bretterverschlag konzentriert, dass sie es vorher nicht bemerkt hatte. Den Lumpen nach, die dem Skelett da und dort noch an Rippen und Schenkelknochen hing, musste es sich wohl um einen Mann gehandelt haben. Ein etwa golfballgroßes Loch in der Stirn gab Laura einen ersten Hinweis auf die Todesursache und ließ sie ahnen, weshalb man die Leiche hier deponiert hatte. Schwer zu sagen, ob die Lumpen die Knochen zusammenhielten oder umgekehrt. Glücklicherweise hatten die Ratten ihr Fest wahrscheinlich schon vor Monaten oder Jahren gehabt, so dass sich jetzt keine mehr für die blanken Knochen interessierte.

Laura wandte sich schaudernd ab. Die verbliebenen Bretter gaben ebenso schnell auf, wie das erste. Laura zwängte sich diesmal ohne Probleme durch die Öffnung und richtete sich erneut laut stöhnend auf. Sie stand nur wenige Schritte vom unteren

Ende des rostigen Aufzugsgerippes entfernt, an dessen oberem Teil sich die Einstiegsöffnung befand, durch die Arkadij sie in den Stollen geführt hatte. Ein ganzes Stück weiter seewärts befand sich der ausgebaute Anleger der IDO-Schnellfähren, die zwischen Karaköy und Büyük Ada verkehrten, aber nur zweimal am Tag anlegten und auch dann längst nicht alle Inseln bedienten. Die knallrote Zigarre von Fähre war offenbar gerade angekommen und ließ ihren Motor lautstark drehen, während einige wenige Passagiere aus- und einstiegen.

Laura betrachtete das Steilufer. Um mit blutigen Füßen einigermaßen zügig da hinaufzukommen, hätte es der Geschicklichkeit eines geübten Bergsteigers und der Schmerzunempfindlichkeit eines indischen Fakirs bedurft. So, wie die Dinge lagen, gab es nur eine einzige Hoffnung. Sie musste versuchen, den Lastenaufzug in Gang zu bringen. Doch was war mit Wladimir? Würde er dem Lift den Rücken zukehren, weil er noch mit dem Doc sprach? Durfte sie sich darauf verlassen, wenn eine magere Kugel es mit dem prall gefüllten Magazin einer automatischen Waffe aufnehmen sollte?

Dann hatte sie plötzlich eine verrückte Idee.

2. Der Aufzug.

Im Nachhinein war Wladimir wahrlich kein Vorwurf zu machen. Er hatte sich, nur wenige Schritte vom Mineneingang entfernt, an einen Felsen gelehnt, einen Joint geraucht, die Aussicht genossen und vor sich hingedöst. Über den Motorenlärm, der vom IDO-Fähranleger zu ihm heraufdrang, hatte er weder die Trillerpfeife aus der Tiefe des Schachts, noch das Quietschen, Rütteln und Schütteln des Lastenaufzugs gehört. So muss es ihm wie ein schlechter Trip vorgekommen sein, als er die Augen aufschlug und unvermittelt ein sitzendes Skelett in abgerissenen Lumpen und mit breitem Grinsen zweier lückenhafter gelber Zahnreihen über der Abbruchkante des Steilufers auftauchen sah. Dabei war er mit seiner Fassungslosigkeit noch längst nicht am Ende. Als er sich aufrappelte und dem Lift näherte, hob das sitzende Skelett mit einem Male seinen rechten Arm und feuerte einen Schuss ab. Von einem Hohlmantelgeschoss Kaliber .38 ins Sternum getroffen, brach Wladimir tot zusammen, bevor er eine Chance hatte, des Rätsels Lösung zu eruieren.

Laura schob Mr. Spock, wie sie das Skelett getauft hatte, beiseite und stand auf, ihren Revolver mit der leeren Trommel immer noch sinnloserweise auf den Russen gerichtet. Der lag mit weit geöffneten Augen und dem Gesichtsausdruck völliger Fassungslosigkeit reglos auf dem Rücken. Laura musste ihm nicht den Puls fühlen, um sicher zu sein, dass von ihm keine Gefahr mehr ausging. Sie bückte sich, nahm die automatische Waffe Wladimirs an sich und untersuchte ihn auf Achsel- und Knöchelholster. Dann griff sie ihm in die Jackentasche und förderte seine Lampe zutage. Sie atmete tief durch, froh, dass ihr Ablenkungsmanöver, zu dem sie sich durchgerungen hatte, so gut funktioniert hatte.

Eben noch hatte sie gefürchtet, den Aufzug nicht in Gang bringen zu können. Der rote, pilzartige Knopf, den sie am Gestell etwa in Bauchhöhe gefunden und mehrmals betätigt hatte, schien tot. Etwas weiter oben war sie auf einen metallenen Kasten gestoßen, dessen seitlicher Deckel wohl ursprünglich an Federn nach oben schwang, jetzt aber kraftlos herunterhing. Im Kasten verliefen mehrere Drähte über vier Vorrichtungen, die Laura für Sicherungen sehr alter Bauart hielt. Sie mussten das Geheimnis dieses Himmelfahrtsgerätes hüten. Verdreckt und verrostet wie sie waren, hatte Laura nicht erkennen können, welche der Sicherungen es definitiv hinter sich hatten und welche vielleicht noch zuckten.

Bevor sie sich daranmachte, sie durch Hin- und Herwechseln möglicherweise zu überreden, war sie zur Mine zurückgegangen und hatte Mr. Spock angewidert zum Aufzug gezerrt und auf die Plattform gesetzt. Dann hatte sie mit den Sicherungen zu experimentieren begonnen. Beim dritten oder vierten Wechsel hatte es plötzlich einen zuckenden Blitz und bläulichen Funkenregen gegeben. Dann gab es einen Ruck und die Plattform trat so zügig ihren Weg nach oben an, dass Laura es gerade noch schaffte, steifbeinig aufzuspringen.

Einmal an Bord hatte sie sich gesetzt, den Rücken an die niedrige Brüstung gelehnt und Mr. Spock auf den Schoß genommen. Ihren Ekel hatte sie mit aller Kraft unterdrücken müssen. Sie hatte damit gerechnet, dass Wladimir, sollte er in Richtung Lift blicken, kurz verblüfft zögern würde und sie diese Schrecksekunde nutzen konnte. Und sie hatte sich nicht geirrt.

Nun zerrte sie den Leichnam, der schwerer war, als sie gedacht hatte, über den staubigen Boden zum Aufzug, zog ihm die Schuhe aus und drapierte ihn neben Mr. Spock. Als sie erneut an den Sicherungen hantierte, ertönte ein Knall und ein neuerlicher Stromblitz sorgte für die dramatische optische Untermalung. Diesmal hatte Laura offenbar nicht den Aufzugmechanismus betätigt, sondern nur die Käfigbremse gelöst. Die Plattform raste im freien Fall zu Tal und schlug knallhart auf dem Boden auf. Laura trat in den zu groß geratenen Schuhen Wladimirs an die Kante und lugte nach unten. Der Russe und Mr. Spock waren durch den ungebremsten Aufprall von der Plattform auf den Strand geschleudert worden.

„Scheiß Schwerkraft", murmelte Laura und wandte sich der Mine zu. Mithilfe von Wladimirs Taschenlampe fand sie bald zum Schacht zurück, dem sie so glücklich entronnen war. Sie rief warnend nach unten und warf das freie Ende der Jakobsleiter in den Schacht. Minuten später tauchte der Kopf des Doc über dem Rand der Grube auf.

„Was zum Teufel hat dich so lange aufgehalten?", fragte er, während Laura ihm aus dem Loch half.

„Mr. Spock hat mich in ein Gespräch verwickelt und bevor ich' mich versah, war schon wieder eine halbe Stunde vergangen. War die Pfeife kaputt?"

Der Doc griff sich in die Jackentasche und zog die knallgelbe Trillerpfeife hervor, die er in den Schacht hinabwarf.

Mitnichten! Ich habe gepfiffen, bis ich blau anlief. Dieser dämliche Russe muss gepennt haben. Wo ist er eigentlich?"

„Konnte nicht länger warten und hat die Schnellfähre genommen."

Sie zeigte nach hinten.

Der Doc stutzte einen Augenblick. Er wusste, dass Laura noch nie einen Menschen erschossen hatte. „Bist du okay?", fragte er sie und versuchte vergeblich, ihr im Dämmerlicht der Mine in die Augen zu blicken.

„Keine Sorge, alles in Ordnung."

Das war nicht einmal gelogen. Ihr Körper stieß weiterhin Adrenalin aus, so dass sie weder Schmerzen noch Mitleid empfand.

„Wir sollten gehen, haben nicht den ganzen Tag Zeit."

Sie warf Wladimirs Waffe in den Schacht und lief in ihren viel Männerschuhen hinter dem Franzosen her wie Stan Laurel hinter Oliver Hardy.

Um nicht dem zurückkehrenden Arkadij über den Weg zu laufen und um in ihrem gegenwärtigen abenteuerlichen Aufzug – verdreckt, blutig geschürft und klatschnass – Anstoß zu erregen, nahmen Laura und der Doc nicht den direkten, relativ stark frequentierten Weg zum Hotel, an dessen Lage sie sich ziemlich genau erinnerten. Vielmehr stiegen sie mehrere Freitreppenfluchten bergan, bis sie zur zweiten, sehr viel ruhigeren Parallelstraße gelangten, durch die Phaëtons nur selten rollten. Die einsetzende Dämmerung kam ihnen dabei zugute. Dass sie das Hotel schließlich von oben erreichten, war ein Umstand, mit dem ein womöglich nach ihnen Ausschau haltender Spion nicht unbedingt rechnen konnte.

Der urban wirkende grauhaarige Türke an der Rezeption des Splendid Palace hatte im Laufe seines Arbeitslebens wohl schon zu viele seltsame Vögel eintreffen sehen, als dass er leicht zu schockieren gewesen wäre. Er zuckte nur mit den Wimpern, als die beiden abgerissenen und dreckverschmierten Gestalten ohne Pass oder sonstige Ausweise und ohne Gepäck vor seiner Theke auftauchten. So, wie sie aussahen, schienen sie vom Müllwagen gefallen und anschließend vom Phaëton überrollt worden zu sein.

„Tut mir leid, aber wir wurden ausgeraubt ...“

Glücklicherweise hatte der Doc noch ein Bündel halb aufgeweichter Dollar, dessen eine Hälfte er dem Empfangschef diskret über die Theke schob. Der steckte die Greenbacks ein und winkte ab, als wollte er andeuten, dass er auch Frankensteins Monster einchecken würde, wenn das Bakschisch stimmte. In ihrem augenblicklichen Zustand hatten die beiden sowieso kaum Ähnlichkeit mit irgendwelchen Ausweispapieren. Dass gemeine Wegelagerer den Doc sicher nicht mit dem Dollarbündel hätten entkommen lassen, war ein Umstand, an den der Mann offensichtlich keinen Gedanken verschwendete. Er händigte stattdessen kommentarlos die Zimmerschlüssel aus. Der Doc erkundigte sich nach einer Hausapotheke, die der Türke ihm aufs Zimmer zu schicken versprach.

An der Tür mit der richtigen Zimmernummer im obersten Stockwerk des Hotels angekommen, fand Laura die Tür zu ihrer Überraschung nicht abgeschlossen. Ganz sacht betätigte sie die altmodische Klinke und trat ein, die Waffe im Anschlag. Sie war leer, aber das würde ein etwaiger Hoteldieb auf ein paar Schritt Entfernung nicht so schnell erkennen.

„Komm raus, sonst knall ich dich ab“, rief sie auf gut Glück.

„Okay, ich ergebe mich. Nimm den Finger vom Abzug.“

Die Stimme gehörte unverkennbar Solitaire, die hinter der Badezimmertür hervortrat und ihre Schwester erschrocken musterte.

„Was zum Teufel … Tut mir leid, dir das sagen zu müssen, aber du siehst entsetzlich aus! Bis auf die coolen Schuhe, italienisches Fabrikat? Was ist passiert?"

Laura warf ihre Waffe aufs Bett und ließ sich in einen Sessel fallen.

„Frag' mich später noch mal. Jetzt bin ich zu kaputt für lange Erläuterungen. Wo bleibt der Doc? Hat versprochen, meine Schrammen zu versorgen."

„Über meine Leiche. Das mache ich. Zieh deine Klamotten aus, die müssen wir sowieso verbrennen."

Laura tat ihr den Gefallen. Jetzt, da die Wirkung des Adrenalins nachließ, begann Lauras Körper an gefühlt hundert Stellen höllisch zu schmerzen.

Solitaire hatte ihre Arbeit noch nicht richtig begonnen, als es an der Tür klopfte. Der Doc überreichte Solitaire die Schachtel mit den Utensilien der medizinischen Notversorgung, die ihm der Hausdiener nach oben gebracht hatte. Er wusste aus langer Erfahrung, dass Solitaire damit bestens umzugehen wusste.

„Ich bringe dir gleich noch Schmerztabletten und etwas Metamphetamin vorbei," rief er Laura zu, „damit du uns im Waisenhaus nicht zusammenklappst."

Solitaire dankte ihm und fuhr dort fort, wo sie unterbrochen hatte. Stück für Stück löste sie das zerschnittene, blutverkrustete T-Shirt, die Jeans und Lauras Unterwäsche von der geschundenen Haut. Dann tupfte sie die Abschürfungen mit in Jod getunkten Wattebäuschen. Laura stöhnte bei jeder Berührung.

„Ich weiß, tut mir leid. Ich bin so vorsichtig, wie ich nur sein kann."

Bei allen Schmerzen spürte Laura auch eine Welle wohliger Wärme durch die intime Berührung durch ihre Schwester. Lange waren sie sich nicht mehr so nahe gewesen. Jetzt, in diesem Augenblick merkte sie, wie sehr ihr Solitaire gefehlt hatte. Und sie war sicher, dass ihre Schwester das ebenso empfand, es aber nie eingeräumt hätte. Sentimentalität war nicht ihr Ding. Laura sah ihr in die Augen. Da waren immer noch diese stählerne Härte und Unnachgiebigkeit, die Laura damals, bei ihrer ersten

Begegnung so schockiert hatten. Gleichzeitig jedoch gab es da neuerdings auch einen Hauch von Zärtlichkeit, ja, Liebe, für den nicht zuletzt Jeremy verantwortlich zeichnete.

„Immer, wenn ich die Augen schließe, sehe ich sein Gesicht vor mir," sagte Laura, nachdem sie Solitaire in groben Zügen über alles berichtet hatte, was ihr zugestoßen war, seitdem sie den Fuß auf die Insel gesetzt hatte."

„Wessen Gesicht?"

„Na, das des Russen natürlich. Diese Fassungslosigkeit und zugleich irgendwie die dämmernde Erkenntnis, dass sein Leben gleich zu Ende sein würde."

„Lass gut sein, Sis, verlier dich nicht darin. Man kann sich auch an der eigenen Niedertracht laben. Du oder er, das war alles. Die Situation, mit der unsereiner groß wird. Willkommen im Klub. Lern, damit zu leben wie eine Erwachsene und sprich nicht darüber, das signalisiert Schwäche. Wir haben nicht umsonst die Gene unseres Vaters geerbt. Mich haben die Lebensumstände zur Killerin gemacht. Du hattest mehr Glück, musstest die Gene bislang nicht aktivieren. Wenn sich das eines Tages ändern sollte, dann bedaure ich schon jetzt deinen Feinden."

„Wieso?"

„Weil du im Gegensatz zu mir auch einen scharfen Verstand mitbringst. Eine wirksamere Waffe gibt es nicht."

Laura fand, es sei an der Zeit, das Thema zu wechseln.

„Weshalb seid ihr so spät angekommen? Wir hatten doch ausgemacht, dass …"

„Ich weiß, was wir ausgemacht haben. Aber du hast ja gerade wieder mal am eigenen Leib erfahren, dass nicht immer alles nach Plan läuft."

„Was ist passiert?"

„Wir saßen abfahrbereit im Haus, als Jerry plötzlich behauptete, jemanden bemerkt zu haben, der das Haus beobachtete. Diese Eingeborenen haben den sechsten Sinn, weißt du, selbst mir bisweilen unheimlich. Du kannst ihn vor eine Menschenmenge stellen und er pickt dir die zivilen Bullen raus, als würden die Uniform tragen. einen nach dem anderen. Eine bessere Lebensversicherung kann ich mir in meiner Lage nicht wünschen. Gut, wir nehmen den Kerl auf's Korn und was soll ich dir sagen, dieser unselige Franzose hat uns tatsächlich auch in Bebek aufgespürt. Der Mann ist schlimmer als jeder Bluthund. Egal. Wir pirschen uns durch den Hintereingang aus dem Haus und verschwinden mit einem Motorboot, dessen Maschine Jerry kurzschließt."

Solitaire ging zur Minibar und griff sich einige kleine Schnapsfläschchen. Sie bot Laura eine an, die lehnte jedoch ab.

„Wie du willst. Ich brauche einen Schluck."

Sie öffnete den Schraubverschluss eines der Fläschchen und goss den Inhalt in ein Glas, das sie auf einen Zug leerte.

„Also, wo war ich. Ja, richtig. Wir fahren hierher. Gott sei Dank war genügend Sprit im Tank, sonst würden wir jetzt noch irgendwo da draußen auf dem Meer herumdümpeln. Den Tankanzeigen traue ich nicht über den Weg."

„Wo habt ihr angelegt?"

„Etwas weiter nördlich vom Fähranleger gibt es einen winzigen Bootshafen. Ich habe mich nicht weiter umgesehen, meine aber, auch die Yakamoz Hakans erkannt zu haben. Dort haben wir festgemacht und sind hierher gepilgert. Ich weiß nicht, aber ich habe das Gefühl, dieser Noël könnte es fertigbringen, uns auch hierher zu folgen und im falschen Augenblick auftauchen. Das könnte den ganzen Ablauf durcheinanderbringen."

„Was sollen wir machen – ihn erschießen?"

„Warum nicht? Soll er doch zum Teufel gehen mit seinem penetranten Verfolgungswahn." Laura lachte.

„Unter Verfolgungswahn versteht man eigentlich …", hob sie zu einer ihrer Belehrungen an, ließ es aber dann auf sich beruhen. Das letzte, was sie jetzt brauchte, war eine missgelaunte Schwester. Außerdem hatte ihre Auslegung des Begriffs ja irgendwie auch ihre Berechtigung.

„So oder so müssen wir uns neu aufstellen."

„Weshalb?"

„Weil zu viele Akteure beteiligt sind, deren Pläne wir nicht kennen: die Russen, die Schlange, Léon, wer noch? Unser Vorteil – wir kennen sie als einzige alle."

„Was ist mit den Russen und der Schlange? Wissen die voneinander?"

„Wissen vielleicht. Kennen, glaub' ich nicht. Arkadij hat ihn nie erwähnt."

„Wo ist euer Gepäck, eure Waffen?"

Laura zuckte mit den Schultern.

„Wenn ich das wüsste, wäre mir wohler. Arkadij hat alles an sich genommen. Nur gut, dass ihr die Kopie hattet."

Als Solitaire nicht sofort reagierte, hakte Laura nach.

„Ihr habt sie doch, die Kopie?"

„Klar. Mach dir keine Sorgen, wird schon alles klappen."

Der Doc klopfte wieder an die Tür. Solitaire begleitete Laura zum Bett und deckte sie zu. Dann ließ sie den Doc herein, der Laura eine schmerzstillende Tablette in Wasser auflöste.

„Du solltest jetzt etwas schlafen."

„Keine Zeit. Sol, kannst du bitte Jerry hochholen. Wir müssen uns absprechen, damit unser nächster Schritt nicht auch unser letzter wird."

3. Die Arche der Verlorenen Seelen.

Die Neumondnacht dämpfte Licht und Laut. Selbst die nimmermüden Grillen hielten inne und stellten wie aus Rücksichtnahme vorübergehend ihr nerviges Zirpen ein. Eine leichte salzige Brise aus Richtung Schwarzes Meer strich über die Höhen der Insel, fuhr raschelnd durch das Geäst des lichten Gehölzes und bereicherte den Duft feuchter Erde und harziger Pinien um die tausendundeins Gerüche der Kadıköys, Maltepes, Kartals und weiterer Istanbuler Bezirke, die sich rechts und links der alten, einst von schwer beladenen Karawanen frequentierten Bagdad-Route ausbreiten.

Laura fühlte sich überraschend frisch und unternehmungslustig, woran der verwegene Cocktail aus Antibiotika, Schmerzmitteln und Metamphetamin, den der Doc ihr verpasst hatte, wohl hauptverantwortlich war. So kam sie sich vor wie ein Mitglied der sogenannten Pillenkommandos, Häftlingen, an denen etwa im KZ Sachsenhausen solche, Ermüdung und Erschöpfung tagelang wirksam bekämpfende Mischungen aus Pervitin, Kokain und Koffein getestet wurden, während die Alliierten auf Benzedrin schwörten. So standen sich an der Front oft genug Zombie-Armeen gegenüber.

Der Lichtkegel ihrer Stablampe huschte ihr auf dem matschigen Pfad voran, dessen schwarzer Morast bei jedem ihrer Schritte quietschte und sich beharrlich weigerte, ihren Sohlen den nötigen Halt zu geben. Laut Karte, die sie im Hotel noch einmal alle vier gründlich studiert hatten, konnte es nicht mehr weit sein bis zum Gipfel des Christushügels. Golgatha war sicher staubiger und steiniger, aber etwas von der unendlichen Einsamkeit des gepeinigten Gottessohnes meinte Laura in diesem Augenblick nachempfinden zu können.

Sie blickte kurz auf ihre Uhr und wäre um ein Haar auf ihre Schwester geprallt, die ihr voranging und unvermittelt stehengebblieben war.

„Halb zwölf", murmelte Laura, die wie ihre Schwester in ein enganliegendes Ninja-schwarzes Ganzkörperteil mit Sturmhaube geschlüpft war - ein Ensemble, das sicher Karl Lagerfelds Zustimmung gefunden hätte.

„The night Chicago died ...", summte Solitaire.

Der Paper Lace Song aus den 1970ern war ein Lied nach ihrem Geschmack. Laura stand eher auf Leonhard Cohen, Closing Time und Now we Take Manhattan ... Sie umarmte ihre verblüffte Schwester.

„Alles gut? Was zum Teufel hat dieser Scharlatan dir gegeben?"

Laura lachte und küsste Solitaire auf die Wange.

„Ich bin einfach heilfroh, dass du hier bist, dass es dich gibt. Nur so eine plötzliche sentimentale Anwandlung. Sorry, wird nicht wieder vorkommen. Pass auf dich auf."

„Wo sollte ich sonst sein, Schwesterherz? Alle Macht der Nacht, hat uns immer Glück gebracht. Jetzt nicht schwächeln, Schneewittchen. Semper fi..."

„Semper fi..."

Laura lächelte. Schneewittchen hatte Solitaire sie seit der „Schlacht der Saintes" nicht mehr genannt. Anfangs hatte Laura Anstoß daran genommen, dann aber dafür gesorgt, dass aus dem verächtlichen Spitznamen bald ein respektiertes Handle geworden war. In diesem Sinne verstand sie ihn auch jetzt, zumal Solitaire ihr noch im Hotel quasi als Beweis für ihren Respekt und ihre unverbrüchliche Zuneigung die Ruger Redhawk mit dem Perlmuttgriff geschenkt hatte, die ihr bereits einige Male das Leben gerettet hatte und in weiten Teilen der Karibik bekannt und gefürchtet war. Laura hatte sich anfangs geweigert, das Geschenk anzunehmen, dann aber in dem Wissen nachgegeben, dass sie ihre Schwester so oder so nicht würde umstimmen können. Sie löste sich von Solitaire und wechselte ihre Tasche, in der sie die Ikonenkopie, die Redhawk mitsamt Munition und das Nachtsichtgerät untergebracht hatte, von der linken in die rechte Hand.

„Wenn sie dich so kommen sieht, wird die Schlange glauben, die Steuerfahndung hätte ihn doch noch eingeholt", lachte Solitaire. Sie holten beide noch einmal tief Luft und setzten sich wieder in Bewegung.

Rechts von ihnen war ab und zu das Geräusch eines durch den Matsch gleitenden Fußes oder das eines knackenden Zweigs zu hören. Das war wohl der Doc, der ihnen Flankenschutz gab. Links übernahm der vereinbarten Schlachtordnung zufolge Jeremy diese Aufgabe. Dabei musste man schon darauf vertrauen, dass er überhaupt zugegen war, denn zu sehen oder zu hören war von dem Kariben nichts. Vermutlich hatte er sogar das Atmen eingestellt, um absolut geräuschlos zu bleiben. Allenfalls Attila, der mächtige Kangal-Rüde, hätte ihn, der über dem Wind schlich, mit Sicherheit geortet. Laura hoffte inständig, dass sie nicht auf bissige Hunde trafen. Ihren Schürfwunden, die ihr bei dem in einigen Stunden zu erwartenden Nachlassen der Drogen noch gewaltige Schmerzen verursachen würden und sich zurzeit so anfühlten, als sei ihre Haut über Nacht geschrumpft und drohe jeden Moment, an irgendeiner Stelle aus den Nähten zu platzen, würde sie ungern noch den einen oder anderen Hundebiss hinzugefügt sehen.

Dann und wann blickte sie sich um, als misstraute sie ihren Sinnen und wollte sich vergewissern, ob die nur noch ganz vereinzelt beleuchteten Häuschen der Ortschaft keine von den Drogen vorgegaukelten Trugbilder oder bloße Kulissen waren, die veeschwanden, sobald die vier sie passiert hatten. Im Archipel des Vergessens, so schien es, durfte man sich keine Sekunde gehen lassen, sonst riskierte man, Teil seiner wechselvollen Geschichte zu werden. Baron Samedi hätte sich hier wie zu Hause gefühlt, dachte sie und sah seinen Zylinder, sein teuflisches Grinsen und das weiße Skelett auf dem schwarzen Tuch so klar vor sich, dass sie kurz über sich selbst erschrak. Voodoo Priester wie er ließen sich vom Tod nicht den Spaß an ihren höllischen Messen verderben, so munkelte man jedenfalls in den Antillen.

Ab und zu gestattete eine Lücke in der ansonsten regelmäßig ansteigenden Topographie des Christushügels einen Blick auf die glitzernden Lichter der Stadt. Das Feuerwerk eines Volksfests auf Höhe Bostancı, dort, wo früher die Treibhäuser des Sultans angesiedelt waren, zauberte geräuschlos wie ein Bühnenmagier weiße und bunte, im Nu erblühende und schon wieder verwelkende Pilze und Blüten in den dunklen Himmel.

Laura nahm es als gutes Omen. Doch während sie noch auf das Feuerwerk starrte, bemerkte sie, dass die Lichter dort drüben plötzlich kleine flimmernde Eisblumen entwickelten. Dieses Phänomen war ihr von Hamburg zur Genüge bekannt und konnte nur eines bedeuten: Nebel. In wenigen Minuten würde alles in milchigem Gewaber versinken.

Sie hatte den Gedanken kaum zu Ende geführt, als die ersten Nebelschwaden den Christushügel einzuhüllen begannen.

Jetzt galt es, Solitaire nicht aus den Augen zu verlieren. Warum hatte sie nicht daran gedacht, Walkie-Talkies zu beschaffen, mit denen sie jetzt im Nebel gut hätten kommunizieren können? Zu spät. Glücklicherweise hatte ihr Smartphone eine GPS-Funktion mit den eingespeisten Ortskoordinaten des Waisenhauses. Außerdem würde ihr Anmarsch ihren Gegnern weitgehend verborgen bleiben, die im Gebäude selbst oder in seiner Nähe auf der Lauer liegen konnten. Andererseits würden sie Gefahr laufen, einander über den Haufen zu schießen.

„Der Nebel stellt seltsame Dinge mit dir an", hatte Robert ihr einmal bei einer gemeinsamen Autofahrt durch die halbe Republik erläutert.

„Die Orientierungslosigkeit, die er hervorruft, löst dich gleichsam vom Jetzt und Hier. Du wirst unverwundbar, unsterblich, bis du auf die Mauer prallst, die da irgendwo auf uns alle wartet."

Nebel herrschte beim nächtlichen Aufstieg entlang der Hänge des fauchenden Vulkans von Montserrat nicht, dessen Bilder sich zwischen sie und die Wirklichkeit dieser Nacht zu drängen begannen. Die Atemlosigkeit der Suche nach dem nicht zurückgekehrten Ti Martin saß ihr noch heute in den Knochen – ebenso wie das Bild des garottierten Franzosen. In ihren Alpträumen sah sie gelegentlich auch das erstaunte und zugleich zornige Gesicht des Mannes vor sich, mit dem sie so unglücklich zusammengeprallt war, dass er über den Rand des Abgrunds fiel. Für eine eingefleischte Pazifistin trug sie bereits jetzt auffällig viele imaginäre Kerben auf dem Revolver. Und wer wusste, ob im weiteren Verlaufe der Nacht nicht noch die eine oder andere dazu kommen würde.

Nackte Angst, die sie damals auf Montserrat gelähmt hatte, empfand sie jetzt nicht. Die kompromisslose Zielstrebigkeit, mit der sie sich – vor wie vielen Tagen eigentlich schon – auf die Suche nach Ignace begeben hatte, verdrängte alles andere und ließ weder Müdigkeit, physische Erschöpfung, Furcht oder Schmerzen gelten. Ignace der Ältere wäre vermutlich stolz auf sie. Und Robert? Doch, auch ihr Vater würde in dieser Nacht, in der laut Solitaire Chicago sterben würde, den Hut vor ihr ziehen, den zu tragen er seiner Modeberaterin standhaft verweigert hatte. Was sie sich jedoch fragte, war, ob sie nach allem, was sie über Robert erfahren hatte, auf seine Respektsbezeugung noch den geringsten Wert legen würde.

Zum -zigsten Mal ging Laura in Gedanken den im Wesentlichen vom Doc entworfenen Plan durch. Der ging davon aus, dass Ignace, sofern er sich überhaupt dort befand, auf Dauer nicht mutterseelenallein im Haus eingesperrt sein konnte. Ihn ununterbrochen zu bewachen, war andererseits wohl auch nicht erforderlich. Vermutlich pflegte jemand sporadisch nach ihm zu sehen und ihn mit Wasser und Nahrung zu versorgen, damit er bis zum eventuellen Abtransport durchhielt. Transport wohin? Der unglückselige Zarewitsch fiel ihr ein. Wer würde sich mit beschwerlichen Jungen von so auffälligem Äußeren wie Ignace abgeben wollen? Der Junge drohte jederzeit und überall erkannt werden. Ein Risiko, das kein skrupelloser Verbrecher auf sich nehmen würde. Zu seinen Lebzeiten hatte Hakan zwischen Ignace und seinen potentiellen Mördern gestanden. Mit der Schießerei an der roten Kapelle von Zypern war Ignace sozusagen Freiwild geworden. Die Schlange stand nicht im Ruf, lästige Mitwisser zu verschonen.

Jetzt ging es sich merklich leichter, der Pfad wurde flacher. Offenbar hatten sie die Kuppe des Christushügels erreicht. Laura überholte Solitaire und schritt zügig voran. Doch erst, als sie an der das Waisenhaus umgebenden Mauer mit oben aufgepflanztem Stacheldraht angekommen war, sah sie sich mit den ersten Umrissen des Gebäudes konfrontiert, die gleichsam drohend aus dem Nebel heraustraten. Sie war wie vom Donner gerührt. Kein Plan, kein Foto, kein noch so einfühlsamer Vortrag des Professors hätte sie auf diese Begegnung adäquat vorbereiten können. Dies war überhaupt kein Gebäude, sondern die wiederentdeckte Arche, die, eben erst gehoben, wie die Wasa vom meterdicken Schlamm irgendeines östlichen Hafenbeckens befreit und hier oben wie ein Mahnmal gegen das Vergessen aufgestellt worden war. Leere Augen- und Mundhöhlen aufeinander gestapelter Totenschädel eines Ossariums anstelle von dick mit Staub und Schmutz bedeckten Scherben eingeworfener Fensterscheiben. Andererseits aber auch kaum Schiefstand. So verrottet und vernachlässigt das Waisenhaus mit seinen zerbrochenen Balken und Fenstersimsen, seinen herabhängenden Regenrinnen, den herabgefallenen Dachschindeln und rissigen Säulen auch wirkte – das Gebäude als solches stand allem Anschein nach auf einem soliden Fundament, hatte in den hundert und mehr Jahren seiner Existenz diese nördliche Wange Wind und Wetter entgegengehalten, ohne sich auch nur um einen Zentimeter verbogen zu haben.

Just in diesem Moment löste sich der Nebel mit einem Mal so schnell auf, wie er über sie hereingebrochen war. Laura löschte ihre Taschenlampe, nahm ihr Nachtsichtgerät aus der Tasche und setzte es auf. Dann ließ sie ihren Blick von unten nach oben wandern. In der Dunkelheit zählte sie fünf Stockwerke, mit einem zusätzlichen sechsten an den beiden äußeren Ecken der Fassade. Kein Lichtschein drang nach draußen. Im Gegenteil schien das Gebäude jedes noch so winzige Leuchten dergestalt aufzusaugen, dass Laura unwillkürlich durch das Geäst der Kiefer, unter deren Zweigen sie stand, zum Firmament aufblickte, als fürchtete sie, das Funkeln der Sterne müsse früher oder später ebenfalls von diesem unheimlichen Würfel geschluckt werden.

„Was ist, geh'n wir rein oder halten wir Maulaffen feil? Jerry und ich haben noch was vor heut' Nacht."

Solitaires burschikose Ansprache riss Laura aus ihren Gedanken.

„Klar", entgegnete sie, „wir machen's genauso wie vereinbart. Viel Glück, pass auf dich auf."

Während Solitaire sich dem Haupteingang näherte, bückte sich Laura nach ihrer abgestellten Tasche, nahm die Redhawk heraus und steckte sie hinter dem Rücken in ihren Gürtel. Dann legte sie das handschellenartige Schloss der Kette, an der die Tasche befestigt war, um ihr Handgelenk und ließ es einschnappen. Schließlich machte sie sich auf den Weg zur Rückseite des Gebäudes, in das sie sich über den Treppenturm Zugang verschaffen sollte. Minuten später staunten einige der pausenlos ihre Nester mit den Jungen anfliegenden Fledermauseltern nicht schlecht, als sie drei dunkle Gestalten sich über die Backsteinmauer schwingen sahen, die das Gebäude umgab, um kurz darauf wie Diebe durch aufgebrochene Türen und gähnende Fensterlöcher in das Haus einzudringen. Eine vierte Gestalt, die des Doc, blieb draußen und setzte sich hinter eine Platane. Gemäß Schlachtplan hatte er die Aufgabe, als Heckenschütze etwaige Verfolger zu eliminieren – nur für den Fall, dass die anderen drei fluchtartig das Gebäude wieder würden verlassen müssen.

Trotz ihres architektonischen Schandflecks in Gestalt des Treppenturms war die südliche Fassade sicher so etwas wie die Schokoladenseite des Gebäudes. Hier dürften die meisten Kinder und ihre Lehrer untergebracht gewesen sein. Zur Zeit seiner Fertigstellung hatte man von allen Zimmern in Südlage gewiss auch einen spektakulären Ausblick auf das Marmara-Meer und einige andere Inseln des Archipels. Jedenfalls bis zu dem Zeitpunkt, da die Natur ihr Recht einforderte. Im Lauf eines Jahrhunderts waren die Bäume rings um das Gebäude fleißig gewachsen. Da sich niemand für ihre Beschneidung zuständig fühlte, reckten sich ihre grünen Kronen nun bis zum vierten Stockwerk hinauf. Nur von ganz oben war es vermutlich weiterhin möglich, an schönen Tagen das Azurblau des Himmels sich mit dem Kobaltblau des Meers vermählen zu sehen.

Auf dieser Rückseite erstreckte sich auch der großzügig bemessene, leicht abschüssige Garten. Hier hatte man vermutlich Gemüse angebaut und vielleicht den einen oder anderen Obstbaum zu pflanzen und zu pflegen versucht, um den Kindern wenigstens im Sommer die lebensnotwendigen Vitamine zukommen zu lassen. Von alledem war so gut wie nichts mehr übrig. Rechter Hand erkannte Laura schemenhaft das rostige Gerippe eines kleinen alten Gewächshauses mit den Resten zerschlagener Scheiben. Weiter links verrottete offenbar ein Schuppen, der vielleicht die dem Waisenhaus angegliederte Volksschulabteilung oder eine jener Werkstätten beherbergte, die der Institution in doppelter Funktion dienten, wie der Professor erläutert hatte.

Zum einen gingen dort die älteren Waisenkinder als künftige Schuster, Zimmerleute und Schlosser in die Lehre, während die Mädchen vor allem in Näharbeiten unterwiesen wurden. Und zum Zweiten konnten mit ihrer Hilfe viele einfachere Reparaturen durchgeführt werden, die man sonst nicht aus dem schmalen Etat hätte bestreiten können. Als die Türken diesen praktischen Ausbildungsmöglichkeiten unter fadenscheinigen Vorwänden einen Riegel vorgeschoben hatten, war das Schicksal des Waisenhauses im Grunde besiegelt. Was vermutlich auch Sinn und Zweck der Schikanen gewesen war.

Als Laura an den Treppenturm herantrat, fand sie dessen Tür zu ihrem Erstaunen lediglich angelehnt. Sie zögerte einen Moment. Die Möglichkeit, dass es sich hierbei um eine Falle handeln könnte, war mit Händen zu greifen. Aber sie sah keine andere Möglichkeit. Wenn sie überhaupt etwas erreichen wollte, musste sie da rein, komme, was da wolle. Von weither drang das anhaltende Gebell eines Hundes herüber, in das mehr und mehr Artgenossen einstimmten. So, wie es sich anhörte, musste irgendwo ein ganzes Rudel unterwegs sein. Solange es keine Wölfe waren ... Nächtliche Polizeistreifen hatten sie laut Aussagen des Professors nicht zu fürchten. Die hiesigen Cops hielten große Stücke auf ihren Schönheitsschlaf und gingen früh ins Bett. Nächtliche Einbrüche waren zwar nicht völlig unerhört, aber selten und kamen eigentlich nur im Sommer vor, also während der Saison, wenn es hier auch etwas zu holen gab. Im Lauf der letzten zwanzig Jahre hatte es einen einzigen verdächtigen Todesfall gegeben, und der harrte immer noch seiner Aufklärung.

„Faites vos jeux, Ihre Einsätze bitte!", murmelte Laura leise zu sich selbst und trat ein.

Sie hatte erwartet, von durchdringendem Modergeruch empfangen zu werden. Dem war nicht so. Stattdessen stank es nach

Uralt-Fäkalien und Ammoniak. Da und dort lagen Verpackungsreste und Papierschnipsel wie auf den Treppen versiffter Hamburger S-Bahnhöfe.

Langsam stieg sie weiter nach oben und überwand ihren Ekel vor der einen oder anderen vorüberhuschenden Ratte und den scheinbar ziellos umherflatternden Fledermäusen, die sich vielleicht tatsächlich in den Turm verirrt hatten und nun nicht mehr herausfanden.

Mit der Suche ganz oben zu beginnen, da waren sie sich einig gewesen, hatte wenig Sinn. Wer immer für die Versorgung von Ignace zuständig war, würde sich nicht die Mühe machen wollen, jedes Mal vier, fünf oder sechs Stockwerke nach oben zu erklimmen. Wozu? Außerdem würde Ignace, falls es ihm gelänge, seine Fesseln zu lockern, von dort oben leichter auf sich aufmerksam machen können, als vom Parterre oder gar aus dem Keller. Apropos, der Professor hatte keinerlei Unterlagen zu einem Wein- oder Vorratskeller vorgelegt und nach eigenem Bekunden auch bei seinen Besuchen im Waisenhaus keinen solchen vorgefunden. Das erschien Laura merkwürdig, wo der Bau doch als Hotel konzipiert war. Gut, man war nicht völlig aus der Welt, aber über eine gewisse Vorratshaltung verfügten ja auch mitten in der Stadt gelegene Hotels. Umso notwendiger war sie auf einer Insel wie dieser, Wind und Wetter ausgesetzt, auf der Kartoffeln, Mehl, Reis, Pasta und andere Grundnahrungsmittel umso trockener lagern mussten.

Dritter Stock: Damenunterwäsche und Lingerie. Die Tür, durch die man in das eigentliche Innere des Hauses gelangte, hing wie ein angeschlagener Boxer schief in ihren Angeln, war wohl vor Jahren von einem wenig zimperlichen Zögling eingetreten worden. Erneut zögerte Laura einen Moment. Gespenstische Kinderstimmen, auf die sie unwillkürlich lauschte, hatte sie bis hierher nicht vernommen. Andere Laute auch nicht, aber das würde sich sehr wahrscheinlich bald ändern, denn dass selbst eine menschliche Katze wie Jeremy sich in diesem Kartenhaus aus faulendem Holz absolut lautlos würde bewegen können, davon durfte man wahrlich nicht ausgehen.

Als erstes marschierte Laura in ihren Sneakers in ein riesiges Spinnennetz, das sich wie ein uralter Brautschleier über ihr Gesicht legte. Glücklicherweise war die Betreiberin des Netzes außer Hauses oder verendet, so dass Laura die immer noch klebrigen Fäden abstreifen konnte, ohne von einer erregten Spinne attackiert zu werden. Ratten oder Mäuse waren keine mehr zu sehen. Vermutlich gab es hier zu wenig Nahrung für sie. Wo keine Nager, da normalerweise auch keine Schlangen, das war beruhigend.

Da! Ein deutliches Knacken, nicht zu überhören. Vermutlich eine Diele, die unter jemandes Füßen nachgegeben hatte. Trotz ihres Nachtsichtgeräts irritierte die Dunkelheit Laura derart, dass sie nicht sagen konnte, ob das Knacken von oben, unten oder von der Seite gekommen war. Doch diese Frage beantwortete sich unmittelbar danach von selbst. Wie aus dem Boden gewachsen stand plötzlich eine männliche Gestalt vor ihr, deren beinahe quadratische Gestalt zum würfelförmigen Haus passte. Lediglich seine automatische Waffe, deren Lauf er auf Laura gerichtet hielt, stach unangenehm ins Auge. Erst in diesem Augenblick wurde Laura schmerzlich bewusst, dass ihr Revolver zurzeit unerreichbar im Gürtel steckte.

Der fast quadratische Mann hob den Lauf ein wenig an, ein untrügliches Zeichen dafür, dass er ihr Herz anvisierte und sogleich abdrücken würde. Dann erstarrte er plötzlich, als hätte sich die Festplatte ausgerechnet an der spannendsten Stelle aufgehängt. Dann sackte der Mann schwer zu Boden. Seine Waffe polterte auf die stumpfen Dielen, während sein Kopf beim Aufprall noch einmal hochfederte wie ein Basketball, der die Hälfte seiner Luft verloren hatte. In seinem Rücken steckte, ziemlich mittig, ein Messer, dessen auffällig geschnitzter Griff seinen Besitzer jedenfalls für Laura selbst im Dunkeln identifizierte. Der barfüßige Jeremy trat aus einer Nische, ging zum Toten und zog sein Messer aus der Leiche wie der Bäcker das seinige aus einem Laib Brot. Dann hob er kurz die Hand zum Gruß und war gleich darauf um die Ecke verschwunden.

Wie hatte der Karibe es geschafft, in so kurzer Zeit bis hier in den dritten Stock vorzudringen? Noch dazu lautlos? Gut, auf

Dominica hatte Laura Eingeborene in Sekundenschelle barfuß eine etwa zwanzig Meter hohe Palme erklimmen sehen, mit der Machete in der Rechten. Aber im Dunkeln und in einem so unübersichtlichen Bau? Laura stieg über den Toten hinweg. Sein Körper lag zur Hälfte auf seiner Waffe, die Laura jedoch nicht anrührte. Am liebsten hätte sie sie unbrauchbar gemacht, aber sie wusste nicht, wie.

Sie tastete sich weiter an der Wandtäfelung entlang, sorgfältig darauf bedacht, sich nicht an einem der überall hervorstehenden Nägel die Hand zu verletzen. Ihren Revolver hielt sie fortan entsichert in der Rechten. Die Zimmertüren links und rechts standen zum Teil offen, so dass Laura ab und an einen Blick hineinwerfen konnte. Für heutige Verhältnisse wirkten die Zimmer winzig, mehr wie die Kabinen eines Passagierdampfers, denen sie womöglich nachempfunden waren. Von der ursprünglichen Einrichtung war nirgends mehr das Geringste zu sehen. Hier hatten sich vermutlich Plünderer und Souvenirjäger ausgetobt und offensichtlich alles mitgehen lassen, was nicht niet- und nagelfest war.

Gut, dass das Wrack der Titanic auf mehreren Tausend Metern Tiefe lag, wo es von solchen Leichenfledderern nicht erreicht werden konnte, sonst wären heute wohl auch nur noch die Spanten übrig, dachte Laura eben noch, als ein erster Schuss durch das Gebäude rollte. Es folgte ein zweiter, ein dritter – dann brach im Stockwerk unter ihr ein hitziges Feuergefecht los. Laura hatte an der obersten Stufe einer Treppe hinab in den zweiten Stock gestanden, als allem Anschein nach genau dort die Schießerei begonnen hatte. Instinktiv warf sie sich auf den Boden und verharrte dort bewegungslos, bis erste Projektile links und rechts von ihr die Dielen durchschlugen und ihr die schockierende Erkenntnis vermittelten, dass sie auf dem Boden nicht sicher war.

Kugeln bohrten sich durch das faulige zerplatzende und berstende Holz und schlugen mit sattem Plop ins splitternde Gebälk über und neben ihr. Holzstücke, spitz und scharf wie Glasscherben, flogen ihr um die Ohren oder bohrten sich da und dort in ihren Drillich. Holzmehl spritzte explosionsartig aus den Bodenbrettern, bildete kleine Fontänen und rieselte dann wie gelber Schnee auf sie herab. Erschossene oder verletzte Fledermäuse stürzten wie winzige, von der Flak getroffene Jagdflugzeuge zu Boden oder krachten gegen Pfeiler, an denen sie sich das Genick brachen oder die kleinen Schädel einschlugen. Die dem Armageddon Entronnenen huschten wie von Sinnen in alle Richtungen davon. Herabstürzende Holzträger und berstende Pfeiler veranstalteten einen Höllenlärm.

Laura rollte sich nach rechts, zurück in die Richtung, aus der sie gekommen war, ging in die Hocke und huschte in eins der Zimmer. Keine Sekunde zu früh, wie sie bei einem Blick zurück mit Grausen konstatierte. Den Platz, auf dem sie gerade noch gelegen hatte, zierten nun mehrere Löcher, in die Flurdielen gestanzt von Projektilen, die jetzt in ihrem Körper hätten stecken können. Erzählungen von der Schlacht im Hürtgenwald fielen ihr ein, als auf die Besonderheiten dieses Terrains nicht vorbereitete amerikanische GIs auf kampferprobte deutsche Truppen gestoßen waren und einen hohen Blutzoll zahlen mussten. Querschläger und die speziell dafür entwickelten sogenannten Baumkrepierer hatten den Amis sehr zugesetzt. Im Grunde hatten sie eine einfache Regel nicht beachtet, die auch zum Einmaleins der Unterwelt gehört: Geh nirgends rein, ohne dich vergewissert zu haben, wie und wo we du dort wieder rauskommst.

Kurz darauf verstummte das Feuer. Entweder waren alle Beteiligten tot oder es gab einen sich zurückziehenden Sieger. Offenbar Letzteres, denn bald waren Schritte zu hören. Laura erschrak. Jemand kam vorsichtig die Treppe hinaufgeschlichen. Dann hielt die Person inne, spürte vielleicht instinktiv, dass sie nicht allein war. Laura hörte, wie sie dreimal an das zerborstene, zum Teil herabhängende Holzgeländer klopfte. Das war das vereinbarte Zeichen, mit zweimaligem Klopfen zu beantworten. Laura zögerte trotzdem. Ein Trick? Eine Falle? Vielleicht ahnte die Person, dass Laura oder ein anderes Mitglied des Quartetts dort oben am Treppenabsatz lauerte und fürchtete, in eine Falle zu tappen. Laura überwand ihren Argwohn, trat auf den Korridor hinaus und antwortete mit dem passenden Code.

Die Person setzte sich wieder in Bewegung. Der Schritt kam Laura jetzt bekannt vor.

„Sol?"

„Schneewittchen?"

„Alles gut, komm rauf."

Sekunden später erschien Solitaire auf dem Treppenabsatz.

„Was war los?", fragte Laura und umarmte ihre Schwester.

„Die Russen. Zwei, genauer gesagt, Lenin und einer seiner Genossen. Sind anscheinend zur Unzeit auf die Leute der Schlange gestoßen. Den einen, der sich verdrücken wollte, hab' ich selbst erwischt. Der andere, der so aussieht wie Lenin, ist mir durch die Lappen gegangen. Schwer verletzt dürfte er allemal sein."

„Was ist mit Jerry?"

„Hab ihn kurz vor der Schießerei gesehen, wie er sich anschlich. Möglicherweise hat er Lenin den Rest gegeben."

Laura sah, dass Solitaire offenbar einen Steifschuss am Oberschenkel abbekommen hatte. Sie bückte sich und band das rote Kopftuch, das Solitaire ihr auf Dominica geschenkt hatte, um die blutende Wunde. Dann zupfte sie vorsichtig zwei, drei Holzsplitter aus dem anderen Bein.

„Danke, lieb von dir, geht schon. Irgendein Zeichen von Ignace?"

„Nein, nichts, bin allerdings auch erst vor wenigen Minuten ins eigentliche Haus gekommen."

„Ich glaube, wir müssen weiter nach unten. Die Russen müssen vom Parterre gekommen sein, sonst hätten sie ja an dir vorbeigemusst."

„Das hätten sie nicht geschafft!"

Solitaire grinste.

„No passeràn?"

„No passeràn!"

ZEHNTES KAPITEL

1. November Rain.

Ganz behutsam folgte Laura ihrer Schwester die schwindsüchtige Treppe hinab, deren Stufen etwa nach dem ersten Viertel eine sanfte Biegung nach links aufwiesen.

„Halt bitte mehr Abstand", flüsterte Solitaire.

„Wenn das Ding zusammenkracht, müssen wir ja nicht gleich beide auf dem Hintern landen."

Kaum hatte sie das gesagt, als ein unheilvolles Knirschen zu hören war, wie das eines angesägten Baumstamms, kurz bevor er, nur noch von wenigen hölzernen Faserbündeln gehalten, krachend auf den Waldboden fällt. Während Solitaire sich gerade noch an die letzte Stange des linken Geländers klammern konnte, rutschte Laura mehr vor Schreck als aus Ungeschicklichkeit die zwei oder drei Stufen hinab, die sie von Solitaire getrennt hatten. Glücklicherweise waren ihre Reflexe durch das Adrenalin und die Droge in ihrem Körper so funktionell, dass sie sich an das rechte Geländer klammern konnte. Dann baumelten die beiden Schwestern an der Treppe wie zwei Schimpansen-Weibchen nach dem Ermüdungsbruch ihres Lieblingsasts. Lauras an der Kette befestigte Tasche zog sie noch um einiges stärker nach unten und schnitt ihr ins Handgelenk.

„Wie tief ist es?", keuchte Solitaire.

„Drei, vier Meter mindestens", rief Laura zurück.

„Aber wenn wir auf die scharfkantigen Treppenreste stürzen, brechen wir uns die Gräten oder werden aufgespießt."

„Vorschlag?"

„Ich hätte da einen", erklang über ihnen die Stimme Jeremys.

„Wie wär's, wenn ich euch einfach raufziehe, nur mal so angedacht."

„Red kein Blech und mach zu, ich kann mich kaum noch halten."

Jeremy näherte sich vorsichtig Solitaire, bückte sich und griff nach ihrem Handgelenk. Dann zog er sie mit einem Ruck wie eine lebensgroße Strohpuppe nach oben. Schließlich halfen die beiden Laura ebenfalls hoch.

„Wo hast du dich rumgetrieben?", keuchte Solitaire immer noch heftig von der Anstrengung und dem Schreck.

„Weiter unten, in der Herrenoberbekleidung", antwortete Jeremy.

„Man verliert leicht die Orientierung beim Kraxeln durch die Verkaufsabteilungen."

„Hast du jemand Interessantes getroffen? Lass dir doch nicht die Würmer aus der Nase ziehen."

„Den Russen, Lenin", entgegnete Jeremy.

„Und?"

„Stand plötzlich vor mir. Hab' sofort zugestochen, reiner Reflex, sorry."

Der Karibe hielt sein Messer, das er während der Rettungsaktion im Gürtel stecken hatte, wie ein Beweismittel in die Höhe. Wer mit dieser Klinge Bekanntschaft machte, hatte das Schlimmste definitiv hinter sich. Irgendwie tat Arkadij Laura leid. Schließlich hatte er sich insgesamt als höflicher, gebildeter und sensibler Mann erwiesen, wenn man von der Verzweiflungsaktion in der Mine absah.

„Hört ihr das auch?"

Solitaire hatte innegehalten und den Zeigefinger an ihre Lippen gelegt. Laura lauschte in die Dunkelheit. Ihr Nachtsichtgerät war beim Unfall auf der Treppe von der Stirn gerutscht und heruntergefallen. Ja, jetzt hörte sie es auch. Es klang wie Musik, schräg, ja, aber Musik. Jemand klimperte auf einem Piano, das wohl einfach nur sehr alt und seit Jahrzehnten nicht mehr gestimmt worden war. Zur gespenstischen Atmosphäre dieses Hauses der Verlorenen Seelen passte es jedoch ganz gut.

„Was ist das?", fragte Jeremy.

„Ignace", antwortete Laura wie aus der Pistole geschossen, wenn auch nicht eben der Fragestellung entsprechend.

„Das ist Ignace."

„Woher ...?"

„November Rain! Das ist einer seiner Lieblingssongs der Guns n' Roses. Ich weiß nicht, wie oft er mir mit dieser Klavier-Ouvertüre auf den Senkel gegangen ist. Sein Klavierlehrer fleht ihn immer wieder an, die Klassiker zu üben. Wahre Virtuosität erreichst du nur durch das Studium der Klassiker, egal in welcher künstlerischen Disziplin, sagt er. Zu recht natürlich. Aber was soll ich machen, der Junge klimpert lieber Pop und vor allem eben diesen Song."

„Woher kommt die Musik?"

„Es gibt doch diesen kleinen Konzertsaal, das muss es sein", entgegnete Laura. Da muss das Klavier stehen. Jemand lässt uns eine musikalische Einladung zukommen. Wir sollten ihn nicht warten lassen."

Natürlich hätte es sich auch um eine Playback handeln können, aber das hätte anders geklungen, da war Laura sicher.

„Der Saal ist zwei Stockwerke tiefer. Ich schlage vor, wir seilen uns ab und nehmen den Saal in die Zange. Einverstanden?"

Jeremy und Solitaire nickten. Die Musik verstummte so unvermittelt, als hätte jemand dem Pianisten den Deckel auf die Finger geklappt.

„Dann los!"

Die beiden Frauen schlichen hinter Jeremy her, der den Minenhund gab. Der Professor hatte auch in dieser Hinsicht recht. Das Haus war so gewaltig, dass man sich in seinem Kosmos verlieren und erst nach Jahren verwahrlost und bis auf die Knochen abgemagert auftauchen konnte. So jedenfalls fühlte es sich für Laura an.

Die Dielenbretter, zum Teil zerbrochen und hochgebogen wie alte, längere Zeit der Sonne ausgesetzte Käsescheiben, waren durchgängig mit einer dicken Schicht Staub bedeckt, in der sich ihre Fußstapfen abzeichneten. An manchen, von wem oder was auch immer entstaubten Stellen schimmerte das Holz ungesund bläulich-grün, als hätte eine giftige Algenart von der Arche Besitz ergriffen.

Endlich fanden sie eine andere Treppe und kletterten im Gänsemarsch mit angemessenen Sicherheitsabständen hinab. Hier, in diesem Stockwerk, erinnerte sich Laura, musste rechter Hand das Lehrerzimmer liegen. Auf der anderen Seite, schräg gegenüber, das Büro des Direktors. Check. Soweit schien der Plan des

Professors auf der Höhe der Zeit. Spätere tiefgreifende Änderungen würde es kaum geben. Wer hätte die bezahlen sollen?

Der letzte Direktor, ein Grieche, lebte laut dem Professor noch irgendwo im Fener-Viertel, war aber von dem zermürbenden Hin und Her um das Waisenhaus wie letzthin auch altersbedingt so nachhaltig gestört, dass er sich in einen Kokon des Schweigens gehüllt hatte und kaum soziale Kontakte unterhielt. Ein Gespräch mit ihm, so jedenfalls der Professor, führte daher in der Regel auch zu nichts. Wenn überhaupt, gab er einzelne unverbundene Episoden aus seiner Tätigkeit zum Besten, die nicht ausreichten, sich ein wirkliches Bild zu machen.

„Er lebt weiterhin mit den Generationen von Kindern auf dem Christushügel, niemand kommt mehr so recht an ihn ran, auch ich nicht", hatte der Professor bedauernd gesagt.

Überall tauchten im Durchzug zitternde Spinnweben im grünlich-milchigen Nebel des Restlichtverstärkers auf, den Jeremy Laura überlassen hatte. Diesen Mann mit seinen Katzenaugen mochte man auch nicht zum Feind haben, dachte Laura.

Es folgte ein Klassenzimmer, das der jüngeren Waisenkinder etwa vom Kindergarten- bis zum Einschulungsalter. Dann ein zweites, für die etwas älteren Kinder. Check. Deren genaues Geburtsdatum kannte man in den seltensten Fällen. Aber mit jahrelanger Übung ließ sich das wohl ganz gut einschätzen, von wenigen Ausnahmen in ihrer Entwicklung stark zurückgebliebener Kinder einmal abgesehen.

Ein Gutes hatten Einrichtungen wie diese – es gab keinen jener nervtötenden Elternabende, auf denen leeres Stroh gedroschen und, wie im Internat, das Ignace besuchte, stundenlang über den Zustand der Toiletten oder das Ziel der nächsten Klassenfahrt durchgehechelt wurden. Zwei solcher Treffen hatte Laura besucht, ein weiteres würde sie sich bestimmt nicht antun.

Plötzlich stoppten alle drei wie auf Kommando. Die schräge Klaviermusik hatte aufs Neue eingesetzt. Jeremy bedeutete Solitaire, nach links zu gehen und winkte dann Laura hinter sich her. So würden sie sich dem Konzertsaal wenigstens von zwei Seiten nähern, mehr war unter den gegebenen Umständen kaum möglich.

Zehn, fünfzehn Meter weiter wartete eine weitere Treppe auf sie, deren unterste Stufen von einem Lichtstrahl erfasst wurden. Laura nahm ihr Nachtsichtgerät ab und verstaute es in ihrer Tasche. Im Gegensatz zu den anderen Treppen, die sie bislang betreten hatte, war diese hier, da vermutlich häufiger benutzt, in jüngerer Zeit sichtlich regelmäßig ausgebessert worden. Jeremy ließ Laura den Vortritt und hielt sich im Hintergrund. Laura verstand. Wenn es sich um eine Falle handelte, würden sie nicht beide auf einmal wie die Anfänger hineintappen.

Am unteren Treppenabsatz angekommen, stand Laura vor der angelehnten Flügeltür des Konzertsaals. Das Licht fiel aus dem schmalen Türspalt. Behutsam öffnete sie den einen Flügel weiter und musste sich erst einmal an die ungewohnte Helligkeit gewöhnen, die sie nach dem Herumtapsen im Dunkeln gleichsam erschlug. Dann sah sie als erstes Ignace auf einer kleinen Bühne diesseits eines dicken, staubigen und von Motten zerfressenen, ins Violette changierenden Vorhangs am Klavier in sein Spiel versunken sitzen. Von der Seite betrachtet, war er ganz er selbst: das krause blonde Haar etwas länger als sonst, die Figur wie von ein paar Pfunden befreit, seine Kleidung war Laura unbekannt, vermutlich von Hakan und seinen Leuten nachgekauft, aber durchaus adrett und der nächtlichen Kühle des Orts angemessen. Ganz so schlecht, wie sie gefürchtet hatte, war es ihm also offenbar nicht ergangen.

Als Ignace Laura aus den Augenwinkeln sah, brach er das Spiel sofort ab, sprang von der Bühne und stürzte sich in ihre Arme.

Laura beugte sich herab, umarmte ihn, küsste ihn und hielt ihn fest, als wollte sie ihn nie wieder loslassen. Sie spürte die Feuchtigkeit seiner Tränen an ihrer Wange, ließ sich aber nichts anmerken. Echte Jungs weinten nicht, auch nicht aus Wiedersehensfreude.

„Kompliment, Mrs. Förster. Ich hatte fest damit gerechnet, dass Sie Ignace hier suchen würden und Sie haben mich nicht enttäuscht."

Laura streckte sich, ohne Ignace loszulassen. Der Mann, der sich unter anderem die Schlange nannte, saß an einem schlichten

Holztisch gegenüber der Bühne im weitgehend entkernten Zu-
schauerraum. Zu seiner Rechten hatte er verschiedene Instrumente und Werkzeuge ausgebreitet, die er vermutlich zur genaueren
Analyse der Ikone brauchen würde. Zu seinen Füßen lag der hechelnde Bubi, dem Laura anscheinend bekannt vorkam. Jedenfalls wedelte er mit dem Schwanz. Hinter ihm standen zwei Büh-
nenscheinwerfer, die den Saal in gleißendes Licht tauchten und
ihren Strom vermutlich von zwei mobilen Generatoren erhielten,
deren leises Summen im Hintergrund zu hören war. Neben den
Scheinwerfern konnte die vom Licht geblendete Laura gerade
noch die zwei dunklen Silhouetten von Bodyguards erkennen.
Die Läufe ihrer Waffen, die nicht zu sehen waren, dürften auf sie
gerichtet sein, davon musste sie ausgehen.

„Danke für das Kompliment, aber Sie haben mir ja selbst das
Stichwort geliefert. So schwierig war die Aufgabe dann nicht mehr."

„Warum gesellen Sie sich nicht zu mir, dann können wir die
Ikone in aller Ruhe etwas genauer unter die Lupe nehmen. Sie
haben sie doch mitgebracht?"

Laura nickte. Sie musste zu allererst Ignace aus der Schusslinie
nehmen, falls das hier in eine neuerliche Schießerei ausartete.

Sie beugte sich wieder zu dem Jungen herab, der inzwischen
seine Tränen verschämt abgewischt hatte.

„Luke, mein Junge. Wie geht's dir? Warum spielst du nicht
einfach noch ein paar Songs, während dieser Herr und ich das
Geschäftliche regeln? Darf er das?", fragte sie die Schlange. Die
nickte und bedeutete seinen beiden Leibwächtern hinter ihm, die
Scheinwerfer so zu drehen, dass ihr Licht auf den Tisch fiel.

„Selbstverständlich. Das Klavier klingt grässlich, aber der
Junge hat Talent, soweit ich mir als bloßer Zuhörer dieses Urteil erlauben darf. Überhaupt ein ausgeschlafenes Bürschchen,
wenn Sie mich fragen. Hakan hat ihm eine Menge Türkisch beigebracht, tamam mı, abi?"

Ignace grinste verlegen und nickte. Dann sprang er wieder auf
die Bühne und setzte sein kleines Konzert fort.

Laura ging zum Tisch, der, wie sie jetzt erkennen konnte, etwa
in der Mitte des Saales vor einigen zerbrochenen Stühlen stand,

die früher einmal Teil seines nun gähnend leeren Auditoriums gewesen waren. Sie wusste, dass Jeremy sich jetzt an der Tür befinden musste, durch die sie eben selbst eingetreten war, während Solitaire vermutlich vor der anderen Tür auf ihren Einsatz wartete. Bei diesen Lichtverhältnissen einen Überrumplungsversuch zu starten, wäre jedoch Selbstmord gewesen. Sie mussten den geeigneten Augenblick abwarten.

Sie hatte den Tisch gerade erreicht und ihren Revolver ausgehändigt, als zu beiden Seiten des Saals Lärm wie von einer Prügelei erklang. Ein paar dumpfe Schläge, jemand krachte polternd zu Boden, stöhnte leise und rappelte sich offenbar wieder auf. Kurz darauf traten weitere bewaffnete Männer der Schlange ein, die die leicht ramponierte Solitaire und Jeremy hereinführten. Wie diese recht einfältig aussehenden Burschen es geschafft hatten, Solitaire und Jeremy zu überraschen, war Laura ein Rätsel - eines, das sie jetzt schlecht ausdiskutieren konnten.

„Nur so eine Vorsichtsmaßnahme", grinste die Schlange, während Bubi sich eine Nase vom Geruch der Neuankömmlinge nahm, um sich dann wieder zu Füßen seines Herrchens auszustrecken.

„Ich möchte nicht, dass wir bei unserer Arbeit gestört werden. Ich hoffe, das ist in Ihrem Sinne."

Er wies mit dem Kopf in Richtung Bühne, wo Ignace vorübergehend das Klimpern eingestellt hatte. Die Gorillas setzten Solitaire und Jeremy auf der Rampe ab und hielten sie mit ihren Waffen in Schach. Wie viele Männer hatte der Gangster noch im Haus verteilt?

Laura setzte sich zur Schlange, öffnete das Kettenschloss ihrer Tasche und entnahm ihr ganz langsam und vorsichtig die in Stoff gewickelte Ikone. Dann schlug sie den Baumwollfetzen zur Seite und hielt das Madonnenbildnis mit beiden Händen hoch. Nach allen, sie von der Madonna-Kopie bisher gehört hatte, war sie allein schon von dem Umstand halbwegs überwältigt, dass sie das corpus delicti, wenn auch nur als Kopie, erstmals wirklich in Händen hielt und betrachten durfte. Wenn schon das Imitat derart eindrucksvoll war, wie musste dann erst das Original einschlagen, wenn es dann irgendwann irgendwo der griechischen

Öffentlichkeit zugänglich gemacht würde! Sie drehte das Bildnis nach links und rechts, damit alle Anwesenden in den Genuss ihres Anblicks kamen.

Nach deren andächtigem Schweigen zu urteilen, verfehlte das Bildnis seine Wirkung auch auf die anderen nicht. Die silberne Riza blitzte im Scheinwerferlicht, während das Blattgold des nur zu einem kleinen Teil sichtbaren Hintergrunds dem Bildnis Tiefe verlieh. Frazer hatte wirklich ganze Arbeit geleistet, alle Achtung, dachte sie.

Die Schlange nahm die Ikone wie ein Geistlicher entgegen und legte sie vor sich auf den Tisch.

„Exquisit. Sehen wir uns die Details etwas genauer an."

Er begann, die Riza eingehend zu betrachten und mit den Fingerspitzen vorsichtig abzutasten.

„Sie werden sich vermutlich schon gefragt haben, was Hakan veranlasst haben mochte, den Jungen", er wies auf Ignace, der sich inzwischen zu seiner Tante und Jeremy gesellt hatte, „an einen Ort wie diesen zu bringen", sagte er, während er begann, die Riza mit einem kleinen Schraubenzieher von der Ikone zu lösen.

„Eine hübsche Idee meines Geschäftsfreunds, der wohl dachte, mir mit diesem kleinen Gang über die Straße der Erinnerungen einen besonderen Gefallen zu tun. Nun, wie ich Ihnen schon erzählte, hat mein Großvater hier seine Kindheit und Teile seiner Jugend verbracht. Mir persönlich sagt dieses verstaubte Gebäude ehrlich gestanden so wenig zu wie Ihnen, denke ich."

„Ist mir ziemlich egal", unterbrach ihn Laura, „Hauptsache, wir bringen es schnell hinter uns."

„Ganz so eilig haben wir es auch wieder nicht", warf die Schlange ein, entfernte die gelösten Schrauben und hob die Riza schließlich ab.

„Wie Sie sich vorstellen können, hat dieses Gebäude eine lange und wechselvolle Geschichte, mit der ich Sie aber nicht langweilen möchte. Mir hingegen ist sie aus den Erzählungen meines Vaters zu allgegenwärtig, als dass ich den Aufenthalt darin genießen könnte. Mein Vater, der zwar selbst im Waisenhaus auf dem Christushügel nicht Gast war, aber es zu seinen Lebzeiten noch in Funktion gesehen hatte, schien es sich zur Lebensaufgabe gemacht zu haben, mir bei jeder sich bietenden Gelegenheit die hiesigen ärmlichen Verhältnisse als auch denkbaren Gegenentwurf zu meinem Elternhaus, gegen das ich zunehmend revoltierte, unter die Nase zu reiben. Wenn ich in einer stillen Nacht wie der heutigen hier sitze, ist mir, als hörte ich die Stimme meines Vaters den Chor der herzzerreißenden Seufzer aller bedauernswerten Insassen übertönen. Da lausche ich lieber den Fingerübungen von Ignace. Hadi, devam et, Abi, spiel uns noch ein paar von deinen Lieblingssongs, Ignace."

Ignace blickte unsicher auf Laura, die ihm aufmunternd zunickte. Dann setzte er sich wieder ans Klavier und klimperte weiter.

„Andererseits hatte er nicht ganz Unrecht. Haben Sie auch nur die leiseste Idee, was es heißt, Waisenkind zu sein? Ohne mütterliche Liebe, ohne väterliche Strenge aufzuwachsen? Gut, auf letztere hätten manche von uns gut verzichten können. Dennoch: orientierungslos, ratlos, hilflos? Wissen Sie, was es mit einem jungen Menschen macht, sich von aller Welt verraten und verkauft zu fühlen? Noch dazu in einem Haus wie diesem, das die mittellosen Kinder, die Ärmsten der Armen, wenn man so will, den Eindruck von einem Luxus vermittelt haben dürfte, der für sie unerreichbar war! Damals, meine ich natürlich, als das Haus noch neu war. Wenn sie nachts vor Kälte nicht einschlafen konnten und sich, in eine dünne, kratzende Wolldecke gewickelt, an irgendein Fenster stellten, um die glitzernden Lichter der Großstadt zu sehen – so greifbar nah und doch so unerreichbar fern? Welcher Zorn und welche Verzweiflung in den kleinen Wesen aufgekeimt sein muss, die sich dieses Leben weder ausgesucht, noch durch eigenes Verschulden eingebrockt hatten! Ehrlich gesagt, ich glaube nicht, dass Sie sich das vorstellen können, nein, das kann wohl niemand, der es nicht selbst erlebt hat. Wie Ihre Schwester Solitaire. Nur ist die aus anderem Holz geschnitzt, wie mir scheint. Was auch immer. Das Leben setzt den Hobel an …"

„Doch, Ihre Schilderung kommt mir bekannt vor", rief Solitaire von der Rampe aus, während sie sich ein Taschentuch an ihre blutig geschlagene Nase presste.

„Wie auch das triefende Selbstmitleid, das die Begleitmusik zu solchen Geschichten abzugeben pflegt."

Die Schlange prüfte inzwischen mit einer kleinen Lupe die Punzierung der Riza.

„Vielleicht kann Ignace doch mit dem Spielen aufhören, ich brauche etwas Ruhe bei der Prüfung der Ware. Kein Misstrauen, nur eine Angewohnheit. In der Malerei sind Fälschungen und Kopien an der Tagesordnung, wie Sie wissen werden."

Ignace brach ab und gesellte sich wieder zu Solitaire. Laura lief es indes eiskalt den Rücken herunter. War das eine gezielte Anspielung? Wusste der Mann um den Meister?

Der Mann ohne Ohrläppchen zog eine Stablampe, einen Schieferstein und Säurefläschchen aus der neben ihm am Boden stehenden Aktentasche. Offensichtlich traute er der Punze nicht über den Weg und wollte den Silbergehalt noch einmal händisch prüfen. Er schien genau zu wissen, was er tat und worauf er sachten musste. Das versprach, eine für Laura äußerst stressige Untersuchung zu werden.

Der Säuretest schien die Punze zumindest nicht zu widerlegen. Laura atmete auf. Jetzt scannte der Mann die Oberfläche der Ikone mit einer Augenklemmlupe, wie Lauras Juwelier die ihm vorgelegten Diamanten auf „Steinbrüche" abzusuchen pflegte. In dem Maß, da er vergnügt vor sich hin pfiff, fasste Laura allmählich mehr und mehr Vertrauen in die Fähigkeiten des unglücklichen Meisters von Chania.

Die Schlange legte die Lupe weg und hielt das Bildnis erneut in die Höhe. Laura spürte, wie sich ihr Herz zusammenkrampfte. Dann legte der Mann die Ikone auf den Tisch zurück und öffnete ein kleines Taschenmesser, das er aus der Hosentasche gezogen hatte.

„Um Fälschungen vorzubeugen, griff der uns leider nicht bekannte Schöpfer der Madonna zu einem ungewöhnlichen Kunstkniff", eröffnete die Schlange ihrer Zuhörerschaft.

„Sie kennen dergleichen vielleicht aus einer wesensverwandten Branche, der Kartographie. Auch dort kommt es sehr oft zu Kopien. Klar, anstatt selbst mühsam eine Karte zu erstellen, kopiere ich eine bereits existierende und verkaufe sie als meine, Bingo. Kein Problem. Um das zu vermeiden, zeichnen Kartographen oft irgendwo, sagen wir, in der Peripherie einer Stadt, also in einer Gegend, die nur selten Besuch bekommt, den Namen einer absolut fiktiven Straße ein. Findet sich diese Absurdität auf der Karte eines Konkurrenten wieder, hat man den schlagenden Beweis für die Plagiierung. Mit einer Ikone geht das natürlich so nicht. Man muss zu anderen Mitteln greifen. In unserem Fall hat der Maler das Holz des Tabletts an der Seite vorsichtig so angebohrt, dass eine Art Tasche entstand. In diese Vertiefung schob er eine kleine Goldmünze der Zeit und verschloss dann das Ganze kunstvoll mit Sägemehl und Leim. Wer dieses Geheimnis der Madonna nicht kennt, wird aller Voraussicht nach auch durch bloßen Zufall nicht darauf stoßen, da die Münze zu klein ist, um etwa ein mit der bloßen Hand spürbares Ungleichgewicht hervorzurufen und pures Gold auch nicht von Magneten angezogen wird. Selbst wenn man also um die Existenz der Münze weiß, braucht man praktisch einen Metalldetektor oder ein Ultraschallgerät, um den so geschickt kaschierten Einschnitt zu finden. Ich hoffe, es auch so zu schaffen."

Er blickte triumphierend in die Runde. Lauras Herz rutschte ihr in die Hose. Damit hatte der Meister niemals rechnen können. Falls der Abt oder der Professor davon gewusst haben sollten, hatten sie eigentlich keinen Grund gehabt, es zu verschweigen. Wie um alles in der Welt hatte die Schlange davon erfahren?

Laura suchte Blickkontakt mit ihrer Schwester, die seltsam gelassen schien und, Lauras Seitenblick spürend, fast unmerklich mit dem Kopf schüttelte.

„Nicht jetzt", sollte das wohl heißen. „Halt die Füße still."

„Wenn man den Maler nicht kennt, woher weiß man, woher wissen zumindest einige wie Sie dann von dem Trick mit der Münze?", fragte sie die Schlange.

„Ich kann es mir nur so erklären, dass einer seiner Gesellen ihn bei dieser Manipulation heimlich beobachtet hat. Vielleicht wusste er, dass sein Meister zu solchen Tricks neigte und hatte sich überlegt, ob daraus nicht Kapital zu schlagen wäre, indem er das Geheimnis Interessenten gegen Entgelt verriet. So gab es vermutlich in jedem Jahrhundert einen sehr kleinen Kreis von Mitwissern, zu denen zu zählen ich hier und heute das Glück habe."

Wie zum Beweis für die Richtigkeit seiner Worte fuhr die Schlange langsam einmal mit allen zehn Fingerspitzen um den leicht welligen, unregelmäßigen Rand der Ikone und zuckte dann mit den Schultern.

„Nichts zu machen, nicht ohne Lupe."

Wieder griff er nach seiner kleineren Juwelierlupe und suchte die Kanten ab, bis er schließlich auf eine vielversprechende Unregelmäßigkeit gestoßen schien. Er nutzte die Spitze seines Taschenmessers, das Laura an das Schweizer Armeemesser erinnerte, mit dem der Doc und sie sich aus dem Schacht gegraben hatten. Dann machte er sich vorsichtig daran, das Holz aufzukratzen, ohne die Grundierung oder gar die Bildfläche in Mitleidenschaft zu ziehen. Eine delikate Arbeit, die, davon war Laura überzeugt, nicht das gewünschte Ergebnis zeitigen würde. Vermutlich würde es der Mann noch ein- oder zweimal an anderer Stelle versuchen, bevor er einsehen musste, dass es sich bei dem Bildnis um eine Fälschung handelte. Ab dann bestand akute Lebensgefahr für sie alle. Würde sie ihren Revolver auf dem Tisch erreichen und benutzen können, bevor sie oder gar der Junge getroffen würden? Sicher nicht. Aber irgendetwas musste sie doch versuchen.

Der Mann pulte weiter am Ikonenrand herum, bis er auf einmal einen lauten Pfiff ausstieß. Die kurze Messerklinge war offenbar tatsächlich in einen Hohlraum eingedrungen. Laura traute ihren Augen nicht. Wenn das die geheime Tasche war, wie hatte der Meister davon wissen können? Und wieso hatte auch er es ihnen gegenüber nicht der Erwähnung wert befunden, damit sie darauf vorbereitet waren?

Wieder ein Pfiff der Schlange, die jetzt die Ikone nach links verkantete und mehr und mehr feinste Holzspäne auskratzte. Schließlich hielt er das Tablett mit der linken Seite nach unten und schüttelte die Ikone wie Laura das als Kind zu tun pflegte, wenn sie den einen oder anderen Groschen aus dem Schlitz des

Sparschweins schüttelte. Ein schwaches metallisches Klingeln und die im Licht der Lampe kurz aufblitzende Münze rollte über die Tischplatte und fiel über die Kante auf den Boden, wo Bubi sich schnüffelnd ihrer annahm.

„Quod erat demonstrandum", rief die Schlange aus, während Laura sich bückte und dem knurrenden Bubi die Münze, auf deren Vorderseite sie zwei gekreuzte Krummdolche erkennen zu können glaubte, aus dem Maul klaubte und auf den Tisch legte.

Einen Augenblick lang war sie wie benommen. Irgendetwas fügte sich hier nicht zusammen. Wenn vom Kreis der unmittelbar Beteiligten wirklich nur die Schlange von der Münze gewusst hatte, dann…konnte das unmöglich eine Kopie sein. Was da vor der Schlange lag, war das Original der Erschossenen Madonna. Nur so erklärte sich auch ihre vom Abt zu Recht für unnachahmlich erklärte Wirkung.

Laura blickte zu Solitaire hinüber, die erneut wie unbeteiligt dastand und Ignace durchs Haar fuhr. Na warte, dachte Laura, das würden sie noch irgendwann kurz thematisieren!

Zugleich war sie natürlich erleichtert und fürchtete nur, dass alle den Mühlstein gehört hatten, der ihr gerade vom Herzen geplumpst war. Die ganze Angelegenheit war reibungsloser verlaufen, als sie es je zu träumen gewagt hätte. Nun mussten sie alle nur noch sicher hier herauskommen.

„Mir scheint, ich habe meine Seite des Deals erfüllt", sagte sie wie beiläufig an die Schlange gewandt, „jetzt sind Sie an der Reihe."

Der Mann nickte und lächelte.

„Natürlich. Sie und der Junge sind frei, das war der Deal. Sie können gehen, wohin es Ihnen beliebt. Ihre Schwester und ihr Freund hingegen", er zeigte auf Jeremy, „waren nie Teil des Deals. Sie hätten die beiden nicht anschleppen sollen. Nichts Persönliches, aber ich möchte nicht den Rest meines Lebens dauernd über meine Schulter blicken müssen."

„Das ist Unsinn und Sie wissen es. Über seine Schulter blicken muss ein Mann mit Ihrem Strafregister sowieso jeden Tag. Und wenn Sie meiner Schwester oder Jeremy auch nur ein Haar krümmen, werde ich es mir zur Lebensaufgabe machen, Sie zu verfolgen und zur Strecke zu bringen. Das hatte ich auch Hakan schon versprochen und ich pflege meine Versprechen einzulösen, komme was da wolle. Vergessen Sie nicht, ich verfüge über genügend Finanzmittel, um eine ansehnliche Belohnung auf Ihren Kopf auszusetzen."

„Tun Sie, was Sie nicht lassen können. Aber jetzt sollten Sie lieber gehen, bevor Sie sich und Ihren Sohn um Kopf und Kragen reden. Sie müssen wissen …"

Die Schlange hielt inne und folgte Lauras Blick, der auf Ignace geheftet war. Irgendetwas stimmte nicht mit seiner Reaktion auf die Worte der Schlange, die er eigentlich gehört haben musste. Anstatt jedoch aufzustehen und sich seiner Ziehmutter anzuschließen, blieb er neben Solitaire sitzen und starrte auf den Bühnenvorhang.

Plötzlich füllte erneut Musik den Saal. Diesmal aber eher Playback von einem scheinbar alten, kratzigen Tonträger. Laura, die sich nicht als ausgesprochene Musikkennerin bezeichnet hätte und von türkisch-arabischer Musik ohnehin nicht sonderlich angetan war, fand sich von der seltsam getragenen, irgendwie sehnsuchtsvollen Melodie jedoch sogleich angerührt. Nur wenige Instrumente schienen beteiligt: Flöten, primitive Streichinstrumente, die eine oder andere Trommel und einen kleinen Chor männlicher Stimmen glaubte sie unterscheiden zu können.

Kaum waren die ersten Klänge ertönt, da tat sich auch schon der staubige Vorhang auf, dessen Hälften offenbar von Hand ruckartig nach links und rechts gezogen wurden und den Blick auf drei tanzende Derwische in weiten weißen Gewändern freigaben, die um die beneidenswert schmalen Hüften der Männer von schwarzen Gürteln zusammengeschnürt waren. Die eigenartig hohe, krempenlose Kopfbedeckung der drei erinnerte Laura an die absurd hochtoupierte Frisur von Marge Simpson.

Falls es in der Absicht der Derwische gelegen haben sollte, wenigstens für einen kurzen Moment die ungeteilte Aufmerksamkeit des Publikums auf ihre surreale Darbietung zu lenken, war ihnen das vollauf gelungen. Sowohl die Schlange und ihre Gorillas, als auch die Mitglieder von Lauras Gruppe starrten unverwandt und wie hypnotisiert auf die drei weißen Brummkreisel. Während sie ihre Augen auf die jeweils linke, mit der Handfläche nach oben weisende, quasi vom Herzen kommende Hand geheftet hatten, die ihnen offenbar als Fixpunkt im sich unablässig drehenden Universum diente, hielten die Derwische ihre jeweils rechte Hand zur Balance abgespreizt und mit der offenen Handfläche nach unten. Die Symbolik war klar: was sie über die linke „Antenne" von oben empfingen, gaben sie mit der Rechten weiter.

Laura hatte von den Anhängern Mevlanas, eines persischen Dichters, Gelehrten und Musikers des 13. Jahrhunderts gehört, aber noch nie einer solchen Session der in der Türkei lange Zeit verbotenen und gnadenlos verfolgten so genannten Mevlevi beigewohnt. Alles, was sie darüber wusste, war, dass ihnen der irgendwann zur Trance geratende Tanz, dessen elegante Gleichförmigkeit von der Beherrschung einer komplizierten Fußtechnik abhing, als vollwertiger Gebetsersatz galt. Die Drehung um die eigene Achse war für sie der Inbegriff der Bewegung allen Seins und das Vehikel der selbstlosen Auflösung darin.

Ob alle Zuschauer das in diesem Augenblick instinktiv so nachempfanden, blieb ungewiss. Die Leibwächter der Schlange hatten ihre Waffen im Anschlag auf die Bühne gerichtet, schielten aber in Erwartung einer Anweisung vorerst auf ihren Boss. Der hatte entgegen seiner angeblichen Abneigung gegen Schusswaffen Lauras Ruger in die Hand genommen, war sich aber offensichtlich nicht schlüssig, was er von diesem eigenartigen Intermezzo zu halten hatte. Alles wirkte schließlich sehr anmutig und harmlos, obwohl Laura ein ungutes Gefühl beschlich. Als die Reaktion der Schlange schließlich erfolgte, kam sie dezidiert zu spät.

2. Die tanzenden Derwische.

Urplötzlich hielten die Derwische ihrerseits nämlich Pistolen und Revolver in ihren Händen und feuerten drauflos, ohne in ihrer Drehbewegung auch nur eine Sekunde anzuhalten. Wen sie sich zum Ziel auserkoren hatten, war unklar. Wen sie trafen, nicht. Offensichtlich hatten sie es auf die Schlange und ihre Leibwächter abgesehen. Obwohl die ihre automatischen Waffen ja bereits im Anschlag hatten nur noch den Finger krümmen mussten, gelang es nur wenigen von ihnen, auch nur eine kurze Salve in die Decke oder die Wand zu jagen, bevor sie tot am Boden lagen. Wäre sie nicht so grimmig und blutig gewesen, man hätte dieser einzigartigen, zirkusreifen Schießleistung der falschen Derwische Beifall spenden müssen. Dass sie sich nicht gegenseitig anschossen oder wild in die Gegend ballerten, sondern ausschließlich ihre vorrangigen Ziele getroffen hatten, glich einem Wunder und konnte nur das Ergebnis jahrelangen Trainings und häufiger „Auftritte" sein.

Dann war die Vorführung jäh beendet. Die Musik verstummte, die Derwische hielten in ihrer Bewegung inne, so als wären ihre Batterien leergelaufen.

Lauras erster Instinkt war gewesen, zu Ignace hinüber zu eilen und ihn mit ihrem eigenen Körper zu schützen. Dafür ging jedoch alles viel zu schnell. Insofern war es wahrscheinlich klüger gewesen, sich nicht von der Stelle zu rühren. In einer unklaren Gemengelage wie dieser würde auch ein routinierter Schütze reflexhaft auf so gut wie alles zielen, was sich bewegte. Außerdem wäre die Verzweiflungsaktion überflüssig gewesen, da Solitaire Ignace schon nach den ersten Schüssen beim Kragen gepackt und in das gezerrt hatte, was man mit viel Fantasie als Orchestergraben bezeichnen konnte.

Die Schlange war ebenfalls getroffen und aus dem Stuhl auf den Hallenboden katapultiert worden. Noch rührte sich der Mann stöhnend und röchelnd, aber die sich rasch unter seinem Körper ausbreitende Blutlache sprach Bände. Er hatte Lauras Ruger auf die Tischplatte fallenlassen und zog sich nun stöhnend an einem Tischbein hoch, wohl, um danach greifen zu können.

„An Ihrer Stelle würde ich nicht einmal daran denken", ertönte eine Stimme mit deutlich drohendem Unterton von der Bühne. Der unscheinbare, nicht sehr hoch gewachsene Mann, dem sie gehörte, stand im Trenchcoat mitten auf der Bühne und betrachtete mit durchaus wohlgefälliger Miene das Resultat der Arbeit seiner Komplizen. Er selbst hielt einen Revolver in der Hand, eine Walther, soweit Laura erkennen konnte, die er bislang wohl nicht hatte abfeuern müssen.

„Aber … ich …" stammelte die Schlange mit einem hilfesuchenden Seitenblick auf Laura.

„Sie kennen mich, wollen Sie sagen?", vollendete der Trenchcoat den begonnenen Satz.

„Das ist sehr schmeichelhaft für mich, von einem der angeblich gefährlichsten und meistgesuchten Verbrecher der Welt wiedererkannt zu werden. Ja, wir saßen zusammen auf der Fähre damals, mit Hakan dem Leisen. An meinen Namen werden Sie sich vermutlich dann doch nicht erinnern. Cem, Cem der Makler. Will sagen …, nun ja, Sie kennen mich."

„Aber … Sie … arbeiten doch …."

„Für Sie? Nein, da irren Sie. Ich arbeite für niemand Bestimmten, bin mein eigener Herr. Wer meine Dienste als Makler für so gut wie alles in Anspruch nehmen möchte, nimmt für gewöhnlich formlos Kontakt mit mir auf. Wenn ich kann, besorge ich das Gewünschte und basta. Natürlich gibt es so etwas wie Stammkunden, mit denen ich, nun ja, Freundschaft geschlossen habe, wäre zu viel gesagt. Die gibt es in unserem Geschäft nicht, wie Sie wissen. Aber es baut sich manchmal so etwas wie Vertrauen auf. Das ist nach meiner Erfahrung fast wertvoller als Freundschaften. Mit Hakan zum Beispiel unterhielt ich ein sehr vertrauensvolles Verhältnis und war untröstlich, als es ihn auf Zypern erwischte. Ich hatte ihn gewarnt. Lass die Finger davon, habe ich ihm gesagt. Aber er wusste es wieder einmal besser. So war er eben. Sympathisch, zuverlässig, aber ein wenig unflexibel. Mangelnde Anpassungsfähigkeit kann in unserem Gewerbe tödlich sein."

„In meinem auch", warf Laura unwillkürlich ein.

„Und was, schöne Dame, wäre das für ein Gewerbe, das Ihrige?"

„Nicht, was Sie denken. Ich leite ein großes Logistikunternehmen, ROLA GmbH, davon haben Sie vielleicht schon mal gehört?"

Cem schüttelte den Kopf.

„Nein, nicht dass ich wüsste. Aber Logistik ist immer gut. Wer weiß, in wenigen Jahrzehnten wird vielleicht alles digital und virtuell unter die Leute gebracht. Die industrielle Revolution reloaded. Zum wievielten Mal eigentlich? Dann sind Sie vielleicht die berüchtigte Solitaire?"

„Nein, Solitaire ist meine Schwester", sie wies in Richtung Orchestergraben.

„Ich bin die berüchtigte Laura Förster, das ist mein Sohn, Adoptivsohn, Ignace."

„Ignace? Das ist doch Französisch, nicht wahr? Ich liebe die Franzosen. Ein Volk mit Lebensart. Na dann, Ignace, komm mal hier rauf, hier gibt's was zu lernen."

Er winkte dem Jungen zu, der offensichtlich nicht so recht wusste, ob er der Einladung dieses etwas dubiosen Mannes Folge leisten sollte. Als er zu Laura herüberblickte, nickte die erneut. Er befreite sich aus den Armen Solitaires, die ihn nur widerstrebend gehen ließ und stieg auf die Bühne.

„Hier", rief Cem und zeigte auf seine drei Kunstschützen.

„Darf ich vorstellen: meine Brüder Batur, Deniz und Erol. Treten gern als Derwische auf, wie du gesehen hast. Originelle Verkleidung, nicht wahr? Vor allem die Kopfbedeckung. Man nennt sie Tekke. Wird aus Schafswoll-Filz hergestellt. Weißt du warum? Natürlich nicht, wie solltest du. Schafswolle ist ein Material, auf dem sich Schlangen und Skorpione extrem unwohl fühlen, weil sie sich darauf nur schlecht fortbewegen können. Schlangen und Skorpione aber gelten den Mevlevi von alters her als Verkörperungen des Egoismus. Die Tekke ist also letztlich ein Mittel zur Abwehr jeder Form von Selbstsucht. Ich weiß nicht, wie du darüber denkst, aber ich hielt diesen kleinen Aufzug im vorliegenden Fall, in dem es galt, einer Schlange den Kopf zu zertreten, für passend."

Er bedeutete den Dreien, dass er ohne sie auskomme, woraufhin sie ihre Waffen wegsteckten und sich diskret zurückzogen.

„Wir nehmen uns die Freiheit, unsere geheimen Zusammenkünfte gelegentlich hier im Waisenhaus abzuhalten, wissen Sie", wandte sich Cem an Laura.

„Wir?"

„Die Grauen Wölfe. Sicher haben Sie von uns gehört."

„Oh ja, wer hätte das nicht. Rechtsextreme Türken, gut organisiert, gewalttätig, gefährlich."

„Alles Verleumdung. Wir nennen uns gernr patriotisch. Und was die Gewalt anbetrifft, sollten Sie uns heute eigentlich dankbar sein. Wären meine Brüder und ich nicht aufgetaucht …

„Was ist Ihr Interesse an der Sache? Doch nicht auch die Ikone?"

Cem lachte spöttisch.

„Nein. Wie ich schon sagte, Hakan und ich waren so …" Er legte seine beiden Daumen nebeneinander.

„Da er keine unmittelbaren Nachkommen hat, muss sich jemand anderer seines Nachlasses annehmen."

„Nämlich Sie."

„Ganz recht, ich. Und zu Hakans Nachlass gehören eben auch die Cabbies, die Kutschenfahrer, ebenso wie die Pferdepfleger und Hufschmiede und so weiter, eine kleine aber feine Industrie, essentiell für das wirtschaftliche Überleben der Insel. Hakan war so etwas wie ihr Pate. Er vertrat sie, bestimmte, wer hier arbeiten durfte und zu welchem Tarif, was er an die Grauen Wölfe abzuführen hatte und so weiter. Das sind ganz einfache Leute: Türken, Kurden, Albaner, was auch immer. Um in Hakans Schuhe schlüpfen zu können, musste ich mich erst mal dieser Ehre würdig erweisen. An dieser Stelle kommt die Schlange ins Bild. Sie hätte niemals hierher zurückkommen dürfen. Einen international gesuchten Verbrecher seines Kalibers liquidiert zu haben, weil er die hiesigen Machtverhältnisse aufzumischen drohte, wird mein Ticket für die Leitung des hiesigen Gewerbes, macht mich zum ungekrönten König der Insel."

Laura war milde gesagt verwundert. Cem stand auf der Bühne und räsonierte über die ganze Angelegenheit, als handele es sich um eine rein betriebswirtschaftliche Transaktion, während hier fünf Leichen in ihrem Blut lagen und die Schlange ebenfalls allmählich ihr Leben aushauchte.

Als der Mann, der sich die Schlange nannte, erneut nach dem Revolver zu greifen versuchte, war das wohl weniger ein letztes Aufbäumen in aussichtsloser Lage, als vielmehr Ausdruck seiner Bereitschaft, die Sache abzukürzen. Denn dass er hier nicht mehr lebend herauskommen würde, musste ihm klar sein.

Cem tat ihm den Gefallen und feuerte zweimal quasi aus der Hüfte. In seinem Bemühen, die Ruger zu greifen und in Anschlag zu bringen, hatte sein Gegner, der ja nicht über die Tischplatte hinwegblicken konnte, danebengegriffen und die Ikone erwischt. Als sein Kopf daher schließlich über der Tischkante auftauchte, traf ihn die eine der beiden Kugeln Cems durch die Ikone hindurch in die Stirnmitte, die andere landete wohl in Brust oder Bauch.

Ohne einen weiteren Laut schlug die Schlange hintenüber zu Boden. Die Ikone wackelte noch einen Moment auf der Tischkante und fiel dann wie eine Opfergabe auf den Leichnam. Cem steckte die Pistole ein und wandte sich wieder Laura zu.

„Tut mir aufrichtig leid, dass Ihr Sohn das mit ansehen musste."

„Und was wird jetzt aus uns?" Lauras Frage schien durchaus berechtigt. Schließlich waren sie gerade allesamt Zeugen eines kleinen Massakers geworden, für das sich bald die Polizei interessieren würde - nicht die Dorfgendarmen der Insel, sondern die Istanbuler Kollegen.

„Sie können gehen", antwortete Cem.

„Ich zähle auf Ihre Verschwiegenheit. Letzten Endes sind Sie ja an alledem nicht ganz unbeteiligt."

Laura stand vom Tisch auf. Ihr zitterten jetzt noch die Knie.

„Darf ich …?" Sie wies auf die Ikone.

„Bedienen Sie sich. Ich wüsste mit der Madonna wenig anzufangen. Ist ja auch nicht meine Sache, aber wenn ich Hakan richtig verstanden habe und die heutigen Ereignisse sehe, scheint mir die Ikone niemandem so richtig Glück gebracht zu haben. Umso unverständlicher, dass alle Welt sie unbedingt haben will."

Laura sammelte die Madonna und ihre Riza auf. Als sie einen Fleck koagulierenden Bluts wegwischte, sah sie, dass die Madonna ein neues Schussloch erhalten hatte, ziemlich dicht an den beiden anderen. Glücklicherweise musste es sich um ein normales Projektil gehandelt haben. Dessen „weicher" Hohlmantel-Bruder hätte die Ikone zu Sägemehl werden lassen. Schließlich ließ sie das Bild in ihre immer noch am Boden stehende Tasche gleiten. Plötzlich fiel ihr der Doc ein.

„Haben Sie draußen einen meiner Mitarbeiter gesehen, einen Franzosen mit Schnürsenkel-Schnurrbart?"

„Den Typ mit der Augenklappe? Der lag unter einem Baum und war eingenickt."

„Haben Sie ihn …?"

„Wo denken Sie hin. Ich bin kein Freund der Euthanasie. Nein, wir haben ihn sicherheitshalber angebunden. Ansonsten ist er wohlbehalten. Sollte demnächst vielleicht aufs Altenteil, der Gute."

„Und Sie werden mich nicht erschießen, wenn ich jetzt nach der Ruger greife. Sie ist für mich von hohem sentimentalem Wert."

„Kein Problem. Bedienen Sie sich. Wir räumen später hier auf. Möge Allah Ihnen ein langes Leben bescheren, Ihnen und Ihrem Söhnchen. Adieu, geben Sie auf sich acht, görüşürüz."

Laura nahm Ignace bei der Hand, der mit einem Satz von der Bühne gesprungen kam. Während Jeremy und Solitaire schon dem Ausgang zustrebten, wandte Laura sich noch einmal um. Sie hatte sich nicht verhört: Bubi kam hechelnd hinter ihnen hergelaufen und wieselte Ignace um die Füße, als hätte er instinktiv das geeignete Opfer herausgepickt. Ignace nahm ihn auf seine Arme.

„Ist nicht gerade ein Chewbacca" scherzte Laura, „erinnere mich daran, dass wir einen Fressnapf auf die Ausrüstungsliste des Millennium Falcons setzen. Und Kackbeutel. Darth Vader hasst Hundekot."

Draußen angelangt, saugte Laura die kühle Morgenbrise tief in ihre Lungen. Der erste zarte Schimmer eines Morgenrots ließ die Konturen des massiven Baus deutlich hervortreten. Niemand, der zu dieser frühen Stunde am Waisenhaus vorüberspaziert wäre, hätte geargwöhnt, dass es für zwei Handvoll Männer zur letzten Ruhestätte geworden war.

Solitaire und Jeremy hatten inzwischen den Doc losgebunden, der sich dafür revanchierte, indem er sich ihre alles in allem harmlosen Verletzungen ansah und gleichzeitig an seiner privaten Dolchstoßlegende strickte.

„Haben mich hinterrücks überwältigt, diese Bastarde. Wie war's da drin?"

„Dzrchwachsen", entgegnete Solitaire.

„Wir hatten eine kleine Darbietung und anschließend gab's belegte Schnittchen."

Laura hatte bereits das Handy hervorgekramt und versuchte, Mahmut, den Skipper der Aişe zu erreichen. Sie hatten alle genug von dieser Insel und wollten nur noch weg, aufs Festland und nach Hause. Endlich meldete sich Mahmut und versprach, am Anleger auf sie zu warten.

„Wir sind jetzt aber zu fünft, wird das gehen?"

Mahmut bejahte. Allerdings habe er nur vier Rettungswesten.

„Macht nichts, wir sind alle sehr gute Schwimmer."

Die Gruppe rutschte auf taufeuchtem Gras und Unkraut den Hang hinab. Unten beim Anleger brummte auch bereits der Motor der Aişe, die offenbar abfahrbereit war. Was noch fehlte, war Mahmut.

„Keine Bewegung, Sie sind alle verhaftet! Laura drehte sich um. Hinter ihnen stand ein ziemlich hoch gewachsener, muskulöser Mann in schwarzer Cordhose und schwarzer Lederjäcke. Bei oberflächlicher Betrachtung hätte man ihn für den Boss des Büyük Ada Chapters der Hell's Angels halten können – wenn da nicht der dünne Oberlippenbart gewesen wäre, der im Gesicht eines Hell's Angel vermutlich gefremdelt hätte.

„Mein Gott, Sie schon wieder?", rief Solitaire.

„Stalken Sie mich? Das bringt nichts, ich habe bereits einen Freund, der sich bislang seiner wesentlichen Aufgaben prächti entledigt. Das müssten Sie doch allmählich begriffen haben."

Der Mann lächelte dünn, ohne seine Waffe auch nur einen Millimeter zu senken.

„Vielleicht stellen Sie mich erst mal vor …" entgegnete er.

„Das wird kaum lohnen. Aber gut: Leute, das ist Commissaire Noël Deschamps, Spitzname Léon, von der Sûreté Nationale in Paris. Meine Schwester, ihr Sohn, der Doc, uns beide kennen Sie ja bereits."

„In der Tat. Ich muss Sie leider alle mitnehmen, bis zumindest ihre Personalien überprüft werden können."

„Und wie hatten Sie sich das im Einzelnen gedacht?", fragte der Doc.

„Ich meine, Sie wollen uns doch nicht sagen, dass Sie hier ganz allein auftauchen und glauben, wir ließen uns wie die Schafe in den Pferch treiben, oder wo immer Schafe so aushängen, oder?"

„Die türkische Polizei ist auf dem Laufenden und wird jeden Augenblick hier eintreffen."

„Ich weiß nicht, warum, aber irgendwie glaube ich das nicht", sagte Laura.

„Meines Erachtens sind Sie hier solo aufgetaucht, haben nicht einmal die Türken eingeweiht. Zu viel Ehrgeiz hat auch seinen Reiz," vollendete Solitaire die Umfragerunde.

Der Franzose setzte gerade zu einer passenden Erwiderung an, als sich hinter ihm eine Haustür öffnete. Da er einen weiteren Verbündeten der Gruppe in seinem Rücken argwöhnte, wirbelte er herum, sah aber nur den unbewaffneten, erschrockenen Mahmut, der auf dem Weg zum Boot war. Als der Franzose sich wieder umdrehte, blickte er nunmehr allerdings in vier Pistolenmündungen. Die meisten der Schusswaffen waren nicht einmal mehr nachgeladen worden, aber das wusste der Commissaire natürlich nicht.

„Also noch mal zum Mitschreiben: Was Sie hier sehen, sind bei konservativer Berechnungsweise etwa zweihundert Jahre Gefängnis. Und die wollten Sie eigenhändig abführen? Um mit dem ehrenwerten Clint Eastwood zu sprechen, ein Mann muss seine Grenzen kennen. Ich schlage vor, Sie stecken Ihre Waffe weg und gehen einen Kaffee trinken. Bis zur Morgenfähre ist es noch eine Weile hin. Uns müssen Sie jetzt entschuldigen, wir haben's ein wenig eilig. Sie haben uns nie gesehen und unsere Lippen sind versiegelt. Dann kommen wir rechtzeitig nach Hause und Sie wahren Ihr Gesicht. Deal?"

Der Commissaire zögerte einen Moment, sah dann aber wohl ein, dass er es mit dieser seltsamen Bande jetzt und hier nicht aufnehmen konnte.

„Deal."

Er steckte seine Waffe wie ein Schlüsselbund in die Hosentasche und wandte sich der Cafézeile des Hafens zu, während Mahmut seine Passagiere an Bord holte. Als alle ihr Plätzchen gefunden hatten, legte er ab und steuerte die Aişe auf direktem Weg zur Küste, worum Laura ihn gebeten hatte. Sie traute dem ihr überladen scheinenden Boot nicht. Sobald sie im Fährhafen von Bostancı anlegten, würden sie mit zwei Taxis weiterfahren.

3. Steuerbord heim ...

„Kann ich Ihnen behilflich sein, M'am?"

Der sichtlich eilige Steward, den Laura am seidig glänzenden Rücken seiner Bordeaux-farbigen Weste mit dem weißen „WSL"-Logo gezupft hatte, blieb allem Anschein nach nur ungern stehen, wandte sich ihr aber dennoch höflich zu.

„Verzeihen Sie, aber ich habe mich offenbar verlaufen und den Überblick verloren, weiß nicht mehr, wo ich hier gerade bin."

Der Steward zog den Ärmel seines wie in der Wäsche eingelaufenen Jäckchens wieder zurecht und lächelte nachsichtig, als hätte er es mit einem Kleinkind zu tun.

„Kein Problem, M'am", entgegnete er höflich, „Sie befinden sich auf dem Zwischendeck F wie Foxtrott, Steuerbord achtern. Sonst noch etwas, M'am?"

Laura nickte dankbar und schüttelte den Kopf.

„Ja, gewiss, alles bestens ... eh ... Telly."

Der Steward, dessen vollständiger Vorname Aristotelis sein mochte, lächelte erneut höflich, wandte sich ab und setzte seinen

Eilmarsch zu einer der zahlreichen Kabinentüren fort, deren polierte Messingknöpfe links und rechts im Licht der milchigen Deckenbeleuchtung um die Wette glänzten.

Als Laura den Steward gefragt hatte, wo sie sich befand, hatte sie das in grundsätzlicherem Sinne gemeint. Es war ihr mit anderen Worten weniger um den spezifischen Abschnitt, die Sektion oder auch das Deck zu tun gewesen. Tatsächlich hatte Laura nämlich keinen blassen Schimmer, auf welchem Schiff sie sich befand und wohin es auf welchem Ozean dieses blauen Globus unterwegs war. Da sie mit einer entsprechend formulierten Nachfrage möglicherweise unerwünschtes Aufsehen erregt und sich selbst als Alkoholikerin oder geistig Verwirrte gebrandmarkt hätte, ließ sie es lieber bei der für sie wenig aufschlussreichen Information bewenden und machte sich selbst auf den Weg, Antworten auf ihre zahlreichen Fragen zu finden.

Es mussten doch irgendwo Hinweisschilder oder Planskizzen angebracht sein, die Aufschluss darüber gaben, mit welchem Dampfer sie es hier zu tun hatte. Das war ja sogar im Hinblick auf Rettungs- und Evakuierungsmaßnahmen im Havariefall zwingend vorgeschrieben, soweit sie wusste.

Das „WSL"-Logo zum Beispiel, das alle dienstbaren Geister am Revers oder an der Bluse trugen, kam Laura irgendwie vertraut vor, doch konnte sie fürs erste nicht sagen, woher. Wenn das hier jedoch tatsächlich das F-Deck war, wie der Steward gesagt hatte, musste sie weiter nach vorn laufen, um irgendwann, etwa in der Mitte des Rumpfes, auf eine „Nabe" zu stoßen, bei der alle Korridore ein und desselben Decks zusammenkamen. Solche Dreh- und Angelpunkte waren regelrechte Sammelstellen, an denen meist auch Bars und kleine Cafés angesiedelt waren und die vielen Passagieren als Treffpunkte dienten. Von dort aus würde sie dann weitersehen.

„Ganz schön posh, das hiesige Ambiente, finden Sie nicht auch, meine Liebe?", wurde sie plötzlich von einer älteren Dame angesprochen, die nach Mottenkugeln und Eau de Cologne roch. Die Dame wie ihre Kleidung hatten eine museale Aura, die man auf einem modernen Kreuzfahrtschiff mit seinem eher kurzärmeligen

Publikum so vermutlich nicht hätte antreffen können. Und posh war ein englisches Wort, das besser als jedes andere zu einem solchen Ambiente wie diesem passte. Es handelte sich, soweit Laura wusste, um einen Begriff, genauer, ein Akronym, aus dem neunzehnten Jahrhundert, das auch dort vor allem ins Wörterbuch des transatlantischen Linienschiffsverkehrs gehörte.

Das Auslaufen von großen Schiffen erfolgte damals in aller Regel mit Fahrt voraus, da jede Rückwärtsbewegung ohne die heute Vieles erleichternden Bugstrahlruder aufwändig, riskant und zeitraubend gewesen wäre. Das brauchte niemand. Dieses Umstands eingedenk, bestanden erfahrene Passagiere darauf, für die Hinfahrt nach Möglichkeit eine Kabine an Backbordseite zugewiesen zu bekommen. In den klassischen Ausgangshäfen wie Southampton oder Liverpool war dies nämlich die landseitige: schneller zu erreichen und als Aussichtsplattform interessanter als die seewärtige.

Auf der Rückfahrt galt Ähnliches, nur mit umgekehrtem Vorzeichen. Ein solches Schiff unmittelbar vor der Hafeneinfahrt mit Schlepperhilfe mühsam zu drehen, um es dann rückwärts einzuparken, wäre erneut beschwerlich gewesen. Folglich legte man meist mit der Steuerbordseite an, wo die betuchten Stammgäste unter den Passagieren sich diesmal ihre Kabine hatten reservieren lassen, um beobachten zu können, wer sie abholen würde, ob genügend Presse vertreten war und ob dieselbe Blaskapelle wie beim Ablegen zu ertragen sein würde. Damit das alles möglichst reibungslos vonstattenging, markierten die dafür abgestellten Matrosen die zum Teil riesigen Gepäckstücke solcher Passagiere auf englischen oder amerikanischen Linern mit dem Kreidekürzel posh – port out, starboard home.

Keinem anderen Akronym gelang es so wie diesem, bei nur relativ kurzer Lebensdauer, die ja mit dem Aufkommen des Transatlantik-Passagierflugverkehrs jäh endete, eine solche Karriere als nicht unbedingt schmeichelhaftes Kürzel für das arrogante Großbürgertum hinzulegen und immerhin das Bewusstsein der Allgemeinheit um seine ursprüngliche Bedeutung zu überdauern. Ein klarer Fall von Oh wie gut, dass niemand weiß.... Wer es allerdings im einundzwanzigsten Jahrhundert allen Ernstes immer noch benutzte, wie diese Mensch gewordene Mottenkugel, durfte auch im Mutterland des krankhaften gehegten und gepflegten Klassenbewusstseins als Zombie gelten.

Was für die ältere Dame galt, schien irgendwie auf das ganze Schiff zuzutreffen. Es war neu und alt zugleich. Neu im Sinne von offenbar eben erst vom Stapel gelaufen. Alt, was seine ganze Konzeption, Einrichtung und das noble, sündhaft teure, aber unter dem Strich grausam plüschige Finish betraf. Hier waren noch Materialien verarbeitet worden, die heutzutage nicht mal mehr auf dem Schwarzmarkt zu beschaffen gewesen wären.

Was folgerte daraus? Befand Laura sich womöglich im Bauch eines Retro-Dampfers, der auf seine Linienfahrt über den Atlantik nur entsprechend kostümierte Passagiere mitnahm? Oder war sie in eine jener Zeitschleifen geraten, in denen man dazu verdammt ist, einen bestimmten Tag immer und immer wieder aufs Neue zu durchleben? Eine unverdauliche Mischung aus Final Countdown und Wieder grüßt das Murmeltier? Die vibrierenden Aufbauten des Dampfers signalisierten ihr, dass er jedenfalls „volle Kanne" durch die Wogen pflügte. Dazu passte, dass die See offenbar ruhig war, obwohl sich das riesige, vermutlich mit seitlichen Stabilisatoren versehene Schiff sicher auch bei Beaufort zehn kaum wesentlich mehr bewegt hätte als jetzt.

Laura gelangte, wie sie gehofft hatte, an ein kreisrundes Foyer, in das aus allen vier Himmelsrichtungen Gänge mündeten. Die verliehen dem Ensemble gewiss nicht zufällig das Aussehen eines Steuerrads mit vier Speichen und einer Nabe in Gestalt einer kreisrunden, um einen tragenden Pfeiler herum gebauten Bar. Das chromblitzende und kristallfunkelnde Foyer war für einen Teil der Passagiere offensichtlich der Treffpunkt schlechthin. Der Teppichboden schien hier nochmal eine Schicht dicker und flauschiger als anderenorts, die Sessel und Diwane, die wie Planeten um die „Sonne", sprich Bar, arrangiert waren, noch etwas weicher und plüschiger. Alles blitzte, blinkte und glänzte, angefangen von den zahlreichen Kristallspiegeln ringsum an den Wänden bis hin zu den marmornen Treppenstufen, den Geländern aus poliertem

Ebenholz und Messing und den kristallenen Lüstern und überall scheinbar willkürlich in der Nähe von üppigen Zimmerpalmen aufgepflanzten Tischchen aus Teak mit dem unvermeidlichen Logo der Reederei, hier als elfenbeinerne Intarsien gestaltet.

Gerade hatte Laura sich entschlossen, noch einmal einen Steward anzugehen, als ihr selbst jemand von hinten auf die Schulter klopfte. Sie wandte sich um und wich zugleich einen Schritt zurück. Vor ihr stand die imposante Figur eines Mannes in Paradeuniform, wahrscheinlich die eines Generals oder Admirals, mit Schärpe, goldenen Knöpfen, einem Orden in Form des Malteserkreuzes, Hosen mit doppelten weißen Streifen an der Seite und einem langen Degen als Portepee. Was auffiel und sicher nicht Teil der Paradeuniform sein konnte, war ein Schussloch in Höhe des Ordenssterns, aus dem unaufhörlich Blut sickerte. Und auch die klaffende blutige Schnittwunde, verursacht wohl von einem langen Messer oder Bajonett, die seine rechte Wange nahezu zweigeteilt hatte, wirkte wenig anziehend. Aufgrund üppiger, wiewohl gepflegter Gesichtsbehaarung und verkrusteten Bluts war vom Antlitz des Mannes nicht viel zu sehen, aber was für Laura zu erkennen war, erschien ihr irgendwie vertraut, wie auf vielen Fotos schon mal gesehen.

„Was kann ich für Sie tun?", fragte sie den Uniformierten, indem sie die Tonlage und Diktion des Stewards von soeben nachahmte.

„Ich glaube, das wissen Sie selbst am besten", bellte der Mann mit unverkennbar indigniertem Unterton. Da die halb durchschlagene Wange den Resonanzboden seiner Mundhöhle zerstört hatte, fehlte seiner Stimme allerdings die Tiefe, was seine Rede etwas schwer verständlich machte.

Laura wurde unsicher.

„Ich … Beim besten Willen … Hat es etwas mit einer Ikone zu tun?"

Der Uniformierte lachte. Kein fröhliches Lachen, sondern eher ein sardonisches Bellen.

„Hat es, meine Liebe, hat es. Ich darf doch wohl annehmen, dass …"

Die Standpauke, zu der er allem Anschein nach angesetzt hatte, wurde im Keim erstickt, als er einen jungen weißen Setter auf sich zulaufen sah, dessen junge Herrin ihm, dem Setter, auf dem Fuß folgte.

Der Hund hatte soeben noch Zeit, ein paarmal an der Paradehose hochzuspringen, da hatte das ganz in Weiß gekleidete Mädchen ihn auch schon wieder eingefangen und auf den Arm genommen.

„Stascha, wie oft soll ich dir noch sagen, dass du besser auf Putin aufpassen sollst."

Er wandte sich wieder Laura zu, die mit Entsetzen entdeckt hatte, dass die roten Punkte auf dem ansonsten blütenweißen Kleid des Mädchens, das der Uniformierte Stascha nannte, Blutstropfen waren.

„Darf ich vorstellen, meine Tochter Anastasia, mit ihrem Hund Rasputin, den wir alle der Kürze halber nur Putin nennen."

Laura wurde immer verwirrter. Wenn das Mädchen Anastasia war, dann musste ihr Vater ...

„Sie sind Nikolaus II. Romanow?"

„Danke vielmals. Halten Sie mich für dement? Ich wusste bereits, wer ich bin. Was uns beide, meine Tochter und mich, etwas brennender interessiert: Wer sind Sie?"

„Natürlich, bitte um Nachsicht. Mein Name ist Laura Förster."

„Hast du unsere Ikone gestohlen?", meldete sich Stascha mit einer Stimme, die Laura an die im Takt mit den Pferdehufen bimmelnden Glöckchen einer durch die verschneite Taiga fahrenden Troika erinnerte. Einer solchen Stimme konnte man nicht böse sein. Und dem dazu passenden Augenaufschlag schon mal erst recht nicht.

„Nein. Ich war kurz Eigentümerin einer Ikone, ja, aber das war nicht die, von der dein Vater spricht, sondern eine Fälschung. Und besitzen tue ich sie auch schon längst nicht mehr."

Im Gegensatz zu ihrem Vater schien Stascha mit dieser Antwort zufrieden.

„Darf ich dich Vicky nennen?", fragte sie.

„Klar", lächelte Laura zurück. Was immer sie dazu beisteuern konnte, die deprimiert wirkende Kleine aufzumuntern ...

„Meine Mutter war damals drauf und dran, mich so zu taufen", log sie.

„Was hältst du von einem kleinen Ratespiel? Einverstanden? Ich fange an: Wie heißt das Schiff, auf dem wir uns gerade befinden?" Anastasia lachte und schüttelte den Kopf.

„Das ist doch viel zu einfach, das könnte sogar Putin beantworten. Lass mich mal!"

Sie überlegte einen Augenblick.

„Was bedeutet das Logo WSL, das hier alle Diener auf ihren Uniformen tragen?"

Nun war es an Laura, eine kurze Überlegungspause einzulegen. Sie versuchte, ihre Kreuzworträtsel-Erfahrung in die Waagschale zu werfen. Da es sich um ein englisches Kürzel handeln dürfte, musste sie englische Wortsilben bilden: What, Wet, Wit, White vielleicht? Weiß was? Sun, Son, Stud, Start, Star, klar, Star!

„White Star … Line", kam ihre Antwort.

Stascha jauchzte und klatschte in die Hände, wobei sie Putin ordentlich durchschüttelte.

Laura stutzte. Da war doch was? War White Star Line nicht die Reederei, der das Pech am Stiefel klebte und deren Schiffe reihenweise in Havarien verwickelt waren? Wie die Britannic in Griechenland, die Olympic im englischen Kanal, gar nicht erst zu reden von der …

„Augenblick mal! Du willst mir doch nicht erzählen, dass wir uns auf der Titanic befinden?"

Wieder jauchzte und klatschte Stascha so heftig, dass Putin ein Schütteltrauma drohte. Laura war erbleicht.

„Dann nur noch eine Frage: Welches Datum schreiben wir heute?"

Diesmal antwortete Nikolaj.

„Wir schreiben den 15. April, was sonst?

„Welchen Jahres?"

Stascha kuschelte sich und Putin an ihren Vater. Diese Deutsche wurde ihr allmählich doch unheimlich.

„Der 15. April 1912. Nach dem julianischen Kalender wären wir allerdings …"

Laura sah auf ihre Uhr. Wann war die Titanic auf den Eisberg gelaufen? Abends oder nachts, da war sie sicher. Es war bereits dunkel gewesen. Wenn die Uhr stimmte, musste jetzt gerade Sonnenuntergang sein. Sie durfte keine Sekunde verlieren.

„Gehst du mit?", fragte sie die inzwischen leicht verängstigte Anastasia.

„Wohin?"

„Zur Brücke. Wir müssen den Kapitän sprechen. Dieses Schiff ist in großer Gefahr. Wir alle sind in Gefahr."

Nikolaus wurde ärgerlich.

„Was reden Sie da für einen Unsinn. Sie erschrecken meine Tochter. Was auch immer passiert, dieses Schiff ist unsinkbar."

Ja, dachte Laura, so unsinkbar wie die Romanow-Dynastie.

„Vertraut mir! Ich muss auf die Brücke. Wie komme ich dahin?"

Wohl im Bemühen, sich dieser offensichtlich verwirrten Deutschen so schnell wie möglich zu entledigen, begann der Zar umständlich, ihr den Weg dort hinauf zu erklären. Bald unterbrach er sich jedoch selbst.

„Wo ist Nagornyj? Ist Nagornyj in der Nähe?", fragte er Stascha. Die nickte.

„Bin an ihm vorbeigelaufen. Er wollte Sascha etwas aus der Kombüse holen."

„Wo ist die?"

„Dort!" Anastasia wies auf den Korridor zu ihrer Linken.

„Gut. Wissen Sie was, Bürgerin Förster? Versuchen Sie, Nagornyj zu erwischen, trägt eine russische Matrosenuniform. Er wird Sie im Nu zur Brücke hochbringen, tragen, wenn's sein muss."

Gesagt, getan. Laura wusste zwar nicht, wer Nagornyj war, aber das musste sie auch nicht, denn Stascha hatte durch die Aussicht, den Russen als Verstärkung zu erhalten, ihre Furcht abgelegt und lief voraus in Richtung Kombüse.

„Wer ist Nagornyj?", keuchte Laura unterwegs.

„Einer der beiden Matrosen, die meinen Bruder zu tragen pflegen."

Natürlich. Jetzt fiel es ihr wieder ein. Bei Umzügen oder Spaziergängen musste der hämophile Zarewitsch, für den jede innere wie äußere Blutung lebensgefährlich war, von zwei dazu abgestellten und sich abwechselnden starken Männern getragen werden. Als Matrose kannte sich Nagornyj vermutlich bestens auf der Titanic aus. Musste er ja auch, damit er den Zarewitsch im Fall einer Havarie schnellstens …

Die Kombüse war ein Tollhaus, eine Mischung aus Sauna, Bahnhof und Basar. Nun, da sie ihn von hinten sah, dachte Laura, dass sie den Russen auch ohne Staschas Hilfe erkannt hätte. Er überragte fast alle anderen im Dampf der köchelnden Zubereitungen Stehenden um mindestens einen Kopf und wirkte so vierschrötig, als sei er in der Lage, beide Damen gleichzeitig zur Brücke hinauf zu tragen.

Soweit wollte Laura jedoch nicht gehen. Nachdem Stascha ihm kurz erläutert hatte, um was es ging, wobei sie den Höllenlärm der Küche kaum zu übertönen vermochte, nickte Nagornyj, nahm statt der Damen Putin auf den Arm und winkte den beiden, ihm zu folgen.

So lief das seltsame Trio treppauf, links, wieder rechts, wieder treppauf, bis alle drei schließlich auf dem Promenadendeck standen, wo ein frischer Seewind sie empfing, der Stascha sogleich frösteln ließ.

„Dort geht's rein." Nagornyj, dem diese Tour de force nichts auszumachen schien, wies auf eine Konstruktion ein Stück weiter vorn, die am ehesten noch einem hölzernen Eisenbahnwaggon glich, den man ohne sein Chassis und Fahrwerk mit einem Kran an Bord gehievt und in Querschiffsrichtung abgesetzt zu haben schien. Das schien also die Brücke zu sein.

Laura und Anastasia mussten erst wieder zu Atem kommen. Als sie so an der Reling lehnten, während Nagornyj und Putin geduldig warteten, kam ein unscheinbar wirkender Mann auf sie zu, in dem Laura beim Näherkommen sogleich Arkadij erkannte. Wieso trug er keinerlei äußere Verletzungen oder Spuren des Kampfes im Waisenhaus?

„Gestatten, Wladimir Iljitsch Lenin. Ich nehme an, Sie sind Prinzessin Anastasia Romanow?"

Laura lachte, bis ihr die Luft wegblieb.

„Nicht schlecht, Arkadij. Ein echter Brüller. Wie lange haben Sie daran geübt?"

Arkadij schien nicht sonderlich amüsiert, sondern wandte sich wieder der Prinzessin zu.

„Wir dachten, Sie würden sich uns vielleicht gern für eine Partie Shuffleboard die Ehre geben."

„Wer ist wir?", fragte Stascha und strich sich eine blonde Strähne aus dem Gesicht, dessen durchsichtige Haut das Blut in den Adern tatsächlich blau erscheinen ließ – jedenfalls bei schummrigen Lichtverhältnissen wie diesen.

Arkadij wandte sich zur Seite und wies auf drei Liegestühle, von denen einer, wohl der seinige, leer war. In den beiden anderen saßen oder vielmehr lagen Stalin und Trotzki, in Wolldecken gehüllt, mit je einem Wasserglas an ihrer Seite, das vermutlich Wodka enthielt. Mit einem Mal erkannte Laura ihren Irrtum. Das war nicht Arkadij, sondern tatsächlich Lenin, der Echte, das Original, offenbar frisch aus dem Mausoleum, daher sein durchdringender Geruch nach Formaldehyd.

Laura lief es kalt den Rücken herunter. Sie musste daran denken, dass Anastasia hier einem Mann gegenüberstand, der in wenigen Jahren kaltblütig ihre Ermordung anordnen würde. Es sei denn, sie würden alle mit der Titanic versinken, was unter den gegebenen Umständen vielleicht vorzuziehen war.

„Vielen Dank, Wladimir Iljitsch, aber wir haben es sehr eilig. Das Schiff …"

Weiter kam sie nicht, denn Laura zog sie mit Macht weg von der Reling, hin zum quer stehenden Eisenbahnwaggon. Nagornyj hatte wohl den Eindruck, seine Mission sei erledigt und war mit Putin zurückgeblieben.

Laura und Stascha trippelten die eiserne Treppe zum Eingang hinauf und rissen die Tür zur Brücke auf.

Lauras erste Reaktion war grenzenloses Staunen. In Hamburg war sie schon als Heranwachsende in Begleitung ihres Vaters oft zu Empfängen von Reedereien auf Containerfrachtern oder Tankern gewesen. Dort gehörte es traditionell zum guten Ton, das Prachtstück Brücke zu besichtigen, auf der es vor summender und

piepsender Elektronik, Bildschirmen, GPS, AIS, Kommunikations-
pulten, die wie Spielekonsolen wirkten, nur so wimmelte.

Verglichen damit zeichnete sich die Brücke dieses größten Pas-
sagierschiffs seiner Zeit durch gähnende Leere aus. Steuerstand
mit Rudergänger und Magnetkompass, zwei Navigationsgaste
an einem Kartentisch, ein Maschinentelegraph und eine Art Flüs-
tertüte, durch die der Kapitän mit seinem IO im Maschinenraum
kommunizieren konnte, das war's. Viel weniger hatte Columbus
wohl auch nicht an Bord gehabt, als er ein halbes Jahrtausend
zuvor den Atlantik überquert hatte.

Das Geräusch der sich abrupt öffnenden Tür hatte den am
Fenster neben dem Rudergänger stehenden Kapitän dazu bewegt, sein Fernglas sinken zu lassen und sich dem Eindringling
zuzuwenden.

Laura erschrak. Der Kapitän war uralt und schien sich seine
am ganzen Körper schlotternde Uniform von einem wesentlich
größeren, massiveren Kollegen geliehen zu haben. Dann erkannte Laura, dass es sich um niemand geringeren als den Inquisitor
handelte. Aber war der nicht blind wie eine Fledermaus gewesen?

„Welchen Teil von Zutritt nur für ausgewiesene Crewmitglie-
der haben Sie nicht verstanden?", fragte er mit brüchiger Stimme
und wies auf die Tür.

„Tut mir leid", entgegnete Laura.

„Aber dieses Schiff befindet sich in höchster Gefahr. Sie müssen sofort den Kurs auf West bei Südwest ändern, sonst …"

„Sonst was? Rammen wir einen Eisberg, ist es das?"

Die Signalgaste und der Rudergänger lachten pflichtschul-
digst, als hätte der Kommandant einen echten Jahrhundertbrül-
ler gezündet.

Zumindest hatte er Laura den Wind aus den Segeln genommen.

„Ich kann verstehen, wenn Sie beide, offenbar etwas ängstliche
Naturen, über dies oder jenes in Panik geraten zu sein scheinen.
Aber solange ich diesen unsinkbaren Triumph der Technik über
die Natur kommandiere, müssen Sie sich keine Sorgen machen.
Das ist ein Versprechen. Und jetzt muss ich Sie leider bitten, mei-
ne Brücke verlassen zu wollen."

Damit wandte er sich wieder seinem Fernglas zu und starrte geradeaus, über den Bug des Schiffs in die inzwischen herabgesunkene Dunkelheit.

Anastasia zog Laura an der Schulter.

„Komm Vicky, wir müssen hier raus."

Laura schüttelte die Hand Staschas ab und blickte durch dasselbe Bullauge wie der Kapitän, im Gegensatz zu diesem aber nicht geradeaus, sondern mehr nach Steuerbord, in nördliche Richtung, aus der der Wind blies und der Strom setzte. Erneut zupfte Stascha sie an der Schulter. Sollte Laura es noch einmal versuchen? Zu spät. Als sie wieder hinausblickte, sah sie eine bleiche weiße Wand rasend schnell auf die Steuerbordseite des Schiffs zutreiben. Dann erwachte sie schweißgebadet in ihrem Sitz der ruhig und kraftvoll mit ihren Triebwerken brummenden Phenom 300.

Die Stewardess stand vornübergebeugt im Mittelgang und hatte sie wohl schon mehrmals an Ärmel und Schulter gezupft und geschüttelt. Mit Erleichterung nahm Laura zur Kenntnis, dass die Frau keinerlei sichtbare Blutspuren aufwies.

„Welches Datum haben wir heute?" fragte sie sicherheitshalber.

Die Antwort der Stewardess beruhigte Laura. Sie ließ sich wieder entspannt zurücksinken und bestellte einen uralten Scotch ohne alles.

„Sorry, Mrs. Förster, wir erwarten eine kleine Turbulenzzone über den Alpen. Sie täten gut daran, sich wieder anzuschnallen. Der Scotch kommt sofort."

Laura streckte sich in ihrem Liegesitz und gab sich dem so wohligen wie seltenen Gefühl hin, einmal rundum mit sich zufrieden sein zu dürfen. Der zwanzig Jahre alte Single Malt tat ein Übriges, sie mit der Welt zu versöhnen. Ignace saß neben ihr, die Beine unter dem Plaid lang ausgestreckt und den Kopf an das Fenster gelehnt. Er schien tief und fest zu schlafen. Laura fragte sich, ob er vielleicht gerade in demselben Traum herumspukte, dem Laura gerade entronnen war und falls ja, ob er einen Platz im Rettungsboot erwischt hatte.

Zu seinen Füßen lag Bubi in seinem rundum geschlossenen Körbchen und spielte den Beleidigten. Ignace und der Mops schienen unzertrennlich. Da Ignace ihn nicht ins Internat mitnehmen durfte und Laura nicht im Traum daran dachte, Bubi im Büro unterzubringen, würde das Tier daheim in Hamburg voraussichtlich das Haus hüten und frustriert die Inneneinrichtung anknabbern. Vielleicht konnte man ihm eine Gespielin besorgen, damit er sich nicht so einsam fühlte.

Das Flugzeug und seine Besatzung hatten sich bewährt, fand Laura. Vermerk an Heinz Marquardt: Die Agentur konnte man besten Gewissens weiterempfehlen und bei einer anderen Gelegenheit selbst erneut in Anspruch nehmen.

Solitaire und Jerry waren mit dem Doc nach Thessaloniki geflogen, wo sie noch eine Weile bei Penelope bleiben wollten, bevor sie über Paris wieder nach „Gwada" und Dominica zurückkehrten. Die kleine Insel hatte unter dem letzten vernichtenden Hurrikan wieder einmal fürchterlich gelitten, war vom Wind und der Sturmflut fast zur Hälfte platt gemacht worden. Das bedeutete viel Aufbauarbeit für die beiden, Seite an Seite mit den anderen Bewohnern Dominicas, die daran gewöhnt waren, nach Nackenschlägen wie diesem wieder aufzustehen und von vorn zu beginnen. Es gab keine Alternative. Die Insel zu verlassen, war für die Landsleute der Schwarzen Königin undenkbar.

Laura und Solitaire hatten vereinbart, einander öfter als bisher zu besuchen. Da der Boden in Europa für ihre Schwester noch lange zu heiß bleiben dürfte, bedeutete dies wohl, dass Laura öfter in die Karibik würde fliegen müssen. Der Aufwand musste einfach sein. Marquardt, unterstützt vom Dreckigen Dutzend, hatte sich während der unerwartet langen Abwesenheit Lauras bestens geschlagen. Gut, die zum Verkauf stehende italienische Firma war ihnen letzten Endes doch noch durch die Lappen gegangen, aber an diesem Ergebnis hätte auch Lauras Anwesenheit vermutlich wenig geändert. Das Tagesgeschäft lief hingegen wie geschmiert und darauf kam es ja in allererster Linie an.

Die gemeinsame Zukunft von Jeremy und Solitaire war beim Aufräumen in Istanbul noch eine ganze Weile Anlass zu allerlei frivolen Kommentaren von allen Seiten gewesen.

„Sobald ihr mir den ersten Enkel beschert, stehe ich in Dominica auf der Matte, das könnt ihr jetzt schon fest einplanen", hatte Penelope versprochen und den verdutzten Jeremy augenzwinkernd in den Hintern gekniffen.

„Und was, wenn es eine Enkelin wird", hatte der Doc auf die medizinisch ja nicht völlig absurde Alternative hingewiesen.

„Untersteht euch! Dann ersäufen wir sie im Meer, jetzt mal ganz im Ernst", hatte Penelope protestiert.

„Weiber haben wir schon mehr als genug in dieser Familie. Was wir brauchen, sind Mannsbilder wie Jerry oder Ignace, eh, to mikro, as ta, fas ta, haltet euch also gefälligst ran."

Solitaire hatte Laura beiläufig vorgeschlagen, Penelope die Ikonen-„Kopie" zum Geschenk zu machen. Laura hatte zunächst die Nichtsahnende gespielt und war auf den Vorschlag eingegangen.

„Was ich immer noch nicht so ganz verstehe …", hatte sie dann Solitaire beim Abschied auf dem Flugplatz kurz beiseite genommen, während die Triebwerke der Phenom bereits warmliefen und Ignace im Begriff war, mit Bubi unter dem Arm die Maschine zu besteigen, „… was ich absolut nicht verstehe, ist, wieso der Meister das mit der Münze hat in Erfahrung bringen können, wo doch weder wir, noch der versammelte Klerus oder sonst irgendwer in deren Geheimnisse eingeweiht war – außer der Schlange, versteht sich."

Solitaire hatte sie grinsend umarmt und ihr ins Ohr geflüstert.

„Lass gut sein. Ich weiß, dass du weißt. Penelope meint, sie hätte die Kopie. Was soll's. Sie hat das Ding verdient, sozusagen als Oscar für lebenslange Verdienste."

„Wie habt ihr beiden das bloß hinbekommen?"

„Ich habe dem Meister nie zugetraut, eine überzeugende Kopie zustande zu bringen. Für mich gab es nur das Original. Also sind wir zum Athos zurückgeflogen und haben sie gegen die Kopie getauscht. War nicht ganz einfach. Erzähle ich dir mal bei

Gelegenheit. Deshalb kamen wir so spät in Istanbul an. Aber es hat ja geklappt."

Das hatte es in der Tat. Laura schüttelte den Kopf. Klar, die karibischen Bonny und Clyde hatten jenen mysteriösen Einbruch im Kloster auf dem Athos inszeniert. Würde das Patriarchat als letztlicher Adressat der Ikone irgendwann in nächster Zukunft über den Betrug stolpern? Da war Laura nicht sicher.

„Die Menschen sehen im Allgemeinen nur, was sie sehen wollen", lautete eine der Maximen Roberts.

„Und Kunden erst recht. Darauf beruht der Erfolg eines jeden intelligenten Betrugsmanövers. Der Täter verlässt sich auf die Mithilfe des Opfers. Sei es aus Gier, Sammelleidenschaft oder gleich welchen anderen Motiven will das Opfer unbedingt, dass alles seine Richtigkeit habe. Das geht soweit, dass es im Zweifelsfall lange Zeit die Echtheit gegen alle Zweifler mit großer Leidenschaft verteidigen wird, wie etwa im absurden Fall der angeblichen Hitler-Tagebücher."

Was jedem unbeteiligten Laien sofort als unauflösbare Ungereimtheit ins Auge springt, wird nicht nur vom Betrüger, sondern auch vom Opfer aufwändig mit Gutachten und anderen Unterlagen wegerklärt."

Sie lachte erneut still in sich hinein. Dieser Coup allein hatte Solitaires Europareise schon gerechtfertigt.

Andererseits … Wollte man eine solche Ikone wirklich besitzen? Ein gutes Dutzend Männer hatten die Jagd nach ihr mit dem Leben bezahlt und ein kleiner Junge war zwischen die Fronten geschubst und schwer verletzt worden. Niemandem hatte das Bildnis jene Dosis Glück gebracht, die man sich von ihr versprechen durfte. Wie es schien, haftete ein Fluch an ihr. Kaum jemand überlebte ihren Erwerb lange genug, um sich wirklich des Bildnisses zu erfreuen.

Laura blickte auf den friedlich schlafenden Ignace. Nach diesen Tagen und Wochen in der Gewalt, zunächst Hakans, dann der Schlange, war der in diesem Alter nur allzu labile Junge hoffentlich nicht schon zu sehr unter den Einfluss dieser großen Manipulatoren geraten. Sie ertappte sich dabei, dass sie die Wolldecke ein

wenig herabzog, um seinen Hals nach etwaigen Bissspuren abzusuchen, fand aber keine.

Kopie und Fälschung, Lüge und Wahrheit, Traum und Wirklichkeit, alles nur die beiden Seiten ein und derselben Medaille?
Wären da nicht all die blauen und grünen Flecke an ihrem ganzen
Körper, Laura hätte glauben mögen, einem levantinischen Märchenerzähler aufgesessen zu sein, der es verstanden hatte, seinen
haarsträubenden Geschichten beängstigende Unmittelbarkeit zu
verleihen. Es war einmal? Die morgenländische Märchenformel
war ehrlicher: es war einmal, oder vielleicht auch nicht. An dir,
Zuhörer, die richtige Wahl zu treffen.

Als Laura ein Taschentuch aus ihrer Jeanstasche fischte, fiel
ihr etwas auf den Kabinenboden. Sie bückte sich und las es auf.
Es war die kleine Goldmünze aus der Ikone. Die Schlange hatte keine Zeit mehr gehabt, sie wieder mit dem Bild zu vereinen.
Wer sie Laura zugesteckt hatte, vermochte sie nicht zu sagen.
Im Zweifel Solitaire. Vielleicht war sie, die Münze, als Sinnbild
menschlichen Gewinnstrebens schlechthin jener Kern des Ver-
hängnisses, das dem Bildnis anscheinend anhaftete. Falls ja, war
ihm fortan der Zahn gezogen. Zu Hause würde Laura die Münze
in einen Block durchsichtiges Harz gießen lassen und als Trophäe
auf ihrem Schreibtisch aufstellen.